SCIENCE FICTION

Herausgegeben von Wolfgang Jeschke

Von **Gene Wolfe** erschien in der Reihe
HEYNE SCIENCE FICTION & FANTASY:

Der fünfte Kopf des Zerberus · 0603415

DAS BUCH DER NEUEN SONNE:
Der Schatten des Folterers · 0604063
Die Klaue des Schlichters · 0604064
Das Schwert des Liktors · 0604065
Die Zitadelle des Autarchen · 0604066
Die Urth der Neuen Sonne · 0604655

Das Buch der Feiertage · 0604340
Soldat des Nebels · 0604602
Frees Vermächtnis · 0605348

DAS BUCH DER LANGEN SONNE (in Vorb.)

Seine Erzählungen:
›Das Wunder der Augen-Blicke‹
in: Im Grenzland der Sonne, hrsg. von Wolfgang Jeschke · 0603592
›Der wunderbare messingne Schachautomat‹
in: Science Fiction Story Reader, hrsg. von Wolfgang Jeschke · 0603627
›Der Tod des Dr. Island‹
in: Der Tod des Dr. Island, hrsg. von Wolfgang Jeschke · 0603674
›Silhouette‹
in: Das Neue Atlantis, hrsg. von Robert Silverberg · 0603755
›Der Gott und sein Mensch‹
in: Isaac Asimov's Science Fiction Magazin # 8, hrsg. von Birgit Reß-Bohusch · 0603776
›Fährtensucherlied‹
in: Feinde des Systems, hrsg. von Wolfgang Jeschke · 0603805
›Der Adoptivvater‹
in: Isaac Asimov's Science Fiction Magazin # 13, hrsg. von Birgit Reß-Bohusch · 0603873
›Krieg unterm Weihnachtsbaum‹
in: Science Fiction Story Reader # 19, hrsg. von Wolfgang Jeschke · 0603944
›V.R.T.‹
in: Science Fiction Jahresband 1983, hrsg. von Wolfgang Jeschke · 0603962
›Der fünfte Kopf des Zerberus‹
in: Science Fiction Jahresband 1984, hrsg. von Wolfgang Jeschke · 0604060

In der BIBLIOTHEK DER SCIENCE FICTION LITERATUR:
Der fünfte Kopf des Zerberus · 06081

GENE WOLFE

Frees Vermächtnis

Roman

Aus dem Amerikanischen übersetzt
von
JÜRGEN LANGOWSKI

Deutsche Erstausgabe

WILHELM HEYNE VERLAG
MÜNCHEN

HEYNE SCIENCE FICTION & FANTASY
Band 0605348

Titel der amerikanischen Originalausgabe
FREE LIVE FREE
Deutsche Übersetzung von Jürgen Langowski
Das Umschlagbild malte Karel Thole

Redaktion: Wolfgang Jeschke

Erstausgabe by TOR Books/Tom Doherty Associates, New York
Mit freundlicher Genehmigung des Autors und
Paul & Peter Fritz, Literarische Agentur, Zürich

Printed in Germany 1995
Umschlaggestaltung: Atelier Ingrid Schütz, München
Technische Betreuung: M. Spinola
Satz: Schaber Satz- und Datentechnik, Wels
Druck und Bindung: Elsnerdruck, Berlin

ISBN 3-453-08592-2

INHALT

»Das Land braucht und, soweit ich seine Stimmung nicht mißverstehe, das Land verlangt kühnes, beharrliches Experimentieren.«

FRANKLIN DELANO ROOSEVELT

1. KAPITEL

Vier Untermieter im Krieg

Es war noch nicht Abend, aber die Straßen waren schon dunkel. Ein paar Geschäfte und Restaurants hatten die Lampen eingeschaltet. Ein Neonschild, das sich vor einer Bar an der Ecke wie ein Phallus hochreckte, blinzelte rot den durstigen Gästen entgegen, die erst noch kommen sollten. Der Wind brachte Regen mit, und man konnte spüren, daß sich der Regen bald in Schnee verwandeln würde.

Stubb fluchte, als er um die Ecke kam. Er nahm die Brille ab und wischte die zentimeterdicken Gläser am Ärmel seines Trenchcoats ab. Er fluchte noch einmal, als sofort wieder neue Regentropfen daraufspritzten. Ein Taxi fuhr vorbei und warf feine Gischt auf den Gehweg. Stubb betrat eine Gasse und ging mit ungestümen Schritten bis zum Ende und wieder zurück. Er blickte in Eingänge, blieb ab und zu stehen, um eine Mülltonne zu untersuchen. Schließlich kam er dort wieder heraus, wo er hineingegangen war. Einen halben Block die Straße hinunter winkte ihm ein dickes blondes Mädchen in einem weißen Plastikregenmantel zu. Er nickte fast unmerklich zurück.

Sie erwartete ihn im muffigen kleinen Flur. Der Regen tröpfelte von ihrem Mantel und den weißen Plastikstiefeln auf das ausgetretene Linoleum. »Wie läuft's?« fragte sie. Sie überragte ihn, war fast einen Kopf größer als er.

»Und bei *dir?*« fragte Stubb zurück.

»Ich hab noch nicht angefangen. Ich habe nur Kaugummi und Kippen geholt.«

»Du solltest nicht rauchen«, riet er ihr. »Macht die Lungen kaputt.«

»Yeah«, sagte das dicke Mädchen. »Das ist wahr.« Sie öffnete ihre Handtasche und nahm eine Packung Viceroys heraus. Zwei fehlten. Sie nahm zwei weitere aus der Packung. Stubb mußte sich recken, um ihr Feuer zu geben. Sie lächelte.

»Das wird 'ne lausige Nacht«, sagte er. »Du solltest zu Hause bleiben.«

»Vielleicht mache ich das auch. Bis elf oder zwölf jedenfalls. Willst du fernsehen? Die *Hellcats of the Navy* laufen gerade.«

Stubb schüttelte den Kopf. Er zog an seiner Zigarette.

»Du magst diese alten Filme doch genauso gern wie er.«

»Ich habe vorhin einen Teil gesehen.«

»Ich wünschte, sie würden mal wieder *Der Zauberer von Oz* zeigen«, sagte das dicke Mädchen. »Den Film mag ich wirklich. Aber den anderen könnte ich mir auch ansehen.«

»Ich habe noch was zu erledigen.«

»Okay.«

Sie wartete, bis er die Treppe hinaufgegangen war, dann schleppte sie sich hinter ihm her. Die Wohnzimmertür stand ein Stück offen, aber wenn die drei Leute im Wohnzimmer sie gehört hatten, dann ließen sie sich nichts anmerken.

Sie saßen im Halbkreis dicht vor dem Fernseher, als wollten sie sich an einem Lagerfeuer wärmen. Auf dem kleinen Bildschirm erstarrten die Gestalten zu harten schwarzen Linien, dann waren sie wieder als menschliche Schatten zu erkennen. Die Stimmen im Film murmelten wie kleine Wellen und schienen wie kleine Wellen zu ersterben.

Der beeindruckendste der drei Zuschauer war ein alter Mann. Er saß auf dem größten Stuhl und hatte die Armlehnen gepackt, als säße er in einem abstürzenden Flugzeug. Er war kahlköpfig. Früher war er einmal ein starker und vielleicht sogar einschüchternder Mann gewesen. Jetzt war seine Brust eingefallen, und die blauen Augen schienen milchig verschleiert.

Der Mann zu seiner Rechten versuchte, einen Wohlstand ausstrahlen, den sein karierter Anzug nicht bekräftigen konnte. Das Leder seiner spitzen Schuhe war poliert aber rissig, der Knoten seiner Vertreterkrawatte war von den scharfen Stoppeln unter seinem Kinn abgewetzt. Der breite Schnurrbart und das dichte Haar glänzten schwarz und fettig wie frische Farbe. Auf der Weste lag eine zerkratzte Kette, die in einer leeren Uhrentasche endete. Auf dem Jackenaufschlag steckte eine Nadel mit einem Gummigänseblümchen.

Links neben dem alten Mann saß eine junge Frau mit einem schwarzen Barett. Ihr langärmliges Spitzenkleid ließ an Italien oder Spanien denken, aber ihr schmales, kräftiges Gesicht und die dunklen Augen sahen ein wenig nach Asien aus. An einer silbernen Halskette trug sie einen silbernen Kranz, von dem drei Spitzen ausstrahlten. Er war kaum größer als eine kleine Münze.

Der Mann mit dem schwarzen Schnurrbart fragte: »Möchten Sie etwas trinken, Mr. Free? Ein Glas Sherry vielleicht? Oder soll ich Kaffee für Sie machen?«

Der alte Mann schien ihn nicht zu hören.

»Sie können in die Küche gehen und sich einfach nehmen, was Sie brauchen«, sagte die Frau. »Er hat nichts dagegen.«

Der jüngere Mann sah kurz in ihre Richtung und ließ dann (vielleicht, weil er fürchtete, sein Blick könnte sie irgendwie verletzt haben) die Augen im Raum herumwandern, als wollte er die verstaubten Möbel inspizieren. Seine Augen, leicht schielend, dunkel und verschlossen, wirkten wie Knöpfe aus Gagat.

»Nur zu, Mr. Barnes. Sie sind sicher sehr hungrig.«

»Soll ich Ihnen etwas mitbringen?« fragte der Mann, der Barnes hieß.

»Ich faste seit acht Tagen«, sagte die Frau.

»Also ...«

»Nichts.«

Barnes stand auf. »Ich mache Tee, wenn ich welchen finde.«

Niemand antwortete ihm. Er ging in die Küche, spülte eine Teekanne aus und setzte Wasser auf. In einem Kanister fand er eine Portion losen Tee, und zu seiner Überraschung war in der Zuckerdose noch Zucker. Im Kühlschrank entdeckte er einen kleinen Würfel Cheddar, den er sofort aß. Als er mit dem Tablett ins Wohnzimmer zurückkehrte, sah er, daß sich weder der alte Mann noch die dunkle Frau bewegt hatten.

»Möchten Sie Tee, Mr. Free?« fragte Barnes. »Ich habe Ihnen eine Tasse mitgebracht.«

Die Frau sagte: »Wie war der Käse?«

Barnes starrte sie einen Augenblick an. Die Farbe wich aus seinem blühenden Gesicht. Dann lachte er. »Sie haben es gerochen«, sagte er. »Sie haben es an meinem Atem gerochen. Das ist Wahnsinn! Hören Sie, Madame Serpentina, ich kann wirklich einen Scherz vertragen. Besser als die meisten anderen.«

»Ich nicht«, sagte die Frau.

»He, das sollten Sie aber. Es gibt in der ganzen Welt nichts besseres für Ihre Gesundheit und für Ihr ganzes Leben, als kräftig zu lachen.«

»Ich lache oft, aber nicht über Witze.«

Barnes grinste. Er hatte große, eckige und etwas gelbe Zähne wie ein Pferd. »Weil Sie meine noch nicht gehört haben. Aber wenn Sie die persönliche Bemerkung gestatten, ich beobachte Sie, seit wir hier sind, und ich habe Sie noch kein einziges Mal lachen gesehen.«

»Ich lachte gerade«, erklärte die Frau. »Mein Geist lacht, weil ich nicht mit Ihnen hergekommen bin.«

»Wir sind beide am Montag gekommen«, sagte Barnes. »Wir haben uns auf die gleiche Anzeige gemeldet. Mehr wollte ich damit nicht sagen.«

Die Frau gab keine Antwort, und nachdem, abgesehen vom Murmeln des alten Fernsehers und dem Prasseln des Regens, einige Minuten schweigend verstrichen waren, sagte Barnes: »Schönes Wetter.«

Zum erstenmal überhaupt drehte sie den Kopf zu ihm herum und sah ihn an. »Gefällt Ihnen das?«

»Klar doch.« Barnes grinste wieder. »Ich habe heute drei Abschlüsse gemacht, und Verkaufswetter ist für Ozzie Barnes immer gutes Wetter.«

»Sie haben nichts verkauft. Sonst würden Sie raus auf die Straße gehen und Brot kaufen. Sie sind sehr hungrig.«

»Ich habe nicht behauptet, daß ich Geld bekommen hätte. Ich habe Zahlungsanweisungen. Morgen werde ich sie einschicken, und sobald die Händler zahlen, bekomme ich meine Provision. Mir gefällt das Wetter wirklich. Wahrscheinlich können Sie das nicht glauben.«

»Glaube ist eine Beleidigung für den Verstand. Etwas ist, wie es ist, oder eben nicht.«

»Nicht schlecht. Das muß ich mir merken. Aber mir gefällt das Wetter. Da kommen nicht viele Kunden in die Läden, und das ist für einen Vertreter immer gut. Manchen Händlern tue ich sogar etwas leid. Sie hören dann besser zu. Das ganze Geheimnis beim Verkaufen besteht nur darin, den Kunden dazu zu bringen, Ihnen zuzuhören. In neun von zehn Fällen steht einer vor Ihnen und starrt Sie an, als würde er jedes Wort verstehen, aber in Wirklichkeit hört er nur etwas, das er sich selbst vor langer Zeit einmal gesagt hat, oder daß seine Frau ihm gesagt hat, daß er nicht noch mehr Vorräte kaufen soll. Er hört so wenig zu wie Mr. Free hier.«

Die Frau sagte: »Er hört Sie.«

»Okay, aber er gibt nicht acht.«

»Das stimmt. Wir sind für ihn, was das da«, die Frau warf einen kurzen Blick zum Fernseher, »für uns ist. Für mich übrigens auch.«

»Glauben Sie, daß er die Handlung verfolgt?« Barnes flüsterte jetzt. »Ich will ihn nicht stören.«

»Weniger als Sie. Weniger als ich sogar.«

Es klopfte. Der alte Mann stand sofort auf und ging den schmalen Flur hinunter, in dem noch Pfützen des Regenwassers standen, das vom Regenmantel des dicken Mädchens getropft war. Hinter ihm vermischten sich die Stimmen von Barnes und der dunklen Frau mit dem Röhren des Kolbenmotors eines Flugzeugs.

Der Neuankömmling war ein uniformierter Polizist. Auf seinen Schultern lag Schnee. Der alte Mann nickte und ließ den Beamten eintreten.

»Ich bin Sergeant Proudy«, erklärte der Polizist. »Dreizehntes Revier. Ich suche Bernard Free.«

Der alte Mann nickte. »Ich bin Samuel Benjamin Free, mein Junge. Das bin ich. Nennen Sie mich Ben.«

Barnes stand auf. »Es gibt hier keinen Bernard, Sergeant. Das ist Mr. Free.«

Der Polizist nickte und zog einen Umschlag aus der Innentasche seines Übermantels. »Wer sind Sie?«

»Ich bin Osgood M. Barnes. Vertreter.«

Proudy nickte. »Und Sie, Ma'am?«

»Ich bin Serpentina.«

»Das glaube ich Ihnen gern. Sind Sie eine Schlangenbeschwörerin?«

»Ich bin eine Hexe.«

»Wahrsagerei ist in dieser Stadt verboten«, sagte der Polizist.

»Ich bin keine Wahrsagerin.«

Proudy zuckte die Achseln. »Es ist mir ziemlich egal, was Sie außerhalb meines Reviers machen, aber …«

Die Stimme des dicken Mädchens dröhnte durchs Treppenhaus:

»Des Bootsmanns Pfeife schmeckt nach Seife,
Die vom Kaplan war keine steife …«

»Das ist Candy!« sagte Proudy. »Candy Garth. Kennen Sie sie?«

»Ich habe mit ihr am Tisch gesessen, als sie aß«, sagte die Hexe. »Das war aber nicht heute.«

Barnes schaltete sich ein. »Madame Serpentina fastet.«

»Candy sollte Gesangsstunden nehmen, dann würde sie mehr verdienen. Wohnt sie hier?«

Barnes nickte. »Das hier ist eine Pension. Sie gehört Mr. Free.«

Proudy wandte sich wieder an Free. »Sie lassen Huren hier hausen, Sir?«

»Nein, ich habe kein Ohrensausen. Sind Sie von der Bauaufsicht, mein Junge? Sie können mein Haus nicht abreißen – im Augenblick wohnen fünf Menschen hier.«

Barnes schaltete sich ein: »Er versteht es nicht, Officer. Nehmen Sie's ihm nicht krumm, ja?«

Proudy fingerte an dem Umschlag herum, den er immer noch in der Hand hielt. Er wirkte sehr müde. »Yeah«, sagte er. »Ich wette, er vergißt manchmal sogar, die Miete zu kassieren.«

Free sagte: »Sie wohnen hier umsonst. Ich berechne ihnen nichts.«

»Und vielleicht leihen Sie Ihren Untermietern manchmal sogar etwas Geld, wenn sie Ihnen eine wirklich gute Geschichte erzählen. Alte Leute sind manchmal so.« Er sah nicht Free, sondern Barnes an.

Barnes wich seinem Blick aus. Die Hexe erklärte: »Ich glaube nicht, daß er etwas zu verleihen hat.«

»Sie müssen es ja wissen.«

»Sie haben nach Candy Garth gefragt. Sie wohnt hier. Die Treppe hoch und links.«

»Danke.« Proudy gab Free den Briefumschlag. »Lange werden die Leute nicht mehr hier wohnen können. Yeah, ich komme wirklich von der Bauaufsicht, alter Mann. Sie müssen morgen hier raus sein, verstanden? Mehr Zeit haben Sie nicht.«

»Früher hatte ich mehr Zeit«, sagte Free langsam. »Alle Zeit der Welt. Ich gehe nicht weg. Ich werde hier sterben.«

Barnes sagte: »Und wir werden Ihnen helfen.«

»Das kann ich mir lebhaft vorstellen«, sagte Proudy.

Einen Moment später hörten sie seine Schritte auf der Treppe, dann klopfte er an die Tür des dikken Mädchens und sagte: »Polizei.« Barnes setzte sich wieder und blickte zum flackernden Fernseher. Acht Propellermaschinen liefen auf dem Deck eines schwarzweißen Flugzeugträgers warm. »Alle Zeit der Welt. Ich weiß, was Sie damit meinten, Mr. Free. Als ich jünger war, habe ich genauso empfunden. Ich glaube, für Sie ist das nichts weiter als eine neue Fernsehshow, was?«

Free schüttelte den Kopf. Er hatte Proudys Umschlag ungeöffnet in eine Hemdtasche gesteckt. »Es ist eine Ewigkeit her, Mr. Barnes, eine Ewigkeit.«

Oben war schwach die Stimme des dicken Mädchens zu hören, dann das Geräusch eines Schlages. Kurz darauf trampelte Proudy die Treppe herunter, knallte die Tür hinter sich zu und stapfte in den Schnee hinaus.

»Ich habe Hunger«, sagte Free plötzlich. »Ist noch was in der Küche?«

Barnes schüttelte den Kopf. »Sie können etwas Tee haben.«

Der alte Mann wühlte in seinen Taschen herum. »Nicht ein roter Heller. Ich muß morgen wohl ein paar Felle verkaufen. Aber wenn heute jemand Geld hat, dann kann ich uns gleich etwas besorgen.«

»Ich kann Ihnen am Dienstag Geld geben, Mr. Free. Glauben Sie mir, ganz bestimmt. Zwanzig Dollar, ich schwöre es.«

Die Hexe sagte: »Sie sind aber sehr freizügig mit Ihren Schwüren, guter Mann.«

Free schien sie nicht zu hören. »Keine Miete«, sagte er zu Barnes. »Sie wohnen hier umsonst, wie ich schon sagte. Sie müssen mir nur helfen, sie aufzuhalten. Ich bin außerdem ein wenig hungrig.«

Die Treppendielen knarrten. Sie hörten das dicke Mädchen schniefen. Sie atmete schwer.

»Sie muß etwas haben«, sagte Barnes. »Ich rede mit ihr.«

»Nein.« Die Hexe faßte ihn am Arm. »Sie hat nichts. Sie hat ihm gegeben, was sie hatte, und es war nicht genug. Hier.«

Als wäre sie allein, raffte sie ihr Kleid hoch und zog einen zusammengerollten Geldschein aus ihrem schwarzen Strumpf.

»Nehmen Sie das«, sagte sie. »Aber Sie sollen gehen, nicht Mr. Free. Kaufen Sie Früchte und Brot, und wenn noch Geld übrig bleibt, kaufen Sie, was Sie wollen. Vergessen Sie nicht die Quittung, und ich will das Wechselgeld zurückhaben.«

2. KAPITEL

Die Männer

Stubbs Zimmer war das kleinste und das am wenigsten begehrenswerte im Haus. Es lag links hinten. Die Tapete schälte sich von den Wänden, und das einzige Fenster ging zum verlassenen Haus nebenan hinaus. Dazwischen war eine mit Müll gefüllte Gasse. Im Zimmer war kaum genug Platz für eine Kommode und ein schmales Bett. Der Trenchcoat hing an einer Tür des muffig riechenden Wandschranks, der feuchte Hut lag auf dem Brett im Schrank. Die Schuhe standen auf der Heizung, die feuchten Socken lagen klebrig daneben.

Stubb selbst lag in Unterhosen auf dem Bett. Er las nicht, und er schlief nicht. Ohne Brille schienen seine Augen viel zu klein für sein Gesicht, das allerdings ohnehin nicht besonders groß war. Vor einigen Stunden hatte er Free, Barnes und die Hexe entdeckt, als sie gerade ihre Mahlzeit beendeten. Es war nicht viel übrig, aber er hatte das wenige gegessen, das noch da war – eine einsame Scheibe Brot und die Reste des Kartoffelsalats, die er aus den Ecken der Schachtel kratzen konnte.

Vielleicht in der etwas unklaren Absicht, der Hexe einen Gefallen zu tun, hatte Barnes eine Dose Tomaten gekauft. In einem unbemerkten Augenblick hatte Stubb die Flüssigkeit aus der Dose getrunken und die fettigen ›Maisflocken‹ aus Papier in die Tasche gesteckt, um sie später heimlich abzulecken.

Jetzt murmelte er: »Cliff, du bist ein altes Arschloch.« Er schob die Beine über die Bettkante. Sie erreichten nicht ganz den Boden. Er sah auf sein Handgelenk.

Dann wandte er den Blick ab und fuhr sich mit den Fingern durch das schüttere Haar.

»Eigentlich könnte er auch mal was für mich tun«, sagte er. »Um der alten Zeiten willen. Was soll's.« Er zog sich wieder an. Die immer noch feuchten Socken verstärkte er mit Zeitungsfetzen, die er der Form seiner Füße anpaßte. Auf einem Fetzen sah er Frees Anzeige. Stubb hielt inne und las sie noch einmal:

> Umsonst wohnen bei Free. Wohnen Sie mietfrei. Stundenw. Hilfe erforderl. B. Free 808 $S38^{th}$.

Draußen schneite es nicht mehr. Zwei Zentimeter Schnee zerliefen auf dem Gehweg zu Matsch. Stubb ging die Straße hinunter zu einem Lokal, wo ein pummeliger junger Mann hinter der Theke saß und in einer Zeitschrift las. Stubb sah auf die Uhr hinter ihm und hievte sich auf einen Hocker. »Kaffee«, sagte er. »Reichlich Sahne und Zucker, Murray. Ich mag viel Zucker.«

»Weiß ich, Jim«, sagte Murray, während er den Becher auf die Theke stellte. »Aber davon wird man dick.«

»Ich nicht.«

»Ihr kleinen Kerle eßt immer am meisten. Aber ihr werdet nie dick davon. Ich weiß gar nicht, wie du das machst. Ich esse überhaupt nichts, und ich bin fett wie ein Schwein.«

Stubb nahm seinen Kaffeebecher in beide Hände und leerte ihn in einem Zug. Die Sahne hatte den Kaffee abgekühlt. Der Bodensatz war zähflüssig vom Zucker.

»Wie machst du das eigentlich, den Kaffee einfach so runterzukippen?«

»Ich hatte wohl Durst«, sagte Stubb.

»Das sieht man. Wie gehen die Geschäfte?«

»Auf und ab wie alle Geschäfte.«

»Der Kaffee kostet fünfunddreißig Cents.«

»Mann, kein Wunder, daß du fett bist.«

Murray blickte demonstrativ zu einem Schild, auf dem stand: BITTE SOFORT BEZAHLEN. Dann sah er wieder zu Stubb. Aber Stubb schien ihn nicht zu bemerken. Einen Moment später ging Murray zur anderen Seite der Theke, um einen Serviettenhalter aufzufüllen. Stubb stellte die Füße auf die Querstreben des Barhockers, stemmte sich hoch, beugte sich über die Theke und langte nach dem Telefon.

»Hören Sie, bei Ihnen müßte ein Gast rumhängen, ein großer Kerl, einsfünfundachtzig groß, achtzig, neunzig Kilo schwer, kaukasischer Typ, gut rasiert, rötliches bis leicht graues Haar... yeah, das ist er. Ich will mit ihm reden... Mike, hier ist Jim. Wie läuft's so?... Yeah, klar doch. Sicher... Yeah, ich dachte mir schon, daß du an so einem Abend da bist. Bringt ja nichts, sich draußen den Arsch abzufrieren... paß auf, Mike, wie wäre es, wenn ich rüberkomme und dich für eine Stunde ablöse? Dann kannst du aufs Klo gehen und vielleicht mal in die Zeitung sehen. Was kriegst du in der Stunde? Sieben fünfzig? Mike, ich sage ja nicht, daß ich das haben will, ich mach's auch für fünf, und du kannst dir zweifünfzig einsacken... Du weißt doch, als Cliff noch sechs Leute auf den Mann angesetzt hatte, war ich im Team... Mike, dann machen wir eben halbe-halbe. Dreifünfundsiebzig, mein letztes Angebot.«

Es gab ein Klicken wie vom Verschluß des Serviettenspenders. Stubb legte auf und rutschte von seinem Hocker.

»Du hast den Kaffee noch nicht bezahlt«, sagte Murray. »Und das ist kein öffentliches Telefon.«

»Ich bezahl schon«, beruhigte Stubb ihn.

Es hatte wieder zu schneien begonnen. Die Flocken trieben um die Straßenlaternen. Er zog sich den Mantel enger um die Schultern. Als er sich ein Stück entfernt hatte, drehte er sich um und blickte zum Fenster des Lokals zurück, das zwischen den dunklen Geschäften hell leuchtete: SANDWICH SHOP stand darauf. Er zuckte die Achseln.

Frees Haus war dunkel. Stubb kramte in der Küche herum, fand nichts und kehrte schließlich in sein Zimmer zurück. Aus einer Schublade seiner Kommode nahm er einen Schlüsselbund, und mit den Schlüsseln bewaffnet ging er zum Zimmer neben seinem.

Das Schloß öffnete sich quietschend. Er trat ein und schloß vorsichtig hinter sich die Tür, ehe er das Licht einschaltete.

Das Zimmer war viel größer als seins. Es hatte zwei Fenster zur Straße. Es roch nach Parfüm und ungeputzten Aschenbechern. Schmutzige Unterwäsche in Pfirsich, Pink und Schwarz lag in einer Ecke. Auf der Kommode standen Töpfe mit Creme und Flaschen mit Duftwasser. In der Mitte, exakt ausgerichtet, lag ein kleiner Schokoladenriegel. Stubb griff danach, dann zog er die Hand zurück.

Er durchsuchte rasch die Schubladen und hinterließ sie kaum unordentlicher, als er sie vorgefunden hatte. Er sah unter dem Kopfkissen und der Matratze und sogar unter dem verschlissenen Bettvorleger nach. Dann schaltete er das Licht wieder aus, trat in den Flur und verschloß die Tür.

Er hatte sich schon mehrere Schritte entfernt, als er die Hexe sah, die auf der anderen Seite des Treppenhauses stand und ihn beobachtete. Er grinste sie an, konnte aber im trüben Licht ihren Gesichtsausdruck nicht erkennen. »Ich habe einen Schlüssel, Madame S. Sie hat ihn mir gegeben. Ich wollte auf sie warten, aber es wird mir zu spät.«

Die Hexe sagte nichts. Er konnte nur das Weiße ihrer Augen und den dunklen Umriß ihrer Haare erkennen.

»Es wäre aber besser, Sie würden es nicht erwähnen. Es wäre … netter, verstehen Sie?«

Sie verschwand langsam. Eigentlich bewegte sie sich kaum, und ihr Verschwinden geschah nicht plötzlich wie das Platzen einer Seifenblase. Sie löste sich auch nicht auf wie Rauch, und sie schmolz nicht wie Eisblumen am Fenster. Sie war da, und dann verschwand sie, und dazwischen gab es einen Moment, einen winzigen Moment, in dem sie da war und doch nicht mehr da war.

Stubb stand allein im Flur. Er ging ums Treppengeländer herum, bis er stand, wo sie gestanden hatte. Er fischte das Streichholzbriefchen, mit dem er Candy Feuer gegeben hatte, aus der Tasche, zündete ein Streichholz an und hielt es hoch, bis er sich die Finger verbrannte. Er starrte auf den Boden, schüttelte den Kopf, tippte sich an die Schläfe und kehrte in sein Zimmer zurück.

Abermals bis auf die Unterhose ausgezogen, lag er im Dunkeln, die Hände hinter dem Kopf verschränkt. Nachdem er vielleicht eine halbe Stunde gelegen hatte, murmelte er: »Die denkt bestimmt genauso oft an ihren Schokoriegel wie ich an meinen Schwanz.«

Barnes' Zimmer lag Stubbs Zimmer gegenüber. Es war größer als Stubbs Zimmer, kleiner als das des dicken Mädchens und sauberer als alle beide. An den Wänden hingen Anzeigen für verschiedene Scherzartikel. Im einzelnen waren es:

ein bodenloses Trinkglas;
ein Rührstab, der qualmte, wenn man ihn ins Glas steckte;
ein Feuerzeug in Form eines Hundes, das zündete, wenn man das Hinterbein des Hundes hob;
ein Feuerzeug in Form einer Toilette, das zündete, wenn man den Deckel hob;
eine Fliege aus Gummi;
eine echte Fliege in einem Eisblock aus Plastik;

ein Kartenspiel, bei dem Kreuz und Pik rot und Herz und Karo schwarz waren;
ein Kartenspiel, dessen Rückseite man mit einer Spezialbrille lesen konnte;
ein Kartenspiel, bei dem die Buben dämlich grinsten, die Damen zwinkerten und nickten und die Könige lüstern schielten;
Nachbildungen von Sperma, Erbrochenem und Kot aus Plastik;
eine Uhr mit einer nackten Frau, deren Arme als Zeiger dienten und im Augenblick die relativ züchtige Zeit von 18.30 Uhr anzeigten;
eine Uhr, die rückwärts lief.

Neben all dem gab es ein einziges Bild, das mehr oder weniger konventionell wirkte. An einem Klebehaken, der wie ein erigierter Penis aufragte, hing das Foto einer wollüstigen blonden Frau, deren Nachthemd, Büstenhalter und Schlüpfer verschwanden, wenn es im Raum feucht wurde.

Es war nicht feucht, und die Blondine war voll bekleidet. Barnes war auch bekleidet. Er trug einen verschlissenen Kunstfaserpyjama und einen Bademantel. Außer dem üblichen Bett und der Kommode gab es in seinem Zimmer einen kleinen Tisch. An diesem Tisch saß er und verfaßte einen Brief auf dem kitschigen Papier des benachbarten Hotel Consort. Er schrieb langsam und mühsam. Ab und zu lugte seine Zunge aus einem Mundwinkel hervor, und manchmal saugte er an der Spitze seines Andenkenkugelschreibers.

Liebe Lois,
es war schön, von Dir zu hören. Ich weiß jetzt, daß Du mir nicht mehr böse bist. Ich bin auch nicht mehr böse. Es ist vorbei, aber es hätte anders verlaufen können. Ich denke oft darüber nach, und das tust Du bestimmt auch.

Ich verstehe nicht, was mit den Unterhaltszahlungen passiert ist. Ich könnte den Scheck bei meiner Bank sperren lassen, aber was wäre, wenn er nur in der Post hängengeblieben ist und doch noch bei Dir abgeliefert wird. Sage mir in Deinem nächsten Brief Bescheid – wenn er nicht da ist, lasse ich ihn sperren und schicke Dir einen neuen. Ganz bestimmt.

Die Geschäfte gehen gut, aber das Wetter ist so mies, daß ich wünschte, ich wäre im Süden wie Du. Regen und Schnee. Ich weiß, Du hast ja gesagt, ich könnte den kleinen Ozzie besuchen, und das hat der Richter ja auch gesagt.

Aber ich bin nicht sicher, ob Du das auch wirklich willst. Paß auf – wenn Du es ernst damit meinst, dann kaufe mir ein Flugticket und schicke es mir. (Schicke es c/o B. Free, das ist hier der Bezirksleiter.) Dann werde ich wissen, daß Du es ernst meinst, und ich gebe Dir das Geld zurück, wenn ich ankomme.

Gib Klein Ozzie einen Kuß von mir.

Bis bald.

Big Ozzie

Als er mit dem Brief fertig war, zeichnete Barnes eine geschwungene Linie unter die Unterschrift. Dann ließ er die Mine des Andenkenstifts behutsam zurückschnappen, nahm den Brief vom Tisch und las ihn mit sichtlicher Zufriedenheit durch.

Schließlich nahm er noch einmal den Stift zur Hand, beschriftete den Umschlag, strich die Adresse des Hotels durch und setzte die von Frees Haus ein. Als der Brief gefaltet und im Umschlag verstaut war, nahm er einen Viertelbogen Briefmarken aus der kleinen Schublade des Tisches, riß eine Marke ab, feuchtete die Rückseite mit der Spitze seiner schwer arbeitenden Zunge an und klebte sie (sorgfältig die richtige Position auswählend) verkehrt herum auf den Brief.

Als er sicher war, daß sie festsaß, legte er den Brief auf einen kleinen Stapel ähnlicher Briefe, die schon auf der linken Seite des Tisches lagen. Er stand auf und streckte sich. Auf Strümpfen tappte er durchs Zimmer zum Lichtschalter. Dann zog er die Jalousie vor das einzige Fenster. Darauf war es nahezu stockdunkel im Zimmer.

Wieder tappten seine Füße sachte über die Dielenbretter. Dann war ein sehr leises Kratzen zu hören, als er das Bild der wollüstigen Frau mit dem verschwindenden Nachthemd zur Seite schob.

Das Loch in der Wand dahinter war dunkel. Er forschte mit dem Finger und schob schließlich den Andenkenstift hinein. Als er zufrieden war, daß das Loch nicht verstopft war, schob er das Bild zurück und schaltete das Licht wieder ein. Er nahm eine schmutzige, billige Zeitschrift vom Bett und las die Kleinanzeigen.

3. KAPITEL

Die Frauen

Stubb war eingeschlafen, aber der Lärm weckte ihn. Er schaltete das Licht ein und öffnete die Tür, damit es in den dunklen Flur fiel. Candy lag auf halber Treppe und versuchte aufzustehen.

Er fand ihre Handtasche, hängte sie sich ans Handgelenk und suchte auf dem ausgetretenen Holz einen guten Halt, bevor er ihr die Hände unter die Achseln schob. »Halte dich am Geländer fest«, wies er sie an.

Sie wäre beinahe rückwärts umgekippt und hätte ihn mitgerissen.

»Mann!«

»Isschongut«, sagte sie. »Mir geht's prima.« Ihre Zunge war schwer, sie war kaum zu verstehen.

Dann wurde ihm klar, daß sie nicht einmal mehr wußte, ob sie hinauf oder hinunter wollte. »Willst du aufs Klo?« fragte er. »Da rauf?«

Sie schüttelte den Kopf. »Ins Bett.«

»Schön. Dein Zimmer ist auch da oben. Meine Güte, was hast du bloß getrunken?«

»Hamme kleine Patty gefeiert.«

»So sieht's aus.« Er schob eine Hand unter ihr Knie und zog, bis ihr Fuß auf der richtigen Stufe stand. »Los doch, das schaffst du schon. Halte dich am Geländer fest.« Er zerrte, und sie schleppte sich bergan.

Als er sie oben hatte, ging es leichter. Halb lenkte er, halb schleppte er sie bis zu ihrer Tür. Ihr Schlüssel, an einer Kaninchenpfote befestigt, lag obenauf in der Handtasche.

Er zog ihr den Mantel von den Schultern und bugsierte sie ins Bett. Dann schloß er die Tür und sperrte ab. Candy raffte sich unvermittelt auf, kippte beinahe um und fummelte an der Seite ihres Kleids herum.

»Schon gut«, sagte er. »Geh schlafen. Ich habe sowieso kein Brot bekommen.«

Das dicke Mädchen ließ hilflos die Hände sinken. »Ausziehen.«

»He, es wird dir bestimmt nicht schaden, wenn du mal in deinen Kleidern schläfst.«

Sie begann wieder am Verschluß ihres Kleids herumzufummeln.

»Na gut, du sollst ja nicht herumstolpern und dir wehtun. Was ist eigentlich mit deinen Schuhen passiert? Verdammt, das Ding klemmt.«

Der Reißverschluß an ihrer Hüfte war schon auf, oder er war nie geschlossen gewesen. Als Stubb den Haken löste, klaffte ein Spalt so breit wie seine Hand auf.

»Danke.«

»Gern geschehen.«

Ihre Bluse war vorn geknöpft. Er tastete mit tauben Fingern nach den Knöpfen, zog ihr die Bluse aus und warf sie über das Kopfende. Ihr Bauch, weiß und weich wie Götterspeise und rund wie ein Ballon, hing in einer Falte über ihrer Unterhose und stützte den strapazierten Büstenhalter darüber, der schwer zu tragen hatte. Sie schwankte, umfaßte ihren Bauch, hob und wiegte ihn, als wollte sie sich bei ihm für die unbequeme Enge entschuldigen.

»Candy, wenn du nach Gewicht kassieren würdest, dann wärst du steinreich.«

Sie rülpste. »Pizza. Jede Menge Pizza. War bei Marty.«

»Ich dachte, die heißen alle John.«

Sie rülpste noch einmal. »Pizza und Bier mit Schuß.«

Stubb schüttelte den Kopf. »Hat er dir Geld gegeben, oder hat er dich mit Essen und Schnaps bezahlt?«

Auf einmal machte das dicke Mädchen zwei taumelnde Schritte rückwärts und fiel quer über das Bett. Stubb hob ihre Füße auf die Matratze und rollte sie auf die Seite. Ein Abfalleimer aus Blech, halb mit zerknüllten Kleenex gefüllt, stand neben der Kommode. Er schob ihn in Höhe ihres Kopfes neben das Bett.

Ihre Lider flatterten, dann schloß sie die Augen wieder.

»Kotz in den Eimer, wenn dir schlecht wird«, sagte er zu ihr. »Und lieg nicht auf dem Rücken. Du kannst sonst ersticken.«

Er stopfte ihr das Kissen hinter die Schultern und deckte sie zu. »So, jetzt frierst du nicht, wenn sie über Nacht das Gas abstellen. Wahrscheinlich bist du sowieso die einzige, die nicht friert.«

Als sie seine Stimme hörte, verzog sie die Lippen kurz zu einem Lächeln, dann begann sie zu schnarchen. Er hockte sich auf den Boden und kippte ihre Handtasche aus. In der Packung Viceroys waren noch vier Zigaretten. Er nahm eine, zündete sie an und inhalierte tief. Wenn sie je eine Brieftasche gehabt hatte, dann war sie fort, aber zwischen den schmutzigen Papiertaschentüchern, den Kaugummipapieren und den leeren Lippenstiften fand er einige Geldscheine. Zwölf Dollar in Eindollarnoten, zwei Zwanziger und mehrere Dollar Kleingeld. Er nahm fünf Eindollarscheine und einen Zwanziger und drehte sie zu einer Rolle zusammen, die er sich in den Schritt in seine Unterhose steckte.

»Das habe ich mir verdient, Candy«, sagte er leise zum schlafenden Mädchen. »Einen Moment dachte ich, wir würden beide die Treppe runterstürzen.«

Den Rest schob er in ihre Handtasche zurück.

Oben auf dem Dach sprach der alte Ben Free mit der Hexe. »Er kommt bald«, sagte er. »Ich fühle es, und beinahe kann ich ihn schon hören.«

»Hören kann ich ihn nicht«, erwiderte sie. »Aber Sie

haben recht. Er kommt näher. Bald wird er in der Jungfrau sein.«

Es schneite nicht mehr, aber es war genug Schnee gefallen, um das ganze Flachdach mit einer flauschigen Schicht zu bedecken. Die Stiefel des alten Mannes hinterließen eine gewundene Spur, die von einem Bär hätte stammen können. Die Abdrücke der Hexe waren klein und scharf umrissen, beinahe wie von einem Reh. Stellenweise waren sie überhaupt nicht zu erkennen. Der Himmel hatte sich aufgeklart. Im Mondlicht waren die Schatten tiefblau.

»Ich rede vom Abbruchbagger«, knurrte der alte Mann.

»Ich rede von Saturn. Es ist das gleiche.«

»Bockmist.«

»Das sagen Sie, der ihn schon hören kann?«

Er achtete nicht auf den Einwand. »Wie auch immer, sie werden mich so vorfinden, wie ich es mir immer vorgestellt habe. Sie haben mich lange gejagt.«

»All die Jahre, meinen Sie.«

»Sie wissen genau, was ich meine, Ma'am, sonst wären Sie nicht hier bei mir auf dem Dach.«

»Was meinen Sie, wenn nicht die Jahre?«

»Das geht Sie nichts an.«

»Ich wollte Ihnen eine Möglichkeit geben, Ihr Gesicht zu wahren, aber wenn Sie nichts davon wissen wollen – sind Ihnen Grobheiten lieber, Mr. Free? Mir nicht.« Die Hexe setzte einen Fuß auf die Mauer, hob ihr schwarzes Kleid, um ironisch zu knicksen, stieg auf die Mauerkrone und begann, darauf entlangzulaufen.

»Sie werden hinunterfallen«, sagte der alte Mann. »Sie werden sich Ihren dummen Hals brechen.«

»Das ist mir ziemlich egal, Mr. Free, und genau deshalb werde ich nicht fallen. Außerdem fallen wir langsamer als andere. Wir schwimmen oben, wenn man uns untertaucht, und wir können auf einer dünnen Eisschicht über den Schnee laufen wie ein Wolf.«

»Und Lügen erzählen können Sie auch.«

»Ich nicht.« Die Hexe lachte. Ihr Lachen klang gelöst und doch unangenehm. »Ich muß gestehen, daß ich es als Kind getan habe. Aber ich stellte bald fest, daß die Wahrheit viel beängstigender ist.«

»Als nächstes werden Sie mir noch erzählen, Sie hätten gewußt, daß ich hier oben bin, und seien meinetwegen heraufgekommen.«

»Ganz und gar nicht. Ich bin so arm dran wie alle anderen. Beinahe jedenfalls. Wie die anderen versuche ich, mit Hilfe meines Verstandes zu überleben, und auch wenn ich mir gern einbilde, ich hätte mehr als sie, lebe ich so schlecht wie alle anderen.«

Free sah sie an und schüttelte den Kopf. »Aber Sie sind trotzdem stolz auf sich, Mädchen. Stolz auf das, was Sie sind.«

»Ich bin, was das beste für mich ist. Ich bin der einzige Mensch, der mir bisher begegnete, der kein Dummkopf ist.«

»Anwesende ausgenommen, vermute ich.«

»Sie sagen mir, daß Sie Ihre Vernichtung und Ihren Tod erwarten. Wenn ich Sie wäre, würde ich beides willkommen heißen. Sie tun das nicht, aber Sie fliehen auch nicht.«

»Wo ich gerade hergekommen bin, sterben Männer nicht so leicht. Frauen auch nicht.«

»Das erklärt natürlich alles. Aber warum fliehen Sie nicht? Selbst wenn Sie kein Geld haben, könnten Sie einen Ort finden, an dem man einen obdachlosen alten Mann aufnimmt.«

»Das kann ich nicht, und das will ich nicht. Sie glauben, Ihr Blick dringe zehn Meter tief in die Erde ein, was, Mädchen? Dabei sehen Sie überhaupt nichts.«

»Was kann ich nicht sehen, Mr. Free?«

»Sie glauben, der, der hier vor Ihnen steht und mit Ihnen redet, sei alles, was es zu sehen gibt. Wissen Sie nicht, daß an jedem Mann mehr dran ist als das, was man zwischen Scheitel und Fußsohle sieht?«

»Da ist was dran.«

»Sie glauben, diese Mauern hier gehören mir. Ich sage Ihnen, ich *bin* diese Mauern. Hier habe ich begonnen. Hierher kam ich zurück, um meine Wunden zu lecken – einige Jahre lang. Länger als mein ganzes Leben. Hier werde ich leben, solange die Mauern stehen, und hier werde ich sterben, wenn sie fallen. Sehen Sie meinen Schornstein dort? Der gehört ebenso zu mir wie der, mit dem Sie sprechen.«

»Dann leben wir vier in Ihrem Innern. Das finde ich amüsant. Wie Würmer in einer Leiche. Nun gut, Mr. Free, wollen Sie mir etwas über Ihren Schornstein erzählen? Oder ist Ihnen vom Heizen die Kehle wund geworden?«

Eine Dachpfanne auf der Brüstung gab unter den Füßen der Hexe nach. Sie wäre beinahe gestürzt. Zwei Stockwerke tiefer knallte der Brocken auf den Boden.

Als die Nacht fortschritt, wurde es kalt im alten Haus. Barnes nahm die Decken von seinem Bett und wickelte sich eine um die Schultern und die andere um die Beine.

Liebe Chiffre 188B,
ich weiß nicht, wie ich Dich sonst nennen soll, also nenne ich Dich so. Ich finde, das ist ein schöner Name. Die 1 bedeutet, daß Du 1am bist, und damit sind wir schon 2. Das klingt wie ein Wortspiel, aber irgendwie bin ich wirklich allein. Die 88 erinnert mich an ein Klavier, das 88 Tasten hat. Ich habe früher Klavier gespielt, und Du bestimmt auch. Um die Wahrheit zu sagen, ich war nie sehr gut, aber ich bewundere Leute, die es wirklich können. Da ich Vertreter bin und in Hotels lebe, komme ich nicht zum Üben. B steht für ›bezaubernd‹. Das B ist für mich schon immer ein weiblicher

Buchstabe gewesen. A und C sind männlich, und das bin ich auch. Da ich sagte, daß ich Vertreter bin, denkst Du nun bestimmt, ich sei einer dieser Burschen, die sich herumtreiben und ihre Frauen betrügen. Ich bin allein (geschieden), wirklich. In Deiner Anzeige heißt es, daß du eine JF bist. Ich bin ein GM. Ich habe keine Vorurteile, und ich hoffe, Du auch nicht. Ich bin 35, 1,75 groß und habe schwarzes Haar und einen Schnurrbart. Aber ich bin nicht schwarz. Ich bin natürlich ein Weißer.

Wenn Du ein Bild von mir haben willst, dann schick mir Deins, und ich schicke Dir meins.

Vielleicht schon bald Dein

Osgood Barnes

Als er den Brief noch einmal gelesen und in den Umschlag gesteckt hatte, streifte Barnes die Decken ab, stand auf und reckte sich. Einen Moment sah er nachdenklich zum Bild der wollüstigen Blondine, die jetzt so ordentlich bekleidet war, wie sie es überhaupt sein konnte. Dann zuckte er mit den Achseln und schaltete das Licht aus.

Dieses Mal hatte er mehr Erfolg. Ein Lichtpunkt glühte im Loch. Er legte das Auge daran.

Das Loch war ein paar Zentimeter über der Kommode der Hexe. Ein großer Gegenstand (er hatte noch nicht herausbekommen, was es war) warf einen Schatten darüber. Er konnte den größten Teil ihres Bettes, einen großen Teil des Zimmers und ein Stück von der Tür sehen.

Die Hexe saß angezogen auf dem Bett. Sie rauchte nervös eine lange Zigarette mit lavendelfarbenem Papier, die in einer scharlachroten Spitze steckte. Einen

Augenblick schien sie ihn direkt anzusehen. Sie stieß eine Rauchwolke aus und stand auf. Er zuckte unwillkürlich zusammen und rechnete schon halb damit, daß sie gleich die Glut ihrer Zigarette durchs Loch schieben würde.

Als er wieder hinsah, saß sie mit einer Bürste in der Hand schon wieder auf dem Bett. Sie zog sich lange Nadeln aus dem Haar, das sich wie ein tiefschwarzer Wasserfall löste. Mit angehaltenem Atem zählte Barnes die Striche, als sie sich bürstete. Eins, zwei, drei... dann begriff er, daß sie überhaupt nicht zählte, sondern sich zum Rhythmus eines Reims bürstete, den sie in einer fremden Sprache murmelte.

Er zählte nicht mehr, aber er war sicher, daß sie weit über hundert war, als sie die Zigarette ablegte und die Bürste senkte. Direkt danach hörte er ein Klicken, als die Bürste auf die Kommode gelegt wurde. Dann war die Frau wieder zu sehen. Sie neigte den Kopf und nahm ihre Kontaktlinsen heraus.

Er wartete darauf, daß sie sich auszog, und sie enttäuschte ihn nicht. Zuerst zog sie ihre Stiefel aus. Es waren kleine Stiefel mit spitzen Absätzen, anscheinend aus schwarzem Ziegenleder. Sie waren naß und schienen stark abgetragen. Sie musterte kritisch die Sohlen der Stiefel, ehe sie sie abstellte.

Dann zog sie sich mit einer einzigen, fließenden Bewegung das Kleid über den Kopf. Sie tappte zu ihrem Wandschrank, wo sie es vermutlich aufhängte. Darunter trug sie einen schwarzen Unterrock und Strumpfbänder. Barnes geriet in Wallung.

Doch an diesem Punkt schien sie das Interesse an ihrer bisherigen Beschäftigung zu verlieren. Sie schritt unruhig durch den Raum und sah, wie durch eine nicht ganz gelungene Magie verwandelt, beinahe aus wie ein Panther. Barnes nahm das Bild vom Haken, richtete sich einen Augenblick auf, um seinen Rücken zu entspannen, und beobachtete weiter.

Ihre Hand fuhr an seinem Guckloch vorbei. Sofort darauf konnte er den Rauch und ihr Parfüm riechen. Sie hatte sich eine neue Zigarette angezündet, die sie nun auf ihrer unruhigen Wanderung begleitete. Vorsichtig faßte er die Lehne des Stuhls, der vor seinem Tisch stand, und zog ihn heran. Dann stellte er fest, daß er die Frau nicht mehr beobachten konnte, wenn er sich daraufsetzte. Er überlegte, ob er einen Musterkoffer auf den Stuhl legen sollte, und war schon drauf und dran, einen zu holen, als die Hexe wieder zu ihrem Wandschrank ging. Er sah eine scharlachrote Bewegung, als sie ihre Zimmertür öffnete. Dann hörte er, wie sie an seine Tür klopfte.

4. KAPITEL

Der alte Mann

»Hallo, Mr. Stubb«, sagte Free. »Ich hätte nicht erwartet, Sie zu dieser Nachstunde in meiner Küche zu treffen. Aber Sie sind natürlich willkommen. Darf ich fragen, was Sie hierher treibt?«

»Hunger, Sir«, erwiderte Stubb. »Hunger und Neugierde.«

Der alte Mann rieb sich mit einer großen, knorrigen Hand die Stirn. »Sie wollen mich beschämen, weil wir Ihnen nichts von dem übrig gelassen haben, was Mr. Barnes heute abend mitbrachte. Sie haben recht damit, und Sie haben mich wirklich beschämt. Es tut mir aufrichtig leid.«

Stubb tat die Entschuldigung mit einer Handbewegung ab. »Wie ich hörte, war es das Geld dieser Serpentina. Außerdem haben Sie vermutlich gedacht, ich würde auswärts essen.«

»Ich habe es nicht gedacht, Mr. Stubb. Das ist es ja. Ich war einfach abwesend, ich habe an die alten Zeiten gedacht.«

»Das tun wir alle, Sir«, sagte Stubb. »Es war kein Vorwurf gegen Sie, als ich sagte, daß ich Hunger habe. Ich habe heute abend sogar etwas Geld, weil ich jemand geholfen habe. Das Lokal, wo ich sonst esse, war geschlossen, deshalb bin ich in den Laden gegangen und habe mir ein Tiefkühlmenü geholt. Es steckt gerade in Ihrem Elektroherd. Gebratenes Huhn, Stampfkartoffeln und grüne Bohnen. Wenn Sie mit mir teilen wollen, sind Sie eingeladen.«

»Nein, nein. Dank Madame Serpentina und Mr. Barnes habe ich mein Abendessen bekommen. Aber die

Wärme tut gut, und ich wünsche Ihnen viel Vergnügen beim Essen, Mr. Stubb. Nehmen Sie sich Tee, wenn noch etwas da ist.«

Der alte Mann wollte den Raum wieder verlassen, aber Stubb hielt ihn mit einer Geste auf. »Da ist noch etwas, Sir. Ich sagte, ich sei auch aus Neugierde gekommen.«

»Und worum geht es, Mr. Stubb?«

»Als ich mich anzog, um zum Geschäft zu gehen, hörte ich einige seltsame Geräusche.«

»In alten Häusern wie diesem kracht es manchmal«, sagte Free ausweichend. »Das ist eben so.«

»In windigen Nächten sicherlich, Sir. Und natürlich kracht und stöhnt jedes Haus, wenn es auskühlt. Aber vorhin war das Gas noch nicht abgedreht, und ich war heute abend zweimal draußen und konnte sehen, daß sich kaum ein Lüftchen regt, obwohl es am Nachmittag ziemlich windig war. Nein, Mr. Free, ich habe den Geräuschen eine Weile zugehört und bin schließlich darauf gekommen, daß jemand über mir auf dem Dach herumlief.«

Der alte Mann nickte, ging zum Küchentisch, an dem Stubb schon saß, zog einen Stuhl vor und setzte sich.

»Es war nicht Candy Garth, denn die hatte ich kurz zuvor in ihrem Zimmer gesehen. Es war auch nicht Barnes, denn sein Zimmer liegt meinem gegenüber, und ich mußte nur den Kopf aus der Tür stecken, um seinen Stift kratzen zu hören. Er hat in seinem Zimmer gesessen und geschrieben, nachdem Sie gegessen hatten. Es hätte Serpentina sein können – weil ihr Zimmer dunkel war –, aber ich denke, sie ist nicht schwer genug. Damit blieben nur noch Sie. Ich warf deshalb unten einen Blick in Ihr Schlafzimmer, bevor ich hinausging. Sie müssen sich wirklich angewöhnen, die Tür abzuschließen, wenn Sie nicht da sind.«

»Ich gehe manchmal einfach raus«, sagte der alte

Mann leise. »Was da drin des Stehlens wert war, ist schon vor langer Zeit verschwunden.«

»Ich habe schon öfter Leute so reden gehört, aber das war immer, bevor sie beraubt wurden. Niemals danach. Wie auch immer, als ich vor die Tür trat, hätte mich beinahe ein Dachziegel erschlagen. Ich weiß, daß es ein Dachziegel war, weil ich ein Stück aufhob und mir ansah, als ich im Geschäft war. Ich glaube nicht, daß jemand es auf mich abgesehen hatte, weil der Stein fiel, als ich noch in der Tür stand. Trotzdem wäre ich beinahe umgekommen, und ich wüßte gern, was da passiert ist.«

»Sie haben recht, was mich anging«, erklärte der alte Mann. »Ich bezweifle nicht, daß Sie meine Schritte hörten. Aber was Madame Serpentina angeht, hatten Sie unrecht. Sie war mit mir zusammen oben.«

»Ah«, sagte Stubb. Er nahm die Brille ab, hauchte die Gläser an und setzte sie wieder auf, als wartete er gespannt auf die Fortsetzung der Geschichte.

»Das mit dem Ziegel tut mir ehrlich leid. Ich hatte keine Ahnung, daß um diese Nachtzeit jemand unten sein könnte.«

»Haben Sie ihn etwa fallengelassen, Sir?«

»Ich bin dafür verantwortlich«, sagte der alte Mann. »Sie haben vollkommen recht. Ich habe versucht, dem Mädchen etwas zu zeigen.«

»Was wollten Sie ihr zeigen?«

»Ich will Sie nicht vor den Kopf stoßen, Mr. Stubb, aber das geht Sie nun wirklich nichts an. Übrigens denke ich, daß Ihr Essen so langsam gar ist. Sie haben Glück, daß nicht auch der Strom abgestellt ist. Nehmen Sie das Huhn lieber raus.«

Stubb warf einen Blick auf sein nacktes Handgelenk. »Kann gut sein, Sir. Ich habe meine Uhr oben gelassen.«

»Hoffentlich haben Sie Ihr Zimmer abgeschlossen. Nun, das Huhn ist jedenfalls gar. Ich kann es wittern.«

Stubb schaltete den Ofen aus und kehrte mit der Fertigmenüschale aus Aluminium zum Tisch zurück. »Wollen Sie bestimmt nichts?«

Der alte Mann schüttelte den Kopf.

»Mr. Free, ich muß Ihnen zustimmen. Was Sie da oben gemacht haben, geht mir nichts an. Aber es könnte mich etwas angehen – wenn Sie das wollen.«

»Man will mein Haus abreißen. Das habe ich Ihnen schon gesagt.«

»Ja.« Stubb suchte sich eine Keule aus und biß hinein.

»Vor einer Stunde haben sie das Gas abgedreht. Morgen schalten sie den Strom ab, und dann kommt das Abbruchunternehmen. Sie sollen mir helfen. Das habe ich Ihnen schon erzählt.«

»Das haben Sie«, sagte Stubb. »Und ich werde Ihnen helfen.«

»Es reicht mir schon, wenn wir dafür sorgen können, daß die Wände stehenbleiben. Wenn uns das nicht gelingt, kann mir überhaupt nichts mehr helfen.« Free hielt inne. »Ich könnte sterben, aber der alte Ben Free stirbt nicht, ohne sich gewehrt zu haben.«

»Sie lieben das Haus.«

»Tu ich wohl. Soll ich mich deshalb schämen, Mr. Stubb?«

»Jeder Mensch braucht etwas, das er lieben kann.«

Der alte Mann nickte. »Das stimmt. Ich liebe dieses Land, glaube ich, oder ich habe es früher geliebt. Ich habe meine Frau und meine Tochter geliebt. Was lieben Sie, Mr. Stubb?«

Stubb kaute und schluckte. »Ich weiß nicht. Meine Arbeit vielleicht, wenn ich Arbeit habe. Ich habe keine Frau und kein Haus.«

»Sagten Sie nicht, daß Sie Detektiv sind?«

»Ich bin Ermittler, Sir. Als Privatdetektiv würde ich eine Lizenz brauchen. Wie es aussieht, werde ich von lizensierten Privatdetektiven angeheuert, um die Arbeit zu tun, für die sie von ihren Klienten bezahlt werden. Wenn Sie sich einen Arzt vorstellen und daneben einen Burschen, der Ihnen das Aspirin verkauft, das Ihnen der Doktor verschrieben hat, dann liegen Sie ungefähr richtig.«

»Ich glaube, es wird für mich klarer, wenn ich an einen Farmer und seinen Landarbeiter denke. Dem Farmer gehört das Land. Er sagt: ›Zeit, für den Winterweizen zu pflügen‹, und der Knecht pflügt und sät. Er bekommt seinen Lohn, und der Farmer die Ernte.«

»So ist es, Sir.«

»Dachte ich mir.« Der alte Mann schob seinen Stuhl zurück. »Ich mache Ihnen etwas Tee zum Essen.«

»Lassen Sie nur, Mr. Free. Ich bin fertig, bevor das Wasser heiß ist.«

»Dann will ich Ihnen wenigstens ein Glas Wasser geben. Ich war früher selbst mal Knecht.« Free kicherte. »So eine Art Schreibtischknecht.«

Stubb nickte höflich.

»Oben im *High Country* war das.« Der alte Mann winkte in Richtung Decke. »Da komme ich her.«

»Ähm, und wie sind Sie hierher gekommen, Mr. Free?«

»Oh, ganz aus eigenem Antrieb. Ich kam hierher und besuchte viele andere Orte. Niemand hat mich getrieben. Ich lasse das Wasser einen Augenblick laufen, damit es kalt ist.«

»Schön.«

»Sie würden vielleicht sagen, daß ich ein Dummkopf war. Vielleicht haben Sie damit sogar recht.«

Stubb schluckte wieder. »Ich habe auch ein paar ziemlich dumme Sachen gemacht.«

»Abenteuer wollte ich erleben. Die Welt retten. Ich bin hier raufgekommen, weil ich die neue Welt sehen wollte, aber in all den Jahren habe ich keine Spur von ihr entdeckt, und inzwischen ist es mir, glaube ich, ziemlich egal. Gefahren? Die gibt es hier wie dort.

Liebe? Habe ich erlebt, aber nicht genug, daß es der Mühe wert gewesen wäre, wenn Sie verstehen. Schmerzen, Einsamkeit. Beides hatte ich reichlich. Ich würde gern zurückkehren, aber es ist zu spät. Ich bin jetzt zu alt.«

»Ein Busticket ist doch nicht so teuer, Mr. Free.«

»Das Ticket habe ich. Da fährt zwar kein Bus hin, aber ich habe das Ticket. Ich habe es aufgehoben, und ich werde es nie wegwerfen, auch wenn es mir nichts mehr nützen kann. Es ist immer noch da, wo ich es unterbrachte, da in der Wand.«

»In einer Wand?«

Free nickte. »Ich hatte Angst, ich könnte es verlieren, und deshalb habe ich es dort versteckt. Hören Sie, Mr. Stubb, ich will Ihnen etwas sagen, das nicht viele Menschen wissen. Die meisten, die fortgingen, haben ihr Ticket verloren. Manche haben es benutzt und sind zurückgekehrt. Ich bin meines Wissens der einzige, der keines von beidem getan hat. Aber natürlich könnte man behaupten, daß ich mein Ticket ebenfalls verloren habe, weil ich es nicht mehr benutzen kann.«

»Sir, ich habe nicht die geringste Ahnung, was für ein Ticket das sein soll«, sagte Stubb. »Aber wenn Sie wollen, kann ich Ihnen helfen, es zu suchen.«

Der alte Mann stellte seufzend ein Glas Wasser auf den Tisch. »Vielleicht könnten Sie das. Wenn das Haus nicht abgerissen wird, werden wir weitersehen.« Er stellte sich hinter einen Stuhl und stützte die Arme auf die Lehne.

»Und wenn diese Serpentina Ihnen Schwierigkeiten macht, dann kann ich Ihnen auch dabei helfen. Sie müssen es mir nur sagen.«

»Sie ist Ihnen ähnlicher, als Sie denken, Mr. Stubb. Ich glaube, sie will mir auf ihre Art auch helfen.«

»Wenn Sie mich fragen, Sir, dann ist Serpentina ein guter Name für sie. Wenn sie ein Kaninchen scharf ansieht, dann stirbt es. Ich kenne diese Sorte.« Stubb nahm einen Schluck Wasser und kratzte die Reste seiner Stampfkartoffeln mit der Gabel zusammen.

»Wo ich herkomme, gab es überall Kaninchen«, sagte der alte Mann leise. »Und Bären und Rehe. Hier habe ich noch nie eins gesehen. Auch keine anderen wilden Tiere. Höchstens mal eine Taube oder eine Ratte. Sie wissen überhaupt nicht, wie arm Sie hier sind.« Er richtete sich wieder auf und straffte seine Schultern, die immer noch breit waren. »Die Tiere sind alle fort, Mr. Stubb, und bald werde ich auch fort sein. Ermordet.«

Es dauerte einen Augenblick, bis Stubb bemerkte, daß er allein war. Er sprang auf und stürmte zur Tür. Bis er sie erreichte, war das Wohnzimmer dahinter schon leer. Auch Mr. Frees Schlafzimmer war verlassen.

Er kehrte in die Küche zurück, nahm die Brille ab und zog ein fast sauberes Taschentuch aus der Hosentasche. Als er seine Brille gründlich geputzt hatte, nahm er ein Notizbuch und einen Druckbleistift aus der Hemdtasche, verzog das Gesicht zu einer angestrengten Grimasse und schrieb mit mikroskopisch kleiner Handschrift etwas auf. Dann sah er seine früheren Aufzeichnungen durch, riß einige Zettel heraus und knüllte sie zu Kugeln zusammen, die er in die leere Menüschale fallen ließ.

Als er fertig war, trug er die Schale mitsamt Papierkugeln und Hühnerknochen zum Abfalleimer. Während er die Schale auskippte, lief eine Maus davon, die hinter dem Eimer gesessen hatte. Stubb erstarrte. Die Maus hielt inne und sah ihn lange an. Sie setzte sich auf wie ein kleines Känguruh. Stubb suchte langsam sein Taschenmesser und klappte an beiden Seiten eine Klinge aus. Als die zweite Klinge klickend einrastete, rannte die Maus weiter, um sich in Sicherheit zu bringen. Stubb warf das Messer, verfehlte sie aber um einen halben Meter.

Draußen glitzerte frischer Schnee im Sternenlicht. Er

schob den Schnee mit dem Fuß zur Seite, um die Reste der Dachpfanne zu suchen, dann stellte er seinen Kragen hoch und ging weiter. Ab und zu blieb er stehen und sah nach oben.

Die Frau an der Kasse hob lächelnd den Kopf, als er eintrat. »Mein bester Kunde.«

»Sicher. Ich bin wohl der einzige heute abend, was?«

»Der einzige. Seit Sie das letzte Mal hier waren, hat sich kein Mensch blicken lassen. Brauchen Sie noch etwas?«

»Ich habe die Zeitung vergessen«, sagte Stubb.

»Die hier sind inzwischen von gestern. Wenn Sie zwanzig Minuten warten, kommen die neuen.«

»Vielleicht.« Stubb nahm eine Zeitung.

»Wollen Sie einen Kaffee? Geht auf Kosten des Hauses.«

»Gern, es ist kalt draußen.«

»Die Firmenleitung gibt ihn uns, damit wir ihn den Streifenpolizisten geben können. Wenn die öfter hier sind, treiben sich hier nicht so viele Penner herum. Wir dürfen natürlich auch selbst was trinken, aber wir dürfen die erste Kanne erst nach Mitternacht machen. Was suchen Sie eigentlich?«

»Einen Bericht über den neuen Freeway«, erklärte Stubb.

5. KAPITEL

Der Besuch

»Moment«, rief Barnes. »Einen Moment.« Er hatte im Dunkeln das Bild verlegt. Er tastete danach, fand es nicht, langte nach dem Lichtschalter, fand das Bild, hängte es über das Guckloch und öffnete seine Zimmertür.

»Das tut mir aber leid«, sagte die Hexe. »Sie haben ja schon geschlafen. Ich hätte nicht so rücksichtslos sein dürfen.«

»Ich habe noch nicht geschlafen. Ich war vollkommen wach, glauben Sie mir.« Er stolperte zurück. »Kommen Sie doch rein.«

Sie nickte und trat ein. Ohne ihre hochhackigen Stiefel ging sie ihm nur bis zur Schulter. Der scharlachrote Morgenmantel gab ihr etwas Asiatisches – er war mit sich windenden Drachen bestickt, und wie sie ihn unter dem Kinn festhielt, und wie ihre langen, dunklen Haare über die Schultern fielen, hätte sie beinahe eine Chinesin sein können.

»Sie sind sehr freundlich, Mr. Barnes. Sie hätten allen Grund, mir böse zu sein.«

»Aber nein!« Der Stuhl stand noch in Richtung der bekleideten Blondine. Hektisch schnappte er den Stuhl und rückte ihn für sie zurecht. Er setzte sich erst aufs Bett, als sie sich herabgelassen hatte, die Einladung anzunehmen.

»Sie haben Bilder aufgehängt. Ich vermute, Sie sind der einzige hier, der sich die Mühe gemacht hat, sein Zimmer zu schmücken.«

»Ich verkaufe diese Sachen«, erklärte Barnes. Er räusperte sich. »Wenn sie da hängen, denke ich oft an sie, und dann fällt mir manchmal etwas ein, das ich über sie sagen kann.«

»Ein System«, sagte die Hexe bewundernd. »Sie haben recht, Mr. Barnes. Auf das System kommt es an.« Ihre Augen, bisher eher einschüchternd als einladend, schmolzen dahin.

»Man gibt sich Mühe«, erklärte Barnes.

»Sie sind sicher sehr erfolgreich.« Die Hexe ließ den Kragen ihres Morgenrocks los und faltete die Hände bescheiden im Schoß, so daß Barnes ihren Ausschnitt und ein Dreieck ihres schwarzen Unterrocks sehen konnte. Erst jetzt schien sie den Haken zu bemerken, an dem das Bild der Blondine hing. »Sie sind auch religiös. Wie selten dies bei Männern anzutreffen ist! Mr. Barnes, ich bin gekommen, um Sie um Hilfe zu bitten.«

Er schluckte. »Wenn es um Geld geht, dann tut es mir leid, aber ...«

»Ich habe Ihnen heute abend das Geld für die Lebensmittel gegeben, haben Sie das schon vergessen?«

»Nein, Ma'am, keineswegs, und ich verspreche Ihnen, wenn ich meine Provision bekomme, dann ...«

»Nicht nötig. Ich wollte Ihnen damit nur sagen, daß ich kein Geld von Ihnen will. Sicherlich gab es in Ihrem Leben andere Frauen, die immer nur Geld von Ihnen wollten.«

»Nein, nein«, erwiderte Barnes. »Überhaupt nicht.«

»Wirklich? Dann sind Sie eine Ausnahme. Wie auch immer, ich will Sie um Hilfe bitten, Mr. Barnes. Ich möchte Sie sozusagen unter meinem Banner wissen.«

»Verlangen Sie, was immer Sie wollen. Es ist mir eine Freude ...«

»Vielleicht sollten Sie zuerst zuhören. Glauben Sie an das Übernatürliche?«

»Also ... ähm ...« Barnes schien einen Moment lang verlegen. »Ich kann wirklich nicht sagen, ob ich daran glaube oder nicht. Man könnte wohl sagen, daß ich immer gedacht habe, daß es mehr geben muß, als man an der Oberfläche sehen kann, aber offengestanden habe ich kaum darüber nachgedacht. Ich hatte irgendwie das Gefühl, daß es mich nichts angeht. Vielleicht finden wir es heraus, wenn wir sterben.«

»Es gibt eigentlich keinen Grund, so zu denken, Mr. Barnes. Die Menschen neigen dazu zu glauben, daß in dieser Ebene hier eine höhere Ebene verborgen sei, die erst in der nächsten Welt offensichtlich werde. Aber ist es nicht genauso wahrscheinlich, daß die höhere Welt uns offenbart wird, während wir noch in dieser sind, und daß wir auch in der nächsten Welt unwissend bleiben, wenn wir ohne Wissen um die höhere Welt sterben?«

»Ich weiß nicht«, gab Barnes zu.

»Sie als Mann sind sicherlich eher von der Wissenschaft als von den Symbolen der Mystik zu beeindrucken. Ihnen würde ich sagen, daß wir, wenn wir über eine höhere Welt reden, eine höhere Ebene der Energie meinen. Dies meinen wir fast immer, wie Sie noch sehen werden, wenn wir von etwas Höherem sprechen – der Stein auf dem Berggipfel besitzt beispielsweise eine größere potentielle Energie als der Stein am Talboden. Wenn ein Ende einer Schüreisens rot ist, dann sagen wir, dieses Ende sei wärmer, oder es habe eine größere thermische Energie. Wenn wir sterben und uns dem Gesetz der Entropie unterwerfen, das von allen Wissenschaftlern anerkannt wird, dann gehen wir von einem höheren Zustand in einen niedrigeren über. Da wir dann von der höheren Welt weiter entfernt sind, können wir sie doch wohl kaum deutlicher sehen?«

Barnes sagte: »Es gut mir leid, aber ich weiß über die Wissenschaft nicht viel mehr als über das Übersinnliche. Oft kommen sie mir sogar vor wie ein und dasselbe.«

Die Hexe nickte und lächelte. Perfekte Zähne blitzten in ihrem dunklen Gesicht. »Sie sind einander wirklich näher, als die meisten Wissenschaftler – oder die meisten Mystiker – zugeben wollen, Mr. Barnes. Nachdem ich Ihnen die erste Lektion in der Wissenschaft erteilt habe, will ich nun die erste Lektion in Mystik folgen lassen. Es ist so, daß wir unser Leben lang von Zeichen umgeben sind – Zeichen, die zu lesen wir oft zu blind sind. Ich bin ein solches Zeichen, und Sie sind ein solches Zeichen, und das Bett, auf dem Sie sitzen, ist ein Zeichen. Wenn wir wüßten, was alle Zeichen bedeuten, dann könnten wir Geschöpfe einer höheren Ordnung sein. Schon wenn wir nur wüßten, was die meisten von ihnen bedeuten, könnten wir Macht haben und reich sein. Verstehen Sie das?«

»Ich glaube schon«, sagte Barnes.

»Die Luft und das Licht des Lebendigen sind Zeichen, genau wie der Schmutz und der Staub des Todes. Wenn wir, die wir die Sterne sehen können, nicht zu erkennen vermögen, was höher ist, wie sollen dann jene, die zwischen den Wurzeln der Bäume in einem Land voller Würmer und Steine leben, es sehen können? Ich sage Ihnen, Mr. Barnes, das Wissen kommt zu denen, die lernen wollen. Das Augenlicht kommt zu denen, die die Augen öffnen, und das Verstehen zu denen, die über Geheimnisse nachdenken.«

»Das haben Sie wunderschön gesagt«, sagte Barnes. »Ich kann verstehen, warum Sie das glauben … äh …«

»Mein Name ist Madame Serpentina. Sie dürfen mich ruhig so nennen.«

»Ich weiß. Ich dachte nur, vielleicht … nun ja, es wäre etwas freundlicher, wenn Sie mich Ozzie nennen würden.«

»Nun gut, dann nenne ich Sie Ozzie, und Sie nennen mich Madame Serpentina.«

»Natürlich, Madame Serpentina. Wenn Sie es so wollen. Ich wollte nur sagen, daß jetzt, wo ich es so gut ausgedrückt gehört habe – ich meine, wenn ich meine Waren so verkaufen könnte wie Sie Ihre Ideen, dann wäre ich reich. Glaube ich jedenfalls. Ich weiß nur nicht, was Sie von mir wollen.«

Die Hexe lächelte wieder. »Sie sind ein wundervoller Mann, Ozzie. Sie sind praktisch und überzeugend, Sie besitzen in einem ungewöhnlichen Maße männliche Charakterstärke. Was könnte eine Frau von Ihnen wollen?«

Barnes' Augen wanderten zu dem Stapel Briefe auf dem Tisch. »Wie Sie schon sagten, Madame Serpentina, die meisten wollen Geld.«

»Ihren Schutz, Ihren Mut, Ihre Kraft und Ihre Klugheit will ich auf meiner Seite wissen. Aber, Ozzie«, sie beugte sich vor und nahm seine Hände in die ihren, die ihm vorkamen, als wären sie kalt wie Eis. »Zuerst müssen Sie verstehen, daß ich das bin, was ich sage. Ich werde Hexe genannt, und so nenne ich mich auch selbst – das ist das beste Wort, das ich für das kenne, was ich bin. Wissen Sie, was das bedeutet? Klugheit war einst gleichbedeutend mit Wissen. Jemand etwas Böses anzutun bedeutete noch vor tausend Jahren, ihn zu verhexen. Wir Hexen konnten weissagen, und das war etwas Heiliges.«

Sie sprach rasch und abgehackt, hypnotisierend. Barney konnte nur keuchen: »Sie sind wirklich bezaubernd.«

»Das bin ich, mein Ozzie. Sie sind der Wahrheit näher, als Sie selbst wissen. Ich habe das oft bemerkt, wenn ich mit anderen gesprochen habe – das ist sicherlich meine Aura. Aber Sie müssen begreifen, daß ich diejenige bin, die den Schleier gelüftet hat. Ich bin erleuchtet. Wir zwei, Sie und ich, haben davon gesprochen, eine höhere Welt zu sehen. Ich habe gelegentlich einen Blick oder einen Reflex von ihr erhascht. Ich habe das Studium dieser Welt zu meiner Lebensaufgabe gemacht.«

Barnes nickte feierlich.

»Sie sind hier, und ich bin hier, Ozzie. Wir sitzen in

einem Haus, dem die Zerstörung droht. Warum sind wir hier?«

»Also«, begann Barnes langsam, »ich kann nichts über Sie sagen, Madame Serpentina. Aber ich ... ich lese immer die Kleinanzeigen. Besonders die Kontaktanzeigen. Und vor ein paar Tagen habe ich in der Sonntagszeitung eine Anzeige gesehen, in der von kostenlosem Wohnen die Rede war. Ich habe sie ausgeschnitten. Ich glaube, ich habe sie noch irgendwo.«

»Sie brauchen nicht danach zu suchen.«

»Jedenfalls hieß es da, man könne hier umsonst wohnen, bis das Haus abgerissen wird. Um die Wahrheit zu sagen, ich hatte in dem Haus, in dem ich vorher wohnte, einige Probleme. Ich war die Miete schuldig geblieben, und einmal war ein Vorhängeschloß vor der Tür, aber ich konnte die Frau überzeugen, daß ich doch meine Musterkoffer brauchte und ordentlich aussehen müßte, weil ich sonst nie die Miete verdienen könnte, und da hat sie mich wieder reingelassen. Als ich die Anzeige sah, ging ich sofort los. Der alte Mr. Free schickte Leute wieder weg, die er nicht haben wollte, und ich bekam den Eindruck, daß wir hier alle respektable Leute sind, ja, das sind wir wohl, mit einer Ausnahme.«

Die Hexe tat den Seitenhieb mit einer Handbewegung ab. »Ich will Ihnen erzählen, wie ich herkam.« Sie hielt inne und schien über Barnes' Schulter hinweg etwas zu beobachten, das für ihn unsichtbar blieb. »Ich hatte gewisse Vorzeichen in den Sternen und anderswo beobachtet. Deshalb war ich aufgeregt. Sie mögen mich für eine harte Frau halten, Ozzie, aber das bin ich nicht – ich bin durchaus zu Gefühlen fähig, die die Herzen vieler anderer Menschen zum Bersten bringen würden. Genau wie Sie hatte ich gewisse Schwierigkeiten. Manchmal liege ich zu den seltsamsten Zeiten lange wach. Ich liebe Musik, das habe ich mir – sagen wir –

angewöhnt, und meine Besucher fallen manchmal etwas aus dem Rahmen.«

Barnes nickte feierlich. Etwas in dieser Art war ihm auch schon aufgefallen.

»Ich habe eine viel zu hohe Miete für ein erbärmliches Zimmer bezahlt, aber auf einmal war ich dort nicht mehr willkommen. Ich sah die Anzeige, die auch Sie gesehen haben, und obwohl dieser Glücksfall viel zu klein war für das, was ich angekündigt gesehen hatte, war es ein günstiger Tag, und ich kam her.«

»Wir wollen sagen, daß das Glück auf unserer Seite war, Madame Serpentina.«

Sie überhörte seine Zustimmung. »Ich wartete den ganzen Tag auf den verheißenen Segen, aber er kam nicht. Ich kehrte zu meiner vorherigen Bleibe zurück in der Hoffnung, es sei eine Nachricht gekommen, aber da war nichts. Am Abend beobachtete ich wieder die Sterne. Ich hatte mich nicht geirrt. Sie können sich vorstellen, daß ich darüber lange gegrübelt habe.«

Barnes nickte. »Ich kann mir vorstellen, wie Sie gegrübelt haben.«

»Nachdem Sie heute abend gegangen waren, sprach ich mit unserem Gastgeber. Er erzählte mir von seinen Sorgen und seinen Ängsten. Er sagte mir, glaube ich, viel mehr, als er eigentlich sagen wollte, denn er hielt mich für unerleuchtet. Er ist alt, er denkt oft an den Tod, und sein Verstand ist nicht mehr so klar, wie er glaubt. Letzten Endes konnte er nicht widerstehen und mußte mir eine kleine Demonstration seiner Macht geben.«

»Wollen Sie damit sagen, daß Mr. Free, nun ja, so ähnlich ist wie Sie?«

Die Hexe lächelte strahlend. »Sie sind wirklich ein intelligenter Mann, Ozzie. Er ist wie ich und doch ganz anders, denn ich hätte nicht tun können, was er getan hat. Ich glaube, er ist einer der niederen Acaryas. Wenn sie nicht von sich aus Kontakt mit Schülerinnen aufnehmen, wie es manchmal geschieht, können wir uns glücklich schätzen, wenn wir auch nur einziges Mal im Leben einem begegnen und ihn erkennen. Heute entschlüpfte ihm etwas äußerst Wichtiges. Mein Ozzie, haben Sie sich nie gewünscht, reich und mächtig zu sein? Ich meine nicht das, was man wohlhabend nennt. Ich meine auch nicht Macht in dem Sinne, wie sie der Bürgermeister oder der Gouverneur hat. Ich spreche von unendlichem Reichtum, von echtem Gold, Smaragden, Saphiren und Diamanten und von der Macht über Leben und Tod von Hunderten Millionen von Menschen.«

»Das will ich mehr als alles in der Welt!« Barnes war über seine Inbrunst selbst überrascht.

»Mr. Free – oder besser, die Person, die wir so nennen – hat einen Talisman versteckt. Die Acaryas tun das manchmal. Sie legen ihre Kronen und Zepter und Insignien ab, um irdisch zu erscheinen und um uns auf unserer Ebene entgegenzukommen. Nun fehlt ihm die Kraft, sie wieder anzulegen. Aber wenn wir sie finden könnten ...«

»Sie meinen es ernst«, sagte Barnes. »Es ist Ihnen ernst.«

»Es war mir nie ernster als jetzt. Glauben Sie nicht, Sie könnten mich um die Belohnung bringen, Ozzie. Sie könnten ebensowenig mit einem solchen Talisman umgehen, wie Sie grünhaarige Meeresungeheuer beschwören können. Noch weniger sogar. Aber wenn Sie mir helfen, sollen Sie in einem Reich, das die ganze Welt umfassen wird, mein Großwesir sein.« Die Hexe spielte mit seinen Händen, streichelte seine Handrücken und kitzelte seine Handflächen.

So eisig das Zimmer war, sein Gesicht wurde feucht vor Schweiß. Er zog eine Hand zurück und wischte sie am ausgefransten Ärmel seines Morgenmantels ab. »Ich wünschte, ich könnte behaupten, daß Sie verrückt sind.«

Die Hexe funkelte ihn einen Augenblick an, dann lachte sie. »Im Vergleich zu mir seid ihr alle verrückt. Nein, ihr seid Idioten – abgesehen von Free. Sie sagten, Sie begehren Reichtum und Macht, und Sie sind verzweifelt. Was haben Sie zu verlieren, guter Ozzie?«

»Ich glaube ja nicht, daß Sie verrückt sind«, sagte Barnes. »Was soll ich tun?«

6. KAPITEL

Frühstück

Das dicke Mädchen tappte in die Küche. Ein goldener Balken Sonnenlicht, der aufs abgestoßene Linoleum fiel, ließ sie blinzeln. Sie preßte sich die pummeligen rosa Hände an die Schläfen.

Auch ihr Morgenrock war rosa. Es war jenes heftige, beinahe gewalttätige, selbstleuchtende Rosa, das man nur in den billigsten Geschäften findet. Zusammen mit dem wuscheligen goldblonden Haar gab es ihr das Aussehen einer riesigen Puppe: schön, aber verloren und etwas zerzaust.

Der alte Mann stand auf und zog den Fensterladen vor.

»Haben Sie Kaffee, Mr. Free?«

Free schüttelte den Kopf. »Tut mir leid, es ist nichts mehr da.«

»Ich könnte sowieso nichts essen«, sagte Candy. »Ich wollte nur Kaffee.«

»Ich habe auch noch nichts gehabt.«

»Kein Frühstück?«

»Dieser Barnes ist gestern abend losgegangen und hat ein paar Sachen besorgt, aber die sind inzwischen alle weg.«

Candy gähnte, zog ihren rosa Morgenmantel ein Stück vom Körper ab, sah an sich hinunter und sagte: »Warten Sie, bis ich anzogen bin.«

»Ich habe sowieso nichts zu tun«, erwiderte der alte Mann. Als sie fort war, öffnete er einen Wandschrank, nahm einen Besen heraus und begann zu fegen. Die Küche war seit langer Zeit nicht mehr gefegt worden. Seltsame Krümel und Krusten mischten sich in den schmierigen Staub. Dazwischen fanden sich Kronkorken und kleine Splitter von zerbrochenen Gläsern. Er öffnete die Hintertür und schob alles in einen Hinterhof hinaus, den sich Müll und Gartenwinden teilten.

»Da bin ich«, sagte das dicke Mädchen. Unter dem Plastikmantel trug sie einen rosafarbenen Pullover (ein naher Verwandter des rosafarbenen Morgenmantels), und ein schwarzes Wollkleid. An den Füßen hatte sie Sandalen mit dicken Holzsohlen, die die Zehen unbedeckt ließen. »Holen Sie Ihren Mantel, Mr. Free. Ich lade Sie zu ein paar Eiern ein.«

»Das ist schön.« Der alte Mann seufzte. »Ich habe schon lange keine Eier mehr gegessen.« Er stellte den Besen in eine Ecke.

Draußen tanzte das Sonnenlicht auf dem Schnee. »Sie werden sich die Zehen abfrieren«, sagte er zu ihr, als sie die Vordertreppe hinuntergingen.

»Meine Stiefel sind weg«, erklärte das dicke Mädchen. »Ich muß sie wohl oben bei Marty vergessen haben.«

»Sind Sie etwa barfuß nach Hause gekommen?«

»Er hat mich gefahren«, erklärte das dicke Mädchen. »Oder jemand anders. Vielleicht muß ich mir neue kaufen.« Sie kämmte ihr Haar mit den Fingern. Die kurzen, federnden Locken näherten sich jedesmal, wenn ihre Finger hindurchglitten, etwas mehr der normalen Erscheinung an. »Achten Sie nicht darauf, wenn ich etwas brummig scheine. Ich habe üble Kopfschmerzen.«

»Sie wirken gar nicht so.«

»Danke. Ich habe das Gefühl, ich könnte gleich platzen.«

»Ich habe mich im ganzen Leben noch nicht mit einem Frühstücksei gestritten.«

Candy kicherte. »Ich eigentlich auch nicht.«

Der Sandwich Shop war schon wieder geöffnet. Sie suchten sich eine Nische in der Nähe des Eingangs.

»Ich liebe diese Sitzbänke«, sagte sie. »Auf einem Stuhl fühle ich mich einfach nicht wohl.«

Der alte Mann nickte feierlich.

»Die müßten berücksichtigen, daß manche Leute etwas fülliger sind. Sehen Sie sich nur diese Hocker an der Theke an. Die Dinger bringen mich um. Auf einem Bett sitzen, das ist kein Problem, aber da kann man sich nicht anlehnen.«

Eine Kellnerin in mittleren Jahren brachte die Speisekarten.

»Für mich nur Kaffee«, sagte das dicke Mädchen. »Gibt's hier nicht den unendlichen Kaffee? Nachschenken umsonst?«

»Fünfzig Cents«, sagte die Kellnerin.

»Ja, gut.«

»Ich kann das nicht lesen«, sagte Free. »Aber ich weiß, was ich will. Zwei Spiegeleier, von beiden Seiten gebraten. Kann ich Schinken dazu haben?«

»Schinken«, wiederholte die Kellnerin.

»Oh ... äh ... machen Sie nur weiter«, sagte das dicke Mädchen zu ihm.

»Und dann möchte ich noch einen Tee, wenn das nicht zuviel Mühe macht.«

»Tee.« Die Kellnerin nickte und verschwand hinter der Theke. »Zwei Blinde. Gekochten dazu.«

»Der Kaffee wird mich wieder auf Vordermann bringen«, sagte das dicke Mädchen. »Aber es ist besser, wenn etwas Schnaps drin ist.«

»Das gilt für die meisten Dinge.«

Candy kicherte wieder. »Ich möchte wetten, daß Sie früher umwerfend waren. Ein großer, gutaussehender Bursche.«

Die Kellnerin kehrte mit Eiswasser, Tassen und einer Teekanne aus Blech zurück. »Sahne und Zucker?«

»Viel Zucker«, sagte das dicke Mädchen. Sie gab drei Päckchen in ihre Tasse, rührte abwesend um und leerte die Tasse in einem Zug. Dann blieb sie einen Augenblick still sitzen und preßte die Hände an die Schläfen. »Mehr!« rief sie der Kellnerin hinterher. Free hob und senkte unterdessen den Teebeutel in seiner Kanne. Das dicke Mädchen beugte sich vor und sagte leise: »Kriegen Sie noch einen hoch, Mr. Free?«

Er kicherte. »Wie soll ich das wissen?«

»Wenn Sie's mal versuchen wollen, sagen Sie nur Bescheid. Wenn ich mal nicht so erledigt bin. Wenn Sie's nicht schaffen, macht das auch nichts. Das passiert auch viel jüngeren Männern.«

»Sie sind eine sehr freundliche Frau, Miss Garth.«

Die Kellnerin füllte die Tasse des Mädchens auf und legte eine Handvoll Zuckerbriefchen auf den Tisch. Auf den Rückseiten waren Dichter abgebildet: Byron, Shelley, Keats.

»Ich bin krank«, sagte Candy. »Mein Kopf tut mir weh, das können Sie sich nicht vorstellen.« Ihre dicken Finger zerfetzten die Dichter.

»Ich wünschte, ich wüßte etwas, das Ihnen hilft.«

»Ich habe mich schon verarztet. Ich habe vier Aspirin geschluckt und fast einen Liter Wasser getrunken, bevor ich vorhin herunterkam. Jetzt brauche ich noch sechs oder acht Tassen Kaffee, dann geht's mir wieder gut.«

»Ich kannte mal einen Mann, der hat immer ein Dampfbad genommen. Wir hatten einen Topf, in dem wir Eintopf und solche Sachen gekocht haben, und er hat den Topf mit Wasser gefüllt und aufgesetzt, bis das Wasser kochte. Dann hat er den Topf vom Herd genommen, den Kopf drübergehalten und sich eine Decke über den Kopf gelegt.«

»Das war dann eine andere Art von Kopfschmerzen«, sagte das dicke Mädchen zu Mr. Free. »Aber vielleicht auch nicht.« Sie hatte, während sie sprach, ihren Kaffee halb getrunken. »Wissen Sie, was ich jetzt mache, ist vielleicht sogar das gleiche, nur von innen. Ihr Kumpel hat das Wasser in den Topf getan, und ich gieße mir das Wasser in den Bauch.« Sie tätschelte ihren Bauch. »Und dann koche ich es. Wenn wir wieder zu Hause sind, lege ich drei oder vier Stunden die Decke drüber.«

»Vielleicht kommen Sie gar nicht zum Schlafen«, sagte der alte Mann. »Sie wollen heute kommen.«

»Wer will kommen?«

»Die Leute, die mein Haus abreißen.«

»Haben die Ihnen das gesagt?« fragte das dicke Mädchen.

Free antwortete nicht.

»Oder ist das nur so eine Ahnung? Mr. Free, Sie wissen, daß ich alles mache, was ich kann. Aber mit Ahnungen kommen wir nicht weit.«

»Mit meinen schon, Miss Garth.«

Die Kellnerin brachte Frees Eier mit Schinken und die nächste Tasse Kaffee für das dicke Mädchen.

»Hören Sie, ich hatte früher mal einen Freund, der auf seine Ahnungen gewettet hat. Er hat die Rennzettel durchgesehen, und dann hat er ein Pferd gesehen, das ›Try Me‹ hieß, und das ging ihm nicht aus dem Kopf. Das war sein Pferd. ›Guilty‹, sagte ich ihm dann, aber er war ganz aus dem Häuschen und mußte unbedingt auf Try Me setzen. Oder er sah, wie ein Rotkehlchen gegen eine Glastür flog, und dann war Gallant Portal sein Pferd. Manchmal hat er sogar gewonnen, aber er hatte nie Geld, und deshalb hat er meins genommen.«

Der alte Mann sah interessiert auf. »Hat Gallant Portal gewonnen?«

Das dicke Mädchen schüttelte den Kopf, dann machte sie ein Gesicht, als täte es ihr leid. »Nein. Drei oder vier Plätze zu weit hinten. Andy – er hieß Andy – lag mir immer in den Ohren, ich solle abnehmen. Ich lag ihm in den Ohren, er solle das mit den Pferden sein lassen. So ging es, bis wir uns nur noch das Leben zur Hölle gemacht haben.«

Sie rührte Zucker in ihren Kaffee. »Einmal war ich in

so einem Hotel, wo ich einen wirklich netten, älteren Zahnarzt kennenlernte. Manche Mädchen treffen so einen Freier und verlangen hundert Dollar, und wenn er nein sagt, dann gehen sie auf fünfundsiebzig runter oder so, je nachdem, wie weit sie runtergehen wollen. Manchmal mache ich das auch, aber das hängt davon ab, wie die Freier so sind. Bei diesem sagte ich: Hör mal, ich bin halb verhungert, also lädst du mich zum Essen ein, und dann gehen wir auf dein Zimmer, und es wird schön. Also gingen wir essen, und ich bekam einen Hummer und vielleicht ein Dutzend Austern und eine Folienkartoffel und so weiter. Ungefähr eine Stunde später ging ich wieder in die Stadt. Ich kam an einer Pizzeria vorbei. Der Zahnarzt hatte mir fünfzig Dollar zugesteckt, und ich fühlte mich flüssig. Bei manchen Typen, meistens bei älteren Freiern, läßt man sich zum Essen einladen, und dann sorgt man dafür, daß sie es gut haben und tut so, als würde man sie mögen, und dann machen sie beinahe alles für einen. Also, ich ging in die Pizzeria und bestellte mir eine große Pizza mit allem, und da saß ich nun mit meiner Flasche Diätpepsi in der Ecke und mußte daran denken, daß Andy genauso war wie ich, und daß ich so war wie Andy. Ich hätte an der Pizzeria vorbeigehen können, aber ein Stück weiter wäre die nächste gekommen, und spätestens da wäre ich reingegangen, wenn ich die erste ausgelassen hätte. Wenn ich an Essen vorbeigehen muß, dann gehe ich kaputt.«

»Haben Sie sich nicht manchmal gewünscht, Sie hätten weniger Appetit?« fragte der alte Mann.

Das dicke Mädchen winkte der Kellnerin. »Noch Kaffee und eine Pekanwaffel mit Würstchen.«

»Nicht, daß es mich etwas angeht«, sagte der alte Mann.

»Nein, das habe ich mir nie gewünscht«, erklärte das dicke Mädchen. »Ich wünsche mir nur manchmal, ich wäre nicht so – Sie wissen schon – so beleibt. Ich habe mal mit einem Mädchen zusammengewohnt, das ausgehen und eine große Mahlzeit verdrücken und dann zurückkommen und sich einfach den Finger in den Hals stecken konnte. Sie hat gekotzt, damit sie für die Freier gut aussah. Sie hat sich mal in der Badewanne die Handgelenke aufgeschlitzt. Sie kam dabei nicht um, aber danach ist so einiges passiert, und ich habe sie nicht wiedergesehen.«

»Miss Garth, machen Sie das bloß nicht.«

»Keine Sorge. Worüber haben wir gerade gesprochen? Ich hab's vergessen.«

Die Kellnerin rief zum Koch: »Nüsse mit Würstchen.«

»Kopfschmerzen«, sagte der alte Mann.

»Yeah, ich wünschte, Sie hätten mich nicht daran erinnert. Bei mir im Kopf ist Galopprennen.« Das dicke Mädchen riß eine Papierserviette aus dem Spender am Ende des Tisches, tauchte sie ins Wasserglas und drückte sie sich auf die Stirn. »Mann, tut mir der Kopf weh. Warum gibt's eigentlich keine Wettbewerbe mit Sachen, die ich kann? Wenn die Pokale für Kopfschmerzen vergeben würden wie fürs Kegeln, dann müßte ich anbauen. Ist noch warmes Wasser da?«

Der alte Mann hob den Deckel der Blechkanne.

»Ich meine bei Ihnen zu Hause. Ich könnte ein Bad vertragen – einfach in der Wanne liegen und einweichen. Das hilft mir vielleicht mehr als alles andere.«

»Die Heizung geht nicht mehr, seit sie gestern das Gas abgedreht haben, aber ich habe eine kleine Gasheizung in die Brennkammer gestellt, damit die Rohre nicht einfrieren. Ich muß das Ding im Auge behalten, damit es mir nicht das Haus in die Luft jagt, bevor die Abbrucharbeiter kommen. Vielleicht kann ich etwas Gas in den Warmwasserbereiter umleiten.«

»Danke«, sagte das dicke Mädchen. »Ich meine es ehrlich. Sie glauben also wirklich, daß die heute kommen, was?« Ohne die Serviette von der Stirn zu nehmen, leerte sie ihre Tasse und stellte sie wieder ab.

»Diese Pokale«, sagte der alte Mann, »die sind eigentlich nicht so wichtig. Nehmen Sie das Kegeln, das haben Sie selbst erwähnt. Es kommt doch darauf an, daß ein Spieler alle Kegel umlegen kann, wenn er an der Reihe ist. Genau das besagt der Pokal. Aber das Schild an der Tür macht noch keinen Arzt.«

»Vom Schnaps schlafe ich immer so schwer«, murmelte das dicke Mädchen. Sie hatte die Augen geschlossen und den Kopf auf die gepolsterte Rückenlehne zurückgelegt. »Gestern abend hätten Sie mich nicht einmal mit einem Gewehr hochbekommen.«

»Sie können sicherlich Sachen, mit denen Sie Pokale gewinnen könnten, wenn es dafür welche gäbe. Vielleicht gibt's keine Pokale, aber es gibt trotzdem Sachen, die Sie können, und das ist es, was zählt.«

»Für Sie«, sagte das dicke Mädchen.

»Für mich, ja. Das ist es, was zählt. Punktum.«

»Sie sind ein Gentleman, Mr. Free. Ich dachte schon fast, die wären ausgestorben.«

»Es wird auch noch anständige Männer geben, wenn Ben Free tot und begraben ist, Miss Garth.«

Das dicke Mädchen öffnete die Augen. Sie waren groß, blutunterlaufen und strahlend blau. »Ich glaube, so langsam gehen sie weg. Ich fühle mich etwas besser.«

»Das dachte ich mir schon, als Sie die Waffel bestellt haben.«

»Das ist eine alte Gewohnheit«, erklärte das dicke Mädchen. »Wenn Sie wären wie ich, dann würden Sie essen, wenn Sie sich gut fühlen, weil Sie sich gut fühlen, und Sie würden essen, wenn Sie sich mies fühlen, weil Sie sich mies fühlen.« Sie ließ die feuchte Serviette auf den Boden fallen und suchte in ihrer Handtasche nach einer Zigarette. »Sie rauchen doch, Mr. Free, oder?«

»Manchmal.«

»Hier, nehmen Sie eine von meinen.« Sie mußte die Handgelenke an der Tischkante stabilisieren, um das Streichholz anzuzünden. Als die Kellnerin ihr Frühstück brachte, bestellte sie eine Packung Viceroys.

»Das sind mal gute Zigaretten«, sagte Free. »Wenn ich rauche, dann rauche ich normalerweise Pfeife, und manchmal verpaßt mir mein Arzt eine Zigarre.«

»Ich dachte, Blinde rauchen nicht«, sagte das dicke Mädchen. Sie hielt die Zigarette mit den Lippen und zerlegte ihre Waffel.

»Ich bin nicht blind! Ich kann den Rauch sehen, verdammt.«

»Ich wollte Sie nicht wütend machen.«

»Ich bin nicht wütend!«

»Okay. Wollen Sie ein Stück von meiner Waffel?«

»Ich bin satt«, sagte der alte Mann. »Danke für die Einladung.«

»Sie werden doch nicht vergessen, heißes Wasser für mich zu machen?« Sie nahm die Zigarette in die linke Hand und fuhr die Waffel ein.

»Natürlich nicht. Glauben Sie nicht, daß ich wütend bin. Ich bin nicht wütend. Ich bin nur nicht blind. Ich werde niemals blind werden. So lange lebe ich überhaupt nicht mehr, daß ich blind werden könnte.«

»So, so.« Das Wort ging fast in Ahornsirup unter.

»Wird es Ihnen denn besser gehen, wenn Sie gebadet haben?«

Das dicke Mädchen nickte und schluckte. »Soll ich Ihnen Bescheid sagen, wenn ich fertig bin? Ich meine, damit Sie die Heizung und das alles wieder abstellen können?«

»Ihr Zimmer ist direkt über meinem«, sagte der alte Mann. »Ich höre die Dielenbretter krachen.«

7. KAPITEL

In einer Wand

»Ah, da sind Sie ja, Mr. Free«, sagte Barnes. »Ich habe Sie schon gesucht.«

»Nicht an den richtigen Stellen, nehme ich an. Ich war mit Miss Garth frühstücken.«

Das dicke Mädchen lächelte Free an. »Ich gehe jetzt rauf und mache mich zum Einweichen fertig. Wir sehen uns dann.« Auf der zweiten Stufe drehte sie sich um und hauchte ihm einen Kuß zu.

»Ich muß den Warmwasserbereiter in Gang bringen«, sagte Free. »Ich habe es ihr versprochen, und es wird eine Weile dauern, bis das Wasser warm ist.«

»Natürlich.« Barnes zog seinen fadenscheinigen Mantel enger um sich. »Ich kann ja mitkommen und Ihnen helfen.«

»Hilfe brauche ich nicht, aber mitkommen können Sie. Sie wollten mich sprechen?«

Barnes nickte. »Es ist ziemlich … persönlich kann ich eigentlich nicht sagen. Privat vielleicht? Vielleicht sollten wir woanders …«

Free unterbrach ihn. »Kommen Sie einfach mit. Ich muß den Erhitzer anschließen, und da unten ist es so privat, wie Sie es sich nur wünschen können.« Er drückte sich an Barnes vorbei und marschierte, ohne sich umzusehen, ob Barnes ihm auch folgte, zum hinteren Teil des Hauses.

»Ich sollte Ihnen vielleicht erklären, daß ich im Grunde nicht aus eigenem Antrieb gekommen bin«, begann Barnes, indem er hinter ihm herlief. »Madame Serpentina bat mich, mit Ihnen zu sprechen.«

»Wenn ihr kalt ist, dann kann ich ihr nicht helfen –

die haben mir das Gas abgedreht. Sie können ihr sagen, daß sie selbst zu mir kommen kann, wenn sie noch mehr Beschwerden hat. Ich werde zuhören, und ich beiße meistens nicht einmal. Ich habe kein Werkzeug, aber ich tue, was ich kann.«

»Davon bin ich überzeugt, Mr. Free. Und glauben Sie mir, wir wissen das alle mehr zu schätzen, als Ihnen klar ist.«

Der alte Mann zog einen rostigen Schlüssel aus der Tasche und öffnete eine Tür. Warme, abgestandene Luft, staubig und schal, strömte heraus. Er ging eine krachende Holztreppe hinunter in die Dunkelheit.

»Wollen Sie nicht das Licht einschalten?« rief Barnes ihm hinterher.

»Hier gibt's kein Licht.« Frees Stimme schien wie ein Gespenst in der Dunkelheit zu schweben. »Hier gab's noch nie Licht. Kommen Sie nur runter, Mr. Barnes. Halten Sie sich einfach am Geländer fest.«

Barnes folgte zögernd der Einladung.

»Ein paar Stufen sind kaputt. Passen Sie gut auf.« Etwas ratschte, dann flammte ein Streichholz auf. »Es geht tief runter, aber das können Sie ja selbst sehen. Kommen Sie nur.«

Die Treppe war oft und unzulänglich repariert worden. Vielleicht war sie auch noch nie repariert worden, sondern gleich aus den erstbesten Holzresten gebaut worden, die den Handwerkern in die Hände gefallen waren. Einige Stufen bestanden nur aus zwei oder drei unebenen Stäben, die man nebeneinander gelegt hatte. Einige hatten Farbreste an den Kanten, auf einigen waren Reste von Buchstaben und Bildern zu sehen.

Das Streichholz flackerte und erlosch.

»Kein Grund zur Sorge, Mr. Barnes. Ich habe hier kein Licht gelegt, weil ich nicht wollte, daß jemand hier herunterkommt. Aber ich bin hundertmal die Treppe hinauf und hinunter gelaufen. Übrigens – die werden jeden Augenblick den Strom abstellen, aber das wird uns hier nicht stören. Sie sagen, die Hexe bat Sie, mit mir zu sprechen?«

Ein zweites Streichholz flammte auf. Einen Augenblick war Frees großer, gebeugter Körper zwischen Barnes und dem Licht, dann breitete sich das goldene Licht einer Kerze aus.

»Sie war mit Ihnen auf dem Dach«, quetschte Barnes heraus.

»Ja doch. Sie ist auf die kleine Mauer gestiegen, die rundherum läuft. Es war eine verdammte Dummheit.«

»Sie sagte, Sie … äh … hätten ihr gewisse wichtige Tatsachen anvertraut.« Barnes kratzte mit dem Fuß auf dem schmierigen Boden herum. Er seufzte schwer.

»Hat sie das gesagt? Ich hätte nicht gedacht, daß sie das weitererzählt.«

»Madame Serpentina und ich sind Freunde.« Barnes räusperte sich. »Man könnte sagen, daß wir eine Beziehung haben, wenn Sie verstehen. Ich bin aber sicher, daß sie mir nichts erzählt hat, was vertraulich zu behandeln Sie sie baten.«

»Das ist mir klar. Aber ich habe den Eindruck, daß Sie sich alles andere als sicher sind.«

Der alte Brenner wirkte im flackernden Licht wie ein Ungeheuer. Tentakel, so dick wie Männerkörper, reckten sich zur dunklen Decke hoch. Das Ungeheuer war tot, sein verrottender Leib weinte Asbest, und in seinem Schatten verrostete ein altmodischer Schaltschrank, dem Drähte entsprangen.

»Ich wollte nicht unhöflich …«

»Ich auch nicht. Ich dachte nur, daß Sie vielleicht glaubten, ich hätte etwas gesagt, das nicht für andere Ohren bestimmt war. Das habe ich nicht getan. Ich werde vermutlich noch vor Sonnenuntergang aufbrechen, um mich mit meiner Tochter zu treffen, was kümmert's mich also? Sie mögen Frauen, was, Mr. Barnes?«

»Ob ich Frauen mag?« Barnes war überrascht und mußte einen Moment nachdenken. »Nein, eigentlich nicht. Ich will sie, und da ich sie normalerweise nicht bekomme, mag ich sie nicht. Aber ich will sie, das könnte man wohl sagen. Ich bewundere Madame Serpentina.«

»Ach, wirklich?« sagte Free. Aus einer kleinen Gasflasche lief ein Schlauch ins Maul des Ungeheuers. Steif bückte er sich und langte hinein.

»Sie ist stolz, intelligent und temperamentvoll. Sie hat eine wundervolle Figur, und ich glaube, ich habe kaum einmal eine Frau mit schöneren Augen gesehen.«

Free sah sich über die Schulter um. »Interessant, daß Sie das sagen, denn wissen Sie, Mr. Barnes, ich habe mich gerade über Ihre Augen gewundert. Normalerweise wird die Pupille im Dunkeln groß, genau wie bei einer Katze. Als ich die Kerze hier anzündete, bemerkte ich, daß nur eins Ihrer Augen größer geworden ist. Das andere sieht so aus wie immer, glaube ich.«

»Es ist aus Glas«, gab Barnes zu. »Sie glauben doch nicht, daß es zu unnatürlich wirkt, Mr. Free?«

»Ich hatte es bisher überhaupt noch nicht bemerkt.«

»Da bin ich froh. Manchmal glaube ich, daß die Leute es anstarren, wenn ich einen Kundenbesuch mache. Für einen Vertreter ist das Äußere sehr wichtig, und eines Tages, wenn das Geld wieder leichter reinkommt, werde ich mir ein besseres kaufen. Die besten Glasaugen werden in Deutschland hergestellt, aber die kosten ein Vermögen.«

»Es sieht gut aus«, erklärte ihm der alte Mann. »Es wirkt völlig natürlich.«

»Mir wäre wohler, wenn die anderen, besonders Madame Serpentina ...«

»Machen Sie sich meinetwegen keine Sorgen. Ich bin sowieso bald fort, wie ich Ihnen schon sagte. Als ich Sie alle bei mir aufnahm, hoffte ich, man würde das alte Haus stehen lassen, wenn noch Leute darin leben. Aber es wird nicht funktionieren, das weiß ich jetzt. Ich sehe meine Wände an, und ich kann schon sehen, wie die große, schwarze Abbruchkugel durchbricht.«

»Ich will tun, was in meinen Kräften steht, Mr. Free«, sagte Barnes. »Und ich weiß, daß die anderen auch dazu bereit sind.«

»Ich glaube Ihnen, Mr. Barnes.«

»Ich weiß, daß keiner von Ihnen – Madame Serpentina ausgenommen – viel von mir hält. Ein Kerl der nur redet, ein Händeschüttler und Rückenklopfer. Aber ich lasse meine Freunde nicht im Stich, Mr. Free. Nicht solange ich nicht dazu gezwungen werde.«

Free nickte. »Sie sind innerlich größer, als man von außen sieht, Mr. Barnes. Ich wußte es, als ich gestern abend sah, daß Sie nichts allein gegessen hatten, bevor Sie mit unserem Teil zurückkamen. Es gibt nicht viele wie Sie.«

Barnes lächelte und hockte sich neben den alten Mann. »Ich bin froh, daß Sie so denken, Mr. Free, weil es mir jetzt viel leichter fällt, mit Ihnen zu reden. Als Sie mit Madame Serpentina auf dem Dach waren, haben Sie ihr erzählt – das sagte sie mir jedenfalls –, daß Sie etwas Wertvolles versteckt und vor Jahren mehr oder weniger verloren hätten.«

Free nickte. »Das ist wirklich schon Jahre her. Ich bin aber überrascht, daß sie es Ihnen erzählt hat. Ich glaube, das sagte ich schon.« Er hatte einen Schraubenzieher zur Hand genommen und werkelte herum. Er sah Barnes nicht an.

»Glauben Sie mir, ich würde Madame Serpentinas Vertrauen nicht mißbrauchen, und sie weiß das auch. Sie bat mich, ihr zu helfen.«

»So, da haben wir's.«

»Genau, wie Sie mich um Hilfe baten, Mr. Free. Und ich werde versuchen, für Sie beide mein Bestes zu tun.«

»Das ist schön«, murmelte Free. »Sehen Sie die Gasflasche da? Sehen Sie das Ventil? Drehen Sie es zu.«

Barnes folgte der Anweisung. »Madame Serpentina

ist eine sehr intelligente Frau, aber sie hat ganz eigene Ansichten zum Leben. Und zur ganzen Welt. Sie sieht die Dinge in… äh… spirituellen Begriffen.«

Free richtete sich auf. Er hielt das Ende des Schlauches, eine Schlauchklemme und den Schraubenzieher in einer großen Hand wie einen Strauß schmutziger Blumen. »Jetzt ist es gelöst. Riecht komisch, was?«

»Von Mann zu Mann gesprochen«, fuhr Barnes unerschrocken fort, »es war Unfug, was sie mir erzählt hat. Ich will damit sagen, daß es mir wie Unsinn vorkam, verstehen Sie? Ich sehe die Dinge nicht so, wie sie sie sieht, aber ich glaube, wenn man die Dinge so sieht wie sie, dann hat sie vielleicht sogar recht. Jedenfalls erklärte sie mir, Sie hätten ihr gesagt, daß Sie einmal eine… äh… eine Krone oder etwas in dieser Art besessen hätten. Sie hätten sie versteckt. Gestern abend, sagte sie mir, hätten Sie ihr mehr oder weniger erzählt, wo sie versteckt ist, und daß Sie nichts dagegen hätten, wenn sie sie bekommt. Wenn Sie… äh… sich mit Ihrer Tochter getroffen haben und sie nicht mehr brauchen.«

Free kicherte. »Eine Krone? Das hat Sie Ihnen gesagt?«

»Etwas in dieser Art. Sie hat viele Worte benutzt, die ich nicht kannte, aber es schien darauf hinauszulaufen. Insignien? Ich dachte immer, das Wort hätte etwas mit Zeichnungen zu tun, aber ich glaube, sie hat es so genannt.«

»Hat sie auch gesagt, wo sie sein soll? Mr. Barnes, wenn ich eine Krone hätte und wüßte wo sie ist, dann würde ich sie doch holen, oder was glauben Sie?«

»Sie wüßten nicht genau, wo sie ist«, beharrte Barnes störrisch. »Nur, daß Sie sie vor langer Zeit versteckt hätten.«

Der alte Mann kicherte wieder. »Ich habe ihr noch mehr erzählt, Mr. Barnes. Ich bezweifle, daß sie Ihnen alles weitererzählt hat.«

Barnes lächelte. »Also gibt es eine Krone. Das ist ja wundervoll, Mr. Free.«

»Keine Krone.« Frees Stimme wurde ernst. »Ich habe nie gesagt, daß es eine Krone sei.«

»Das dachte ich auch nicht. Es schien sowieso unwahrscheinlich.«

»Das Problem ist, daß ich Ihnen gern sagen würde, was es ist, Mr. Barnes. Aber ich kann nicht.«

»Ich würde Ihr Vertrauen nicht mißbrauchen, Mr. Free. Vertrauen Sie mir nur.«

»Darum geht es nicht.« Der alte Mann regte sich unbehaglich wie ein Junge. »Es ist ein Schatz. Das ist alles, was ich sagen kann. Ein Schatz. Etwas, das ich vom *High Country* mitbrachte. Es gibt keine Worte, um Ihnen zu sagen, was es war. Sie würden mir nicht glauben.« Er hob die Hände, als wollte er die Größe eines Fisches andeuten. »Es ist nicht allzu groß. Nicht breiter als so.«

»Aber es wäre doch sicher sehr wertvoll«, bohrte Barnes, »wenn wir es finden könnten?«

»Oh, ich nehme an, Sie könnten es für einen Haufen Geld verkaufen. Aber das würden Sie nicht. Wenn Sie es hätten, könnten Sie sich nicht mehr davon trennen. Nicht für Geld. Vielleicht um nichts in der Welt. Ich wollte mich auch nicht davon trennen. Ich habe es benutzt und eine Menge gelernt. Ich wollte es nur eine Weile beiseite legen und eine Weile dort bleiben, wo ich angelangt war. Dann kam das eine zum anderen. Ich dachte manchmal daran, aber es schien nie der richtige Augenblick, um zu gehen. Es gab immer etwas Mais zu pflanzen oder sonst etwas. Und ich wußte, daß es immer schwerer wurde. Ich dachte, eines Tages fühle ich mich vielleicht besser, und manchmal fühlte ich mich wirklich besser, aber es hielt nicht vor. Dann war es zu spät für mich. Ich begann mich zu fragen, was ich damit tun würde, und um ehrlich zu sein, fiel mir keine gescheite Antwort ein.«

»Ich verstehe.«

»Nein, Sie verstehen es nicht, Mr. Barnes. Sie verstehen überhaupt nichts.« Der alte Mann stakste in Richtung des Warmwasserbereiters davon.

»Ich wollte damit nur sagen, daß ich mit Ihnen fühle. Mein Großvater hatte eine Farm. Er verlor sie. Ich weiß noch heute, wie deprimiert er war. Ich verstehe, wie Sie sich fühlen.«

Die Kerze ging aus.

»Sie irren sich, Mr. Barnes.« Es war Frees Stimme, und sie war es doch nicht, als wäre aus der Dunkelheit plötzlich ein neuer und ganz anderer Free hervorgekommen.

Barnes keuchte. »Wo sind Sie, Mr. Free?« Er tastete hilflos seine Taschen ab. »Ich habe versucht, mir das Rauchen abzugewöhnen, und jetzt ist die Kerze aus ...«

»Ich weiß, Barnes. Machen Sie sich nicht mehr zum Narren als unbedingt nötig. Sie sagten vorhin, daß die Leute Sie nicht respektieren. Ich respektiere Sie, und das ist die Wahrheit. Aber Sie wurden in etwas hineingezogen, das Sie nicht verstehen. Und das ist auch wahr.«

»Haben Sie nicht ...«

»Sie wollten mich fragen, wo ich meinen Schatz gelassen habe und woraus er besteht. Sie wollten mich dazu bringen, etwas zu sagen, das ich selbst kaum weiß und das Sie überhaupt nicht verstehen würden. Ich habe ihn in einer Wand aufbewahrt, wie ich schon sagte. Ich hätte ihn woanders lassen können, aber ich entschied mich für eine Wand.«

Barnes machte einen Schritt. Er hoffte, in Richtung der Treppe, aber er hatte das Gefühl, vor ihm habe sich ein Abgrund aufgetan.

»Und ich habe ein Zeichen daran befestigt. Ich weiß nicht, ob Sie dieses Zeichen jemals sehen werden, Mr. Barnes, aber wenn Sie es sehen, werden Sie es wissen.«

8. KAPITEL

Die Verteidiger

Sergeant Proudy stieg die Treppe vor dem Haus 808 South 38th Street hinauf und klopfte an die Tür. Es war eine schöne alte Tür: hoch, breit und massiv. Die Proudys lebten in einer Wohnung mit einem Kamin, und Sergeant Proudy wünschte einen Augenblick, er könnte die Tür bekommen. Sie würde wochenlang brennen.

Drinnen war kein Laut zu hören. Proudy klappte eine Seite seines Übermantels zur Seite, löste seinen Gummiknüppel von der Hüfte und klopfte damit noch einmal an.

Nach einigem weiteren Klopfen öffnete Barnes die Tür. Er war einen halben Kopf kleiner als der Polizist, der sofort einen seiner großen, schwarzen Schuhe in den Türspalt schob.

»Sind Sie immer noch da, Mann?« grunzte Sergeant Proudy. »Wo ist der Alte?«

Barnes zögerte. »Ich fürchte, Mr. Free ist im Augenblick beschäftigt, Officer.«

Proudy stieß die Tür auf. »Ich muß ihn ubedingt sprechen. Ich habe hier ein Schriftstück für B. Free. Wo ist er?«

Barnes wich zurück. »Ich glaube, er ist ... äh ... oben. Es wäre wahrscheinlich besser, wenn ich hinaufgehe und ihn bitte, zu Ihnen herunterzukommen.«

»Ich gehe mit rauf«, sagte Proudy entschlossen. Er folgte Barnes die steile, schmale Treppe hinauf. »Wohnen Sie immer noch hier?«

»Ja«, bestätigte Barnes. Im Haus war es eiskalt. Oben krachte und zischte ein Radio.

»Sie müssen ausziehen. Sie und der alte Mann und alle anderen, falls noch jemand da ist.«

Barnes blieb stehen und klammerte sich ans Treppengeländer. »Aber das geht doch nicht, Officer. Wir sind zu fünft.«

»Bis heute mittag sind Sie raus.«

Barnes schüttelte den Kopf. »Unmöglich. Ich habe heute erst ein paar Kundenbesuche bei Läden in der Nachbarschaft gemacht. Ich wollte Mr. Free selbst sprechen, deshalb habe ich mich nicht weit entfernt. Ich war nur ein oder zwei Straßen weiter, verstehen Sie? Und ich bin mehrmals zurückgekommen und habe nach ihm gesucht. Beim erstenmal hat er noch geschlafen, und dann ist er frühstücken gegangen. Vielleicht habe ich zu lange gewartet, weil ich im zweiten Laden einen schönen Auftrag bekam, den ich erst notieren mußte, und dann mußte ich dem Inhaber noch versprechen, daß die Ware innerhalb von zehn Tagen oder noch schneller geliefert wird. Sie wissen ja, wie das ist.«

»Gehen Sie nach oben, aber bevor Sie das tun, möchte ich eines klarstellen. Was ich hier habe, ist ein Gerichtsbeschluß.« Sergeant Proudy hatte eine große Nase. Er rieb sie. »Da heißt es, daß Sie am Mittag raus sein müssen, weil dann das Haus abgerissen wird. Wenn es Mittag wird, tragen wir Sie raus, tragen Ihre Sachen raus und schmeißen alles auf die Straße. Wenn Sie das nicht wollen, sollten Sie vorher ausziehen.«

»Ich glaube, das ist wirklich keine gute Idee, Officer«, sagte Barnes. »Es ist auch nicht recht.« Der Sergeant drang auf ihn ein und stieß ihm über dem Gürtel die Spitze des Gummiknüppels in den Rücken, um ihn die Treppe hinaufzutreiben. »Alte Leute wie Mr. Free, die haben doch ihre Rechte.«

»Das Gesetz sagt, daß er das Recht hat, das zu nehmen, was das Haus nach Ansicht des Staates wert ist. Ist das kein Recht? Und jetzt holen Sie ihn.«

»Ich glaube, er ist da drin.« Barnes trottete an Stubbs Zimmer vorbei und klopfte an Candys Tür.

Bettfedern quietschten. Die Tür wurde geöffnet, die häßlichen Radiogeräusche wurden lauter, und das dicke Mädchen erschien im Türrahmen. Sie war schwer gepudert und geschminkt, aber sie trug noch ihren rosafarbenen Hausmantel.

Barnes konnte hinter ihr ein Stück des zerwühlten Betts sehen. Es war leer, aber dort lag etwas Flaches und Pelziges, das größer war als eine Katze. »Ich will Sie nicht belästigen«, sagte er steif. »Aber wissen Sie, wo Mr. Free ist?«

»Keine Ahnung. Ich habe ein Nickerchen gemacht.« Das dicke Mädchen gähnte, wie um ihre Behauptung zu beweisen, und blickte zu Sergeant Proudy. »Ich bin pleite, erinnern Sie sich? Sie waren gestern schon einmal da.«

Barnes räusperte sich. »Er sagt, er will dafür sorgen, daß wir alle bis Mittag raus sind.«

»Ich nicht. Bis dahin bin ich noch nicht aufgestanden.« Das dicke Mädchen knallte die Tür zu, danach war das Klicken ihres Riegels zu hören.

»Ozzie, soll das Haus heute abgebrochen werden?«

Auf der anderen Seite des Treppenhauses sah Sergeant Proudy eine schlanke, dunkelhaarige Frau in einem schwarzen Kleid.

»Mittag«, sagte Barnes. »Wir müssen bis Mittag raus sein.« In seiner Stimme lag ein unausgesprochenes Flehen.

»Ich will es versuchen«, sagte die dunkle Frau. »Aber es kommt ganz darauf an. Wo ist Stubb?«

Sergeant Proudy schaltete sich ein. »Zum Teufel damit. Ich muß machen, was auf diesem Papier steht. Wo ist Free?«

»Stubb könnte auch nichts tun.«

»Man kann nie wissen, Ozzie. Vielleicht kann er Ihnen helfen.«

»Wobei soll er mir helfen?«

»Sie sind ein intelligenter, tatkräftiger Mann. Ihnen wird schon etwas einfallen.« Die dunkle Frau öffnete ihre Zimmertür und glitt hindurch.

Stubb war im Sandwich Shop. Vor ihm standen das Telefon, ein Aschenbecher und eine halbleere Tasse Kaffee. Er hing am Telefon und hörte gespannt zu, während er mit schiefgelegtem Kopf an seiner Camel zog. »Yeah«, meinte er. »Yeah, klar. Wer weiß?«

Eine füllige Frau in mittleren Jahren stand hinter der Theke und starrte ihn an.

Er legte eine Hand über die Sprechmuschel. »Ist was nicht in Ordnung?«

Die Frau sah den jungen Mann an, der Stubb am Abend zuvor bedient hatte. »Murray, hast du ihn schon wieder anschreiben lassen?«

»Er hat bezahlt, Mom.«

»Okay, stellen Sie mich durch«, sagte Stubb. »Ich will mit ihm sprechen.«

»So wahr mir Gott helfe und ich lebe und atme, Mom, er hat bezahlt. Er hat den Kaffee da auch bezahlt.«

»Hallo, Charlie, hier ist Jim Stubb. Erinnerst du dich an mich? Ich bin ein Freund von Tinker … Charlie, du mußt mir einen Gefallen tun. Keine große Sache. Tinker hätte es in einer Minute erledigt, aber er ist unten in Florida, und ich will ihn nicht stören … yeah, ich auch, ich war auch seit einem Jahr nicht mehr Angeln. Zuviel zu tun, du weißt ja, wie das ist … Charlie, weißt du, unten in der South Side, wo der neue Freeway gebaut werden soll, da ist ein Haus. Es soll abgerissen werden, aber der alte Mann, dem es gehört, ist ein Freund von mir. Er hat keine Zeit mehr, seine Sachen rauszuholen. Ich habe mich gefragt, ob du nicht … ach, Charlie, die müssen doch in der Lage sein, die nächsten paar Monate was anderes zu machen. Die haben den gottverdammten Freeway seit acht Jahren in der Planung ... ja, ich verstehe. Wie ist die Nummer? Ich rufe ihn gleich an.«

»Willst du noch Kaffee?«

»Danke, Murray.«

»Kannst du mir einen Gefallen tun?«

Stubb hatte aufgelegt. Er hob wieder ab und begann zu wählen. »Warum flüsterst du, Murray?«

»Ich muß. Bestelle einen Doughnut.«

»Commissioner Carsons Büro, bitte.«

»Du bittest deine Freunde um einen Gefallen, ich bitte dich. Bestelle einen Doughnut. Ich wette, du hast noch nicht gefrühstückt. Ein Doughnut kann doch nicht schaden, oder?«

»Ich bin Jim Stubb, ich arbeite in der South Side. Ich bin ein guter Freund von Tinker Bell. Könnten Sie Commissioner Carson ausrichten, daß ich ihn gern sprechen würde? Murray, was soll das, bist du verrückt geworden?«

»Ich bitte dich doch nur um einen kleinen Gefallen. Du bittest mich ja auch immer um Gefälligkeiten.«

»Hallo, Commissioner? Ich glaube, wir sind uns im letzten Sommer beim Picknick begegnet ... nein, nein, ich war nur im Publikum, und Sie würden sich vermutlich nicht an mich erinnern, aber ich habe Ihre Rede gehört. Wir haben uns danach die Hände geschüttelt ... ja, Sie haben denen die Hölle heiß gemacht, das war wundervoll. Deshalb rufe ich auch an, Commissioner. Sie wissen ja, wie das ist. Ihnen liegt das Interesse der Partei am Herzen, und manchmal steckt man ja die Nase in Dinge, die einen nichts angehen. Aber dann sagt man sich, die Partei war gut zu mir, und vielleicht sollte ich mich bemühen, es zurückzuzahlen. Die Sache ist die, Commissioner, daß hier in der South Side ein altes Haus abgerissen werden soll. Da wohnen lauter Leute drin, die nicht wissen wohin, und die Leute in der Gegend sind ziemlich aufgebracht ... genau, wo es doch geschneit hat und so weiter ... diese Leute werden uns das übelnehmen, und wie ich es sehe, könnte eine Pause zum Abkühlen, nur ein paar Wochen vielleicht, eine Menge verändern ... nein, weiß. Keine Polen oder so ... okay, Commissioner, ich will nicht mit Ihnen streiten, die Weißen stimmen auch nicht einheitlich. Aber die Weißen haben Stimmen, und ... okay, dann rufe ich ihn an. Vielleicht sollten Sie ihn auch anrufen?«

Stubb legte auf und starrte einen Moment ins Leere. Ins Nichts. Dann nahm er eine zerfetzte Dollarnote aus der Tasche und legte sie auf die Theke. »He, Murray, gib mir noch Kaffee und ein paar Doughnuts, ja? Nein, nicht die. Ich will die großen, fettigen.«

Murray nahm zwei Doughnuts aus einem Plastikbehälter auf der Theke und stapelte sie für Stubb auf einer Untertasse. Dann verbuchte er neunzig Cents in der Registrierkasse. Als er Stubb den Dime brachte, flüsterte er: »Damit sie sieht, daß du bezahlst und mir nicht die Hölle heiß macht.«

»Klar.«

»Einer wäre schon genug gewesen. Die Sorte für zwanzig Cents wäre genug gewesen.«

»Du hast mir einen Gefallen getan, jetzt tue ich dir einen Gefallen. Niemand soll sagen, Jim Stubb hätte ihn betrogen, es sei denn, er hätte Jim Stubb oder seine Freunde zuerst betrogen.«

»Also, vielen Dank. Was hat der Commissioner gesagt, wen du anrufen sollst?«

»Charlie, den Burschen, mit dem ich vorher gesprochen habe.« Stubb nahm einen Doughnut und zerbrach ihn in der Mitte. »Ich hatte doch Kaffee bestellt. Mein Gott, Murray, ob ich im Leben noch einmal meinen Kaffee bekomme?«

Im Zimmer der Hexe stand ein paar Schritte neben dem Bereich, den Barnes durch sein Guckloch überblicken konnte, eine Maschine, die aus einer Art Schreibmaschinentastatur, die allerdings keine kleinen Buchstaben darstellen konnte, und einer Art Fernsehbildschirm bestand. Die Hexe drückte einen Knopf auf der Tastatur, und der Bildschirm begann blaßgrün zu leuchten. Sie tippte auf einige Tasten. Die Buchstaben erschienen unten auf dem Bildschirm:

AZXDFGHBRTGHJM

Die Zeile wurde nach oben verschoben, als darunter die nächste auftauchte:

OIJNUHBYGVTFCR

Die Hexe betrachtete die Buchstaben, dann gab sie eine weitere Kombination ein. Die nächste Zeile lautete:

WAZXS CGHTVE NFAERTI

Sie nickte nachdenklich und begann sich auszuziehen. Ihre Kleider warf sie aufs Bett. Als sie nackt war, nahm sie die Kontaktlinsen heraus. Sie holte eine schwarze Glasflasche aus einer Schublade der Kommode, goß eine kleine Menge einer Lotion in ihre linke Hand und rieb sich ein. Sie begann mit den Füßen und gab sich mit ihrer Scheide, ihrem After und ihren Brüsten besondere Mühe. Es roch wie Gras, das im Frühling von den Reifen eines Autos zerdrückt wird.

Als sie sich eingesalbt hatte, schaltete sie das Licht aus. Die trübe Wintersonne blinzelte durch die Läden, aber im Zimmer war es fast völlig dunkel. Der Bildschirm waberte gelbgrün:

SACG HRCMLO LOBZYTGKK

BSCNLP EANAL YNSSFINNO

Die Hexe begann jetzt selbst schwach zu leuchten. Sie stellte die Flasche weg und nahm aus der gleichen Schublade einen gelben Stift. Der Stift glühte nur schwach, aber als sie um sich einen Kreis auf den Boden malte, schien die Linie wie ein Graben voller Flammen.

Sie beugte sich zur Kommode vor, ohne den Kreis zu

verlassen, und holte eine kleine Trommel heraus. Der Körper der Trommel bestand aus geschwärztem Metall. Auf der Seite war ein verschwommenes Bild einer Rose in Blau und Rot. Die Hexe stellte das Instrument in die Mitte des Kreises und schrieb dann mit dem Stift die Worte: ADAM TE DAERAM ins Innere und die Worte ARMTET, ALGAR ALGASTNA außen um den Kreis. Dann warf sie den Stift wieder in die offene Schublade.

Sie klemmte sich die Trommel zwischen die überkreuzten Beine und schlug sie mit den Fingerspitzen an. Es klang wie das Pochen eines Herzens.

Mehr als eine Stunde später sang sie mit klarem Alt: *»Palas aron ozimonas. Baske bano tudan donas, Geheamel cla orlay, Berec he pantaras tay.«* Als sie das kleine Lied gesungen hatte, schwieg sie eine Weile und starrte, während sie trommelte, den flackernden Bildschirm an.

Schließlich begann sie mit einem neuen Lied: *»Bagabi laca bachabe, Lamac cahi achababe, Karrelyos. Lamac lamec Bachalyas, Cabahagy sabalyos, Barylos. Lagoz atha cayolas, Samahac et famyolas, Harrahya!«* Bevor sie das Lied beendet hatte, flammte der Bildschirm auf:

AMRTET ALGAR ALGASTNA

ADAM ALCAR DAGERAM

Das alte Haus bebte leise, als wäre, obwohl mehrere Blocks von dem Tunnel entfernt, den die Züge sonst benutzten, eine U-Bahn vorbeigefahren. Als hätte ein alter Lokführer schlafend und im Traum seinen Zug rasend schnell durch die Erde gelenkt.

Die Hexe lächelte.

9. KAPITEL

Die Angreifer

Die Maschine kam auf der Ladefläche eines Tiefladers die Straße herunter. Nicht, daß sie sich nicht selbst bewegen konnte; das konnte sie durchaus auf zwei gedrungenen Ketten. Der Ausleger, der ausgestreckt auf der Ladefläche lag, war überhaupt nicht gedrungen, sondern länger als der Hals einer Giraffe. Und wie eine Giraffe war die Maschine leuchtend gelb mit schmutzigen Flecken.

Der Tieflader parkte fünf Häuser vor Mr. Frees Haus, und die Fahrer stiegen aus. Sie legten zerfaserte Balken übereinander und bauten hinter dem Lastwagen eine Rampe auf. Der Baggerführer kletterte hinauf und stieg in seine Maschine. Der Motor röhrte auf, und fetter schwarzer Qualm spuckte aus einem Rohr, das aussah wie Präsident Lincolns Hut.

Ein zweiter Lastwagen brachte die Kugel. Auch die Kugel war schwarz. Sie sah aus wie die Bowlingkugel eines Riesen.

Die Maschine hob langsam aber gleichmäßig den Kopf und sah sich in der mit Schnee gepuderten Nachbarschaft um. Sie kroch vom Tieflader herunter und nahm die Kugel auf.

Durch die Windschutzscheibe seines Streifenwagens, der auf der anderen Straßenseite stand, beobachtete Sergeant Proudy die Maschine mit düsterer Genugtuung. Es entsprach der Politik des Departments, jeden Widerstand mit einer Demonstration polizeilicher Macht schon im Keim zu ersticken. Er hatte zwei Kollegen mitgebracht: Evans und Williams.

»Auf geht's«, sagte Proudy. »Wir müssen sicherstellen, daß alle das Haus verlassen.« Sie stiegen aus dem Streifenwagen, und die beiden gingen die Stufen hinauf voran. Sie waren jünger und größer als er.

Williams rappelte am Türknopf. »Abgeschlossen, Sarge.« Er klopfte mit dem Knöchel an die Tür. »Ein paar Blocks weiter ist eine Feuerwache. Ich könnte da eine Axt ausborgen.«

Ein großer, mit einem blauem Mantel sehr adrett gekleideter Mann sah ihnen vom Gehweg aus zu. »Sie sind wohl gerade sehr beschäftigt?«

Keiner der drei antwortete ihm.

»Lassen Sie sich nicht stören. Ich kann warten, bis Sie einen Augenblick Zeit haben.«

»Klopf noch mal an«, sagte Proudy zu Williams.

Williams zog seinen Revolver und klopfte mit dem Griff an die Tür. »Ich könnte das Schloß herausschießen«, schlug er hoffnungsvoll vor.

»Wir stoßen gleichzeitig dagegen«, ordnete Proudy an.

Evans fragte: »Haben wir einen Durchsuchungsbefehl, Sarge?«

»Brauchen wir nicht. Das Haus wird abgerissen. Es gehört der Stadt. Gleichzeitig auf drei ... eins ... zwei ... DREI!«

Drei Schultern krachten gegen die Tür, die keinen Millimeter nachgab.

Der Mann im blauen Mantel kam die Treppe herauf. »Ich helfe Ihnen«, sagte er. »Ich war früher ziemlich gut darin.«

Evans sagte: »Wir sind schon zu viele. Wir stören uns hier oben gegenseitig.« Er hatte ein rundes, rötliches Sommersprossengesicht. Noch zehn Jahre, und er würde permanent wütend aussehen.

Williams, der schwarz aber ansonsten Evans sehr ähnlich war, fragte: »Zivilbeamter?«

»Früher«, sagte der Mann mit dem blauen Mantel. »Sieben Jahre. War insgesamt achtzehn dabei. Ich bin

Mick Malloy.« Er gab Proudy die Hand, und Proudy schlug ein.

»Sie kommen mir bekannt vor«, sagte Proudy. »Elftes Revier, oder?«

»Genau.«

»Williams, geh fragen, ob du eine Axt borgen kannst. Laß den Wagen hier. Wir versuchen's inzwischen weiter mit der Tür.«

Williams nickte und ging die Treppe hinunter. Der Gehweg war vom Schnee weiß überpudert. Seine Schuhe drückten den Schnee zusammen, ohne ihn zu schmelzen. Evans sagte: »Vielleicht könnten die Jungs da ihre Abbruchkugel schwingen und gegen die Tür hauen, Sarge.«

»Und vielleicht steht jemand dahinter.«

»Daran habe ich gar nicht gedacht«, gab Evans zu.

Malloy sagte: »Ein Cop kann nicht immer an alles denken, und dabei kann ein einziger Fehler schon einer zuviel sein. Manchmal erwischt es den anderen, manchmal den Cop.« Er rüttelte am Türknopf. »Wir hatten früher einen Kollegen im Elften, der hieß Whitey Nelson. Eines Abends fand man seinen Streifenwagen vor einem leeren Geschäft. Whitey war im Geschäft und hatte eine Kugel in der Brust. Niemand hat je erfahren, warum er reingegangen ist und was ihm da zugestoßen ist.«

»Vielleicht hat er ein Licht gesehen oder so«, sagte Evans.

»Vielleicht. Er hinterließ eine Frau und sechs kleine Kinder. Wollen Sie es noch einmal versuchen?«

Proudy sagte: »Du versuchst es zusammen mit Mick, Evans. Ich zähle. Ich will euch nicht in die Quere kommen. Macht euch bereit, Jungs, und legt euch ins Zeug. Eins – zwei – DREI!«

Die beiden großen Männer warfen ihre Körper gegen die Tür. Die Tür bebte, ging aber nicht auf.

Es klapperte und schepperte, als im ersten Stock ein

Fenster geöffnet wurde. Die beiden Polizisten und der ehemalige Polizist blickten nach oben.

Eine Frau mit breitem Gesicht und blondem Lockenhaar lehnte sich aus dem Fenster. »Verpißt euch, ihr Schweinehunde!« schrie sie. »Wir ziehen nicht aus!«

Sergeant Proudy wollte etwas sagen, aber sie verschwand wieder. Einen Moment später tauchte sie noch einmal auf. Sie hielt einen Mülleimer aus Blech in den Händen. »Verpißt euch!« Sie drehte den Mülleimer um. Die drei Männer sprangen fort, um dem Wasser entgehen. Über ihnen wurde das Fenster wieder zugeknallt.

»Angriff auf einen Polizisten in Ausübung seiner Pflicht«, sagte Proudy. »Die kaufen wir uns.«

Evans nickte. »Verdammt richtig, Sarge.«

Malloy zuckte die Achseln und lächelte. »Mensch, das war bloß Wasser. Wenn es Säure gewesen wäre oder so, dann wären wir jetzt alle tot oder vielleicht fürs Leben verkrüppelt.«

Evans sagte: »Ich möchte wetten, daß die da drüben in einem Laster ein Brecheisen haben.«

»Gute Idee«, stimmte Sergeant Proudy zu. »Sieh dich um, Fred. Du bist mir hier sowieso im Weg.«

Als Evans gegangen war, sagte Malloy: »Sind Sie verheiratet, Sarge?«

»Seh ich wie 'ne Schwuchtel aus?«

»Mann, ich kenne eine Menge Junggesellen, die so hetero sind wie Sie und ich. Manchmal stirbt auch die Frau zuerst, verstehen Sie? Sie wären überrascht, wie oft das passiert. Haben Sie Kinder?«

»Kommt nicht in Frage.«

»Das ist schade. Ich habe drei. Damals, als ich noch bei der Polizei war, dachte ich immer, wenn mir was zustößt, können sie sich um ihre alte Mutter kümmern.«

Sergeant Proudy nickte, als wollte er sich für einen überwältigenden Vertrauensbeweis bedanken. »Man kann nicht ewig bei der Polizei bleiben. Man macht etwas für jemand, für einen Kollegen. Dann hängt auf einmal noch einer drin, und plötzlich haben sie dich am Arsch. Oder du machst nichts, dann bist du sogar noch schneller draußen. Jeder kommt mal ins Straucheln.«

»Mann, so war das überhaupt nicht. Es war mein Herz. Ich habe Angina Pectoris.«

»Vielleicht hätten Sie dann nicht gegen die Tür drücken sollen.«

»Keine Sorge, Sarge. Ich weiß schon, was ich mir zumuten kann. Ich hab's unter Kontrolle. Außerdem ...«

Eine kleine Menschenmenge, vor allem Kinder, hatte sich gesammelt, um die Abbruchmaschine zu bestaunen. Ein kleiner, rotgesichtiger Mann mit einem Aktenkoffer drängte sich nach vorn. Er machte den Polizisten auf sich aufmerksam und rief: »Sind Sie Sergeant Proudy, Sir?« Er tat erschrocken, als er jetzt erst Malloy zu bemerken schien. »Hallo, Mick.«

»Hi, Steve.«

»Mick, wenn du gerade ein Angebot machst, dann warte ich einfach. Du weißt ja, ich habe Geduld.«

»Klar«, sagte Malloy. Seine Stimme klang müde.

»Die meisten würden sich gleich reindrängen, aber das tue ich nicht. Ich halte das nicht für anständig.« Der rotgesichtige Steve wandte sich an Sergeant Proudy. »Ich bin S. B. Marshal.« Er gab dem Polizisten seine Karte. »Ich möchte Sie in diesem Augenblick nur zur Vorsicht mahnen und Sie bitten, beide Seiten zu hören. Ich bitte Sie das nicht aus Gründen der Fairness mir gegenüber, sondern damit Sie sich selbst und Ihrer Familie gegenüber fair sind. Als intelligenter und pflichtbewußter Staatsdiener sehen Sie sicher ein, daß es nur zu Ihrem Vorteil ist, wenn Sie sich erkundigen und nur das Beste nehmen.«

Malloy sagte: »Ich wollte kein Angebot machen, Steve. Der Sarge und ich haben nur über die alten Zeiten gesprochen. Aber da du kein Cop warst, kannst du das nicht verstehen.«

»In diesem Fall, Sergeant – ein Stück die Straße hinauf ist ein kleines Lokal. Vielleicht könnten wir aus der Kälte herauskommen und einen Kaffee trinken gehen? Auf meine Rechnung natürlich.«

Evans berichtete vom Gehweg aus: »Die haben kein Brecheisen, Sarge. Sie meinten, wir sollten es mit der Hintertür versuchen. Die wäre vielleicht nicht so massiv.«

Proudy rieb sich die Seite seiner Nase. »Das ist das erste vernünftige Wort, das ich heute höre. Mick, sind Sie noch eine Weile da?«

»Klar. Ich wollte sowieso mit Ihnen reden.«

»Ich dachte, das tun wir schon. Okay, dann bleiben Sie hier, bis wir von innen öffnen. Wenn Williams mit der Axt kommt, sagen Sie ihm, daß wir hinten sind. Mr. Marshal kann bleiben und Ihnen Gesellschaft leisten, wenn er will. Wenn wir hier fertig sind, können wir reden.«

Neben dem Haus führte eine schmale Gasse, die mit Unrat übersät war, nach hinten. Sergeant Proudy drang in sie ein, Evans folgte ihm. Es war zu eng, um nebeneinander zu gehen. Alte Mülltonnen standen zwischen Motorblöcken und Stoßstangen, lampenlosen Tischlampen und geborstenen Öfen, die schon lange kein Feuer mehr gesehen hatten. Es war dunkel wie um Mitternacht, und alles lag unter einer Schicht Schnee.

Die Polizisten nahmen ihre Taschenlampen vom Gürtel und leuchteten ihren Weg aus, bis Sergeant Proudy auf einem schief liegenden Kühlschrank ausrutschte und stürzte, wobei die Linse und Birne seiner Taschenlampe kaputtgingen. Evans half ihm auf die Beine. Proudy hatte sich eine Hand aufgeschürft. Er lutschte an der Wunde und verband seine Hand notdürftig mit einem Taschentuch.

»Laß mich vorgehen«, sagte Evans.

»Und wie willst du vorbeikommen? Soll ich mich hinlegen, damit du über meinen Rücken steigen kannst?«

»Dann nimm meine Taschenlampe, Sarge.«

»Bei meinem Glück mache ich die auch noch kaputt. Leuchte meine Füße aus. Leuchte durch meine Beine, damit ich sehen kann, wohin ich gehe.«

»Sarge…«

»Yeah, was ist?«

»Hörst du das?«

Die beiden blieben stehen und lauschten. »Das ist nur der Verkehr auf dem Freeway drüben.«

»Das hört sich aber anders an.«

Sergeant Proudy wischte sich die Nase, ohne das Taschentuch von der verletzten Hand zu nehmen. »Wie hört es sich denn an?«

»Ich weiß nicht. Wie eine Lok, wie langsam vorbeifährt. Poch-poch, poch-poch, wie ein Herz.«

»Du hörst dein eigenes Herz schlagen, das ist alles. Der Puls pocht im Ohr, und das hörst du. Das passiert oft.«

»Es ist nicht mein Herz«, wandte Evans ein.

»Oh, yeah? Schalte es ab und paß auf, ob der Krach aufhört. Und jetzt leuchte meine Beine aus, wie ich es gesagt habe.« Sergeant Proudy versuchte, mit seiner unverletzten Hand an der Wand einen Halt zu finden, während er über den Schrott kletterte. »Paß auf hier«, sagte er. »Bettfedern.«

»Vielleicht gibt es von hinten eine Zufahrt. Wir könnten zum Ende des Blocks gehen und nachsehen.«

»Was ist nur los mit dir, Fred? Wir haben es doch schon zur Hälfte geschafft.«

»Es geht weit nach hinten raus«, sagte Evans.

»Diese Häuser sind nicht so groß.«

»Was ist das da hinten für ein schwarzes Ding?«

»Was, zum Teufel, redest du da?«

»Da hinten, ganz am Ende, Sarge.«

»Da ist nichts.«

»Jetzt ist es weg«, sagte Evans.

Sergeant Proudy schnaubte, während er einen sicheren Tritt auf einem Stapel überfrorenem Müll suchte. »Vielleicht steht ein Auto oder ein Kleinlaster in der Gasse.«

Sie erreichten einen kleinen Seitenweg, sahen aber kein Auto. Der Hof, in den Ben Free seine Glassplitter und die verbogenen Kronkorken gefegt hatte, lag inmitten eines Dutzends anderer Höfe, die ihm sehr ähnlich sahen. Vielleicht lag er unter seiner Decke aus Schnee und schlief. Vielleicht schliefen sie alle.

Der Schnee fiel jetzt stärker, ein kalter Wind war aufgekommen und wirbelte den fallenden Schnee umher. In einer Legende heißt es, daß horizontal wehender Schnee die Leute verrückt macht. So etwas glauben Menschen, die an Aspirin in Cola und an die Frömmigkeit der Politiker glauben. Wenn sie recht haben, dann war viel Verrücktheit hinter den Fenstern der schäbigen Häuser. Ihre Ziegel waren die Brüder der Ziegel der Belmont-Nervenklinik. Ihre blinden, starrenden, halb geöffneten Augen, ihre zu einem Viertel geöffneten und geschlitzten Augen strahlten gelb und lugten aus den Schädeln von Verrückten.

»Da sind wir«, sagte Evans. Dann glitt er aus. Seine Taschenlampe fiel klappernd in die Leiche einer Musikbox, deren rote und grüne Scheiben aufflammten und gespenstisch an fröhlichere Zeiten erinnerten.

Sergeant Proudy fluchte und stieß ihn aus dem Weg, um sich die Taschenlampe zu schnappen.

»Unentschieden«, sagte Evans. »Meine ist wenigstens nicht ausgegangen.«

»Yeah, aber du hast sie fallenlassen.«

»Sag ich doch, Sarge.«

»Deshalb werde ich sie mir eine Weile ausborgen, okay? Ich wundere mich sowieso, daß meine kaputtgegangen ist. Die Dinger sind doch ziemlich stabil.«

»Ich habe bei meiner mal das Glas kaputtgekriegt, als ich einen Zocker damit verdroschen habe. Hast du sie?«

»Yeah... nein, verdammt, ich habe was anderes erwischt.«

Schnee wirbelte um die beiden Männer.

10. KAPITEL

Der Angriff

Glasser trug eine blau getönte Brille und einen großen und ziemlich fusseligen Tweedmantel. Der Mantel war schwer vom Schnee. Mit der Brille sah Glasser aus wie ein Blinder, aber er war nicht blind. Er eilte mit vorgestreckter Hand vorwärts wie ein wirklicher Blinder, dem das Nahen des Messias verkündet wurde. »Ich bin Nate Glasser«, erklärte er. »Freut mich, Sergeant.«

»Ich bin kein Sergeant«, sagte der Polizist mit der Axt.

»Entschuldigen Sie«, sagte Glasser. »Ich dachte, Sie wären ein gewisser Sergeant Proudy.«

»Äh, was?«

»Als ich an dem Polizeiwagen da drüben vorbeikam, hörte ich zufällig den Funk. Man sucht nach einem Sergeant Proudy.«

»Das ist unsere Einheit«, sagte der große Polizist. Er schritt schneller aus. »Ich muß mich darum kümmern.« Er öffnete die Tür des Streifenwagens und riß das Mikrophon aus der Halterung. »Zentrale, hier Wagen Zwanzig-Drei. Ein Passant sagte mir, daß Sie uns rufen.«

»Seid ihr noch am Abbruchhaus, Zwanzig-Drei?«

»Wir stehen auf der anderen Straßenseite.«

»Wir haben einen Einsatz, einen Siebzehn-Fünfzig.«

»Welche Adresse?«

»Die Adresse konnte die Anruferin nicht nennen. Nur, daß es das Baker-Haus sei. Vor der Tür stünde ein Streifenwagen, aber sie sähe keine Beamten. Dann schrie sie und legte auf. Wir dachten, das könnte was mit euch zu tun haben.«

»Ich seh mal nach«, sagte der Polizist und warf das Mikrophon auf den Sitz.

Glasser berührte ihn am Arm. »Was ist ein Siebzehn-Fünfzig, Officer?«

»Unerlaubtes Eindringen. Kennen Sie hier in der Gegend ein Baker-Haus?«

»Es tut mir leid, ich bin fremd hier. Ich komme von Pe, Em, Ge und De.«

»He!« Der Polizist hob seine rote Axt und trottete zu einer Gruppe von Leuten, die schwatzend auf dem Gehweg standen.

Glasser lief neben ihm her und sagte: »Die können Ihnen auch nicht helfen. Das sind auch nur Vertreter. Ich kenne die Blase. Ausgenommen den kleinen da.«

Der kleine Mann hatte sich auf den Ruf des Polizisten umgedreht. Im Gegensatz zu den anderen war er schäbig gekleidet. Seine dicke Brille war knapp in Höhe des zweiten Knopfes am Mantel des Polizisten.

»Sir, kennen Sie das Baker-Haus?«

»Klar«, sagte der Kleine. Er deutete zum Haus nebenan. »Das wird nicht abgerissen. Wenn die wirklich die Auffahrt bauen, dann steht das Haus direkt neben den Pfeilern.«

Der Polizist hörte schon nicht mehr zu. Mit der Axt in der Hand stürmte er die Treppe hinauf, zwei Stufen auf einmal nehmend.

Die Tür ging auf, und ein zweiter Polizist sah heraus. Er hatte ein rundes, sommersprossiges Gesicht. »Ich dachte schon, daß du es bist, Bill. Dann hast du die Axt gekriegt, was?«

Williams entspannte sich und ließ die Axt sinken. »Yeah. Was machst du hier?«

»Mit einer Katze spielen.«

»Was?«

»Du hast es doch gehört. Komm rein.«

Williams folgte ihm. Der kleine Mann glitt wie ein Schatten hinter ihm ins Haus und duckte sich unter dem Arm des Polizisten durch, als dieser die Tür schloß. Drinnen saß eine alte Frau in einem Schaukelstuhl. Sie lächelte nachsichtig. Sergeant Proudy hockte vor ihr auf einem verschlissenen Orientteppich. Er hatte ein Stück Schnur in der Hand, an dem eine Kugel aus zerknülltem rosafarbenen Papier hing. Ein Kätzchen mit intelligenten gelben Augen beobachtete fasziniert das Papier und streckte hin und wieder zögernd eine Pfote aus.

»Hier riecht's nicht gut«, sagte Williams leise.

»Das ist das Katzenklo, Bill.«

Sergeant Proudy blickte auf. »Du hast also die Axt gekriegt.«

»Yeah«, sagte Williams langsam. »Genau.«

»Schon die Tür zerhackt?«

»Was? Ich bin doch gerade erst zurückgekommen. Die Zentrale hat gesagt, hier wollte jemand einbrechen, deshalb bin ich rübergekommen.«

»Ich habe angerufen«, sagt die alte Frau im Schaukelstuhl. »Ich habe aufgelegt, als ich sah, daß es die Polizei war. Man soll ja nicht mehr nach dem Wolf rufen, wenn das Feuer aus ist.«

Williams erkundigte sich bei Sergeant Proudy: »Was ist eigentlich passiert?«

»Fred hat seine Lampe fallen lassen, und wir haben das falsche Haus erwischt. Ich wußte, daß was faul war, sobald wir die Tür aufgebrochen hatten. Frees Haus hat Türen wie eine Festung.«

Evans fügte hinzu: »Uns war ziemlich kalt, und Mrs. Baker war so freundlich, uns hereinzubitten. Dann hat der Sarge angefangen, mit ihrer Katze zu spielen.«

»Puff«, erklärte Mrs. Baker.

Sergeant Proudy sagte: »Ich mag Katzen eben. Manche Leute mögen Katzen, da ist doch nichts gegen zu sagen, oder?«

Williams schüttelte den Kopf. »Natürlich nicht. Ich hätte lieber einen Hund, aber das ist eben Geschmackssache. Ich glaube, die sind draußen mit dem Abbruchbagger fast fertig.«

Der kleine Mann, der hinter Williams hereingeschlüpft war, sagte: »Die hatten eine Panne oder so – ich glaube, sie haben was von einem Zylinderkopf gesagt.« Er hatte den Trenchcoat und den zerbeulten Filzhut abgenommen. Alle außer Mrs. Baker glaubten, daß er im Haus wohnte.

»Wir müssen sie jedenfalls da rausholen«, sagte Williams. »Laßt uns anfangen.«

»Yeah.«

Puff hatte ihre Taktik verändert. Sie langte jetzt mit beiden grauen Pfoten nach der Kugel.

»Wenn du nicht mitkommst, gehe ich einfach raus und setze mich in den Streifenwagen. Falls was über Funk kommt.«

Sergeant Proudy stand auf. »Willst du dich etwa vom Acker machen, Bill?«

»Ich doch nicht. Ich meine genau das, was ich sagte. Nicht mehr und nicht weniger.«

Der kleine Mann warf Mrs. Baker einen Blick zu. »Vielleicht möchten Sie einen Kaffee trinken, ehe Sie gehen? Ich könnte jedenfalls einen gebrauchen.«

»Ich habe keinen Kaffee«, erklärte Mrs. Baker ihm. »Ich habe nur etwas Tee und Kakao. Wie wär's mit einer Tasse Kakao? Kakao an einem kalten Tag ist immer gut.«

»Ja, ich hätte gern einen Kakao«, sagte Williams. »Mir ist ziemlich kalt geworden auf dem Weg zur Feuerwache.«

»Wir waren genauso lange draußen wie du.«

»Ich habe ja gar nicht gesagt, daß du nicht auch draußen warst, Sarge. Ich habe auch nicht gesagt, daß du dich faul in den Streifenwagen gesetzt hättest. Ich weiß doch, daß dir auch kalt sein muß. Wahrscheinlich hat Fred deshalb auch seine Taschenlampe fallen lassen. Wenn die Finger kalt werden, läßt man alles fallen.

Mir ist auf dem Rückweg sogar ein paarmal die Axt runtergefallen.«

Sergeant Proudy sah Williams drohend an.

Mrs. Baker murmelte: »Ich setz gleich den Kessel auf«, und eilte hinaus. Der kleine Mann bot ihnen an: »Wenn Sie wirklich wegen Ihres Funkgeräts besorgt sind, dann kann ich ja eine Weile zuhören. Mir ist nicht kalt, und ich kann rüberkommen und Ihnen Bescheid sagen, wenn sich was tut.«

»Da draußen ist ein Mann mit einer blauen Brille, der wahrscheinlich sowieso schon zuhört«, sagte Williams.

Es schellte, und der kleine Mann sah nach, wer es war. Der Schneefall hatte wieder nachgelassen, aber es war genug heruntergekommen, um vor der Tür einen kleinen Gletscher aufzubauen. Der Mann, der auf Mrs. Bakers Türschwelle stand, trug eine Sonnenbrille, einen Hut aus Kokosfasern, ein buntes Sporthemd und eine kurze Hose. Im Gesicht hatte er einen Sonnenbrand. »Könnten Sie mich reinlassen?« frage er den kleinen Mann.

»Könnte ich. Sind Sie Versicherungsvertreter?«

»Nein.« Der Mann im Sporthemd hob feierlich eine Hand. Die Hand zitterte. »Ich schwöre beim Grab meiner Mutter, bei meiner Ehre und bei allem, was mir lieb und teuer ist, daß ich kein Versicherungsvertreter bin.«

»Ich hätte auch einen Versicherungsvertreter reingelassen«, sagte der kleine Mann. »Ich war nur neugierig, ob Sie einer sind, weil da drüben so viele herumstehen.« Er trat zur Seite und ließ den Mann im Sporthemd herein.

»Gott sei Dank. Ich wäre bald erfroren.«

»So sehen Sie auch aus.«

»Ich trinke immer ein paar Gin mit Zitronensaft, ehe ich Kundenbesuche mache. Wir kriegen die Drinks im Büro umsonst, aber, mein Gott, ich glaube, die helfen überhaupt nicht.«

»Vielleicht besuche ich Sie mal im Büro.«

»Das würde mich freuen. Wirklich.« Der Mann mit dem Sporthemd griff in seine Hosentasche und zog eine Karte heraus. »Jederzeit. Sagen Sie mir nur vorher Bescheid.« Auf der Karte stand:

Sim Sheppard
SUNSHINE ESTATES

Der kleine Mann sagte: »Sie suchen nicht zufällig Sergeant Proudy, oder? Ich bin's nämlich nicht. Ich bin Jim Stubb. Proudy ist der mit der Katze. Kommen Sie, ich stelle Sie vor.«

Barnes tippte Stubb auf die Schulter. »Was ist los?« fragte er. Wie Stubb stand er im Schnee und hatte den Mantelkragen gegen den Wind hochgestellt.

»Wissen Sie es wirklich nicht?«

Barnes schürzte die Lippen. »Vertreter?«

»Yeah. Es müssen ein paar hundert sein. Versicherungen. Aktien und Anleihen. Grundstücke in Florida.«

»Ich habe sie herbestellt. Ich sagte, ich wäre Proudy und wollte mich hier mit ihnen treffen.«

»Ich dachte mir schon etwas in dieser Art. Sie sind ein gerissener Hund, Ozzie.«

»Madame Serpentina meinte, ich müßte etwas tun, und ich habe eine ganze Weile nachgedacht, ehe mir das hier eingefallen ist. Ich glaube aber, lange wird sie das nicht aufhalten.«

»Es wird sie mit Sicherheit stören.«

Die drei Polizisten kämpften sich durch die Menge. Es sah aus wie ein Volksaufstand.

»Ich glaube, wir sollten raufgehen und uns vor die Tür stellen«, sagte Barnes. »Es ist vielleicht das letzte, was wir tun können.«

»Passen Sie auf, wohin Sie treten. Candy hat vorhin Wasser aus dem Fenster gekippt, das inzwischen gefroren sein dürfte.«

»Daran hätte ich denken sollen«, sagte Barnes. Die Treppe hatte kein Geländer, und so hielten sich die beiden Mieter aneinander fest, um nicht hinzufallen.

»Gut, daß sie darauf gekommen ist«, sagte Stubb. »Candy ist ziemlich impulsiv. He, sehen Sie sich das an!«

Ein Stück die Straße hinunter tauchte im Schneetreiben ein Lieferwagen mit einer großen Antenne auf dem Dach auf.

»Channel Two News«, sagte Stubb. Er nahm die Brille ab und wischte sie am Ärmel sauber.

Barnes sah ihn bewundernd an. »Haben Sie die gerufen?«

»Wenn ich sie gerufen hätte, wären sie nicht gekommen. Aber ich habe einen Haufen Politiker angerufen, und ich habe mir gedacht, jemand wird ihnen schon einen Tip geben. In der Politik gibt es immer jemand, der ins Fernsehen will.«

Williams hob die Feueraxt über den Kopf. Daneben sah man Evans' Gummiknüppel steigen und niedersausen. Einer der Vertreter schrie auf. In der Ferne heulte eine Sirene.

»Noch mehr Polizei«, sagte Barnes.

Stubb nickte. »Das hatte ich befürchtet.«

»Sollen wir uns unterhaken?«

»Dazu sind wir eigentlich zu alt, aber meinetwegen. *Weg mit den Atombomben! Rettet die Wale! Free gehört einer bedrohten Spezies an!*«

Sie hakten sich unter. Stubb nahm mit der freien Hand die Brille ab und steckte sie in eine Seitentasche seines Trenchcoats.

Evans stieß die Leute jetzt mit seinem Schlagstock zur Seite und drückte das stumpfe Ende in Vertreterbäuche. Williams und Proudy lösten sich aus dem Getümmel und stiegen die Treppe hinauf. Williams hielt immer noch die Axt über dem Kopf. »Weg da!« befahl er den beiden Mietern.

Der Baggerführer im gelben Abbruchbagger ließ den Motor aufheulen.

»Niemals«, sagte Stubb zu Williams. In der Wand war eine verrostete Laterne ohne Birne befestigt. Stubb konnte gerade eben den Arm erreichen und sich festhalten.

Die Vertreter strömten hinter Sergeant Proudy her. Eine Horde vielfarbiger Kinder und ein Trupp alter Leute sah interessiert zu. Hin und wieder wurden Nasen an Ärmeln abgewischt. Das Kamerateam hatte die Situation sofort erkannt und drehte bereits, als ein Reporter mit einem Mikrophon herankam. Ein Stück die Straße hinunter schlitterte ein schwarzweißes Polizeiauto um die Ecke.

»Sie schon wieder«, sagte Sergeant Proudy zu Barnes. »Wo ist Free?«

»Ja, ich schon wieder«, gab Barnes zurück.

Williams fragte: »Warum machen Sie das? Was bedeutet Ihnen das alte Haus eigentlich?«

»Darüber habe ich auch schon nachgedacht«, sagte Stubb. »Ehrlich gesagt, weiß ich es selbst nicht genau.«

»Also, machen Sie Platz. Sonst muß ich Sie wegtragen.«

Stubb schüttelte den Kopf.

Sergeant Proudy legte die Arme um Barnes und klemmte Barnes' Arme ein. Irgendwo gab es eine Explosion von weißem Staub. Sergeant Proudy begann heftig zu niesen, und beim dritten Niesen gab er Barnes frei.

Williams rief: »Machen Sie Platz!« Er drückte Stubb mit der Schulter zur Seite. Die rote Axt blitzte, dann sauste sie vor. Holz kreischte, als Williams die Klinge herumdrehte.

Hinter ihm verlor Mick Malloy auf der eisigen Treppe das Gleichgewicht und stürzte schwer gegen Nate Glasser und Ozzie Barnes, die daraufhin über Williams stolperten. Die scharfe, glänzende Feueraxt beschrieb just in dem Augenblick den nächsten ausholenden, vernichtenden Bogen nach hinten, als Sergeant Proudy sich vom Niesen aufrichten wollte.

Durch den fallenden Schnee und mit kurzsichtigen Augen sah Stubb unscharf weiße Knochen und spritzendes Blut.

11. KAPITEL

Das Opfer

Als Captain Davidson aus dem Auto stieg, war es auf der Straße wieder ruhig. Das Fernsehteam war abgerückt, um ein telegeneres Desaster einzufangen, und die bunten Kinder und die alten Leute waren verschwunden. Nur eine Art Mahnwache war noch da. Vier Polizisten, unterschiedlich stark von sich selbst eingenommen, beaufsichtigten das Vertretertreffen. Ein fünfter ließ ein Stück weiter den Kopf hängen.

»Also«, verlangte Captain Davidson zu wissen, »was ist hier los?«

Ein großer Polizist mit rotem Gesicht trat vor. »Sie haben ihn da drin, Sir.«

»Den Teufel haben sie.«

»Ja, Sir.«

»Waren Sie hier, als es passiert ist?«

»Ja, Sir. Ich war die ganze Zeit da. Ich bin mit ihm gekommen. Ich bin Evans, Sir.«

»Und Sie haben zugelassen, daß sie ihn mit nach drinnen nahmen?«

»Ich konnte es nicht verhindern, Sir. Der Arzt hat das veranlaßt. Der Sergeant lag auf dem Boden und wand sich vor Schmerzen, und dann sind die ganzen Vertreter um ihn herumgesprungen ...«

»Sagten Sie Vertreter?«

»Ja, Sir. Die da drüben, Sir. Dann kam dieser alte Arzt von irgendwo hergerannt. Ich glaube, er wohnt hier in der Nähe Sir. Er hat gejammert, daß man sofort die Blutung stoppen müßte. Dann ging die Tür auf. Das große dicke Mädchen in dem rosafarbenen Mantel, das das Wasser auf uns runtergekippt hat, machte die

Tür auf, und der Doc rief, helft ihm auf. Ich half also, und auf einmal war der Doc auf einer Seite und der Kerl mit dem Schnurrbart war auf der anderen Seite, und die beiden schleppten ihn ins Haus und versperrten die Tür, Sir.«

»Und Sie sind nicht mit reingegangen.«

Evans schüttelte den Kopf. »Ich habe es versucht, Sir, aber die Verkäufer wollten auch alle da rein, und das dicke Mädchen hat sie weggestoßen. Sie hat einen guten Stoß.«

»Dieser ganze gottverdammte Einsatz steht unter einem Unstern«, sagte Captain Davidson bitter. »Es dauert schon zehnmal so lange, wie es hätte dauern sollen, und es hat zehnmal so viele Männer gebraucht. Und jetzt das.«

»Ja, Sir.«

»Sie sehen aus, als wollten Sie noch etwas sagen, Evans. Spucken Sie's aus.«

»Nein, Sir, ich wollte nichts sagen.«

Der Captain drehte abrupt den Kopf zu den Baufahrzeugen herum, die am Bordstein geparkt waren. »Wo sind die Bauarbeiter?«

»Da unten im Lokal, Sir, Kaffee trinken.«

»Kann ich ihnen nicht verdenken.«

»Nein, Sir.«

Captain Davidson marschierte zur Treppe und beugte sich vor, um die Tür zu begutachten.

»Vorsicht, Sir, die Treppe ist vereist.«

»Das sehe ich auch.«

»Glauben Sie, wir bekommen noch mehr Schnee, Sir?«

Captain Davidson wandte sich um und sah Evans an. »Nicht, bevor wir die da raus haben. Nicht, bevor ich euch gottverdammte Trottel wieder an die Arbeit gescheucht habe. Wo ist die Axt?«

Keiner der Polizisten sagte etwas.

»Ihr habt mich gehört. Jemand hat die Tür mit einer

Axt bearbeitet. Williams, Sie haben Proudy die Axt über den Schädel gezogen. Wo ist sie jetzt?«

Williams murmelte etwas.

»Lauter! Wenn Sie Angst haben, die Axt noch einmal in die Hand zu nehmen, dann mache ich es selbst. Wo ist sie?«

»Jemand hat sie genommen.«

Ein leicht zerzauster Mann mit einer blauen Brille löste sich aus dem Getümmel der Vertreter. »Ein kleiner Kerl mit einer dicken Brille hat sie, Captain.«

»Was?«

»Dieser Officer hier war etwas benommen – ich glaube, das waren wir alle –, und da ist dieser kleine Mann zum Officer gegangen und hat gesagt: ›Ich nehme das mal‹, und hat ihm die Axt aus der Hand genommen. Danach habe ich sie nicht mehr gesehen.«

»Wer sind Sie?«

Die Frage kam barsch und unfreundlich, aber der Mann mit der blauen Brille trat lächelnd vor. »Nathaniel Glasser, Captain.« Wie ein Zauberer auf der Bühne, der einen Blumenstrauß hervorzaubert, präsentierte er seine Karte. »Ich bin Anlageberater. Vielleicht haben Sie schon von uns gehört – Papke, Mittleman, Glasser & Dornberg. Wir waren die ersten Anlageberater, die ihre Kunden auf parfümierte Büstenhalter hingewiesen haben. Unsere Kunden haben Millionen verdient, und wir haben ihnen den Weg in Steueroasen geebnet. Natürlich nehmen wir nur geringfügige Provisionen.« Plötzlich hatte Captain Davidson eine Karte in der Hand. Glasser trat noch immer lächelnd wieder zurück.

»Vertragen Sie kein Sonnenlicht, Mr. Glasser?«

»Hm? Oh, wegen der Brille?« Glasser nahm die blaue Brille ab. »Ja, richtig. Wenn die Sonne rauskommt, wird sie vom Schnee reflektiert. Nach mir wird nicht gefahndet, falls Sie das meinen, Captain.«

»Meinte ich nicht. Die Sonne scheint jetzt nicht, Mr. Glasser.«

»Es sind optische Gläser«, sagte Glasser und setzte die Brille wieder auf.

Captain Davidson wandte sich ab. »Evans, Sie sind ziemlich groß. Sie und Williams stellen sich hier auf diese Stufe. Ihr zwei...« – er winkte zwei Polizisten, die den Vertreten zusahen – »ihr geht hinten herum. Sie, Peters«, er deutete auf seinen Fahrer, »Sie kommen...«

In diesem Augenblick wurde die Tür von Frees Haus geöffnet. Mick Malloy kam heraus und zog hinter sich die Tür zu.

»Worauf wartet ihr noch, ihr dummen Hunde! Evans! Die Tür!«

Evans sprang vor, rutschte auf dem Eis aus und fing sich wieder, indem er nach dem Türknauf griff. Einen Moment später hatte er die Füße wieder auf dem Boden und versuchte, den Knopf zu drehen. »Ist schon wieder abgeschlossen, Captain.«

»Yeah, ich hab's geahnt.« Captain Davidson stakste zu Malloy hinüber. »Wer sind Sie?«

»Achtzehn Jahre dabei gewesen«, erklärte Malloy. »Sieben in Zivil. Ich bin Mick Malloy. Früher im Elften Revier, Captain.«

»Wohnen Sie hier?«

»Nein, tut mir leid, Captain. Ich habe da drin nur mit Sergeant Proudy gesprochen. Ich bin sein Versicherungsagent.« Malloy griff in eine Innentasche und zückte ein amtlich aussehendes Dokument. Seine Augen suchten einen rotgesichtigen Mann in der Menge. »Ich habe Sergeant Proudy gerade eine Lebensversicherung über fünfundzwanzigtausend Dollar verkauft.«

Der rotgesichtige Mann trat einen Schritt vor und schwang empört seine Aktentasche. »Du hast ihn aufgenommen, während er in seinem Blut lag? Du dreckiger Hurensohn!«

»Er wollte es unbedingt«, sagte Malloy glücklich. »Er

wollte unterschreiben, Steve. Du hättest hören sollen, wie er sich danach bei mir bedankt hat. Ich hätte auch über fünfzigtausend abschließen können. Es tut mir fast schon leid, daß ich es nicht gemacht habe.«

»Und wenn er stirbt?« frage Marshal wütend. Captain Davidson sah den beiden schweigend zu.

»Wird er nicht.«

»Was du nicht sagst! Du bist doch kein Arzt.«

»Der Arzt ist aber ein Arzt. Er ist bei ihm da drin und näht seinen Kopf. Er ruft nicht nach Sauerstoff und Bluttransfusionen, oder?«

»Was weiß ich.«

Captain Davidson sagte: »Sie sagten, Sie wohnen nicht hier, Malloy.«

»Das stimmt, Captain.«

»Dann macht es Ihnen doch nichts aus, wenn wir mal Ihre Schlüssel ausprobieren, oder? Seien Sie nett zu uns. Sie sagten doch, daß Sie früher selbst Cop waren. Dann wissen Sie ja, wie das ist.«

»Ich will sie aber zurückhaben, Captain. Die Karte dürfen Sie behalten. Sie wissen ja, wie das ist.«

»Nein, weiß ich nicht. Ich habe noch nie Versicherungen verkauft.«

Ein bibbernder Mann in Shorts und in einem kurzärmligen Hemd tauchte neben Malloy auf. »Sagtest du eine Lebensversicherung über fünfundzwanzigtausend?«

Captain Davidson warf Evans, der auf der Treppe wartete, die Schlüssel zu.

»Das Doppelte bei Unfalltod, Begünstigte ist seine Frau.«

»Dann habe ich doch richtig gehört«, sagte der bibbernde Mann. Er hielt sich an einem Styroporbecher mit Kaffee fest. »Einer der Jungs erwähnte es, als ich rüberkam. Ich hatte ihn...« Er hielt inne und wischte sich die Nase.

Glasser schob ihn zur Seite. »Hören Sie, Sie wollen gerade gehen, oder? Sie heißen Malloy, richtig?« Er streckte eine Hand aus, und Malloy ergriff sie. »Nat Glasser. Sie haben nichts zu verlieren, deshalb können Sie es mir ja erzählen. Worauf ist er angesprungen? Mann von Welt? Seriös? Wir haben da ein Angebot, das …«

»Woher wollen Sie wissen, daß ich keine Gehirnerschütterung habe?« fragte Sergeant Proudy kratzbürstig.

»Bin ich der Liebe Gott?« sagte der alte Arzt. »Ich weiß es nicht.« Zufällig sah er aus wie der Liebe Gott. Er war ein kleiner, älterer Mann mit einem kleinen weißen Bart und einem noch weißeren Schnurrbart. Der Kragen seines fadenscheinigen Hemds – ein fast untrügliches Zeichen für die Gegenwart eines Gottes – lugte über den Kragen seines Mantels.

»Und wenn ich nun doch eine Gehirnerschütterung habe?«

»Sind Sie benommen? Haben Sie schwarze Flecken vor den Augen?«

»Nein.«

»Schwindel?«

»Nur ein bißchen.«

»Taube Finger, Sachen fallen Ihnen herunter?«

»Nicht mehr, seit ich die Taschenlampe fallen gelassen habe, und das war vor dem Schlag.«

»Dann, für den Fall, daß Sie eine Gehirnerschütterung haben, ordne ich an, daß Sie nach Hause gehen und sich ins Bett legen. Morgen früh gehen Sie dann zu Ihrem Hausarzt und erzählen ihm, was passiert ist.«

»Das haben Sie schon einmal gesagt.«

»Das fällt mir auch gerade auf.« Der Arzt musterte seine krumme Nähnadel und legte sie weg. »Eine Gehirnerschütterung ist eine Prellung des Gehirns. Sie kann so leicht sein, daß es überhaupt keine Symptome gibt. Das Wichtigste ist, sie in Ruhe zu lassen, bis sie sich von selbst bessert. Spielen Sie nicht Rugby. Wenn Sie sehen, daß jemand Sie mit einem Baseballschläger hauen will, ducken Sie sich. (Schwester, etwas Klebeband, bitte.) Wenn Sie unbedingt wissen wollen, ob Sie eine Gehirnerschütterung haben, machen wir eine Biopsie. Wenn Sie glauben, daß Ihr Schädel gebrochen ist, fahren Sie in die Notaufnahme des nächsten Krankenhauses und erzählen denen Ihre Geschichte. Die werden ihren Kopf mit Röntgenstrahlen fotografieren, und wenn der Röntgenarzt scharf aufs Geld ist, wird er irgendwo ein paar kleine Risse finden, wenn er nur lange genug sucht. Er wird Ihnen sagen, daß Sie nicht mehr Football spielen sollen, bis der Knochen verheilt ist, und Sie zur Nachuntersuchung bestellen. Okay, das war's. Setzen Sie Ihren Hut auf, Sie können nach Hause gehen.«

»Haben Sie mich fertig verbunden?« Sergeant Proudy tastete nach der Gaze.

»Was glauben Sie, warum ich Sie herumgedreht habe, während ich mit Ihnen sprach? Ich warne Sie, wenn Sie drücken, wird es wehtun.«

Candy Garth sagte: »Hier«, und reichte ihm einen Handspiegel aus rosa Plastik. Proudy nahm ihn und inspizierte seinen Verband.

»Ich habe es so gemacht, daß es schlimmer aussieht, als es ist. Wenn ein Verband nicht schlimm aussieht, glaubt niemand dem Verletzten, daß er Schmerzen hat.«

»Ich wäre wirklich nicht gern so schwer verletzt, wie der Verband vermuten läßt.«

»Dann wären Sie tot.«

Candy fragte: »Wird eine Narbe zurückbleiben?«

»Ich fürchte schon. Er wird da oben ein paar Haare verlieren. Ein Schönheitschirurg könnte natürlich das meiste vertuschen.«

»Ich werde es so lassen.« Sergeant Proudy rieb sich die Hände. »Wenn mich ein Neuer fragt, was passiert ist, dann sage ich ihm, ich wäre einer Feueraxt in die Quere gekommen. Haben Sie Aspirin da?«

»So was nehme ich nie mit. Meine Theorie ist, wenn ein Patient zu dumm ist, es sich selbst zu kaufen, dann ist er auch zu dumm, um weiterzuleben.«

»Ich hole was«, sagte Candy. Sie eilte hinaus, und sie hörten die Treppe unter ihrem Gewicht stöhnen.

Barnes sagte: »Das Mädchen könnte eine gute Krankenschwester abgeben. Vielleicht sollten Sie sie einstellen, Dr. Makee.« Er stand mit dem Rücken zum Kamin, in dem die Trümmer eines Tisches brannten.

Der Arzt schüttelte den Kopf und klappte seine große Tasche zu. »Es gab mal eine Zeit, da hätte ich Sie deshalb gefordert. Mit der Zeit wird man zurückhaltender.«

Sergeant Proudy stand auf, schwankte und griff nach einer Stuhllehne, um sich festzuhalten. »Was schulde ich Ihnen, Doc?«

Dr. Makee blinzelte Stubb zu. »Ich sehe es sofort, wenn es den Patienten besser geht. Dann nennen sie mich Doc.«

»Wieviel? Wenn ich genug dabei habe, zahle ich sofort.«

»Zehn Dollar. Vor ein paar Jahren habe ich mir geschworen, für einen Hausbesuch nie mehr als zehn Dollar zu berechnen.«

Stubb sagte: »Außer Ihnen macht niemand mehr Hausbesuche.« Die blutverschmierte Feueraxt lag über seinen Knien.

»Ich mache auch keine. Ich bin im Ruhestand. Jedenfalls sage ich das immer den Leuten.«

»Hier sind die Aspirin«, sagte Candy. »Ich hole Wasser, falls die Rohre nicht zugefroren sind.« Zu Barnes sagte sie: »Madame Serpentina packt. Ich habe es gehört, als ich an ihrer Tür vorbeikam.«

Stubb blickte zum dunklen, stummen Fernseher. »Wo ist Free?« flüsterte er, aber Barnes zuckte nur mit den Achseln.

Sergeant Proudy schluckte zwei Aspirin und wanderte durchs Zimmer, um aus dem Fenster zu sehen.

»Da ist er!« rief Sim Sheppard.

Alle hielten inne. Alle drehten sich um und sahen hinauf. Etwa zwanzig Sekunden lang waren Sergeant Proudys große Nase und seine kleinen Augen im Fenster des Wohnzimmers zu sehen, trotz einer schiefen Kappe aus weißem Verbandmull deutlich zu erkennen.

Sims Kaffeebecher lag zertrampelt im Schnee. Steve Marshals Aktenkoffer verlor den Kontakt zu seinem Besitzer. Kein Physiker hätte beschreiben können, wie hart die ersten Läufer gegen die Tür prallten. Die meisten, Polizisten wie Vertreter, waren schwergewichtige Männer. Sie waren gerannt, und sie konnten auf dem Eis nicht bremsen. Hinter ihnen folgte ein Dutzend weitere Männer, womöglich noch schwerer, die ebenfalls nicht bremsen konnten oder wollten.

Die angeschlagene Tür gab ein Geräusch von sich wie ein großes Modellflugzeug, auf das ein kleiner Junge springt.

12. KAPITEL

Der Rückzug

»Sie auch?« fragte Barnes.

Stubb drehte sich zu ihm. »Yeah, ich auch.«

Es war Nacht, und Schneewolken hingen über der Stadt. Nirgends gab es Licht, das nicht von Menschen stammte. Es hätte eine Stadt aus Wolken sein können, durch die ein paar Sterne lugten. Sie hätten in einem weiten, dunklen, gewellten Land stehen können, in einem Land mit Hügeln und Schwarzkiefern.

»Ich dachte, sie würden mehr abreißen.«

»Es war fast Feierabend, als sie Candy endlich raus hatten«, kicherte Stubb.

»Was war das für ein glitschiges Zeug unter ihrem Mantel?«

»Babyöl, glaube ich.«

»Eigentlich sollte ich mich ja mit Scherzartikeln auskennen. Wenn ich den Fußboden im Flur eingeschmiert hätte ...«

»Dann hätten sie sie wahrscheinlich fallen lassen und ihr den Hals gebrochen.«

»Oder sie wäre zum Keller durchgekracht. Was mag sie wohl wiegen?«

»Woher soll ich das wissen? Zweihundert, vielleicht.«

»Mindestens zweihundertfünfzig. Vielleicht dreihundert.«

»Vielleicht dreihundert«, gab Stubb nach. »Wen kümmert's?« Er warf seine Zigarette in den Schnee. »Es ist verdammt kalt hier draußen, Ozzie. Haben Sie einen Platz, wo Sie unterkriechen können?«

»Ja, habe ich.«

»Ich noch nicht. Ich durfte meinen Sack im Sandwich Shop die Straße rauf hinter die Theke stellen, und jetzt sehe ich mich um.«

»Ja«, sagte Barnes.

»Wir haben heute nachmittag ja gewissermaßen zusammengearbeitet, oder? Und es ist gar nicht schlecht gelaufen. Mit Candy zusammen hätten wir es beinahe geschafft.«

Barnes nickte.

»Ozzie, ich wollte fragen, ob ich mit bei Ihnen unterkriechen kann. Nur für heute nacht. Ich suche mir morgen früh selbst was.«

Einen Augenblick herrschte Schweigen, dann war die leise Stimme der Hexe zu hören: »Ozzie hat keinen Platz zum Übernachten, Mr. Stubb.«

Die beiden Männer fuhren herum. »Wo sind Sie denn hergekommen?« fragte Stubb.

»Ich fürchte, er hat Sie angelogen. Er ist aus dem gleichen Grund wie Sie hier und starrt die Trümmer des Hauses an. Er fragt sich, ob er nicht doch noch eine Nacht in seinem alten Zimmer verbringen könnte. Tun Sie das nicht, meine Herren. Es wird heute nacht sehr kalt. Sie würden erfrieren.«

Stubb fragte: »Was ist mit Ihnen, Madame S.?«

»Ich bin hier, weil ich gezwungen war, einen Teil meiner Sachen zurückzulassen. Ich bin zurückgekommen, um sie zu holen.«

Stubb sagte: »Wir helfen Ihnen beim Tragen. Wohin wollen Sie?«

»Welches ist das nächstgelegene ordentliche Hotel?«

»Das Consort. Es sind nur vier Blocks.«

»Nur vier Blocks von einer Gegend wie dieser entfernt? Das wundert mich. Dann gehe ich ins Consort. Ja, Sie können meine Sachen für mich tragen. So spare ich das Geld für das Taxi. Ozzie, Sie sind ein Mann und kennen sich mit solchen Dingen aus. Wie komme ich durch diesen Zaun?«

Die Barriere, die die Abbrucharbeiter errichtet hatten, war eigentlich kein Zaun, sondern eine Reihe gelber Böcke, die trübe orangefarbene Lampen trugen und mit einem orangefarbenen Band miteinander verbunden waren. Stubb schnitt das Band mit seinem Taschenmesser durch, und Barnes schob einen Bock zur Seite.

Nicht einmal die Vorderfront des Hauses, das einmal Free gehört hatte, war ganz und gar niedergerissen. Die Umrisse waren geblieben. Ziegel hingen im Mörtel und bildeten einen verrückten Bogen, der den Blick in die vorderen Zimmer freigab wie in eine Puppenstube. Unter den Schneewehen war der Flur immer noch als Flur erkennbar, und die Treppe verschwand oben in der Dunkelheit. Das Wohnzimmer rechts hatte sich verändert: der Kamin brannte nicht mehr, der ausgestopfte Vogel mit seiner Glaskugel fehlte, und der Tisch, den sie verbrannt hatten, war nicht mehr da. Links schien Frees Schlafzimmer alle seine kleinen Geheimnisse zu offenbaren. Unter einer dünnen Decke aus Schnee lagen die zerknüllten Laken auf dem Bett. Candys Zimmer darüber und das der Hexe waren nur teilweise freigelegt.

»Seht doch!« Barnes streckte den Arm aus. »Ich habe etwas gesehen.«

»Wo?« Der kleine Stubb verrenkte sich den Hals und stellte sich auf die Zehenspitzen.

»Da oben. Da hat sich was bewegt.«

»Wahrscheinlich nur das Licht.«

»Oder Free. Vielleicht war es Free. Ich habe ihn seit heute morgen nicht mehr gesehen. Haben Sie ihn gesehen? Hat ihn überhaupt jemand gesehen?«

Die Hexe erwiderte seinen Blick. Ihr Gesicht war halb vom pelzbesetzten Mantelkragen bedeckt. »Free ist tot.«

Stubb grunzte. »Haben Sie die Leiche gesehen?«

»Ich gehe gerade hinein.«

»Ohne Taschenlampe. Ozzie, haben Sie Feuer?«

Barnes zog eine kleine, verchromte Pistole aus der Tasche und zog ab. Aus der Mündung kam eine zwei Zentimeter lange blaue Flamme. »Butan«, sagte er. »Gefällt sie Ihnen?«

»Ich bin ganz aus dem Häuschen.« Im trüben blauen Licht untersuchte Stubb den zertrampelten Schnee. »Hier waren Kinder. Sehen Sie diesen Abdruck von einem kleinen Schuh mit einem Loch? Ein Kind aus dieser Gegend. Madama S., ich hoffe, Sie haben Ihre Sachen gut versteckt, denn sonst sind sie weg.«

»Meine Sachen sind noch da. Ich kann sie fühlen.«

Barnes beeilte sich, zu ihr aufzuschließen. »Halten Sie sich am Geländer fest, bitte, Madame Serpentina, sonst stürzen Sie noch.«

»Nicht hier. Nicht einmal ohne Ihr Licht, Ozzie. Ich brauche es nicht. Meinetwegen könnte es hier völlig dunkel sein.«

Etwas krachte.

Niemand sprach, aber in der Luft hing fast spürbar die Übereinkunft, nicht darüber zu sprechen und zu ignorieren, was sie eben gehört hatten. Das alte Haus schien zu seufzen. Vielleicht war es nicht der Wind – der Schnee regte sich nicht. Vielleicht war es überhaupt kein Geräusch gewesen.

»Wir müssen uns beeilen, Madame Serpentina. Das Gas hält nicht ewig.«

»Ich habe Ihnen doch gesagt, daß ich gar kein Licht brauche.«

Stubb murmelte: »Wir schon.«

Die Zimmertür der Hexe war verschlossen. Sie nahm den Schlüssel aus der Handtasche und öffnete sie. Eine Hälfte der Rückwand war verschwunden, dahinter gähnte ein Loch, in dem Straßenlaternen zu sehen waren.

»Es wundert mich, daß die Kinder nicht hier eingebrochen sind«, sagte Barnes.

»Sie hatten Angst, lieber Ozzie. Sie haben sich nicht einmal die Treppe hinauf gewagt, glaube ich.«

»Spuren?«

»Ich brauche nicht auf die Spuren zu sehen.«

Stubb sagte: »Jemand war aber hier oben. Große Füße. Wahrscheinlich die Abbrucharbeiter.«

»Niemand hat mein Zimmer betreten. Nur darauf kommt es mir an. Ozzie, meine Sachen sind unter dem Bett. Wollen Sie sie für mich holen?«

Es handelte sich um einen alten Koffer und einen Beutel, einen Sack aus Ziegenleder, der so groß war wie ein Wäschesack. Die verknoteten Schnüre waren mit einem Klumpen Wachs versiegelt, der im schwachen Licht schwarz schien.

»›So bin ich nun bereit.‹ So spricht der Dichter. Wenn Sie diese Sachen für mich tragen würden, meine Herren? Mr. Stubb, es wäre vielleicht besser, wenn Sie den Koffer nehmen. Ozzie, Sie können den Beutel tragen. Ich glaube, der ist auch etwas schwerer.«

Stubb bugsierte bereits den Koffer durch die schmale Tür. Nach einem letzten, nachdenklichen Blick durch das Zimmer folgte ihm die Hexe. Barnes bildete die Nachhut.

»Was für ein Tag, was für ein Erlebnis! Mr. Stubb, Sie sagten, es sei nicht weit bis zum Hotel?«

Im Dunkel ertönte eine Stimme: »Hat da jemand was von einem *Hotel* gesagt?« Auf der anderen Seite des Treppenhauses flackerte Licht.

»Candy, bist du das?«

»Jim?« Das Gesicht des dicken Mädchens erschien, wie der Mond hinter einer ziehenden Wolke auftaucht. Sie riß ein Streichholz an und hob es hoch.

»Candy, was, zum Teufel, tust du hier?«

»Ein paar Sachen holen. Und feiern.« Sie lächelte, und obwohl das Lächeln deplaziert schien, machte es sie hübsch. »Hier ist es passiert, was? Ich dachte«, sie rülpste leise, »daß ich mich noch einmal auf die

Siegertreppe stelle, ehe sie das Stadion ganz abreißen.«

»Yeah«, sagte Stubb. »Du hast ihnen die Hölle heiß gemacht.«

Die Hexe schaltete sich ein: »Wir müssen jetzt gehen.«

»In ein Hotel, sagten Sie.« Das dicke Mädchen trug noch den Regenmantel aus Plastik. Die weißen Plastikstiefel, die sie verloren hatte, waren riesigen schwarzen Stiefeln gewichen. Sie trug einen Bordkoffer, und um sie schwebte eine Wolke aus Bierdunst. »Ich habe jemand getroffen, den ich kenne, und er sagte, tut mir leid, ich würde ja, aber ich habe nicht genug Geld. Und ich sagte, heute abend brauchst du kein Geld, ich suche nur einen Platz zum Schlafen. Wir sind zu ihm gegangen, und dann meinte er, komm mit, ich weiß, wo heute abend eine Party ist.«

Die Hexe schob sich an Stubb vorbei, der stehengeblieben war und zuhörte. Barnes folgte ihr.

»Wir sind in seine Karre gestiegen, und er ist gefahren wie ein Irrer. Nach Shadylawn. Klingt wie ein Friedhof, was?«

»Yeah«, meinte Stubb.

»Und dann sagte er, gib mir eine Zigarette, und ich sagte, ich habe keine. Ich hatte die ganze Zeit seine geraucht. Deshalb ist er zu einem Drugstore gefahren, er hat gehalten und einen Dollar rausgeholt und gesagt, hier, geh rein und hol uns eine Packung.« Eine Träne spritzte auf Stubbs Hand.

»Und als du drin warst, ist er abgehauen.«

»Buh-huh.«

»Mein Gott. Kein Wunder, daß du fertig bist. Wie bist du zurückgekommen?«

»Zu Fuß.«

»Mein Gott«, sagte Stubb noch einmal.

»So schlimm war es nicht, ich hatte bloß Angst, die Highwaycops würden mich schnappen.« Das dicke

Mädchen schluckte und schniefte. »Jim, laß uns gehen. Sonst verlieren wir sie noch.«

»Bestimmt nicht. Ich habe ihren Koffer hier. Schaffst du die Treppe?«

»Ich bin ja auch raufgekommen. Hast du zufällig was zu trinken dabei?«

»Ich habe noch zwei Zigaretten, das ist alles.«

»Ich habe bei Harry's sechs oder acht Bier gekippt, und jetzt liegen sie mir im Magen. Verstehst du, was ich meine?«

»Klar.«

Sie ging neben ihm die Treppe hinunter. Es war gerade genug Platz für sie und den Koffer zwischen ihnen. Unten sagte sie: »Kann ich eine von deinen Zigaretten haben?«

»Klar«, sagte Stubb. Barnes und die Hexe hatten sich schon ein Stück entfernt. Stubb stellte den Koffer ab, nahm seine beiden letzten Camel heraus, zerknüllte die Packung und warf sie in den Rinnstein. Wie schon einmal zündete er ihre Zigaretten mit einem Papierstreichholz an.

»Dann hat mich eine Frau aufgelesen. Sie war so um die vierzig, glaube ich. Ihr Mann war verreist, und sie wollte in die Stadt und mit einer alten Schulfreundin essen gehen. He, laß mich tragen helfen – schau her, ich kann ein paar Finger in den Griff haken.«

»Gut.«

»So, jetzt gehen wir im Gleichschritt. Ich sagte ihr, ich wäre mit einem Mann ausgegangen, und als er mich flachlegen wollte und ich mich wehrte, hätte er mich aus dem Auto gestoßen.«

»Das passiert sicher öfter.«

»Mir eigentlich nicht. Aber sie hat es geglaubt. Zuerst dachte ich, sie täte nur so, um es für uns beide leichter zu machen, aber sie hat es wirklich geglaubt. Ich war ziemlich verwüstet.«

»Bist du immer noch«, sagte Stubb.

»Das stimmt wohl. Ich habe ihr gar nicht viel vorgemacht. Nur das, was ich dir jetzt erzählt habe. Ich fragte sie nach der Schule, auf die sie mit ihrer Freundin gegangen war. Es war ein guter Name. Als ich ausstieg, fragte sie, wie weit ich es noch hätte, und ich sagte: ›Oh, acht Blocks ungefähr, aber in diese Gegend sollten Sie lieber nicht fahren‹, und da hat sie mir noch ein paar Dollar für ein Taxi gegeben.«

»Für zwei Dollar kann man heute gerade mal die Türklinke eines Taxis anfassen.«

»Ich glaube, sie ist nicht oft in der Stadt.«

»Erzähl mir, wie du zu Frees Haus zurückgekommen bist.«

Das dicke Mädchen rülpste noch einmal. Die Luft kam als Kondenswolke heraus. »Jim, gehe ich richtig?«

»Ja, wunderbar.«

»Sie wußte, daß ich etwas ... äh ... schicksig war.«

»Schicker.«

»Ich habe nicht gelacht oder etwas Bescheuertes gemacht, aber sie muß es gerochen haben. Ich habe wohl auch etwas geweint.«

»Das hat sie sicher nicht anders erwartet.«

»Sag mal, wollen wir die noch einholen?«

»Nein. Es reicht, wenn wir sie nicht aus den Augen verlieren.«

»Dann müssen wir etwas langsamer gehen. Das Ding ist ziemlich schwer.«

»Gern.«

»Ich war völlig am Ende, weißt du? Ich hatte mir den ganzen Abend um die Ohren geschlagen, und jetzt stand ich mit drei Dollar da. Und ich wußte nicht, wo ich übernachten sollte.«

»Yeah.«

»Und da ist mir eingefallen – weißt du noch? Einmal im Leben hatte ich eine wirklich gute Idee. Weißt du noch, wie sie reinkamen und wie ich da rumgesessen habe, von Kopf bis Fuß mit Johnson und Johnson's eingeschmiert? Die sind beinahe ausgeflippt. Weißt du noch, Jim?«

»Klar weiß ich das noch.«

»Einmal haben acht von ihnen versucht, mich aufzuheben, aber sie haben es nicht geschafft. Dann sagte dieser Captain, dieser Klugscheißer, sie sollten mich in den Teppich wickeln. Und der Teppich ist zerrissen.«

Das dicke Mädchen begann zu kichern. Es schien beinahe, als wollte sie nie mehr aufhören. Ihre Kinne wackelten, als hätte jedes einen eigenen Witz gehört, und ihr Bauch, vor den sie ihre Handtasche und eine Hand wie einen dicken, rosafarbenen Seestern preßte, hüpfte auf und ab.

»Schließlich haben sie mich doch noch herausbekommen – hast du das gesehen? Sie haben mir Handschellen an die Hände und Füße gelegt, damit sie die Arme durchstecken konnten, ohne abzurutschen. Es hat fürchterlich wehgetan. Wie viele waren es eigentlich?«

»Die dich getragen haben? Sechs.«

»Und der Captain hat mir den Teppich übergeworfen. Das war eine gute Idee. Die Bänke in diesen Transportern sind aus Metall, und ich habe den Teppich daraufgelegt, als ich mich setzte.«

»Die haben dir doch sicher deine Sachen gebracht«, sagte Stubb.

»Äh ... ja. Bis auf meine Stiefel, weil ich die gestern abend verloren habe.«

»Du hattest sie schon nicht mehr, als du zum Haus zurückgekommen bist.«

»Ich erinnere mich gar nicht, dich gesehen zu haben, Jim. Ich weiß nicht einmal mehr, wie ich nach Hause gekommen bin.« Ihre fröhliche Stimmung verflog.

»Ich habe dich auf der Treppe gehört. Ich ging raus, um dich zu fragen, ob du Zigaretten hättest.«

»Hatte ich welche?«

»Yeah, du hast mir eine gegeben.«

»Wie war ich?«

»Ganz okay. Ziemlich betrunken, aber okay, wenn man davon absieht, daß du keine Schuhe anhattest.« Stubb versuchte, die Achseln zu zucken. »He, wie wär's, wenn wir die Seiten wechseln? Mein Arm wird müde.«

Sie setzten den Koffer der Hexe ab, umrundeten ihn feierlich und nahmen ihn wieder auf. Barnes drehte sich zu ihnen um, winkte und eilte weiter.

»Heute morgen habe ich diese offenen rosa Strohsandalen getragen. Die sind jetzt klitschnaß. Ich habe sie in den Schrank gestellt.«

»Du hättest sie mitnehmen sollen.«

»Zum Teufel mit ihnen. Sie fielen schon auseinander.«

»Wird es dir auch nicht zu schwer?« Sie sagten es gleichzeitig, dann sahen sie einander an und lachten.

13. KAPITEL

Das Consort

Es war die Aufgabe des Hotel Consort gewesen, die Armut zu beenden, und das war ihm sehr gut gelungen. Ein Zyniker hätte vielleicht gesagt, daß dies das einzige war, das ihm gelungen sei. Ein altes italienisches Viertel war abgerissen worden. Die Geschäfte, die Salami und Kruzifixe verkauft hatten, waren verschwunden. Die Reinigungen und Änderungsschneidereien waren verschwunden. Ein häßlicher Walgreen-Drugstore hatte seine schmalen Gänge hochgerafft wie einen Rock, und war in einer Wolke seiner duftenden Artikel enteilt. Das Bestattungsinstitut, das zu Ehren eines Lottogangsters einmal von Nelken beinahe überflutet worden war, war den Weg alles Irdischen gegangen. Auch die Leute, die als Hausmeister, Krankenschwestern und Cops gearbeitet hatten, waren verschwunden. Niemand wußte, wo sie jetzt lebten.

Sie waren mit Sicherheit nicht im Consort. Dessen Gäste waren fast ausschließlich Geschäftsleute. Die Zimmermädchen waren schwarz, soweit sie nicht aus Puerto Rico kamen, die Abteilungsleiter waren Hotelfachleute mit Hochschulbildung, die Melville und Mark Twain durchgeforstet hatten, um zu lernen, wie man wortgewandt Köche einschüchtert und Rechnungen fetter macht, und der Manager war ein Computer, den kein Gast je zu sehen bekam. Die Armut war vorbei, sie war verschwunden.

Die vielen eleganten Gemächer des Consort sind im Grunde viel zu gut bekannt, um sie zu beschreiben, denn es gibt sie in allen großen und vielen kleineren

Städten. Da wäre der Gourmand Room mit Imitationen europäischer Möbel und einer Walnußholzvertäfelung aus Plastik. Der Gourmand Room ist zum Mittag- und zum Abendessen geöffnet. Dann wäre da das Top o' the Consort, in dem es lebendige Künstler, Topfpflanzen und einen Rundblick gibt, der sich stündlich ändert. Das Top o' the Consort ist zum Abendessen geöffnet. Auf einer Etage, die mit den meisten Aufzügen nicht zu erreichen ist, findet man das Quaint. Das Quaint ist zum Frühstück und zum Mittagessen geöffnet. Außerdem gibt es den Apache, den Sideburn und den Vermont Room, die allesamt unterteilt und mit Klappstühlen ausgestattet werden können. Sie sind immer offen, außer wenn sie abgeschlossen sind.

Und es gibt Räume, an die man nur selten denkt, die Flure – lange, schmale Räume, von denen Hunderte und Tausende ›privater‹ Zimmer abgehen, die manchmal wieder untereinander verbunden sind. Vielleicht denkt man so selten an die Flure, weil sie die besten Räume von allen sind, und weil sie keine Aufmerksamkeit fordern. Dort wird kein mieses Essen serviert, und wer dort miese Witze erzählt, wird nicht dafür bezahlt. Die Teppiche, die schon etwas ausgetreten sind, vermitteln einen Eindruck von Einfachheit und zugleich von Würde. Meist sind die Flure erfreulich still.

Sie wahrten ihr Schweigen trotz der Hexe und ihrer Pagen. Als sie auf zehn Zentimeter hohen Absätzen voranstöckelte, schien das leise Rascheln ihrer nylonbewehrten Schenkel die Stille eher zu verstärken. Die Pagen schnauften, stöhnten und grunzten. Ein Dutzend von ihrer Sorte hätte geklungen, als hätte man eine Schweineherde zum Markt getrieben. Aber es waren nur drei, und ihr Seufzen, ihr Ächzen und Grunzen war so leise, daß man es beinahe nicht hören konnte. Als sie Sieben-Siebenundsiebzig erreichten, ließ der erste die Gepäckstücke, die er trug, mit einem

Knall fallen. Aber es war ein leiser Knall, und das Consort bebte nur ganz leicht.

»Das Zimmer wird Ihnen Glück bringen, Ma'am«, sagte er.

»Ich bin nicht zum Spielen gekommen. Ich wollte eigentlich Zimmer Dreizehn-Dreizehn nehmen, aber das war nicht zu haben.«

Der dritte Page sagte: »Es gibt keinen dreizehnten Stock, Ma'am.«

Der erste Page klapperte mit dem Schlüssel der Hexe herum und steckte ihn ins Schloß. »Bitte sehr, Ma'am. Nimm die da, ja, Cisco?« Er huschte hinein und ließ die Sachen, die er getragen hatte, im Flur liegen.

»Hier ist der Schrank, da drüben ist das Bad, hier ist der Fernseher. Die Fernbedienung ist hier.« Er schaltete den Apparat ein und stellte den Ton leise. »Prima Bild.«

Die Hexe sagte: »Zwei Betten brauche ich nicht.«

»Das Zimmer ist so eingerichtet, Ma'am.«

»Vielleicht könnte ich eins entfernen lassen, wenn ich länger bleibe. Mir wäre ein Sofa lieber, glaube ich.«

»Ich werde dem Assistant Manager Bescheid sagen, daß Sie ihn sprechen wollen, Ma'am. Wahrscheinlich bekommen Sie auch einen Nachlaß, wenn Sie eine ganze Woche bleiben.«

»Danke. Sie sind sehr freundlich.« Sie kramte in ihrer Handtasche herum. Die anderen Pagen stapelten das Gepäck im Wandschrank.

»Sind Sie zum erstenmal in Amerika, Ma'am?«

Die Hexe lächelte. »Spreche ich so schlecht Englisch?«

Der zweite Page wischte sich mit einem roten Taschentuch die Stirn. »Oh, no, Señora. Ihr Englisch ist wundervoll.« Er war Puertoricaner, und sein *ist* klang wie *ees*.

»Woher kommen Sie, Ma'am?« fragte der erste Page.

Sie zog einen knisternden Geldschein durch die Finger, als wäre er ein Seidentuch. »Was glauben Sie, woher ich komme?«

»Aus Griechenland?« riet der erste Page.

»Argentinien«, sagte der zweite, der um die Ehre der hispanischen Nationen bemüht war.

»Belgien«, schlug der dritte vor, ein begeisterter Leser von Agatha Christies Krimis.

»Ach, Sie sind alle sehr, sehr intelligente Männer. Vielleicht haben Sie alle recht. Vielleicht hat keiner von Ihnen recht. Ich sollte Ihnen etwas geben, no? So ist es hier wohl üblich.« Sie breitete die Banknote gerade so lange aus, daß die Pagen sie sehen konnten, dann drehte sie sie wieder zwischen ihren Fingern. »In meiner Heimat macht man es anders herum – wir geben etwas, wenn wir abreisen.«

»Sie können uns auch etwas geben, wenn Sie wieder fahren, Ma'am«, sagte der erste Page entgegenkommend. »Aber Sie haben natürlich recht. Hier bekommen wir normalerweise unser Trinkgeld, wenn wir den Gast zu seinem Zimmer bringen.«

»Ich habe nur diese eine Hundertdollarnote«, sagte die Hexe. »Das ist zuviel, denke ich, selbst für Sie drei.«

»Schon gut, Ma'am. Wir sehen uns ja noch.«

»Ich habe nur noch einige Dollarscheine, aber das ist nicht genug, glaube ich. Ist das richtig?«

Der Hunderter blitzte zwischen den Fingern der Hexe. Keiner der Pagen sagte etwas.

»Ich werde folgendes tun. Ich werde Ihnen meine einzige Hundertdollarnote geben«, sie sah dem ersten Pagen tief in die Augen, »und Sie werden den Schein irgendwo hinbringen, wo man – wie nennen Sie das? Kleine daraus macht?«

»Kleinmachen. Ja, Ma'am.«

»Dann werden Sie sich zehn Dollar nehmen und Ihre Kollegen, die mir geholfen haben, bekommen ebenfalls jeweils zehn Dollar. Den Rest bringen Sie mir zurück. Können Sie das für mich tun?«

Der Page lächelte und hätte sich beinahe verneigt. »Natürlich, Ma'am. Vielen Dank auch.« Die anderen stimmten ein: »Gracias, Señora.« – »Vielen Dank, Ma'am.«

»Sie werden doch nicht lange brauchen? Eine halbe Stunde vielleicht?«

»Nicht einmal so lange, Ma'am.«

»Gut.« Plötzlich klatschte die Hexe impulsiv in die Hände. »Ich vertraue Ihnen. Sie bringen mir die siebzig Dollar zurück.«

Der Page nickte, sah den Schein an und steckte ihn in die Hosentasche. »Sagen Sie uns nur Bescheid, wenn Sie etwas brauchen, Ma'am.«

»Das werde ich tun. Ganz bestimmt!« Die Tür hatte sich inzwischen fast geschlossen. Sie eilte an den Pagen vorbei, um sie zu öffnen. »Ich danke Ihnen.«

»Wir danken *Ihnen,* Ma'am.«

Als sie draußen waren, verriegelte sie die Tür und hängte ihren Mantel auf. »Zimmer, du gefällst mir«, sagte sie leise. »Ich werde mindestens einen Monat bleiben. Mindestens einen Monat werde ich bleiben. Ja.« Im Fernsehen erwürgte ein wundervoll farbiger Mann eine wundervoll farbige Frau. Die Hexe nahm die Handtasche vom Tisch und legte den Verschlußhaken herum.

Stubb kam hinter den Vorhängen hervor. »Haben Sie ihm den Hunderter wirklich gegeben?«

Sie fuhr mit funkelnden Augen herum. »Was tun Sie hier?«

»Das werde ich Ihnen gleich verraten. Haben Sie ihm den Hunderter wirklich gegeben? Ich frage aus rein beruflicher Neugierde.«

»Ich rufe den Portier an. Man wird Sie auf der Stelle entfernen!«

»Klar. Aber Sie schneiden sich damit ins eigene Fleisch. Sie sind doch eine kluge Frau. Ich glaube nicht, daß Sie anrufen werden.«

»Und warum nicht?«

»Sehen Sie? Sie sind sich selbst nicht sicher. Wenn Sie sicher wären, würden Sie jetzt schon anrufen. Okay, fangen wir mal damit an, daß ich auf Sie angesetzt bin. Oder sagen wir, daß ich das behaupten könnte. Vielleicht habe ich im Augenblick keine Arbeit, und ich habe auch nicht viel Geld, aber ich bin immer noch ein Privatermittler. Wenn Sie den Sicherheitsdienst des Hotels rufen, sage ich den Kollegen, daß Sie eine Trickbetrügerin sind.«

»Ich kann das Zimmer bezahlen, Mr. Stubb.«

»Sicher. Aber Sie wollen nicht. Und was auch immer Sie hier versuchen wollen, es wird nicht klappen, wenn ich denen das sage – die werden Sie keinen Moment aus den Augen lassen. Wollen Sie immer noch telefonieren?«

Die Hexe zuckte die Achseln. »Sie sind ein alter Freund. Außerdem bin ich neugierig.«

»Yeah, da sind wir schon zwei.«

»Wie sind Sie eigentlich reingekommen, Mr. Stubb? Sie verstehen doch nichts von Zauberei, aber das war wie Zauberei.«

»Es war kein Zaubertrick.« Stubb setzte sich aufs Bett. »Als wir Ihr Gepäck vor dem Hotel abstellten – Sie haben uns keinen Hunderter gegeben, aber vielleicht hatten wir da sogar noch Glück – erwarteten Sie wohl, daß wir verschwinden. Ich bin nicht verschwunden. Ich habe gewartet und bin Ihnen gefolgt. Als Sie am Empfang waren, stand ich neben dem großen Mann, der neben Ihnen stand. Der Portier nannte Ihre Zimmernummer, als er dem Pagen Ihren Schlüssel gab. Ich holte einen Aufzug, während er und seine Kollegen Ihren Computer und Ihre Sachen einsammelten, die Sie schon vorher hierher gebracht hatten. Es war ein Manöver, als Sie uns nach dem nächsten Hotel fragten. Sie hatten sich schon für dieses hier entschieden und den größten Teil Ihrer Sachen selbst hergebracht, aber wir sollten nicht erfahren, daß Sie die Sachen selbst getragen hatten.

Nun, ich bin mit dem Fahrstuhl vielleicht zwei Minuten vor Ihnen hochgefahren. Ich brauchte ungefähr fünfzehn Sekunden, um das Schnappschloß mit einem Plastikstreifen zu öffnen. Ihr Fenster liegt in einem Erker hinter Vorhängen, und dort stand ich, den Hintern gegen die Scheibe gepreßt. Ich bin klein, wie Ihnen sicher schon aufgefallen ist, und manchmal ist das ein Vorteil. Jetzt sind Sie dran.«

»Was meinen Sie?«

»Erzählen Sie mir etwas über den Hunderter.«

»Ich habe es Ihnen schon gesagt, und wenn Sie sich da hinter meinem Vorhang versteckt haben, dann müßten Sie es eigentlich gehört haben. Ich habe ihnen einen Hundertdollarschein gegeben. Sie sollen sich je zehn Dollar nehmen und mir siebzig zurückbringen. Das war mein Notgroschen.«

»Und den haben Sie einem Pagen anvertraut, und davon haben Sie dreißig Dollar Trinkgeld gegeben? Und das soll ich glauben? War er falsch?«

»Das Hotel soll glauben, daß ich viel Geld habe. So kann ich lange bleiben.«

»Klar.« Stubb klopfte seine Taschen ab. »Ich habe nichts mehr zu rauchen. Haben Sie was?«

»Ich rauche nicht.«

»Und ob Sie rauchen; ich habe es gesehen. Sie wollten wohl sagen, daß Sie nicht in der Öffentlichkeit rauchen. Geben Sie mir bitte eine Zigarette.«

Die Hexe starrte Stubb schweigend an.

»Okay, vergessen Sie's – wahrscheinlich würden Sie mich sowieso vergiften. Als ich hinter Ihren Vorhängen hervorkam, hatten Sie die Hand in der Handtasche. Wollen Sie mir verraten, was Ihre Hand da wollte?«

»Gewiß. Sie haben recht. Ich wollte eine Zigarette herausholen.« Die Hexe nahm ihre Handtasche und zog eine seltsam geformte Schachtel heraus, die mit arabischen Schriftzeichen bedeckt war. »Es sind türkische Zigaretten.« Sie hielt Stubb das Päckchen hin.

Er suchte sich eine Zigarette aus und zündete sie mit einem Papierstreichholz an. »Etwas trocken«, sagte er, während er eine Qualmwolke ausstieß. »Vielleicht war die Schachtel zu lange offen.«

»Das tut mir wirklich leid. Sie können sie mir ja zurückgeben, wenn Sie sie nicht wollen.«

Er kicherte. »Das gefällt mir schon besser. Ich dachte schon, Sie wollten mir die vornehme Dame vorspielen. Sie sind raffiniert, was? Sie sind eine Zigarettenpsychologin.«

»Ich fürchte, ich verstehe nicht, was Sie meinen.«

»Als ich Sie um eine Zigarette bat, sagten Sie, Sie hätten keine, weil Sie dachten, früher oder später würde ich rausgehen und welche holen, und dann könnten Sie hinter mir abschließen. Als ich dann auf Ihre Handtasche kam, waren auf einmal Zigaretten da, um mich abzulenken. Es wird nicht funktionieren, Madame S. Wenn ich so dringend rauchen müßte, würde ich es aufgeben.«

»Demnach war ich schuldig, weil ich Ihnen keine Zigarette gegeben habe, und jetzt bin ich schuldig, weil ich Ihnen eine gegeben habe. Sie machen es sich sehr leicht. Nun, Sie wollten eine Zigarette haben, und jetzt haben Sie eine, auch wenn Sie sie nicht mögen. Was wollen Sie noch?«

»Das habe ich Ihnen schon gesagt. Ich will wissen, welchen Trick Sie mit dem Hunderter abgezogen haben.«

»Und ich habe Ihnen bereits gesagt, daß ich dem Träger hundert Dollar gegeben habe – eine Hundertdollarnote, und zwar kein Falschgeld, wie Sie zu glauben scheinen. Er wird mir siebzig Dollar zurückbringen.«

»Okay, dann will ich raten. Lassen Sie mich Ihre Handtasche sehen?«

»Auf keinen Fall!«

»Wie Sie wollen. Es wäre besser, wenn ich mich vergewissern könnte, aber ich kann auch raten. Als ich hinter den Vorhängen hervorkam, hatten Sie die Hand in der Handtasche. Vielleicht wollten Sie nur Ihren Lippenstift herausnehmen, aber wenn das Ihre Absicht gewesen wäre, dann wären Sie nicht so erschrocken. Ich behaupte also, daß Sie den Hunderter für den nächsten Einsatz verstaut haben. Ihr Kommentar?«

»Ich sage nur, daß ich Sie aus diesem Zimmer entfernen lasse.«

»Entweder, Sie haben dem Pagen den Hunderter überhaupt nicht gegeben – sie haben ihm den Schein nur gezeigt und ihn im letzten Augenblick ausgetauscht –, oder Sie haben ihn sich irgendwie zurückgeholt. Wenn ich wetten müßte, dann würde ich auf die letzte Version wetten, weil Sie darauf bestehen, daß Sie ihm den Schein gegeben haben. Wollen Sie mir verraten, was er damit gemacht hat? Nein? Wenn ich bei Kasse bin, dann gebe ich einem Pagen ungefähr einen Dollar, und ich habe noch nie gesehen, wie einer von ihnen seine Börse herausholte, um meinen Dollar zu verstauen – die wollen nicht, daß man sieht, wieviel sie schon bekommen haben. Die meisten stecken den Schein in eine vordere Hosentasche. Für jemand mit magischen Fingern wäre es kein großes Problem, den Schein wieder rauszuholen.«

Die Hexe spuckte wie eine Katze. »Ich arbeite nicht mit solchen Tricks!«

»Und ob. Das tun wir alle. Sie wollten wohl sagen, daß Sie Ihre Tricks nicht auf der Bühne oder bei Parties vorführen, um Ihre Freunde zu beeindrucken, soweit Sie überhaupt Freunde haben.«

»Im Gegensatz zu Ihnen. Sie haben sicher viele, viele Freunde.«

Stubb zielte mit einem Finger auf sie. »Verhöhnen Sie mich nicht. Ich warne Sie. Das ist das einzige, das ich nicht vertrage. Wenn Sie mich verhöhnen, werde ich es Ihnen früher oder später heimzahlen.«

»Ja, kleiner Mann, Sie haben sicher viele gute Freunde!«

Er hob die Faust, dann ließ er sie wieder sinken. »Wissen Sie, ich bin froh, daß Sie das gesagt haben. Mir fällt da gerade etwas ein. Geben Sie mir mal das Telefon.«

»Ich denke nicht dran.«

»Ich denke, Sie sollten ...«

Das Telefon klingelte. Stubb griff danach, aber die Hexe war näher daran und kam ihm zuvor. »Ja, ich bin's ... wie haben Sie herausgefunden ... nein, kommen Sie nicht, man wird Sie nicht einlassen.«

Stubb beugte sich näher zum Hörer und sagte laut: »Kommen Sie nur rauf. Ich lasse Sie rein.«

»Sie Narr! Sie verdammter Narr!«

»Glauben Sie nicht, Sie sollten lieber auflegen, ehe Sie mich beschimpfen?«

Der Hörer knallte auf die Gabel. »Sie sind unerträglich!«

»Klar. Es gehört zu meinem Beruf, unerträglich zu sein, wenn ich es will. Wenn ich nichts anderes kriegen kann, treibe ich gelegentlich auch Schulden ein. Andererseits kann ich lieb sein wie ein Meerschweinchen, wenn ich auf Ihrer Seite bin. War es nicht nett, daß ich mir fast den Arm brach, als ich Ihren Koffer trug? Candy hat auch geholfen. Was haben Sie getragen?«

Die Hexe war wieder ruhig, aber aus ihrem dunklen Gesicht war das Blut gewichen. »Sind Sie so dumm zu glauben, ich könnte Sie nicht verfluchen? Ich kann, und auch wenn ich meine Fähigkeiten normalerweise nicht für so kleines Gesindel verschwende, werde ich bei Ihnen eine Ausnahme machen. Warten Sie nur, was ich tun werde!«

Stubb kicherte. »Wollen Sie mir die Milch gerinnen lassen? Madame S., ich bin pleite. Ich bin kurzsichtig, meine Schuhe habe ich mit Zeitungspapier ausgelegt, und ich bekomme ein Magengeschwür. Alles, was Sie jetzt noch tun können, bringt mich ins Gefängnis oder ins Krankenhaus, und beides wäre eine Wohltat für mich. Fluchen Sie nur. In der Zwischenzeit werde ich Sie auf meine unvergleichliche Weise heimsuchen. Oder wäre es Ihnen lieber, wenn ich für Sie arbeite?«

14. KAPITEL

In der Lobby

»Ich habe ihn verloren«, erklärte Majewski.

Fuentes durchbohrte ihn mit Blicken. Das Haustelefon klingelte.

Der Krimifan sagte: »Ich nenne dich keinen Lügner – dafür gibt es keinen Beweis. Habe ich dich einen Lügner genannt?«

Majewski schüttelte den Kopf. Das Haustelefon klingelte wieder.

»Ich sage nur, daß siebzig Dollar von diesem Geld der Frau in Sieben-Siebenundsiebzig gehören. Du hast siebzig Dollar von ihrem Geld verloren. Das mußt du gutmachen. Zehn gehören Cisco und zehn gehören mir. Das mußt du auch gutmachen.«

Das Haustelefon klingelte schon wieder. Es klang ziemlich ungehalten.

»So isses«, sagte Fuentes.

Ein Sub-Assistant Manager rief: »Joe, würdest du *bitte* das Telefon abnehmen?«

»Ja, Sir!« antwortete Majewski mit ungewohntem Diensteifer und nahm den Hörer ab. Er war froh, entkommen zu sein.

»Ist da der Bell Captain?«

»Ja, Sir«, sagte Majewski, der es nicht war.

»Captain, tun Sie mir doch bitte einen Gefallen. Irgendwo da unten muß eine Dame mit einem weißen Regenmantel herumlaufen. Sie heißt Garth. G-a-r-t-h. Garth. Kräftig gebaut, blond. Sehen Sie sich bitte mal um. Sehen Sie sie?«

Majewski blickte zu den dicken überschweren Plastikmöbeln und den Gästen. »Nein, Sir.«

»Sie ist wahrscheinlich in der Lobby, aber sie könnte auch in einer Bar sein oder sogar draußen auf dem Gehweg. Ich würde es als erstes auf der Straße versuchen. Könnten Sie einen Boy schicken, der sie sucht und ihr sagt, sie soll zum Zimmer sieben-Siebenundsiebzig heraufkommen?«

»Ja, Sir, das werde ich sofort tun. Ich rufe Sie an, wenn wir sie nicht finden, Sir.«

»Sie muß da sein. Sie haben doch Telefonzellen, oder? Sehen Sie da auch nach. Vielleicht telefoniert sie gerade. Jung, kräftig, blond, weißer Regenmantel. Garth. Haben Sie's?«

»Ich hab's, Sir«, sagte Majewski und legte auf. Er drehte sich zu seinen Kollegen um. »Hört mal, ich bin jedem von euch zehn schuldig, oder?«

»Genau«, erklärte der Krimifan energisch. Fuentes nickte.

»Okay.« Majewski zog eine Geldspange aus der Hosentasche. »Wenn ich euch auszahle, sind wir quitt, oder? Die siebzig gehen nur die Frau und mich selbst etwas an.«

»Genau«, sagte der Krimifan noch einmal. Es klang schon erheblich hoffnungsvoller.

»Schön.« Majewski gab ihm zwei Fünfer und Fuentes einen Fünfer und fünf Dollarnoten. Damit war die Spange geleert. »Und jetzt mußt du mit Cisco etwas für mich tun.« Er beschrieb Candy. »Ihr Name ist Ms. Garth. Sucht sie, und wenn ihr sie habt, sagt ihr mir Bescheid.«

»Warum?« fragte der Krimifan.

»Weil ich mit ihr reden will. Das ist alles. Der Mann am Telefon hat mir eine Nachricht für sie gegeben. Also seht euch um.«

Fuentes ging in die Bar des Gourmand Room. Es war ein dunkler, verqualmter Raum, der wie immer zu vorgerückter Stunde überfüllt war. Drei Barkeeper in roten

Jacken schwitzten hinter der Bar. Ein Klavierspieler in einer mitternachtsblauen, verknitterten Smokingjacke spielte grinsend. Das Brandyglas auf seinem Instrument war reichlich mit Scheinen gefüllt. Unter einem blauen Scheinwerfer sang eine dralle Frau, die ein tief ausgeschnittenes blaues Kleid trug:

»Sie hat es ihrer Mutter nie gesagt,
Weil Mütterherzen schnell zerbrechen,
Und ihrem Vater hat sie nie erzählt
Von ihren liederlichen Schwächen.
Auch ihrem Priester hat sie's nicht gesteckt,
Sie rückte ihm nur auf die Pelle,
So ist es klar, daß sie verreckt,
Denn sie fuhr bald zur ...«

»Hölle!« brüllte ein Dutzend begeisterte Besoffene.

»Die Schule in New Jersey war nicht leicht,
Dort war das Lernen ziemlich schwer ...«

»Miiiss Garth«, sang Fuentes. »Anruf für *Mees* Garth!« Die pneumatische Blondine warf ihm einen erbosten Blick zu.

Ein Mann in einem karierten Anzug löste sich von der Bar. »Was wollen Sie von Miss Garth?«

»Ich habe eine Nachricht für sie.«

»Geben Sie sie mir. Ich sorge dafür, daß sie sie bekommt.«

»Ist sie auf der Toilette?«

Die Sängerin neben dem Klavier hauchte dem Publikum Küsse zu.

»Vergiß nicht, was sie lernte,
Es ist so wahr, wie ich hier stehe,
Mach bloß nichts ohne Ring am Finger.
Und jetzt wird's Zeit für mich, ich gehe.«

Sie lupfte ihren blauen Umhang, der plötzlich zu einem Mantel wurde und den größten Teil ihrer stattlichen Leibesfülle verbarg. Als sie das blaue Scheinwerferlicht verließ, war ihr Mantel nicht einmal mehr blau. Das Publikum klatschte und pfiff, und jemand rief: »He, mach doch weiter!«

»Ich bin noch klein, ich muß ins Bett«, rief sie zurück.

Ein anderer Mann löste sich von der Bar. »Wie wär's, wenn du vorher einen mit mir trinkst?«

»Ich merk's mir vor und komme auf dich zurück. Ozzie, was ist los?«

Fuentes sagte: »Sind Sie Mees Garth? Kommen Sie bitte mit zum Tisch des Bell Captain. Wir müssen da nach Joe fragen.«

»Na gut. Du kommst besser auch mit, Ozzie.«

Barnes flüsterte: »Willst du dem Klavierspieler nicht sagen, daß er mit dir teilen soll? Ich habe es gesehen, da steckt eine Menge Geld im Glas.«

Candy schüttelte den Kopf. »Hauptsächlich Einer und Fünfer. In einem Laden wie diesem gibt's nicht die dicke Kohle, weil die das nicht auf ihre Spesenrechnung setzen können. Die müssen sich was einfallen lassen und es als Taxifahrt deklarieren oder so, und ihre Firma übernimmt nur einen Teil.«

»Du hättest trotzdem die Hälfte verlangen sollen. Du hast für mehr als die Hälfte gearbeitet.«

Fuentes sagte: »Es geht eine Etage hinunter, Señor, Señorita. Wir müssen in die Lobby.« Er hielt ihnen die Fahrstuhltüren auf.

»Ozzie, verlangen heißt nicht kriegen. Er hätte sich mit Händen und Füßen gewehrt und mir schließlich zwanzig Bucks gegeben, und beim nächstenmal wäre er sauer gewesen. So wie es jetzt aussieht, habe ich ein paar Drinks umsonst bekommen und werde, wenn ich wiederkomme, gefeiert wie ein Star. Golden Oldies – hast du's gemerkt? Nicht einmal besonders scharfe Sachen. Das hat denen gefallen. Wenn ich nicht hätte gehen müssen, hätte ich mir einen von vieren oder fünfen aussuchen können, und mit etwas Glück hätte der mir fünfzig oder hundert gegeben.«

Die Fahrstuhltüren glitten auf, und sie durchquerten die Lobby zum Tisch des Bell Captain.

»Joe sucht Sie«, sagte Fuentes. »Ich hole ihn.«

»Ich frage mich, was sie will?« sagte Barnes.

»Wer?«

»Das Mädchen da am Empfang. Die mit der Wollmütze und dem Tweedrock.«

»Was geht es dich an?«

»Pfeife, wenn du herausgefunden hast, was Joe von dir will.« Barnes rückte seine Krawatte zurecht und strich die Falten aus seiner Jacke.

»Ich weiß, daß sie da ist«, sagte die junge Frau mit dem Tweedrock gerade. »Ich habe angerufen, und Sie haben mich verbunden.«

»Sie will Sie aber nicht sehen«, erwiderte der Portier. Er sprach mit dem müden Tonfall eines Menschen, der gerade seine aufgesetzte Höflichkeit vergißt. »Sie hat angerufen und gesagt, wir dürften ihre Zimmernummer nicht herausgeben, und sie nähme keine Anrufe entgegen. Wenn Sie da hinaufgingen – und wenn Sie die Zimmernummer fänden –, dann könnten Sie eine Szene machen, aber Sie würden doch nicht hineinkommen.«

»Aber das ist doch Serpentina! Sie muß doch mit mir reden!«

Barnes räusperte sich. »Wollen Sie zu Madame Serpentina? Ich bin zufällig mit ihr befreundet.«

Die junge Frau drehte sich zu ihm herum. Ihr Gesicht war frisch, aber nicht direkt hübsch. Trotzdem wirkte sie sehr attraktiv, und sie strahlte eine robuste, muntere Sinnlichkeit aus. »Können Sie mich zu ihr bringen? Können Sie das machen?« Der Sub-Assistant Manager ergriff die Gelegenheit, sich abzusetzen.

»Nicht so schnell«, sagte Barnes. »Ich will ihr keine

Unannehmlichkeiten machen, wenn es sich vermeiden läßt. Aber vielleicht kann ich sie überreden, Sie zu empfangen. Lassen Sie uns dort hinüber gehen«, er deutete in Richtung einer Plastikcouch, »und darüber reden. Wer sind Sie?«

»Ich habe eine Karte«, sagte die junge Frau. Sie öffnete eine Handtasche, die fast so groß war wie Candys Tasche, und nahm eine Puderdose, ein Brillenenetui und eine Packung zuckerfreien Kaugummi heraus. »Hier, bitte!«

Auf der Karte stand:

Alexandra Duck

Redakteurin

Hidden Science/Natural Supernaturalism

Darunter das übliche: eine Adresse und eine Telefonnummer und so weiter.

»Miss Duck?« murmelte Barnes unsicher, während er die Karte zurückgab.

»Ms. Duck«, sagte die junge Frau. »Und das ist keine Ente. Sandy Duck. Wenn Sie wirklich ein Freund von Madame Serpentina sind, dürfen Sie mich Sandy nennen.«

»Ich bin Ozzie«, sagte Barnes. »Madame Serpentina nennt mich auch so.«

»Schön.« Sandy Duck streckte die Hand aus. Sie steckte in einem Strickhandschuh.

Barnes schüttelte sie feierlich. »Arbeiten Sie für eine Zeitschrift oder eine Zeitung? *Hidden Science und Natural,* was es auch war?«

»Es sind Zeitschriften. Sie erscheinen im monatlichen Wechsel. *Hidden Science* kommt im Januar, im März, im Mai und so weiter. *Natural Supernaturalism* erscheint im Februar, im April, im Juni und so weiter. Das hat etwas mit dem Leben auf den Regalen zu tun. Die Jungs im

Supermarkt lassen die Ausgabe Januar/Februar von *HS* neben der Februar/März-Ausgabe von *NS* liegen. Jedenfalls hoffen wir das, und manchmal klappt es.«

»Die Jungs im Supermarkt?«

»Die Jungs, die die Zeitschriftenregale in den Supermärkten in Ordnung halten. Den größten Teil verkaufen wir dort, an die Frauen, die dort einkaufen. Wie ist sie?«

Barnes dachte im ersten Augenblick erschrocken, sie hätte ihn nach seiner Exfrau gefragt.

»Madame Serpentina«, fügte Sandy hinzu. »Sie wird zur Berühmtheit. Ich kenne ein Dutzend Leute, die ihr begegnet sind, aber Sie sind der erste, der behauptet, sie gut zu kennen.«

»Nun, sie ist eine schöne Frau ...«

»Das habe ich schon gehört.«

»Schwarzes Haar, dunkle Haut, dunkle Augen, und sie hat eine wundervolle Figur. Man glaubt leicht, daß sie groß ist, aber das ist sie nicht. Sie ist von mittlerer Größe, vielleicht fünf oder acht Zentimeter größer als Sie.« Er hielt nachdenklich inne. »Einen Akzent hat sie eigentlich nicht, aber ich glaube, Englisch ist nicht ihre Muttersprache.«

»Wissen Sie das denn nicht?«

Barnes schüttelte den Kopf. »So etwas kann man doch jemand nicht einfach so fragen. Sie redet nicht über sich selbst – oder jedenfalls nur selten. Manchmal redet sie überhaupt nicht. Sie ist eine vornehme Erscheinung, wie eine Königin.«

»Haben Sie ...?« Sandy brach ab und sah das dicke Mädchen an, das sich neben ihr aufgebaut hatte.

»Siebter Stock, Zimmer Siebenundsiebzig, Ozzie. Wir sollen zur Hexe raufkommen.«

»Wer ist dieser Joe, und was wollte er?«

»Es war Jim, glaube ich. Er ist oben. Er hat hier unten angerufen, daß wir raufkommen sollen. Sag auf Wiedersehen zu deiner kleinen Freundin.«

Sandy sprang auf. »Ist sie da oben? Ist Madame Serpentina dort oben? In Zimmer Sieben-Siebenundsiebzig?«

»Ozzie, wer ist das?«

»Ich bin bei *Hidden Science.* Einer unserer Leser hat mir den Tip gegeben, daß Madame Serpentina hier sei. Ich habe angerufen, und ein Mann sagte, ich könne kommen, und er würde dafür sorgen, daß ich sie sprechen kann.«

Candy schürzte die Lippen. »Das muß Jim gewesen sein.«

»Wer ist Jim?«

»Ein Freund. Am besten, Sie kommen gleich mit.«

15. KAPITEL

Der Besuch der alten Dame

»Kommt rein«, sagte Stubb, und alle drei versuchten gleichzeitig ins Zimmer zu gelangen. Sandy Duck war zwischen Candy und Barnes eingeklemmt und wurde beinahe zerquetscht.

»Mein Gott, bin ich froh, euch zu sehen«, sagte Candy. Sie setzte sich aufs Bett, befreite sich mit einem Kick von einem der Gummistiefel, die die Polizisten ihr gegeben hatten, und rieb sich einen dicken, rosafarbenen Fuß.

»Was macht ihr denn hier?« wollte Stubb von Barnes wissen.

Candy grunzte. Ihr Bauch war ihr im Weg, als sie sich mit dem zweiten Stiefel abmühte. »Ich habe ihn mitgenommen, Jim. Ich habe mit ihm gesprochen, während ihr hier oben wart, und er weiß nicht, wo er heute übernachten soll. Er hat seine Musterkoffer und seine Sachen im Busbahnhof abgestellt.«

Ihre Gastgeberin schnaubte wie ein kleines Pferd aus gutem Stall. »Heißt das, ich muß diese Menschenmenge bei mir aufnehmen?«

»Mich nicht, Madame Serpentina«, sagte Sandy Duck. »Ich will Sie nur interviewen – wir haben deshalb telefoniert.«

»Und ich sagte, daß ich keine Interviews gebe. Ich bin eine Hexe, keine Politikerin!«

Es gab einen kurzen Blitz, und ein Verschluß klickte. Sandy senkte ihre kleine Kamera und sah sie zufrieden an. »Ich glaube, das ist gut geworden, wie Sie den Kopf zurückgeworfen haben. Es sah aus, als wären Sie bei einer Exorzierung.«

»Ich würde liebend gern mit meiner Glocke schellen und meine Kerze anzünden, wenn ich Sie dadurch loswerden könnte. Ozzie, ich kann mich nicht erinnern, Sie auf mein Zimmer gebeten zu haben, aber da Sie schon einmal da sind, könnten Sie dieses Scheusal entfernen.«

Barnes lächelte. »Das würde ich gern tun, Madame Serpentina. Aber es wäre sicher besser, jedes Aufsehen zu vermeiden. Ich glaube, um einen Kompromiß zu finden, der alle Seiten zufriedenstellt, und da Sie mir nun diese Aufgabe anvertraut haben, schlage ich folgendes vor. Lassen Sie Sandy drei Fragen stellen. Ich werde dafür sorgen, daß sie nicht mogelt und zwei Fragen so stellt, als wäre es nur eine. Sie antworten ausführlich und ehrlich, und wenn Sie die dritte Frage beantwortet haben, wird Sandy ohne ein weiteres Wort gehen. Würde das nicht Ihnen beiden entgegenkommen?«

Stubb kicherte. »Ozzie, Sie hätten Diplomat werden sollen.«

»Und sie muß versprechen, mich in Zukunft nicht mehr zu belästigen.«

Immer noch ihre Kamera umklammernd, hob Sandy die Hand. »Ich werde Sie nicht mehr belästigen. Vielleicht frage ich, ob Sie mich empfangen wollen, aber wenn Sie nein sagen, werde ich Sie nicht drängen.«

»Also gut, einverstanden – unter dem Vorbehalt, daß meine Antworten nur meinen Vorstellungen genügen müssen. Ich kann nicht versprechen, daß Sie zufrieden sein werden.«

»Okay!« Barnes strahlte. »Ihre erste Frage, Sandy?«

»Moment.« Die Redakteurin stopfte mit fliegenden Fingern ihre Kamera in die Handtasche. »Ich muß nachdenken …«

»Ich habe nicht die ganze Nacht Zeit.«

Stubb fügte hinzu: »Bestimmt nicht. Und ich habe mit euch etwas zu besprechen, wenn das Mädchen weg ist.«

»Nun, ich muß aber etwas darüber nachdenken. Ich bin mit einer Liste von etwa hundert Fragen gekommen. Jetzt darf ich nur drei stellen. Das Mindeste, was Sie tun können, ist, mir etwas Zeit zu lassen, damit ich entscheiden kann, welche drei es sein sollen.«

»Ich sagte, daß ich nicht die ganze Nacht Zeit habe!«

»He«, warf Stubb ein, »außerdem habe ich Hunger. Ich habe seit dem Frühstück nichts mehr gegessen. Vielleicht könnte ich beim Zimmerservice telefonisch ein Sandwich und einen Kaffee bestellen, während sie sich überlegt, was sie fragen will?«

Candy legte eine rosafarbene Hand auf das Telefon. »Mal langsam. Wenn hier jemand etwas ißt, dann bin ich dabei. Wahrscheinlich ist in der Schublade sogar eine Speisekarte.«

»Was soll's!« Die Hexe machte eine theatralisch übertriebene Geste der Verzweiflung. »Vielleicht könnten wir um ein gefülltes Schwein bitten, wenn wir nicht schon eins hätten.«

»Wenn Sie mich meinen, vergessen Sie's. Schwein vielleicht. Aber gefüllt? Vergessen Sie's. Ich bin so leer, daß ich schon die Falten in meinem Magen spüre. Hört mal zu!« Candy hob die Speisekarte des Zimmerservice. »›Pompano Amandine – saftiges Filet von frischen Makrelen, täglich von Miami eingeflogen, gegart in einem Sud aus Landbutter, frisch gepreßtem Zitronensaft und gemahlenen Mandeln.‹ Das wäre was für mich.«

»Gut«, sagte Stubb. Er hatte einen kleinen Notizblock und einen Druckbleistift aus seiner Manteltasche geholt. »Was zu trinken?«

»Bier. Danach Kuchen. Pfirsichkuchen, wenn sie ihn haben. Sonst Äpfel. Äpfel sind immer da.«

»Gut. Was wollen Sie?« Er wandte sich an die Hexe. »Schließlich ist es Ihr Zimmer.«

»Schön, daß Sie sich daran erinnern. Ich dachte, man hätte vergessen, daß ich das alles bezahlen muß.«

»Sicher doch. Übrigens, es wird Zeit, daß Sie unten anrufen und sich nach den siebzig Dollar erkundigen. Aber warten Sie, bis ich die Bestellung notiert habe. Was wollen Sie?«

»Ich esse kein Fleisch und keine Milchprodukte. Ist für mich auch was dabei?«

Candy sah die Speisekarte durch. »Ein großer Salat aus frischen Früchten – einschließlich Ananas und Mango, dazu Früchte der Saison.«

»Das geht. Und ein Glas Weißwein dazu.«

Stubb sah den Vertreter an. »Ozzie?«

»Filet Mignon mit Champignonkappen. Scotch on the Rocks.«

»Hab ich. Sandy?«

»Nichts. Ich will nichts.«

»Wir können nicht essen und Sie zusehen lassen. Wenigstens einen Drink?«

»Sie haben Kaffee bestellt, oder? Ich nehme auch einen. Eine Tasse Kaffee.«

»Hab ich.« Stubb nahm den Hörer ab, wählte den Zimmerservice und las die Bestellung vor.

»Ich kann mich nicht entscheiden, welche Fragen ich stellen will.« Sandy starrte ihr abgestoßenes Notizbuch an, als könnte sie ihre gekritzelten Worte nicht mehr entziffern.

»Müssen Sie aber«, sagte die Hexe. »Oder Sie geben mir die Liste. Dann entscheide ich.« Sie griff nach dem Notizbuch.

»Moment noch. Können Sie mir nicht einen Augenblick Zeit lassen?«

Es klopfte.

Stubb legte eine Hand auf die Sprechmuschel und warf der Hexe einen bedeutungsschweren Blick zu. »In der Tür ist ein Guckloch. Schauen Sie durch.«

»Brauche ich nicht«, sagte sie und stand auf. »Unsere Besucherin hat keine bösen Absichten.« Sie öffnete die Tür, blieb aber im Türrahmen stehen.

Eine kleine, grauhaarige Frau in einem schäbigen Mantel wartete draußen. »Ich kenne Sie«, sagte sie, als die Tür geöffnet wurde. »Sie sind Miz Garth.« Sie seufzte wie eine Reisende, die das Ende einer langen Irrfahrt erreicht hat. »Sie sind eine Wohlfahrt für meine Augen, wo Sie doch in Mr. Frees Haus waren und so weiter. Darf ich reinkommen?«

»Ich habe Besuch, und auch wenn Sie sagen, daß Sie mich kennen, ich kenne Sie nicht. Was wollen Sie?«

»Ich kenne Sie alle«, sagte die kleine Frau, während sie an der Schulter der Hexe vorbeilugte. »Oder wenigstens die meisten. Fast alle. Ein kleiner, aber gemeiner Unterschied, wie man so sagt. Ich wollte mich nur nach Mr. Free erkundigen.«

»Lassen Sie sie rein«, sagte Stubb. »Kommen Sie rein, Mrs. Baker.«

Die Hexe wich einen halben Schritt zurück, und Mrs. Baker schlüpfte an ihr vorbei. »Ich kenne Sie«, sagte sie. »Sie waren in meinem Wohnzimmer, als der nette Polizist mit Puff spielte. Ich habe Sie auch drüben bei Mr. Free gesehen. Sie sind Mr. Barnes.« Sie wandte sich mit unbestimmtem, süßem Lächeln an Candy. »Und Sie sind Miss Snake, die Wahrsagerin. Oh, ich würde mir so gern wahrsagen lassen! Ich sage immer, im Tee liegt unsere Zukunft.«

Candy grinste sie an. »Ich fürchte, Sie haben die falsche Schlange erwischt, Mrs. Baker.«

Die alte Frau schien sie nicht zu hören. »Aber ich weiß nicht... wohin ist die verschwunden? Wo ist das andere Mädchen? Ich bin doch sicher, daß ich drei gesehen habe, als die Tür geöffnet wurde.«

Niemand antwortete ihr. Stubb trat ans Fenster und riß die Vorhänge zur Seite, aber dahinter stand niemand.

Die Hexe sagte: »Sie ist gewiß nicht hinausgegangen.«

Barnes rief: »Sandy? Ms. Duck? Wo sind Sie?«

Eine gedämpfte Stimme antwortete: »Hier bin ich.«

»Oh, verdammt.« Barnes schien erleichtert. »Sie ist im Bad. Ich werde so langsam nervös.«

»Ich komme wieder raus, wenn ich meine Fragen habe!«

Candy seufzte. »Ich wollte auch gerade da rein. Ozzie, du hast sie angeschleppt, jetzt mach ihr Beine.«

»Das macht sie nur noch nervöser«, sagte Barnes. »Laßt sie in Ruhe. Sie wird gleich kommen.«

Mrs. Baker lächelte sie an. »Eile bringt Keile, das sage ich auch immer.«

»Das kann ich mir vorstellen«, sagte das dicke Mädchen.

Stubb schaltete sich ein. »Da wir Sandy gerade los sind, können wir mit Mrs. Baker sprechen. Laßt uns die Zeit nutzen. Sie sagten, Sie wollten sich nach Mr. Free erkundigen, Mrs. Baker. Was wollen Sie wissen?«

»Erst einmal will ich wissen, wo er ist. Ein Spatz in der Hand ist besser als in der Laube im Garten, wie man so sagt.«

Die Hexe, die erwartungsvoll die alte Frau beobachtet hatte, ließ ein wenig die Schultern sinken. »Dann wissen Sie nicht mehr als wir. Ich hatte gehofft, Sie könnten uns etwas sagen.«

»Weil ... einige Damen haben nach ihm herumgefragt. Ich glaube, sie waren von der Regierung. Und ich würde es selbst gern wissen. Es hat mich sehr beschäftigt.«

Stubb sagte: »Diese Damen von der Regierung, waren die von der Polizei? Wie Sergeant Proudy, der mit Ihrer Katze gespielt hat?«

»Ich glaube nicht. Sie waren nicht in Uniform. Außerdem haben sie meinen Tee getrunken. Darüber mußte ich nachdenken, als die beiden netten Polizisten meine Tür eingetreten haben. Polizisten trinken in Bausch und Bogen eigentlich niemals Tee. Immer nur Kakao. Ein guter Tee ist ein Gedicht, sagt man, aber Polizisten interessieren sich nicht für Poesie.«

»Können Sie uns sagen, was die Damen Ihnen erzählt haben? Bitte, denken Sie gut nach. Es könnte wichtig sein.«

»Nur, daß sie Mr. Free in einer Sendung gesehen hätten, und daß sie mit ihm reden wollten …«

»Sie haben Mr. Free im Fernsehen gesehen?«

»Ja, ich habe ihn auch gesehen, klar und deutlich im Fernsehen. Es war kurz nachdem sie den netten Sergeant mit der Axt getroffen hatten. Man sagt, je größer die Bühne, desto dümmer die Maulaffen, aber ich denke, Mr. Free hat seinen Fall wirklich gut geläutert. Er sprach nicht wie ein Anwalt, aber es klang, als sagte er die Wahrheit.«

Barnes sagte: »Das muß gelaufen sein, als wir im Haus waren und uns um den Cop kümmerten.«

Die alte Frau schüttelte den Kopf. »Es war der Morning Report um achtzehn Uhr.«

Stubb grunzte. »Es war eine Aufzeichnung, Mrs. Baker. Vielleicht schon aus der Zeit, bevor wir eingezogen sind, als viele Leute gegen die neue Ausfahrt protestierten. Was haben die Damen sonst noch gesagt?«

»Nicht viel. Nur, daß sie nach dem armen Mr. Free suchten, weil er Geld bekäme, aber daß sie ihn nicht gefunden hätten. Ihr habt ihn ja alle nicht gefunden. Nette junge Frauen waren das, aber ich weiß nicht, ob sie verheiratet waren. Sie haben nämlich ihre Handschuhe nicht ausgezogen.«

»Sie müssen doch ihre Namen genannt haben.«

Mrs. Baker zögerte. Ihr Unterkiefer arbeitete, während sie überlegte. Sie saß am Schminktisch auf einem Stuhl, dessen Lehne so gerade war wie ihr Rücken.

»Vornamen? Nachnamen? Irgend etwas?«

»Ich weiß, daß sie ihre Namen nannten, aber ich war so durcheinander. Dann sah die kleinere von ihnen Puff und fragte nach dem Namen, und ich sagte, die Katze heißt Puff, und sie rannte weg und versteckte sich unter der Couch, wie sie es immer macht, und ich dachte nicht mehr daran, noch einmal zu fragen. Glauben Sie, daß es viel Geld ist?«

Stubb schüttelte den Kopf.

»Trotzdem, *für ihn* ist es vielleicht viel Geld. Vielleicht war es eine Witwenversicherung. Nur, daß man es Witwerversicherung nennen müßte. Mr. Free war bestimmt Witwer.«

»Aber Sie wissen es nicht genau?«

»Er schien immer so müde wie ein Witwer, wenn Sie wissen, was ich meine. Nicht wie alte Junggesellen – die sind immer quatschfidel. Die schlimmsten alten Frauen sind die, die in der Familie die Hosen anhaben, wie man so sagt. Aber ich glaube, alte Junggesellen sind noch schlimmer, und Mr. Free war so süß. Er hat einen regelrecht verzaubert.«

Die Hexe fragte rasch: »Was meinen Sie damit?«

Mrs. Baker setzte wieder ihr unbestimmtes Lächeln auf. »Wenn ich es sagen könnte, wäre es doch kein Zauber, oder? Aber Mr. Free ist gelegentlich rübergekommen und hat mit mir geplaudert. Der selige Mr. Baker war als Jagdbomberpilot im Krieg, und Mr. Free hat gern Geschichten darüber gehört und über seine alte Firma geredet, für die er gearbeitet hat. Louise Clerk hieß sie, glaube ich.« Sie seufzte. »Ich kann es nur so sagen, daß plötzlich überhaupt nichts mehr wichtig war, wenn er da war. Er hatte so ein Leuchten in den Augen, wie es in der Bibel steht. Er leuchtete von innen.«

Barnes nickte und räusperte sich. »Wissen Sie, so ist es mir auch vorgekommen. Ich hatte das Gefühl, daß es plötzlich überhaupt nicht mehr wichtig war, ob ich etwas verkaufte. Dabei habe ich einige gute Abschlüsse gemacht, bevor wir ausziehen mußten.«

»Ich habe Sie gestern durchs Fenster gesehen«, sagte die alte Frau. »Ich war nicht neugierig, aber es ist eben manchmal interessanter, die Straße zu beobachten als das Fernsehen. Ich wußte ja, daß Sie Vertreter sind, weil Sie immer diese großen Koffer bei sich hatten, und ich dachte, eines Tages werden Sie vielleicht auch zu mir kommen und mir Pfannen oder Lexika verkaufen. Sie hätten vielleicht gedacht, sie könnten mir alles mögliche andrehen, wenn ich Sie hereingelassen und mir alles angesehen hätte. Wenn Sie mir von Mr. Free erzählt hätten, dann hätte ich vielleicht sogar einen neuen Toaster gekauft. Ich brauche nämlich einen neuen.«

Stubb blätterte im Telefonbuch. »Es gibt keine Louise Clerk & Company«, sagte er. »Auch keine Clerk, Louise, bei den Privatanschlüssen.«

»Ich glaube, die Firma gibt es nicht mehr«, sagte Mrs. Baker zu ihm. »Ich glaube, die haben einen Platten gemacht. Er sagte, das sei schon lange her.«

Candy schaltete sich ein. »Er ist vielleicht mit fünfundsechzig in Rente gegangen, Jim, und er war über siebzig.«

Stubb nickte. »Ich fürchte, wir wissen so wenig wie Sie, wo Mr. Free ist, Mrs. Baker.« Er klappte das Telefonbuch zu. »Aber wir würden ihn gern finden. Ich schreibe Ihnen die Telefonnummer des Hotels und die Zimmernummer auf. Wenn Sie ihn finden oder erfahren, wo er ist, dann rufen Sie mich bitte an. Verraten Sie den beiden Frauen nichts, solange Sie nicht mit mir gesprochen haben. Ich glaube nicht, daß es Geld gibt. Das behaupten alle Ermittler, wenn sie jemand finden wollen.«

»Ich dachte aber ...« – Mrs. Baker zog ein Taschentuch aus ihrer Handtasche – »ich dachte, wenn er Geld gehabt hätte, dann hätte er sein Haus retten können. Wenn er jemand bezahlt hätte. Ich habe gedacht, daß Sie alle glücklich sein können, weil sie bei ihm wohnen durften.« Sie schneuzte sich die Nase. Es klang, als hätte Puff gequiekt. »Er hat mir alle Ihre Namen gesagt, aber ich glaube, ich habe sie durcheinandergebracht, und habe Sie verwackelt. Auch egal. Ich habe jedenfalls so ein Gefühl, als würde ich Sie schon seit Jahren kennen. Die dunkle Dame da ist Miss Garth, weil er sagte, Miss Garth sei eine Abenteurerin, und sie sei sehr hübsch. Dann muß die andere Dame dort ...«

Die Badtür flog auf. »Ich habe meine Fragen!« Sandy Duck wedelte triumphierend mit ihrem Notizbuch.

16. KAPITEL

Catoptromantie

»Wer war diese Frau eigentlich?« fragte Sandy, als sie im plastikgepolsterten Hotelsessel saß, den Barnes für sie freigemacht hatte.

»Ist das die erste Frage?« Die Hexe hob eine Augenbraue.

»O nein! Ich war nur neugierig.«

»Sind Sie etwa auf die Antworten, die Sie auf ihre Fragen bekommen wollen, nicht neugierig?«

»Doch, natürlich bin ich das. Sehr sogar.« Sandys rundes kleines Gesicht wirkte verwirrt und beunruhigt.

»Dann gehört diese Frage zu denen, die Sie stellen wollten, und zählt als die erste. Ihr Name ist Mrs. Baker, und sie ...«

»Warten Sie!« Das Notizbuch wurde protestierend geschwenkt. »Das ist nicht ausführlich und ehrlich. Sie spielen nur mit mir.«

»Und Sie, sind Sie ehrlich? Ich habe mein ganzes Leben lang fast jede wache Stunde damit verbracht, nach ewiger Wahrheit und transzendenter Autorität zu suchen, und Sie kommen mit Ihren drei Fragen für einen idiotischen Artikel daher, der weggeworfen wird, wenn man ihn gelesen hat. Ist das ehrlich?«

»Ja«, sagte Sandy. »Das ist es.«

Die Hexe starrte sie an.

»Zuerst einmal bin ich nicht nur mit drei Fragen gekommen. Ich bin mit Dutzenden gekommen, und Sie haben festgelegt, daß ich nur drei Fragen stellen darf. Zweitens werden natürlich einige unserer Zeitschriften weggeworfen, sobald sie gelesen sind, aber viele eben auch nicht. Zum Beispiel bewahren wir zwei Ausgaben im Büro auf. Das Archiv reicht bis zum Jahr 1927 zurück, als *Who Knows?* – das war unser ursprünglicher Titel – gegründet wurde. Die Mary-Sue Jordan Smith Memorial Library of the Occult in Belhaven, North Carolina, besitzt ebenfalls eine vollständige Sammlung …«

»Sie war eine Idiotin«, unterbrach die Hexe.

Sandy hielt verblüfft inne, und Stubb sagte: »Diese Smith?«

»Ja. Ich kannte sie. Sie war durchaus begabt, aber sie hatte kein Urteilsvermögen. Sie war erschreckend ungebildet.«

Sandy blickte Unterstützung heischend zu Candy Garth. »Ich dachte, sie wäre neunzehnhundertsiebenundvierzig gestorben.«

»Pah! Neunzehnhundertfünfundvierzig. Fahren Sie fort.«

»Das ist alles.« Sandy hob die Hände, als balancierte sie zwei Kokosnüsse. »Ich wollte nur sagen, daß viele unserer Leser die Ausgaben jahrelang aufbewahren. Sie schreiben uns das und sagen uns das, oder sie sagen, daß sie alles bis auf eine bestimmte Ausgabe haben, und ob wir ihnen diese Ausgabe noch verkaufen könnten. Wir tun es und berechnen fünf Dollar, wenn wir sie noch haben.«

»Wie könnte ich mich weigern, mit einer so edelmütigen Zeitschrift zusammenzuarbeiten? Nun gut. Mein Lieblingsmusiker ist ein Mann aus Senegal, von dem Sie noch nie gehört haben. Ich schlafe nackt, und wenn ich auf einer einsamen Insel stranden würde, dann würde ich …«

Candy rief: »Oh, hören Sie doch auf! Um Gottes willen, lassen Sie sie ihre verdammten Fragen stellen und wieder verschwinden. Ich bin müde, ich bin nicht mehr blau, und ich bin so verdammt hungrig, daß ich gleich ohnmächtig werde. Sie!« Sie funkelte Sandy an. »Stellen Sie Ihre erste Frage. Sie wird sie beantworten, oder ich setze mich auf sie drauf.«

Die junge Frau von *Hidden Science/Natural Supernaturalism* räusperte sich. »Madame Serpentina, Sie sind eine der bedeutendsten Okkultistinnen der heutigen Zeit. Was kann Ihrer Meinung nach ein durchschnittlicher Mensch tun, um seine Position gegenüber der Welt des Unsichtbaren zu verbessern?«

»Sehen.«

»Wie bitte?«

»Wahrnehmen, wenn Sie es länger haben möchten.«

»Das ist jetzt keine Frage – aber ich würde mich freuen, wenn Sie das ein wenig ausführen könnten. Sie haben immerhin versprochen, ›ausführlich‹ zu antworten.«

»Die meisten unerleuchteten Menschen glauben, was sie zu sehen glauben«, erklärte die Hexe. »Das sollten sie aber nicht glauben. Wenn sie die unsichtbare Welt sehen wollen, müssen sie hinschauen – deshalb wird Weisheit auch so oft durch das Dritte Auge symbolisiert.«

Sandy zögerte, dann nickte sie. »Ich verstehe.«

»Das bezweifle ich.«

Stubb mischte sich ein. »Zeit für die zweite Frage, denke ich.«

»Nun gut, die zweite Frage.« Sandy holte tief Luft. »Madame Serpentina, mit welchem einfachen Test – falls ein solcher Test existiert – können unsere Leser feststellen, ob sie selbst oder andere, die sie ihrer Meinung nach besitzen, tatsächlich über okkulte Kräfte verfügen?«

»Ein solcher Test existiert natürlich.« Die Hexe richtete sich auf und strich mit beiden Händen die schwarze Spitze ihres Rocks glatt. »Sie müssen verstehen, daß wir über eine Begabung sprechen. Es ist in etwa so, als suchte man in einer Gruppe ehrgeiziger Studenten einen begabten Musiker. Okkulte Begabungen unterscheiden sich in gewisser Weise von musikalischer oder mathematischer oder sportlicher Begabung, aber Begabungen sind es dennoch. Die Menschen, die sie besitzen, weisen ganz ähnliche Merkmale auf. Ich meine damit das mühelose Meistern der Grundlagen und dazu eine ›Signatur‹ – ein Charakteristikum, das die Lehrer anerkennen oder nicht anerkennen, das ihre Werke von den Werken anderer unterscheidet.«

»Aber ...«

»Eine Frau, die sich für eine Hellseherin hält, sollte sich beispielsweise, und zwar nicht nur ein- oder zweimal, im Kartenlegen üben. Wenn ihre überraschenden Voraussagen häufig von den folgenden Ereignissen bestätigt werden, kann sie zu schwierigeren Dingen vorstoßen. Ein Mann, der sich als Medium bezeichnet, soll Geister anrufen und sehen, ob sie kommen.«

Sandy war für einen Augenblick sprachlos. Dann seufzte sie. »Ich würde jetzt liebend gern nach Betrügern fragen, aber darauf würden Sie nicht antworten, was? Es sei denn, wir zählten es als dritte Frage?«

Die Hexe schüttelte den Kopf.

Stubb sagte: »Ich will antworten. Ich habe auf Veranlassung nervöser Angehöriger einige solcher Burschen überprüft. Was soll's, Sie interviewen ja nicht mich, also sind meine Antworten wertlos. Ich kann Ihnen sagen, daß ich noch nie im Leben einen Hund gesehen habe, der jedesmal kam, wenn sein Herr ihn rief. Aber mir sind Bühnenkünstler begegnet, die in ihren Auftritten alles auf eine Karte setzen, ohne wirklich einen Grund dafür zu haben. Wenn jemand jedesmal, wenn er es versucht, mit einem Gespenst aufwarten kann, dann können Sie darauf wetten, daß er ein guter Schauspieler ist. Der Mann, dessen Hund nicht mehr kommt, sobald jemand genau hinsieht, um festzustellen, ob es wirklich ein Hund ist oder ein Kind im Hundeanzug, der ist auch ein Schauspieler.«

Die Hexe schürzte leicht die Lippen. »Da Mr. Stubb sich als Erleuchteter hervortat, bleibt mir nichts übrig, als selbst eine Antwort anzubieten – oder wenigstens eine halbe Antwort.«

Sandy wollte etwas sagen, aber die Hexe unterbrach sie mit erhobener Hand. »Bedanken Sie sich nicht bei mir. Wenn Sie dankbar sein wollen, dann seien Sie ihm dankbar, nicht mir. Meine halbe Antwort lautet: Das wirkliche Problem, wenn man beurteilen will, ob jemand ein echtes Medium ist, besteht nicht darin, die echten Geister von den falschen zu unterscheiden, wie Mr. Stubb zu glauben scheint. Das große Problem, auf das wir stoßen, ist, aufrichtige und wohltätige Geister von unaufrichtigen und boshaften zu unterscheiden. Wer das kann, wird keine Mühe haben, Betrüger zu entlarven; aber wer es nicht kann und es nicht zuverlässig zu tun weiß, sollte sich lieber nicht mit Geistern abgeben, solange er nicht auf einen vertrauenswürdigen Experten zurückgreifen kann. Nun lassen Sie uns bitte Ihre dritte und letzte Frage hören.«

»Also gut.« Sandy schluckte schwer. »Die dritte und letzte Frage. Aber bevor ich sie vorlese, möchte ich Ihnen sagen, daß ich Ihnen wirklich dankbar bin, was immer Sie sagen.

Die dritte Frage. Madame Serpentina, welches wichtige Ereignis sehen Sie für Amerika in den nächsten zehn Jahren voraus?«

Die Hexe lachte. Ihr Lachen konnte charmant sein, wenn sie wollte, und jetzt war es charmant. Barnes fand sie begehrenswerter denn je. »Ich stelle nicht täglich das Horoskop der Nation. Ich halte sogar recht wenig davon, Horoskope zu stellen – jedenfalls so, wie es gewöhnlich betrieben wird. Ein Baseballteam schlägt ein anderes, ein dünner Politiker wird von einem dicken abgelöst, Täler werden überflutet, die Erde wird beben, Flugzeuge fallen vom Himmel. Ich kann Ihnen das alles sagen, aber mit der unsichtbaren Welt hat das nichts zu tun. Es hat mit der Welt zu tun, die viel zu oft gesehen wird und die wir überhaupt nicht mehr selbst sehen müssen, weil wir alles in der Zeitung lesen können. Ich kann diese Dinge natürlich in geheimnisvollen Versen aufsagen, wenn Sie es wünschen.«

»Aber das war nicht meine Frage – das meinte ich nicht. Ich will nur ein äußerst wichtiges Ereignis wissen, so spezifisch, wie Sie es mir sagen können. Wir werden Ihre Voraussage abdrucken, und vergessen Sie nicht, daß Ihr Ruf ein wenig von dem abhängt, was Sie sagen. Wenn Sie ein Horoskop stellen müssen, dann tun Sie es nur.«

Die Hexe schüttelte den Kopf. »Das Horoskop einer ganzen Nation zu stellen, würde – so wie ich es betreibe – Wochen dauern. Ich werde, wenn ich kann, eine Voraussage machen, weil ich es versprochen habe. Wenn ich es nicht kann, müssen Sie ohne Voraussage gehen. Kennen Sie sich mit Catoptromantie aus?«

»Ich weiß nicht einmal, was das bedeutet.«

»Vielleicht werden Sie gleich ein Stück davon sehen. Ozzie, würden Sie bitte die Vorhänge öffnen?«

Barnes fummelte einen Augenblick herum, ehe er die Schnüre neben dem Fenster gefunden hatte. Die Geschäfte und Büros auf der anderen Straßenseite befanden sich zum größten Teil in drei- oder vierstöckigen Häusern, so daß das Fenster über ein Meer aus häßlichen Dächern blickte.

»Bewölkt«, sagte die Hexe. »Stark bewölkt. Nun, wir können es immerhin versuchen. Ozzie, Mr. Stubb, nehmen Sie bitte den Spiegel von dem – von dem Ding dort. Von der Kommode oder wie das Ding heißt. Können Sie das für mich tun?«

»Ich glaube nicht«, sagte Stubb. Er rückte das Möbelstück von der Wand ab und untersuchte die Rückseite. »Dicke, widerstandsfähige Schrauben. Ich könnte sie in einer halben Stunde lösen, wenn ich das Werkzeug hätte, aber ich habe es nicht.«

»Dann müssen Sie das ganze Stück herumrücken, bis es vor dem Fenster steht. Nicht bis vor die Scheibe, aber ziemlich nahe daran. Ozzie, helfen Sie ihm.«

Sandy schob ihren Stuhl zurück, um sie vorbeizulassen.

»Gut. So ist es schön. Jetzt öffnen Sie das Fenster.«

»Es ist kalt draußen«, protestierte Barnes.

»Das ist mir bekannt. Miss Garth, hätten Sie es lieber, wenn ich Candy zu Ihnen sage?«

»Nein«, sagte Candy.

»Auch gut. Miss Garth, könnten Sie das Licht löschen? Sie sind dem Schalter am nächsten, glaube ich.«

Es wurde stockfinster im Zimmer. Sandy rutschte auf dem Stuhl herum und gab eins jener kleinen Geräusche von sich, für die es keinen Namen gibt. Barnes kämpfte im Dunkeln mit dem Fenstergriff. Er siegte, und die Scheibe glitt auf.

»Und jetzt?« fragte Stubb.

»Jetzt warten wir, bis ich sage, daß es gut ist.«

Candy tastete den Boden neben ihrem Sessel ab, fand ihren weißen Regenmantel und legte ihn sich über die Schultern. Die anderen rührten sich nicht.

Von unten waren schwache Verkehrsgeräusche zu hören. Es wehte kein Wind, aber es wurde schnell kalt im Zimmer. Irgendwo in der Nähe wurde die Tür eines anderen Zimmers geöffnet und wieder geschlossen.

»Wenn Sie nicht …«, wollte Sandy sagen. Die Hexe, die immer noch auf dem Bett saß, hatte sich vorgebeugt. Sie berührte Sandys Knie, um sie zum Schweigen zu bringen.

In der Luft dröhnte ein Flugzeug. In einer Höhe von 1200 Metern teilten sich die schneeschweren Wolken. Mondlicht tastete sich zum Turm des Consort herab, leuchtete durch das offene Fenster des Zimmers 777, erfaßte den Spiegel, wurde reflektiert und verlor sich im lichtlosen Himmel.

»Schließt das Fenster«, sagte die Hexe. »Zieht die Vorhänge vor. Ihr müßt mir jetzt alle genau zuhören und tun, was ich euch sage. Ihr dürft nicht in den Spiegel sehen. Wenn Miss Garth das Licht wieder einschaltet, könnt ihr miteinander reden oder herumlaufen oder sonst etwas tun, aber ihr dürft nicht in den Spiegel sehen. Redet nicht mit mir: ich werde euch nicht antworten können...« Sie sprach weiter, und ihre Worte kamen schnell und klangen feierlich, aber sie wurden in einer Sprache gesprochen, die niemand sonst verstand.

»Wie *können* ja überhaupt nicht hineinsehen«, sagte Stubb.

Barnes sagte: »Ich glaube, sie will, daß wir ihn wieder da hinstellen, wo er vorher war.«

Candy schaltete das Licht ein und rief Sandy Duck zu sich. »Stehen Sie auf und helfen Sie. Das Ding muß eine Tonne wiegen.« An den vorderen Ecken faßten die Frauen und hinten die Männer an, und der Schminktisch wurde rasch an seine ursprüngliche Position zurückgeschoben.

»Und jetzt?« fragte Sandy. Sie war die kleinste von allen, sogar noch kleiner als Stubb (wenn man die Absätze seiner Schuhe entfernt hätte), und sie keuchte etwas.

»Jetzt sehen wir nicht hinein«, sagte Barnes. »Sie haben es doch gehört.«

Es klopfte.

»Mein Gott«, murmelte Candy. »Was nun?«

Eine Stimme draußen sagte, daß der Zimmerservice etwas abzugeben habe.

Candy öffnete die Tür, und der dritte Page kam mit einem vollbeladenen Wagen herein. Candy sah nervös zu Stubb, der beruhigend mit einer Hand wedelte.

»Viermal Essen«, sagte der Page. »Ich stelle es Ihnen auf den Tisch. Fisch. Kuchen. Club Sandwich. Steak. Früchte. Zweimal Kaffee. Bier. Scotch. Ein Glas Wein. Ist das alles?«

»Ich glaube schon«, sagte Stubb.

»Die Dame muß es abzeichnen«, sagte der Page. »Es sei denn, Sie bezahlen. Oh, geht es ihr nicht gut?«

Die Hexe entspannte sich und nickte. »Mir geht es gut. Ich kann unterschreiben. Darf ich ein Trinkgeld für Sie mit auf die Rechnung setzen?«

»Ja, Ma'am. Das wäre schön, Ma'am. Vielen Dank.«

Sie nahm die Rechnung und seinen Stift. »Ihr Freund – wissen Sie, wen ich meine? Er ist noch nicht mit meinen siebzig Dollar zurück. Würden Sie ihn bitte erinnern, wenn Sie ihn sehen? Ich bin etwas in Verlegenheit.«

»Natürlich, das werde ich tun, Ma'am. Joe müßte eigentlich schon längst bei Ihnen gewesen sein. Ich werde es ihm sagen.«

Stubb sagte: »Vielleicht hat er schon frei.«

Der Page schüttelte den Kopf, als die Hexe ihm die Rechnung zurückgab. »Er hat die ganze Nacht Dienst. Wir haben erst um sieben Schluß.« Er grinste. »Das ist aber sehr großzügig von Ihnen, Ma'am. Vielen Dank.«

»Vergessen Sie's.«

»Nein, Ma'am, das kann ich Ihnen nicht vergessen, und ich bin dankbar für das, was Sie uns gaben, als wir Ihr Gepäck hochtrugen. Ma'am – vielleicht sollte ich das nicht sagen, aber ich weiß etwas, etwas Vertrauliches, das ich Ihnen vielleicht mitteilen sollte.«

»Dann sagen Sie es mir«, sagte die Hexe. Sie hatte ein Stück einer Mandarine aufgespießt und schob es sich entschlossen in den Mund.

»Es ist vertraulich.« Der dritte Page sah zu Stubb, Sandy, Candy und Barnes. »Vielleicht könnten Sie einen Augenblick mit mir auf den Flur kommen?«

Barnes sagte: »Das brauchen Sie nicht, Madame Serpentina. Wir können auch hinausgehen, wenn wir sollen.«

Stubb lächelte breit und beinahe aufrichtig. »Was soll das? Sind wir nicht alle Freunde hier? Hören Sie, wenn die Dame irgendwie in Verlegenheit ist, dann will ich es wissen, damit wir ihr helfen können.«

»Ich bin nicht sicher, ob es überhaupt um sie geht«, erklärte der Page. »Ich dachte nur, ich sollte es ihr sagen.«

»Das waren jetzt genug Andeutungen«, sagte die Hexe. »Ich wünsche, in Frieden meine Früchte zu essen und meinen Wein zu trinken – so friedlich jedenfalls, wie es nur möglich ist. Wenn Sie nicht einmal sicher sind, ob es überhaupt um mich geht, dann einfach heraus damit. Oder Sie lassen es, und dann hinaus mit Ihnen.«

»Vielleicht geht es um einen anderen von Ihnen«, sagte der Page. »Oder um Sie alle. Jedenfalls werden Sie von den Behörden beobachtet.«

17. KAPITEL

Eine Prophezeiung und eine Abstimmung

»Was, zum Teufel?« sagte Stubb. »Was, zum Teufel?« Er war der einzige, der etwas sagte.

»Hören Sie, mein Freund«, sagte er zu dem Pagen, »meinen Sie den Hausdetektiv? Sie sehen selbst, daß hier nichts Ungewöhnliches passiert. Diese Dame«, er deutete zu Sandy Duck, »kam, um Ihren Gast für eine Zeitschrift zu interviewen, und wir anderen kamen, um bei einem späten Imbiß über geschäftliche Dinge zu reden. Was, zum Teufel, soll damit nicht in Ordnung sein?«

»Es ist nicht Mr. Kramer«, sagte der Page. »Es sind die richtigen Behörden.« Wenn möglich, hätte er am liebsten Scotland Yard erwähnt, aber er ließ es bleiben. »Ich sagte, er solle sich ausweisen, und er zeigte mir seine Marke. Es war eine echte Marke.«

Candy sah zu Stubb. »Jim …?«

»Yeah. Das klingt, als wäre ich zuständig. Wo ist er?«

»Drei Zimmer weiter. Sieben-Einundsiebzig. Das Zimmer ist frei.«

»Er hat es nicht gemietet?«

Der Page schüttelte den Kopf. »Als er die Tür öffnete, um mich abzufangen, sah ich, daß er Klebeband über das Schloß geklebt hatte. Wenn er bezahlt hätte, dann hätte er einen Schlüssel.«

»Stimmt. Er hat Sie aufgehalten, als Sie mit dem Wagen kamen?«

Der Page nickte.

»Und was hat er gesagt?«

»Er hat gefragt, wohin ich damit wollte, und ich habe es ihm gesagt. Dann sagte er, wenn ich hier fertig sei, solle ich zurückkommen, anklopfen und ihm sagen, was ich hier gesehen hätte. Ich soll meine Augen offen halten. Ich bat ihn dann, sich auszuweisen, und er zeigte mir seine Marke.«

»Sie brauchen einen Vorwand, weil Sie so lange hier geblieben sind. Was werden Sie ihm sagen?«

Der Page dachte nach. »Ich könnte sagen, daß die Dame nicht von hier sei und mich nach den Sachen gefragt hätte, die sie in der Stadt besichtigen könnte – wo sie sind, und so weiter.«

»Dann würde er fragen, was mit den anderen Leuten ist – er muß ja die Gerichte auf Ihrem Wagen gesehen haben. Er wird fragen, warum sie nicht die anderen Leute gefragt hat. Und er wird mit Sicherheit wissen wollen, wohin sie wollte. Nein, Sie sagen ihm, daß wir einen Haufen Papiere auf dem Tisch ausgebreitet hatten. Sie konnten nicht sehen, was für Papiere es waren. Wir ließen Sie warten, bis wir die Papiere weggeräumt hatten, damit Sie das Essen servieren konnten. Wir haben nichts Besonders gesprochen, während wir abräumten. Nur etwas wie: ›Hier, nehmen Sie das‹, oder ›Sind die jetzt in Ordnung?‹ Etwas in dieser Art. Haben Sie's?«

Der Page nickte. »Kann ich ihm sagen, wie Sie aussehen?«

»Das müssen Sie, aber wenn er uns überwacht, dann weiß er das sowieso schon. Hören Sie, er wird Sie drei- oder viermal das gleiche fragen, wenn er ein guter Cop ist. Halten Sie's einfach, und vergessen Sie von vornherein alles, was Sie möglicherweise vergessen könnten. Seinen Namen hat er nicht genannt, oder?«

»Nein.«

»Hat er nicht gesagt: ›Ich bin Detective Sowieso‹? Etwas in dieser Art?«

»Nein, daran würde ich mich erinnern.«

»Sie sagten, er hat Ihnen seine Marke gezeigt. Wie war die Nummer?«

Der Page zögerte, dann sagte er: »Die habe ich mir nicht gemerkt.«

»Okay. Wenn Sie zurückgehen, dann klopfen Sie nicht an, wie er gesagt hat. Gehen Sie einfach vorbei. Er wird Sie wieder anhalten. Sagen Sie ihm, daß Sie seinetwegen nicht sicher wären, und daß Sie noch einmal seine Marke sehen wollen. Sehen Sie sie sich gut an – sorgen Sie dafür, daß Sie bei gutem Licht einen Blick darauf werfen können. Merken Sie sich die Nummer. Wenn Sie wieder unten sind, rufen Sie dieses Zimmer hier an und sagen mir die Nummer. Wie hat er ausgesehen?«

Der Page dachte nach. »Etwas kleiner als die meisten anderen Polizisten. Knapp über mittelgroß, würde ich sagen. Große Nase. Und er hatte einen Verband um den Kopf.«

»Dann brauchen Sie sich die Nummer nicht zeigen zu lassen«, sagte Stubb. »Ich weiß, wer er ist.«

»Jetzt wissen wir, wer er ist«, sagte Candy, als der Page gegangen war.

»Bis auf sie.« Stubb deutete mit einem Nicken auf Sandy Duck.

»Sie haben recht«, sagte Sandy. »Ich weiß es natürlich nicht. Ich kann mir auch nicht vorstellen, warum die Polizei Madame Serpentina überwacht. Natürlich betrachten sie medial begabte Menschen immer mit Mißtrauen, es sei denn, sie bitten sie, ihre Fälle ohne Bezahlung zu lösen.«

Die Hexe lächelte. »Wollten Sie nicht auch eine Voraussage haben? Ich habe nichts von Bezahlung gehört, aber vielleicht war ich unaufmerksam.«

»Ich wünschte, ich könnte Sie bezahlen«, sagte Sandy offen. »Ich kann es nicht. Unsere Zeitschriften haben nicht das Geld dafür. Aber ich sage Ihnen, was wir tun können. Wann immer Sie es wollen, können wir kostenlos eine ganzseitige Anzeige abdrucken.«

Die Hexe lachte.

Stubb sagte: »Schlagen Sie das nicht so einfach aus. Sandy, ich werde Ihnen morgen die Vorlage von Madame Serpentina schicken. Die Anzeige soll so bald wie möglich in den Zeitschriften erscheinen. Wie wollen Sie sie haben?«

»Wenn Fotos dabei sind, brauchen wir einen druckfähigen Abzug. Wenn es nur Text ist, können Sie uns sagen, was Sie haben wollen, dann kümmern wir uns um das Layout und den Satz.«

»Aber jetzt«, sagte die Hexe, »muß ich mir die Anzeige mit meiner Voraussage verdienen. Zunächst werde ich noch einige andere Fragen beantworten – Fragen, die Sie stellen würden, wenn ich sie zuließe. Ja, ich habe tatsächlich etwas im Spiegel gesehen. Nein, Sie hätten nicht sehen können, was ich gesehen habe. Sie hätten es nur ruiniert. Und schließlich: Was ich getan habe, ist das Gegenstück zur Nekromantie. Ich habe die Geister der Ungeborenen gerufen und mir die Zukunft offenbaren lassen. Sie wollten ein großes Ereignis wissen, das die ganze Nation betrifft und das innerhalb des nächsten Jahrzehnts eintritt. Ist das richtig?«

Sandy nickte mit gezücktem Stift.

»Sehr gut. Das größte Ereignis des kommenden Jahrzehnts wird die Einrichtung eines Quadrumvirats sein. Vier Anführer, die heute noch unbekannt sind, werden sich zusammentun und die politische, finanzielle, künstlerische und juristische Macht übernehmen. Sie werden eine Revolution des Denkens auslösen. Viele, die heute herrschen, werden ins Gefängnis kommen oder ins Exil gehen. Viele, die heute machtlos sind, werden zu hohen Ämtern aufsteigen und große Autorität genießen. Die Reichen werden arm, die Armen werden reich. Alte Verbrechen, die lange geheimgehalten wurden, werden ans Licht kommen, und die Verbrecher werden dem Volk vorgeworfen werden wie einem Löwenrudel. Die Vier werden gehaßt und verehrt werden, aber ihre Herrschaft wird nicht in der Phase enden, auf die sich meine Weissagung bezieht. Das ist alles, was ich erfuhr.«

Der Stift flog über das Papier. »Die Namen der Leute wissen Sie nicht?«

»Nein. Es wäre sehr schwierig, diese Information zu bekommen. Wie Sie eigentlich wissen sollten, fällt es den Geistern schwer, ihre Antworten in spezifische Worte zu kleiden. Es wäre fast so, als wollten Sie, wenn Sie beispielsweise Chinesin wären und keine Fremdsprache sprechen könnten, eine andere Chinesin nach dem Namen eines Amerikaners fragen, den sie im letzten Jahr kennengelernt hat. Wenn Sie großes Glück haben, hören Sie etwas wie ›Geliebter Schüler des Eisenformers‹, wenn der Mann John Smith hieß.«

»Sie werden in zehn Jahren an die Macht kommen?«

»Viel früher, glaube ich.«

Sandy erhob sich. »Mir wird gerade klar, daß ich mehr Fragen gestellt habe, als wir verabredet hatten. Ich will Ihr Entgegenkommen nicht unnötig strapazieren. Mr. Barnes, Ms. Garth, Ich möchte Ihnen danken, daß Sie mich mit heraufnahmen. Ich weiß ganz genau, daß ich nie in dieses Zimmer gekommen wäre, wenn Sie sich nicht für mich verwendet hätten. Mr. Stubb, Sie haben mich mehr als einmal gerettet, und ich bin Ihnen dankbar. Madame Serpentina, ich weiß, daß Sie nie Interviews geben, aber Sie haben mir heute abend eins gegeben, und ich durfte sogar ein Foto machen und so weiter. Ich bin Ihnen so verbunden, daß ich es kaum ausdrücken kann.«

Die Hexe neigte gnädig den Kopf. Candy schien verlegen, Barnes grinste und Stubb schnaubte.

»Ich gehe jetzt, aber ich will Ihnen noch sagen, daß nichts, was ich hier gehört habe – ich meine, nichts außer dem, was mir gesagt wurde – in meinem Artikel erscheinen wird.«

»Ich mache mir viel größere Sorgen über das, was Sie dem Cop erzählen werden«, sagte Stubb. »Wollen Sie mit ihm reden?«

Sandy schüttelte den Kopf. »Nicht, wenn ich es vermeiden kann.«

»Schön. Wie ich den Pagen verstanden habe, sitzt der Cop zwischen uns und dem Aufzug. Aber das Hotel ist wie ein hohles Quadrat gebaut, wenn Sie verstehen, was ich meine. Gehen Sie, wenn Sie rauskommen, nicht nach links, sondern nach rechts. Auf diesem Umweg kommen Sie von hinten zu den Aufzügen, ohne an seinem Zimmer vorbeizukommen. Wollen Sie das tun?«

»Natürlich. Aber wenn ich aufgehalten werde, dann werde ich nicht lügen – ich werde einfach nur schweigen. Die Gerichte sagen, daß die Polizei jetzt sogar die Aufzeichnungen von Journalisten durchsehen kann, aber sie werden bei mir nichts finden, das nicht sowieso in der Geschichte erscheint.«

»Braves Mädchen«, sagte Stubb. Er hielt ihr die Tür auf.

Candy seufzte, als sich die Tür hinter ihr geschlossen hatte. »Mann. Das hätten wir geschafft. Ozzie, warum mußtest du sie auch mitbringen?« Sie versuche, die Beine übereinander zu schlagen, scheiterte und beschränkte sich darauf, die Füße übereinander zu legen.

Barnes zuckte die Achseln. »Sie sah aus, als brauchte sie Hilfe.«

»Unser Freund Ozzie hat ein weiches Herz«, sagte Stubb. »Wie war der Fisch?«

»Hat gut geschmeckt, nur, daß es nicht genug war. Und das Bier hat auch nicht gereicht. Essen Sie Ihr Sandwich nicht auf? Und die sauren Gurken da?«

»Sie können sie haben.« Stubb schob ihm den Teller hinüber. Barnes sagte: »Das ist der Cop mit der Axt, was? Sergeant Proudy hieß er wohl. Ich habe ihn heute morgen reingelassen. Mein Gott, das scheint eine Ewigkeit her zu sein.«

»Es war ein anstrengender Tag.«

Mit vollem Mund nuschelte Candy: »Es ist noch nicht vorbei.« Sie schluckte. »Warum beobachtet er uns?«

Stubb nickte. »Du hast recht, das müssen wir als erstes klären. Hat jemand eine Idee?«

»Vielleicht haben sie herausgefunden, daß Ozzie all die Vertreter angerufen hat. Ich habe dich und Ozzie durch die kaputte Wand vor dem Haus gehört. Vielleicht hat es noch jemand belauscht.«

»Na und? Das war nur ein Streich, und wenn sie ihn wirklich schnappen wollen, können sie ihn einfach holen. Außerdem ist Proudy nicht im Dienst.«

»Jim, du hast Stunden bei der Bösen Hexe da genommen. Das kannst du einfach nicht wissen.«

»Blödsinn.« Stubb lehnte sich zurück, nahm die Brille ab und massierte seinen Nasenrücken. »Ich weiß nicht, wie sie es macht – oder ob sie es überhaupt macht. Aber ich weiß, wie ich es mache, und wenn jemand bereit ist, eine Sekunde nachzudenken, kann er es genauso machen wie ich. Proudy hat Bekanntschaft mit dem spitzen Ende einer Feueraxt gemacht. Ich habe es gesehen. Er wurde genäht und verbunden und so weiter. Ihr habt es auch gesehen. Ihr habt sogar geholfen. Vielleicht war er nicht im Krankenhaus. Vielleicht hat er sich nicht einmal hingelegt, obwohl er es hätte tun sollen. Aber um nichts in der Welt würde ihn das Department danach gleich wieder zum Dienst einteilen. Nicht heute, nicht morgen. Nicht, bevor die Verletzung nicht ziemlich gut verheilt ist.«

Die Hexe schob ihre Früchte zur Seite und zündete sich eine Zigarette an. »Sie haben völlig recht damit. Aber das ist nicht die Frage.«

Stubb nickte.

Barnes sagte: »Lassen Sie es mich versuchen. Was wollen wir mit ihm machen?«

»Das ist auch nicht die Frage«, sagte Stubb. »Und wer sagt überhaupt, daß wir etwas tun müssen?«

»Warum«, sagte die Hexe. »Das ist die Frage, auf die wir eine Antwort finden müssen, Ozzie.«

Candy sah zwischen der Hexe und Stubb hin und her. »Ich habe auf einmal den Eindruck, daß Sie sich ziemlich nahe gekommen sind.«

»Yeah. Ich werde es euch gleich erklären. Laßt uns aber zunächst bei Proudy bleiben. Hat jemand eine Idee, was er hier will?«

Barnes sagte: »Erinnern Sie sich an die Frauen, die Mrs. Baker besucht haben? Ob er für sie arbeitet? Aber worauf wollten die hinaus?«

»Das weiß ich nicht«, sagte Stubb. »Als sie uns ihre Geschichte erzählte, dachte ich beinahe, sie hätte es sich nur ausgedacht oder wollte neugierigen Nachbarn eine Spionagegeschichte anhängen. Jetzt bin ich mir nicht mehr sicher.«

Candy fragte: »Glaubst du, daß er für sie arbeiten könnte?«

»Nein. Er dürfte kaum für sie arbeiten, aber er weiß vielleicht von ihnen, er hat vielleicht mit der alten Baker gesprochen, und vielleicht will er sich ein Stück vom Kuchen unter den Nagel reißen. Er ist mit Sicherheit allein, und wenn ein Cop allein unterwegs ist, während er eigentlich im Bett liegen sollte, dann geht es um eine Beförderung oder um Geld. Ist einer von euch zufällig ein Massenmörder?«

»Machen Sie keine Witze, Jim.«

»Okay, dann geht es um Geld. Darüber können wir später noch reden. Sollen wir ihn anrufen und fragen, was dieser Blödsinn soll? Ich meine es ernst. Er ist in Einundsiebzig, und wir brauchen nur den Hörer abzunehmen und seine Nummer zu wählen.«

»Ich bin dafür«, sagte Barnes. »Immerhin haben wir ihn geborgen und zusammengeflickt, nachdem ihn einer seiner eigenen Leute erwischt hatte. Wenn er jetzt hinter uns her ist, dann ist er uns mindestens eine Erklärung schuldig.«

»Einer dafür«, sagte Stubb. »Was meinst du, Candy?«

»Du weißt so gut wie ich, daß das Ende vom Lied doch nur ist, daß er mich hochnimmt.«

»Eine Stimme dagegen.« Stubb sah die Hexe an.

»Es scheint mir, als müßten wir erst mehr erfahren.«

»Eine für Aufschieben. Nein, zwei für Aufschieben. Wenn ich mit einem Cop spreche, möchte ich etwas in der Hand haben, mit dem ich bohren kann. Also aufschieben.«

Das Telefon klingelte.

18. KAPITEL

Vom High Country

Stubb langte nach dem Hörer. Die Hexe sagte: »Das ist mein Zimmer. Sie dürfen ihn mir geben.« Er nickte.

Candy stieß Barnes an. »Glaubst du, jetzt ruft er uns an?«

»Ja«, sagte die Hexe ins Telefon. »Das bin ich.« Dann: »Natürlich, ich habe Ihre Stimme gleich erkannt. Was wollen Sie?«

Es gab eine lange Pause, während sie zuhörte.

»Nein, habe ich nicht. Ich würde nicht behaupten, daß ich niemals unsichtbare Kräfte anrufe, aber ich habe nichts mit ihm … alles im Leben der Menschen hat mit Geistern zu tun. Das ist nichts Neues. Es gibt viele andere Erklärungen … ich würde vorschlagen, daß Sie nach Hause gehen. Es ist schon spät – wenn es Sommer wäre, würden Sie draußen schon die Morgendämmerung sehen.« Sie legte auf.

Stubb lehnte sich auf seinem Stuhl zurück. Im Licht der schwachen Hotelbirne über dem Tisch war sein Gesicht unter den dunklen Bartstoppeln wachsbleich. »Wollen Sie es uns verraten?« fragte er gelassen.

Die Hexe ignorierte die Zigarette, die auf ihrem Obstteller verqualmte, und holte eine neue und ihr goldenes Feuerzeug heraus. Die Flamme zitterte leicht.

»Später vielleicht«, sagte Stubb.

»Ich will es Ihnen jetzt sagen, wenn Sie es hören wollen. Es war das Mädchen, das gerade ging. Sie war wegen des Polizisten neugierig und ging doch an seinem Zimmer vorbei. Sie sagte, er sei herausgekommen und habe versucht, sie zu befragen. Aber sie hat ihm nichts gesagt, und als sie drohte zu schreien, ließ er sie in Ruhe. Sie wollte wissen, ob ich ihn verflucht hätte.«

»Und Sie sagten, das hätten Sie nicht getan. Warum wollte sie das wissen?«

»Ich nehme an, weil er aussah oder sich verhielt wie ein Mensch, der verflucht worden ist. Sie machte viele Worte, aber sie hat kaum etwas gesagt. Ich glaube, sie hielt ihn für verrückt.«

»Hat sie Ihnen gesagt, wonach er gefragt hat?«

»Nur, daß er wissen wollte, ob wir alle hier seien, und daß er irgendwie zu unterstellen schien, sie wüßte, wer mit *alle* gemeint sei. Sie beschrieb uns, und er fragte, wer noch hier sei.«

»Wundervoll.« Stubbs Stimme klang verbittert.

Candy sagte: »Was ist denn, Jim?«

»Zuerst einmal wollte ich nicht, daß sie überhaupt mit ihm spricht. Sie hat mit ihm gesprochen, und sie hat ihm mit Sicherheit etwas verraten. Sie können nicht vier Leute beschreiben, ohne einem Beamten eine Menge zu verraten. Das ist das eine. Und wer weiß, was sie ihm alles erzählt hat? Außerdem habe ich so langsam eine Ahnung, was er hier will.«

»Und was ist das?« fragte Barnes. »Oder ist das ein großes Geheimnis?« Er hatte seine Krawatte gelöst und sein Hemd aufgeknöpft.

»Das ist kein Geheimnis. Ich kann auch nur raten. Aber ich glaube, es ist gut geraten. Wer ist nicht hier, Ozzie? Wer von uns ist nicht hier?«

Barnes rollte mit den Augen, während er sich im Zimmer umsah. Das Glasauge kam mit den Bewegungen nicht ganz hinterher. »Wieso, wir sind doch alle da«, sagte er. »Es sind alle da.«

Stubb schüttelte den Kopf.

Candy fragte: »Sie meinen doch nicht Mrs. Baker?«

»Nahe dran, aber trotzdem daneben. Wen hat sie gesucht? Wen haben die Frauen gesucht, die zu ihr kamen und mit ihr sprachen? Gestern abend, Leute, gestern abend haben wir zu fünft im gleichen Haus gewohnt. Wer fehlt?«

Barnes nickte. »Free natürlich. Ich dachte wohl nicht an ihn, weil wir schon über ihn geredet haben, als Mrs. Baker hier war.«

»Wir müssen weiter über ihn reden. Ich wollte es vorhin nicht tun, weil diese Duck im Bad war. Aber deshalb sind wir hier.« Stubb ging quer durch das Zimmer zum Fernseher und schaltete ihn ein. »Ich rede so ungern wie Sie gegen Lärm an – vielleicht noch weniger gern. Wenn jemand garantieren kann, daß uns niemand belauscht, schalte ich ihn ab. Will jemand was sagen?«

Niemand sprach.

»Also bleibt er an. Wir hörten vorhin, daß Proudy ein paar Zimmer weiter ist, aber er kann inzwischen näher sein. Es gibt ein halbes Dutzend Tricks, um durch eine Hotelwand zu lauschen, und sie funktionieren alle ziemlich gut.«

Candy platzte heraus: »Also gut, Mr. Free ist nicht hier, und der Fernseher ist mir ziemlich egal. Wenn ihr wüßtet, wie oft ich gegen Rockmusik und Radios und so weiter anreden muß – ich will eigentlich nur wissen, warum *wir* hier sind. Wenn die Kristallkugelglotzerin mich hier übernachten läßt, schön. Ich hätte mir was anderes suchen können, aber hier ist es so gut wie woanders. Aber wenn mir einer erzählen will, daß sie das aus der Güte ihres Herzens macht, dann sage ich, vergeßt es. Zuerst einmal glaube ich, sie hat überhaupt keins. Zweitens, wenn sie eins hat, dann ist keine Güte darin.«

»Danke«, sagte die Hexe. »Ich freue mich, daß Sie so großzügig sind, meine Gastfreundschaft anzunehmen.«

»Hör auf«, sagte Stubb zu Candy. »Was glaubst du denn, was wir anderen sind? Ein Kirchenchor? Das hier ist eine geschäftliche Besprechung. Du und Ozzie, ihr sollt wissen, daß Madame S. und ich, bevor ihr gekommen seid, eine Partnerschaft gebildet haben. Wir werden uns gegenseitig helfen, statt uns zu bekämpfen, und wir werden teilen, was wir verdienen. Sie hat euch nicht geholt, ich habe euch geholt. Das Zimmer läuft auf ihren Namen, das ist aber auch alles. Und ich habe euch auch nicht aus reiner Herzensgüte geholt. Ich habe euch geholt, weil ich euch einladen will. Ihr sollt unser Angebot hören, und wenn ihr es nicht annehmt, könnt ihr gehen.«

Barnes war plötzlich hellwach. »Also gut«, sagte er. »Wie sieht das Angebot aus?«

»Ich will zuerst etwas fragen. Hat Free euch gegenüber jemals eine Bemerkung gemacht, daß er etwas Wertvolles versteckt hätte?«

Barnes schloß die Augen und warf den Kopf zurück. »Nehmen wir es an. Warum?«

»Wir glauben, daß er es getan hat. Ich sage euch etwas, um euch zu zeigen, daß wir mit offenen Karten spielen. Free hat mir einmal gesagt, er käme aus einer Gegend, die er als ›High Country‹ bezeichnete. Er sagte, er hätte irgendwo ein Ticket versteckt, mit der er zurückfahren könne, aber es sei zu spät, um es zu benutzen. Was fällt euch dazu ein?«

Barnes zuckte die Achseln. »Was fällt Ihnen dazu ein? Das ist doch das Wichtigste. Sie waren dabei und haben es gehört. Jetzt sagen Sie, Sie wollen mir ein Angebot machen. Was meinen Sie?«

»Ich habe nichts anzubieten außer Vermutungen«, sagte Stubb, »aber Sie können sie haben – ich habe sie bereits mit Madame S. besprochen.« Er nahm seine Brille ab, inspizierte die Gläser und setzte sie wieder auf. »Seit ich mit ihm gesprochen habe, frage ich mich, was mit diesem High Country gemeint sein könnte. Ich hatte das Gefühl, wenn ich das wüßte, dann wüßte ich auch, was für eine Art von Ticket man braucht, um hinzukommen. Madame S. hatte auch einige Ideen, aber darüber will ich nichts sagen – das kann sie selbst tun, wenn sie es für richtig hält. Zuerst einmal könnte das High Country tatsächlich ein anderes Land sein – die Schweiz vielleicht oder eine andere Gegend, in der es hohe Berge gibt. Vielleicht das schottische Hochland. In diesem Fall ist das Ticket möglicherweise sein Paß. Glaubt das jemand?«

Er blickte zu Barnes und Candy, aber die beiden antworteten nicht.

»Ich auch nicht. Die nächste Vermutung. Free könnte ein Hinterwäldler sein. Er hat jedenfalls wie einer geredet. Vielleicht kam er aus einem Kaff in den Rocky Mountains. Gefällt das jemand?«

Candy sagte: »Jim, ich glaube, er hat zu jedem was anderes gesagt.«

»Bist du sicher?«

»Nein. Ich kann es nicht beweisen. Vielleicht habe ich es mir auch nur eingebildet. Aber so kam es mir vor. Ich bin nicht sehr gebildet, Jim. Ich habe die High School abgebrochen. Und du bist, glaube ich, auch nicht sehr gebildet. Ich glaube, wenn er mit uns beisammen war, hat er einfach gesprochen, damit wir uns wohlfühlen konnten.«

»Schön. Eine gute Idee. Ich komme gleich darauf zurück. Für den Augenblick will ich aber weiter aufräumen. Kann sich jemand für den Hinterwäldler erwärmen?«

»Nein«, sagte Barnes. »Machen Sie weiter.«

»Wo sind wir dann?« Stubb hielt inne und sah die anderen der Reihe nach an. Im Fernsehen wurde ein Auto durch einen Unfall gestoppt, und ein Sprecher äußerte sich ernst über die Vorzüge alkoholfreier Getränke. »Wenn er nicht aus einer hoch gelegenen Gegend kommt – hier oder aus einem anderen Land –, was bleibt dann noch?«

»Irrsinn«, sagte Candy.

Barnes drehte sich zu ihr herum.

Sie sagte: »Habt ihr mal mit diesen alten obdachlosen Frauen auf den Straßen gesprochen? Ich habe manchmal mit ihnen gesprochen, wenn ich fünfzig oder hundert Dollar eingenommen und mir danach drei oder vier Drinks eingefahren hatte. Ich schwebe dann herum und setze mich neben eine, oder eine setzt sich neben mich. Eine, die ich mal traf, war eine Prinzessin. Eine andere die uneheliche Tochter eines Präsidenten. Alle haben sie verrückte Geschichten zu erzählen, und wenn ich mal eine höre, die nicht so besonders ist, dann gebe ich ihr trotzdem einen Fünfer, wenn ich einen habe. Aber die meisten Geschichten sind verrückt.«

»Glaubst du wirklich, daß Free verrückt war?«

Candy schob ihre Kinne vor und dachte nach. »Ich muß darüber nachdenken. Im Augenblick denke ich, vielleicht war er es. Er hat uns schließlich in sein Haus gelassen, oder?«

Die Hexe sagte: »Und er hat uns seiner Nachbarin schon lange vorher beschrieben. Jedenfalls hatte ich diesen Eindruck, als sie es uns erzählte. War ich denn die einzige, der das aufgefallen ist? Was auch immer im Gange sein mag, Free ist nicht verrückt.«

Stubb nickte. »Ich glaube das auch nicht. Natürlich kannst du glauben, was du willst, Candy. Wenn der Mann aber nicht aus den Bergen kam und wenn er nicht verrückt war, dann bleibt nur noch eins. Er hat mir gesagt, er käme aus dem High Country, und er sei gekommen, um Abenteuer zu erleben, und andere hätten es gemacht wie er, und er hätte sein Ticket – so nannte er es – versteckt, aber es sei für ihn zu spät, um es zu benutzen.«

Barnes sagte: »Dann sollten wir danach suchen. Es ist wahrscheinlich noch irgendwo im Haus.«

»Das werden wir. Oder besser, ich werde suchen, wenn es morgen wieder hell ist. Und wenn es im Haus ist, dann werde ich es wahrscheinlich finden. Aber was, wenn nicht? Angenommen, es ist überhaupt nicht im Haus? Er sagte mir, ihm sei einmal alles Wertvolle aus dem Schlafzimmer gestohlen worden, als er fort war. Es wäre viel leichter, das Ticket zu finden, wenn wir Free finden könnten.«

Candy schaltete sich ein. »Du sagtest, da sei noch etwas zu besprechen, Jim. Erzähl es uns.«

Stubb lehnte sich lächelnd zurück. »Er sprach vom High Country. Vielleicht sollten wir Hochfinanz, High Society oder High Life sagen. Ich glaube, Free – der Name läßt bei mir alle Glocken klingeln – stammt aus einer reichen alten Familie. Die Sorte, aus der so lange Botschafter und Gouverneure und sogar Präsidenten hervorgehen, bis alle vergessen haben, von wem der liebe Uropa damals das Geld geklaut hat. Ich glaube, als er mit Harvard fertig war, oder schon vorher, ging er in einen Gebrauchtkleiderladen, kaufte ein paar alte Klamotten und ging auf die Rolle. Das machen viele so. Einfach nur, um Abenteuer zu erleben, wie er selbst sagte. Und ich glaube, aus welchen Gründen auch immer, blieb er viel länger, als es die meisten tun. Vielleicht lernte er eine Frau kennen. Vielleicht ist er vor einer daheim fortgelaufen. Vielleicht hatte er keine Lust, sein Leben lang Amalgamated Copper oder sonst was zu leiten. Seine Leute ließen ihn für tot erklären, und er schämte sich und traute sich nicht heim.«

Er nahm die Brille ab und polierte sie am Ärmel. Als er kurz aufschaute, wirkten seine Augen unnatürlich klein. »Aber bevor er sein kleines Abenteuer begann, legte er sich einen Ausweg zurecht – etwas, das ihn nach Harvard und Newport zurückbringen konnte, wenn er wollte. Etwas, das ihn reich machen würde, wirklich reich, und zwar unabhängig von dem, was seine Familie in seiner Abwesenheit tun würde. Selbst dann noch, wenn man ihn für tot erklären würde.

Ich frage gar nicht erst, ob jemand diese Idee kauft. Es gibt schon jemand, der sie kauft, und das bin ich selbst. Ich habe ein wenig mit Madame S. darüber geplaudert, und sie sieht es nicht ganz so wie ich, aber sie stimmt mit mir darin überein, daß Free nicht verrückt war und daß er tatsächlich irgendwo etwas sehr Wertvolles eingebunkert hat.« Als die dicken Brillengläser wieder an Ort und Stelle saßen, blickte Stubb zur Hexe. »Stimmt's?«

Sie nickte etwas verhalten, aber es war unverkennbar ein Nicken.

»Deshalb habe ich mit ihr gesprochen. Ich sagte, hören Sie, was auch immer es war, ich suche es und Sie suchen es. Sie haben Ihre Vorgehensweise und ich habe meine, und wenn wir uns in die Quere kommen und uns behindern, bekommt es jemand anders oder überhaupt niemand. Ich habe noch nie einen Klienten betrogen, und ich werde es nie tun. Lassen Sie uns zusammenarbeiten und es gerecht teilen. Sie ist eine kluge Frau, sie hat zugestimmt. Jetzt machen wir euch beiden das gleiche Angebot. Ihr habt genau wie wir bei Free gewohnt. Wahrscheinlich hat einer von euch – vielleicht sogar beide – etwas gehört, das wir nicht wissen. Etwas, das wichtig sein könnte. Tut euch mit uns zusammen, und ihr seid jeder mit zehn Prozent an dem beteiligt, was wir finden. Aber ihr müßt euch sofort entscheiden, und ihr müßt bereit sein, etwas für die Partnerschaft zu tun. Schlagt ihr ein?«

»Wir kriegen zehn Prozent«, sagte Barnes.

»Genau.«

»Sie sagten, Sie wollten uns das gleiche Angebot machen, das Sie mit Madame Serpentina ausgehandelt haben, und Sie sagten, Sie zwei wollten gerecht teilen.«

»Was denn teilen?« schnaubte Stubb. »Wir wissen nicht einmal, ob da wirklich etwas ist. Wenn ja, dann können zehn Prozent ein Vermögen sein.«

Candy gähnte. »Jim, wenn es nur um dich ginge, dann würde ich mitmachen, das weißt du. Aber wie es aussieht …«

»Und ich wäre glücklich, Madame Serpentina zu helfen«, sagte Barnes, »aber das wäre ... äh ... eine Frage der Höflichkeit. Dies hier ist ein Geschäft, und zwar kein gutes Geschäft. Kein profitables Geschäft.«

»Candy sagte, ihrer Meinung nach sei Free verrückt gewesen. Glauben Sie das auch, Ozzie?«

Barnes schüttelte bedächtig den Kopf.

»Was glauben Sie?«

»Das hebe ich mir für morgen früh auf. Vielleicht.«

»Morgen früh?«

Barnes zuckte die Achseln. »Candy und ich werden hier übernachten. Wie Madame Serpentina vorhin sagte, ist es schon so spät, daß es, wäre es Sommer, schon wieder hell würde.«

Candy sagte: »Genau. Ich geh jetzt ins Bad.«

»Wenn ihr zwei bleibt, dann werdet ihr auf dem Boden schlafen«, sagte Stubb. »Ich hätte gleich sagen sollen, daß wir – wir drei – auf dem Boden schlafen werden. Nur, damit das klar ist.«

»Was soll das, verdammt!« Das dicke Mädchen starrte ihn mit offenem Mund an. »Wir haben zwei Doppelbetten.«

»Ja. Und wenn mehr als eine Person im Bett schläft, wird es das Mädchen melden, und das Hotel wird wissen, daß mehr als ein Gast im Zimmer wohnt. Das können wir uns nicht leisten. Es ist Madame S.'s Zimmer, also bekommt sie das Bett. Wir anderen schlafen auf dem Boden oder in Stühlen oder überhaupt nicht.«

19. KAPITEL

Ego Vendo

Candy saß in der Badewanne. Barnes lag fast genau an der Stelle auf dem Rücken, an der vorher der Tisch gestanden hatte, von dem sie gegessen hatten. Er hörte Candy singen und ab und zu im Wasser plantschen.

»Oh, der vom Kapitän war klein und fein,
Der vom Zimmermann war groß wie'n Baum,
Der vom Koch war dick wie'n Schwein,
Und der vom Maat, der war ein Traum.

Sie segelten nach Rio runter,
Sie segelten die Küste wieder rauf,
Sie zog sich aus den ganzen Plunder
und ließ sie alle auf sich drauf.«

Er würde, dachte Barnes, aufstehen und duschen, wenn sie fertig war. Er wünschte, er hätte saubere Unterwäsche. Vielleicht hätte Madame Serpentina nichts dagegen, wenn er die Sachen, die er trug – Unterhemd und Boxershorts – wusch und auf einem Handtuchhalter trocknete. Oder auf der Stange des Duschvorhangs. Er würde in Hose und Hemd schlafen. Ob Stubb etwas dagegen hätte, wenn er seine Hosen unter der Matratze des freien Betts glattbügelte? Nein, das konnte er nicht tun.

Morgen – heute – mußte er seine Reisetasche und seine Musterkoffer aus den Schließfächern im Busbahnhof holen. Man konnte die Sachen nur vierundzwanzig Stunden drin lassen. Es hatte ihn fast sein ganzes letztes Geld gekostet. Ob Madame Serpentina ihm erlauben würde, die Sachen hier zu lagern? Sicher, das würde sie, selbst wenn er nicht noch einmal hier schlafen konnte. Vielleicht konnte er sie auch eine Weile in der Lobby lassen.

Wenn sie nur nackt zu Bett gegangen wäre. Er hätte sie gesehen, egal, wie dunkel es im Zimmer gewesen wäre. Er hatte mehr, viel mehr durch sein Guckloch gesehen. Es spielte jetzt keine Rolle mehr – das Haus war sowieso weg. Die schwarze Kugel hatte es zertrümmert.

Er würde etwas verkaufen müssen, um neue Münzen für die Schließfächer zu bekommen. Seine Uhr vielleicht. Nein, die war schon lange versetzt. Das Ticket vom Leihhaus steckte in seiner Brieftasche. Frees Ticket? Ob es das war, was der alte Free gemeint hatte? War das, was er besaß, im Leihhaus, dieses Ding, von dem er so geheimnisvoll gesprochen hatte? Oder war es etwas Komplizierteres wie die Sprünge des Springers im Schachspiel? Vielleicht war gar nichts weiter hinter Frees Schatz. Geld vielleicht oder Aktien, dachte Stubb. Madame Serpentina glaubte, es sei eine Krone, auch wenn sie es nicht gesagt hatte. Ein Schatz in einer Wand. Eine Wand mit einem Zeichen, hatte Free gesagt. Ein unübersehbares Zeichen.

Das Bild steckte jetzt in einem Musterkoffer, und hinter dem Bild war kein Loch mehr. Dort würde nie wieder eins sein. Er schob das Bild fort und griff hindurch und zog einen Schatz heraus … was war es? Eine Kiste, gefüllt mit Gold und Smaragden. Aus einer Kindheitserinnerung wand sich eine alte Kobra, weiß und blind. Nein, da war sicher kein Schatz. Das sah Free überhaupt nicht ähnlich. Free hatte keinen Turban gehabt, und seine Hautfarbe war sogar heller als seine eigene gewesen. Und im übrigen fand man solche Schätze immer unter den Bodenbrettern. Dieser hier steckte in einer Wand.

Ob die anderen mehr wußten? Candy, Madame Serpentina? Free hatte mit Candy gefrühstückt, hatte sie gesagt. Oder Stubb. Stubb war viel zu gerissen, um vertrauenswürdig zu sein, aber er hatte kein Verkaufstalent. Er hatte ihnen die Geschichte nicht gut verkauft, dabei hatte er sich solche Mühe gegeben. Vielleicht, weil er zu klug war. Zu gefährlich selbst für Candy, die ihn liebte.

Niemand, dachte Barnes, niemand hat mich je geliebt. Vielleicht der kleine Ozzie, wenn die Dinge anders gelaufen wären. Ich habe Verkaufstalent, dachte er, aber am Ende werden sie feststellen, daß sie die Katze im Sack gekauft haben. Ich bin jedenfalls nicht so gut, wie ich sie glauben mache, ich habe nie soviel verdient, wie sie glaubten. Trotzdem wird es auf meinem Grabstein stehen: »Er hatte Verkaufstalent.« Wenn ich reich wäre und ein Haus mit einer Einfahrt und einem Torbogen darüber hätte, dann könnte ich da draufschreiben: *Meus Vendo.* Etwas in dieser Art – die Leute, die solche Inschriften machten, würden es schon wissen. Das war ja ihr Job.

»Des Bootsmanns Pfeife schmeckt nach Seife,
Die vom Kaplan war keine steife,
Die vom Kabinenjungen war so weich wie Schaum,
Nur die vom Maat, die war ein Traum.«

Es folgte ein Grunzen und ein lautes Platschen – wahrscheinlich stieg Candy aus der Wanne.

Ich frage mich, ob sie mir warmes Wasser übrig gelassen hat, dachte Barnes. Dann erinnerte er sich, daß er in einem Hotel war, in dem es genug warmes Wasser für tausend Bäder gab. Er fragte sich, ob sie ihm trockene Handtücher übrig lassen würde.

Meus vendo, ego salum. Lois wollte damals immer ein großes Haus haben. Er wollte es ihr eines Tages zeigen. »Das dort ist das Häuschen des Torhüters. Wir könnten die Zufahrt zum Haus hinaufgehen, Lo, aber der Weg durch die Pappeln ist schöner, und vielleicht sehen wir sogar ein paar Rehe. Das da? Das ist nur ein Pfau. Wir haben eine Menge hier. Wir werden einen als Weihnachtsbraten verspeisen, um sie etwas zu dezimieren.«

Die Badezimmertür wurde geöffnet, und im blendend hellen Licht wallte eine Dampfwolke heraus. Die Handtücher des Consort waren ziemlich groß, und Candy hatte es knapp geschafft, sich in eins einzuwickeln. Ihr sowieso schon zotteliges Haar hing in fransigen Spiralen herab. Ihre gewaltigen Beine, die Schenkel dick wie Säulen, glühten rosa über Füßen, die ihm wie gekochte Shrimps vorkamen. Barnes setzte sich auf. »Fertig?«

Candy schüttelte den Kopf. »Ich will mir nur einen Zupfer borgen. Ich will meine Augenbrauen zupfen.«

Die Hexe sagte vom Bett aus: »Ich habe keinen.«

»Klar haben Sie einen. Hören Sie doch auf. Sie kriegen ihn ja zurück.«

»Ich versuche, die Berührung von Eisen zu meiden, wo immer es geht.«

»Hören Sie, eigentlich wollte ich das nicht sagen, aber ich habe Ihre Augenbrauen gesehen. Sie sehen aus, als würden sie regelmäßig gezupft.«

»Soll ich Ihnen zeigen, was ich benutzte?« fragte die Hexe.

Sie warf die Bettdecke zurück und stand mit einer einzigen, geschmeidigen Bewegung auf. Ihr Nachthemd – es war in der Tat ein Nachthemd – war aus glattem, schwarzem Stoff. Es war keine Seide und kein Kunststoff, dachte Barnes, sondern ein Material, das rauher war und weniger glänzte.

»Hier. Das sind Muschelschalen.«

»Muschelschalen?«

»Sie halten sie so. Sehen Sie, als die Muschel noch

lebte, hat sie die Hälften dicht versiegelt. Wenn das feinste Härchen dazwischen gerät, bleibt es haften. Kommen Sie, ich zeige es Ihnen.«

Die Badezimmertür wurde hinter den beiden Frauen geschlossen, und der Raum war wieder dunkel. Barnes verschränkte die Hände hinter dem Kopf. Der Teppich, der auf der Rückseite eine Schicht Gummi hatte, war weich wie eine Matratze. Durch die Tür war Candys gedämpfte Stimme zu hören: »Autsch!« Stubb, der an der Tür lag, um auf Schritte auf dem Flur lauschen zu können, sagte: »Wer hätte das gedacht. So sind sie Schwestern vom gleichen Geblüt. Wer hat das noch gesagt?«

»Kipling.«

»Er hatte recht. Wissen Sie, man denkt manchmal, Sie wären nicht so helle, Ozzie, aber ich glaube, daß Sie es sind. Diese Idee mit den Vertretern war einfach genial. Das Niespulver auch.«

»Ich bin da wie Candy«, sagte Barnes. »Ich brauche Zeit, um drüber zu schlafen.«

»Klar.«

Die Badezimmertür ging auf, und die Hexe kam heraus. Ihr Nachthemd, oder was es auch war, war an der Seite verrutscht. Barnes sah ein Stück helle Haut unter dunklem Stoff. Sie glitt wieder ins Bett.

»Stubb«, sagte Barnes, »wie schreiben Sie eigentlich Ihren Namen?«

»S-t-u-b-b. Warum wollen Sie das wissen?«

»Ich war nur neugierig. Ich habe den Namen noch nie gesehen, und ich muß mir ja eine Menge Namen aufschreiben, wenn ich Bestellungen aufnehme und so.«

»Irgendwann war mal ein ›e‹ am Ende. Wir haben es irgendwo verloren.«

»Stubbe«, sagte Barnes, indem er das ›e‹ mit aussprach. »Ich glaube, das heißt soviel wie ›Zimmer‹, oder so ähnlich.«

»Stubb«, sagte Stubb. »Nein, es heißt, daß ich gemeint bin.«

Die Hexe erklärte: »Ich will jetzt schlafen. Und wer mich weckt, wird es bereuen.«

Stubb sagte zu ihr: »Das ist leicht gesagt. Sie haben ein Bett.«

»Ich habe auch ein Messer. Und wer in dieses Bett eindringt, wird es kennenlernen.«

»Klar doch.«

Niemand sagte noch etwas. Am Ende einer Straße, die sich durch die Berge wand, ragte das beeindruckende Tor auf. *Ego Vendo.* Das rote Auto hatte eine Rechtslenkung und war so lang wie ein Bus.

Klein Ozzie lugte aus dem Fenster, als die dunklen Wälder hinter der Mauer Rasenflächen und Gärten wichen. »Sind das Glasscherben auf der Mauer?«

Sein Vater nickte. »Ich will nicht von ungebetenen Gästen geweckt werden.«

»Oh!«

Der große Wagen rollte über die Zufahrt, deren glitzernden Belag Barnes nicht recht identifizieren konnte. Links und rechts zweigten andere Wege ab. In einen bog er schließlich ein. Löwen brüllten in großen, vergoldeten Käfigen, die an Vogelkäfige erinnerten.

»Wir lassen sie nachts herumlaufen«, sagte er zu Klein Ozzie. »Hier.« Er langte in seine Tasche und hängte eine Silberkette um Ozzies Hals. »Das wird dich schützen, wenn du im Dunkeln draußen bist. Aber du darfst nicht rennen. Laß dich von ihnen beschnüffeln.«

»Mann!«

»Wenn sie sich an dich gewöhnt haben, kannst du sogar auf ihnen reiten. Würde dir das gefallen?«

Eine Million Geschichten weiter war plötzlich die leise Pfeife des Wagenmeisters zu hören. Aber wer brauchte mitten in der Nacht ein Taxi? Barnes hob das Handgelenk, doch dort glühten keine rosaroten Zahlen. Die letzten Gäste verließen die Bar im Erdgeschoß, in der Candy gesungen hatte. Überall in der Stadt verließen Gäste die Bars. Glas klickte im Bad. Madame Serpentinas Toiletteartikel müssen da drin sein, dachte er, und das dicke Mädchen benutzt sie einfach. Ich frage mich, ob sie das nicht stört.

»Hier ist das Hauptbad deiner Suite. Die kupferne Tür führt zum beheizten Schwimmbad, der Marmorbogen zum kalten Becken. Wir wollten eigentlich einen Temperaturregler einbauen lassen, aber es dauert zu lange, das Wasser zu heizen oder zu kühlen. Willst du zuerst das kalte sehen? Die Robben, Eisbären und so weiter? Sie sind alle zahm.«

»Mann, das klingt toll.«

»Es ist auch schön.«

Klein Ozzie dachte nach. Sein Gesicht bekam vor Anstrengung rote Flecken. (Das war gut. Wenn er später die Leitung von Barnes Industries, Inc., übernahm, mußte er denken können.) »Erst das warme Schwimmbad. Ins kalte gehe ich später. Was ist im warmen?«

»Meerjungfrauen.«

Die Badezimmertür ging auf, und wieder brach grelles Licht über ihn herein. »Ich bin fertig, Ozzie. Willst du noch duschen? He, schlaft ihr alle schon?«

Barnes setzte sich auf und rieb sich die Augen. »Fast.«

»Ich schlafe hier drüben. Ist das in Ordnung? Jim, hast du noch eine Decke übrig?«

»Da drüben in der untersten Schublade«, sagte Stubb.

Barnes stand auf. »Mann, mein Anzug wird morgen schlimm aussehen.«

Stubb sagte: »Ich kann Ihnen einen Laden zeigen, wo der Anzug für fünfzig Cents gebügelt wird, während Sie warten.«

»Brauchen Sie ein Kissen? Sie werden nicht glauben, daß mehr als einer hier geschlafen hat, wenn beide Kissen verknüllt sind – viele Menschen schlafen mit zwei Kissen. Ich brauche nur eins.«

»Das ist schön. Werfen Sie's rüber.«

Ein grauer Klumpen flog durchs Zimmer. Candy fing das Kissen auf, als Barnes die Badezimmertür schloß.

Im Bad war es so hell, daß seine Augen schmerzten, obwohl die Spiegel beschlagen waren. Er benutzte einen feuchten Waschlappen als Schutz und schraubte eine Birne heraus. Seine Hose hängte er auf eine Handtuchstange. Der Dampf würde die Falten glätten, aber er würde auch die Bügelfalten zerstören. Er hängte sein Hemd und den Schlips auf und warf Unterhemd, Shorts und Socken in die Wanne. Dann stieg er hinterher und wusch sie mit Seife aus. Im steigenden Wasser trat er darauf herum, bis keine Blasen mehr aufstiegen, dann hängte er sie auf die Stangen im Innern der Duschkabine.

Mit dem kleinen Rest der Duftseife rieb er sich den ganzen Körper ein. Er war behaart, und seine Haare waren schwarz und lockig. Immer wenn er sich ansah, freute er sich, daß er keine Tochter hatte. Sie hätte die Haare von ihm geerbt und sich (mit Recht, dachte er) bei ihm beschwert. Aber das Haar Klein Ozzies war braun und nicht schwarz. Und auch nicht sehr lockig, außer wenn es naß wurde, wenn er mit den Pinguinen und den Tümmlern spielte. Aber Klein Ozzie war ganz sicher sein Sohn. Er erinnerte sich noch, wie er selbst als Junge ausgesehen hatte, und in Klein Ozzies Gesicht erkannte er sich wieder. Nicht, daß es ausgeschlossen war, daß Lois sich herumgetrieben hatte. Gott, sie hatte jedes Recht dazu.

Als die Seife verbraucht war, stellte er das Wasser kälter und kälter, bis er schaudernd zusah, wie der Schaum fortströmte. Er reckte die Arme so hoch, wie es in der Dusche möglich war, schlug sich und tanzte unter dem stechenden Strahl etwas auf der Stelle. Als er das Wasser abdrehte und aus der Wanne stieg, war der Dampf zum größten Teil von den Spiegeln verschwunden.

Er hatte sein linkes Auge auf der Ablage über dem Waschbecken gelassen. Irgendwie fühlte er sich durch sein Spiegelbild an Popeye erinnert. »Ich bin, was ich bin.« Als er sich abtrocknete, hielt er inne, um seine Bartstoppeln zu kratzen.

Wenn er das Glasauge über Nacht in der Augenhöhle ließ, würde es ihn wundreiben. Aber im Bad konnte er es auch nicht lassen. Er hängte sein feuchtes Handtuch auf und wickelte sich in ein trockenes. Das vorletzte trockene, dachte er, bevor er die Tür öffnete.

Candy stand vor ihm, in ihre Decken gewickelt. »Hast du schön geduscht, Ozzie? Bist du fertig?«

»Ja, klar.« Er drückte sich an ihr vorbei.

»Ich muß dringend da rein. Es dauert keine Minute. Mein Gott, hier sieht's ja aus wie in einer Wäscherei.«

Wie er gehofft hatte, kam ihm das Zimmer nach der kalten Dusche warm vor. Er faltete seinen Anzugjacke zu einem Kopfkissen, deckte sich von der Hüfte abwärts mit seinem Mantel zu und zog sich das dicke, trockene Badehandtuch über die Brust. Er fühlte sich behaglich warm.

20. KAPITEL

Träume auf dem Teppich

Das Telefon klingelte, und er blickte durch die Glaswand, die ihn von dem Mädchen trennte. Sie war nicht da. Wahrscheinlich auf dem Klo oder Kaffee holen.

Das Telefon klingelte.

Er griff nach seinem glatten schwarzen Apparat. Durch das Milchglas konnte er die Goldbuchstaben auf der anderen Seite der Tür sehen, die in den Flur führte: S-E-N-R-A-B ...

Das Telefon klingelte.

Barnes setzte sich im grauen Halbdunkel auf. Seine Arme waren kalt und steif, und er rieb sie. Als träumte er noch (einen Moment glaubte er das beinahe), wurde die Badezimmertür geöffnet, und wieder kam ein Lichtschwall heraus. Ein Schalter wurde klickend umgelegt, und das Licht erlosch. Das Telefon klingelte wieder.

»Hallo«, sagte Candy. Es gab eine Pause. »Ja, das bin ich ... ich bin hier bei ihr ... okay. Es war schön, etwas von Ihnen zu hören. Wir dachten schon, Ihnen wäre etwas zugestoßen.« Sie legte auf.

Von der anderen Seite des Zimmers fragte Stubb: »Wer war das?«

»Egal.«

»Du hast doch nicht etwa jemand aus dem Hotel verraten, daß du bei Madame S. bist?«

»O nein. Es war niemand aus dem Hotel.«

»Wer war es?« Stubbs Stimme klang jetzt schärfer.

»Ich sagte, es ist egal. Es war für mich, okay? Ich bin

drangegangen. Ich habe gehört, was für mich bestimmt war. Es ist meine Sache.«

Die Hexe fragte: »Wie konnte dieser Jemand eigentlich wissen, daß Sie hier in meinem Zimmer zu erreichen sind?«

»Das weiß ich nicht. Ich habe ihn nicht gefragt, und er hat es nicht gesagt.«

»Also war es ein Mann.«

»Jim, halt doch die Klappe.« Eine Ecke ihrer Decke hinter sich herziehend, stieg das dicke Mädchen über Barnes. Mit einem Grunzen und einem vernehmlichen Bums setzte sie sich. »Verdammt, ich bin nicht dafür gebaut, auf dem Boden zu schlafen. Ich glaube, ich bin noch nicht einmal auf dem Boden *bewußtlos* geworden. Normalerweise suche ich mir immer vorher eine Couch oder so.« Sie legte sich zurecht und raschelte mit ihrer Decke herum.

Die anderen schwiegen. Barnes starrte eine Weile die graue Decke an, dann ließ er seine Augen wieder zufallen. Das dicke Mädchen war ihm so nahe, daß er ihren leise seufzenden Atem hören konnte. Ihm war kalt, und sie schien zu glühen wie ein Hochofen.

Er versuchte, sich an das große Haus in den Bergen zu erinnern, aber er hatte es irgendwie verloren. Es wich vor dem rasenden Auto zurück, es verschwand immer wieder hinter der nächsten Kurve der Straße, und schließlich war es überhaupt nicht mehr zu sehen, und er war nicht mehr sicher, ob es überhaupt an dieser Straße lag. Dann passierte etwas. Irgendwie wollte das Auto nicht mehr fahren, und Klein Ozzie lief zu Fuß auf der windigen Gebirgsstraße herum. Er war allein und suchte seinen Vater.

Etwas berührte seine Hand. Automatisch zog er die Hand zurück. Die Berührung kam noch einmal, und dann erkannte er, daß es eine andere Hand war, eine sehr weiche, kleine und warme Hand.

»Ozzie.« Es war ein fast unhörbares Flüstern.

»Ja«, sagte er. Er war froh, daß ihn jemand von den nächtlich dunklen Gebirgsstraßen hörte, wo sein Sohn ihn nicht finden konnte und wo er sich nicht einmal selbst finden konnte.

»Bist du wach?«

Draußen pfiff der Wagenmeister nach einem Taxi.

»Ja«, sagte er noch einmal.

»Jim schläft. Ich kann ihn hören, und ich glaube, sie schläft auch.«

Barnes antwortete nicht. Er hatte die Augen geöffnet, aber sie waren von selbst wieder zugefallen. Er lag in der Dunkelheit und hörte ihr zu, wie er einem nächtlichen Vogel zugehört hätte, der keine Antwort erwartete.

»Ich komme mir vor wie ein Schwein, wenn ich die Decke für mich allein behalte. Ist dir kalt, Ozzie?«

»Etwas.«

»Die Decke ist groß genug für uns beide. Sie reicht ja für ein Doppelbett.«

Etwas flappte wie ein großer Flügel, dann senkte sich die Decke über ihn. Ihre Brüste stießen an seine Schultern, und ihr weicher, warmer, runder Bauch lag an seiner Seite. Zwei Arme, die wie Kissen waren, umarmten ihn. Er rollte sich herum und küßte sie.

Ihre Lippen waren feucht, weich und warm, so warm und weich wie jeder Teil an ihr. Sie biß nicht, wie er aus irgendeinem Grund gefürchtet hatte. Ihre Zunge berührte seine und zog sich wieder zurück. Sie knabberte sanft an seiner Unterlippe, so daß er das Gefühl bekam, Candy sei ein riesiges weißes Kaninchen, das sich irgendwie in eine Frau verwandelt hatte. Wie so viele Dinge stammte auch dieses Bild vielleicht aus einem längst vergessenen Buch, das er in seiner Kindheit gelesen hatte – vielleicht hatte er es auch von dem blonden Mädchen, das ihm in besseren Zeiten im Kansas City Playboy Club einen Drink gebracht hatte. Jedenfalls wäre er, wenn jemand das Licht eingeschaltet hätte, nicht überrascht gewesen, wenn sie rosafarbene Augen und eine mümmelnde rosafarbene Nase gehabt hätte. Sie wäre kein möhrenkauender, neunmalkluger Bugs Bunny gewesen, sondern eine Schwester von Peter Rabbit, und sie hätte sich von Caesar's Salad ernährt und wäre zu einer gewaltigen Größe herangewachsen. »Nichts weiter«, flüsterte sie. »Nicht heute nacht.«

»Schon gut«, sagte er.

»Nicht, daß es mir normalerweise etwas ausmacht, aber es ist spät, und ich bin müde. Außerdem ist es ... du weißt schon.«

»Schon gut«, sagte er noch einmal. Er wußte es nicht. Er küßte sie wieder.

Sie lachte leise. »Du hast einen schönen Schnurrbart. Er sieht aus, als wäre er stachlig, aber er ist weich wie Seide. Hat dir das mal jemand gesagt?«

»Nein«, sagte er. Er wollte sie wieder küssen, aber sie hatte den Kopf zur Seite gedreht, und so erwischte er ihr Ohr. Er küßte ihr Ohr und arbeitete sich bis zu ihrem Hals hinunter, der dick, weich und warm war wie alles an ihr.

»Hör auf«, sagte sie. »Das kitzelt, und ich muß lachen, und dann werden die anderen wach.«

Er hörte nicht auf.

Sie schob ihn sanft fort und langte nach unten, umfaßte sein Glied und begann es zu reiben. »Gefällt dir das?«

»Ja«, sagte er. »Sehr sogar.« Er wollte ihr Brüste küssen, aber er konnte sie nicht erreichen. Deshalb streichelte er sie.

»Ich habe große Brüste, aber das bemerkt anscheinend niemand«, sagte sie.

»Ich habe es bemerkt.«

»Eine Übergröße sogar. Gefällt dir das auch? Ist das auch schön?«

»Ja«, sagte er. »Das gefällt mir sehr.«

»Aber wenn ich abnehme – wenn ich früher mal abgenommen habe –, dann nehme ich da zuerst ab. Nie an den Hüften. Nichts außer einer Operation oder einer Wasserstoffbombe bringt auch nur ein Gramm von meinen Hüften herunter.«

»Ich mag auch deine Hüften.«

»Ich nicht. Ich kann nicht einmal mehr ins Kino.« Sie küßte seine Brust und seine Schultern.

Er stellte sich einen unhöflichen Kassierer vor, der ihr mit einem Flammenschwert den Zutritt in den Palast der Träume verwehrte.

»Diese verdammten schmalen Sitze. Kneif nicht so.«

Er küßte sie wieder, rückte näher, und sie stopfte die Decke um ihn fest.

»Ich bin früher gern ins Kino gegangen. Du erinnerst mich an den Schauspieler mit dem Schnurrbart. Mir fällt sein Name nicht mehr ein.«

»Peter Sellers. Richard Pryor.«

»Nein.« Sie kicherte. »Es fällt mir nicht mehr ein. Er sah gut aus. Aber du siehst auch gut aus.«

»Schon gut.«

»Kommst du ran? Es tut mir leid, aber du kannst nicht auf mir liegen. Ich mag das nicht mehr.«

»Schon gut.« Er rückte herum, bis ihre Gesichter nicht mehr zusammenlagen und ihre Körper ein X bildeten. Sie half ihm hinein, und er wagte sich nur mit kurzen Stößen zu bewegen, um nicht herauszugleiten. Danach stand er als erster auf und ging ins Bad, um sich zu waschen. Candy ging, als er herauskam. Er legte sich wieder hin und hörte ihr zu. Er hörte, wie die Toilette einmal und dann noch einmal gespült wurde.

Er hoffte, sie würde sich zu ihm legen, statt die Decke für sich allein zu beanspruchen, und sie tat es. »Alles klar?« fragte sie. »Alles in Butter?«

Er hatte sich gefragt, ob er sich etwas gefangen hatte, Syphilis oder vielleicht Herpes. Wahrscheinlich überlegte sie, ob sie schwanger wäre. Nein, ist sie nicht. Er sagte: »Nicht, solange du weg warst. Ich habe dich vermißt.«

»Ach, dir war nur kalt.«

»Genau.« Er kicherte.

»Mir ist auch kalt. Meine Füße sind kalt vom verdammten kalten Boden da drin. Darf ich sie an deinen Beinen wärmen?«

»Okay.«

Sie legte sich mit dem Rücken zu ihm und stellte die Fußsohlen an seine Schenkel. Er überzeugte sich, daß ihre Füße vom Mantel bedeckt waren, stopfte den Mantel fest und zog die Decke hoch. Der alte Mr. Free stand im Dunkel und machte sich daran, für Candy den Warmwasserbereiter in Gang zu bringen. Barnes dachte: Er hat angerufen. Sie muß ihm gesagt haben, daß er kommen soll.

»Ich werde vor Sonnenuntergang fort sein, was kümmert's mich also?« sagte Free. »Sie mögen Frauen, was, Mr. Barnes?«

»Ja«, gab Barnes zu. »Ja, ich mag sie.«

»Sie sind innerlich größer, als man von außen sieht, Mr. Barnes.«

»Danke«, sagte Barnes. »Aber ich wäre lieber auch äußerlich etwas größer.«

»Machen Sie sich nicht zu einem größeren Narren als unbedingt nötig, Mr. Barnes. Sie sagten, daß man Sie meist nicht sehr achtet. Ich sagte, daß ich Sie achte, und ich meinte es ernst. Aber Sie haben es jetzt mit einigen Dingen zu tun bekommen, die Sie kaum verstehen. Im Augenblick überlegen Sie sich gerade, wie Sie mich über diesen Schatz ausfragen können – wie Sie mich dazu bringen können, etwas über etwas zu verraten, das ich selbst kaum weiß und das Sie überhaupt nicht verstehen können.« Der alte Mr. Free deutete zur Wand. An der Wand war ein Schild, ein weißes Schild aus bemalten Brettern mit schwarzen Buchstaben, die irgend etwas bedeuteten.

Barnes ging hinüber und schob es zur Seite und sah durch das Loch in der Wand dahinter. Es war Madame Serpentinas Zimmer, aber Candy Garth saß nackt auf Madame Serpentinas Bett und rauchte eine von Madame Serpentinas Zigaretten. Kurz danach sah Barnes, daß die Falten auf dem Bett überhaupt keine Falten waren, sondern Haufen von Ringen und Diamantarmbändern. Der Zimmerschlüssel lag in der Nähe des Lochs auf der Kommode, und er wußte, daß er die Tür öffnen und hineingehen konnte, wenn er den Schlüssel zu fassen bekäme – und er müßte nicht einmal den Flur hinuntergehen und den Schlüssel ins Loch stecken, weil die Wand sich einfach auflösen würde. Das ganze Haus würde verwandelt werden. Er schob den Arm durch das Loch und empfand tiefe Freude.

Draußen ertönte dünn und schrill die Pfeife des Wagenmeisters. Er öffnete die Augen und wußte im ersten Moment nicht, wo er war. Graues Licht sickerte durch die Vorhänge. Die Pfeife schrillte noch einmal. Ich muß die Frühmaschine erreichen, dachte Barnes. Er erinnerte sich an das Jahr, in dem er für Continental Compactors, Inc., die ganze Ostküste bearbeitet hatte. Die ganze verdammte Ostküste. Ein paarmal mit dem Flugzeug von Boston nach Miami. Von Philly nach New York mit dem Zug, mit der Fähre von Long Island nach Connecticut.

Candy hatte sich weggerollt und die Decke mitgenommen. Das war sicher gut so. Einer seiner Arme ragte aus dem Schutz des Mantels heraus, und seine Füße waren kalt. Das Handtuch lag als zerknüllter Haufen neben ihm. Er stand auf und wickelte sich das Handtuch um den Körper. Candy lag mit dem Rücken zu ihm in ihrer braunen Decke auf dem Boden wie ein Bär. Das Bett, das nicht zerwühlt werden durfte, war jungfräulich und unzerwühlt. Die Hexe schlief wie eine Schauspielerin in einem Film, ihr Profil, kräftig, aber nicht zu kräftig, um nicht mehr hübsch zu sein, zeichnete sich deutlich vor dem weißen Bettzeug ab. Die riesigen Augen hatte sie fest geschlossen. Stubb lag auf dem Rücken. Sein Mund war offen, und er sah ohne Brille merkwürdig aus.

Barnes ging ins Bad und schaltete das Licht ein. Seine Wangen waren blau von Stoppeln. Er rieb mit beiden Händen darüber und wünschte, er oder sonst jemand hätte einen Rasierapparat. In den Kosmetikutensilien, die die beiden Frauen auf der Ablage über dem Waschbecken verteilt hatten, war keiner zu finden. Er prüfte noch einmal seinen Bartwuchs und kämmte sich mit den Fingern, so gut es ging. »Oh, ich bin stark, weil ich eß' Spinat…« Sein Auge steckte in der Manteltasche. Er fragte sich, ob Candy bemerkt hatte, daß es fehlte. Wenn sie wach ist, fragt sie sich wahrscheinlich, ob ich bemerkt habe, wie fett sie ist, dachte er.

Er lachte leise in sich hinein.

Seine Unterwäsche war trocken; er zog sie an. Das Hemd war am Kragen noch etwas feucht, aber er zog es trotzdem an. Die Bügelfalte war völlig aus seinen Hosen verschwunden, aber sie sahen eigentlich nicht schlecht aus. Am Abend wäre er vielleicht noch da, und Stubb und Candy wären verschwunden. Dann konnte er sie doch noch unter der Matratze bügeln.

Er vergewisserte sich, ob seine leere Geldbörse in der Tasche steckte, zog die Hose an, schaltete das Licht aus und ging hinaus. Die anderen drei schliefen noch. Er band seinen Schlips um, zog die leicht zerknitterte Jacke über und setzte das Auge ein. Einen Moment fürchtete er, Stubb könne aufwachen, wenn er in den Flur hinaustrat, aber Stubb rührte sich nicht.

Drei Türen weiter, hatte der Page gesagt. Das Schloß wäre verklebt. Vielleicht war das Zimmer inzwischen vermietet, aber wenn, dann wäre es abgeschlossen. Wenn jemand an die Türe käme, dann könnte er behaupten, er hätte sich in der Tür geirrt. Oder versuchen, etwas zu verkaufen – dann würde man ihn sofort hinauswerfen. Er drückte leicht gegen die Tür, und sie schwang auf.

21. KAPITEL

Hinterhalt

Das Zimmer war still und dunkel. Barnes trat ein und zog leise die Tür hinter sich zu. Dann blieb er stehen und lauschte. Außer dem Seufzen des Ventilators in der Wand hörte er den schweren Atem eines schlafenden Menschen.

Der größte Teil des Bettes war hinter dem vorspringenden Wandschrank und dem Bad verborgen. Aber als sein Auge sich ans Zwielicht gewöhnt hatte, sah er einen Fuß – ein schwarzer Schuh, weiße Socken, ein dunkler Hosenbund – darüber herausragen. Er schlich weiter.

Sergeant Proudy lag voll bekleidet auf dem Bett. Sein Kopf war noch verbunden. Ein Notizblock und ein Stift, eine kleine Kamera und ein Revolver lagen ordentlich aufgereiht neben dem Telefon auf dem Nachttisch. Einen Augenblick fragte Barnes sich, ob er den Revolver nicht entladen sollte – so sah man es immer im Fernsehen –, aber dann entschied er sich dagegen. Wahrscheinlich war es ungesetzlich, und er wußte sowieso nicht, wie man den Mechanismus bediente.

Auf dem Schreibtisch stand ein geöffneter schwarzer Aktenkoffer, und inmitten zahlreicher anderer Dinge entdeckte Barnes einen elektrischen Rasierapparat. Barnes griff danach, zog die Hand aber unschlüssig wieder zurück. Dann stellte sich vor, wie er mit einem Zweitagebart Kundenbesuche machte. Die Versuchung war einfach zu groß. Er ging mit dem Rasierapparat ins Bad und schloß hinter sich die Tür.

Proudy klopfte heftig gegen die Tür, als er mit der

rechten Wange fertig war. »Moment«, rief Barnes. »Ich bin gleich soweit.« Er erschrak, als Proudy ausgesprochen heftig an die Tür donnerte. »Bitte, Sergeant, es ist noch früh. Sie wecken die anderen Gäste, und sie werden sich beschweren. Ich komme gleich.«

»Das will ich hoffen. Wer sind Sie? Und was soll der Lärm?«

»Moment noch!«

»Ich schieße durch die Tür!«

Der Polizist hatte anscheinend überhaupt keinen Humor. Barnes sagte: »Das ist Ihr Rasierapparat. Ich dachte, ich rasiere mich, während Sie schlafen. Ich komme gleich.«

»Haben Sie eine Kanone?«

»Ich bin nicht bewaffnet«, sagte Barnes. »Mit einem Elektrorasierer kann man niemand gefährlich werden.«

»Ich will's hoffen. Ich werde Sie filzen, wenn Sie rauskommen. Und denken Sie gar nicht erst daran, Ihre Waffe in Plastik zu wickeln und in den Spülkasten der Toilette zu stecken. Ich kenne diese Tricks.«

Barnes sah sich um. »Diese Toilette hat keinen Spülkasten.«

»Sparen Sie sich Ihre klugen Sprüche.«

Barnes fand einen mit Silikon getränkten Streifen, mit dem man Schuhe polieren konnte. Barnes stellte erst einen, dann den anderen Fuß auf das Waschbecken.

»Kommen Sie raus!«

Irgend etwas in der Stimme des Polizisten brachte Barnes auf die Idee, daß der Revolver, den er gesehen hatte, nun auf die Tür des Bads zielte. Halblaut murmelte er: »Ewig dieses Theater im Bad.« Immer noch murmelnd öffnete er die Tür. Es war ein Schock, als er seine Ahnung bestätigt sah.

»Was haben Sie gesagt?«

»Ich will nicht perforiert werden.«

»Ich werde Sie erschießen, wenn Sie weiter dämliche Bemerkungen machen. Wissen Sie, wer ich bin?«

»Natürlich«, sagte Barnes. »Ich habe Sie gestern reingelassen.«

»Genau. Ganz genau. Sie wissen, wer ich bin und wo ich bin und warum ich hier bin. Ist das richtig?«

Barnes schüttelte den Kopf. »Wie wär's, wenn Sie die Kanone weglegen, Sergeant. Ich werde Ihnen nichts tun.«

»Das halte ich für ein Gerücht. Drehen Sie sich um und legen Sie die Hände an die Wand. Lehnen Sie sich dagegen. Ich werde Sie durchsuchen, und wenn Sie dabei auch nur einmal mit dem Arsch wackeln, werde ich Sie abknallen.«

Barnes tat, wie ihm befohlen. Er spürte, wie ihn der Polizist geübt abklopfte – Schenkel innen, Schenkel außen, Unterarme. Das Auftragsbuch wurde aus der Brusttasche seiner Anzugjacke gerissen. Er hörte, wie die Seiten durchgeblättert wurden, dann wurde das Buch aufs Bett geworfen.

»Okay, umdrehen.«

Er drehte sich wie befohlen um. »Ich wollte mit Ihnen reden. Stecken Sie Ihre Waffe weg, und dann setzen wir uns.«

»Sie sagten, Sie hätten einen Rasierapparat. Wo ist er?«

»Ich habe ihn im Bad gelassen.«

»Schalten Sie das Licht wieder ein und deuten Sie darauf. Gut. Gehen Sie langsam hin.« Sergeant Proudy folgte ihm ins Bad. Die Mündung des Revolvers blieb dabei an Barnes' Wirbelsäule gepreßt. »Ziehen Sie den Stecker ab und werfen Sie ihn ins Klo.« Barnes wollte protestieren, aber der Revolver klickte drohend. »Tun Sie, was ich Ihnen sage. Tun Sie es *jetzt.*«

Der Rasierapparat ging mit einem Platschen unter. Aus dem Klo stiegen Blasen auf. Barnes ließ das Kabel über den Rand hängen. »Ist das gut so? Können Sie die Kanone weglegen, wenn Sie zufrieden sind? Sie sehen doch, daß ich nicht bewaffnet sind. Ich möchte mich setzen und mit Ihnen reden.«

Der Revolver drückte nicht mehr gegen seine Wirbelsäule. Er hörte die Füße des Polizisten scharren, als er aus dem Bad zurückwich. »Sie wollen über mich herfallen, das ist es, was Sie wollen.«

»Ich hätte Sie im Schlaf überfallen können«, protestierte Barnes.

»Yeah. Haben Sie aber nicht. Sie haben wohl die Nerven verloren. *Sie* setzen sich. Da, aufs Bett.«

Barnes setzte sich vorsichtig und fragte sich, was das Zimmermädchen sagen würde, was es dem Management erzählen würde, wenn das Bett eines vermeintlich freien Zimmers so verknittert und faltig war.

»Ich stecke meine Waffe ins Schulterhalfter«, sagte Proude. »Sehen Sie? Ich kann sie da erheblich schneller wieder rausholen, als Sie Ihr Taschentuch aus der Tasche holen, und ich hoffe wirklich, daß Sie nichts versuchen, denn dann wären Sie tot, bevor Sie den Arsch von der Matratze kriegen.«

»Ich werde nichts versuchen«, sagte Barnes.

»Verdammt, das will ich Ihnen auch raten.«

»Ich bin nur gekommen, um mit Ihnen zu reden. Sie beobachten Madame Serpentina und Stubb und ... äh ... uns andere? Ist das wahr?«

»Sie haben da was falsch verstanden, Kumpel. Ich beantworte keine Fragen. Ich stelle sie.«

»Ich will doch nur«, sagte Barnes vorsichtig, »einen Rat haben. Wissen Sie, Sergeant, mir ist – von Stubb und Madame Serpentina, um es genau zu sagen – eine geschäftliche Position angetragen worden, und mir fiel ein, daß ich mich lieber erkundige, ob ihnen etwas vorgeworfen wird, bevor ich ihnen meine Entscheidung mitteile.«

»Wollen Sie damit sagen, daß Sie noch nicht für sie arbeiten?«

»Genau. Wir sind befreundet, das ist alles.«

Sergeant Proudy wanderte im Zimmer umher. Barnes sah ihm zu und versuchte, sich an den Mann zu erinnern, der am Vortag bei ihnen angeklopft hatte. Ein greller Lichtstreifen fiel durch die Vorhänge. Wenn Proudy ihn durchschritt, schien er hager, als wäre er ein Wesen der Nacht, das im Licht alles Leben und alle Farbe verliert, ähnlich Meeresbewohnern, die man aus dem Wasser nimmt.

»Ich kenne Sie«, sagte Proudy, nachdem er ein Dutzendmal im Zimmer hin- und hergeschritten war. »Sie glauben es vielleicht nicht, aber ich kenne Sie. Sie glauben wahrscheinlich, niemand kennt Sie. Nun, ich kenne Sie. Ich bin der einzige Hundesohn, der Sie kennt, und ich weiß mehr über Sie, als Sie über sich selbst wissen.«

»Vielleicht können Sie mir dann einen Rat geben.«

»Ihnen einen Rat geben? O nein. Ich doch nicht.« Proudy schenkte ihm ein humorloses Lächeln. »Was könnte ich sagen? Kündigen? Das wird Ihr Boss nicht erlauben. Ich weiß das, und Sie wissen es auch. Gestehen und mit dem Staatsanwalt einen Handel abschließen, damit Sie Polizeischutz bekommen? Die würden Ihnen nicht mehr glauben als mir. Sich umbringen? Das würde auch nicht funktionieren, oder?«

»Ich glaube nicht«, sagte Barnes.

»Also sehen Sie, daß ich im Grunde nichts für Sie tun kann.« Proudy zog seinen Revolver und ließ die Trommel unter scharfem Klicken rotieren. Dann steckte er ihn wieder ins Halfter. »Wir müssen es auskämpfen, Ihresgleichen und Meinesgleichen. Ich bin dabei behindert: Ich muß mich mehr oder weniger an die Gesetze halten. Sie können machen, was Sie wollen. Da seid ihr vier mit Gott weiß wie vielen Millionen oder Milliarden hinter euch, und ich bin allein.« Er warf sich in die Brust. »Aber das ist schon in Ordnung so.«

»Sie sollten sich wirklich setzen, Sergeant«, sagte Barnes. »Sie scheinen müde zu sein.« Ihm fiel etwas ein. »Vielleicht könnten wir runter ins Café gehen und alles in Ruhe besprechen.«

»Einen Dreck werde ich!« Proudy blieb plötzlich stehen und grinste. »He, das war ziemlich gut, was? ›Einen Dreck werde ich.‹«

»Nun ja. Ziemlich gut.« Barnes wühlte in seiner Brusttasche herum und fand eine zerquetschte Packung Winstons. Es waren nur noch ein paar Krümel Tabak darin. Er knüllte sie zusammen und warf sie in den Papierkorb.

»Haben Sie keine mehr? Hier, nehmen Sie eine von meinen. So tun sie das immer, oder? Wollen Sie auch eine Binde um die Augen?«

»Danke«, sagte Barnes. »Ich wollte eigentlich aufhören, aber danke.«

»Keine Ursache.«

Barnes langte in seine Jackentasche und sah, wie Proudy erstarrte. Einen Augenblick erstarrte er auch selbst. Als Proudy weitersprach, klang es, als wäre er am Ersticken. »Was ist das? Eine Beretta zweiundzwanzig?«

»Hoch damit, und halten Sie sie oben«, sagte Barnes und staunte über sich selbst. »Und halten Sie den Mund.«

Ungeschickt ergriff er mit der linken Hand den Kolben von Proudys Revolver und riß ihn aus dem Schulterhalfter. Beinahe hätte er ihn fallen gelassen. »Gehen Sie ins Bad. Sie können die Tür schließen und absperren, dann fühlen wir uns beide sicherer.«

Die Tür wurde geschlossen, und das Schloß klickte. Barnes schnaufte erleichtert und drückte auf den Abzug seiner kleinen silbernen Pistole. Eine kleine blaue Flamme erschien am Ende des Laufs. Er zündete die Zigarette an, die Proudy ihm gegeben hatte, und atmete den Rauch ein.

»Ich habe jetzt auch eine Waffe«, rief Proudy durch die Tür. »Ich hatte eine Reservepistole, eine Derringer, an meine Wade geklebt. Daran haben Sie nicht gedacht, Sie Klugscheißer, was?«

»Wenn Sie rauskommen, habe ich Sie auf dem Präsentierteller«, sagte Barnes. Er steckte das Feuerzeug in die Tasche und nahm Proudys kurzläufigen Revolver in die rechte Hand. Würde das Ding schießen, wenn er den Abzug durchdrückte? Er war nicht sicher.

»Ich komme nicht raus. Aber kommen Sie auch nicht rein.«

Barnes sagte: »Ich komme rein, wenn ich Lust dazu habe, Sie Penner.«

Etwas polterte, und er sah im Geiste Proudy in die Wanne steigen und sich hinter dem Duschvorhang verstecken. Er frage sich, ob Proudy wirklich eine zweite Waffe hatte.

Ein Register unter dem Telefon verriet ihm die Notrufnummern und die Anschlüsse des Geschenkladens im Hotel, des Parkhauses und anderer Dienste: Arzt, Krankenhaus, Polizei, Feuer. Nach kurzem Nachdenken tippte Barnes die Nummer des Krankenhauses ein.

»Holly Angels«, sagte die Telefonistin rätselhafterweise.

»Hören Sie...« Barnes erkannte, daß er nicht recht wußte, wo er beginnen sollte. »Ein Freund von mir hat was auf den Kopf bekommen. Er benimmt sich jetzt so komisch. Wissen Sie, was ich meine?«

»Dann brauchen Sie das Belmont«, erklärte ihm die Holly-Angels-Vermittlung. *»Belmont, psychologische Abteilung. Ich kann Sie verbinden.«* Es klickte und summte.

»Belmont Hospital.«

So schnell er konnte, sagte Barnes: »Passen Sie auf im Zimmer Sieben-Einundsiebzig im Consort ist ein Verrückter er hat eine Kanone und wenn Sie nicht schnell kommen, wird er noch jemand umbringen.«

Er knallte den Hörer auf die Gabel und schnappte nach Luft. Ob sie kommen würden? Wenn man sie anrief, kamen sie nicht immer. Er hatte sogar gehört, daß nicht einmal die Feuerwehr immer kam. Eine seiner Kundinnen hatte ihm einmal erzählt, daß sie manchmal nicht einmal Vertreter zu sich bestellen konnte, und er wußte selbst, daß nicht alle Vertreter, die er zu Free gerufen hatte, gekommen waren. Er spielte mit dem Gedanken, Proudy noch einmal zu sagen, daß er ihn erschießen würde, wenn er herauskäme, aber das hätte ihn vielleicht verleitet, um so eher zu kommen.

Auf dem Notizblock am Telefon konnte er ein halbes Dutzend gekritzelter Kommentare sehen: »... nach Betreten. Kidnapping? Tot? Wie Lch. beseit.? Karre? Später vielleicht. Noch da, 2.50 Uhr. An Tür gelauscht. Schlafen und reden. Mdchn. Anrufb. Wo steckt sie? Anrufen wenn kommt.«

Barnes klappte den Notizblock zu, nahm sein Auftragsbuch und schob beides in seine Tasche. Als er das Zimmer verließ, spielte er mit dem Gedanken, den Klebestreifen von der Tür zu nehmen, aber damit hätte er natürlich nicht Proudy ein-, sondern die Männer vom Krankenhaus, falls sie überhaupt kamen, ausgesperrt. Einen Moment stellte er sich grüne Wesen mit stachligen Flügeln in roten Roben vor. Einer trug ein Netz, ein anderer eine Zwangsjacke. Das Belmont war eine Klinik für Verrückte. Er machte sich lieber davon, bevor sie kamen.

Draußen heulte eine Sirene, und er erkannte plötzlich erschrocken, daß er immer noch Proudys Revolver in der Hand hatte. Er blickte den Flur hinauf und hinunter und vergewisserte sich, ob niemand ihn sah. Dann schob er sich die Waffe hinter den Hosenbund. Als er sich den Mantel zuknöpfte, kam ein Page mit einem Servierwagen aus dem nächsten Aufzug.

»Wie Lch. beseit.? Karre?« Darüber hatte Proudy sich Gedanken gemacht – der Kellner, der gestern abend gekommen war. Stubb hatte dem Kellner aufgetragen, hinten herum zu den Aufzügen zu gehen, und er hatte es getan. Proudy dachte, er läge nun tot im Zimmer

Sieben-Siebenundsiebzig. ›*Mdchn*‹ mußte Sandy Duck bedeuten, die mit ihm gesprochen hatte, als sie ging. Sie war nicht oder spät nach Hause gegangen, oder sie hatte einfach den Anrufbeantworter weiterlaufen lassen, als sie schlief.

Auf dem Wagen standen verschiedene Teller, zwei Karaffen mit Kaffee, Besteck und ein Stapel Tassen und Untertassen. Barnes beobachtete den Pagen, der den Wagen ins Zimmer der Hexe schob. Er wartete, bis der Bursche wieder weg war, dann ging er selbst hinein. »Ahoi«, sagte er.

22. KAPITEL

Partnerschaft

»Wo, zum Teufel, sind *Sie* denn gewesen?« Stubb erhob sich halb von seinem Stuhl.

»Nebenan. Ich habe mit Sergeant Proudy gesprochen«, sagte Barnes zu ihm. »Sie sind Detektiv, Sie müssen doch etwas von Waffen verstehen.«

Candys heute scharlachroter Mund verformte sich zu einem kleinen *O*, als sie hörte, daß Waffen erwähnt wurden. Die Hexe, die leise gelächelt hatte, als Barnes hereinkam, behielt ihr Lächeln bei.

»Yeah«, sagte Stubb. »Yeah, ich verstehe was von Waffen. Ich bin kein Meisterschütze, dazu sind meine Augen zu schlecht. Aber ich kann ein Ende vom anderen unterscheiden.«

»Das ist gut.« Barnes zog Proudys Revolver aus dem Hosenbund und legte ihn auf den Tisch. »Nehmen Sie den. Ich will das Ding nicht haben. Ich erschieße mich noch selbst damit.«

Stubb starrte die Waffe an, dann hob er sie mit einer Serviette auf. Der Zylinder klappte auf, und als Stubb auf den Stift drückte, klapperten sechs helle Messingpatronen auf den Tisch. Er drehte die Hand rasch herum, aber der Zylinder wollte nicht von selbst einschnappen. Er mußte ihn mit der linken Hand hineinschieben. Nachdem er die ganze Waffe abgewischt und eingewickelt hatte, hob er die Matratze des unbenutzten Betts und schob den Revolver weit darunter. Die Munition warf er in die Toilette und spülte sie hinunter.

»Gehen die unter?« fragte Barnes. Das hätte er nicht gedacht.

»Yeah, aber wahrscheinlich nicht weiter als bis zum Sieb.«

Candy sagte: »Dann kriegen wir eine Verstopfung.« Ihre Stimme klang verärgert.

Stubb kam ins Zimmer zurück. »Ich glaube nicht. Diese Abwasserleitungen sind ziemlich dick.«

»Er weiß alles. Jim weiß einfach alles. Ich habe noch keine gottverdammte Sache gefunden, über die er nicht mehr wußte als alle anderen auf der Welt.«

»Also gut, dann kriegen wir eine Verstopfung. Madame S. kann ein anderes Zimmer verlangen.«

»Wir haben verhandelt«, sagte die Hexe. »Ozzie. Wir möchten eine Allianz schmieden.« Es klang amüsiert.

»Wie haben Sie ihm das Ding eigentlich abgenommen?« fragte Stubb. »Während er schlief?«

Candy gab Barnes eine Tasse Kaffee. »Sag dem Hund kein Wort, Ozzie. Wenn wir Partner sind, dann sind wir Partner. Wenn nicht, dann nicht.«

»Ich dachte, wir würden Partner«, sagte Barnes.

»Partner sein bedeutet, gerecht zu teilen. Jim will uns lausige zehn Prozent geben. Für uns beide, Jim? Fünf Prozent für jeden?«

»Unser letztes Angebot lautete auf fünfzehn«, sagte Stubb. »Fünfzehn für jeden von euch.«

»Einen Scheißdreck!« Candy wuchtete sich hoch. »Ich hau ab. Danke für den Kaffee, meine Dame. Tut mir leid, daß ich die Eier zermatscht habe, aber man kann sie noch essen. Ich bin nicht giftig. Danke, daß ich auf Ihrem Fußboden schlafen durfte. Es war sehr gemütlich.«

»Um Gottes willen, setz dich doch«, sagte Stubb. »Niemand will deine Eier. Du kannst sie selbst essen.«

»Nein, niemand will *mich.*« Candy suchte ihren weißen Regenmantel und fand ihn in einer Ecke. Sie hob ihn mit durchgedrückten Beinen auf und grunzte, als ihr Bauch zusammengequetscht wurde.

»Ich will dich.« Barnes stand auch auf. »Wenn du gehst, komme ich mit.«

Candy richtete sich mit rosafarbenem Gesicht wieder auf. »Danke, Ozzie. Du bist ein anständiger Kerl. Ich gehe jetzt. Komm mit.«

»Verdammt«, sagte Stubb, »wir wollen dich auch haben. Fünfundzwanzig Prozent.«

Candy starrte ihn an. »Ozzie und ich bekommen jeder fünfundzwanzig Prozent.«

»Darüber haben Sie sich nicht mit mir beraten, Mr. Stubb«, sagte die Hexe.

»Brauche ich auch nicht. Sie waren einverstanden, ihnen fünfzehn zu geben. Das sind dreißig für sie und fünfunddreißig für jeden von uns. Ich gebe ihnen jeweils zehn von meinem Anteil. Damit haben Sie fünfunddreißig, sie haben jeder fünfundzwanzig, und ich habe fünfzehn.«

»Kommt nicht in Frage«, sagte Candy.

Es klopfte.

Sie sahen einander schweigend an. Stubb fragte: »Proudy?«

Barnes hob die Schultern. »Vielleicht.« Die Hexe rief: »Wer ist da?«

»Zimmermädchen.«

Barnes öffnete die Tür. Eine Frau in mittleren Jahren wartete mit gezücktem Staubtuch. Hinter ihr stand ein Wäschewagen voller zerknüllter Bettwäsche. »Sind Sie noch beim Frühstück?« fragte sie. »Ich kann nachher noch einmal kommen.«

Stubb stand auf. »Wir sind fast fertig, abgesehen von Ozzie. Wir wußten nicht, ob Sie zurückkommen würden, Ozzie, deshalb haben wir für Sie nichts bestellt.«

»Ich habe meine Eier noch nicht aufgegessen«, sagte Candy zu Ozzie.

»Das geht schnell. Ich schlage vor, wir verlagern uns ins Café. Ozzie kann dort etwas essen, und diese Dame hier hat die Chance, das Zimmer zu putzen.«

Das Zimmermädchen sagte: »Es dauert nicht lange. Ich mache nur das Bett und sauge durch und bringe alles in Ordnung.«

»Ich fürchte, Sie werden das Bad recht unordentlich vorfinden«, sagte die Hexe zu ihr. »Ich ließ mich zu einer Handtuch-Orgie hinreißen.«

Draußen auf dem Flur sagte Barnes: »Vielleicht ist es besser, wenn wir anders herum gehen.« Stubb nickte, und die anderen folgten.

»Was will er?« fragte Stubb, als sie den Aufzug erreichten.

»Ich weiß es nicht.«

»Er glaubt, daß wir etwas im Schilde führen, was?«

Barnes versuchte, sich an alles zu erinnern, was im nicht vermieteten Zimmer geschehen war. Der Kaffee und die Zigarette hatten seinen Appetit geweckt, und als sie durch die Tür traten, pendelten seine Gedanken zwischen Proudy und Waffeln. »Er glaubt, wir seien an einer umfassenden, üblen Verschwörung beteiligt«, sagte er schließlich. »Nur eine Zelle, aber eine wichtige.«

»Du willst uns auf den Arm nehmen«, sagte Candy.

»Nein.« Während sie am Sechsten, Fünften und Vierten vorbei nach unten glitten, zeigte er ihnen, wie er Proudy die Waffe abgenommen hatte. »Das hätte bei Ihnen nicht funktioniert«, sagte er zu Stubb. »Und ich glaube, es hätte gestern auch noch nicht bei Proudy funktioniert. Eigentlich habe ich mich nicht einmal selbst gefragt, ob es funktionieren würde. Ich habe nur mein Feuerzeug herausgeholt, um mir eine Zigarette anzuzünden. Es ist ein Scherzartikel. Ich nehme Bestellungen dafür an.«

»Yeah. Lassen Sie mal sehen.« Als der Aufzug mit einem Ruck anhielt, zog Stubb den Abzug und musterte die blaue Flamme. »Sieht eigentlich nicht nach einer echten Kanone aus. Besonders das Ende des Laufs nicht.«

Candy rief: »Kommt schon!« Sie wartete schon an der Tür des Quaint. »Die öffnen gerade, aber sie können uns bedienen.«

»Wundervoll«, antwortete die Hexe. Sie sah sich um, und obwohl ihr dunkles, schönes Gesicht so ausdruckslos war wie immer, wirkte sie irgendwie angriffslustig, als wollte sie gleich ein lästiges Insekt zerquetschen.

Das Quaint war in einem Stil möbliert, der im Katalog der Einrichtungsfirma ›Middle Colonial Double Dutch‹ hieß. Die Tische bestanden aus dicken, unregelmäßigen Planken aus Hartplastik. Die falschen Fenster, die von hinten mit elektrischen Birnen beleuchtet wurden, waren mit nutzlosen Läden versehen, in denen Herzen und Tulpen ausgespart waren. Die Wände waren mit Hexenzeichen und langen Tonpfeifen aus Plastik geschmückt.

»Wir brauchen eine Nische«, sagte Candy. »Eine große – wir erwarten noch zwei Bekannte.« Als die Kellnerin, die eine holländische Haube, einen holländischen Rock und Holzpantoffeln aus Plastik trug, ihnen ihre Nische zugewiesen hatte, sagte Candy: »Setz du dich zuerst, Ozzie. Ich will nicht so weit rüberrutschen.«

»Immer noch sauer?« fragte Stubb.

»Nein, überhaupt nicht. Aber ihr zwei seid auf einer Seite, und wir sind auf der anderen.«

»Wen erwarten wir denn noch?« fragte Barnes.

Das dicke Mädchen kicherte. »Nur mich. Ich sage das immer.«

Eine Kellnerin kam. Die Hexe bestellte einen Orangensaft, Stubb nahm Kaffee, Candy Corned Beef mit einem Spiegelei. Barnes bat um eine Waffel mit Sahne und Würstchen. »Es ist nett von Ihnen, daß Sie mein Frühstück bezahlen«, sagte er zur Hexe. »Wenn Sie nicht wären, hätte ich keins bekommen.«

Sie zuckte die Achseln. »Dieses widerwärtige Hotel

bezahlt. Ich lasse alles auf die Zimmerrechnung setzen.«

»Aber wenn wir Mr. Frees Schatz finden…«

»Ja – *wenn.* Keiner von Ihnen, nicht einmal Mr. Stubb, wird sich so dafür einsetzen wie ich. Ich werde für den Rest meines Lebens unermüdlich suchen, wenn das nötig ist. Dennoch weiß ich, wie unwahrscheinlich es ist, daß ich überhaupt etwas finde.«

»Ich bin da optimistischer«, sagte Stubb zu ihr.

»Das weiß ich. Das sind die meisten Menschen, und deshalb ziehen sie ihre rosaroten Träume den großen, verborgenen Wahrheiten vor.«

»Wir werden ja sehen, wer die größere Ausdauer hat.« Stubb blickte zu Barnes und Candy. »Ist unsere Partnerschaft nun beschlossene Sache?«

Die Hexe sagte: »Nichts ist beschlossene Sache, Mr. Stubb.«

»Was, zum Teufel, soll das bedeuten? Es waren meine Anteile. Habe ich nicht das Recht, sie an die beiden abzugeben, wenn ich das will?«

»Nein. Die Sache wird lächerlich. Ich verstehe nicht, warum Sie Wert darauf legen, diese beiden Leute zu beteiligen, denn ich glaube nicht, daß sie uns von irgendeinem Nutzen sind. Aber wenn wir sie einbeziehen, dann müssen wir unbedingt so teilen, wie es die dicke Frau vorgeschlagen hat: jeder bekommt den gleichen Anteil.«

Candy sagte: »Nichts für ungut, aber ich habe einen Namen. Ich würde mich freuen, wenn Sie ihn benutzen könnten.«

»Wie Sie wünschen.«

»Also bekommt jeder den gleichen Anteil.« Stubb grinste. »Das ist sehr anständig von Ihnen, Madame S.«

»Ich habe allerdings zwei Vorbehalte. Wir nehmen keine weiteren Partner auf. Und unsere Anteile dürfen unter uns nicht neu aufgeteilt werden. Jeder bekommt ein Viertel.«

»Das geht klar«, sagte Stubb.

»Nun gut. Jetzt müssen wir sehen, ob es überhaupt etwas zu verteilen gibt. Miss Garth, ich weiß, daß Mr. Stubb Ihnen Fragen zu dem stellen will, was zwischen Ihnen und Mr. Free vorgegangen ist. Bevor er beginnt, möchte ich jedoch selbst noch ein oder zwei Fragen stellen.

Gestern abend klingelte das Telefon, und Sie nahmen ab. Sie redeten auf eine Art und Weise, daß man meinen konnte, Mr. Free habe angerufen. Ganz genau sagten Sie: ›Ja, das bin ich ... ich bin hier bei ihr ... okay. Es war schön, etwas von Ihnen zu hören. Wir dachten schon, Ihnen wäre etwas zugestoßen.‹ Ich nehme an, mit ›hier bei ihr‹ war ich gemeint. Wer war der Anrufer?«

»Sie haben wirklich ein ausgezeichnetes Gedächtnis«, sagte Candy.

»Ich könnte sogar Ihre Stimme imitieren, falls es notwendig sein sollte. Aber das ist nicht der Augenblick dafür. Sie weigerten sich, meine Frage nach dem Anrufer zu beantworten, weil Sie meinten, wir hätten uns noch nicht auf eine Partnerschaft geeinigt. Deshalb hätten Sie das Recht, Informationen, die Sie hatten, für sich zu behalten – obwohl sich das Telefon in meinem Zimmer befand und obwohl der Anruf wahrscheinlich für mich war. Nun haben wir unsere Übereinkunft geschlossen; genauer gesagt, sogar die Übereinkunft, die Sie verlangt haben. Ihre Gründe gelten also nicht mehr, und sollten Sie neue finden, dann werde ich sofort unsere Übereinkunft für nichtig erklären – nicht aufgrund meines, sondern aufgrund Ihres Verhaltens. Wer war der Anrufer?«

»Wenn Ihr Gedächtnis so gut ist, dann sollten Sie auch wissen, daß ich sagte, daß der Anruf für mich war.«

»Ich weiß es. Ich habe Ihnen da nicht geglaubt, und ich glaube Ihnen auch jetzt nicht. Wer war der Anrufer?«

Candy grinste. »Ein Bursche, der hier im Hotel arbeitet. Er heißt Joe. Gestern abend wollte uns ein Page zu ihm bringen, aber Ozzie blieb bei dem Mädchen von der Zeitschrift hängen, und Jim ließ uns ausrufen, und so kamen wir nicht bis zu Joe. Deshalb sagte ich, wir hätten Angst, daß ihm etwas zugestoßen sein könnte – Ozzie und ich warteten auf ihn, aber er kam nicht. Am Telefon fragte er nach Ihnen, und dann erkannte er meine Stimme und sagte, ich sei doch die gewesen, die im Club gesungen hätte. Ich sagte, ja, das bin ich.«

Die Hexe schürzte die Lippen. »Fahren Sie fort.«

»Er wollte von mir wissen, was ich in Ihrem Zimmer mache, und da sagte ich, daß ich bei Ihnen wohne.« Candy blickte entschuldigend zu Stubb. »Es ist mir so herausgerutscht, Jim. Ich glaube aber, er wird uns nicht anschmieren, weil er froh war, daß er nicht mit ihr sprechen mußte. Er bat mich, ihr etwas zu sagen – deshalb meinte ich, daß es tatsächlich für mich bestimmt war.«

»Was sollten Sie mir sagen?«

»Daß es Schwierigkeiten mit dem Geld gäbe, das er Ihnen schuldet, aber daß er versuchen will, es zusammenzukriegen, und daß er es Ihnen ganz bestimmt morgen abend – das wäre heute abend – zurückgeben will.«

»Und Sie versprachen, mir das auszurichten?«

»Yeah. Deshalb habe ich ›okay‹ gesagt. Und sagen Sie mir nicht, ich hätte es Ihnen nicht ausgerichtet, weil ich es Ihnen ja gerade ausgerichtet habe.«

»Nun gut. Noch eine zweite Frage, dann sind wir fertig. Eine Decke reicht kaum aus, um Sie zu bedecken, und letzte Nacht sah ich, daß Sie aufstanden und einen Pelz aus Ihrer Tasche holten. Als Sie schliefen, stand ich auf und untersuchte ihn. Er ist sehr weich und dick und viel, viel größer als ein einzelner Nerz.«

Barnes unterbrach sie: »Ich habe ihn bei Free auf ihrem Bett gesehen!«

»Das ist die Bestätigung, auch wenn ich sie nicht gebraucht hätte. Ich wollte gerade sagen, daß es der Pelz von einem einzigen Tier ist, obwohl er so groß ist. Der Schwanz ist abgeschnitten, aber man kann noch sehen, wo die Beine waren. Mr. Free gab ihn Ihnen, vermute ich, und nun wissen wir, warum Sie zum Haus zurückkehrten, als die Polizei Sie freiließ. Habe ich recht?«

Candy nickte. »Er paßte so gerade eben in meinen Beutel, aber ich wollte ihn nicht zurücklassen.«

»Das hätte ich auch nicht getan. Hat Mr. Free Ihnen gesagt, was es ist?«

Candy schüttelte den Kopf. »Er ging einfach nach unten und kam damit zurück. Er sagte, hier, behalte das, du sollst das haben, und ich sagte, daß ich ihn schön fände, und er meinte, er ist auch wertvoll, gib gut auf ihn acht. Das ist alles.«

»Ich glaube, ich weiß, was es ist«, sagte die Hexe. »Es ist das Fell eines Bibers. Aber mir ist nicht ganz klar, was das bedeutet und wo er ein solches Fell bekommen haben sollte. Kann sich jemand einen Reim darauf machen?«

Niemand antwortete ihr. Als die Kellnerin ihre Bestellungen brachte, tippte Stubb mit einem Löffel ans Glas. »Vielleicht finden wir es noch heraus. Ich möchte von euch beiden jetzt etwas über Free erfahren. Es geht mir nicht nur um den Pelz, sondern um alles, was ihr gesehen oder gehört habt. Danach habe ich Aufträge für euch.«

23. KAPITEL

Vendo

Draußen schien die Morgensonne, als gäbe es keinen Winter. Der Schnee, in der Mitte des Gehweges am Vortag zu grauem Matsch zertreten, war über Nacht hart gefroren, doch an den Rändern des Trampelpfads war ein weißer Saum liegen geblieben. Der frische Schnee strahlte wie die Plastikflocken, mit denen die Schaufenster von Kaufhäusern ausgelegt werden, reflektierte das Sonnenlicht und zeichnete in Blau die Schatten der Passanten nach.

Barnes eilte über den Gehweg, manchmal stolperte und schlitterte er auf überfrorenen Pfützen, manchmal fiel er fast über Rillen und Kanten im Eis. Er wünschte sich gute Stiefel und dicke Socken, außerdem einen Pullover und Handschuhe. Ihm war kalt. Er war, sagte er sich, trotz seines dünnen Mantels und seines Huts kurz vor dem Erfrieren. Es kam nicht in Frage, den Mantel zu versetzen, solange das Wetter nicht besser wurde. Nach einem ausgiebigen Frühstück und unzähligen Tassen Kaffee war er nicht mehr hungrig, aber die Notwendigkeit, Geld zu bekommen, brannte wie eine andere Art von Hunger in ihm. Er sehnte sich danach, wie sich ein Gefangener in einem sibirischen Lager nach Brot gesehnt hätte.

Während er lief, betrachtete er den Gehweg und den Rinnstein. Vor seinem inneren Auge konnte er schon einen Geldschein im Schnee liegen sehen, den jemand hatte fallen lassen, als er sein Taxi bezahlte. Oder eine Münze, die in den Boden getreten worden war wie ein Kieselstein. Er beobachtete auch die Menschen, die vorübergingen. Es schien ihm möglich – es schien sogar wahrscheinlich –, daß einer von ihnen plötzlich Hilfe brauchte. Er sah sich schon ein Kind unter den Rädern eines Lastwagens wegreißen und ein Vermögen als Belohnung bekommen, oder einen fortgelaufenen Hund am Kragen packen, was ihm einen Dollar eingebracht hätte.

Seine Finger spielten in der Tasche mit den drei Schließfachschlüsseln, doch er ging nicht auf direktem Weg zum Busbahnhof. Die Zweigstelle der Post, die Frees Haus bedient hatte, als das Haus noch stand, war nur einen Block entfernt. Er wartete geduldig in der Schlange, bis er an der Reihe war. »Sie sollten meine Post hier aufbewahren«, sagte er zum bärtigen jungen Schalterbeamten. »Das Haus wurde abgerissen.« Er nannte seine alte Adresse.

Der Schalterbeamte verschwand irgendwo hinten im Postamt. Barnes spürte die anklagenden Blicke der Menschen hinter sich im Nacken. *Ich wollte doch nur Briefmarken kaufen,* jammerten die Augen einer dünnen Frau hinter ihm, *das dauert nur ein paar Sekunden.* Die Augen eines stattlichen Manns in einem Fünfhundertdollaranzug sagten: *Ich habe dringende, sehr dringende Dinge zu erledigen.* Barnes rieb sich den Nacken und tat so, als könnte er die Augen nicht hören.

»Nichts«, sagte der bärtige Schalterbeamte, als er zurückkam. »Wann war die letzte Zustellung?«

»Vorgestern.«

»Gestern ist demnach nichts gekommen. Haben Sie schon eine neue Adresse?«

»Noch nicht«, sagte Barnes. »Halten Sie bitte alles fest, was für mich kommt.«

Im Vorraum des Postamtes standen Briefmarkenautomaten. Er prüfte die Münzrückgaben aller Automaten in der Hoffnung, einen übersehenen Dime oder Quarter zu finden.

Das brachte ihn auf eine neue Idee. Draußen blieb er an allen Münztelefonen stehen. Manchmal, wenn er glaubte, daß die Leute ihn beobachteten, tat er so, als wollte er anrufen, steckte nicht vorhandene Münzen in den Schlitz und langte in die Münzrückgabe, als wäre sein Anruf nicht zustande gekommen, oder als hätte er niemanden erreicht, was ja sogar stimmte.

Der Busbahnhof war ein Edelstein, der in einer Krone aus billigen Restaurants saß. Er lag in grellem Licht und schien für Tausende lebhafter, fröhlich gekleideter Menschen gemacht, nicht für die dünne, erschöpfte Frau, die mit einem erschöpften Kind auf dem Schoß (beide vom Weinen verhärmt) auf einer Bank saß, nicht für den rothaarigen Seemann, der mit der Zielsicherheit eines Betrunkenen gleich mehrere Bänke blockierte, nicht für Osgood M. Barnes mit seinen faltenlosen Hosen und seinen dünnen, viel zu kalten Schuhen.

Er hatte zwei Musterkoffer, und er hatte sie in zwei Schließfächer gestellt, weil sie nicht beide in eines paßten. Die Mietzeit lief am Abend ab, und vielleicht mußte er alles zum Consort tragen und ins Zimmer Sieben-Siebenundsiebzig schmuggeln. Einen Augenblick lang überlegte er, es gleich zu tun, aber er war nicht sicher, ob jemand dort war, der ihn einlassen würde. Candy war sicher unterwegs. Stubb höchstwahrscheinlich auch. Madame Serpentina war vielleicht da, aber vielleicht auch nicht. Er versuchte, sich zu erinnern, welchen Koffer er in welches Schließfach gestellt hatte, dann erkannte er, daß er nicht einmal mehr sicher war, in welchem der insgesamt drei Schließfächer sich seine persönlichen Sachen befanden. Schließlich wählte er auf gut Glück einen Schlüssel aus, öffnete die Tür des Fachs und sah zu seiner Freude den schwarzen, rechteckigen Umriß eines Musterkoffers. Dank seines Frühstücks schien er etwas leichter zu sein als am vergangenen Abend.

Er hatte noch nie die Restaurants in der Nähe des

Busbahnhofs bearbeitet. Die Schnellrestaurants schieden aus, aber es mochte sein, daß einige der besseren Restaurants seine Artikel nehmen wollten. Vielleicht ein paar Karten an der Theke, vielleicht ein Schaukasten in einem Regal. Die Frage war nur, wo er anfangen sollte. Er sah sich nach einem Ausgang um und bemerkte einen verschrumpelten Mann, der die Gitter hochrollte, die seinen Zeitschriftenstand beschützt hatten. Eine halbe Minute später war Barnes bei ihm und hatte seinen Musterkoffer neben der Kasse aufgeklappt.

»Das hier ist hübsch – ein Hundehalsband, das im Dunkeln leuchtet. Sagen wir, Sie haben einen großen schwarzen Hund, einen dieser großen Pudel beispielsweise. Wenn er abends draußen ist, dann können Sie den kleinen Teufel nicht sehen. Legen Sie ihm so ein Halsband an, und Sie können ihn überall sehen. Die ganze Karte kostet fünfundzwanzig fünfzig. Wenn Sie das letzte Halsband zu dem Preis verkauft haben, der unten aufgedruckt ist, dann haben Sie fünfundvierzig Dollar verdient.«

»Nein«, sagte der verschrumpelte Mann.

»Okay, dann etwas anderes. Das hier klappt immer. Das verkauft sich überall, wo wir es anbieten, wie von selbst. Ich habe Kunden, die mich anrufen und ständig um Nachschub bitten. Das ist eine Rose, sehen Sie? Eine ganz normale Plastikrose, die Sie sich ins Knopfloch stecken können, wenn Sie sich fein machen. Wenn Sie den Stiel drehen, öffnen sich die Blütenblätter, und innendrin ist ein hübsches Nacktfoto. Wenn der Kunde will, kann er das Foto natürlich herausnehmen und ein anderes Bild nach seinem Geschmack hineintun. Er kann ein Foto seiner Freundin hineinstecken und ihr die Rose schenken. Die Karte mit sechs Stück kostet Sie fünf neunundneunzig, und Sie verkaufen das Stück für einen Dollar achtundneunzig, das ist ein wirklich hoher Gewinn.«

»Nein.«

»Okay. Sehen Sie sich das hier an. Das kann an Ihrem Standort hier nicht schiefgehen. Hier kommen doch viele Mütter mit ihren Kindern vorbei, oder? Manchmal haben sie sogar zwei oder drei Kinder, nicht wahr? Sie werden drei oder vier Stunden im Bus sitzen, und die Mutter wird dabei verrückt. Sie kann das *Redbook* bei Ihnen kaufen, aber was machen die Kinder? *Newsweek* lesen? Auf dieser Karte hier finden Sie nicht weniger als fünfundzwanzig Puzzles für Kinder, für Erwachsene, für jeden. Sie haben hier ein Puzzle mit Schweinen im Klee, die fünf verflochtenen Ringe, das ist unser Olympia-Puzzle, und ein dreidimensionales Geschicklichkeitsspiel.«

Der verschrumpelte Mann beugte sich vor. »Das da mit den verbogenen Nägeln hatte ich mal selbst als Kind.«

»Dann bestellen Sie doch einfach eine Karte. Die Nägel können Sie um der alten Zeiten willen behalten, und wenn Sie das letzte Puzzle verkauft haben, dann haben Sie trotzdem immer noch mehr als sechs Dollar an der Karte verdient.«

Ein Hauch von Bourbon und Pizza wehte Barnes ins Gesicht. »Darf ich mir das mal ansehen?«

Barnes drehte sich um. Es war der Seemann. »Aber gern, Sir. Jedes verspricht Stunden des Vergnügens.«

Die Puzzles hingen an Haken, die auf der Pappe befestigt waren. Nachdem er mehrere mit ausgestrecktem Finger angestoßen hatte, entschied sich der Seemann für einen Bleistift, der knapp unter dem Radiergummi ein Loch hatte, durch das eine Schnur lief. »Wie funktioniert das?«

Die Knöpfe der Matrosenjacke des Seemanns waren geöffnet. Barnes steckte den Bleistift durch das oberste Knopfloch und zog die Schnur fest.

Der Seemann schob den Stift durch das Knopfloch zurück, aber die Schnur war viel zu kurz, um den Stift herauszubekommen.

»He«, sagte er. »Das ist toll. Wieviel?«

»Wie es auf der Karte steht, nur neunundsiebzig Cents.«

Der Seemann zückte seine Brieftasche.

»Das ist meine Musterkarte, von der ich normalerweise nichts verkaufe, aber ich will bei Ihnen eine Ausnahme machen. Ich kann mir eine neue Karte in der Fabrik besorgen. Soll ich den Stift wieder abmachen?«

»Teufel, nein, das mache ich selbst.« Er zog einen zerknüllten Dollar aus der Tasche. »Haben Sie Kleingeld?«

Barnes pflückte ihm den Dollar aus der Hand. »Nein, aber dieser Gentleman hier kann bestimmt wechseln.« Er gab dem verschrumpelten Mann den Dollar. »Haben Sie Kleingeld, Sir? Neunundsiebzig Cents für mich, einundzwanzig für den Seemann hier.«

»Ich heiße Phil Reeder«, sagte der Seemann und streckte die Hand aus.

»Ozzie Barnes«, sagte Barnes und nahm die Hand.

»Ich bin auf der *John Bozeman*«, erklärte der Seemann. »Das ist ein Zerstörer. Liegt gerade in Norfolk. Ich habe zwei Wochen Landurlaub.«

»Meinen Glückwunsch«, sagte Barnes. Der verschrumpelte Mann gab ihm das Wechselgeld, und Barnes gab dem Seemann zwei Dimes und einen Penny und steckte sich den Rest in die Tasche. Ein Knoten, der in seinem Bauch gedrückt hatte, schien sich zu lösen.

»Sagen Sie, was ist denn das da?«

»Das hier?« Es war nicht klar, wohin Reeder sah.

»Nein. Da drüben.«

»Oh, das? Das ist unser Houdini-Puzzle.« Barnes nahm es von der Pappe. »Sehen Sie? Dieser kleine Mann hier ist Houdini, und er steckt in einer Zelle. Der Trick ist, ihn herauszubekommen.« Er nahm eine Hand der winzigen Figur und zog, aber die Figur blieb zwischen den Gitterstäben hängen. »Moment. Ich weiß, wie es geht.« Er schob die Figur zurück und verdrehte sie. Ein winziger Gitterstab drückte ihr zwischen die Beine.

»Autsch!« sagte Reeder. Er lachte.

»Nun ja, irgendwie geht es schon. Ich glaube, ich bin nicht mehr in Übung.«

»Das will ich auch haben.« Reeder holte wieder seine Brieftasche heraus.

Der verschrumpelte Mann blickte auf die Karte. »Neunundachtzig Cents.«

»He, das letzte hat aber nur neunundsiebzig gekostet.«

»Die haben unterschiedliche Preise«, sagte der verschrumpelte Mann. Er sah Barnes Bestätigung heischend an.

»Sie haben sie noch nicht gekauft«, erinnerte Barnes ihn.

Reeder dachte, Barnes meinte ihn. »Ich weiß. Können Sie auf einen Fünfer rausgeben?«

»Klar«, sagte der verschrumpelte Mann. Er tippte neunundachtzig Cents in seine Kasse und gab Reeder vier Dollar und einen Nickel zurück. »Sechs Cents Steuer«, erklärte er.

Barnes rechnete im Kopf nach. »Die Karte kostet normalerweise elf fünfundvierzig«, begann er.

»Dann ziehen Sie die neunundsiebzig und die neunundachtzig Cents für die verkauften Artikel ab. Macht so ungefähr neun fünfzig.« Der verschrumpelte Mann wandte sich ab und bediente eine Frau, die den *Cosmopolitan* kaufte.

»Die neunundachtzig Cents haben Sie doch in der Kasse. Also ziehen wir neunundsiebzig ab und kommen auf elf dreißig.«

»Im Leben nicht.«

»Steuer inbegriffen.«

»Was heißt das, Steuer inbegriffen? Ich bin doch kein Endkunde. Ich kaufe die Sachen, um sie weiterzuverkaufen.«

Barnes lächelte milde. »Sie bestellen ja nicht bei mir, Sie kaufen meine Muster.«

»Ich zahle trotzdem keine Verkaufssteuern. Kommt nicht in Frage.«

Ohne vom Houdini-Puzzle aufzublicken, meinte Reeder: »Sie haben von mir Steuern kassiert.«

»Okay«, sagte Barnes zum verschrumpelten Mann. »Dann vergesse ich die Steuern, damit wir zum Abschluß kommen. Zehn fünfundsechzig, bar auf die Hand.«

»Abgemacht.« Der verschrumpelte Mann tippte ›Kein Verkauf‹ ein und gab Barnes das Geld.

Barnes stellte die Karte mit den Puzzles auf einen Stapel Zeitschriften. »Hier ist noch etwas Schönes für ein Geschäft Ihrer Art. Hundert witzige Lesezeichen, jedes ist anders.«

»Nichts sonst«, sagte der verschrumpelte Mann. »Ich habe keinen Platz mehr für diesen Kram.«

»Ich habe Ihnen noch gar nicht meine besten …«

»Nichts mehr.«

»Okay. Wenn Sie sehen, wie die Puzzles gehen, werden Sie sicher noch etwas anderes haben wollen. Ich komme in ein paar Wochen wieder vorbei.«

»Nicht, wenn ich es verhindern kann«, sagte der verschrumpelte Mann, aber das war seine normale Feindseligkeit. Es war nicht persönlich gemeint.

Reeder fragte: »Wissen Sie, wo wir hier was trinken können, Kumpel? Ich will Sie zu einem Drink einladen.«

»Nicht so früh.« Barnes wollte auf sein Handgelenk sehen, aber dann erinnerte er sich, daß er keine Uhr mehr hatte. »Wenn Sie mir was ausgeben wollen, wie wär's mit einem Sandwich? Da drüben direkt vor dem Busbahnhof ist ein Lokal, das ganz ordentlich aussieht.«

Als sie hinaustraten, kam zwei Blocks weiter ein Bus um die Ecke. Er manövrierte schwerfällig wie ein Schlachtschiff.

24. KAPITEL

Candy und Sweet

Candy verließ das Hotel nicht sofort. Es war draußen kalt und drinnen warm, und sie war sich der Tatsache bewußt, daß ihr weißer Regenmantel ungefüttert und ihre Füße in den schwarzen Gummistiefeln, die sie von der Polizei bekommen hatte, ohne Socken waren.

Sie war schon oft verhaftet worden, und sie hatte keine großen Einwände gegen das Gefängnis. Sie spielte sogar mit dem Gedanken, in einem Stadtviertel anschaffen zu gehen, in dem es erst nach Mitternacht und auch dann nur mit allergrößter Diskretion erlaubt war. Ohne Geld, um ihre Strafe zu bezahlen, könnte sie ohne weiteres im Gefängnis bleiben, bis der schlimmste Teil des Winters vorbei war. Schließlich entschied sie sich aber aus Loyalität Stubb gegenüber dagegen. Als sie sich entschieden hatte, dachte sie ernsthaft über Frees Schatz und das ›High Country‹ nach.

In der Lobby hatte bereits ein Geschäft geöffnet, das teure Kleidung für Frauen verkaufte. Candy sah sich eine Dreiviertelstunde um, obwohl die Frau, die das Geschäft führte, ihretwegen sichtlich nervös war. Candy dachte, es läge daran, daß sie keine Ringe trug. Als sie ein Gespräch anknüpfen konnte, erklärte sie, daß ihre Verlobungs- und Eheringe zu eng wären, nachdem sie soviel zugenommen hätte. Sie hätte sie oben im Zimmer gelassen.

Die Frau war immer noch nervös. Candy probierte mehrere Kleider und einen Hosenanzug an, der ihr sehr gefiel. Sie wollte schon fragen, ob sie den Hosenanzug anbehalten dürfte, während sie nach oben ging, um ihre Kreditkarten zu holen, aber dann dachte sie, daß es wohl nicht funktionieren würde.

Als sie wieder in die Lobby trat, ging es dort sehr lebhaft zu. Vor der Theke der Kassiererin wartete eine lange Schlange von Geschäftsleuten. Einige reisten anscheinend zusammen und redeten über Restaurants und Flüge. Die meisten redeten überhaupt nicht. Candy suchte sich einen bequemen Stuhl und beobachtete sie.

Ein Hoteldetektiv durchquerte die Lobby. Er war wie ein Geschäftsmann gekleidet, aber an seinem Gesichtsausdruck und an der Art und Weise, wie er ging, erkannte sie ihn. Er schien sie nicht zu beachten. Nutten, dachte sie, stehen so früh normalerweise nicht auf. Außerdem bin ich nicht beruflich hier. Sie war nicht sicher, ob sie diesen Detektiv schon kannte. Im Umgang mit Hoteldetektiven war sie normalerweise ziemlich vorsichtig.

Ein Page kam aus einem Aufzug. Er zog einen Gepäckwagen voller Koffer hinter sich her. Einige waren braun, einige babyblau. Ein Geschäftsmann und seine dicke Frau folgten dem Gepäckwagen. Der Geschäftsmann stellte sich vor der Kasse in die Schlange, seine Frau schlenderte zu den Geschäften des Hotels. Der Page schob den Wagen zum Ausgang hinaus. Als die Türen geöffnet wurden, sah man draußen Taxis zum Flughafen abfahren.

Candy ging hinaus und trat zur Seite, um den Pagen mit seinem Wagen wieder hineinzulassen. Es war kalt, aber sonnig. Acht oder zehn Geschäftsleute standen am Bordstein, die Kragen gegen den Wind hochgestellt. Der Wagenmeister, der eine strahlend rote Uniform mit Goldlitzen trug, blies in seine Pfeife. Zu zweien oder dreien kamen leere Taxen an. In dem Teil des Gehwegs, der am weitesten vom Bordstein entfernt war – neben einem hoteleigenen steinernen Blumenkasten mit Plastikpflanzen – war Gepäck aufgereiht: hellbraune, dunkelbraune, blaue, rote, gelbe und schwarze Gepäckstücke.

Candy machte es den Männern nach und stellte ihren Kragen hoch. »Wer hat da gesagt, daß Dicke nicht frieren?«

Einige Geschäftsleute grinsten sie an.

Ganz vorn an der Straße half ein Geschäftsmann mit einem Homburg dem Wagenmeister, ein Taxi heanzuwinken. Der nächste in der Reihe war ein etwa fünfzigjähriger Mann, glattrasiert und offenbar wohlhabend. Die drei Männer hinter ihm gehörten anscheinend zusammen.

Candy strahlte ihn an. »Ich muß schnell zum Flughafen. Ob Sie mich wohl mitnehmen könnten?«

»Aber gern.«

»Oh, wundervoll! Vielen Dank auch!«

»Es ist mir ein Vergnügen.«

»Sehen Sie, da kommt das Taxi.«

Der Portier hatte die Gepäckstücke nicht nach Farben sortiert; der zweitgrößte blaue Koffer stand zwischen zwei braunen. Candy nahm den Koffer und gab ihn dem Taxifahrer, der ihn im Kofferraum verstaute.

»Ich will nach Salt Lake City zu meiner Schwester«, erzählte sie dem Geschäftsmann, als sie eingestiegen waren.

»Leben Sie hier? Ich dachte, Sie waren im Hotel.«

»War ich auch. Ich wollte eigentlich zu einer Freundin, aber sie hatte keinen Platz, um mich unterzubringen. Sie wohnt mit einem anderen Mädchen zusammen. Jetzt fahre ich nach Salt Lake City und bleibe eine Woche bei Clara und ihrem Mann. Waren Sie wegen der Baufachmesse hier?« Candy hatte die Vorstellung, daß irgendwo immer gerade eine Baufachmesse war.

Der Geschäftsmann lachte. »Bonbons meinen Sie wohl. Ja, wir machen harte und weiche Bonbons. Mickeys Jawbreakers. Wir gehören zur Continental Wax Corporation.«

»Ich muß wohl nicht richtig auf das Schild gesehen haben.«

Das Taxi bog in die Einfahrt der Mautstraße ab. Sie wurden durchgeschüttelt und kippten gegeneinander. »Oh! Entschuldigen Sie.«

»Macht nichts. Wissen Sie, ich mag Bonbons. Das sieht man mir ja auch an.«

»Sie haben ein süßes Lächeln, Miss. Hat Ihnen das schon einmal jemand gesagt?« Mit einigen Schwierigkeiten schob er die Hand unter den Mantel und suchte etwas in seiner Jackentasche.

»Meinen Sie das ernst? Nein, das hat mir noch niemand gesagt.«

»Natürlich meine ich es ernst. Es ist wahr. Hier. Hier, das ist das, was wir machen.«

»Oh, sind die aber niedlich!«

»Wollen Sie eins? Nehmen Sie nur, das sind Proben, die ich zur Messe mitgenommen habe.«

»He, das ist ja schön! Ich habe verschlafen, und ich dachte schon, ich bekomme kein Frühstück mehr.«

»Wir nennen sie Pink Princess – im Augenblick einer unserer Renner. Sie sehen aus wie Juwelen, was? Aber sie schmecken besser.« Er berührte ihre Hand.

Candys dicke Finger berührten zitternd das Zellophan. »Und wie sie duften.«

»Weihnachten ist die beste Zeit für Süßigkeiten. Wir haben diese Sorte hier entwickelt, um ins Geschäft zum Valentinstag zu kommen.«

»Am Valentinstag denke ich auch immer an Schokolade. Große herzförmige Schachteln mit zwei Lagen Bonbons darin.«

»Ich möchte wetten, daß ein so hübsches Mädchen wie Sie sehr viele davon bekommt.«

Sie schüttelte den Kopf. »Kaum einmal, wenn ich sie mir nicht selbst kaufe.«

»Es ist nicht mehr lange bis zum Valentinstag.«

»Ja, richtig.«

»Passen Sie auf. Ich schreibe mir Ihre Adresse auf, und dann schicke ich Ihnen zum Valentinstag eine Auswahl.«

Candy zuckte zusammen. »Das geht nicht.«

»Ich verstehe.« Er faltete die Hände im Schoß.

»Nein, so meinte ich es nicht. Ich ziehe um, aber ich weiß noch nicht, wo ich lande. Die meisten meiner Sachen sind eingelagert.«

Er begann zu strahlen. »Ach, dann werden Sie nach dieser Reise eine neue Wohnung suchen? Leben Sie denn allein?«

»Ich habe allein gelebt, ja … um ehrlich zu sein, habe ich mir überlegt, hierher zu ziehen. Kommen Sie oft her?«

»Ziemlich oft. Geschäftlich.«

»Vielleicht, wissen Sie, vielleicht könnten Sie es mir bringen. Und mich irgendwo treffen. Und es muß ja nicht am Valentinstag sein.«

»Das wäre schön. Ich möchte, daß Sie alle unsere Süßigkeiten probieren, Miss …«

»Garth. Catharine Garth.«

»Nennt man Sie Cathy?«

Sie lächelte schüchtern. »Manchmal.«

»Hier ist meine Karte. Ich bin John B. Sweet.«

Candy kicherte. »Heißen Sie wirklich Mr. Sweet? Und Sie machen Bonbons? Mein Gott, Sie sind ja Vizepräsident.«

»Sagen Sie John zu mir.«

»Ich werde Sie John B. nennen. Ich kenne schon so viele Johns.« Sie hielt die Karte in einer Hand und sah sich um. »Mein Gott! Meine Handtasche! Wo ist meine Handtasche!«

»Haben Sie sie verloren?«

Ihre Augen waren so groß wie Untertassen. »Ich muß sie im Hotel gelassen haben. Mein ganzes Geld … mein Ticket …«

»Wo waren Sie denn zuletzt?«

»Im Café. Ich weiß, daß ich sie da noch hatte – wissen Sie, da habe ich ja bei der Kellnerin bezahlt. Ich muß sie in meiner Nische liegen gelassen haben.«

Er nahm ihre Hand. »Keine Sorge, Cathy. Man wird sie finden und abgeben.«

Der Fahrer, ein melancholischer Pakistani, sah sich über die Schulter zu ihnen um. »Welche Fluggesellschaft?«

»Wie bitte?«

»Welche Fluggesellschaft, bitte? Wo wollen Sie raus?«

»Oh. United.«

»John B., was soll ich nur machen?«

»Nun, als erstes werden wir das Hotel anrufen und fragen, ob jemand die Tasche gefunden hat. Dann sollten Sie sich bei Ihrer Fluggesellschaft melden. Welche ist es?«

»N-W. Ist das die Northwestern?«

»Ja. Melden Sie sich bei denen und sagen Sie Bescheid, daß Sie einen späteren Flug nehmen.«

»Ich habe nicht einmal Geld, um das Taxi hier zu bezahlen«, stöhnte Candy.

»Keine Sorge, das übernehme ich. Ich leihe Ihnen außerdem zwanzig Dollar, damit Sie ins Consort zurückkommen.«

Das Taxi fuhr an einem Schild vorbei: LEIHWAGEN-RÜCKGABE.

Wie sie befürchtet hatte, war der blaue Koffer abgeschlossen. Es war ein Zahlenschloß mit vier Ziffern, die der Besitzer frei einstellen konnte. »Etwas, das man sich leicht merken kann«, flüsterte Candy zu sich selbst. Die einzige andere Frau auf der Damentoilette warf ihr einen raschen Blick zu, dann widmete sie sich wieder ihrem Spiegelbild.

Sie versuchte zuerst jeweils vier gleiche Ziffern – 0000, 1111, 3333 ... nichts funktionierte. Dann 1234, 0123 und verzweifelt aufs Geratewohl 8910. Auch das führte zu nichts. Auch das Jahr half ihr nicht weiter. Sie wußte, daß es im Flughafen einen Stahlwarenladen gab, in dem man Schweizer Armeemesser kaufen konnte. Sie konnte sich eines besorgen und eine kleine Plastikhandtasche kaufen, um mitzunehmen, was sie behalten wollte. Mal sehen. Zweiter Weltkrieg? Sie stellte die Räder auf 1940, 1941 und weiter bis 1946. Der Koffer ging nicht auf. Der Hochzeitstag? Wann konnte die Frau geheiratet haben? 1960, 1961, 1962. Der Riegel glitt geräuschlos zurück.

Drinnen waren zwei Paar Schuhe, die beide wie angegossen paßten. Sie entschied sich für das Paar aus Krokodilleder, weil es vorn geschlossen war. Die Gummistiefel versteckte sie in einer Ecke. Einen Moment später hatte sie frische Unterwäsche und ein sauberes Wollkleid angezogen. Im Koffer waren sogar eine Geldbörse mit etwas Make-up, fünfundsiebzig Cents in kleinen Münzen und eine angebrochene Packung Kaugummi. Candy schob sich zwei Streifen in den Mund und ging, immer noch den blauen Koffer tragend, in die Haupthalle des Flughafens hinaus.

Draußen, wo sie und John B., der Vizepräsident von Mickey's Jawbreakers, ein paar Minuten vorher angekommen waren, warteten Taxis in einer Schlange. Der Fahrer verstaute ihren blauen Koffer im Kofferraum, während sie sich auf dem Rücksitz niederließ.

»Wohin, Lady?«

»Zum Busbahnhof. Zum großen in der Innenstadt.«

»Wollen Sie mit dem Bus fahren? Das ist nicht ungefährlich, wie ich hörte.«

»Nein«, sagte Candy. »Ich will da nur meinen Koffer abstellen. Ich habe einiges in der Stadt zu erledigen, und das ist der einzige Ort, an dem ich ihn lassen kann.«

»Wie Sie wünschen, Lady«, sagte der Taxifahrer. »Hatten Sie einen guten Flug?«

»Yeah«, sagte Candy. »Wundervoll.«

25. KAPITEL

Die Nachbarschaft

Als Candy das Quaint verlassen hatte, sagte die Hexe: »Und was tun wir jetzt, Mr. Stubb? Haben Sie für sich selbst ebenfalls einen Ermittlungsauftrag? Und vielleicht auch für mich?«

Stubb nickte. »Sobald ich den Kaffee getrunken habe.«

»Dann muß ich Ihnen sagen, daß ich Ihnen nicht helfen kann. Ich habe selbst einige Dinge zu erledigen, um die ich mich kümmern muß.«

»Nun gut, aber dann müssen Sie mir Ihren Zimmerschlüssel geben.«

»Auch das kann ich nicht tun.«

Stubb hob die Stimme. »Bedienung! He! Wie spät haben Sie's?«

Die Kellnerin sah ihn an, dann blickte sie auf ihre Armbanduhr. »Acht Uhr siebenunddreißig, Sir. Wir haben hier Eastern Standard Time.«

»Danke, Süße.«

Die Hexe sagte: »Was sollte das?«

»Vorhin kam ein Zimmermädchen, wissen Sie noch? Es war da kaum acht Uhr, und trotzdem war sie schon da. Glauben Sie wirklich, daß die Zimmermädchen in diesem Hotel um acht Uhr an die Türen klopfen?«

Die Hexe starrte ihn an. Schließlich sagte sie: »Es kam mir aber vor, als wollte sie nichts Böses. Ich kann so etwas spüren.«

»Ich auch, aber ich gebe nicht viel darauf. Sie schien glücklich.«

»Das wußte ich, bevor die Tür geöffnet wurde. Ja, ich stimme Ihnen zu. Und nun?«

»Lassen Sie mich raten, ja? Die Mädchen hier kommen wahrscheinlich um halb sieben zur Arbeit und beginnen mit den Konferenzsälen – mit den Räumen, die am Abend vorher benutzt wurden und die früh am Morgen leer sind. Danach bekommen sie vermutlich eine Liste mit Zimmern, deren Bewohner ausgezogen sind. Es gibt immer Leute, die sehr früh abreisen. Und erst danach beginnen sie mit den Fluren.«

»Worauf wollen Sie hinaus, Mr. Stubb?«

»Angenommen, jemand hält sie auf dem Weg zur Arbeit auf. Angenommen, dieser Jemand sagt: ›Paß auf, Süße, hier sind fünfzig Dollar und ein Aschenbecher.‹ Oder eine Hotelbibel. Was auch immer. ›Lege das Ding in Zimmer Sieben-Siebenundsiebzig, wenn du es putzt, und danach kommst du zu mir in die Lobby runter und sagst mir, ob du es gemacht hast, und dann bekommst du noch mal fünfzig.‹«

»Ich verstehe. Sie wollte das Geld möglichst schnell bekommen. Vielleicht hatte sie Angst, er würde verschwinden, wenn sie zu lange wartet. Sie haben recht, wir haben beide etwas zu tun. Wir müssen in mein Zimmer gehen und suchen.«

Bevor er an Mrs. Bakers Tür klopfte, blieb Stubb einen Augenblick lang auf dem Gehweg stehen und betrachtete Frees Haus. Soweit er es beurteilen konnte, war es noch so, wie er und die anderen es am Abend verlassen hatten. Er konnte sogar noch ihre Spuren im Schnee sehen, die die kurze Zufahrt hin und zurück und die Treppe hinauf führten.

In der hellen Wintersonne war das Zerstörungswerk besonders deutlich zu erkennen. Der größte Teil der Vorderfront war zu Schutt zertrümmert. Der Rest sah aus, als könnte er jeden Moment in sich zusammenstürzen. Stubb fragte sich, warum die Menschen, die keine Häuser hatten, er selbst eingeschlossen, nicht einen Aufstand machten, wenn Häuser wie dieses zerstört wurden, massive Ziegelhäuser, die noch fünfhundert Jahre stehen konnten, wenn die Banken und die Regierung sie in Ruhe ließen.

Er sah sich nach den Zerstörern um. Die gelbe Maschine mit dem langen Hals wartete friedlich am Bordstein. Die tödliche gelbe Kugel lag vor den Ketten wie ein vergessenes Spielzeug vor den Tatzen eines riesigen, schlafenden Raubtiers. Die Maschine und die Kugel waren mit glitzerndem Schnee überzogen. Die Arbeiter waren nirgends zu sehen. In den Fenstern der Häuser links und rechts neben Frees Haus hingen rote Schilder mit der Aufschrift ABBRUCH. Einige Scheiben waren eingeworfen.

Er ging weiter, stieg die Treppe hinauf und stand schließlich auf der Veranda von Mrs. Bakers Haus. An der Stelle, wo die Türklingel sein sollte, hingen nackte Drähte am gesplitterten Holz. Er klopfte kräftig. Das hatte er sich beim Schuldeneintreiben angewöhnt.

Drinnen war nichts zu hören.

Er wartete und klopfte noch einmal. Dieses Mal hörte er langsame und zögernde Schritte. Ein neues Schloß von Yale war in die Tür eingesetzt worden, aber das altmodische Schlüsselloch war geblieben. Er bückte sich, legte seinen Mund ans Loch und rief: »Ich bin's nur, Mrs. Baker. Jim Stubb. Erinnern Sie sich an mich? Wir haben uns gestern abend im Hotel gesehen. Wir haben miteinander gesprochen.«

Die Tür ging auf. Mrs. Baker trug einen grauen Hausmantel und Pantoffeln. Ihr schütteres Haar war auf Lockenwickler gerollt.

»Es tut mir leid, wenn ich Sie aus dem Bett geholt habe«, sagte Stubb.

»Ach, es wurde sowieso Zeit zum Aufstehen. ›Früh ins Bett und früh ans Werk, da kann man versetzen manchen Berg‹, wie der selige Mr. Baker immer sagte. Es ist von Shakespeare.«

»Das sage ich mir auch immer«, sagte Stubb zu der alten Frau.

»Nun ja, kommen Sie rein. Möchten Sie etwas Kakao? Oder vielleicht Tee? ›Kakao gibt Kraft, damit man's schafft.‹ Besser als Milch, soll das heißen. Sagt man das nicht so?«

»Tee ist wie der Osten, aus dem heraufdämmert das Morgenlicht«, gab Stubb zum Besten. »Ein großer gelber Mandarin, der behende und gewissenlos zu uns spricht.«

»Sie haben recht, so sind die Leute hier. Aber ich glaube, die Leute in Kalifornien sind auch nicht besser. Wo haben Sie das nur gelernt? Möchten Sie denn lieber Tee als Kakao?«

»Kakao ist in Ordnung«, sagte Stubb und trat ein. »Ich war als kleiner Junge auf einer Dorfschule, und da haben wir solche Gedichte gelernt. Das war keines davon, aber es ist aus dem gleichen Buch, und ich habe es immer geliebt.«

»Geschmack kann man nicht bestreiten«, sagte Mrs. Baker, den Rücken zu ihm gekehrt.

Das Haus war sauberer als Mr. Frees Haus, aber es war auch staubiger, als würden die Fenster nie geöffnet, und als gäbe es (oben vermutlich, in einem unbenutzten Schlafzimmer) eine riesige Sammlung von Teppichen, von staubigen alten Teppichen, die den Raum füllten und Staub verströmten, der, so stellte Stubb es sich vor, aus einer offenen Tür in den Flur herunterwallte.

Sie gingen in das jetzt stille und dunkle Wohnzimmer, wo Proudy mit Puff gespielt hatte. Im Eßzimmer nebenan standen schwere, dunkle Eichenmöbel. Die Küche war heller als die anderen Zimmer, aber sie wirkte leer: Ein Spülbecken mit ein paar Tellern darin, ein weiß emaillierter Kühlschrank, ein weiß emaillierter Gasherd, ein Tisch und zwei Stühle. Mrs. Baker füllte einen Teekessel und stellte ihn auf die lodernden blauen Flammen.

»Normalerweise esse ich nicht viel zum Frühstück«, sagte sie. »Nur kaltes Müsli und Milch. Ein Katzenfrühstück eben, was auch immer das heißt.«

»Ich habe schon vor einer ganzen Weile gegessen«, sagte Stubb, während er sich an den Tisch setzte. »Mit einem Kakao bin ich gut bedient. Mrs. Baker, ich bin gekommen, weil ich Sie nach den Frauen fragen wollte, von denen Sie uns gestern abend erzählt haben.«

Das Kätzchen kam aus dem Eßzimmer herüber, marschierte halb durch die Küche, entschied, daß Stubb gefährlich sei, und huschte unter den Herd.

»Sie sagten, die Frauen hätten ihre Namen nicht genannt, nicht wahr? Und Sie wüßten nicht einmal, ob sie verheiratet waren oder nicht, weil sie Handschuhe trugen. Sie dachten, sie kämen vielleicht von der Regierung, aber Sie waren nicht sicher.«

»Und Sie baten mich, kein Wort zu verraten, solange ich nicht mit Ihnen gesprochen hätte«, fuhr Mrs. Baker für ihn fort. »Hör auf deine Mom, hat meine Mom immer gesagt.«

»Genau. Und ich wollte noch weiter mit Ihnen reden, aber nicht im Hotel, weil diese Duck dabei war.«

Mrs. Baker holte zwei geschmückte Porzellantassen heraus, wie es sie in Billigläden gab, als es noch Billigläden gab. »Wir können uns unterhalten, während Sie Ihren Kakao trinken, Mr. Barnes. Ich esse dabei meine Cornflakes, wenn es Sie nicht stört.« Sie schaufelte Kakaopulver in die Tassen. »Die Tapferen fliehen, um ihr Frühstück weit entfernt von den Feindeslinien einzunehmen, wie uns die Bibel lehrt. Das heißt, wenn Sie tapfer sind, laufen Sie schnell genug, um Ihr Frühstück zu kriegen, solange es noch Zeit ist.«

»Mein Name ist Stubb, Mrs. Baker. Mrs. Baker, sehen Sie manchmal Krimiserien im Fernsehen?«

»Ab und zu, ja«, erwiderte die alte Frau überrascht. »Nicht so oft. Sobald man einschaltet, fangen sie an zu schießen wie die Wilden. Und das Schießen macht mir angst.« Sie stellte eine Tasse vor Stubb auf den Tisch.

»Der Grund, weshalb ich frage, ist, daß viele Leute ihre Vorstellungen über die Arbeit eines Detektivs aus diesen Serien haben. Wenn Sie diese Filme sehen, dann wird Ihnen auffallen, daß die Detektive selbst dann, wenn sie einen wichtigen Zeugen finden, nur zwei oder drei Fragen stellen und wieder weggehen. Die richtige Detektivarbeit sieht ganz anders aus, Mrs. Baker. Leute, die etwas Wichtiges wissen, sind schwer zu finden. Ich möchte Ihnen gern eine Menge Fragen über die Frauen stellen, die mit Ihnen gesprochen haben. Es wird nicht sehr aufregend, aber ich möchte es trotzdem tun, weil ich vielleicht etwas herausfinde, das für den alten Mr. Free und für mich wichtig ist. Verstehen Sie das?«

Die alte Frau nickte. »Jeden Stein umkippen.«

»Ja. Das ist gut ausgedrückt, Mrs. Baker. Haben diese beiden Frauen angerufen, bevor sie kamen, oder haben sie sich sonst irgendwie angekündigt?«

»Nein. Sie haben einfach angeklopft und waren da.«

»Wann war das?«

»Wissen Sie noch, wann die Mr. Frees Vorderfront eingerissen haben? Kurz danach. Nach der Arbeit, aber noch vor dem Abendessen, außer daß diese Zeiten für mich nicht mehr gelten, weil ich nicht mehr arbeite und weil Mr. Baker nicht mehr da ist.«

»Haben Sie nicht auf die Uhr gesehen?«

Die alte Frau schüttelte den Kopf.

»Zwischen fünf und sechs, müßte das hinkommen, Mrs. Baker?«

»Hätte ich gewußt, daß es so wichtig ist, hätte ich auf die Uhr gesehen. Nach fünf ganz bestimmt, würde ich sagen.«

»Aber sicher nicht nach sechs?«

Sie stellte ihre Schale mit Cornflakes auf den Tisch, legte einen in Ehren ergrauten Silberlöffel daneben und hielt inne, ehe sie sich ganz niederließ. »Es kann sogar schon halb sieben gewesen sein.«

Stubb rieb sich das Kinn.

Die alte Frau ließ sich auf den Stuhl sinken. »Nein, ich muß mich beschwichtigen. Um fünf sehe ich immer die Nachrichten. Mit diesem netten Mann mit den weißen Haaren.«

»Bryan O'Flynn? Von der Station WROM?«

»Den meine ich. Und die wichtigste Geschichte war, daß der Präsident irgendwo hinfährt. Ich bin früher zur Wahl gegangen, aber das nützt ja doch nichts. Kaffee macht die Politiker klug – das hat der Papst gesagt –, aber sie trinken ja nicht genug.« Sie nahm einen Schluck Kakao. »Heiß. Cave Kanne, Mr. Barnes.«

»Ich habe umgerührt«, sagte Stubb.

»Also, es kam eine Menge über den Präsidenten. Dann über den Streik. Ich glaube, wenn die streiken, sollten sie denen das Geld kürzen. Das würde die schnell auf andere Gedanken bringen. Dann kam das Wetter – es soll noch mehr schneien, haben sie gesagt. Dann Basketball. Haben Sie mal Basketball gespielt, Mr. Barnes?«

»Nein«, sagte Stubb. »Ich habe nie Basketball gespielt.«

»Ich auch nicht. Wenn Sie mich fragen, ich finde dieses Rumgehopse albern. Dann kam die Sache mit Mr. Free. Das habe Ihnen ja schon gestern abend im Hotel gesagt.«

Stubb nickte.

»Und dann waren die Nachrichten zu Ende. Oder praktisch zu Ende. Jetzt sagt die Abendmesse dem Tag Lebewohl, sagte mein Vater immer um diese Zeit am Abend, wenn die Kirchenglocken läuteten. Wir sind früher immer mit den Hühnern zu Bett gegangen.«

»Und dann kamen die beiden Frauen?«

»Nicht direkt.«

»Wie lange danach?«

»Ich ließ den Fernseher eingeschaltet, wie ich es immer tue, aber ich weiß nicht mehr, was da lief. Ich habe dann mein Abendessen gemacht. Ich machte Irish Stew aus der Tiefkühltruhe. Ich zündete das Gas an und stellte es in die Backröhre und deckte den Tisch, goß mir meine Milch ein und so weiter, und gerade als ich fertig war, haben sie ›tapp-tapp‹ geklopft wie die Bremer Stadtmusikanten.«

»Waren Sie da gerade mit Tischdecken oder mit Essen fertig, Mrs. Baker?«

»Mit Essen. Aber mein Gott, das hat ja nur ein paar Minuten gedauert. Dann stand ich auf und ging zur Tür, und sie kamen herein, und ich schaltete den Fernseher aus und bot ihnen Tee an.«

»Wie lange, würden Sie sagen, hat das gefrorene Stew gebraucht, bis es aufgetaut war?«

»Warten Sie einen Momang.« Die alte Frau stand auf und hoppelte durch die Küche zur Hintertür. »Die Tür hier hat einer der netten Polizisten zerbrochen«, sagte sie. »Ich muß sie reparieren lassen.«

Sie ging auf die verschneite Veranda hinaus und kehrte einen Augenblick später mit einem glänzenden kleinen Karton zurück. »Ich bewahre meinen Müll immer da hinten auf, bis die Müllabfuhr kommt. Früher sind sie auch hinten durch die Gasse gefahren, aber das machen sie nicht mehr. Ich verstehe das nicht. Das hier ist der Karton vom Stew, Mr. Barnes. Ich habe mich geirrt, es war kein Irish Stew, es war ungarisches Goulasch oder wie das heißt. Ich habe meine Brille nicht da, aber Sie können es ja selbst lesen. Ich trage sie nur, wenn ich etwas erkennen muß. Wie lange braucht es?«

Backofen auf 180° vorheizen, las Stubb. *Garzeit 20 Min.* »Zwanzig Minuten«, sagte er zu der alten Frau.

»Dann muß es sechs gewesen sein, als sie kamen.« Sie aß einen Löffel Cornflakes mit Milch.

»Yeah. Das war etwa eine halbe Stunde, nachdem

Frees Gesicht im Fernsehen war. Aber sie sind vermutlich nicht sofort zu Ihnen gekommen. Zuerst waren sie wohl bei Free und haben herumgeschnüffelt, ob er noch da wäre, oder ob er eine Nachricht für den Milchmann hinterlassen hätte oder so. Sagen wir, dazu haben sie zehn Minuten gebraucht. Sie haben also zwanzig Minuten für die Fahrt gebraucht, woher auch immer sie kamen. Hatten sie ein Auto?«

Mrs. Baker schluckte und nickte wortlos.

»Haben sie *gesagt*, daß sie eins haben, oder haben Sie das Auto selbst gesehen?«

»Als ich zur Tür ging, stand ein Auto vor dem Haus, und als sie gegangen waren, hörte ich einen Anlasser. Ich sah auch die Scheinwerfer durch meine Vorhänge, wenn ich es mir so überlege. Das Licht hat sich in der Scheibe gebrochen, wie man so sagt, aber natürlich kann ein Lichtstrahl ja gar nicht zerbrechen.«

»Wie sind Sie eigentlich ins Consort gekommen, Mrs. Baker?«

»Mit dem Taxi.« Sie hatte den Mund voller Cornflakes. »Trinken Sie Ihren Kakao. Er wird sonst kalt wie Käsekuchen.«

Stubb nahm einen Schluck. »Haben Sie das Taxi telefonisch bestellt? Oder sind Sie einfach zu einer belebten Straße gegangen und haben eins angehalten?«

»Angerufen.«

»Als es dann zu Ihnen kam, hat der Fahrer da direkt vor Ihrem Haus gehalten, wo vorher der Wagen der beiden Frauen gestanden hatte?«

»Ich glaube schon, aber ich kann's mir nicht mehr so richtig vorstellen.«

»Das heißt wahrscheinlich, daß es sinnlos ist, im Schnee nach Spuren des Wagens der Frauen zu suchen. Was für ein Auto war es?«

»Sie meinen die Marke? Ich hab's nicht gesehen.«

»War es groß oder klein?«

»Irgendwie dazwischen.«

»Also untere Mittelklasse. Alt oder neu?«

»Neu, glaube ich. Es hat geglänzt. Aber hören Sie, Mister Barnes.« Die alte Frau schaufelte sich eine neue Ladung Müsli in den Mund. »Angenommen, ich wüßte noch genau, was es war – ich weiß es nicht mehr, aber angenommen, ich wüßte es – was würde das dem armen Mr. Free nützen?«

»Ich weiß es nicht«, gab Stubb zu. »Vielleicht überhaupt nichts. Aber vielleicht stoße ich auch irgendwo auf den Wagen und kann die Verbindung herstellen.«

»Wenn sie noch einmal kommen, werde ich genauer hinsehen.«

»Danke. Schreiben Sie die Nummer auf, wenn Sie können. Sie sagten, der Wagen hätte geglänzt. Welche Farbe hatte er?«

»Schwarz, glaube ich, oder dunkelblau.«

»Kann er auch grau gewesen sein?«

Sie zuckte die Achseln. »Sie wissen ja, was man sagt – nachts sind alle Autos grau. Ist das auch wichtig?«

»Es ist die übliche Farbe der Wagen vom General Services Motor Pool, das ist alles. Zwei oder vier Türen?«

»Vier, glaube ich. Zwei konnte ich auf meiner Seite sehen.«

»Sie haben die Frauen nicht aussteigen sehen? Oder einsteigen, als sie gegangen sind?«

Sie schüttelte den Kopf.

»Als Sie den Wagen sahen, konnten Sie da sehen, ob noch jemand darin saß?«

»Ich bin nicht absolut sicher, aber ich glaube nicht.«

»Haben Ihnen die Frauen gesagt, wohin wir gegangen waren?«

Sie schüttelte abermals den Kopf. »Als sie kamen, waren Sie noch gar nicht dort.«

»Woher wußten Sie dann, wo wir waren? Madame Serpentina hatte gerade mal ein paar Stunden eingecheckt, als Sie an die Tür klopften.«

Mrs. Baker schwieg und wich seinem Blick aus.

»Wenn ich rate, würden Sie mir dann sagen, ob ich recht habe? Sie haben in Ihrem Wohnzimmer gesessen und ferngesehen, und Sie hörten zufällig …«

»Ach, Sie sind ein Schatz! Das hat meine Mutter immer gesagt. Sie machen einem die schwierigen Dinge leicht.«

»Sie haben uns also zufällig gehört.«

»Nein, eigentlich nicht zufällig gehört, Mr. Barnes.« Sie schluckte, obwohl ihre Cornflakes schon verspeist waren. »Mr. Barnes, ich glaube, Sie sind viel zu sehr Gentleman, um mit einer alten Dame zu schimpfen.«

»Ich schimpfe nie mit Leuten. Das ist nicht mein Job.«

»Ich habe Sie nicht zufällig gehört. Wenn ich gekonnt hätte, dann hätte ich einfach hier gesessen und hätte zugehört. Aber ich konnte nicht genug hören, und deshalb öffnete ich das Fenster ein kleines Stückchen und bückte mich und hielt das Ohr ans Fenster und lauschte ein ganz klein bißchen. Ich hatte ja gesehen, wie Mrs. Snake kam, und ich machte mir große Sorgen um Mr. Free.«

»Ich bin froh, daß Sie uns gehört haben, Mrs. Baker, und wenn Sie versuchen wollten, Mr. Free zu helfen, dann kann Ihnen niemand einen Vorwurf machen.«

»Und später hörte ich dann, wie Miss Girth nach einem Hotel fragte, und jemand schlug das Consort vor. Aber ich erfuhr erst von einem dieser Burschen, daß Sie wirklich da waren.«

Stubb nickte.

»Sind Sie jetzt fertig, Mr. Barnes?«

Er leerte seine Kakaotasse. »Nein. Ich habe noch nicht einmal richtig angefangen. Mrs. Baker. Ich will, daß Sie mir alles über diese beiden Frauen erzählen. Wir könnten vielleicht mit ihrer Kleidung anfangen.«

»Also, das geht auf keine Kuhhaut.« Mrs. Baker schüttelte verwundert den Kopf.

26. KAPITEL

Eine bessere Nachbarschaft

Die Pfeife des Wagenmeisters ertönte jetzt nicht mehr so oft. Die meisten Geschäftsleute waren zum Flughafen gefahren, und die zur Arbeit eilenden Angestellten waren schlendernden Kauflustigen gewichen. Die Sonne stand höher, und die blauen Schatten waren verschwunden, aber es war immer noch bitterkalt.

Die Hexe trug einen Nerzmantel, der für das Consort angemessen war. Er hatte eine Kapuze, und die Kapuze war hochgeschlagen, so daß ihr exotisches Gesicht von weichem Pelz eingerahmt war. Sie entfernte sich einen halben Block vom Wagenmeister und seinen Taxen, dann verließ sie den Gehweg und trat einer Cadillac-Limousine in den Weg.

Der Fahrer stieg auf die Bremse. Obwohl Schnee und Eis weitgehend von der Straße geräumt waren, geriet der große Wagen ins Rutschen. Die Hinterräder brachen aus, bevor er Millimeter vor dem Nerz der Hexe zum Stehen kam. Sie öffnete die Beifahrertür und stieg ein.

»Junge Frau«, sagte der Fahrer. »Sie wären beinahe ums Leben gekommen.«

»Vielleicht.«

»Nicht vielleicht.« Er war ein etwa fünfundfünfzig oder sechzig Jahre alter Mann mit einem sauber getrimmten weißen Schnurrbart. »Ich hätte um ein Haar nicht mehr halten können. Wenn ich etwas langsamer reagiert hätte, wären Sie jetzt schon tot.«

»Was für ein Glück für Sie, daß ich nicht tot bin. Das wäre ausgesprochen peinlich für Sie geworden.«

Er nahm den Fuß von der Bremse und ließ den Wagen zu einem Dutzend anderer Autos rollen, die an einer Ampel warteten. »Sie wirken nicht sehr erschüttert.«

»So bin ich eben«, sagte die Hexe. »Innerlich koche ich. Äußerlich sieht man nichts.«

»Ihre Beine zittern nicht?«

»Nein.«

»Darf ich Sie dann irgendwo absetzen?«

»Ja. Ich muß zu 1623 Killdeer Lane. Das ist in Bellewood. Das ist ein Vorort im Norden.«

»Es tut mir leid, aber das kommt nicht in Frage. Das ist mindestens eine Stunde zu fahren.«

»Mit diesem Wagen und um diese Tageszeit sind es höchstens vierzig Minuten.«

»Es tut mir leid, aber ich habe nicht soviel Zeit. Ich fahre diese Straße hinunter bis zur Broad Street, und auf der Broad fahre ich dann nach links bis zur Neunzehnten. Ich setze Sie gern unterwegs irgendwo ab.«

»Sie werden mich zu der Adresse fahren, die ich Ihnen genannt habe«, erklärte die Hexe. »Oder, wenn Sie in großer Eile sind, können Sie zu Ihrem Ziel fahren und mir die Schlüssel geben. Ich werde tun, was ich dort zu tun habe, und Ihr Auto zurückbringen – ganz gewiß vor siebzehn Uhr, wie ich glaube. Ich werde die Schlüssel unter den Sitz legen.«

Während die Autoschlange weiterkroch, starrte der Fahrer die Hexe an. »Sie müssen verrückt sein.«

»Nein. Ich bin nur eine entschlossene Frau, die dringend ein Transportmittel braucht. Was sind Ihre Alternativen? Sie sind ein wohlhabender und distinguierter Mann, verheiratet, ein paar Kinder, viele geschäftliche Kontakte. Sie können, wenn Sie wollen, zu einer Polizeiwache fahren oder einfach beim nächsten Polizisten halten. Ich werde mich an Sie klammern und schreien und weinen. Sie können zu Ihrem ursprünglichen Ziel fahren. Ich werde das gleiche tun, und es wird noch schlimmer.«

»Sie wissen nicht einmal meinen Namen.«

»Das spielt keine Rolle. Ich werde einen Namen – irgendeinen Namen – nennen, und die Polizisten und die Journalisten werden glauben, das sei der Name, den Sie mir genannt haben. Zweifellos wird der Klatsch viele Geschäftsessen beleben.« Die Hexe öffnete ihre Handtasche, nahm einen Schminkspiegel heraus und inspizierte kritisch ihr Gesicht. »Ich bin eine schöne Frau, aber ich bitte Sie nicht um hunderttausend Dollar und nicht um eine hübsche kleine Eigentumswohnung auf der teuren Seite des Parks. Ich bitte Sie nur um ein oder zwei Stunden Ihrer Zeit. Sie werden mich an den Ort fahren, zu dem ich will, und ich werde aussteigen, und Sie werden mich niemals wiedersehen. Sie kommen damit noch billig davon – wenn Sie sich entschließen.«

»Sie sind eine ausgesprochen gerissene junge Frau«, sagte der Fahrer. »Aber es wird Ihnen nichts nützen.« Er gab Gas, um die nächste Ampel zu schaffen.

»Nein. Ich bin eine tiefsinnige junge Frau, wenn Sie so wollen, Mr. McAlister. Eine verzweifelte junge Frau. Aber nicht gerissen. Ich habe viel zuviel zu tun, um gerissen zu sein.«

Er lenkte den großen Wagen um eine Ecke. »Eine kluge und skrupellose junge Frau, die bereit ist, meine Position gegen mich auszuspielen.«

»Das ist nicht die Broad Street.«

»Nein«, sagte er. »Hier geht's zum Freeway. Nennen Sie mir noch einmal die Adresse?«

»1623 Killdeer Lane. Mr. McAlister, Menschen wie ich sagen Menschen wie Ihnen seit Generationen, daß Sie von Ihrem Besitz versklavt sind. Es wäre irrational, das abzustreiten, denn gelegentlich beliebt es Ihrem Herrn, seine Peitsche knallen zu lassen.«

Im Armaturenbrett des Cadillac war ein Autotelefon. McAlister nahm den Hörer ab. Als sie in die Auffahrt einbogen, sagte er: »Ich bin's, Bill. Sage ihnen, daß ich ein paar kleine Probleme habe – ich komme ein paar Stunden später. Entschuldige mich, ja?«

Die Hexe zündete am Anzünder des Autos eine ihrer türkischen Zigaretten an und drehte den Kopf zur Seite, als wollte sie die trostlosen, teuren Wohnblocks studieren, an denen sie vorbeifuhren.

Als der Cadillac durch eine Allee mit winterlich kahlen Eichen schnurrte, sagte McAlister: »Ich wohne auch hier. Ich war gerade in die Stadt gefahren, als Sie mich anhielten.« Es war das erste Mal, daß er sprach, seit sie auf die Interstate gefahren waren.

Seine Mitfahrerin erlaubte sich ein kleines Lächeln. »Haben Sie keine Angst, ich könnte diese Information gegen Sie verwenden?«

»Vielleicht, aber andererseits könnten Sie meine Adresse auch im Telefonbuch finden. Wenn Sie noch so ein Ding abziehen wollen, werde ich Ihnen jedenfalls nicht so leicht zum Opfer fallen.«

»Bedauern Sie jetzt, daß Sie nicht die Polizei gerufen haben? Tun Sie's nur. Hier draußen in Bellewood muß es auch Polizisten geben.«

Er schüttelte den Kopf. »Ich sagte, daß ich Sie hinfahre, und das mache ich auch. Aber versuchen Sie das nie wieder.«

Die Hexe lachte.

Die Killdeer Lane war eine gewundene Wohnstraße, an der große, gepflegte Häuser auf drei Morgen großen Grundstücken standen. Als McAlister das Auto in der Zufahrt des Hauses 1623 anhielt, fragte er: »Wie kommen Sie wieder nach Hause?«

»Sie haben bereits erraten, daß das hier nicht mein Zuhause ist. Das war klug von Ihnen.«

»Ich sagte Ihnen, daß ich hier draußen wohne. Die Gemeinde hat nur dreitausend Einwohner, und wenn Sie auch hier leben würden, wären Sie mir schon aufgefallen.«

»Es sei denn, ich wäre gerade erst eingezogen.«

»Lassen Sie die Spielchen. Wie wollen Sie wieder dahin zurückkommen, wo Sie hergekommen sind?«

»Das weiß ich noch nicht.«

»Wird jemand Sie von hier fahren?«

»Vielleicht. Aber ich bezweifle es.«

McAlister nickte. »Und ich glaube, daß Sie nicht genug Geld für ein Taxi haben. Hier draußen wird der doppelte Preis berechnet, deshalb wird die Fahrt etwa dreißig Dollar kosten. Miss – Mrs. – was immer Sie sind – ich gebe Ihnen fünfzig Dollar auf die Hand, wenn Sie mir verraten, woher Sie meinen Namen wußten.« Er zog eine Kalbslederbrieftasche aus dem Mantel und nahm zwei Zwanziger und einen Zehner heraus.

Sie lächelte ihn an. »Und wenn ich nun Ihr Geld nehme und Ihnen sage, daß es Magie war?«

»Ich glaube nicht, daß Sie das tun werden. Ich glaube, Sie sind eine junge Frau, die sich an Abmachungen hält.«

»Hart aber herzlich. Etwas in dieser Art sagt man wohl über Sie in den Aufsichtsräten, oder?«

McAlister nickte. »Manchmal, ja.«

»Ich schließe mich an.« Sie zupfte ihm die Scheine aus den Fingern, bevor sie ausstieg. »Wie heißt das Ding, das das Lenkrad hält? Nicht Sie, sondern das da?«

»Das hier? Das ist die Lenksäule.«

»Ich wußte, daß Sie es mir sagen konnten. Ihre Zulassung, Mr. McAlister. Sie klebt in einem kleinen Rahmen an der Lenksäule. Ich habe sie im Spiegel gelesen, als ich meine Puderdose benutzte. War das die fünfzig Dollar wert? Hier…« Sie hielt ihm das Geld hin. »Wollen Sie Ihr Geld zurückhaben?«

»Nein«, sagte McAlister. »Das war die Fünfzig wert.« Er wartete, daß sie die Tür schloß.

»Dann gebe ich Ihnen umsonst noch eine Information, die viel mehr wert ist. Ich bin eine Hexe, Mr.

McAlister. Es war keine Magie, Ihren Namen herauszufinden, aber ich bin Magie. Ich kann oft die Zukunft voraussagen... oder gewisse andere Dinge tun. Es könnte sein, daß Sie eines Tages einen Menschen wie mich brauchen. Ich wohne im Consort unter dem Namen Serpentina.« Ohne seine Antwort abzuwarten, schlug sie die Tür des Cadillac zu und entfernte sich.

1623, die Hausnummer, die sie McAlister genannt hatte, war nicht ihr Ziel. Als sein Wagen nicht mehr zu sehen war, ging sie die Zufahrt zur Straße hinunter, dann lief sie die Straße hinab und achtete sorgfältig darauf, mit ihren hochhackigen Stiefeln die schlimmsten Eisflächen zu meiden.

Selbst jetzt, mitten im Winter, war es eine schöne Wohngegend. Die Häuser waren groß, und die meisten waren weiß. Sie lagen so weit auseinander, daß die verschiedenen Architekturstile nicht unangenehm aufeinanderprallten. Jedes Haus schien ganz für sich allein in seinen Wiesen und Hainen zu liegen und seine Nachbarn eher zufällig bekommen zu haben. Gruppen von Birken reckten bleiche Arme in den Himmel, Stechpalmen und Blautannen erzählten vom Weihnachtsfest vor einem Monat. Das nächste Weihnachtsfest lag, fast ein Jahr voraus, in unendlicher Ferne.

Als sie sich in dieser Gegend in ihren dunklen Pelz gehüllt bewegte, mit ihrem gesäumten schwarzen Kleid und den schwarzen Stiefeln, wirkte die Hexe so fehl am Platze wie ein tropisches Tier: eine Stadtbewohnerin mit großen Augen und schlanken Beinen, die von winterlichen Winden aus den eleganten Straßen mit den hell erleuchteten Fenstern hierher verweht worden war. Sie hätte die Schwester eines bekannten Gangsters sein können (nicht seine Frau oder seine Geliebte, denn diese Männer bevorzugten füllige Blondinen.) Sie hätte die Schwester einer Nonne sein können. Einmal fuhr ein grüner Mercedes an ihr vorbei. Unter den Reifen knisterte das Eis und knirschte der Schnee.

Sie winkte dem Mann und der Frau im Auto zu, als würde sie sie kennen, und die beiden, die glaubten, sie müßten die Hexe von irgendwo kennen, winkten zurück.

Als sie etwa eine Dreiviertelmeile gelaufen war, wichen die weiten Wiesen auf einer Straßenseite einer zweieinhalb Meter hohen Steinmauer. Sie folgte der Mauer noch einmal hundert Meter, dann erreichte sie ein eisernes Tor. Neben dem Tor war ein Klingelknopf. Es dauerte lange, mindestens zehn Minuten, bis ein dunkler Mann in einem dicken Parka das Tor öffnete.

»Hallo, Pete«, sagte sie.

»Hallo, Marie«, antwortete Pete, als sie eintrat. »Wie geht's?«

»Geht so.«

»Hübscher Mantel. Bist du gelaufen?« Er schloß das Tor und verriegelte es mit einem schweren stählernen Balken.

»Ein Freund hat mich gefahren.«

»Oh, du hast einen *gadjo*-Freund. Erzähle das bloß nicht dem King.«

»Ich habe keinen Freund, Pete. Bist du verrückt?«

»Eben, das ist es«, sagte Pete. »Sag es keinem Menschen. Er wird dich grün und blau prügeln.«

Als sie die Tür des weißen Ziegelhauses erreichten, öffnete er ihr, trat aber nicht mit ihr ein. Das Foyer war dunkel und staubig. Die Vorhänge waren zugezogen. Es roch, als würde Essen gekocht, und nach viel Kaffee und Schinken. Nach ein paar Sekunden zog eine hübsche, bleiche Frau einen Vorhang auf. Sie hatte sich ein rotes Tuch um den Kopf gebunden, und sie trug goldene Ohrringe und drei goldene Ketten.

»Ich wußte, daß du kommst«, sagte sie. »Ich habe es gesehen.«

Die Hexe nickte.

»Du glaubst mir nicht, was? Ich habe es seit Wochen allen erzählt. Frag nur den King.«

»Ich glaube dir, Rose.«

»Das ist gut.«

»Ist er oben?«

»Nein, ich führe dich zu ihm. Eines Tages werden wir zwei Freundinnen werden, Marie. Wenn der King fragt, sage ihm, daß ich nett zu dir war, ja? Er mag dich. Er spricht über dich. Hier entlang …« Sie winkte die Hexe einen dunklen Flur hinunter. »Vielleicht einmal in der Woche. Das ist viel für seine Verhältnisse.«

Die Tür war geschlossen. Als die Frau mit dem roten Kopftuch sie öffnete, kam ein neuer Geruch von einem brennenden Holzfeuer und Zigarren dazu.

Das Zimmer selbst war hell und kalt. Es gab sieben große Fenster – vier in einer Wand und drei in einer anderen. Die Rolläden waren hochgezogen, und die Vorhänge geöffnet. Ein Fenster stand halb offen. In einem großen Kamin aus Naturstein brannte ein großes Feuer. Ein großer alter Mann in einem dunkelblauen Anzug saß davor und starrte hinein.

»Hallo«, sagte die Hexe. »Wie geht es dir?«

Ohne den Blick vom Feuer abzuwenden, sagte er: »Ist das deine Art, mit mir zu reden? Ich bin der King.«

»Soll ich reden wie die *gadje?* Soll ich sagen, hallo, Majestät?«

»Unser Volk sagt King zu mir. Hier bist du eine von uns.«

Ihre Stimme wurde leiser. »Zu Diensten, King.«

Vielleicht hatte er sie nicht gehört. Neben dem Kamin stand ein Schüreisen mit einem gefährlichen Haken. Er nahm es und stocherte im Feuer herum.

»Ich habe etwas für dich, King. Ein Geschenk.« Sie bot ihm die fünfzig Dollar an, die McAlister ihr gegeben hatte. Als er sich nicht umdrehte und sie nach wie vor nicht ansah, ging sie durchs Zimmer und legte ihm das Geld sanft in den Schoß.

Er senkte den Blick. »Pah! Zehner, Zwanziger. Heute kriegt man nichts mehr dafür. Papier ist das, nichts als

Papier.« Er rollte die Scheine in seinen großen Händen zusammen, und dann flogen zerknüllte grüne Scheine ins Feuer.

»Ja, King.«

Erst jetzt drehte er sich zu ihr um. »Ist dir kalt hier drin, Marie?«

»Mir ist warm, King. Ich habe einen Mantel an.«

»Als ich noch ein Junge war, sind wir mehr herumgezogen. Wir hatten damals Lastwagen. Als ich ganz klein war, gab es sogar noch ein paar Planwagen. Wir haben jeden Abend kampiert. Im Freien. An einem offenen Feuer.«

»Ja, King.«

»Weißt du, wie wir gemacht sind? Aus dem gleichen Staub wie die anderen Menschen, aber unser Staub war der Staub, der auf den Straßen wehte. Die alte Lebensart ist immer noch die beste.«

»Ja, King.«

»Ich will dir Geschichten über die Zeiten erzählen, als ich noch ein Junge war, aber ich weiß, daß du sie alle schon viele Male gehört hast. Du würdest nur lachen, wenn du mein Haus verlassen würdest. Hast du mich im Fernsehen gesehen?«

Die Hexe schüttelte den Kopf. »Nein, King. Ich wußte nicht, daß du im Fernsehen warst.«

»Wenn du mich öfter besuchen kämst, würdest du so etwas wissen. Der Mann vor mir hatte ein seltsames Auto gebaut. Die Frau nach mir hatte einen Vogel abgerichtet. Ich habe etwas geredet, und Felix hat Geige gespielt. Ich ließ mich von ihnen bezahlen, obwohl sie das eigentlich nicht wollten. Ich glaube, der Mann mit dem Auto und die Frau mit dem Vogel bekamen kein Geld.«

»Der Wind ist umsonst – geh und sprich mit dem Wind.«

Er lachte, und sein Lachen war immer noch tief, als rollten in der Nähe seines Herzens hölzerne Räder über

Pflastersteine. »Du hast es nicht vergessen. Nein, du nicht! Du bist die Beste, die Klügste und die Schönste.« Sein Lachen erstarb. »Aber du bist nicht die Großzügigste, Marie, und nicht die Treueste. Du bist gekommen, mich zu besuchen, aber du hast mir nichts mitgebracht.«

»Du hast das Geld von mir bekommen, King. Wie kannst du sagen, ich hätte nichts mitgebracht.«

»Das war nichts. Ich habe es verbrannt.«

Sie warf sich schluchzend an ihn. »Wie kannst du sagen, ich hätte dir nichts gegeben? Ich bin verzweifelt! Es war alles, was ich hatte.«

Er schob sie fort. »Nein, nicht in der Westentasche. Auch nicht zwischen den Knöpfen.« Er hielt die drei zerknüllten Scheine hoch.

»Du hast mich gespürt?«

»Natürlich, aber ich wußte ja, daß ich auf die kleinen Finger warten mußte. Als ich noch jünger war, konnte ich das Geld immer ein wenig vor ihnen bewegen, so daß sie es überall rochen, es aber nie finden konnten. Meine Hände sind steif geworden.«

»Ich habe nicht gesehen, wie du das grüne Papier gegen die Scheine ausgetauscht hast, aber weil ich ich bin, wußte ich es, King.«

»Was willst du nun von deinem King?« fragte der alte Mann.

27. KAPITEL

Einsame Herzen

Die Schlangen im Postamt waren kürzer als sonst. Barnes stellte sich an, um einen frankierten Umschlag zu kaufen, dann trat er zur Seite, um die Anschrift darauf zu schreiben. Er steckte drei ausgefüllte Bestellscheine hinein, leckte an der Klappe und steckte den Umschlag in einen Briefkasten.

Als er fertig war, hatte sich die Schlange vor dem Schalter für postlagernde Sendungen aufgelöst. Ein glattrasierter dicker Mann hatte den bärtigen jungen Schalterbeamten abgelöst. Als Barnes nach seiner Post fragte, verschwand der dicke Mann und kehrte eine Weile später mit einem violetten Umschlag zurück. Barnes bedankte sich und ging in die Vorhalle, die (so öde sie auch war) immer noch erheblich wärmer war als die Straße draußen.

Neugierig untersuchte er den Brief. Er war an ihn adressiert, das heißt, es stand Frees Adresse darauf, und sie war mit präziser weiblicher Handschrift geschrieben. Der Umschlag war mit rotem Wachs versiegelt. Er konnte sich nicht erinnern, schon einmal einen mit Wachs versiegelten Brief gesehen zu haben, aber er wußte, daß es so etwas gab. Das Wachs war mit einem Herz gestempelt. Er schob einen Finger unter eine Klappe, und zu seiner Überraschung brach das Wachs. Drinnen waren ein Brief und ein Schnappschuß einer jungen Frau mit ovalem Gesicht, dunklen Augen und dunklem Haar, das bis fast zu den Schultern reichte. Ein kräftiges Gesicht, jedenfalls für das Gesicht einer Frau, dachte Barnes. Ruhig und vielleicht klug.

Lieber Osgood Barnes:
Sie werden sich nicht erinnern können, mir geschrieben zu haben – weil Sie mir nicht geschrieben haben. Eine Freundin hat in einer gewissen Zeitung eine Annonce aufgegeben (ich glaube, Sie wissen, welche ich meine), und dadurch einen wundervollen Mann kennengelernt. Ich habe sie heute besucht, und sie hat mir davon erzählt. Dann zeigte sie mir all die Briefe, die sie bekommen hatte, und da sie sie nicht mehr braucht, nahm ich sie mit. Die meisten sahen ziemlich schlecht aus, und Ihrer ist der einzige, auf den ich antworte.

Ich denke, ich sollte Ihnen vielleicht etwas über mich erzählen. Auf dem Foto können Sie mich sehen. Es wurde im letzten Jahr aufgenommen. Ich bin jetzt neunundzwanzig. Ich hoffe, Sie werden sagen, daß ich nicht danach aussehe. Ich habe nie geheiratet, weil ich mich um Mama kümmern mußte, bis sie im letzten Jahr starb. Deshalb habe ich versucht, mich nicht mit Männern einzulassen. Ich bin im öffentlichen Dienst, ich arbeite beim Bureau of Indian Affairs im Innenministerium. Früher war ich Sekretärin, aber jetzt bin ich Asst. Supervisor, also beinahe eine leitende Angestellte. Ich bin Sachbearbeiterin, wenn Sie wissen, was das bedeutet.

Das erklärte den perfekt geschriebenen Brief, dachte Barnes.

Meine Telefonnummer im Büro ist 636-7100. Zu Hause ist es 896-7357. Rufen Sie mich an, wenn Sie wirklich interessiert sind, dann treffen wir uns irgendwo auf einen Drink.

Okay?

Robin

Barnes schob das Foto in den Umschlag zurück und steckte den Umschlag in die Brusttasche seiner Anzugjacke. Eine alte Frau stand neben der Tür und betrachtete die bunten Plakate, die für die neuesten Briefmarken der Post warben: Ein niedergeschlagener Soldat der Revolution, General Wood, Aaron Burr. Barnes schob sich an ihr vorbei.

»Ich glaube, es ist nicht gut, die Gesichter von lebenden Menschen abzudrucken«, sagte sie. »Was meinen Sie? Da kommen wir anderen uns so klein vor.«

»Das sind wir auch«, sagte Barnes. Als die schwere Glastür hinter ihm zuklappte und die Kälte in seine Wangen schnitt, sagte er zu sich selbst: »Wer kümmert sich schon um uns?« Der Wind ließ das violette Papier knattern.

An der Ecke war eine Telefonzelle. Er erinnerte sich, daß er sie aufgesucht hatte, als er das letzte Mal das Postamt verlassen hatte. Er ging wieder hinein, suchte in der Tasche nach Dimes, aber in der Münzrückgabe lagen schon Münzen, die er benutzen konnte.

»Bureau of Indian Affairs. Guten Morgen.«

Natürlich, die Vermittlung. Barnes zögerte, dann versuchte er zu sprechen wie ein alter Freund: »Geben Sie mir Robin.«

Das Telefon summte und klickte.

»Hallo, Robin Valor hier.«

»Robin, hier ist Osgood – Ozzie – Barnes. Sie schrieben, ich könnte Sie auch im Büro anrufen. Wie wär's mit einem Mittagessen?«

Sie keuchte. *»Mr. Barnes! Ich hätte nicht gedacht, daß Sie anrufen.«*

»Sagen Sie doch Ozzie, ja? Ich habe Sie gerade Robin genannt. Ich möchte nicht Ms. Valor sagen müssen. Das käme mir vor wie ein Schritt zurück.«

»Sie haben wirklich angerufen! Ich kann's nicht glauben.«

»Nachdem ich Ihren Brief und das Foto gesehen habe? Robin, da hätte jeder Mann auf der Erde angerufen.«

»Sagen Sie – nein, ich will nicht fragen. Wenn Sie im Brief gelogen hätten, dann könnten Sie es jetzt auch tun.«

»Alles, was ich im Brief geschrieben habe, ist wahr.«

»Sie sind also nicht verheiratet?«

»Ich bin geschieden. Das war die Wahrheit, als ich den Brief schrieb, und es ist heute immer noch wahr, okay? Ich bin seit zwei – nein, seit fast drei Jahren geschieden.«

»Gut.«

Sie schwieg einen Augenblick, aber er spürte, daß es nicht der Augenblick war, etwas zu sagen.

»Mr. Barnes – Ozzie – ich würde gern mit Ihnen zu Mittag essen, aber ich habe einige dringende Dinge zu erledigen, und ich habe sowieso nur fünfundvierzig Minuten Mittagspause.«

Er lachte. »Würden Sie es mir glauben, wenn ich sage, daß ich schon gegessen habe? Es war ein verrückter Kunde – er wollte verreisen und noch etwas essen, bevor er abfuhr. Ich wollte eigentlich nur einen Kaffee trinken und Sie ansehen.«

»Ist das wahr? Sie haben schon gegessen?«

»Ich schwöre es.«

»Sie sind Vertreter, oder? Das haben Sie meiner Freundin geschrieben.«

»Das ist richtig.«

»Stimmt denn Ihre Adresse noch? Ich nehme es an, weil Sie meinen Brief bekommen haben.«

»Nein, ich bin inzwischen umgezogen. Ich bin vorübergehend im Consort. Ich lasse meine Post im Postamt festhalten. Haben Sie heute abend Zeit?«

»Ja … Mr. Barnes … Ozzie … Sie sollen nicht glauben, daß ich Sie herumschubse. Aber ich wohne draußen in einem Vorort. Haben Sie ein Auto?«

»Ich komme schon hin, keine Sorge. Sie brauchen mir nur die Adresse zu geben.«

»Also nicht. Das hatte ich befürchtet.«

»Im Augenblick nicht, nein. Es ist in der Werkstatt. Das Getriebe. Ich kann ein Auto mieten.«

»Nein. Es ist wirklich nicht nötig, daß Sie zu mir heraus fahren. Ich habe um fünf Schluß, aber ich brauche danach etwas Zeit, um mich schön zu machen. Ich hole Sie um acht vor Ihrem Hotel ab. Wir können irgendwo essen, dann setze ich Sie wieder ab und fahre nach Hause. Das macht Ihnen doch nichts aus?«

»Nein, es macht mir überhaupt nichts aus. Es klingt phantastisch!«

»Das ist wundervoll, Ozzie. Ich freue mich wirklich darauf, Sie kennenzulernen. Aber wie soll ich Sie erkennen? Sie sind mittelgroß und haben einen Schnurrbart – ist das richtig?«

»Richtig. Brauner Mantel, karierter Anzug.«

»Ich fahre einen grauen Buick, Ozzie. Und Sie haben ja mein Foto gesehen. Ich glaube, ich werde mein rotes Strickkleid anziehen. Wir sehen uns dann um acht.«

Sie legte auf, und nach einem Moment legte auch er auf und rieb sich das Kinn. Er nahm noch einmal den Hörer, steckte zwei Dimes in den Schlitz und wählte das Consort. Das Telefon in Zimmer 777 klingelte achtmal, aber niemand nahm ab.

Die Ruine von Frees Haus schien unverändert. Wie am Abend zuvor stand noch ein Teil der Fassade, so daß der Bau, auch wenn ein großer Teil zerstört war, von vorn aussah wie ein riesiges Puppenhaus. Durch das klaffende Loch konnte man beide Etagen und das Innere mehrerer Zimmer sehen. Etwas frischer Schnee hatte die Spuren verdeckt, die die vier hinterlassen hatten. Barnes starrte das zerstörte Haus einen Augenblick lang an, ehe er hinüberging. Den Musterkoffer ließ er im ehemaligen Flur stehen. Fast eine Stunde lang wanderte er auf und ab durch die Räume und ließ oft die Hand über die kalten Wände gleiten.

Als er schließlich seinen Koffer wieder in die Hand

nahm und ging, lag sein Ziel auf der anderen Straßenseite. Dort stand ein altes Haus aus schmutzigen Steinen, schmaler und verfallener als Frees Haus, das den Eindruck machte, als würde es die Schultern einziehen. Ein rostiges Schild über der Tür trug die Aufschrift: *Dr. Makee.* Barnes klopfte.

Drinnen war kein Geräusch zu hören. Er suchte nach der Klingel, aber der Knopf war unter unzähligen Farbschichten verschwunden. Aus dem Nichts, wie es schien, tauchten zwei kleine schwarze Jungen auf und begannen, auf der gelben Maschine mit dem langen Ausleger herumzuklettern. Barnes klopfte noch einmal.

Dieses Mal waren Schritte zu hören, und der Türknopf wurde gedreht. Dann ging die Tür ein Stück auf, und ein rundes, rotes Gesicht, auf dem ein Strohhut saß, tauchte im Spalt auf. »Sind Sie ein Patient?« Der Sprecher hatte eine schlimme Erkältung.

Barnes nickte.

Es gab eine Pause. »Ich auch. Wollen Sie hereinkommen?«

Barnes nickte noch einmal.

»Haben Sie einen Termin?«

Barnes schob seine Schuhspitze in den Türspalt. »Nein«, sagte er. »Aber ich muß den Doktor sprechen. Es ist wichtig.«

Der Mann mit dem roten Gesicht nickte. »Auch wenn Sie keinen Termin haben, dürfen Sie wohl reinkommen.« Er öffnete die Tür.

Barnes betrat ein düsteres kleines Wartezimmer. Neun verschlissene Stühle aus schwerem Holz, auf denen zerfledderte Zeitschriften lagen, säumten die Wände. Die Wände selbst waren mit dunklen Tapeten und noch dunkleren Bildern bedeckt: ein kleines Mädchen, das ängstlich zusah, wie ein älterer Mann den Herzschlag ihrer Puppe abhörte, Hunde beim Poolbillard.

Der Mann mit dem roten Gesicht nieste und blickte

zweifelnd zu Barnes' Musterkoffer. »Sind Sie wirklich ein Patient?«

Barnes nickte.

»Sie sind kein Vertreter?«

»Ich *bin* Vertreter«, sagte Barnes, »aber ich bin nicht gekommen, um dem Doktor etwas zu verkaufen. Ich habe Kundenbesuche gemacht, und ich bin hier vorbeigekommen, weil ich ihn sprechen muß.«

Der Mann mit dem roten Gesicht zögerte, dann setzte er sich auf einen Stuhl. Abgesehen von seinem Strohhut trug er ein Hawaiihemd, Bermudashorts und Sandalen.

»Wie geht's Ihnen so?« fragte Barnes spitz.

»Psychische Störungen? Meinen Sie das? Nein, ich bin nicht verrückt. Ich habe eine Erkältung.«

Barnes gab sich diplomatisch. »Ich dachte nur, Sie wohnen vielleicht hier. Ich meine, in diesem Aufzug würde doch kein Mensch auf die Straße gehen.«

»Und ob«, sagte der Mann mit dem roten Gesicht. »Wissen Sie, wie weit entfernt ich geparkt habe? Anderthalb Block.« Er schob zwei Finger in seine Hemdtasche und zog eine Schachtel heraus, aus der er seine Geschäftskarte nahm. »Ich bin Sim Sheppard. Ich vertrete die Sunshine Estates unten in Florida. Haben Sie sich schon für einen Altersruhesitz entschieden?«

»Allerdings«, sagte Barnes. »Die kleine Lady und ich werden nach Arizona gehen. Wir besitzen dort schon ein Haus. Sie hat schlimmes Asthma. Ich bin einmal mit ihr nach Florida gefahren, und sie wäre dort fast umgekommen. Hat man Sie gezwungen, sich so anzuziehen?«

Sim Sheppard schien einen Moment über die Frage nachzudenken. »Gezwungen würde ich nicht gerade sagen – ich kann ja jederzeit kündigen oder so, und Regeln gibt es eigentlich nicht. Es ist nur so, daß es alle tun, und man verkauft auf diese Weise viel mehr.« Sheppard wischte sich die Nase am nackten Oberarm ab. »Wenn die Kunden nicht vorbereitet sind, und man überrascht sie, lassen sie einen fast immer ins Haus, wenn man in Shorts und Sandalen im Schnee vor der Tür steht.«

»Ich sollte wohl nicht auf Sie herabsehen«, sagte Barnes. »Sie verdienen wahrscheinlich doppelt soviel wie ich. Sie tragen nicht etwa einen dicken Schlafanzug mit abgeschnittenen Armen und Beinen darunter?«

»Nein, keineswegs.« Sheppard knöpfte sein Hemd auf und zog es vorn auseinander. Darunter war ein orangefarbenes T-Shirt mit der Aufschrift: SAND IN MY SHOES COME TO SUNSHINE. »Das ist kein Trick, es ist auch kein besonders warmes T-Shirt. Keine Heizdrähte, keine Batterien.« Er wischte sich wieder die Nase und schniefte. »Ganz normale Baumwolle. Die Sorte Hemd, die Sie auch tragen würden, wenn Sie unsere Einladung angenommen hätten, die Häuser zu besuchen, wobei Sie nur das Flugticket selbst bezahlen müssen. Zwei kostenlose Übernachtungen im Sunshine Manor – Schwimmen, Angeln, Tennis, Badminton, alle Mahlzeiten inklusive.«

»Wenn das Asthma meiner Frau mal besser wird, dann komme ich auf Ihr Angebot zurück«, sagte Barnes.

»Hüte sind mein größtes Problem. Man muß einen tragen, weil er den Wind etwas abhält und den Kopf warmhält, aber diese Dinger vertragen keinen Schnee. Bis gestern hatte ich einen Strohhut aus Kokosnußfasern, den ich sehr mochte, aber als ich ihn heute morgen aufsetzen wollte, hatte ich die halbe Krempe in der Hand. Ich mußte den hier aus dem Schrank holen. Man muß Hüte und alles andere auf Vorrat kaufen. Diese Hüte hier kriegt man ja nicht im Winter, die gibt's meist erst nach dem Valentinstag.« Sheppard hustete.

»Wie viele seid ihr in der Agentur?«

»Jetzt nur noch drei. Bevor es so kalt wurde, waren wir sieben. Der Winter ist die beste Zeit zum Verkaufen, weil sich im Winter alle Leute wünschen, sie wären da unten. Das sagt der Manager immer, und er hat völlig recht damit. ›Wenn das Winterwetter grollt, ziehen die Mutigen los, und der Rubel rollt.‹ Aber sobald die Temperatur unter den Gefrierpunkt sinkt, verlieren wir ein paar Leute, und wenn es dann richtig friert, verlieren wir noch ein oder zwei Kollegen.« Er zog ein schmutziges Taschentuch aus der Hosentasche und schneuzte sich.

»Sie kennen nicht zufällig eine gewisse Mrs. Baker?« fragte Barnes.

»Doch, ich glaube schon. Die alte Dame hat eine Katze, sie wohnt dort drüben auf der anderen Straßenseite. Ich war gestern bei ihr. Warum?«

»Ich war nur neugierig.« Barnes sah noch einmal die Karte an, die der andere ihm gegeben hatte. »Grundgehalt plus Beteiligung?«

Sheppard schüttelte den Kopf. »Nur Prozente.«

»Oh.« Barnes schob die Karte in eine Tasche.

»Und Sie?«

»Stock Novelties Incorporated«, sagte Barnes. »Nur Prozente.«

»Harte Zeiten, Kumpel.«

Barnes nickte, und eine Weile saßen sie schweigend nebeneinander, jeder mit seiner Privathölle beschäftigt. Im Sprechzimmer nebenan war das leise Murmeln des Arztes zu hören. Seine Stimme hob und senkte sich, als hielte er vor einem einzigen Zuschauer einen Vortrag.

Barnes fand eine zerfledderte *National Geographic*. Eigentlich hatte er keine Lust zum Lesen (er las nicht mehr viel), aber er schlug es trotzdem auf und sah sich die Bilder an. Es waren Fotos aus Afrika, einem Land, das nicht mit Städten zugestopft war und in dem es nicht so viele Morde gab. Weite, menschenleere Ebenen führten bergab zu trägen braunen Seen, und man sah Elefanten und Nashörner.

Eine faltige, weißhaarige Frau kam aus dem Sprechzimmer. Sheppard beugte sich zu Barnes herüber und flüsterte: »Ich sollte ihr etwas über unsere Eternity Cottages erzählen – ein dauerhaftes Heim für das ganze Leben, ein ewiger Ruheplatz, wenn das Leben zu Ende geht. Die Betten lassen sich umbauen, so daß die Kinder wieder einziehen können, wenn sie das wollen und wenn ihre Zeit gekommen ist.«

Der alte Arzt sah heraus, und sein Blick wanderte von Barnes zu Sheppard. Er trug einen weißen Kittel und hatte sich einen Spiegel mit einem Loch auf die Stirn geschnallt. Sheppard stand auf und ging hinein. Nach einer Weile hörte Barnes ihn husten.

28. KAPITEL

Wuff! sagte der Greyhound

Der Bus, der um die Ecke gekommen war, als Barnes und der Seemann den Busbahnhof verlassen hatten, stand jetzt stumm und leer hinter den breiten Glastüren. Die Fahrgäste, die sich aus ihm herausgekämpft hatten, waren fast alle verschwunden. Die meisten hatten ihr Gepäck zu einem Taxi, zu den Autos von Verwandten oder zu städtischen Bussen getragen, oder sie hatten es die vereisten Straßen hinuntergeschleppt. Ein etwa siebenjähriger Junge, der schwarze Schuhe, eine marineblaue Hose, ein weißes Hemd und die blaue Jacke eines Matrosenanzugs trug, stand verloren neben seinem kleinen Koffer. Ein alter Mann in einem schmutzigen grauen Pullover schlief auf der Bank, auf der Reeder gelegen hatte.

Candy hatte ihren Fahrer großzügig mit Scheinen bedacht. Jetzt stellte sie fest, daß sie keine Quarter für die Schließfächer hatte. Sie ging zum Zeitschriftenstand und bat den Verkäufer um Kleingeld.

»Klar«, sagte er. Und als er die Münzen aus seiner Kasse holte, fügte er hinzu: »So früh habe ich Sie noch nie hier gesehen.«

Candy dachte einen Augenblick nach. »Yeah, ich war wohl in der letzten Zeit ein paarmal hier. Ich habe jemanden gesucht.«

»Normalerweise haben Sie ihn auch gefunden«, gab der Verkäufer zurück. Er war ein kahlköpfiger, verschrumpelter Mann mit einer Hakennase. Impulsiv küßte Candy seinen kahlen Kopf, als er ihr das Wechselgeld gegeben hatte. Der Kuß hinterließ einen knallroten Abdruck auf seinem Schädel. »He!« sagte er. »Was soll das?«

»Ich habe ihn heute morgen auch gefunden«, sagte Candy zu ihm. Sie lehnte sich gegen den Stand und versuchte, mit den Hüften zu wackeln, wie es die Models auf den Titelseiten des *Cosmopolitan* konnten. »Du bist es, Süßer. Du wirst mich ausführen und mir Hummer und Champagner kaufen, und danach gehen wir zu dir und hören deine Schallplatten an. Die ganze Nacht lang.«

»Den Teufel werden wir«, sagte der Verkäufer. »Und außerdem ist es zu früh zum Essen. Es ist doch erst kurz nach zehn.«

»Das macht nichts. Dann wird es ein Champagnerfrühstück, das von jetzt an bis Mitternacht dauert.«

»Sie sehen nicht aus, als würden Sie es brauchen.«

»Ich nicht, aber Sie.« Candy nahm einen Mandel-Schoko-Riegel in die Hand. »Sind die umsonst? Für mich, meine ich?«

»Vergessen Sie's. Fünfzig Cents.«

Als sie ihm zwei seiner Quarter zurückgab, zupfte jemand an ihrem Ärmel. »Ma'am, haben Sie meinen Dad gesehen?«

Candy blickte zu dem Jungen hinab. »Nein, leider nicht. Wenn ich du wäre, mein Junge ...« Sie zögerte, starrte ihn an. »He, vielleicht kann ich dir doch helfen. Wie heißt du?«

»Osgood M. Barnes.«

»O mein Gott«, sagte Candy. Und dann noch einmal: »O Gott.« Der Zeitungsverkäufer drehte sich um. Sein Rücken sagte deutlich, daß er für verlorene Kinder im Busbahnhof nicht zuständig war. Candy zuckte die Achseln, nahm sich noch zwei Almond Joys und steckte sie in ihre Handtasche.

»Haben Sie meinen Dad gesehen?« fragte der Junge noch einmal.

»Äh ... ja. Wie nennt deine Mutter dich?«

»Ozzie oder Klein Ozzie.«

»Gut. Also, weißt du, Klein Ozzie, ich nenne deinen Dad Ozzie, und deshalb werde ich dich Klein Ozzie nennen, damit ich euch auseinanderhalten kann. Willst du die Hälfte von einem Schokoriegel?«

Klein Ozzie nickte.

»Laß uns da rübergehen und uns einen Augenblick auf eine Bank setzen. Hast du schon gefrühstückt?«

Der Junge nickte. »Ganz früh. Es war noch nicht einmal hell draußen.«

»Was gab es denn? Zum Frühstück, meine ich?«

»Cornflakes.«

»Aha. Und dann hat deine Mutter dich zum Bus gebracht, ja? Und sie hat dir gesagt, dein Dad würde dich hier abholen, was?«

Der Junge nickte.

»Ich kenne deinen Dad, Klein Ozzie.«

»Wirklich?« Er hatte sich den halben Schokoriegel in den Mund gestopft und konnte kaum sprechen.

»Wirklich. Ich bin Candy Garth, und ich bin eine der besten Freundinnen deines Dads.«

»Hat er dir gesagt, daß du mich hier abholen sollst?«

»Äh – nein. Ich bin nur zufällig hier, weil ich diesen großen alten Koffer in ein Schließfach stellen will. Das wollen wir jetzt als nächstes machen, und dann stellen wir deinen Koffer dazu, damit wir ihn nicht mit herumschleppen müssen, bis wir dich irgendwo untergebracht haben. Weiß dein Dad, daß du kommst?«

»Ich glaube schon.«

»Nun, ich wundere mich etwas, weil er mir nichts davon erzählt hat, und ich glaube, das hätte er bestimmt getan, wenn er es gewußt hätte. Wir haben uns heute morgen unterhalten, was wir heute machen wollten. Hat deine Mama ihm einen Brief geschrieben?«

»Sie sagte, sie wollte ihn anrufen, wenn ich im Bus sitze«, sagte der Junge. »Sie wollte ihn nicht wecken, weil es so früh war.«

»Ach so. Und sie dachte, er wohnt noch bei Mr. Free. Das Telefon da ist aber schon lange nicht mehr da. Es scheint so, als hätte sie etwas sehr Wichtiges zu tun gehabt, wenn Sie dich allein in den Bus gesetzt hat, ohne sich zu vergewissern, daß du auch abgeholt wirst.«

»Sie wollte mit Onkel Mike irgendwo hinfahren.«

»Aha. Hat sie gesagt, wann sie wieder zu Hause ist?«

»Bald, hat sie gesagt.«

»So, so.« Candy schwieg und sah den Jungen mit leeren, himmelblauen Augen an, ein dickes rosafarbenes Mädchen in einem weißen Plastikmantel und einem teuren Wollkleid, das sie älter machte, als sie war.

Der Junge starrte aus dunklen Augen zurück, die denen seines Vaters glichen. Auch sein Körperbau, die kantige Stirn und der unschuldig-gerissene Gesichtsausdruck erinnerten an seinen Vater.

»Ach, ich habe dir doch Süßigkeiten versprochen?«

Sie überging den halben Riegel, den er schon bekommen hatte, und suchte in ihrer Handtasche nach einem der gestohlenen Almond Joys. »Hier. Nimm die Süßigkeiten von der süßen Candy. So vergißt du nicht, wer ich bin. Candy Garth.«

Der Junge bedankte sich.

»Ich habe heute auch eine Menge zu tun, Klein Ozzie. Ich will damit sagen, daß ich dich nicht mit mir herumschleppen kann, während ich das alles mache, aber bei Gott, mir fällt auch niemand ein, wo ich dich einstweilen unterbringen kann. Ich werde deinen Dad heute abend treffen ...«

»Wirklich?«

»Yeah, wir wollen uns alle im Consort treffen – das ist das Hotel. Was wir danach machen, weiß ich noch nicht. Und bis dahin muß ich einen Ort finden, wo ich wohnen kann. Wir werden sehen. Jedenfalls wollte ich dir sagen, daß wir ihn vielleicht sogar schon früher treffen. Wer weiß. Vorläufig mußt du eben einfach mitkommen. Als erstes muß ich jetzt zum Krankenhaus und mit jemand sprechen, dem ich einmal geholfen habe. Er ist krank. Willst du mitkommen?«

»Okay.«

»Schön. Dann komm jetzt und hilf Tante Candy, die Koffer ins Schließfach zu bringen. Du kannst mir vielleicht sogar helfen, ins Krankenhaus reinzukommen und ihn zu besuchen – ich erkläre es dir, wenn wir rübergehen.«

Das Belmont Hospital war ein Klotz aus grauem Stein, eine monumentale Erinnerung (wie es Ben Frees Haus auf seine kleinere Weise auch gewesen war) an das Baufieber des letzten Jahrhunderts. Seine acht Stockwerke wurden von den stählernen und gläsernen Türmen dieses Jahrhunderts überschattet, aber mit jeder dicken steinernen Fensterbank sagte es: *»Ich werde noch stehen, wenn die fort sind. Wenn die Spaten der Gelehrten meine Mauern von dem Staub reinigen, zu dem diese Stadt zerfallen wird, werde ich noch unbeschädigt stehen. Ich werde ewig bleiben.«*

Das Belmont war eine Nervenklinik, aber nachdem man entdeckt hatte, daß viele Verrückte gar nicht so verrückt sind, hieß das nicht viel. Die gelbe Maschine mit dem langen Hals hätte wochenlang auf die Granitblöcke einprügeln können und hätte sie doch nur angekratzt. Und wer hätte gewagt, Dynamit einzusetzen, wenn die Stahl- und Glastürme so nahe waren? Die verloren ihre acht Quadratfuß großen Scheiben schon bei jedem heftigen Wind.

Candy und der Junge gingen die breite Treppe des Belmont hinauf, als hätten sie dort etwas zu suchen. Der Junge hüpfte voraus. Vielleicht hatten ihm Schokolade, Mandeln und Kokosraspel neue Energie gegeben, vielleicht hatte ihn eine herzhafte Umarmung im Bus wieder aufgerichtet. Candy schleppte sich hinter ihm her. Sie puffte mit den Backen wie eine Dampflok, und sie war rot wie ein Apfel.

»Ich bin seine Schwester«, erklärte sie der Schwester drinnen. Und dann, als ihr einfiel, daß sie nicht im mindesten aussah wie Sergeant Proudy, fuhr sie fort: »Nein, eigentlich nicht seine *Schwester*, auch wenn wir das immer so gesagt haben. Wir wurden beide adoptiert.«

»Ich weiß nicht, ob Sie damit eine Verwandte sind«, erwiderte die Schwester zweifelnd. Sie war eine bleiche Frau mit spitzem Kinn und unordentlichem schwarzen Haar.

»Vor dem Gesetz auf jeden Fall«, erklärte Candy energisch. »Vor dem Gesetz bin ich seine Schwester. Wir haben die gleichen Eltern, Mr. und Mrs. John Proudy.« Es tat ihr schon leid, daß sie ihre ursprüngliche Behauptung relativiert hatte.

»Ich meinte das emotional. Schließlich kommt es ja nur darauf an, oder? Wenn wir Besucher einlassen, die die Patienten aufregen und die Ordnung hier im Krankenhaus durcheinanderbringen, dann tun wir es nur, weil wir das Gefühl haben, es könnte gut für die Patienten sein. Wir glauben, daß es gut ist, wenn sie jemand besucht, mit dem sie emotional verbunden sind.« Sie drehte sich zu einem Computerterminal um und tippte etwas ein. »Er muß eine ganze Ecke älter sein als Sie. Er ist zweiundvierzig.«

»Ich bin einundzwanzig«, sagte Candy automatisch.

»Das sind mehr als zwanzig Jahre Unterschied.«

»Er war eben mein großer Bruder«, phantasierte Candy verzweifelt. »Er hat mich zum Angeln mitgenommen, und wenn es schön war, sind wir zum Sportplatz gegangen und haben zugesehen.«

»Baseball?« Die fragte die Schwester neugierig. »Hat es Ihnen gefallen?«

»Das Spiel war mir eigentlich immer ziemlich egal, aber ich mochte die Hot Dogs und die Getränke. Da war ein Verkäufer, der hat Sauerkraut auf unsere Würstchen getan, wenn wir ihn gebeten haben.«

»Sauerkraut symbolisiert normalerweise das Schamhaar«, bemerkte die Schwester nachdenklich. »Und die phallische Symbolik ist nicht zu übersehen.«

»Halten Sie den Mund!« schnappte Candy. »Ich habe keine anzügliche Bemerkung gemacht. Ich habe ein Kind bei mir.« Sie hob Klein Ozzie auf und setzte ihn auf die Empfangstheke. »Das ist Sergeant Proudys kleiner Sohn, mein Neffe Oswald.«

»Es ist wichtig, daß Kinder ihre psycho-sexuellen Triebe kennenlernen.«

»Hören Sie.« Candy beugte sich über die Theke. Ihr Gesicht war inzwischen stärker gerötet als draußen auf der Treppe. »Ich habe die Nase voll von Ihnen. Lassen Sie mich jetzt zu meinem Bruder?«

Die Schwester schüttelte den Kopf. »Ihre unangemessene Wut ist wahrscheinlich ein Hinweis auf orgasmische Störungen. Sie sollten einen Therapeuten aufsuchen. Wie lange ist es her, daß Sie eine befriedigende sexuelle Beziehung hatten? Mit einem Mann, der Sie nicht an Ihren Vater erinnert hat?«

»Du dummes Miststück, wie kannst du so reden, wenn ich mit einem Kind hier stehe? Du verdammtes Stück Scheiße!« Candy langte über die Theke und packte die Schwester am gestärkten Kragen. Wie viele dicke Menschen war auch Candy stärker, als sie aussah. Sie schüttelte die Schwester, bis ihr jemand die Arme hinter den Rücken bog.

»Danke, Parker«, sagte die Schwester.

»Schon gut«, leierte eine Stimme hinter Candy. Dann: »Aua! Er hat mich getreten! Der kleine Junge hat mich getreten!«

Klein Ozzie trat noch einmal, und wieder und wieder, die klobigen schwarzen Schuhe flogen, und Tränen strömten über kleine Wangen. Candy wand sich im Griff des Wärters und sagte Worte, die kein Kind zu hören bekommen sollte.

29. KAPITEL

Bewohner der Straße

»In einer Mauer«, murmelte Stubb zu sich selbst. Rasch und doch methodisch untersuchte er alle Wände. Er riß Streichhölzer an, um auch die zu sehen, die vom Sonnenlicht nicht erreicht wurden, er fand Frees Kerze und zündete sie an. Dann grinste er über die Fußspuren, die Barnes und die Hexe im Schnee hinterlassen hatten. Da und dort schlug er mit einem Hammer, den er in einem Besenschrank entdeckt hatte, Putz von den Wänden. Er fand kein Ticket, keinen Schatz, keinen Safe und kein Versteck in der Wand.

Müde ging er zum Haus, das dem von Mrs. Baker gegenüber lag. Eine schmale junge Frau in einem verschmutzten Hauskleid kam zur Tür. Sie hatte ein Baby in den Armen, das erstickt gurgelte wie eine Toilette mit undichtem Abzug.

»Das tut mir leid«, sagte Stubb. »Hoffentlich habe ich ihn nicht geweckt.«

»Sie hat noch nicht geschlafen. Keine Sorge.«

»Oh, ein Mädchen.« Stubb kitzelte das Kinn des Babys. »Ist sie nicht süß!«

»Sie heißt Melissa.«

»Na, so etwas! Paß auf, Melissa, ich bin Detektiv, und ich muß deiner Mami ein paar Fragen über ein gewisses Auto stellen. Darf ich reinkommen?«

Der jungen Frau fiel das Kinn herunter. »Mal langsam. Sind Sie wirklich ein Cop?«

Stubb nahm das Etui mit seiner Marke aus der Tasche, klappte es kurz auf und ließ es sofort wieder verschwinden. »Es geht nicht um Sie und Ihre Familie«, sagte er. »Ich möchte Sie nur nach einigen Leuten fragen, die gestern abend das Haus gegenüber aufgesucht haben.«

»Okay.« Die junge Frau wich zurück. »Habe ich Sie nicht schon einmal in dieser Gegend gesehen?«

»Bestimmt«, sagte Stubb. »Ich bin zwei Häuser weiter gut ein Dutzendmal ein- und aus gegangen, bevor es abgerissen wurde.«

Die junge Frau nickte verstehend. Ihr Haus war nicht so sauber wie die Häuser von Mr. Free und Mrs. Baker, und es roch nach Babyscheiße.

Stubb setzte sich am Küchentisch auf einen grünen Plastikstuhl. »Ich möchte etwas über das Haus gegenüber wissen. Da drüben. Ja, das da. Da wohnt eine alte Frau.«

»Ja, ich glaube schon. Ich sehe sie manchmal beim Einkaufen. Aber ich weiß nicht einmal, wie sie heißt. Ist etwas mit ihr?«

»Nein, nichts – ich habe nur mit ihr gesprochen. Gestern abend stand vor ihrem Haus eine viertürige dunkle Limousine. Der Wagen muß von etwa sechs Uhr bis um acht dort gestanden haben. Überlegen Sie. Haben Sie ihn gesehen?«

Die junge Frau schüttelte den Kopf.

»Waren Sie gestern abend irgendwann mal draußen?«

Die junge Frau nickte. »Das ist ja das Problem. Wir sind zu meiner Mom rüber und haben Melissa bei ihr gelassen, dann sind wir ins Kino gegangen. Ed hat um fünf Feierabend, und kurz danach sind wir gegangen.«

»Sie sind nicht berufstätig?«

»Nicht mehr, seit Melissa da ist. Wir haben beschlossen, daß ich mindestens ein Jahr pausiere.«

»Wann sind Sie vom Kino zurückgekommen?«

»So um zehn. Wir sind zu Mom gefahren, haben bei ihr gegessen, dann sind wir ins Kino gefahren, und dann haben wir noch eine Weile bei ihr gesessen und ihr etwas über den Film erzählt. Es war *Something Strange,* so hieß der Film.«

»Es ist schön, wenn man ab und zu mal rauskommt. Ich weiß, wie das ist, wenn man immer daheim bleiben und auf ein Baby aufpassen muß. Hat Ihnen der Film gefallen?«

Die junge Frau lächelte. »Doch. Ich bin vor Angst beinahe durchgedreht. Ich mußte mich den ganzen Abend an Ed festhalten.«

»Passen Sie nur auf, sonst kommen Sie nie wieder zum Arbeiten. Das war doch einer von diesen Filmen, die in Spukhäusern spielen, oder?«

Sie nickte begeistert. »Ein altes Haus in New England. Barbara Delacourt meldet sich auf eine Anzeige, mit der jemand einen Babysitter sucht. Sie soll auf das Kind aufpassen, während die Eltern in Europa sind. Sie weiß aber nicht, daß das Haus Menschen frißt, und daß die Besitzer das ab und zu so machen, um das Haus zu füttern. Einmal ging sie in einen Wandschrank, und plötzlich haben sich die Kleider, die da hingen, und die Schuhkartons in Zähne verwandelt. Ich wäre fast unter den Sitz gekrochen.«

»Keine Sorge, die Stars erwischt es immer erst am Ende des Films. Aber da wir gerade von Spukhäusern reden, haben Sie zwei Häuser weiter einmal etwas Eigenartiges beobachtet?«

»Nein, nichts, außer, daß es abgerissen wurde. Unser Haus und das Nachbarhaus sollen auch bald abgerissen werden. Es hieß, man würde uns beizeiten darüber informieren. Ed und ich haben es nur gemietet, und wir suchen schon etwas Neues. Vielleicht eine Wohnung, wo der Vermieter nichts gegen Kinder hat.«

»Die lassen sich viel Zeit, wenn sie jetzt erst mit Frees Haus begonnen haben, und wenn Sie noch nicht einmal wissen, wann Sie an der Reihe sind.«

»Heißen die da drüben Free? Das Haus gegenüber von den Frees wird auch abgerissen.«

»Das Haus des Arztes?«

»Nein, das steht hier nebenan. Ich meine das Haus genau gegenüber von den Frees. Aber wegen des Streiks wird es vermutlich noch eine Weile dauern.«

»Ich wußte gar nicht, daß gestreikt wird.«

»Die Bauarbeiter streiken. Sie sind gestern nachmittag verschwunden. Deshalb arbeitet heute auch niemand. Einer hat sich verletzt, als sie angefangen haben. Ein Cop. Ich glaube, ein Polizist.«

»Yeah, ich weiß.«

»Es gab einigen Wirbel. Das Fernsehen war da. Dann wurden auch noch zwei Bauarbeiter verletzt, und die anderen begannen zu streiken. Mangelnde Sicherheit am Arbeitsplatz, glaube ich.«

»Ich verstehe.« Stubb erhob sich lächelnd. »Ich sehe, daß Sie mit dem Kind einiges zu tun haben, und ich will Sie nicht länger aufhalten. Sie haben mir wirklich sehr geholfen. Wenn die Kräfte, die für Recht und Ordnung sorgen, mehr Unterstützung von braven Bürgern wie Ihnen bekämen, dann wären die Städte in einem besseren Zustand.«

Die junge Frau senkte bescheiden den Blick. »Officer, es war einfach nett, mit Ihnen zu reden. Es war eine kleine Abwechslung.«

»Danke. Hören Sie – vergessen Sie nicht den Wagen, von dem ich Ihnen erzählt habe. Ich weiß nicht, ob er noch einmal zurückkommt, aber ich werde kommen. Wenn Sie ihn noch einmal sehen, könnten Sie dann genau hinsehen und die Nummer notieren? Und versuchen Sie zu erkennen, wer darin sitzt.«

Der Mann, der nebenan öffnete, war ein großer, gähnender Schwarzer. Er trug ein Unterhemd und weiße Boxershorts. Als Stubb ihm seine Marke zeigte, packte er Stubbs Handgelenk. »He, Mann, lassen Sie mich das ansehen. Da steht Privatdetektiv – Sie sind gar kein richtiger Polizist.«

»Sagte ich, daß ich Polizist sei?«

»Na klar haben Sie das gesagt.« Der Schwarze nahm Stubb das Kästchen mit der Marke aus der Hand. »Nehmen Sie den Fuß aus meiner Tür.«

»Nein, das habe ich nie behauptet. Ich sagte nur, daß ich Detektiv sei. Und genau das bin ich. Ich bin Privatdetektiv, wie es auf der Marke steht. Ich möchte einen Augenblick mit Ihnen reden.«

»Das Ding hier haben Sie aus dem Versandhaus.«

»Klar. Wo sonst bekommt man so eine Marke? Die Firma ist in Kalifornien.«

»Verschwinden Sie aus meiner Tür.« Der Schwarze zog die Tür auf, um sie zuzuknallen, aber Stubb huschte an ihm vorbei hinein. Der Schwarze sagte: »Mann, *Sie* haben Nerven.«

»Sie sagten, ich soll aus der Tür verschwinden, und das habe ich getan. Ich muß mit Ihnen reden, und ich dachte, Ihnen wird bestimmt kalt, wenn Sie noch länger in der Unterwäsche da herumstehen.«

»Sie haben mich geweckt, Mann. Ich habe geschlafen. Ich habe diese Woche Nachtschicht.«

»Yeah? Was machen Sie denn?«

»Was geht Sie das an? Kleiner Mann, ich könnte Sie mit Links zu Konfetti verarbeiten.«

»Sicher, aber das werden Sie nicht tun.« Stubb sah sich im Zimmer um, dann setzte er sich auf einen Stuhl mit gerader Lehne, der neben einem einsamen, bequemen Lehnstuhl stand.

»Sagen Sie mir, warum nicht. Mann, ist das kalt hier.«

»Weil Sie wissen, daß ich Privatdetektiv bin, und weil ich bewaffnet sein könnte.«

»Sind Sie bewaffnet?«

Stubb zog eine zerknitterte Packung Zigaretten aus der Tasche und bot ihm eine an. »Wenn ich nein sage, sind Sie immer noch nicht sicher, ob Sie mir es glauben können.«

»Da haben Sie wohl recht.« Der Schwarze nahm eine Zigarette und beugte sich über Stubbs Streichholz. »Da.« Er warf dem kleinen Mann das Etui mit der Marke in den Schoß. »Behalten Sie's. Ich hole mir eine Decke.«

Nach einer Minute kam er aus dem hinteren Teil des Hauses zurück. Er hatte sich eine einfarbige grüne Decke um die Schultern gewickelt. »Wie gefällt Ihnen das? Hier ist Superman. Ich habe mir vor einer Weile einen schönen, warmen Hausmantel gekauft, aber ich habe etwas darauf ausgeschüttet. Meine Frau weicht ihn ein. So, was wollen Sie jetzt, daß Sie mich aufwecken und mich nerven?«

Stubb erzählte ihm von dem Wagen.

»Den habe ich nicht gesehen. Ich achte kaum auf meine Nachbarn. Wenn es ihnen dreckig geht, lassen sie es an mir aus, wenn es ihnen gut geht, habe ich auch nichts davon.«

»Wollen Sie für mich die Augen aufhalten? Ich komme am Wochenende noch einmal vorbei, wenn Sie nicht schlafen müssen.«

»Mann, am Wochenende schlafe ich bis mittags.«

»Dann komme ich am Nachmittag.« Stubb stand auf.

»Sie wissen nicht mal meinen Namen. Ich bin Buster Johnson.«

»Jim Stubb. Irgend jemand hat Sie mal erwähnt – ich glaube, es war die Frau unten in dem kleinen Laden. Sie sagte, Sie wären ein harter Brocken.«

»Da hat sie recht. Das bin ich.«

»Sie sehen auch so aus.«

»Sehen Sie die Narbe hier?« Johnson tippte mit einem Finger auf sein Gesicht. »Das war eine zerbrochene Bierflasche. Wenn Sie so eine Narbe hätten, würden die kleinen Kinder vor Ihnen weglaufen. Bei einem Schwarzen sieht man sie kaum.«

Stubb nickte. »Schlimm, so was.«

»Ach, ich weiß nicht. Kommt darauf an, ob man lieber Männer erschrecken oder Frauen befummeln will. Ich glaube, fummeln ist mir doch lieber.« Er grinste.

»In dem Auto, von dem ich Ihnen erzählt habe, waren zwei Frauen. Wenn Sie gern Frauen ansehen, sollten Sie vielleicht nach den beiden Ausschau halten.«

»Das mache ich vielleicht. Besonders, wenn für Buster was dabei drin ist.«

»Ich habe in diesem Fall kein Geld, das ich zum Fenster hinauswerfen könnte. Vielleicht kommt später was rein. Wenn Sie was sehen, sagen Sie mir Bescheid, und dann will ich sehen, was ich tun kann.«

Als er die vereisten Stufen zum Gehweg hinunterstieg, rief Johnson ihm nach: »Mann, Sie haben da wirklich was laufen, wie?«

Im nächsten Haus öffnete ihm ein Clown. Seine Nase war ein roter Gummiball, der Rest seines langen, glatten und ovalen Gesichts war so weiß, daß es fast zu leuchten schien. Knallrote Tränen, die geformt waren wie umgekehrte Herzen, kullerten aus seinen Augen. Der Kragen war ein weißes Rüschenungetüm, das jedem Gentleman aus der Zeit Königin Elisabeth I. gut gestanden hätte, und die Knöpfe seiner weißen Bluse waren Pompons.

»Bitte?« sagte er.

»Ich bin Detektiv. Ich möchte mit Ihnen reden.«

Der Clown nickte. Stubb konnte nicht erkennen, welcher Gesichtsausdruck, wenn überhaupt, unter der dicken Farbschmiere vorherrschte. »Die Nachbarn haben sich wohl wieder beschwert«, sagte der Clown.

Das Zimmer war kein Wohnzimmer, kein Eßzimmer, kein Salon, nicht einmal ein Schlafzimmer. Es schien halb Warenlager und halb Geschäft zu sein. Überall lagen Stapel eigenartiger Kleidung, an der Decke hingen Masken, und Stubb sah bunt bemalte Badewannen, Schränke und Kisten.

Mit erstaunlicher Beweglichkeit sprang der Clown auf einen Sarg, der viel zu sehr nach Sarg aussah, um echt zu sein. »Entschuldigen Sie, daß ich Ihnen keinen Sitzplatz anbieten kann«, sagte er. »Vielleicht finden Sie irgendwo selbst einen Platz.«

»Ich bleibe stehen«, sagte Stubb. »Ich habe in der letzten Zeit genug gesessen.«

»Was sagen sie denn?«

»Ihre Nachbarn? Ich dachte, das wissen Sie schon.«

»Natürlich. Schmeißt den Clown da raus! Laßt ihn verschwinden wie einen schlechten Traum! Er ist eine Gefahr für die Gesellschaft!« Der Clown zückte ein rotes Taschentuch und tat so, als wollte er sich die Gumminase schneuzen. Ein Papierschmetterling, der von einem Gummizug angetrieben wurde, flatterte aus dem Taschentuch und schwirrte im Zimmer herum, prallte gegen Plastikwürste und Riesenschuhe, die so bemalt waren, daß sie wie Füße aussahen.

»Wie ist Ihr Name?« fragte Stubb.

»Nimo. Nimo der Clown.«

»Schön, Nimo. Wie nennen die Leute Sie, wenn Sie das Make-up nicht tragen?«

»Sie verstehen es, was? Wenigstens ein bißchen. Dann heiße ich Richard A. Chester – das ist mein Name, wenn ich schlafe.«

»Klar, ich verstehe, Nimo. Wie verdient Richard A. Chester eigentlich seinen Lebensunterhalt? Wenn es Ihnen nichts ausmacht?«

»Nichts macht er«, sagte der Clown. Er fügte Daumen und Zeigefinger zu einem Loch zusammen. »Nichts.«

»Er schlägt einfach nur die Zeit tot?«

»Genau!« Der Clown strahlte und klatschte entzückt in die Hände. »Er geht für mich einkaufen, und manchmal ißt er für mich. Und er schläft für mich.«

»Er hat nicht zufällig gestern abend auf der Straße herumgehangen? So zwischen sechs und neun?«

»Das glaube ich nicht – es war zu kalt. Aber das müssen Sie ihn selbst fragen.«

»Ich soll Dick fragen?«

»Fragen Sie Richard. Er mag es nicht, wenn man ihn Dick nennt.«

»Kann ich verstehen. Ich mochte das auch nicht. Kann ich wohl mit ihm sprechen, wenn ich später noch einmal vorbeikomme?«

»Kann sein.«

»Vielleicht mache ich das. Aber wo ich Sie gerade hier habe, Nimo, würde ich Sie gern etwas fragen. Kennen Sie das Haus vier Häuser weiter, das gerade abgerissen wird?«

Der Clown nickte.

»Können Sie mir etwas darüber sagen?«

Der Clown nickte wieder. »Die haben keine Kinder.«

30. KAPITEL

Das Neueste vom Tage

Der Zeitungskiosk war so winzig, daß er im Grunde kein Laden war. Er war zwischen eine Snackbar und eine Reinigung gequetscht, als hätte jemand, der nicht wußte, wie man ein ordentliches Geschäft betreibt, zufällig eine kleine Lücke zwischen den Gebäuden entdeckt und etwas Geld bekommen, so daß er eine Gelegenheit sah, ein richtiges Geschäft zu imitieren. Man hatte das Gefühl, daß nur sehr dünne Zeitschriften – Magazine voller Bilder von dünnen, nackten brünetten Frauen in den Armen behaarter Männer – hier verkauft werden konnten, und daß nur dünne Zeitungen (zwei Monate alt) aus kleinen Kleinstädten und die dünnen, fremdsprachigen Wochenblätter aus obskuren osteuropäischen Ländern neben die lavendelfarbigen und rosa Wettzettel für die Pferderennen und die gepunkteten Gypsy Dream Keys für die Lotterie geklemmt werden konnten. Es roch nach Kohlenrauch, Druckfarbe und Schimmel.

Majewski schob sich seitlich hinein, die Schultern so verdreht, daß er weder die Zeitschriften von den Wänden fegte noch die dicken Stapel der *New York Daily News* und der *Chicago Sun Times* umkippte. »Ist er da?« fragte er den alten Mann, der hinten im Laden saß.

»Ist wer da?«

»Du weißt verdammt genau, wen ich meine. Barney. Ich will ihn sprechen.«

Der alte Mann schüttelte den Kopf. »Es ist gerade jemand bei ihm.«

Weiter hinten im Zeitungsstand war es dunkler. Vorn hingen noch nackte Birnen an blanken Drähten, hinten hing nichts mehr, so daß die Region, wo der alte Mann seinen Stuhl gegen die Wand gekippelt hatte, schwarz war wie Tinte. Aus der Dunkelheit kam jetzt eine Stimme, kräftig und dennoch gedämpft. »Laß ihn rein. Ist schon gut.«

Resigniert rückte der alte Mann seinen Stuhl zur Seite. Majewski drehte den Knopf herum und ging durch.

Der Raum war nicht breiter als der Zeitungskiosk, aber hell erleuchtet. Dort drinnen befanden sich ein alter hölzerner Schreibtisch mit einem alten hölzernen Drehstuhl dahinter, ein einsamer, hart aussehender normaler Stuhl mit gerader Rückenlehne, ein kleiner Safe und zwei Männer.

Der größere der beiden hatte sich gegen die Wand gelehnt. Er hatte ein rundes, rötliches, sommersprossiges Gesicht, und er trug eine Polizeiuniform. Der kleinere saß hinter dem Schreibtisch. Sein Gesicht war dunkel, und er hatte einen dunklen Schnurrbart, in dem schwarze und weiße Strähnen abwechselten.

»Keine Sorge«, sagte der Polizist. »Wir sind mit unseren Geschäften fertig, und ich wollte sowieso gerade gehen. Wie heißt du, Junge?« Er war kaum älter als Majewski.

Majewski sah den Mann hinter dem Schreibtisch an, der ihm zunickte. »Joe Majewski«, sagte Majewski.

»Und schon Page im Consort.« Der Polizist betrachtete die rote Uniformmütze, die Majewski zu seinem Übermantel trug, und nickte anerkennend. »Wohnst du hier in der Nähe, Joe?«

Majewski schüttelte den Kopf. Der dunkle Mann hinter dem Schreibtisch sagte: »Ich weiß, wo er wohnt.«

»Das kann ich mir denken. Wozu brauchst du das Geld, Joe? Mußt du deinen Buchmacher auszahlen?«

»Ich muß eine Rate für meinen Fernseher bezahlen. Wenn ich denen nicht bald etwas Geld gebe, holen die den Apparat wieder ab.«

»Na, hör dir das an. Immerhin treibst du dich dann nicht auf der Straße herum, was?« Der Polizist richtete sich auf und griff nach dem Türknopf. »Bis bald, Barney.«

»Bis dann, Evans.«

»Was war das denn?« fragte Majewski, als der Polizist gegangen war.

»Was glaubst du denn? Schließlich will ich ja im Geschäft bleiben. Was glaubst du, was ich mit den Zinsen mache, die du bezahlst? Meinen Hund aufs College schicken? Ich muß das Revier bezahlen, ich muß die Eintreiber bezahlen, ich muß meinen Ratsherren bezahlen. Der war vom Revier. Frag nur nicht, wieviel.«

»Wieviel?«

»Frag nicht. Einen Haufen Geld. Wenn ich nicht die Zeitschriften da draußen hätte, würde ich es überhaupt nicht schaffen. Und dieser Hundesohn steckt sich nebenbei immer das *Penthouse* ein. Wieviel willst du?«

»Siebzig.«

»Siebzig nur?«

Majewski nickte. »Ich bekomme morgen Geld, Barney, aber ich muß es haben, bevor ich morgen zur Arbeit gehe. Du weißt doch. daß ich gut dafür bin.«

»Okay. Fünf für vier bis Ende nächster Woche. Das wären dann achtundachtzig. Wenn du es nicht schaffst, fünf für vier bis Ende der folgenden Woche. Das wären dann hundertzehn. Laß es nicht weiter gehen als bis dahin.«

Majewski nickte wieder.

Der dunkle Mann zog eine dicke Rolle mit Geldscheinen aus dem Mantel und gab ihm einen Fünfziger und einen Zwanziger, beide nicht gerade neu. »Ich vertraue dir, Joe«, sagte er. »Bescheiß mich nicht. Ich habe so viele Eintreibungen laufen, das bringt mich noch um.«

»Bis nächsten Sonnabend dann.«

»Genau, so ist das richtig.«

Majewski drehte den Türknopf herum und schob sich rückwärts durch die Tür. Der alte Mann saß immer noch mit gekipptem Stuhl an der Wand. Er hatte sich einen schlappen, schweißfleckigen grauen Hut – den Hut eines alten Mannes – über die Augen gezogen. Ein kleines, lebhaftes Mädchen sah die Zeitschriften durch. Sie blickte zu Majewski, dann sah sie ihn noch einmal an, als wollte sie ihre Bewegung in Zeitlupe wiederholen. »Ich kenne Sie!« rief sie.

»Also, Lady, da wissen Sie etwas, das ich nicht weiß«, antwortete er.

»Gestern abend, als ich ins Consort kam, fragten Sie mich, ob ich Miss Garth sei, oder ob ich wüßte, wer sie sei. Und ich erinnerte mich an den Namen, als ich später tatsächlich Candy Garth kennenlernte, die wiederum Madame Serpentina zu kennen schien. Warum haben Sie sie gesucht? Miss Garth, meine ich.«

»Ich weiß es nicht mehr«, sagte Majewski. Er machte keine Anstalten, sich an ihr vorbeizuschieben.

Das Mädchen starrte ihn noch einen Augenblick lang an, dann wühlte sie in ihrer Handtasche herum und zückte einen Dollar.

Majewski erlaubte sich ein kleines Grinsen. »Yeah«, sagte er, »meine Erinnerung kommt, glaube ich, zurück.«

»Hat Madame Serpentina Sie gebeten, nach Miss Garth zu suchen?«

»Äh – nein. Ein Mann.«

»Ein kleiner Mann mit einer Brille?«

Majewski schüttelte den Kopf. »Ich habe ihn nicht gesehen. Er hat in der Lobby angerufen. Ich hatte gehofft, dafür ein Trinkgeld zu bekommen, weil ich wußte, daß es ihr Zimmer war und weil die Lady gute Trinkgelder gegeben hat, aber ich habe sie seitdem nicht mehr gesehen. Um die Wahrheit zu sagen, ich bin ihr sogar ausgewichen, weil ich ihr Geld schuldig bin, aber jetzt kann ich es ihr zurückzahlen, und da werde ich sie daran erinnern, daß ich das Mädchen in dem weißen Mantel für den Mann gesucht habe, der in ihrem Zimmer war.«

»Sie sagten, Madame Serpentina habe viel Trinkgeld gegeben. Könnten Sie mir das näher erklären?«

»Meine Güte, Sie wollen eine Menge für Ihren Dollar, was? Zehn für jeden von den drei Burschen, die ihr Gepäck hochgebracht haben.«

»War der Mann mit der dicken Brille bei ihr?« fragte das Mädchen.

»Nein.« Majewski wollte sich an ihr vorbeischieben. »Es war niemand bei ihr. Ich habe den Mann überhaupt nicht gesehen. Hören Sie, Lady, ich habe Ihnen erheblich mehr gegeben als Informationen für einen Dollar. Ich muß jetzt gehen.«

»Hier.« Sie wühlte wieder in ihrer Handtasche herum. »Hier ist noch ein Dollar, okay? War sie beim Einchecken allein? Wissen Sie, ob sie mit dem Taxi gekommen ist?«

»Äh – hmm...« Majewski überlegte und schnippte dann mit den Fingern. »Da fällt mir ein, ich habe den kleinen Mann mit der Brille vielleicht doch gesehen. Wenn wir nicht viel zu tun haben, sollen wir den Gästen helfen, ihre Sachen von draußen reinzutragen. Wir stellen die Sachen dann in der Lobby ab, während sie ihr Zimmer mieten.«

Das Mädchen nickte.

»Ich glaube, ich habe jemand wie ihn gesehen – einen kleinen Mann mit einer dicken Brille und heruntergezogenem Hut, der mit ihr sprach. Später sah ich ihn dann noch einmal am Empfang in der Lobby. Ich weiß nicht, ob er es war, der angerufen hat.«

»Haben Sie ihn danach noch einmal im Hotel gesehen?«

Majewski schüttelte den Kopf. »Aber ich bin auch nicht immer da. Ich arbeite nur am Nachmittag und abends – ich fange erst in ein paar Stunden an.«

»Was ist mit der Frau mit dem weißen Regenmantel? Oder mit dem Mann mit dem schwarzen Schnurrbart? Ich habe später in der Lobby mit ihm gesprochen. Sie müssen uns gesehen haben.«

»Er ist mir nicht aufgefallen«, sagte Majewski. »Die dicke Frau habe ich auch nicht mehr gesehen.«

»Hier ist meine Karte.« Das kleine Mädchen drückte sie ihm in die Hand. »Reden Sie mit den Leuten, mit denen Sie zusammenarbeiten. Wenn Sie herausfinden, wo der Mann mit der Brille und die Frau mit dem weißen Regenmantel wohnen, rufen Sie mich an und geben mir Bescheid. Mich interessiert vor allem der Mann mit der Brille. Rufen Sie an, wenn Sie mir sagen können, wo ich ihn finde. Ich bezahle zehn Dollar.« Sie zögerte. »Zehn Dollar für jeden von den beiden.«

Majewski sah auf die Karte. »Okay, Miss Duck. Aber ich will ehrlich mit Ihnen sein. Sie haben mich doch gerade eben nach dem kleinen Mann mit der Brille gefragt. Und plötzlich habe ich mich erinnert, ihn schon einmal gesehen zu haben.«

Sandy Duck nickte.

»Also, der Grund dafür, daß ich mich an ihn erinnert habe, ist, daß ich ihn gerade draußen vorbeigehen gesehen habe.« Er deutete an ihr vorbei zur Glastür am vorderen Ende des Zeitungskiosks.

Sie stürmte hinaus, dann blieb sie abrupt stehen und sah die Straße hinauf und hinunter. Majewski folgte ihr etwas bedächtiger.

31. KAPITEL

Husten!

»Ziehen Sie das Hemd aus«, brummte Dr. Makee. Er trug ein Frackhemd, eine Hose mit Fischgrätenmuster und eine Fliege. Die zugehörige graue Anzugjacke hing in einer Ecke seines Sprechzimmers auf einer Stuhllehne.

»Eigentlich bin ich nicht richtig krank«, erklärte Barnes. »Ich wollte nur mit Ihnen reden.«

»Ziehen Sie es aus«, sagte der alte Arzt energisch. »Es ist mir egal, warum Sie hergekommen sind. Bevor ich nicht Ihr Herz abgehört habe, werde ich nicht mit Ihnen sprechen.«

»Ich kann Sie nicht bezahlen.«

»Runter damit!« Er kam zu Barnes herüber und begann, die Knöpfe selbst zu lösen.

»Also gut«, sagte Barnes. »Also gut.« Er löste seine Krawatte und hängte sie neben einem verstaubten Skelett auf einen Garderobenständer. Dann zog er seine Anzugjacke aus und knöpfte sein Hemd auf.

»Schon besser.« Der alte Arzt trank einen Schluck Kaffee aus einer großen Tasse auf seinem Schreibtisch und wischte sich den Schnurrbart mit dem Handrücken sauber. »Ich weiß genau, daß Sie nicht bezahlen können. Wenn Sie bezahlen könnten, würden Sie zu einem richtigen Doktor in einer Klinik gehen, nicht zu einem verrückten alten Quacksalber im Ruhestand, wie ich es bin. Hierher kommt niemand, der bezahlen kann, selbst wenn einige dann doch etwas bezahlen. Ich weiß, daß Sie nicht krank sind. Oder wenigstens glauben Sie, daß Sie es nicht sind. Das sah ich gleich, als Sie hereingekommen sind. Ein kranker Mann geht anders als ein gesunder. Aber ein Mann, der krank ist und es nicht weiß, der geht wie John Wayne. Mann, John Wayne ging immer noch wie John Wayne, als er voller Krebsgeschwüre war. Wenn ein Mann in Ihrem Alter herkommt, höre ich immer sein Herz ab. Angenommen, Sie behaupten, Sie wären nicht krank, ich glaube Ihnen, und Sie gehen raus und fallen draußen vor meiner Tür tot um. Ich würde mir das nie verzeihen.«

Er stand auf und rückte sein Stethoskop zurecht, dann drückte er das Ende an Barnes' Bauch. »Husten!«

Barnes hustete.

»Das ist jetzt nicht für das Herz, sondern für Ihre Lungen.« Der alte Arzt drückte sein Instrument auf ein halbes Dutzend weitere Punkte, wobei er gelegentlich mit den Knöcheln auf Barnes' Rippen pochte. »Wie lange haben Sie sich nicht mehr gründlich untersuchen lassen?«

»Fünf Jahre, vielleicht sechs.«

»Das dachte ich mir. Jetzt hüpfen Sie auf der Stelle. Ich zeige es Ihnen.« Er hüpfte von einem Bein auf das andere. Barnes versuchte, es ihm nachzumachen. »Gar nicht so schlecht. Wollen Sie jetzt mal sehen, wie ein kranker Mann läuft?« Der alte Arzt ließ eine Schulter sinken und schlurfte herum, wobei er ein Bein nachzog. »Das ist krank!« Er kicherte teuflisch und packte Barnes' Schulter mit seiner fleckigen Altmännerhand. »Ja, Herr, Igor gehorchen!«

Barnes fuhr zurück, und der Arzt richtete sich wieder auf und drückte abermals das Stethoskop an seine Brust. »Es geht doch nichts über einen tüchtigen Schreck, um den Pulsschlag zu erhöhen.«

»Ich wollte Sie eigentlich nur nach Mr. Free fragen«, sagte Barnes.

»Ben Free?« Dr. Makee nahm die Hörer aus den Ohren, trat hinter seinen Schreibtisch und setzte sich. »Ihr Herz scheint gut in Schuß zu sein. Wie, sagen Sie, war noch gleich Ihr Name?«

»Osgood M. Barnes.«

»Nun, ich glaube, damit haben Sie keine Probleme, Mr. Barnes. Ich will trotzdem noch Ihren Blutdruck kontrollieren. Ziehen Sie Ihr Hemd wieder an und setzen Sie sich hier hin. Ist Ihr Vater tot?«

Barnes nickte und nahm sein Hemd vom Ständer.

»Woran ist er gestorben?«

»Es war ein Unfall.«

Der alte Arzt trank einen Schluck Kaffee. »Sie wollen wohl nicht darüber sprechen? Na gut. Setzen Sie sich und lassen Sie mich Ihren Blutdruck messen. Sie können Ihren Schlips wieder umbinden, aber ziehen Sie Ihren Mantel noch nicht an. Sie wollten etwas über Ben Free wissen?«

Barnes nickte wieder.

»Ich dachte, Sie wohnen bei ihm. Ich habe Sie dort drüben gesehen, also müßten Sie eigentlich mehr wissen als ich. Legen Sie Ihren Arm hierher, ausgestreckt auf den Schreibtisch. Kriegen Sie wieder Luft? Ist Ihr Herzschlag runter?«

»Ja, es geht«, sagte Barnes. »Stimmt, ich habe bei ihm gewohnt. Sie haben recht, Dr. Makee.«

»Sie waren doch auch drüben, als ich den Burschen geflickt habe, der eins mit der Axt abbekommen hat.«

»Ja, ich war da. Aber da war Mr. Free schon weg – und wir wußten nicht, wo er war. Wir wissen es immer noch nicht. Wir haben gehofft, daß Sie uns etwas sagen können.«

Der alte Arzt wickelte eine Gummimanschette um Barnes' Arm. »Kann ich nicht, weil ich es nicht weiß. Sind Sie nun zufrieden? Ich weiß nicht, wohin er ging, als die anfingen, sein Haus zu zertrümmern. Ich weiß nicht einmal, wohin ich selbst gehen soll, wenn die mit meinem Haus hier anfangen.«

»Doktor, die Frage ist nicht, ob ich zufrieden bin. Wir machen uns Sorgen um ihn. Er hat sein Heim verloren. Wir würden ihm gern helfen, wenn wir können.«

»Aus reiner Herzensgüte? Das glaube ich Ihnen nicht, Mr. Barnes. So etwas tut kein Mensch. Die Leute reden sich ein, daß sie etwas aus Herzensgüte tun, aber so läuft das nicht. Etwas passiert, und sie glauben, wenn nur dies und das nicht wäre, dann würde ich dieses oder jenes tun. Aber es gibt immer ein Dies und Das, außer wenn das Dieses oder Jenes ihnen Geld einbringt.«

»Wollen Sie behaupten, daß wir keine Nächstenliebe kennen? Und ich dachte, gerade Sie handelten aus Nächstenliebe. Sie sagten doch, Sie wären im Ruhestand. Warum kümmern Sie sich so um Ihre Patienten?«

»Gottverdammich, jemand muß es doch tun. Außerdem«, kicherte der alte Arzt, »kann ich mir in dieser Gegend fast alles erlauben, wenn ich es tue. Denken Sie nur daran, wie ich Sie dazu brachte, das Hemd auszuziehen, als Sie hereinkamen.«

»Ach so.«

»Nun, so springe ich mit allen um. Ich lasse sie sich ausziehen, damit ich ihr Herz und ihre Lungen untersuchen kann. Wegen des Anstandes lasse ich Damen und junge Mädchen natürlich nicht ihre Büstenhalter ablegen, soweit sie überhaupt welche tragen. Die meisten jungen Mädchen tragen heute keinen Büstenhalter mehr – wußten Sie das?«

»Ja«, sagte Barnes, »das ist mir auch schon aufgefallen.«

»Und wenn sie einen tragen, dann haben sie meist nur diese durchsichtigen, hauchdünnen Dinger an. Die gefallen mir fast genauso gut. Sie sind zu jung, um zu wissen, wie es zu meiner Zeit war, Mr. Barnes. Aber damals, als ich noch ein Junge war, da war es wirklich ein Ereignis, wenn ich mal einem hübschen Mädchen in den Ausschnitt sehen konnte. Mann, an so etwas habe ich dann einen ganzen Monat gedacht. Und als wir den Versandhauskatalog bekamen, hat meine Mutter die

Seiten mit der Damenunterwäsche rausgerissen, damit meine Brüder und ich sie nicht zu sehen bekamen.«

Barnes grinste. »So alt sind Sie doch gar nicht, Doktor. Wissen Sie, irgendwie erinnern Sie mich sehr an Mr. Free.«

»Das soll wohl so sein.« Der alte Arzt pumpte die Manschette des Blutdruckmessers auf. »Er war immerhin mein Sohn.« Barnes starrte ihn an. Der alte Mann kicherte wieder. »Nicht mein richtiger Sohn – Tommy ist schon lange tot, und ich glaube, Ben war sogar ein paar Jahre älter als ich. Aber wir haben so getan, als wäre es so, und wir hatten eine Menge Spaß damit. Ich war der Dad, weil ich einen Schnurrbart hatte. Ben hat sich damals immer rasiert. Er hat jetzt aber mehr Haare im Gesicht als ich.«

Barnes nickte.

»Richtig, Sie haben ihn ja oft genug gesehen.« Der alte Arzt drückte sein Stethoskop in Barnes' Armbeuge und legte den Kopf schief. Die Luft, die aus der Manschette entwich, zischte leise. Es klang wie das Seufzen einer schläfrigen Schlange. »Es begann, als wir einmal mit dem gleichen Bus nach Hause fahren wollten. Ich hatte mir das Knie etwas verrenkt, und Ben half mir die Treppe hinauf. Ihr Blutdruck ist in Ordnung, Mr. Barnes. Sehr gut sogar für einen Mann wie Sie, weil Sie schlank sind. Bewegen Sie sich viel und meiden Sie fettes Essen und alles, was süß oder ölig ist. Und benutzen Sie kein Salz.«

»Mache ich«, sagte Barnes. »Danke für den Hinweis. Ich hoffe, Ihrem Knie geht es wieder besser.«

»Mein Knie? O ja, die Geschichte. Nun, Sir, Ben half mir in den Bus, und dann fanden wir keine nebeneinanderliegenden Sitze, also setzte ich mich vorne hin und Ben setzte sich drei Reihen hinter mir neben eine Dame in meinem Alter. Als wir beide saßen, sagte sie etwas wie: ›Geht es Ihrem Freund nicht gut?‹ Und Ben antwortete etwas wie: ›Der Doc kommt schon wieder in Ordnung.‹ Aber die Lady war ein wenig schwerhörig, und sie meinte, er hätte gesagt, daß Dad wieder in Ordnung kommt. Also sagte sie: ›Oh, ist er Ihr Vater? So ein gutaussehender Mann!‹ Nun, Ben war immer für einen Scherz zu haben – man konnte zu ihm beinahe sagen, was man wollte, und er spielte immer mit. Also erzählte er ihr, er sei neunundsechzig und ich einundneunzig, und wir hätten unser ganzes Leben zusammengelebt und so weiter. Wir kamen danach immer wieder mal auf diesen Scherz zurück.«

»Kennen Sie Mr. Free denn wirklich schon so lange?« fragte Barnes.

»Nein, natürlich nicht. Erst seit er hier gegenüber eingezogen ist.«

»Wie lange ist das jetzt her, Dr. Makee?«

»Nur ein paar Jahre.«

»Dr. Makee, Sie werden jetzt sicher denken, ich mische mich in Dinge ein, die mich nichts angehen, aber Mr. Free – ihr Freund Ben – wird vermißt, und wir alle, die wir dort drüben bei ihm gewohnt haben, machen uns Sorgen um ihn. Wir befürchten, daß ihm etwas zugestoßen sein könnte, und solange wir nicht sicher sind, daß das auszuschließen ist, suchen wir ihn.«

Der alte Arzt nickte mit unbewegtem Gesicht. »Haben Sie die Polizei verständigt?«

»Nein«, sagte Barnes. »Noch nicht.«

»Das würden die meisten Leute aber sofort tun, Mr. Barnes.«

»Wir sind nicht ...« Barnes zögerte.

»Nun?«

»Wir sind nicht die Sorte von Leuten, denen die Polizei gern hilft. Ein Mann in Ihrer Position – Sie sind Arzt, Sie besitzen ein Haus, Sie genießen ein gewisses Ansehen in der Gemeinde – das ist was anderes.«

»Ich kann nicht behaupten, daß mir das besonders nützt.«

»Ich glaube – Dr. Makee, ich war früher mal Regionalbeauftragter der Continental Crusher Division von Yevco Incorporated. Ich hatte ein Haus und ein Kind. Zwei Autos, die American Express Card in Gold, alles mögliche.«

Der alte Arzt nickte. »Und was ist dann passiert?«

»Mehrere Dinge sind passiert. Was ich sagen will, ist, daß ich es so langsam verlor, daß ich kaum bemerkte, was da vorging. Zuerst waren meine Frau und das Kind und das Haus und ein Auto weg. Das verlor ich alles auf einen Schlag.«

»Ich verstehe.«

»Dann meinen Job. Danach hatte ich fünf Jobs in etwas mehr als einem Jahr. Jeder sah fast so gut aus wie der vorherige. Verstehen Sie, was ich meine? Ich weiß, Sie denken, daß es alles nur meine Schuld war, aber das stimmt nicht. Ich war mal Verkaufsleiter einer kleinen Firma. Die wurde dann von einer großen Firma geschluckt, und ich war draußen. Sie sagten, ich könnte bleiben und Vertreter ausbilden, wenn ich wollte, und ich sagte, das könnten Sie sich irgendwo hinschieben. Heute würde ich sofort zusagen.«

Der alte Arzt nickte noch einmal.

»Ich bin abgeschweift. Ich wollte sagen, daß ich eines Tages einen Kundenbesuch in einem Schnapsladen machte. Der Besitzer stand vorn an der Kasse. Er wollte nichts haben. Sie wissen ja, wie das geht: ›Keine Zeit, kommen Sie im nächsten Monat wieder‹, und so weiter.«

»Kann ich mir vorstellen.«

»Als ich da stand und versuchte, ihm etwas von den Produkten zu erzählen, die ich repräsentiere, kam ein Cop rein. Der Besitzer sah ihn an und sagte: ›Schmeiß den Kerl raus.‹ Ich glaube, der Cop hat zu Weihnachten von ihm immer eine halbe Flasche billigen Scotch gekriegt; normalerweise geht das so. Nun, er hat mich jedenfalls gepackt.«

Dr. Makee kicherte. »Penner schmeißen, so haben wir das früher genannt.«

»So nennt man es heute noch. Es ist nur komisch, wenn man auf einmal merkt, daß man selbst der Penner ist. Der Cop hat mich gepackt, er warf mich raus, und ich stürzte und landete auf Händen und Knien auf dem Gehweg. Als er meinen Musterkoffer hinterherwarf, prallte er so auf, daß sich der Verschluß öffnete. Alle meine Muster waren auf dem Gehweg verstreut. Ein paar wurden kaputtgetreten, ein paar gingen verloren. Ich nehme an, die Leute hoben sie auf und nahmen sie mit nach Hause.«

»Ich kann verstehen, wie Sie das verletzt hat, Mr. Barnes«, sagte Dr. Makee mitfühlend.

»Nun, im Grunde hatte er mir damit sogar einen Gefallen getan, denn in diesem Augenblick wurde mir klar, wo ich stand. Da stehen wir alle, die wir bei Mr. Free gewohnt haben. Jetzt wissen Sie, warum wir nicht die Polizei gerufen haben.«

»Sie müssen einen alten Mann schon entschuldigen, Mr. Barnes. Der Mensch ist ein Gewohnheitstier, und ich glaube, ich dachte wohl an die Polizei, wie sie früher mal war, und nicht wie sie heute ist. Ben hätte selbst die Polizei gerufen, denke ich mir, aber er ist ein alter Kerl wie ich. Ben und ich, wir haben sozusagen in der Vergangenheit gelebt. Es fiel uns schwer, nicht zu vergessen, wie sehr sich die Welt verändert hat. Sie sind zu jung, um das zu verstehen, Mr. Barnes. Manche glauben, das sind Kristalle im Gehirn. Wußten Sie das, Mr. Barnes? Hirano-Körper. Das Gehirn kristallisiert zu Glas. Nun ja, die Leute hier haben sowieso gesagt, wir zwei alte Kerle hätten einen Sprung in der Schüssel.«

Barnes lachte pflichtschuldigst.

»Euch jungen Leuten ist das alles egal. Aber in meinem oder in Bens Alter beginnt man sich doch zu fragen, was für eine Sorte Glas das ist. Für manche ein Schnapsglas. Einer dieser komischen Zerrspiegel für Ben, glaube ich. Und wenn Trudie noch leben würde, dann wäre es bei ihr eine schöne geschliffene Vase. Ich weiß es nicht.«

»Da wir gerade von Köpfen sprechen, Doktor, Sie sagten einmal, eine Gehirnerschütterung sei eine Prellung des Gehirns, wissen Sie noch?«

Der alte Arzt zuckte die Achseln. »Ich muß das tausendmal gesagt haben, Mr. Barnes.«

»Was ich meine, war erst gestern, als Sie Sergeant Proudy in Mr. Frees Haus verbanden.«

»Oh, der.« Er nickte.

»Genau. Ich möchte noch mehr über Mr. Free wissen, wenn es Ihnen nichts ausmacht. Aber zuerst würde mich Sergeant Proudy interessieren. Wie haben Sie erfahren, daß er Sie braucht?«

»Als ihn die Feueraxt erwischt hat? Weil ich es sah. Ich habe den ganzen Auflauf von meinem vorderen Fenster aus beobachtet. Ich glaube, da stand die ganze Nachbarschaft herum. Als er getroffen wurde, sah es aus wie eine gute Gelegenheit, mich einzumischen und zu sehen, was da überhaupt los war. Deshalb habe ich es gemacht.«

»Also hat Mr. Free Sie nicht gerufen.«

»Niemand hat mich gerufen. Ich bin von selbst gekommen.«

»Doktor, ich bin nicht sehr geübt im Fragenstellen, aber Stubb hat mir gesagt, besonders wichtig wäre diese hier: Wann haben Sie Mr. Free zum letztenmal gesehen?«

»Ich bin auch nicht besonders gut im Antworten. Ich weiß es nicht.«

»Sie meinen, das geht mich nichts an.«

»Nein. Ich meine, ich weiß es nicht.«

»Aber Sie waren doch sein Freund.«

Der alte Arzt schien zu zögern. Seine Blicke wanderten vom vergilbten, mit Drähten zusammengehaltenen Skelett neben dem Kleiderständer zum Fenster und wieder zurück. Schließlich sagte er: »Das dachte ich eigentlich auch.« Er ließ den Satz hängen, als gäbe es nichts mehr zu sagen. Barnes spürte plötzlich überdeutlich die Wärme des Raums und den Geruch der Karbolsäure, der sich überall festsetzte.

»Das dachte ich eigentlich auch, Mr. Barnes. Ich weiß genau, wenn Sie Ben gefragt hätten, dann hätte er gesagt, daß er mein Freund ist. Ich werde alt.«

»Nicht im Kopf, Doktor.«

»In jeder Hinsicht. Ich bin ein alter Geist in einem alten Körper. Meine Seele ist alt. Dieser chinesische Weise ...«

»Konfuzius?«

»Ja. Wir haben immer Witze über ihn gerissen. Konfuzius sagt dies, Konfuzius sagt das. Was Konfuzius wirklich sagte, war, daß er, indem er nach Wissen strebte, vergessen konnte, daß er alt wurde. Ich mache das gleiche mit meiner Praxis, Mr. Barnes. Damit und dadurch, daß ich mit neuen Entwicklungen Schritt halte. Aber das verhindert nicht, daß ich alt werde. Es verhindert nur, daß ich daran denke.«

Barnes wartete.

»Sie haben mich gefragt, wann ich Ben zum letztenmal gesehen habe. Ich habe das Gefühl, es ist noch nicht lange her, aber ich kann es nicht festmachen. Vielleicht gestern. Vielleicht heute. Vielleicht war es auch letzte Woche, vielleicht im letzten Jahr.«

»Ich glaube, ich verstehe.«

»Vielleicht fällt es mir wieder ein. Vielleicht auch nicht. Ich könnte Ihnen hundert Sachen erzählen, die wir gemacht haben, und tausend Dinge, über die wir geredet haben, weil wir über alles und jedes geredet haben. Aber ich könnte Ihnen nicht mehr sagen, wann das war, abgesehen von einigen Gelegenheiten im Sommer oder im Winter, an die ich mich erinnern kann, weil ich noch weiß, was für Sachen ich trug, oder weil Ben sich ein Softeis geholt hat. Aber es ist sowieso nicht leicht, sich zu erinnern, ob man Ben gesehen hat oder nicht. Irgendwie sah er wie jeder andere aus, und irgendwie sah er wie alle anderen aus. Manchmal hatte er ein undurchdringliches Pokergesicht. Manchmal ging er gebeugt, als hätte er starke Rückenschmerzen. Er …«

»Hat er?« fragt Barnes.

»Rückenschmerzen? Ich glaube, aber er kam nie zur Behandlung zu mir. Ich wollte ihn immer überreden, aber als ich anfing, machte ich den Fehler, ihm zu sagen, daß ich es nicht berechnen würde. Danach wollte er erst recht nicht mehr kommen.

Mr. Barnes, ich nehme Anteil an allen meinen Patienten, als wären es meine Freunde. Sie sprachen über den Polizisten, den ich gestern geflickt habe. Warum hören Sie nicht auf, in Ben Frees Angelegenheiten herumzuschnüffeln, und erzählen mir etwas über den Polizisten?«

Barnes nickte. Er wußte zunächst nicht recht, wie er seine Gedanken in Worte kleiden sollte. »Sie sagten gestern, er könnte eine leichte Gehirnerschütterung haben. Ist das richtig?«

»Ich glaube, wir sprachen auch heute schon darüber.«

»Genau. Ist es möglich, daß jemand mit einer leichten Gehirnerschütterung etwas verwirrt wird und einer … einer bestimmten Gruppe von Leuten gegenüber sehr mißtrauisch wird?«

»Paranoia? Nein.«

»Ist es wirklich nicht möglich?«

»Leichte Gehirnerschütterungen können eine gewisse Verwirrtheit erzeugen, Mr. Barnes. Wenn Sie mal einen Boxer oder Fußballspieler gesehen haben, der benebelt herumläuft und vielleicht sogar noch tut, was er tun soll, der kämpft oder dem Ball hinterherläuft, aber irgendwie benommen scheint und vielleicht ein wenig taumelt – dann haben Sie die Folgen einer leichten Gehirnerschütterung gesehen. Aber so eine Gehirnerschütterung löst meiner Erfahrung nach keine Paranoia oder eine andere Geistesstörung aus. Theoretisch kann allerdings praktisch jedes Trauma eine offene Paranoia bei den Menschen hervorrufen, die sie schon seit Jahren verdeckt hatten. Wie benimmt er sich denn, dieser ... ich habe seinen Namen vergessen.«

»Sergeant Proudy.«

»Wie benimmt sich dieser Sergeant Proudy denn?«

Barnes erzählte es ihm.

32. KAPITEL

Ich wäre lieber in Philadelphia

Klein Ozzie weinte, bis ihm die Tränen ausgingen. Er konnte nicht einmal genau erklären, warum er weinte, aber er weinte, weil er wußte – in irgendeinem Teil tief in ihm, wo das Wissen bis zu seinem Tod bleiben würde –, daß die Welt ein viel schrecklicherer Ort war, als er es sich je würde ausmalen können. Er mochte sich Ungeheuer oder tollwütige Hunde vorstellen, aber die Welt würde seine Phantasien schlagen. Diese Welt konnte die Menschen, die er liebte und denen er vertraute, in Ungeheuer verwandeln, und die, die ihm helfen wollten, in tollwütige Hunde. Er weinte um sich selbst, und er weinte, weil er wußte, daß es im Grunde niemand gab, der für ihn weinen konnte.

Langsam endete es. Zwischen dem ersten Anzeichen, daß seine Tränen nachließen, und seinem letzten erstickten Schluchzen verging etwa eine halbe Stunde. Er hatte dadurch etwas Zeit, sich umzusehen, ohne sich auf das einlassen zu müssen, was er sah. Es war sowieso nichts Besonderes: ein schmaler Raum, ein schmales Fenster, hoch und altmodisch, mit Gitterstäben an der Innenseite. Das abgestoßene Sofa, auf dem er lag, roch schwach nach alten Tränen und nach Staub. Es quietschte leise, als er aufstand.

Die Tür wurde geöffnet, und eine schwarze Frau in einem weißen Kleid wie eine Schulkrankenschwester nahm ihn am Arm und sagte, komm mit, Junge. Sie gingen durch einen weiten, gekachelten Flur, einen Ort, an den er sich schwach erinnerte. Der Putz war bis über seine Kopfhöhe dunkelbraun, darüber war er beige. Schokolade für Kinder, Vanille für Erwachsene, dachte er. Geschieht ihnen recht.

Sie kamen durch eine Tür, und die Schwester schob ihn durch eine weitere Tür.

Ein Mann in einem weißen Kittel saß an einem Schreibtisch. Er hatte einen flauschigen Bart, der nicht ganz rot und nicht ganz gelb war. Eine Mischung aus Ketchup und Senf. »Hi«, sagte er.

Klein Ozzie nickte wortlos.

»Willst du mir deinen Namen sagen? Ich bin Dr. Bob.«

»Osgood M. Barnes.«

»Nennen sie dich so in der Schule?«

Klein Ozzie nickte noch einmal.

»Das kann ich doch nicht glauben. Ich möchte wetten, sie nennen dich … Skippy.«

Klein Ozzie schüttelte den Kopf.

»Skeeter?«

»Nein.«

»Duke?«

»Nein.«

»Also gut, Osgood. Doktor Bob will dir jetzt ein paar einfache Fragen stellen, bevor wir dich zu Mommy und Daddy zurückschicken. Du willst doch sicher zu deiner Mommy und deinem Daddy zurück, oder?«

Klein Ozzie zuckte die Achseln. »Ich glaube schon.«

»Wo wohnst du denn?«

»Das weiß ich nicht.«

»Hör auf, Osgood. Doktor Bob kann dich nicht nach Hause schicken, wenn du ihm nicht sagst, wo du wohnst.«

»Ich weiß nicht, wie ein Doktor jemand nach Hause schicken will, solange er nicht weiß, wo er wohnt.«

»Du bist aber etwas trotzig, was, Osgood?«

»Nein!«

»Kannst du Doktor Bob denn erklären, warum du ihm nicht sagen willst, wo du wohnst?«

»Ich will es Ihnen ja sagen – aber ich wohne im Augenblick nirgends.«

»Vielleicht müssen wir zuerst eine Weile über etwas anderes reden, Osgood. Willst du mir sagen, wo deine Mommy ist?«

»Das weiß ich nicht.«

»Oh-oh.« Doktor Bob wandte sich einen Augenblick ab und starrte aus dem Fenster. Er spielte mit seinem Bart. »Ich weiß, wo ein Cola-Automat und ein Bonbonautomat ist. Willst du eine Cola und einen Schokoriegel?«

»Nein«, sagte klein Ozzie aufrichtig, »ich will ein Sandwich und ein Glas Milch.«

»Was für ein Sandwich, Osgood?«

»Marmelade und Frischkäse.«

»Wie wär's mit Erdnußbutter?«

»Erdnußbutter mag ich nicht so gern.«

»Dr. Bob glaubt nicht, daß sie unten im Laden Frischkäse haben, Osgood. Ich sag dir, was ich mache – wenn du Dr. Bob verrätst, wo dein Daddy arbeitet, dann läßt Dr. Bob für dich ein Glas Milch und ein Sandwich mit Erdnußbutter und eins mit Marmelade holen.«

»Im Hotel Consort.«

Dr. Bob lächelte. »Jetzt kommen wir weiter, Osgood. Weißt du, was er da macht?«

»Er ist Vertreter.«

»Ich verstehe.« Dr. Bob streichelte sein Kinn.

»Kann ich jetzt mein Sandwich haben?«

»Natürlich.« Dr. Bob drückte auf einen Knopf der Sprechanlage auf seinem Schreibtisch. »Shirley, laufen Sie doch bitte runter zum Laden und holen Sie uns einmal Frischkäse, einmal Marmelade und ein Glas Milch. Erdnußbutter, wenn kein Frischkäse da ist. Und dann rufen Sie das Consort in der Stadt an. Fragen Sie, ob es dort einen Angestellten oder einen Gast namens Barnes gibt.« Er legte die Hand auf die Sprechmuschel. »Wie heißt dein Daddy mit Vornamen, Osgood?«

»Ozzie.«

»Der Vorname ist wahrscheinlich Osgood, aber das ist nicht sicher, Shirley. Suchen Sie jemand, der Barnes heißt.«

Die Sprechanlage quakte zurück.

»Trauben, Erdbeer, was sie haben«, sagte er. »Weißbrot.« Mit einem angewiderten Schnauben ließ er den Knopf der Sprechanlage los und wandte sich wieder an Klein Ozzie. »Und jetzt erzähl mir etwas über die fette Frau, die dich hergebracht hat. Du weißt doch, wen ich meine?«

Klein Ozzie schüttelte den Kopf.

»Klar kennst du sie. Sie hat lockiges blondes Haar und blaue Augen. Sie kam mit dir ins Gebäude, und dann griff sie die Therapeutin am Empfang an.«

»Sie ist nicht fett«, sagte Klein Ozzie. »Fette Leute sind häßlich.«

Dr. Bob starrte ihn einen Moment lang an, dann nickte er zu sich selbst und machte sich eine Notiz. »Interessant. Aber du weißt, wen ich meine. Wie ist ihr Name?«

»Candy.«

»Meinst du, daß das ihr Name ist, oder heißt sie nur Candy, weil sie dir Süßigkeiten gegeben hat?«

»Ähm.«

»Hat sie dir Süßigkeiten gegeben?«

»Ähm.«

»Weißt du ihren Namen?«

Da er sah, daß ›Candy‹ keine befriedigende Antwort war, zuckte Klein Ozzie nur mit den Achseln.

»Ist sie deine Schwester oder eine Cousine oder so etwas?«

Klein Ozzie zögerte. »Ich glaube nicht.«

»Warst du schon einmal in Philadelphia, Osgood?«

»Ja.«

»Du warst schon einmal da? Schön. Wann war das?«
»Im letzten Jahr.«
»Warum bist du hingefahren?«
»Weil alle gefahren sind.«
»Deine Mommy und dein Daddy?«
»Nein, die waren nicht dabei.«
»Die Frau, die dich hergebracht hat?«
»Nein«, sagte Klein Ozzie. »Mit der Schule. Alle aus der Schule sind gefahren. Wir haben das Haus gesehen, wo sie die Unabhängigkeitserklärung unterschrieben haben.«
»Ach so, es war ein Schulausflug.«
»Ja.«
Dr. Bob nahm seinen Stift und balancierte ihn auf den Fingerspitzen. »Der Grund, daß ich dich nach Philadelphia frage, Osgood, ist, daß ein Schild im Kleid der Dame, die dich herbrachte, besagt, daß sie es dort gekauft hat. Weißt du etwas darüber?«
»Nein«, sagte Klein Ozzie zum drittenmal. »Kann ich zu ihr?«
Draußen auf dem Flur waren wütende Stimmen zu hören. Dr. Bob sagte: »Achte nicht darauf, Osgood. Manchmal haben wir hier Probleme mit kranken Menschen. Aber das soll uns jetzt nicht stören. Wir können sie meistens schnell wieder beruhigen.«
Die wütenden Stimmen wurden lauter. Eine Frau, deren Stimme klang wie die der Frau, die ihn geholt hatte, kreischte: »Wir rufen die Polizei!« Dann splitterte Glas. Die Tür wurde aufgerissen, und ein Mann mit braunem Gesicht und strähnigem schwarzen Haar begutachtete Dr. Bob. »Nee«, sagte der Mann. »Das ist er auch nicht.« Bevor die Tür wieder geschlossen wurde, sah Klein Ozzie, daß der Mann Ohrringe trug. Klein Ozzie hatte noch nie einen Mann mit Ohrringen gesehen.
»Was, zum Teufel …?« Dr. Bob stand auf. Klein Ozzie stand auch auf. Er fühlte sich langsam besser. Dr. Bob

ging hinaus, und Klein Ozzie folgte ihm auf dem Fuße.

Das splitternde Glas war ein Glas Milch gewesen. Die Milch hatte mitten auf den braunen Kacheln einen Stern gebildet, in dem Scherben funkelten. Neben einer Spitze des Sterns lag ein Sandwich, auf das jemand getreten war. Dr. Bob sprang über den Stern und rannte den Flur hinunter.

Leute in weißen Schlafanzügen wanderten umher, dazwischen Schwestern und Ärzte und Männer in weißen Mänteln. In ihrer Mitte war der Mann, der in Dr. Bobs Büro geschaut hatte. Bei ihm waren ein kleiner, jüngerer Mann mit einem weichen Pelzhut und eine Frau, die sich ein rotes Taschentuch ins Haar gebunden hatte. Sie redeten mehr als alle anderen. Sie fuchtelten dauernd mit den Armen herum, und die Leute in den weißen Schlafanzügen sahen es und fuchtelten zurück.

Ozzie duckte sich zwischen Beinen durch und näherte sich dem Mann mit den Ohrringen, bis ihn die Frau abfing. Sie hielt ihn mit ausgestreckten Armen fest, dann hockte sie sich vor ihn.

»Was machst du denn hier, Kleiner?«

Ozzie fand, daß sie roch wie die Hamburger, die draußen gebraten wurden. Es war ein angenehmer Geruch, aber er hatte so langsam keine Lust mehr auf Leute, die ihm Fragen stellten.

»Ich suche einen alten Mann namens Ben Free. Kennst du ihn?«

Ozzie schüttelte den Kopf. »Er ist ein sehr alter Mann. Seine Augen sehen schlimm aus, und er hat einen weißen Bart. Hast du so einen alten Mann gesehen?«

Ozzie schüttelte noch einmal den Kopf.

»Wenn du ihn siehst, dann sage ihm, daß Rose nach ihm sucht. Sage ihm, Rose ist die Königin und eine gute Freundin von Mar… von Serpentina. Er kennt Serpentina.«

»Geht klar«, sagte Ozzie. Er fand die Unterhaltung aufregend, auch wenn er den Grund nicht wußte.

»Sieh dich jetzt um«, sagte die Frau noch, als ein stämmiger Wärter sie von hinten packte. Klein Ozzie schoß davon.

33. KAPITEL

Ein Anruf aus Washington

»Okay, Cliff. Ich habe hier noch etwas zu tun, aber wenn du jemand brauchst, der einspringt, dann könnte ich es wahrscheinlich einrichten.« Stubb legte den Hörer auf.

»Du siehst müde aus«, sagte Murray mitfühlend.

»Kein Wunder. Ich bin den ganzen Morgen herumgerannt.«

»In dieser Kälte?«

Stubb zuckte die Achseln und schob seinen Hut zurück. »Die Kälte war eigentlich nicht so schlimm. Die meiste Zeit war ich bei Leuten im Haus. Ach, ich konnte sogar sitzen, also, was jammere ich?«

»Hast du schon dein Geld bekommen?«

»Noch nicht. Es dauert noch ein paar Tage. Danke für den Kaffee.«

»He, so meinte ich das nicht. Du bist hier willkommen. Du hast ja schließlich eine Menge anschreiben lassen und alles bezahlt. Wann war das? Gestern? Vorgestern?«

»Kann sein«, sagte Stubb. »Mein Gott, bin ich müde. Ich glaube, es ist die Kälte. Mach mir ein Spezialsandwich, Murray.«

»Fritten dazu?«

Stubb schüttelte den Kopf. »Ich habe gut gefrühstückt.«

Die Tür flog auf, und herein kamen ein paar Schneeflocken und ein Schwall kalter Luft. »Mr. Stubb! Mr. Stubb!« Und dann: »O Gott!«

Die feuchtwarme Luft des Sandwich Shop hatte Sandys Brille beschlagen. Sie nahm sie von der Nase und rieb sie am Ärmel ab.

»Der Winter ist die Hölle, was?« sagte Stubb. »Das passiert mir auch immer. Das passiert mir jedesmal, wenn ich ein Haus betrete. Hier drüben bin ich.«

»Mr. Stubb, ich muß mit Ihnen reden. Es ist wichtig, schrecklich wichtig. Wirklich.«

»Klar. Wichtig für Sie oder für mich?«

»Für uns beide. Es ist etwas passiert.«

»In diesem Fall sollten wir uns lieber in eine Nische setzen. Bringst du mein Sandwich rüber, Murray?«

Murray nickte und fragte Sandy: »Und Sie? Wollen Sie auch etwas?«

»Nur einen Kaffee. Oh, ist es schon Zeit fürs Mittagessen? Einen Hamburger und einen Tee.«

»Normal oder groß?«

»Normal. Darf ich Sie einladen, Mr. Stubb? Das sollte Ihr Ehrgefühl nicht verletzen. Ich setze es auf meine Spesenrechnung. Normalerweise bekomme ich damit immer Schwierigkeiten, aber in diesem Fall macht es wohl nichts.«

Stubb wanderte mit seiner Tasse in den hinteren Teil des Sandwich Shops. Über die Schulter rief er zurück: »Ich habe kein Spesenkonto. Klar esse ich auf Ihre Kosten.«

»Das ist wirklich sehr freundlich von Ihnen, Mr. Stubb. Wissen Sie, daß Sie sehr schwer aufzuspüren sind? Sie stehen nicht im Telefonbuch, und der Portier im Consort schien überhaupt nichts über Sie zu wissen. Ich bin zum *Journal* gegangen und habe das Archiv durchgesehen – ich kenne da jemand –, und es gab tatsächlich ein paar Berichte über Sie, aber ich konnte nirgends herausfinden, wie Sie zu erreichen sind. Und dabei sind Sie Detektiv! Sie ermitteln, aber hoffentlich doch nicht gegen Madame Serpentina, oder? Denn wenn Sie das tun, dann bekommt Ihre Bemerkung über betrügerische Hellseher gestern abend einen sehr unangenehmen Beigeschmack.«

»Machen Sie sich deshalb keine Sorgen«, sagte Stubb.

Während sie sprach, hatte er seinen Stift und ein abgestoßenes kleines Notizbuch aus der Tasche gezogen und zu schreiben begonnen. »Ich arbeite *für* Madame Serpentina. Sie ist meine Klientin.«

»Oh, das ist ja wundervoll!« Sandy hielt inne. Mit fliegenden Fingern suchte sie in ihrer Handtasche nach ihrem eigenen Notizbuch. »Aber warum braucht eine Hellseherin einen Detektiv?«

»Aus dem gleichen Grund, aus dem Detektive Hellseher brauchen. Sie sagten gestern abend, daß die Cops sich von Hellsehern helfen lassen, wenn sie Leichen, fehlende Waffen und so weiter suchen. Erinnern Sie sich?«

Sandy nickte.

»Und das ist wahr. Sie tun es wirklich. Aber haben Sie schon einmal gehört, daß ein Hellseher den Cops gesagt hat, im Keller des Hauses 412, 48. Straße West liege eine Leiche? Nein. Die Hellseher sehen vielleicht bloß einen alten Koffer und eine kaputte Uhr.«

Sandy nickte wieder.

»Schön. Angenommen, dieses Mal will die Hellseherin jemand finden. Sie sieht den Koffer und die Uhr, okay? Oder was auch sonst.«

»Ich verstehe.«

»Das bezweifle ich, wie Madame S. sagen würde. Aber so läuft es. Ich suche jemand für Madame S. Die anderen Leute, die Sie kennenlernten, Candy und Ozzie Barnes, arbeiten für mich.«

»Sind die auch Detektive?«

Stubb grinste. »Klar. Nur, daß sie es nicht wissen.«

»Was schreiben Sie da?«

»Das hier.« Stubb riß ein Blatt aus seinem Notizbuch und gab es Sandy. »Vielleicht haben Sie es vergessen, aber Sie haben Madame S. gestern ganzseitige Anzeigen in beiden Zeitschriften versprochen…«

»In einer!«

»In beiden. Sie werden das Material doch sowieso

auf mehrere Ausgaben strecken, auf zwei in Ihrem Fall. Sie haben versprochen, die Anzeigen zu drucken, und ich sagte, ich würde darauf zurückkommen. Das hier ist der Text. Veröffentlichen Sie ihn so bald wie möglich.«

Sandy betrachtete den Zettel. »›Wenn Sie den Aufenthaltsort von Benjamin Free, vormals High Country, kennen, soll es Ihr Nachteil nicht sein, wenn Sie Verbindung mit uns aufnehmen. Chiffre XXX bei dieser Zeitschrift.‹ Das ist alles?«

»Sie weisen Madame S. eine Chiffre zu, damit Sie die Antworten zuordnen können, falls welche kommen. Ich werde ab und zu jemanden schicken, der sie abholt.« Stubb trank einen Schluck Kaffee. »Murray! Mein Kaffee wird kalt. Kannst du mal nachfüllen?«

»Wer ist Benjamin Free?«

»Das ist der Mann, den Madame S. sucht.«

»Ich kann wirklich nicht behaupten, Sherlock Holmes zu sein, Mr. Stubb, aber darauf wäre sogar ich gekommen. Was ist das High Country?«

Stubb zuckte die Achseln. »Das müssen Sie Madame S. fragen.«

»Hat dieser Free da gelebt?«

»Er hat es behauptet, ja.«

Murray brachte Sandy Ducks Tee und schenkte Stubb dampfenden Kaffee nach.

»Ein scheußlicher Tag, was?« sagte Stubb. »Da würden sogar einem Warzenschwein die Titten abfrieren.«

»Wollen wir über das Wetter diskutieren, Mr. Stubb? Ich würde viel lieber über Benjamin Free sprechen.«

»Wenn Sie einen Ringkampf wollen, sollten wir uns beim Vornamen nennen. Ich heiße Jim.«

»Ich heiße Sandy – das ist die Kurzform von Alexandra. Wie Sie vielleicht schon bemerkt haben, bin ich insgesamt die Kurzform von Alexandra. Alexandra war vermutlich fast einsachtzig groß und benutzte eine Lorgnette. Aber ich kann etwas Karate.«

»Nein, ich will nicht mit Ihnen in den Ring steigen, Sandy. Ich wollte mit der Bemerkung über das Wetter einfach eine Lücke füllen. Murray war noch nahe genug, um uns zu hören. Ich kann Ihnen in zwei Minuten alles sagen, was ich über Ben Free weiß, und ich wüßte keinen Grund, es Ihnen nicht zu verraten. Sie könnten es in zehn Minuten selbst herausfinden. Ich würde aber auch von Ihnen gern einige Informationen bekommen. Gestern abend sagten Sie, ich hätte Sie mehrmals gerettet – etwas in dieser Art –, und Sie würden Madame S. die Annonce geben. Wenn ich Ihnen nun wirklich geholfen habe, könnten Sie mir auch etwas helfen. Sagen Sie mir, was im Gange ist. Warum suchen Sie mich?«

»Woher wissen Sie, daß ich Sie suche? Vielleicht bin ich nur auf eine Tasse Tee hereingekommen.«

»Sie haben mich an der Theke entdeckt und meinen Namen gerufen, bevor Ihre Brille beschlug. Die Fenster sind auch beschlagen, aber ich glaube, Sie sahen mich durchs Fenster, ehe Sie hereinkamen. Als Sie hereinkamen, hatten Sie keinen Hunger. Und Sie haben Ihre Bestellung von Kaffee zu Tee verändert. Sie dachten überhaupt nicht über Essen nach, als Sie noch draußen auf der Straße waren. Sie dachten an mich.«

»Wissen Sie, Sie sind wirklich ein sehr guter Detektiv.«

»Yeah, aber außer Ihnen und mir weiß das leider niemand auf der Welt.«

»Madame Serpentina muß es wissen, weil sie Sie angeheuert hat. Wie auch immer, Sie haben recht. Ich habe Sie wirklich gesucht. Vor ein paar Minuten bin ich einem Pagen aus dem Hotel begegnet, und er sagte mir, er hätte Sie vorbeigehen sehen. Ich dachte mir, in dieser Kälte wird niemand weit gehen, also suchte ich in den Geschäften in der Nähe nach Ihnen.«

»Warum?«

Sandy senkte die Stimme. »Heute morgen ist im Büro etwas wirklich *sehr, sehr* Wichtiges passiert.«

Stubb nippte an seinem Kaffee und nickte.

»Mr. Illingworth – er ist der Herausgeber und Besitzer beider Zeitschriften – der alte Mr. Illingworth bekam einen Anruf von der Regierung. Von jemand, der in der Bundesregierung eine hohe Position bekleidet.« Ihre Stimme wurde vor Erregung heiser. »Sie hatten etwas über meine Geschichte gehört. Sie wollten einen Vorabdruck haben.«

Stubb lehnte sich zurück, und seine Augen waren hinter den dicken Brillengläsern fast geschlossen.

»Mr. Illingworth war ... er war ganz außer sich, wenn Sie wissen, was ich meine. Ich meine, nach all den Jahren auf einmal Repressalien von der Regierung! Er hat einen Freund bei der *New York Times*, den er seit ewigen Zeiten nicht mehr gesehen hat. Sie schreiben einander höchstens noch zu Weihnachten eine Karte. Mr. Illingworth hat ihn angerufen. Sie haben bestimmt eine halbe Stunde geredet. Danach sah Mr. Illingworth zehn Jahre jünger aus.«

»Schön. Wollen Sie den Leuten von der Regierung Ihre Geschichte zeigen?«

»Natürlich. Wir werden kooperieren – wenigstens vorübergehend –, aber wir werden alles dokumentieren. Dann können wir vielleicht eine Geschichte über die ganze Sache bringen. Wenn wir etwas Glück haben, kommen wir damit in die großen Zeitungen und in die Kolumnen – die *Times* hat Mr. Illingworth versprochen, sich zurückzuhalten, bis wir unser Okay geben. Wir haben schon etwas für die nächste Ausgabe von *Hidden Science* vorbereitet. Wir sind gerade eben erst fertig geworden. Wir werden sagen, daß die Zeitschrift Schwierigkeiten hat – keine finanziellen Schwierigkeiten –, und daß wir alle unsere hellsichtigen Leser bitten, sich die Sache für uns anzusehen und uns einen Rat zu geben und uns zu sagen, wie es ausgehen wird.«

»Raffiniert.«

»Wir wollen vor allem natürlich wissen, wie sie es herausgefunden haben. Die Regierung, meine ich. Wenn es in dieser Hinsicht eine Art Übereinstimmung zwischen verschiedenen Hellsehern gibt, dann werden wir sehr vorsichtig sein.«

»Ich bin auch ein Hellseher«, sagte Stubb. Er hob die rechte Hand und preßte sie an die Stirn. »Ich kann es Ihnen sofort sagen.«

»Wirklich?«

»Klar. Als die Abbruchfirma Bens Haus abriß, war er im Fernsehen. Ich erzähle Ihnen ein andermal davon. Die Aufnahme wurde in den Fünfuhrnachrichten gesendet. Jemand sah die Aufnahme und begann, ihn zu suchen. Erinnern Sie sich an Mrs. Baker, die schrullige alte Frau, die ungefähr zur gleichen Zeit wie Sie in Madame Serpentinas Zimmer kam? Sie war da, weil man mit ihr Kontakt aufgenommen hatte, und weil sie unsere Namen wußte. Sie hatte sie falsch verstanden und verwechselte mich mit Ozzie Barnes und so weiter, aber die Namen selbst waren richtig. Sie schnappten sich einen von uns. Es ist nur eine Vermutung, aber ich nehme an, daß sie Candy geschnappt und auf die Wache geschleppt haben. Aber das spielt keine Rolle, weil wir später alle vier in Madame S.s Zimmer im Consort waren. Es war im Grunde nicht schwer, denn dieser verrückte Cop …«

»Mr. Stubb? Jim?«

»Mir ist nur gerade etwas eingefallen. Schon gut. Das passiert mir höchstens einmal im Monat. Sandy, wollen Sie sich wirklich auf diese Sache einlassen?«

»Ganz bestimmt, wenn ich kann. Deshalb wollte ich doch auch mit Ihnen reden. Ich weiß nicht, warum sich diese Regierungsbehörde für Madame Serpentina interessiert, aber wenn man sich wirklich für sie interessiert, dann ist das eine große Geschichte. Ich kann sie vielleicht an die *Times* oder an eine der landesweiten

Zeitschriften verkaufen. Wenn die Story wirklich gut ist, kann ich vielleicht sogar einen Job bei einer dieser Zeitschriften bekommen. Ich wollte Sie bitten, mir zu helfen, die Geschichte aufzudecken.«

»Gern. Hätte ich das aus reiner Herzensgüte tun sollen?«

»Ich hatte gehofft, daß Sie mir helfen, ja. Ich nehme an, wir könnten vielleicht einige Dinge finden, die uns beiden am Herzen liegen.«

»Schön. Geld zum Beispiel.« Stubb grinste sie an.

»Ich habe nicht viel.«

»Verglichen mit mir sind Sie reich. Hören Sie, ich weiß, daß Sie große Stücke auf Madame S. halten, aber was Spesen angeht, ist sie überhaupt nicht großzügig. Wir werden also folgendes tun. Sie haben mir bereits angeboten, mein Mittagessen zu bezahlen.«

Sandy nickte.

»Das ist gut, das ist ein Anfang. Sie geben mir jetzt hundert Dollar unter dem Vorbehalt, daß sie mir nicht gehören. Das ist ein Darlehen, das ich zurückzahle, wenn – und falls – ich von Madame S. bezahlt werde. Ich benutze das Geld für meine Spesen, während ich an ihrem Fall arbeite.«

»Ich habe keine hundert Dollar in meiner Handtasche. Nicht einmal annähernd soviel.«

»Sie können einen Scheck ausstellen. Den können wir in der Wechselstube ein Stück die Straße runter einlösen. Wir müssen sowieso in diese Richtung, weil wir ein Taxi aufgabeln müssen.«

»Und was bekomme ich, abgesehen von der Fahrt im Taxi?«

»Informationen. Ich erzähle Ihnen, was ich über Free weiß, ich lasse Sie mitkommen, und Sie dürfen Fotos machen, wenn Sie wollen, bis die Hundert verbraucht sind. Wenn sie verbraucht sind, reden wir. Sie können sich wieder mit Hundert einkaufen, oder wir lassen es. Was meinen Sie?«

Sie starrte ihn an und nagte an ihrer geschminkten Unterlippe. Eine halbe Minute verging. Murray brachte ihre Sandwiches und eine schmierige grüne Quittung. Schließlich sagte sie: »Das ist nicht das Geld der Zeitschrift. Es wird meins sein. Mein eigenes.«

»Sie reden davon, die Geschichte zu verkaufen und vielleicht sogar einen neuen Job zu finden. Bezahlen Sie die Zeitschriften etwa dafür?« Stubb nahm ein Viertel seines Club Sandwiches und schmierte Salatdressing auf eine Seite. »Haben Sie Ihren kleinen Fotoapparat dabei?«

»Ja, den nehme ich immer mit. Sie haben nicht gesagt, daß Sie Mr. Illingworth anrufen, wenn ich Ihnen das Geld nicht gebe.«

»Das werde ich auch nicht tun. Ich bin kein Erpresser. Ich biete Ihnen die Möglichkeit, sich in die Geschichte einzukaufen. Wenn Sie das wollen, ist es gut. Wenn nicht, ist es auch gut. Aber wenn Sie nicht wollen, kommen Sie mir nicht mit ausgestreckter Hand.«

»Würden Sie mir dann auch sagen, was für eine Idee Sie gerade hatten?«

»Klar. Das wäre das erste, was ich Ihnen verrate. Dann können Sie mitkommen und zusehen, wie ich versuche, aus der Idee etwas zu machen. Wenn ich etwas herausfinde, werden Sie erfahren, was es ist. Aber Sie müssen es für sich behalten, bis ich sage, daß Sie darüber schreiben dürfen – es wird nicht lange dauern.«

»Also gut, hundert Dollar. Hoffen Sie, einen Hinweis auf den Aufenthaltsort dieses Mr. Free zu bekommen?«

»Indirekt, ja. Genauer gesagt, ich hoffe auf einen Hinweis auf diese Regierungsleute, die seinetwegen angerufen haben. Die Kooperation läuft jetzt in beide Richtungen. Was haben die Ihrem Boss erzählt?«

»Ich weiß kaum etwas. Er hat mir nichts gesagt.«

»Das dachte ich mir. Hat er gesagt, welche Behörde es war?«

Sandy schüttelte den Kopf.

»Justizministerium? FBI? CIA? Schatzministerium? Steuerfahndung?«

»Er hat es nicht gesagt.«

»Nur, daß es eine Regierungsbehörde war?«

»Etwas in dieser Art.«

»Ein Mann oder eine Frau?«

»Ich weiß es nicht.«

»Aber es hätte eine Frau sein können?«

»Ich sagte doch, ich weiß es nicht.« Sie schüttelte sich verzweifelt. »Wie soll ich es sagen, wenn er es nicht gesagt hat? Ich habe nicht mitgehört.«

»Nicht einmal das, was er am Telefon gesagt hat?«

»Nein. Er war in seinem Büro und hatte die Tür geschlossen.«

»Und Sie haben ihm keine Fragen gestellt, als er Ihnen sagte, daß Ihr Beitrag überprüft werden soll?«

»Doch, natürlich habe ich gefragt. Aber er hat nicht geantwortet. Er hatte nur die Idee im Kopf, ihnen einen Gefallen zu tun und dann darüber zu schreiben und einen großen Wurf zu landen. Er wollte nicht über den Anruf reden. Mr. Stubb ...«

»Jim.«

»Jim. Ich sehe, daß Sie es gut meinen, aber Sie kennen Mr. Illingworth nicht. Er ist ein alter Mann – über siebzig –, und er ist etwas komisch. Er führte die Zeitschriften schon, bevor ich geboren wurde, und er weiß ganz genau, daß er sie immer noch führen wird, wenn ich einen besseren Job bekomme. Er will die Kontrolle behalten.«

»Diese Leute müssen ihm doch gesagt haben, wohin er Ihren Artikel über Madame S. schicken soll. Würde er sich das nicht notieren? Einen Namen und eine Anschrift? Vielleicht eine Telefonnummer?«

»Ich glaube schon.«

»In einem Notizblock, den er mitnimmt, oder irgendwo auf seinem Schreibtisch?«

Sandy schürzte die Lippen. »Wahrscheinlich auf seiner Schreibtischunterlage. Wirklich wichtige Dinge – Termine für die Druckerei und mit den Großhändlern – notiert er meist auf seiner Schreibtischunterlage. Das hat er sich so angewöhnt.«

»Gibt es etwas, das uns davon abhalten könnte, hinzugehen und nachzusehen?«

»Wenn er nach Hause gegangen ist, meinen Sie? Ich wüßte nicht, was uns abhalten sollte. Ich habe einen Schlüssel. Aber, Jim ...«

»Yeah?«

»Es wäre nicht fair von Ihnen, wenn Sie sich auf diesen Teil der Geschichte konzentrieren. Das kann ich auch selbst tun. Der Grund, weshalb ich zu Ihnen kam, und der Grund, weshalb ich Ihnen hundert Dollar von meinem eigenen Geld gebe, ist, daß ich Ihre Hilfe bei dem Teil brauche, der Madame Serpentina betrifft. Sie ist schließlich diejenige, für die man sich interessiert. Nicht Mr. Illingworth oder ich.«

»Die interessieren sich überhaupt nicht für sie«, sagte Stubb. »Ich sagte es Ihnen gerade, und wenn Sie über diese Sache schreiben wollen, dann sollten Sie besser zuhören. Es geht um Ben Free. Und machen Sie sich keine Sorgen, ich könnte mich auf einen Teil stärker konzentrieren als auf einen anderen. Ich konzentriere mich auf alle Teile. Und jetzt essen Sie Ihren Hamburger auf, dann lösen wir Ihren Scheck ein, und dann fahren wir zum Belmont Hospital.«

»Zum Belmont?«

»Genau. Das war meine Idee des Monats. Ich habe Ihnen doch schon erzählt, daß diese Regierungsleute Madame S.s Zimmer im Consort überwacht haben müssen. Sie sahen Sie kommen oder gehen, und deshalb sind sie auf Sie gekommen. Ganz einfach. Aber es hat uns noch jemand anders beobachtet. Sie haben sogar mit ihm gesprochen, als Sie gingen, erinnern Sie sich?«

»Der Polizist mit dem bandagierten Kopf.«

»Genau der. Sergeant Proudy. Er hat uns auch beobachtet, und die Chancen stehen gut, daß er weiß, wer uns noch beobachtet hat. Als ich heute den anderen ihre Aufträge gab, bat ich Candy, hinüberzugehen und mit ihm zu reden, aber nur, weil sie dem alten Doc geholfen hatte, ihn zusammenzuflicken, und weil er sie etwas besser leiden konnte als uns andere. Sie sollte herausfinden, was er wußte oder zu wissen glaubte, daß er uns auflauern mußte. Wahrscheinlich war sie inzwischen da und ist schon lange wieder weg – und ich hoffe, sie hat ihn für uns etwas weichgeklopft.«

34. KAPITEL

Ein Besuch im Belmont

»Hallo«, sagte Captain Davidson. »Kann ich etwas für Sie tun?«

Die dunkle Frau warf ihm einen kurzen Blick zu. »Nein.« Sie trug einen schwarzweißen Nerzmantel, hochhackige Stiefel und einen Hut mit einem Schleier. Altmodisch, aber elegant. Sie war nicht groß, aber sie wirkte groß, was nur zum Teil auf ihre Absätze zurückzuführen war.

»Sie sind Zigeunerin«, sagte Captain Davidson.

Sie überhörte seine Bemerkung.

»Es ist das erste Mal, daß ich eine Zigeunerin sehe, die sich die Gelegenheit entgehen läßt, jemand auszunutzen, der ihr seine Hilfe angeboten hat.«

»Dies ist eine wundervolle Welt. Viel wundervoller, als Sie es sich ausmalen können.«

Der Captain blickte zur dunklen Fassade des Steinbaus hinauf. »Ist einer von Ihrem Stamm im Belmont?«

»Mehrere, wie ich hörte. Haben Sie Einfluß hier?«

»Ich hoffe es doch. Einer meiner Männer ist da drin.«

»Dann haben wir ein gemeinsames Anliegen.«

»In gewisser Weise.«

»Ich bin Madame Serpentina.« Sie gab ihm eine Hand, die in einem schwarzen Handschuh steckte.

»Sie meinen, so darf ich Sie nennen.«

»Natürlich. Sie sind ein sehr intelligenter Polizist, deshalb wissen Sie das. Und wie darf ich Sie nennen?«

Er sagte es ihr. »Ich habe jetzt das Dreizehnte Revier, aber früher war ich in Bunco. Ich kannte mal eine Zigeunerin, die zwei alte Damen um vierzigtausend Dollar erleichtert hat.«

»Wie schrecklich, daß es in unserem Volk so böse Menschen gibt. Und wie dankbar müssen Sie sein, daß es so etwas unter den Ihren nicht gibt, Captain Davidson. Wollen wir hineingehen?«

Als sie die Treppe hinaufgingen, löste sich ein Taxi aus dem Verkehrsstrom und hielt am Bordstein. Eine etwas mollige junge Frau hüpfte agil wie ein kleiner brauner Vogel heraus, machte ein paar Schritte und rief mit schriller Stimme: »Madame Serpentina!« Sie zückte eine kleine Kamera mit einer Geste, die so sehr dem Ziehen einer Waffe ähnelte, daß Captain Davidsons Hand unwillkürlich zur Dienstwaffe fuhr. Es blitzte, grell und doch wirkungslos in der Weite von Straße und Himmel, verloren im Sonnenlicht und im funkelnden Schnee.

»Sie sind es«, sagte die Hexe.

»Und ich.« Stubb umrundete die hintere Stoßstange des Taxis, das gerade wieder anfuhr.

Davidson knurrte: »Ich kenne Sie doch. Privatdetektiv. Wie, zum Teufel, heißen Sie noch?«

»Jim Stubb.« Stubb streckte die Hand aus.

Die Hand wurde ignoriert. »Ich bin Davidson. Captain Davidson. Dreizehntes Revier. Sie wollen doch nicht irgend etwas hier abziehen?«

»Mit dieser Dame hier?« Stubb blickte zur Hexe. »Ich arbeite für sie.«

»Ich verstehe. Ich wußte noch gar nicht, daß Sie eine Lizenz haben, Stubb.«

»Habe ich auch nicht – noch nicht. Aber das Gesetz sagt nicht, daß jemand, der keine Lizenz hat, keinen Job annehmen darf. Es verbietet ihm nur, für seine Dienste zu werben. Ich bin nur ein Handlanger, und im Augenblick arbeite ich für diese Dame.«

Davidson wandte sich an Sandy Duck. »Sie auch? Sie haben uns fotografiert.«

»Ich habe Madame Serpentina fotografiert«, sagte Sandy. Sie gab ihm ihre Karte.

»Und was wollt ihr beide hier?«

»Ich glaube nicht, daß ich diese Frage beantworten muß.«

»Sie müssen, wenn Sie nicht wollen, daß ich Sie mit auf die Wache nehme. Ich könnte Stubb einlochen, weil er ohne Lizenz arbeitet. Vergessen Sie die klugen Sprüche, die er klopft. Und ich könnte Sie beide mitnehmen, weil Sie unter Verdacht stehen, einen Betrug begangen zu haben.«

Sandy riß den Mund und die Augen weit auf. »Oooh! Würden Sie das wirklich tun? Mr. Illingworth wäre so glücklich darüber! Ich darf doch einmal anrufen, oder? Dann würde ich im Büro anrufen. Er würde mir einen Anwalt und alles besorgen, und es wäre einfach wundervoll.«

»Das glauben Sie wirklich, ja?«

Sie hatte sich umgedreht und schwatzte mit Stubb. »Wissen Sie, ich bin in einem kleinen Verein – wir nennen ihn Input for Smaller Magazines. Im ISM gibt es eine Frau, die mal vorläufig festgenommen wurde, mit Fingerabdrücken und so weiter. Sie hat dauernd davon erzählt, bis wir es nicht mehr hören konnten.«

Die Hexe sagte: »Ich habe mir diese Lächerlichkeiten lange genug angehört. Captain, ich rate Ihnen, diese dumme Frau festzunehmen – das würde uns beide sehr glücklich machen. Mr. Stubb, wenn Sie sich immer noch als mein Angestellter betrachten, dann kommen Sie bitte mit und helfen Sie mir, wenn Sie können.«

Sie stieg die vereiste Steintreppe hinauf, ohne abzuwarten, ob Stubb oder sonst jemand ihr folgte. Alle folgten ihr. Sandy eilte hinter dem Detektiv her, und Davidson bildete die Nachhut.

Drinnen zeigte der Captain der Schwester mit dem unordentlichen Haar seine Dienstmarke.

»Oh, wir sind ja so froh, daß Sie kommen, Officer. Es hat so lange gedauert. Sie sind oben in Zwei-Siebzehn.«

»Haben Sie die Polizei gerufen?«

»Diese schrecklichen Leute sind einfach da eingedrungen – drei waren es, Officer, eine Frau und zwei Männer. Sie haben nach jemandem gefragt, und als ich sagte, daß er nicht hier ist, wollten sie das ganze Krankenhaus absuchen. Ich wollte sie aufhalten, aber sie sind hinauf *gerannt* und haben einen Tumult ausgelöst.«

»Ich verstehe«, sagte Davidson. »Wie sehen sie aus?«

»Sie können doch selbst raufgehen und nachsehen, Officer.«

»Ich möchte aber, daß Sie es mir jetzt sagen.«

Die Schwester überlegte. »Sie sehen irgendwie ausländisch aus, da bin ich sicher. Einer der Männer hatte einen großen Schnurrbart – einen Schnurrbart haben natürlich auch amerikanische Männer –, und er hatte Ringe in den Ohren. Latenter Masochismus, oder vielleicht sogar offen. Die Frau trägt einen langen Rock, und ihr Haar ist mit einem roten Tuch zusammengebunden. Sie sind sehr dunkel. Glauben Sie, sie könnten aus Indien stammen?«

Davidson nickte. »Vielleicht vor fünfhundert Jahren. Halten Sie die Leute fest, bis jemand von der Wache kommt. Wann haben Sie ungefähr angerufen?«

»Meine Güte, das scheint mir so lange her zu sein. Es ist soviel passiert.« Die Schwester blickte von Davidson zu Sandy und zu Stubb, dann wieder zurück. »Ich glaube, es ist aber weniger als eine Stunde her.«

»Haben Sie überhaupt die Wache angerufen?«

»Ich weiß nicht, was Sie damit meinen. Dr. Roberts bat mich, die Polizei zu rufen, und das habe ich gemacht.«

»Welche Nummer?«

»Welche Telefonnummer? Das weiß ich nicht mehr. Die da vorn auf dem Telefonbuch.«

»Das ist die Hauptwache in der Innenstadt. Der Wagen ist noch nicht da, aber die Zigeuner wissen, daß ein paar von ihren Leuten Schwierigkeiten haben.

Sie hatten sogar genug Zeit, jemanden zu schicken. Sie werden bald etwas von ihrem Anwalt hören – die werden Sie verklagen.« Davidson sah sich zu Stubb um, dann suchte er die Hexe. »Wohin ist sie gegangen?«

Stubb grinste. »Wenn ich das nur wüßte. Gerade war sie noch da, und jetzt ist sie auf einmal weg. Wahrscheinlich rauf zum Zimmer Zwei-Siebzehn. Sagte die Dame nicht, daß die anderen dort sind?«

Die Schwester knallte einen Briefbeschwerer auf den Tisch. »Meinen Sie etwa, daß sie ohne Erlaubnis hochgegangen ist? Das können wir nicht zulassen!« Sie riß einen Telefonhörer von der Gabel.

»Wollen sie auch rauf?« Stubb wandte sich an Davidson.

»Ich bin gekommen, um nach meinem Sergeant zu sehen«, erklärte Davidson. »Solange die Zigeuner sich nichts zuschulden kommen lassen – ich wette allerdings jeden Betrag, daß sie das schon getan haben –, und solange wir es nicht beweisen können – ich wette jeden Betrag, daß wir das nicht können –, sind sie mir herzlich gleichgültig.«

Die Schwester knallte das Telefon auf die Gabel. »Die werden wir erwischen. Ich habe Marcia im zweiten Stock vorgewarnt.«

»Gut.« sagte Davidson. »Und jetzt möchte ich mich nach Sergeant Charles Proudy erkundigen. Wie ich hörte, haben Sie ihn heute morgen im Consort abgeholt.«

»Wollen Sie ihn besuchen?«

»Nein. Ich will mit seinem Arzt sprechen. Wer ist es?«

Die Schwester drehte sich zu einem Terminal um und hackte auf die Tasten ein, als wollte sie einen Kontinent in die Luft jagen. »Da haben wir's. Größenwahn und Verfolgungswahn. Gewalttätig. Dr. Roberts.«

»Ist Roberts zu sprechen?«

Sie nickte. »Ich will mal sehen, ob er Sie empfangen kann.«

»Ich gehe zu ihm rauf. Und erzählen Sie mir nicht, daß Sie Ihre Gorillas auf mich loslassen werden – das wäre eine Behinderung der Amtsausübung eines Polizisten, und Ihre Jungs wären im Knast, ehe Sie ›Gummizelle‹ sagen können. Außerdem werde ich ihnen die verdammten Zähne ausschlagen.«

»Ich bin sicher, daß Dr. Roberts Zeit für Sie hat, Officer. Lassen Sie mich nur anrufen …«

Stubb packte Sandys Ellbogen. »Los, kommen Sie!«

»Was ist? Was flüstern Sie?«

In einem Alkoven hinter ihnen wartete ein Aufzug mit offenen Türen. Stubb schob Sandy hinein, als der gläserne Briefbeschwerer gegen die Wand klopfte. »Ich frage mich, ob das Ding nicht so langsam Sprünge kriegt.« Die Türen schlossen sich.

»Wohin fahren wir denn?«

»Das sagte ich Ihnen doch schon – ich will mit Proudy reden. Was glauben Sie, welche Chancen wir haben, ihn zu sprechen, solange dieser Cop in der Nähe ist?«

»Sie wissen doch nicht, wo er ist.«

»Und ob – in Sieben-Siebzehn. Da müßte er sich wohlfühlen, weil er im Consort in Sieben-Einundsiebzig war. Als die spinnerte Schwester am Empfang seine Akte rauszog, las ich die Nummer. Es ist nicht schwer, eine dreistellige Nummer verkehrt herum zu lesen. Da wir gerade von Tricks sprechen, wissen Sie, wohin Madame S. sich verdrückt hat?«

Als der Aufzug anhielt, schüttelte Sandy den Kopf.

»Ich auch nicht. Und sie hat nicht diesen Aufzug genommen, weil er da war, nachdem sie verschwunden war, und niemand ist heruntergekommen. Wahrscheinlich werden wir es nie erfahren. Kommen Sie.«

Sie betraten einen weiten Flur, der am hinteren Ende, wo ein Fenster nach Westen hinausging, von der Sonne erhellt wurde. Von einer Höhe von 1,20 Metern an waren die Stuckwände und die Stuckdecke hellgelb gestrichen. Das dunkle Linoleum auf dem Boden war stellenweise bis auf die Holzdielen darunter durchgescheuert. An den Wänden standen Bänke, und auf ihnen saßen Männer in ungestärkten grauweißen Anstaltskluften und Pantoffeln. Einige blickten auf, aber ihre Blicke verrieten kein Interesse und keine Intelligenz.

»Glauben Sie, daß dieser Sergeant Proudy hier ist?«

»Nicht hier draußen auf dem Flur«, sagte Stubb. »Nach allem, was ich unten hörte, hat er es ziemlich wüst getrieben.« Einer der schweigenden Männer stand auf, zog sich die Schlafanzughose herunter und begann zu masturbieren.

»Jim, ich habe Angst.«

»Keine Sorge. Es ist einfach schon verdammt lange her, daß dieser arme Kerl eine Frau gesehen hat, die nicht so aussah wie ein Feldwebel. Jetzt will er noch ein kleines bißchen Spaß im Leben haben. Dabei ist er so benebelt, daß er sich in fünf Minuten schon nicht mehr an Sie erinnern kann.«

»Und wenn sie sich jetzt gegen uns zusammenrotten?«

»Und wenn nicht?«

Die Tür eines der Krankenzimmers auf dem Flur wurde geöffnet, und ein stämmiger junger Mann in gestärkter weißer Kluft kam heraus. »Es tut mir leid, Leute«, sagte er, »aber diese Abteilung ist für Besucher gesperrt.«

Stubb zeigte ihm seine Marke. »Ich will zu Sergeant Proudy – Dreizehntes Revier.«

Der junge Mann zögerte. »Dann ist er also wirklich Polizist?«

»Natürlich ist er ein Cop. Bevor er so krank wurde, war er sogar ein ziemlich guter. Wo ist er?«

Der junge Mann blickte zu Sandy. »Sind Sie auch von der Polizei?«

Stubb sagte: »Nein, sie ist seine Schwägerin. Das Mädchen unten am Empfang sagte, wenn ich schon zu ihm ginge, dann könne sie auch gleich mitkommen.«

»Wir hatten hier heute einigen Ärger ... sind Sie auch wirklich Polizist?«

»Zum Teufel damit«, sagte Stubb. »Machen Sie Platz.«

Hinter ihnen rief Davidson: »Langsam, Junge. Lassen Sie sich seine Marke zeigen.«

Sandy fuhr herum, Stubb drehte sich langsamer um und sah ihn müde an.

»Hallo, Stubb. Hallo, Miss Duck. Darf ich fragen, was Sie hier wollen?«

Der Wärter erklärte: »Sie wollten den Polizisten in Sieben-Eins-Sieben besuchen.«

»Na so was. Ich auch. Das heißt, eigentlich«, Davidson lächelte sie alle an, aber das Lächeln war alles andere als heiter, »wollte ich vorher seinen Arzt sprechen. Aber als sie sein Büro anriefen, war er nicht da, und deshalb dachte ich, ich könnte auch gleich raufkommen und erst mal mit Chick selbst reden. Sagten Sie nicht gerade, dieser Mann hier hätte Ihnen erzählt, er sei Polizeibeamter?«

»Das habe ich nicht gesagt«, erklärte Stubb. »Ich zeigte ihm nur meine Marke. Das Mädchen ist meine Zeugin.«

Der Wärter sagte: »Er sagte, er käme vom Dreizehnten Revier. Sind Sie denn ein richtiger Cop?«

Stubb kicherte. »Zeigen Sie ihm Ihre Marke, Captain.«

»Das werde ich tun«, sagte Davidson. Er nahm das Etui mit seiner Dienstmarke aus der Manteltasche und zeigte sie dem Wärter. »Sehen Sie sich das gut an, Junge.«

»Und ich sagte nicht, daß ich vom Dreizehnten Revier sei. Ich sagte, daß Proudy dort arbeitet. Ich sagte: ›Ich will zu Sergeant Proudy, Dreizehntes Revier.‹«

Sandy schaltete sich ein. »Das ist die Wahrheit, Captain.«

»Und was steht auf der Marke drauf? G-Man?«

»Da steht ›International Private Investigator‹«, erklärte Stubb. »Wollen Sie's auch mal sehen?«

»Nicht nötig. Jedenfalls nicht, wenn Sie mir erzählen, warum sich die Zigeunerin so für Proudy interessiert.«

Stubb zuckte die Achseln. »Soweit ich weiß, interessiert sie sich nicht für ihn.«

Sandy zupfte ihn am Ärmel. »Meinen Sie, daß Madame Serpentina eine echte Zigeunerin ist?«

»Genau, Lady«, sagte Davidson. »Und unten auf der Straße sagte dieser Bursche hier, daß er für sie arbeitet. Sie hat das bestätigt, als sie ihn aufforderte, hereinzukommen und ihr zu helfen. Und jetzt treffe ich ihn hier oben und höre, daß er nach Chick fragt.« Er sah zum Wärter. »Richtig, Junge?«

Der Wärter nickte.

Sandy drückte Stubbs Arm, als wollte sie ihn zum Schweigen bringen, stellte sich auf die Zehenspitzen und hob ihre Stimme. »Captain, ich bin sicher, daß Mr. Stubb nichts Böses im Sinn hatte! Mr. Stubb ist einer der freundlichsten, ehrlichsten …«

Durch die geschlossene Tür eines Zimmers in der Nähe hörten sie eine Stimme rufen: »Mr. Stubb, sind Sie das? Bitte, bitte, helfen Sie mir. Ich bin's, Nimo!«

35. KAPITEL

Das Aufnahmegespräch

Dr. Bob stieß die Tür von Candys Zimmer auf. Er sah sie an, dann blickte er noch einmal den Flur hinauf und hinunter, ehe er eintrat und die Tür hinter sich zuzog.

»Und, wie geht's uns heute?«

»Erledigt. Was haben die mir da gespritzt? Ich hatte das Gefühl, in Watte gepackt zu sein, aber jetzt verschwindet die Watte wieder.«

»Möchten Sie etwas Wasser?«

»Und ob, Mann. Ich würde jetzt fast alles trinken.«

Er zog die Kappe von einem weißen Plastikbecher, ließ aus dem Spender in der Ecke etwas Wasser hineinlaufen und schloß den Becher mit einem Deckel, aus dem ein biegsamer Plastikschlauch ragte.

»Sie müssen sich daran gewöhnen, im Liegen zu trinken. Es ist am Anfang nicht leicht. Wenn Sie den Kopf zur Seite drehen, geht es etwas leichter.«

Candy schob sich den Schlauch in den Mund und saugte Wasser, bis der Behälter Geräusche von sich gab wie ein leeres Glas Sprudel.

»Gut. Ich hoffe, Sie fühlen sich jetzt besser.«

»Mir tut der Kopf weh. Was schreiben Sie da eigentlich dauernd auf?«

»Das ist mein Bericht. Ich muß alles festhalten, was Sie sagen, besonders, wie Sie sich fühlen. Dies ist unser Aufnahmegespräch.«

»Mir tut der Kopf weh wegen der Drogen, die Sie mir gespritzt haben. Als ich kam, hat er nicht weh getan.«

Dr. Bob nickte. »Haben Sie mal Drogen genommen?«

»Klar.«

Er blickte auf. »Haben Sie heute Drogen genommen? Am Tag, als Sie herkamen?«

»Nee.«

»Gestern?«

»Nein. Es ist schon eine Weile her. Ich glaube, ich habe seit Wochen nicht einmal mehr 'ne Tüte geraucht.«

»Marihuana also. Sonst noch was?«

»Oh, das Übliche. Schlankmacher, weil ich abnehmen wollte. Ein paarmal Heroin. Koks.«

»Sie haben auch Heroin genommen?«

»Yeah, ich hatte mal einen Freund, der mir was gegeben hat. Ich habe das Zeug nur geschnupft. Ich dachte, ich könnte es mir angewöhnen und etwas abnehmen, und dann wollte ich in eine Klinik und wieder davon runterkommen. Aber es hat mir nicht gefallen. Ein Arzt, den ich kannte, sagte mir, daß ich nicht die richtige Suchtstruktur hätte. Aber wenn das stimmt, dann möchte ich nur wissen, warum ich so viel esse und warum ich besoffen bin, kaum daß jemand eine Flasche aufmacht. Ist das was anderes?«

»Normalerweise schon. Wie war der Name des Arztes?«

»Das kann ich Ihnen nicht sagen.« Candys Stimme klang verletzt. »Berufsethos, Sie verstehen.«

»Ich glaube, Sie bringen da etwas durcheinander. Wenn Sie zu Ihrem Arzt gehen, dann ist er durch seinen Berufseid verpflichtet, alles vertraulich zu behandeln, was zwischen Ihnen geschieht. Sie dagegen können jederzeit einem Dritten – und ganz bestimmt einem anderen Arzt – erzählen, was immer Sie wollen.«

»*Sie* haben es falsch verstanden. *Er* hat *mich* aufgesucht.«

»Sind Sie Therapeutin?«

»Ähm ... ja. Sexualtherapeutin. Ich meine, normalerweise bezeichne ich mich einfach als Nutte, weil mir das einen Haufen Erklärungen erspart. Aber in Wirklichkeit bin ich Sexualtherapeutin.«

»Sie sind also eine Prostituierte.«

»Äh ... nein, ich bin Sexualtherapeutin. Sie sind Arzt, oder? Dann raten Sie mal, wie schwer ich bin. Wenn Sie wollen, können Sie mich auch abtasten, wie man es beim Karneval macht.«

Dr. Bob starrte sie an und rieb sich das Kinn. Er notierte etwas auf seinem Block.

»Ich gebe Ihnen einen Hinweis. Ich bin einszweiundsiebzig groß. Ohne Schuhe.«

»Zweihundert Pfund, würde ich sagen.«

»Zweihundertvierzig. Sie sind ein wirklich gutaussehender junger Bursche, auch wenn Sie um die Hüften etwas breit sind. Angenommen, wir treffen uns auf der Straße. Es ist fast Mitternacht, und wir haben beide ein paar getrunken. Ich sage: ›Hören Sie, ich bin etwas knapp bei Kasse. Nehmen Sie mich mit, und ich sorge dafür, daß Sie es nicht bereuen. Sie kriegen, was Sie wollen. Ich kriege fünfzig Dollar.‹ Würden Sie mich mitnehmen?«

»Wahrscheinlich.«

»Wahrscheinlich nicht, Doc. Ein Mann wie Sie kann in jede Single-Bar in der Stadt gehen und eine halbe Stunde später mit einer Frau herauskommen, die nur halb soviel wiegt wie ich und die kein Geld nimmt. Die Sorte, die mich nimmt ...«

»Sprechen Sie nur weiter?«

»Nun, die haben eben manchmal Probleme. Um die Wahrheit zu sagen, ihr Problem ist meist, daß sie nicht nein sagen können. Manchmal fühlen sie sich schuldig – sie betrügen ihre Frauen oder Freundinnen oder meinetwegen sogar ihre Mütter. Sie wollen kein Mädchen, das gut aussieht. Sie wollen etwas Entsetzliches haben. Ich sehe es ihnen an, wenn sie mir zusehen, wie ich mich ausziehe. He, warum erzähle ich Ihnen das alles eigentlich?«

»Ich glaube, weil ich Arzt bin«, sagte Dr. Bob. »Und weil Sie irgendwo tief drinnen hoffen, daß ich Ihnen helfen kann.«

»Ich glaube, es waren die Drogen, die Sie mir gegeben haben.«

»Nein.« Er notierte wieder etwas auf seinem Block.

»Machen Sie diese Riemen ab.«

»Es tut mir leid, aber das kann ich nicht machen. Gewalttätige Patienten müssen während der ersten vierundzwanzig Stunden angeschnallt bleiben. So verlangt es die Hausordnung.«

»Ich bin keine Patientin.«

»Doch, das sind Sie.«

»Können Sie das einfach tun? Jemand schnappen und hier festsetzen?«

»Wenn Sie meinen, ob wir jemand auf Dauer aufnehmen können, nein. Es muß eine Anhörung über den Geisteszustand des Patienten stattfinden, und im übrigen sind wir keine Langzeitklinik. Wir können unter keinen Umständen jemand länger als sechs Wochen hierbehalten. Aber wir können Patienten, deren Verhalten für die Gesellschaft oder für sie selbst gefährlich ist, vorübergehend aufnehmen.«

»Genau das haben Sie mit dem Cop gemacht, was?«

»Cop?«

»Mit Sergeant Proudy. Er war im Consort, und jemand – ich weiß nicht mehr, wer – hat seinetwegen angerufen. Jim, glaube ich.«

»Sie kennen ihn also. Den Polizisten, meine ich.«

»Kennen kann man eigentlich nicht sagen. Ich half, ihn zu verbinden.«

»Ich habe die Verbände gesehen. Ich führte mit ihm das Aufnahmegespräch, genau wie ich es jetzt mit Ihnen führe. Sie haben die Verbände wirklich gut gemacht.«

»Danke.«

»Waren Sie es wirklich?«

»Teilweise, ja. Ich habe geholfen.«

»Ich hätte vermutet, daß die Stiche in seiner Kopfhaut von einem Chirurgen gemacht wurden.«

»Dann haben Sie die Verbände abgenommen? Es stimmt, ein Arzt hat ihn genäht.«

»Haben Sie für diesen Arzt gearbeitet?«

»Das könnte man so ausdrücken.«

»Sind Sie Krankenschwester?«

»Nein.«

»Ich meine nicht unbedingt, daß Sie eine registrierte Krankenschwester sind. Vielleicht eine angelernte Schwester?«

Candy lachte schnaubend. »Eine ausgeleierte Schwester, das bin ich.«

»Ich frage mich, ob Sie mir verraten können, wer der Arzt war. Vielleicht kenne ich ihn.«

»Ich habe seinen Namen vergessen. Er sagte es mir – oder jemand sagte es –, aber ich habe ihn vergessen. Das ist mein Problem, und das ist manchmal wirklich schlimm.«

»Ich verstehe.«

»Ein anderes Problem ist das Erinnern. Man könnte doch meinen, die beiden Probleme arbeiten zusammen und heben sich gegenseitig auf, was? Aber nein. Ich kann mich dauernd an Dinge erinnern, die ich eigentlich vergessen will. Sie wissen schon – was letzte Nacht passiert ist, und so weiter. Aber ich vergesse die Sachen, an die ich mich eigentlich erinnern müßte – zum Beispiel, wenn mir jemand zwanzig Dollar schuldet.«

»Vielleicht sollten wir noch einmal von vorn anfangen. Ich glaube, das hätten wir gleich machen sollen. Wie ist Ihr Name?«

»Candy Garth. Hören Sie, ich habe doch eigentlich nichts Schlimmes gemacht, oder? Ich habe das Mädchen etwas geschüttelt. Wann nehmen Sie mir die Riemen ab und lassen mich gehen?«

»Ist Candy Ihr Taufname?«

»Catherine. Catherine M. Garth. Zufrieden? Das M steht für Margaret.«

»Wissen Sie, welcher Wochentag heute ist?«

»Meinen Sie, ob Montag oder Dienstag ist? Keine Ahnung. Normalerweise weiß ich es, aber manchmal vergesse ich es auch. Ich habe keinen festen Job, und ich gehe nicht zur Kirche, deshalb merke ich mir die Tage meistens nicht. Die Geschäfte sind sowieso immer geöffnet, und die Bars auch.«

»Dann raten Sie bitte.«

»Sie meinen, ich soll einfach drauflosraten?«

»Genau.«

»Mittwoch. Wie gefällt Ihnen das?«

»Und welches Datum haben wir?«

»Wir haben Januar. Ich hatte nach Neujahr einen fürchterlichen Kater, aber das ist bestimmt schon zwei Wochen her. Ich würde sagen, daß heute so ungefähr der fünfzehnte ist.«

»Heute ist Freitag der einundzwanzigste, Candy. Wo wohnen Sie?«

»Sie meinen jetzt, im Augenblick?«

»Ja.«

»Was man als ständigen Wohnsitz bezeichnet, habe ich im Augenblick nicht. Ich habe bei Freunden gewohnt.«

»Ich will offen mit Ihnen sein, Candy. Als wir Sie hier aufnahmen, sahen wir auch Ihre Handtasche an. Wir haben nicht geschnüffelt, aber wir ...«

»Mein Gott! Das Kind!«

»Ja?«

»Ich hatte einen kleinen Jungen bei mir, Little Ozzie. Geht es ihm gut? Mein Gott, ich habe ihn ganz vergessen.« Candy wollte sich aufsetzen, aber die Bänder schnitten in ihr weiches Fleisch. Ihr rundes Gesicht wurde rot vor Anstrengung.

»Machen Sie sich keine Sorgen wegen des kleinen Burschen. Ich habe ihn vor ein paar Minuten selbst noch gesehen, und er war wohlauf.«

»Halten Sie ihn hier fest?«

»Wir versuchen, seinen Vater zu finden.«

Candy murmelte etwas, und Dr. Bob beugte sich vor. »Was haben Sie gesagt?«

»Halten Sie den Mund. Ich muß nachdenken. Jim hat ihn zu diesem Arzt geschickt, aber ich weiß den Namen nicht mehr.«

»Er wird Ihnen sicher wieder einfallen, wenn wir uns weiter unterhalten.«

»Ich weiß auch nicht, wo Jim ist. Wie spät ist es?«

Dr. Bob sah auf die Uhr. »Viertel vor drei.«

»Sind Sie um sechs noch da?«

»Das kann ich einrichten, wenn es nötig ist.«

»Rufen Sie um sechs im Consort an. Fragen Sie nach Madame Serpentinas Zimmer. Ozzie müßte dann dort sein. Wir wollen uns da treffen.«

»Madame Serpentina? Das ist ein eigenartiger Name.«

»Was Sie nicht sagen. Sie ist auch eine ziemlich eigenartige Frau. Ich glaube aber, der Name paßt zu ihr.«

»Ist sie Amerikanerin?«

»Warum denn nicht? Heute ist doch jeder Affe Amerikaner, sobald er einen Fuß auf den Strand setzt. Sie spricht Englisch, wenn Sie das meinen. Die Hälfte von denen kann das nicht. Ich glaube aber nicht, daß sie hier geboren wurde.«

»Sie mögen sie nicht, was?«

»Was, zum Teufel, geht Sie das an?« Candy zögerte. »Doch, manchmal mag ich sie sogar. Ein bißchen. Wann nehmen Sie mir endlich die Riemen hier ab?«

»Morgen. Ich glaube, das erwähnte ich bereits.«

»Ich muß aufs Klo.«

»Wenn ich gehe, schicke ich eine Schwester und einen Wärter. Bis dahin, fürchte ich, müssen Sie noch warten. Erwähnte ich bereits, daß wir Ihre Handtasche überprüft haben? Sie hatten keinen Ausweis dabei.«

»Ich hatte doch ein paar Geschäftskarten dabei.«

»Sind Sie etwa John B. Sweet, Executive Vice President von Mickey's Jawbreakers Incorporated?«

»Oh, der. Mein Gott, den hatte ich ganz vergessen. Rufen Sie den bloß nicht an. Nein, ich meinte die Schokoladeriegel. Die Leute nennen mich Candy, klar? Deshalb sage ich immer, daß die Riegel meine Karten sind. Ich lasse die Verpackungen sowieso überall liegen.«

»Aber Sie hatten keinen Ausweis dabei.«

»Ich hatte mal eine von diesen kleinen Karten, die in eine Brieftasche passen, aber ich habe sie verloren.«

»Können Sie Auto fahren, Candy?«

»Äh ... ja.«

»Sie hatten keinen Führerschein in Ihrer Tasche.«

»Ich wurde mal ausgeraubt. Der Kerl hat alles mitgenommen – mein Geld, meinen Führerschein, alles. Ich habe mir nie einen neuen besorgt. Wozu? Ich habe ja kein Auto.«

»Ich hatte auf dem College einen Freund, der mal nach Italien gefahren ist. Er wohnte in einem sehr schönen Hotel in Sorrent, und der Page dort sagte ihm, er könne ihm ein Mädchen besorgen. Wissen Sie, was ich meine, Candy? Für ein paar hundert oder ein paar tausend Lira oder so.«

»Ich weiß, was Sie meinen. Ich weiß es wahrscheinlich besser als Sie.«

»Mein Freund sagte, in Ordnung, und der Page kam mit einem sehr hübschen italienischen Mädchen ...«

»Und als er am nächsten Morgen aufwachte, war seine Brieftasche weg.«

»Ja, genau. Sein Paß auch. Woher wußten Sie das?«

»Woher ich das wußte? Die Frau brauchte noch mehr Geld, oder ihr hat nicht gefallen, was sie in der Nacht vorher gemacht haben oder so. Worauf wollen Sie hinaus? Wollen Sie einen Ratschiag für das nächste Mal? Sie hätten nicht einschlafen dürfen, während sie noch im Zimmer war. Sie hätten es überhaupt nicht tun sollen.«

»Ich war es nicht.«

»Tatsächlich? Und ich habe noch nie spät abends an Zimmertüren in Hotels geklopft. Eine Freundin hat mir erzählt, was ich weiß. Aber seitdem Ihnen das passiert ist, glauben Sie, die Freier seien die einzigen, die ausgenommen werden. Blödsinn. Es gibt nichts, was eine Frau bei sich tragen könnte, das mir nicht bei der einen oder anderen Gelegenheit schon einmal gestohlen wurde – meine Handtasche, meine Schuhe, meine Kleidung, was Sie wollen. Ich wurde verprügelt. Auf mich wurden so viele Kanonen und Messer gerichtet, daß man damit hätte einen Krieg anfangen können.«

Die Tür ging auf, und eine Frauenstimme sagte: »Ein Dr. Makee möchte Sie sprechen, Dr. Roberts.«

36. KAPITEL

Leichte Körperverletzung

Der Raum, in dem Barnes und Dr. Makee warteten, war dem Zimmer, in dem Dr. Bob mit Candy gesprochen hatte, zum Verwechseln ähnlich. Ein Untersuchungstisch mit Halteriemen war an die Seite geschoben worden. Einige sehr leichte Klappstühle standen herum. Barnes saß steif, die Knie zusammengepreßt und die Hände im Schoß verschränkt, auf seinem Stuhl. Seinen Musterkoffer hatte er halb hinter dem Stuhl verborgen. Dr. Makee hatte sich gemütlich breit gemacht. Seinen alten braunen Tweedmantel hatte er abgelegt, die alte graue Fischgrätenjacke war geöffnet, und darunter waren sein Frackhemd und die schwarze Fliege zu sehen.

Eine Schwester mit einem Klemmbrett sah herein. »Dr. Macke?«

»Makee. Sprechen Sie es aus wie Makie.«

Die Schwester nickte und notierte etwas auf ihrem Klemmbrett. »Sind Sie der Hausarzt des Patienten?«

»Ich war, glaube ich, der letzte, der ihn behandelt hat, bevor er hierher kam. Ich bin nicht sicher, ob er überhaupt einen Hausarzt hat.«

»Wann war das?«

»Gestern. Aber das habe ich schon Dr. Roberts gesagt.«

»Ich weiß, aber ich muß es hier vermerken. Gab es Anzeichen von Angst oder Verwirrung, als Sie ihn untersuchten?«

Dr. Makee zuckte die Achseln. »Er machte sich Sorgen um seinen Zustand. Er hatte noch nie eine Kopfverletzung gehabt, und er fürchtete, es könne etwas

Ernstes sein. Ich glaubte nicht, daß es ernst war, und das sagte ich ihm auch. Das schien ihn zu beruhigen. Ich würde nicht sagen, daß er desorientiert war.«

Als die Schwester gegangen war, sagte Barnes: »Nun, Doc?«

»Was soll ich sagen? Ich habe ihn noch nicht gesehen.«

Die Tür wurde wieder geöffnet, und ein großer Mann mit rotem Gesicht und langer Nase lugte herein. »He, Kumpel!« zischelte er.

Barnes blickte auf.

»Erinnern Sie sich? Matrose Reeder?«

Barnes nickte. »Was, zum Teufel, machen Sie denn hier?«

Der Seemann kam ganz herein und schloß die Tür. Er trug die übliche graue Patientenkluft. »Die haben mich aufgesammelt. Ich war in einer Bar und habe mich ziemlich albern benommen, glaube ich.«

»Und deshalb hat man Sie hierher gebracht?«

»Ich war schon öfter im Bau – es wäre nicht schön gewesen, schon wieder da rein zu müssen. Also tat ich noch alberner, und da brachten sie mich hierher. Das Essen ist hier jedenfalls etwas besser.«

Dr. Makee sagte: »Strecken Sie beide Hände aus, junger Mann.«

Reeder gehorchte.

»Deutlicher Tremor. Wie lange trinken Sie schon?«

»Ich weiß nicht. Vor Weihnachten.«

»Also etwa einen Monat. Ich habe schon Schlimmeres gesehen, aber Sie sehen nicht besonders aus. Dementia?«

»Ich glaube nicht. Aber wie kann man da sicher sein?«

Barnes fragte: »Wann sollten Sie eigentlich zu Ihrem Schiff zurück?«

»Am fünften Januar. Es war der Weihnachtsurlaub.«

»Es wundert mich, daß Sie nicht von der Shore Patrol kassiert wurden«, sagte Dr. Makee. »Zu meiner Zeit hätte man Sie erwischt.«

»Ich habe einfach immer wieder den Bus verpaßt«, erklärte Reeder. »Ehrlich. Von hier aus fährt nur ein Bus nach Norfolk. Der Bus fährt morgens um zwanzig nach elf ab. Manchmal habe ich es einfach nicht geschafft. Manchmal war ich zu früh da, wurde vom Warten müde und bin was trinken gegangen.« Er wandte sich an Barnes. »Sie müssen mich hier rausholen, Kumpel. Deshalb bin ich hier ins Zimmer gekommen. Ich sah Sie, als man Sie heraufführte. Wissen Sie, was meine Mom als letztes sagte, bevor sie starb?«

Barnes schüttelte den Kopf.

»Sie sagte: ›Lieber Gott, du mußt auf Baby Phil aufpassen, weil er nie im Leben auf sich selbst aufpassen kann.‹ Ich war nicht da, aber Bubba war da, und er hat's mir gesagt. Gott muß mich hier rausholen, und Sie sind sein erwähltes Werkzeug.«

»Werkzeug, zum Teufel. Ich bin Ihm nie begegnet!«

Dr. Makee kicherte und stieß Barnes mit dem Ellbogen an. »Da wäre ich nicht so sicher.«

»Außerdem, warum müssen Sie eigentlich unbedingt hier raus? Die werden Sie ja doch nur zur Navy schicken, und dahin müssen Sie ja sowieso.«

»Scheiße, Mann, aber doch nicht so! Wissen Sie, was die hier machen? Die stellen eine Akte über mich zusammen, in der steht, daß ich verrückt bin wie 'ne Bettwanze. Ich will wieder auf mein Schiff.«

»Ich denke, wenn Sie wirklich soviel Verspätung haben, ist es schon ausgelaufen.«

»Die werden mich dabehalten, bis es zurückkommt, oder mich mit dem Flugzeug ...«

Die Tür wurde weit geöffnet, und ein stämmiger junger Mann mit kurz geschnittenem Haar führte Proudy herein, dessen Arme in einer Zwangsjacke aus Segeltuch steckten. Barnes konnte sich nicht verkneifen zu sagen: »Ich dachte, diese Dinger werden heute nicht mehr benutzt.«

Der Wärter erklärte es ihm. »Die sind viel humaner, als sie aussehen. So unbequem ist das gar nicht, und er kann sich oder andere Leute nicht verletzen.« Er blickte zu Reeder. »Soll der hier verschwinden?«

»Lassen Sie ihn bleiben, wenn das nicht gegen die Hausordnung verstößt.«

»Meinetwegen. Doktor?«

Dr. Makee nickte.

»Wenigstens haben Sie dann jemanden, mit dem Sie reden können. Der Seemann redet Ihnen ein Loch in den Bauch. Der Cop sagt kein Wort.«

»Ich will mir eigentlich nur noch einmal die Kopfverletzung ansehen.« Dr. Makee stand auf. »Wie ich sehe, hat jemand den Verband gewechselt.«

»Yeah, das haben wir gemacht.« Der Wärter schloß hinter sich die Tür.

»Kommen Sie her, Officer«, sagte Dr. Makee. »Setzen Sie sich.«

Proudy bewegte sich nicht. Sein Gesicht schien noch bleicher, als Barnes es in Erinnerung hatte. Die große Nase war an der Spitze fast weiß. Er beobachtete sie ausdruckslos.

»Manche hier reden überhaupt nicht«, sagte Reeder. »Außerdem kriegen sie Medikamente. Die geben hier allen Medikamente, sogar mir.«

Dr. Makee nickte. »Nun, wenn er nicht zu mir kommen will, dann muß ich zu ihm gehen. Ein Glück nur, daß er nicht so groß ist.«

»Sie werden mich doch hier rausholen, Kumpel?« sagte Reeder zu Barnes.

»Ich wüßte nicht wie«, erwiderte Barnes. »Wenn ich kann, will ich es tun.«

»Passen Sie auf, Sie können was machen.« Reeder senkte die Stimme. »Kumpel, wir wollen doch nicht den alten Doc reinziehen, oder? Sie gehen einen Augenblick mit mir nach draußen. Ich kenne einen Ort, wo wir reden können. He, wissen Sie noch, das Puzzle, das ich von Ihnen gekauft habe? Der kleine Kerl im Käfig? Ich glaube, ich habe herausgefunden, wie man ihn herausbekommt. Das will ich Ihnen auch zeigen.«

Reeder öffnete die Tür, und Barnes folgte ihm. Auf den Bänken draußen saßen trostlose Männer. Die hellen Rechtecke, die durch die Fenster auf das verschlissene Linoleum fielen, waren inzwischen länger geworden. Der kurze Wintertag näherte sich seinem Ende.

»Da hinten ist ein Raum, der im Augenblick nicht benutzt wird«, sagte Reeder. »Das Licht geht nicht. Das hier ist ein sehr altes Gebäude.«

»Ich würde meinen, daß sie alles abschließen.«

»Tun sie auch, aber man kann das Schloß aufmachen, wenn man gegen den Türrahmen drückt. So kann man auch den kleinen Kerl aus dem Gefängnis holen. Einfach gegen die Gitter drücken, genau wie wir es gleich machen.«

Barnes fand, daß die Tür so verschlossen aussah wie alle anderen, außer, daß sie ein relativ neues Schloß aus glänzendem Messing hatte.

»Aber wir brauchen sie jetzt nicht aufzudrücken«, sagte Reeder. »Ich habe das Schnappschloß offen gelassen, als ich vorhin hier war.« Er wollte die Tür aufstoßen, aber sie gab nicht nach.

»Jemand muß es bemerkt haben«, sagte Barnes. Er war erleichtert.

»Yeah, wahrscheinlich hat eine Schwester den Spalt gesehen und die Tür zugezogen.« Reeder stemmte den Rücken gegen eine Seite des verstärkten Türrahmens und drückte mit einem Fuß gegen die andere Seite. Er grunzte und schob die Tür mit der Hand auf. Sie schwang nach innen auf.

»Da drin ist es dunkel«, sagte Barnes.

»Yeah. Es gibt zwar ein Fenster, aber da ist eine Stahlplatte davor. Keine Sorge, hier drinnen sind nur alte Betten und so weiter. Kommen Sie rein, bevor uns jemand sieht.«

Barnes trat ein, und Reeder schloß die Tür.

»Hören Sie, Kumpel, es tut mir leid, ich habe Ihren Namen vergessen.«

»Osgood M. Barnes.«

»Hören Sie, Barnes, wie ich schon sagte, habe ich meinen Urlaub überzogen. Selbst wenn ich jetzt nach Norfolk fahre, stecken sie mich in den Bau. Deshalb kann ich mich eigentlich nur hier stellen. Ich kann zu jeder Navy-Einrichtung gehen – zu einem Rekrutierungsbüro, was auch immer –, und ihnen eine Geschichte erzählen. Sobald ich auf die Straße rauskomme, werde ich genau das tun. Die haben mir das Geld abgenommen, als sie mich hier reinsteckten, aber ich bitte Sie noch nicht einmal um Fahrgeld für den Bus. Wenn ich Geld hätte, würde ich wahrscheinlich irgendwo ein Bier trinken gehen, und dann wäre es sowieso bald weg.«

»Okay, ich gebe Ihnen also kein Geld für den Bus. Ich habe es sowieso nicht. Aber wie kann ich Sie hier rausholen?«

»Tauschen Sie Ihre Kleider mit mir!« Es war ein rauhes Flüstern.

»Sind Sie verrückt?«

»Nein, verdammt. Die Verrückten wollen nicht raus. Nicht wirklich. Deshalb heißt das hier auch ›Heim‹. Ich habe ein schönes Hotelzimmer, zu dem ich zurück will, und hier haben sie mich in eine dreckige Uniform gesteckt. Ich kann im Hotel sagen, daß ich den Schlüssel verloren habe, dann geben sie mir einen neuen, ich gehe rauf und rufe die Navy an. Sie brauchen nur zu warten, bis ich weg bin, dann sagen Sie ihnen, wer Sie sind, und sie lassen Sie raus.«

»Reeder, Sie sind mindestens zehn Zentimeter größer als ich.«

»So viel ist das gar nicht. Ich…«

Das Quietschen eines Essenkarrens auf dem Flur brachte Reeder für einen Augenblick zum Schweigen. Barnes hielt wie Reeder instinktiv den Atem an und versuchte, von der Tür zurückzuweichen. Dabei prallte er gegen ein Bett, auf dem zusammengerollte Matratzen aufgestapelt waren.

»Still!« zischte Reeder.

Barnes nickte. Dann wurde ihm klar, daß Reeder sein Nicken nicht sehen konnte. Die Heizung des Raumes war abgestellt, und so langsam wurde es kalt.

»Es würde funktionieren«, sagte Reeder. »Ich schwöre, daß es funktioniert. Wir könnten es tun. Ihr Anzug ist Ihnen sowieso etwas zu groß ...«

»Ich habe etwas abgenommen.«

»Ich würde die Hosen tief herunterhängen lassen, verstehen Sie? Wie Jeans. Und ich würde mich beim Gehen etwas bücken. Hören Sie, Kumpel, lassen Sie es uns versuchen. Lassen Sie uns die Sachen tauschen. Wenn es zu schlecht aussieht, dann geht es eben nicht. Ich lasse Ihnen auch Ihr Geld und alles.«

»Reeder, ich brauche den Anzug. Ich habe heute abend eine Verabredung.«

»Dann ziehen Sie etwas anderes an. Heute trägt sowieso niemand mehr einen Anzug, wenn er verabredet ist. Ziehen Sie eine Sportjacke und eine lockere Hose an. Ich lasse Ihnen den Mantel da.«

»Mein Gott, das ist aber anständig von Ihnen.«

»Hören Sie, Kumpel, Sie sind es, der anständig ist, wenn Sie es mich machen lassen. Glauben Sie nicht, ich wüßte das nicht zu schätzen. Sie geben mir mein Leben zurück, Jahre meines Lebens.«

Barnes fühlte, wie seine Handflächen trotz der Kälte zu schwitzen begannen. »Reeder, wollen Sie sich nicht setzen, damit wir in aller Ruhe darüber reden können?«

»Nein, ich will mich nicht setzen, Kumpel. Ziehen Sie die Jacke und die Hose aus. Ich glaube, ich werde wohl auch das Hemd brauchen, und den Schlips auch. Lassen Sie mich auch Ihre Schuhe anprobieren. Ich glaube, sie werden nicht passen, aber ich muß es versuchen.«

Barnes' Augen hatten sich so gut an die Dunkelheit angepaßt, daß er sehen konnte, wie Reeder das Band seiner Krankenhaushose löste und herausstieg. »Das ist doch verrückt«, sagte er. »Reeder, die Navy wird Sie untersuchen und zum Schiff zurückschicken. Das ist alles.«

Er bekam keine Antwort. Reeder zog sich das Anstaltshemd über den Kopf und ließ es auf den Boden fallen.

»Reeder, mehr wird nicht passieren, das schwöre ich Ihnen.«

»Ich kann hier nicht bleiben, Kumpel. Ich habe die Leute hier gesehen. Die sitzen nur herum und starren den Boden an. Das darf mir nicht passieren. Ziehen Sie sich aus!«

Barnes langte nach dem Türknauf, aber Reeder stemmte sich mit dem Rücken an die Tür. »Sie kommen hier vorläufig nicht wieder raus, Kumpel. Nicht, solange ich nicht von hier verschwunden bin.«

Barnes seufzte und wich zurück. »Reeder, verdammt, ich brauche nur zu schreien.«

»Und Sie schreien nicht. Das weiß ich zu schätzen, Kumpel. Sie sind schon in Ordnung. Das wußte ich gleich, als wir uns am Busbahnhof trafen.«

»Und Sie brauchen auch nur zu schreien. Das versuche ich Ihnen die ganze Zeit zu sagen. Sie sind bei der Navy, und Sie waren uniformiert, als man Sie abholte. Die haben inzwischen vermutlich schon die Navy verständigt. In einem Tag oder so wird jemand kommen und Sie abholen. Schreien Sie. Schreien Sie, daß Sie gesund sind und daß alles ein Irrtum ist. Die werden Sie untersuchen, eine Woche oder so einsperren, weil Sie unentschuldigt gefehlt haben, und das war's.«

»Ich mag Sie wirklich, Kumpel. Ich mag Sie, wie ich schon lange keinen Kumpel mehr gemocht habe. Und jetzt ziehen Sie die Hose aus.«

»Reeder ...«

»Ausziehen!«

»Reeder, was haben Sie da in der Bar eigentlich gemacht?«

»Sie haben es gehört, Kumpel.«

»Sie sagten, Sie hätten sich albern benommen. Schlußfolgerungen sind eigentlich das Gebiet meines Freundes Stubb. Aber selbst Dr. Watson kommt am Ende darauf – wissen Sie, was ich meine?«

Reeder schwieg. Er atmete schnell und tief, und jeder Atemzug klang wie ein Stoß eines schwer arbeitenden Blasebalgs.

»Was haben Sie gemacht, Phil? Ich bin Ihr Kumpel, Ihr Freund. Wissen Sie noch?«

»Nur das hier«, sagte Reeder.

»Nur was?«

»Das hier«, sagte Reeder. »Ich habe mich ausgezogen wie jetzt auch.«

Barnes starrte ihn an, und als er starrte, schlug Reeder ihn. Die Faust traf Barnes' Kinn von unten und riß seinen Kopf zurück. Barnes prallte im Fallen mit den Schultern auf die Matratzen, und sein Glasauge kullerte über den dunklen Boden wie eine Murmel mit Schlagseite.

37. KAPITEL

Zweimal Paranoia

»Bitte warten Sie«, sagte Stubb. »Haben Sie das gehört?«

Sandy fragte: »Was denn?«

Davidson sagte: »Ich habe nichts gehört, aber ich habe mit Sicherheit etwas *gesehen.* Ich sah da unten einen kleinen Jungen über den Flur laufen.«

Der Wärter sah ihn kopfschüttelnd an.

»Streiten Sie sich nicht mit einem Cop. Ich habe einen kleinen Jungen gesehen, vielleicht sechs oder sieben Jahre alt. Wie ist Ihr Name?«

»Ron.«

»Ron was?«

»Ron Brown, Sir.«

»Also, Ron, hier auf Ihrer Station rennt ein Junge herum.« Davidson wandte sich an Stubb und Sandy. »Sie beide marschieren jetzt hinunter und verschwinden. Sie haben Glück, daß ich Sie nicht festnehme. Und Sie, Ronny, Sie schnappen sich den Jungen, den ich da unten gesehen habe, und bringen ihn zu mir. Und wenn Sie ihn mir nicht bringen, komme ich mit einem Haussuchungsbefehl und ein paar Männern wieder. Klar?«

»Ich will den Mann sehen, der meinen Namen gerufen hat«, sagte Stubb zu ihm.

»Und die Jungs in der Hölle wollen Eiskrem. Sie verschwinden hier, und zwar schnell. Nehmen Sie sie mit.«

Sandy blickte zu Stubb. »Ich glaube, da können wir nicht viel machen.«

Er zuckte die Achseln und folgte ihr zum Aufzug.

Ein paar der stillen Männer auf den Bänken hoben die Köpfe und sahen sie an, aber niemand stand auf oder sprach ein Wort.

Sandy flüsterte: »Ich dachte immer, Verrückte lachen und springen dauernd herum.«

Stubb zuckte wieder die Achseln. Die Aufzugtür öffnete sich, und sie betraten die Kabine.

»Wer hat Sie eigentlich gerade gerufen?«

»Ich bin nicht sicher«, sagte Stubb. »Ich bin nicht einmal sicher, ob ich wirklich meinen Namen gehört habe.«

Die Türen schlossen sich zitternd.

»Wollen wir wirklich verschwinden?«

»Natürlich nicht«, sagte Stubb.

Sie lächelte ihn an. »Sie sind nett, Jim, wissen Sie das?«

»Ich mache nur meinen Job. Erinnern Sie sich an den Namen des Arztes? Ich meine den, der Proudy behandelt?«

»Hat ihn jemand erwähnt? Nein, ich glaube nicht.«

»Die Frau am Empfang hat es zu Davidson gesagt. Dr. Roberts. Während Davidson mit Proudy spricht, können wir Dr. Roberts suchen und fragen, ob er später für uns Zeit hat. Davidson wird Proudy nicht unbedingt schnell hier rausholen wollen, nachdem er mit ihm gesprochen hat.«

»Ich bin Bud Bensen«, stellte sich der große, dünne Arzt vor. »Freut mich, Ms. Duck, Mr. Stubb. Was kann ich für Sie tun?«

»Ist Dr. Roberts nicht da?« fragte Stubb.

»Leider nicht. Er hat eigentlich Dienst, aber er scheint irgendwo unterwegs zu sein. Bob ist ein brillanter junger Mann.« Bensens knochiges Gesicht verzog sich zum Anflug eines Lächelns. »Aber er ist etwas emotional. Nervös, wenn Sie verstehen. Heute nachmittag sind einige Leute ohne Genehmigung durch die

Abteilungen spaziert, und ich glaube, Bob hat sich ziemlich aufgeregt.«

»Die Zigeuner«, warf Sandy ein.

»Ja, wie ich hörte, haben sie sich selbst so bezeichnet. Ich habe nicht persönlich mit ihnen gesprochen, aber ich erfuhr, daß ihr King – das war das Wort, das sie benutzten, ihr King – ihnen befohlen hätte, irgend jemand in der ganzen Stadt zu suchen, und es wäre nicht ausgeschlossen, daß sie ihn hier finden könnten.«

»Sie erinnern sich nicht zufällig an den Namen des Mannes, den sie suchten?« fragte Stubb.

Dr. Bensen schüttelte den Kopf. »Ich glaube, der Name wurde nicht erwähnt. Ist das wichtig?«

»Vielleicht. Wie auch immer, es scheint mir, dieser Zigeunerkönig führt etwas im Schilde. Sie haben nicht zufällig einen Mann namens Ben Free unter Ihren Patienten?«

»Tut mir leid, das kann ich nicht sagen. Erkundigen Sie sich in der Aufnahme.«

»Das haben die Zigeuner wohl schon getan. Ich nehme an, sie haben der Dame am Empfang nicht geglaubt.«

»Interkulturelles Mißtrauen«, sagte Dr. Bensen nickend. »Aber Sie wollten doch mit mir nicht über die Zigeuner sprechen, oder?«

»Nein. Wir sind wegen eines Polizisten hier. Sergeant Proudy.« Stubb hielt inne. »Vielleicht sollte ich erklären, daß ich Detektiv bin. Sandy hier ist Reporterin.«

Dr. Bensen nickte wieder. »Sergeant Proudy ist nicht mein Patient, tut mir leid.«

»Er ist Dr. Roberts' Patient, soweit wir wissen. Aber wir können Dr. Roberts nicht finden, und wir müssen mit Proudy sprechen. Die Situation sieht folgendermaßen aus, Doktor. Proudy glaubt, wir verfolgten ihn ...«

Dr. Bensen brachte Stubb mit einer Handbewegung zum Schweigen. Er drückte auf einige Knöpfe und rief eine neue Seite auf den Bildschirm auf seinem Schreibtisch. »Ja, wie ich sehe, hat Dr. Roberts eine Paranoia diagnostiziert.«

»Proudy hat uns gestern abend beobachtet. Um uns im Auge zu behalten und um zu sehen, was wir vorhätten. Können Sie mir folgen?«

»Gewiß. Diese Verhaltensweise ist typisch für derartige Fälle. Da der Betreffende auch noch Polizeibeamter ist, wundert mich das überhaupt nicht.«

»Der Punkt ist nun, daß uns außerdem auch noch jemand anders beobachtet hat. Stimmt's, Sandy?«

Das kleine Mädchen nickte. »Da sind wir ziemlich sicher.«

Dr. Bensen lächelte sie an. »Und wer war das?«

»Wer uns beobachtet hat, meinen Sie?« Sie sah hilflos zu Stubb.

»Das wissen wir nicht, Doktor. Das versuchen wir gerade herauszufinden. Wir glauben, wenn Proudy uns beobachtet hat, dann hat er möglicherweise auch die anderen gesehen, die uns beobachtet haben.«

»Ich verstehe. Warum glauben Sie, halten es diese ›anderen‹ für nötig, Sie zu beobachten?«

»Das wissen wir nicht«, sagte Stubb.

Sandy beugte sich vor. »Wir glauben, daß wir über eine große Sache gestolpert sind. Wenn wir wissen, wer uns beobachtet – wer außer Sergeant Proudy, meine ich –, dann könnten wir herausfinden, was es ist. Wenigstens hätten wir dann eine bessere Vorstellung davon.«

»Und was haben Sie gestern im Hotelzimmer gemacht, als diese Leute Sie beobachteten?«

»Nichts. Wir haben nur geredet.« Sandy sah wieder zu Stubb.

»Sind Sie auf die Idee gekommen, daß jemand Sie belauschen könnte? Daß jemand Sie mit elektronischen Geräten abhören könnte?«

»Da noch nicht.« Stubb schüttelte düster den Kopf. »Wir hatten in diesem Augenblick noch keinen Grund zu der Annahme, daß es jemand auf uns abgesehen hatte. Aber Sie haben recht, Doc. Das ist möglich. Vielleicht hat man die Abhöranlage auch erst heute morgen eingebaut. Ich dachte erst später daran, aber das Zimmermädchen ist ungewöhnlich früh gekommen.«

»Haben Sie eine Ahnung, warum diese Leute hinter Ihnen her sind?«

»Nein«, sagte Stubb.

»Nein«, sagte Sandy.

»Haben Sie mit Sergeant Proudy gesprochen, bevor er hier eingeliefert wurde?«

»Nicht sehr lange.«

»Hat er Ihnen verraten, warum er Sie beobachtete?«

»Bei dieser Gelegenheit nicht. Ich glaube, da hat er uns auch noch nicht beobachtet. Später erzählte er einem Freund von mir ziemlich verrückte Sachen – etwas in der Art, daß wir die Welt beherrschen wollten.«

»Und, wollen Sie das?«

»Die Welt beherrschen?« fragte Stubb erstaunt. »Teufel, nein.«

»Warum eigentlich nicht? Das wäre sicher eine sehr befriedigende Tätigkeit. Stellen Sie sich nur vor, wieviel Gutes Sie tun könnten! Außerdem könnten Sie alles bekommen, was Sie sich nur wünschen: Paläste auf der ganzen Welt, königliche Wächter, die jeden Ihrer Wünsche in die Tat umsetzen, Hunderte von Frauen. Sind Sie sicher, daß Sie all das nicht wollen?«

»Okay, einverstanden. Aber ich sage Ihnen was – ich tausche meinen Anteil an dem Job gegen ein Gespräch mit Proudy.«

»Ich verstehe«, sagte Dr. Bensen. Er notierte sich etwas auf seinem Block. »Mr. Stubb, beruht Ihre Abneigung dagegen, die Welt beherrschen zu wollen, auf dem Gefühl, Sie seien für diese Aufgabe nicht befähigt? Schließlich ist es eine sehr große Aufgabe.«

»Ich glaube, das könnte man sagen.«

»Vielleicht haben Sie das Gefühl, Sie seien zu klein. Napoleon war auch ein sehr kleiner Mann, sogar noch kleiner als Sie, glaube ich, und dennoch war seit Jahrtausenden keiner so nahe daran, die Welt zu beherrschen, wie er.«

»Doktor, ich mag diese Witzchen nicht.«

»Ich mache keine Witze.«

»Sie waren aber sehr unhöflich«, sagte Sandy.

»Würden Sie bitte beide aufstehen?«

Stubb knurrte: »Fahren Sie zur Hölle.«

»Ich wollte Ihnen nur zeigen, daß Ms. Duck für eine Frau von dieser geringen Größe relativ flache Absätze trägt – nicht höher als fünf Zentimeter, würde ich sagen –, und daß sie dennoch größer ist als Sie.«

»Sie sind kahl, Dr. Bensen. Sie haben eine Glatze, und Ihr Atem riecht schlecht. Ihr Atem stinkt, und Ihre Augen stehen zu eng beisammen.«

»Das ist leider wahr«, sagte der Arzt. Er notierte sich wieder etwas.

Sandy sah zwischen den Männern hin und her. »Ich bin eigentlich nicht gekommen, um Ihnen beiden zuzuhören, wie Sie Beleidigungen austauschen. Ich bin gekommen, um mit Sergeant Proudy zu sprechen. Ich würde jetzt gern erfahren, ob ich ihn besuchen kann. Wenn nicht, werde ich wieder gehen. Oder werden Sie dann mich beleidigen?«

»Genau, Alexandra«, murmelte Stubb. »Sie sind auch zu klein.«

Dr. Bensen sagte: »Da haben Sie natürlich recht. Ja, und Sie werden Ihren Polizisten sprechen können.« Er berührte einen Knopf auf seiner Sprechanlage. »Schicken Sie Charles Proudy rein, bitte.«

»Danke«, sagte Sandy.

»Ich wollte nur wissen, wie paranoid Ihr Freund Stubb ist. Ein wenig mit Sicherheit – er glaubt, daß er und Sie von geheimnisvollen ›anderen‹ beobachtet werden. Er hat es geschafft, Sie zumindest teilweise davon zu überzeugen. Glücklicherweise sind seine paranoiden Phantasien noch nicht so weit entwickelt, wie ich fürchtete. Aber ich würde ihm trotzdem empfehlen, eine Therapie zu machen.«

»Vergessen Sie nicht etwas, Doc?« Stubb grinste ihn an. »Proudy hat uns wirklich beobachtet. Das sagten Sie selbst.«

Dr. Bensen nickte. »Einer der interessantesten Punkte bei geistigen Störungen ist, daß sie ansteckend sind, auch wenn sie nicht durch Viren oder Bakterien übertragen werden. Dieser Proudy, der eindeutig paranoid ist, wie ich Dr. Roberts Bericht entnehme, hat Sie beobachtet. Sie haben mit ihm gesprochen, und die Störung wurde übertragen. Jetzt glauben Sie selbst, Sie würden von einer Gruppe böser Menschen beobachtet, und Sie haben diese junge Frau mindestens teilweise davon überzeugt, daß Ihre Ängste begründet sind.«

Sandy räusperte sich rasch und höflich. »Ich wollte es eigentlich nicht sagen, aber einer der Hauptgründe, weshalb wir hier sind, ist, daß diese Leute meinen Boss angerufen haben. Sie sind real, Doktor.«

»Glauben sie, Sie wollten die Welt beherrschen?«

»Wir wissen nicht, was sie glauben«, sagte Stubb. »Das ist eines von den Dingen, die wir herausfinden wollen.«

»Das denkt jedenfalls Proudy nach Ansicht von Dr. Roberts. Er wurde im Consort West in einem Zimmer gefunden, das er nicht gemietet hatte. Er erklärte Dr. Roberts, er habe eine Gruppe von vier Menschen beobachtet, die planten, eine Weltregierung einzurichten, die sich über alle nationalen Regierungen stellen würde. Er hatte sein Abzeichen und einige andere Polizeiausweise dabei, außerdem Handschellen und einen Gummiknüppel, aber seine Dienstwaffe fehlte. Er sagte, diese Leute hätten sie ihm abgenommen.«

Dr. Benson sah Stubb an, der die Achseln zuckte.

»Doc, ich würde nicht sagen, daß seine Aussage viel Gewicht hat.«

»Aber Sie wollen unbedingt mit ihm reden. Ms. Duck, ist Ihnen schon einmal in den Sinn gekommen, daß der Anruf, den Ihr Boss erhielt, auch von Mr. Stubb hier gekommen sein könnte?«

Als wäre Magie im Spiel, begann Dr. Bensons Telefon in diesem Augenblick zu klingeln. Nachdem er einen Augenblick zugehört hatte, sagte er: »Ach, schon wieder… natürlich nicht. Nicht, solange sie ihn nicht haben. Keiner kommt hier raus.« Er legte auf.

»Schwierigkeiten?« fragte Stubb.

Der Arzt nickte. »Wir hatten heute mehr Unruhe als sonst in einer ganzen Woche. Kurz vor Mittag griffen eine Frau und ein Junge eine Empfangsdame an. Oder vielmehr, die Frau griff sie an. Sie war offenbar gestört, deshalb behielten wir sie zur Beobachtung hier, bis wir ihre Familie verständigt haben. Wie ich hörte, befragte Dr. Roberts gerade den Jungen, als die Zigeuner ins Haus eindrangen. In dem Durcheinander verschwand der Junge. Jetzt höre ich, daß auf Station Sieben ein Polizeicaptain nach dem Jungen sucht, und daß die Frau, die ihn mitbrachte, von ihren Gurten befreit wurde.«

»Anders ausgedrückt, der Junge hat sie befreit?« fragte Sandy.

»So sieht es aus. Er wurde zuletzt auf Station Sieben gesehen, und das ist eine Männerstation. Dort sind Treppen und Aufzüge. Er mußte auf beiden Etagen an den Wärtern vorbei, aber wir sind so stark unterbesetzt, daß die Schwestern, die dort Dienst tun, oft anderweitig beschäftigt sind.«

»Wir hatten auch keine Probleme, an ihnen vorbeizukommen«, bemerkte Stubb. Als Dr. Bensen ihn scharf ansah, fügte er hinzu: »Als wir raufgekommen sind, meine ich. Wir wurden nirgends aufgehalten.«

»Sind die Zigeuner wieder gegangen?« fragte Sandy.

»Ein paar sind noch da, glaube ich.« Dr. Benson sah

auf seine Uhr. »Ich verstehe nicht, wo die so lange mit Proudy bleiben.«

»Sie haben uns verladen, was?« Sandy blickte zu Stubb, dann wieder zum Arzt. »Die Geschichte, daß wir uns eine Paranoia von ihm eingefangen hätten. Sie wollten nur Zeit schinden.«

Er lächelte. »Zum Teil stimmt das. Lassen Sie es mich folgendermaßen sagen. Praktisch alle normalen Leute haben gewisse pathologische Züge. Wenn Sie lernen …«

Es klopfte an der Tür.

»Das dürfte Proudy sein«, sagte Dr. Bensen.

38. KAPITEL

Drei Verschwörer

Die Blicke der Hexe hätten Löcher in Stahlplatten brennen können. Sie wand sich in ihrer Zwangsjacke wie ein Ringkämpfer und fletschte die funkelnden Zähne wie ein wildes Tier.

»Soll ich ihr noch eine Spritze geben?« fragte die Krankenschwester. »Die erste scheint überhaupt nicht zu wirken.«

Dr. Roberts schüttelte den Kopf. »Es ist nicht nötig, dieses Risiko einzugehen.«

»Glauben Sie, Sie bekommen sie zum reden, wenn sie so ist wie jetzt?«

»Ich werde sprechen«, sagte die Hexe. »Ich werde Ihnen beiden sagen, was mit Ihnen passieren wird. Ihre Kinder werden Klumpfüße haben, und die Augen werden ihnen aus den Köpfen fallen. Sie werden Sie hassen, und am Ende werden sie Sie grausam und blutig an einem unreinen Ort töten.« Sie sagte Worte, die weder Arzt noch Schwester verstanden. *»Marear enkranken tober maldae ammalarsi …«*

»Schon gut«, sagte Dr. Roberts. »Sie können jetzt gehen, Schwester.«

»Äh … ja.« Die Schwester beobachtete immer noch die Hexe. »Doktor, glauben Sie, daß sie eine Weiße ist?«

Dr. Roberts zuckte die Achseln. »Rassenzugehörigkeit ist meist nur eine Frage der Selbsteinschätzung.«

Die Schwester grinste. »Ja, das sieht Ihnen ähnlich.«

»Wenn sie Ihnen sagt, daß sie eine Weiße ist, und wenn sie wie eine Weiße spricht, dann akzeptieren Sie sie als Weiße. Wenn sie Ihnen sagt, daß sie eine

Schwarze ist, und wenn sie wie eine Schwarze spricht, dann akzeptieren Sie sie als Schwarze.«

»Sehen Sie, hier.« Die Schwester legte ihren Unterarm neben das Gesicht der Hexe. »Sie ist fast so dunkel wie ich.«

»Ich würde lieber sterben, ehe ich mit einem von Ihnen in den Schmelztiegel springe!« knurrte die Hexe.

»Wirklich, Dr. Bob, sehen Sie sich das an.«

Einen Moment lang, für den Bruchteil einer Sekunde, sah Dr. Roberts – oder glaubte er zu sehen – eine Metamorphose, die so irre war wie eine psychotische Täuschung. Die Hexe schlug zu wie eine Schlange, und einen Moment lang schien sie wirklich eine Schlange zu sein. Schuppen funkelten, und der Schlag kam schnell und kräftig wie von einem Ochsenziemer.

Die Schwester kreischte und fiel auf die Knie. Die Zähne der Hexe hatten sich in ihrem Arm verbissen. Blut rann von den Lippen der Hexe und verschmutzte die Zwangsjacke aus Segeltuch und die weiße Uniform der Schwester.

Dr. Roberts rief: »Wärter! Wärter!« Er legte beide Hände um den Hals der Hexe. Es war unmöglich, aber eine bronzene Schulter und dann ein bronzener Arm wanden sich aus der Öffnung der Zwangsjacke.

Eine dicke blonde Schwester und ein schlaksiger rothaariger Wärter trafen praktisch im gleichen Augenblick ein, so daß sie sich in der Tür gegenseitig behinderten. Die Schwester wurde mit dem Bauch gegen den Türrahmen gepreßt, und der Wärter wurde zwischen ihren ausladenden Hüften und der anderen Seite des Rahmens gefangen.

»Ich mach das schon«, sagte die dicke Schwester. Die Hexe hatte inzwischen Dr. Roberts an der Kehle gepackt, was die dicke Schwester mit einer gewissen Befriedigung zur Kenntnis nahm.

»Sollten wir nicht etwas unternehmen?« fragte der Wärter. Er bückte sich und betrachtete die Hexe, die immer noch in den Arm der schwarzen Schwester biß. »He, Sie«, sagte er. »Lassen Sie sie los!«

Die Hexe ignorierte ihn. Ihr verklärtes Gesicht erweckte den Eindruck, als sei sie völlig darauf konzentriert, Dr. Roberts zu erdrosseln, während sie die schwarze Schwester nur noch biß, weil sie das Loslassen vergessen hatte.

»Lassen Sie los!« sagte die dicke Schwester.

»Vielleicht könnten Sie ihr die Finger in die Augen drücken«, sagte der schlaksige Wärter. Er sah sich zur dicken Schwester um und wollte wissen, was die von seiner Idee hielt. »He, warum öffnen Sie die Schnallen?«

Die dicke Schwester beugte sich mit gerötetem Gesicht über die Hexe. »Sie hat fast das Bewußtsein verloren. Wir können sie nicht wieder rein kriegen, ohne das Ding zuerst ganz zu lösen, oder?« Die letzte Schnalle wurde geöffnet. Die Schwester befreite den zweiten Arm der Hexe aus der Zwangsjacke und betrachtete das Segeltuch. »Muß gewaschen werden«, sagte sie.

Ein zweiter Wärter öffnete die Tür und sah herein. »Alles in Ordnung hier?« Die dicke Schwester stand zwischen ihm und Dr. Roberts.

»Wir kommen klar«, sagte der schlaksige Wärter. »He, mach die Luke zu, ja, Kumpel?«

»Okay.« Die Tür wurde leise geschlossen. Dr. Roberts sank bewußtlos auf dem Boden zusammen. Die Hexe gab ihn frei und wollte die schwarze Schwester packen.

»Bringen Sie sie nicht um«, sagte die dicke Schwester. Abgesehen davon, daß sie den Arm der schwarzen Schwester ausspuckte, zeigte die Hexe keine Reaktion.

»Mein Gott!« murmelte der schlaksige Wärter. »Ich dachte immer, die hätten darunter etwas an – Unterwäsche oder so.« Er starrte die Hexe an.

Die dicke Schwester beäugte ihn. »Arbeiten Sie überhaupt hier?«

»Okay, ich will ehrlich sein. Heute ist mein erster Tag.«

»Ach, wirklich. Wo wurden Sie ausgebildet?«

»Bei der Navy. Ich bin da weggegangen. Ich war beim Sanitätsdienst der Navy, aber wir hatten da im Krankenhaus nur Männer. Es waren schon ein paar Mädchen da, Frauen, meine ich, aber um die haben sich immer die Schwestern gekümmert.«

»Ich verstehe«, sagte die dicke Schwester. »Wo war das Krankenhaus?«

»In Norfolk. Auf dem Stützpunkt.«

»Sie sind ein Betrüger.« Sie zielte mit einem dicken Zeigefinger auf ihn. »Sie bleiben, wo Sie sind, oder ich schreie, daß mir der Kopf platzt. He, ich muß mit Ihnen reden.«

Die Hexe ließ das schwarze Mädchen los. »Was ist los? Schwester, ich bedaure, daß ich bei diesen beiden die Fassung verloren habe. Es wird nicht wieder vorkommen.«

»Vergessen Sie's, Madame Serpentina. Er ist nicht echt. Er wollte mir einreden, er sei Sanitäter von der Navy, aber daß es im Krankenhaus auf dem Stützpunkt kaum Mädchen gäbe. Ich war mal drei Tage mit jemand von dort zusammen, und der hat mir erzählt, daß da mehr Frauen als Männer sind. Da werden auch Angehörige behandelt, und die haben jede Menge Geburten.«

Der schlaksige Mann sah sie dümmlich an. »Ich habe mit einem Kumpel die Kleider getauscht und den Kittel drübergezogen. Es paßt nicht besonders gut.«

Die Hexe lachte. »Aber Sie glaubten, unsere Candy wäre eine echte Schwester! Entschuldigen Sie, aber das ist wirklich witzig!«

»Sie ist auch falsch? Mann, sie bringt fast die Uniform zum Platzen.«

»Ja!« Die Hexe zielte auf Candy. »Ziehen Sie den Bauch ein, sonst platzt ein Knopf.«

»Okay, ich bin zum Lachen. Aber wir müssen uns schnell etwas einfallen lassen, sonst haben wir sie am Hals. Sind die beiden tot?«

Die Hexe schüttelte den Kopf.

»Dann sehen Sie in den Schränken da nach. Da muß es irgendwo Klebeband geben. Sie können die Kleidung der Schwester anziehen.«

»Pah! Da sind Blutflecken drauf.«

»Das müssen wir riskieren.« Candy knallte eine Schranktür zu und öffnete die nächste. »Mein Gott, sehen Sie sich das Zeug an!«

»Hier«, sagte der schlaksige Mann. Er stieß sie an und gab ihr eine Rolle Klebeband.

»Schön, aber das können Sie so gut wie ich – wahrscheinlich sogar noch besser, weil Sie stärker sind. Kümmern Sie sich um den Doc. Kleben Sie ihm zuerst den Mund zu, dann die Hände hinter dem Rükken und dann seine Füße. Ich helfe Madame Serpentina, das Mädchen zu fesseln, und dann verstauen wir sie.«

Der schlaksige Mann sah die bewußtlose Schwester an. »Wir sollten ihren Arm verbinden. Das sieht aus, als könnte sie daran verbluten.«

Madame Serpentina schnalzte mit der Zunge. »Dann spielen Sie mal die rettenden Engel.« Sie zog der Schwester die weißen Schuhe aus.

»Wie heißen Sie eigentlich?« fragte Candy den schlaksigen Mann.

»Phil Reeder. In Wirklichkeit bin ich Matrose – Vollmatrose –, aber auf einem Zerstörer. Da gibt es keine Frauen. Haben Sie was zum Abschneiden gesehen? Ich habe mein Taschenmesser verloren, als sie mich einkassiert haben.«

»In der Schublade da«, sagte Madame Serpentina, »und deutete in die entsprechende Richtung.

»Woher wissen Sie das?« fragte Candy.

»Ich weiß es eben. Sehen Sie nach.«

Candy sah nach und gab Reeder eine chirurgische Schere. »Das ist Madame Serpentina. Wahrscheinlich haben Sie den Namen aber gerade schon gehört.«

»Habe ich.« Er rollte Dr. Roberts auf den Rücken und pappte ihm liebevoll ein Stück breites Klebeband auf den Mund.

»Sie ist eine Hexe. Sie kann zaubern. Sie kann es wirklich. Es ist beängstigend und kaum zu glauben, aber es ist wahr.«

»Und das hier«, sagte Madame Serpentina, während sie sich mit dem Schlüpfer der Schwester in der Hand aufrichtete, »ist meine gute Freundin Candy Garth, die mich gerettet hat. Ich möchte nur wissen, warum Sie beide, die Sie doch aus diesem Haus fliehen wollten, hierher kamen, als Sie die dumme Frau schreien hörten.«

»Ich habe Sie gar nicht gerettet«, sagte Candy. »Sie haben einen Arm herausbekommen, und Sie hätten sich auch ganz befreien können.«

Die Hexe tat den Einwand mit einer Handbewegung ab. »Warum sind Sie denn nun gekommen?«

Reeder erklärte es ihr. »Ich glaube, einfach, weil wir beide Angst hatten. Sie kam den Flur herunter, und ich kam herauf, und dann hörten wir den Schrei und sahen uns an. Ich dachte, sie wollte mir sagen, ich sollte nachsehen, und sie muß gedacht haben, daß ich das gleiche von ihr wollte. Ich hatte jedenfalls Angst, man würde sofort erkennen, daß ich nicht hier arbeite, wenn ich vor dem Tumult weglaufe, statt hinzugehen.«

Candy nickte bestätigend.

»Ich habe noch ein paar Fragen. Aber Sie, Mr. Reeder, müssen sich zuerst umdrehen, damit ich eins von diesen Dingern anziehen kann. Gut so. Candy, könnten Sie bitte die Frau verkleben. Ich habe inzwischen alles, was ich von ihr brauche.«

Die Hexe zögerte, und sie hörten Stoff rascheln.

»Wenn ich Sie recht verstanden habe, sind Sie aufeinander zugelaufen. Aber wo ist denn nun der Ausgang aus diesem Irrenhaus?«

Reeder streckte den Arm aus. »Ich wollte in diese Richtung. Da ist jedenfalls der Aufzug.«

»Da ist auch eine Treppe«, sagte Candy. »Das habe ich vorhin gesehen.«

»Aber nicht in der Richtung, in die Sie gingen. Sie waren in Richtung dieses Raumes unterwegs, und Sie haben sich von der Treppe und dem Aufzug entfernt. Also hatten Sie nicht die Absicht, das Krankenhaus zu verlassen.«

»Okay«, sagte Candy. »Dann muß ich es euch sagen.« Sie lehnte sich mit ihren breiten Hüften gegen den Untersuchungstisch. »Es ist wegen des Jungen. Ozzies Junge ist …«

Reeder beugte sich vor. »Wer?«

»Ozzie Barnes. Sie kennen ihn nicht. Ich habe seinen Jungen im Busbahnhof aufgegabelt. Er suchte Ozzie, aber ich glaube, Ozzie wußte überhaupt nicht, daß sein Kind kommen würde. Deshalb dachte ich, ich nehme den Jungen einfach mit, bis ich Ozzie zufällig treffe, oder bis wir uns im Hotel sehen.« Sie sah zur Hexe. »Wissen Sie noch? Stubb hat mir beim Frühstück gesagt, ich sollte hierher kommen und Proudy besuchen, wenn ich könnte, und herausfinden, was er gegen uns hat. Da fällt mir gerade ein, was haben Sie eigentlich hier zu suchen? Sie sollten doch versuchen, Ihre Freunde auf unsere Seite zu bringen.«

»Es ist im Augenblick wohl nicht ratsam, allzuviel über diese Dinge zu reden«, sagte die Hexe. »Ich meine, daß ich getan habe, was ich tun sollte, und daß einige der Freunde, die Sie erwähnten, herkamen, um jemand aufzusuchen, den wir beide kennen. Sie wurden aufgehalten. Ich kam, um sie zu befreien, und wie Sie sehen, wurde ich selbst festgehalten. Aber das ist nicht wichtig. Erzählen Sie mir rasch von dem Kind.«

Candy nickte. »Ich nahm ihn mit hierher, und dann

wurde ich wütend auf dieses Miststück unten am Empfang, ich habe sie etwas durchgeschüttelt, und dann haben sie mich geschnappt. Wahrscheinlich auf die gleiche Art wie Sie. Sie gaben mir Medikamente und banden mich fest, und nach einer Weile kam dieser Doc hier – he, er ist wach! Hallo, Doc! Er kam und redete mit mir. Danach sprach er mit Klein Ozzie, aber Klein Ozzie hat sich verdrückt, als es einen Tumult gab. Er hat mich gesucht, und als er mich fand, hat er mich losgebunden. Ich war nur drei Zimmer weiter. Dann wanderte ich in dem Schlafanzug, den sie mir gegeben hatten, herum. Ich wollte meine eigenen Sachen suchen, mein Kleid und meine Handtasche. Aber dann war die Schwester im Schwesternzimmer nicht da. Ich sah unter ihrem Tisch nach, und da fand ich ein großes, in braunes Papier eingewickeltes Paket. Ich dachte, vielleicht ist es etwas Nützliches, und nahm es mit in den Raum, in dem Klein Ozzie war. Und was sage ich, es stellte sich heraus, daß es ihre Wäsche war. Ein Glück, daß sie ein ziemlich großes Mädchen ist. Ihre Sachen paßten mir. Dann dachte ich, Mensch, ich könnte mir doch einen Korb oder eine große Kiste oder so etwas suchen, Klein Ozzie reinstecken und ihn so hinausbringen. Ich dachte, er könnte nicht einfach mit mir hinausspazieren, weil sie ihn doch suchten. Deshalb sah ich mich um, und die große Schwester war wieder oder immer noch weg, und ich beschloß, es noch einmal zu riskieren. Aber ich fand nichts, und auf dem Rückweg hörte ich das Mädchen schreien, das Sie gebissen haben.«

»Sie werden vielleicht nie begreifen, wie dankbar ich bin«, sagte die Hexe, »daß ich Sie bat, schnell zu sprechen. Denn sonst wären wir noch am Tag des Jüngsten Gerichts hier. Ist der Junge noch in dem Zimmer, in dem Sie festgehalten wurden?«

Candy nickte.

»Dann müssen Sie, Mr. Reeder, ihn jetzt zu uns

holen. Wenn jemand meine Freundin Candy mit ihm sieht, könnte man sich erinnern, daß sie es war, die ihn mitbrachte. Aber wenn man ihn mit Ihnen sieht, wird man glauben, daß er geschnappt worden ist. Ich habe einen Plan für unsere Flucht. Dazu sind Zwang und vielleicht auch Folter nötig, aber das sind oft Bestandteile der besten Pläne.«

39. KAPITEL

Vier im Dunkeln

»Doktor«, sagte die Schwester, die die Tür öffnete, »ich störe Sie nicht gern, aber wir haben hier einen Patienten, für den wir keine Unterlagen haben.«

Sie öffnete die Tür etwas weiter, und Barnes kam herein. »Ich bin überhaupt kein Patient«, sagte er kleinlaut. Er fingerte einen Moment am rauhen Saum seiner Anstaltsjacke herum. »Ich habe nur im Augenblick keine anderen Sachen. Hallo, Stubb. Was machen Sie denn hier?«

»Zum Teufel mit mir, was machen *Sie* hier? Ich habe Candy geschickt, nicht Sie.«

Dr. Bensen stand auf und musterte ihn. »Jemand hat Sie aufs Kinn geschlagen«, sagte er.

»Ja, Sir«, sagte Barnes und nickte. »Einer Ihrer Patienten, Doktor. Er hat mich bewußtlos geschlagen und meine Kleidung, meine Brieftasche und alles andere gestohlen. Sogar mein Glasauge ist weg.«

»Die Routineabläufe in diesem Krankenhaus werden dauernd gestört.«

»Wissen Sie, ohne dieses Auge sehen Sie sehr interessant aus«, sagte Sandy. »Ich wußte gar nicht, daß es aus Glas war.«

»Ich wette, ich sehe schrecklich aus. Haben Sie einen Spiegel?«

Sie holte ihre Puderdose aus der Handtasche, klappte sie auf und gab sie Barnes. Er musterte angestrengt sein Gesicht. »Erschießt mich. Ich sehe schrecklich aus.«

»Ich finde Sie süß.«

»Sie können sich ja ein neues Auge besorgen«, beruhigte Stubb ihn.

»Wovon denn? Das Auge hat zweihundert Dollar gekostet.«

»Wie ist Ihr Name? Ihr voller Name?« fragte Dr. Bensen.

»Osgood M. Barnes. Hören Sie, Stubb, kennen Sie schon den mit dem Mann mit dem Holzauge?«

»Ich habe so das Gefühl, daß ich ihn gleich hören werde.«

»Er war ein Farmhelfer oben in Neuengland. Jemand stieß ihm eine Heugabel ins Gesicht und stach ihm ein Auge aus.«

»Alter?«

»Vierunddreißig. Deshalb fuhr er nach Boston, um sich ein Glasauge zu besorgen. Sie hatten wirklich gute Glasaugen aus Deutschland, aber sie waren sehr teuer, und er hatte nur zwanzig Dollar.«

»Geburtsort?«

»Pottstown, Pennsylvania. Als er schon unverrichteterdinge zur Farm zurückfahren wollte – die Fahrkarte hatte er bereits –, sprach ihn ein Händler an, der hölzerne Glasaugen zu verkaufen hatte.«

»Beruf?«

»Vertreter. Also, in Wirklichkeit waren es bloß Tannenzapfen mit einem blauen oder braunen Punkt in der Mitte. Der Mann hat also einen für zwanzig Dollar gekauft und ist nach Hause gefahren.«

»Bildungsabschlüsse?«

»Nichts Besonderes. Zwei Jahre Verwaltungsfachschule. Aber im Zug haben alle über ihn und sein Holzauge gelacht, und das war ihm so peinlich, daß er nicht mehr aus dem Haus gehen wollte, als er wieder daheim auf seiner Farm war.«

»Wann waren Sie das letzte Mal im Krankenhaus?«

Sandy sagte: »Warum stellen Sie ihm all diese Fragen?«

»Die Schwester muß eine Karte ausfüllen.«

»He, warten Sie.« Stubb beugte sich vor, um zu sehen, was der Arzt tat. »Ozzie ist kein Patient.«

Dr. Bensen nahm die Brille ab und wischte sie mit einem Taschentuch sauber. »Offengestanden, Mr. Stubb, ich würde da keine vorschnellen Schlüsse ziehen. Die Schwester sagte, sie könne keine Akte über ihn finden, aber er ist wie ein Patient gekleidet, und ich stelle bei ihm eine gewisse kindliche Naivität fest.«

»Sie sind ja selber bescheuert«, sagte Barnes zu ihm.

»Es gibt keinen Grund, feindselig zu werden. Wenn die Untersuchung ergibt, daß Sie in der Gesellschaft verantwortlich funktionieren können, dann werden Sie entlassen, und Sie werden Ihre Kleidung und sogar Ihr künstliches Auge zurückbekommen.«

»Sie meinen, Sie haben meine Sachen? Ich dachte, Reeder hätte sie.«

»Kleidung und Brillen oder andere Objekte, die scharfkantig zerbrochen werden können, müssen für den Patienten bis zu dessen Entlassung in Verwahrung genommen werden. Waren Sie schon einmal im Krankenhaus?«

»Zählen Kinder? Ich habe vor drei Jahren Zwillinge bekommen.«

»Solche Witze würde ich hier nicht machen, Ozzie«, sagte Stubb. »Ich glaube, das mögen die hier nicht.«

»Was für Witze würden Sie denn machen?« fragte Barnes.

Das Telefon klingelte.

»Sandy, nehmen Sie Ozzie und bringen Sie ihn hier raus. Sofort«, sagte Stubb. »Ich rede mit Proudy, wenn ich kann, und sage Ihnen später, was ich herausgefunden habe.«

Dr. Bensen war schon am Telefon. »Wie bitte?« sagte er. »Das verstehe ich aber nicht.«

»Wohin soll ich ihn bringen?« Das kleine Mädchen blickte zweifelnd zu Barnes.

»Haben Sie eine Wohnung? Wohnen Sie allein?«

»Bisher schon.«

»Dann haben Sie jetzt einen Untermieter. Wie ist Ihre Telefonnummer?«

»Mr. Stubb, es friert draußen. Er muß etwas drüberziehen.«

»Und ob«, fügte Barnes hinzu. »Ich habe heute abend eine Verabredung.«

»Dann ziehen Sie sich warm an. Raus hier, Sie dummer Hund, sonst kommen Sie hier nie weg!«

Dr. Bensen knallte den Hörer auf die Gabel, holte irgendwo aus seinem weißen Kittel ein Taschentuch und tupfte sich die glänzende Stirn ab. »Dieser verdammte Roberts hat Anweisung gegeben, die Zigeuner zu entlassen. Entschuldigen Sie. Ich muß sehen, was er da vorhat. Und ich muß herausfinden, wo Proudy bleibt.« Er ging hinaus, und sie hörten ihn aufgeregt mit der Schwester im Vorzimmer flüstern.

»Ich glaube, Sie haben recht«, sagte Sandy. »Wir verschwinden lieber. Wir alle.«

»Gleich«, sagte Stubb. Er blickte durch das vergitterte Fenster zur Stadt hinaus, die unter einer Decke aus Schnee lag. Es war fast dunkel.

»Ich brauche Kleider«, murmelte Barnes. »Und ich muß mein Auge wiederkriegen, aber da habe ich wohl keine großen Aussichten.«

»Worauf warten Sie noch?« fragte Sandy und knöpfte ihren Mantel zu.

»Ich warte, weil er noch da draußen ist«, erklärte Stubb ihr. »Wir kriegen Ozzie vielleicht an der Schwester vorbei, aber ich will warten, bis Bensen ganz verschwunden ist.«

Die Stimme der Schwester drang herein wie das Krächzen einer wütenden Möwe. Sie erklärte jemand, daß er das Telefon nicht benutzen könne.

»Das ist es«, sagte Stubb. »Los!«

Im Vorzimmer drückte ein Mann mit lockigem

kurzen Haar und durchbohrten Ohren auf den Tasten einer komplizierten Telefonanlage herum, während er sich mit der anderen Hand die Schwester vom Leibe hielt.

»Keine Sorge, Miss«, rief Stubb. »Wir helfen Ihnen und werfen ihn raus. Ozzie, packen Sie seinen anderen Arm. Sandy, nehmen Sie ihm den Hörer ab.«

Der Mann war klein aber drahtig, und er trat um sich. Sobald sie ihn draußen auf dem Flur hatten, flüsterte Stubb zu Barnes: »Okay, lassen Sie ihn los.«

Der Mann stürmte sofort ins Büro zurück und prallte mit Sandy Duck zusammen, die es gerade verlassen wollte. Sie stürzte, und er sprang über sie weg wie ein gehetztes Reh. Die Blume war in seinem Fall ein großes weißes Taschentuch, das aus seiner Gesäßtasche hing. Er verschwand wieder in Dr. Bensens Büro. Die Schwester kreischte.

Einer der Patienten auf den Bänken an der Wand des Flurs stand auf und half Sandy auf die Beine. Die anderen sahen mit stumpfen Augen zu. »Danke«, sagte sie.

»Sind Sie verletzt?« fragte Stubb.

»Nur verbeult.« Sie schob eine Hand in den Ausschnitt ihrer Wollbluse. »Ich glaube, mein Unterhemd ist durcheinandergekommen.«

»Oh«, sagte der Patient, der ihr aufgeholfen hatte, »lassen Sie mich Ihnen helfen.« Er schien es völlig ernst und aufrichtig zu meinen.

»Schon gut.« Sandy zog einen Träger zurecht. »Ich hab's schon.«

»Kommen Sie«, sagte Stubb. »Lassen Sie uns hier verschwinden.«

»Wollen Sie nicht den Zigeunern helfen?«

»Nicht jetzt. Als erstes müssen wir Barnes hinauskriegen. Dann komme ich zurück und kümmere mich um sie. Ich muß auch noch mit Proudy sprechen.«

Der Patient sagte: »Ich glaube, die Zigeuner brauchen Ihre Hilfe gar nicht mehr, Mr. Stubb. Da waren ein Arzt und eine dicke Schwester und eine Zigeuner-Schwester und ein Wärter und ein kleiner Junge, die herumlaufen und sie freilassen wollen.«

Stubb drehte sich um und starrte ihn an. »Woher wissen Sie meinen Namen? Sind Sie ...?«

»Nein, bin ich nicht, Mr. Stubb. Ich bin Richard Albright Chester.«

»Nimo der Clown! Wissen Sie, ich hätte Sie sicher nicht erkannt, wenn Sie nicht gerufen hätten, als wir mit Davidson sprachen. Ich wollte Sie so bald wie möglich besuchen, aber wir hatten einige andere Dinge zu tun, und dann kam Ozzie.«

»Sind Sie ein Clown?« fragte Sandy. Sie waren den Flur hinuntergelaufen. Sandy hatte schon auf den Knopf gedrückt, um den Aufzug zu rufen.

»Im Augenblick nicht, nein. Aber ich habe diese seltsame Fähigkeit, manchmal ein Clown zu werden.«

Barnes sah ihn neugierig an. »Wenn Vollmond ist oder so?«

»Nein, es passiert einfach. Ziemlich oft sogar.«

Das Licht ging aus. Überall auf den Fluren gingen hinter den schweren Glasdeckeln und Drahtkörben die Deckenlampen aus. Die langen Leuchtstoffröhren über dem verlassenen Schwesternzimmer neben dem Fahrstuhl blinkten und erloschen ebenfalls. Die rote Anzeigelampe des Aufzugs direkt über Sandys Finger ging aus. Das Seufzen des warmen Windes in den mit Stahlgittern verkleideten Luftschächten über den Fußleisten erstarb. Das beleuchtete Schild mit der Aufschrift NOTAUSGANG über dem Eingang zum Treppenhaus wurde dunkel.

Sandy erstarrte. Es kam ihr vor, als sei das, was geschehen war, etwas viel Grundlegenderes, etwas viel *Ernsteres* als das bloße Erlöschen des Lichts. Irgendwie hörte sie mit den Ohren, roch sie mit der Nase oder spürte sie mit Sinnen, über die sie geschrieben hatte, von deren Existenz sie aber aus eigener Erfahrung kaum etwas wußte, daß alles verändert war, auch wenn sie nicht genau sagen konnte, wie. Sie lief nicht mehr auf harten Plastikkacheln. Unter den Füßen spürte sie etwas Nachgiebiges und beinahe Lebendiges ähnlich dem Fell eines Tiers. Die Wände bis auf die, vor der sie stand, schienen zurückzuweichen und in der Dunkelheit zu verschwinden. Als sie den Finger vom Rufknopf des Aufzuges nahm, verschwand auch diese Wand. Als sie sofort wieder danach tastete, war sie weg.

»Stromausfall«, sagte jemand neben ihr. Stubb, nahm sie an. »Es wird nicht lange dauern.«

Eine ganz neue Stimme sagte: »Ich hole Flips. Am besten Schokoladenflips.« Er – wenn es ein Mann war – schien sie zu umkreisen, dann war er verschwunden.

Wieder eine andere Stimme (vielleicht auch noch einmal Stubb) sagte: »Glauben Sie, es hat nur das Krankenhaus getroffen?«

»Wahrscheinlich«, hörte sie sich selbst antworten.

»Wer sind Sie?« (Möglicherweise die zweite Stimme oder Stubb.)

»Sandy«, sagte sie.

»Sie klingen aber nicht nach Sandy.« Eine tastende Hand berührte ihr Gesicht, und sie wich zurück. Irgendwo heulte ein Mensch wie ein Wolf.

Irgendwoanders – draußen – heulte ein Auto oder ein Lastwagen, stöhnte die Straße hinunter, daß es in der ganzen Stadt zu hören war. Es gab ein Krachen, gedämpft aber unverkennbar.

»Glauben Sie, es ist überall? In der ganzen Stadt?«

»Ich weiß es nicht.«

»Es muß überall sein. Ich kann draußen vor den Fenstern kein Licht sehen.«

»Hier sind keine Fenster. Hier im Flur sind keine. Hier kann man nichts sehen.«

»Möchte jemand eine Fledermaus kaufen?«

»Im Büro des Arztes war ein Fenster.«

»Zum Teufel damit. Wo ist die Treppe?«

»Bitte, bitte! Wir haben eine Notstromanlage. Die Lampen werden gleich wieder angehen.«

»Ich hoffe, er hat recht«, sagte Sandy. »Sie hatte den Kontakt zu Stubb und Barnes und zur Wand verloren. Mit jedem zögernden Schritt hoffte sie, die Wand zu erreichen, aber vor ihr war immer nur Leere. Es schien schon kälter zu werden.

»Wenn Sie in Ihrem Zimmer sind, dann bleiben Sie bitte drin.«

»Harris, sind Sie das?«

»Ich versuche nur, die Ordnung aufrecht zu erhalten, Arschgesicht. *Huuu-huuu!*«

»Hören Sie auf! Harris, gehen Sie sofort in Ihr Zimmer zurück.«

Jemand prallte gegen sie. Es war das zweite Mal binnen fünf Minuten, daß jemand gegen sie prallte, aber sie war zu verängstigt, um wütend zu sein. Ihr Gegenüber fing sie auf, bevor sie fiel. »Lady, wo ist die Treppe?«

»Keine Ahnung«, sagte sie. »Ich versuche selbst, sie zu finden.«

»Sind Sie eine Schwester?«

Das Licht ging wieder an. Sie stand mitten im Flur, überall wanderten Patienten herum. Der Mann vor ihr war der Mann mit den durchbohrten Ohren.

Das Licht ging wieder aus.

40. KAPITEL

Eine verrückte Menschenmenge

»Setzen Sie sich!« befahl Dr. Bensen.

Füßescharren, ein dumpfer Knall.

»Worüber bin ich denn da gestolpert?« fragte Sandy.

»Über mich«, sagte jemand. »Setzen Sie sich!«

»Ich wollte den Ausgang suchen.«

»Das wollen wir alle. Aber solange das Licht aus ist, gibt es keinen Ausgang.«

»Irre«, sagte jemand anders. »Wer ist da?«

»Nicht irre, einfach die Wahrheit, klar? Wir sind hier im achten Stock ...«

»Ich dachte im sechsten.«

»Wer sind Sie?«

»Die Aufzüge funktionieren nicht, und die Tür zum Treppenhaus wurde automatisch verriegelt. Solange das Licht aus ist, kommen wir nicht raus.«

»Dann können wir uns also hinsetzen und sitzen bleiben. Das sollten wir jetzt machen. Wenigstens bricht sich dabei keiner die Gräten.«

Ein Heulen, lauteres Füßescharren, ein dumpfer Knall.

»Nicht auf mich! He, setzen Sie sich doch nicht auf mich!«

»Ich habe mir den Ellbogen auf diesem gottverdammten Fußboden gestoßen. Aber das ist euch ja egal. Ich hätte mir den Arm brechen können.«

»Ein Mann oder eine Frau?«

»Eine Frau. Das hört man doch an der Stimme.«

»Ein Mann. Zu groß für eine Frau.«

»Wahrscheinlich Emma Cook. Die ist groß wie ein Haus.«

»Oder Corky Davis. Der ist so groß wie zwei Häuser, aber er tut immer so, als wäre er eine Frau.«

»Oder Candy. Sind Sie es, Candy?«

»Ja, ich bin's«, sagte Candy.

»Nein, ist sie nicht. Ich bin hier drüben. Willst du mal fühlen?«

»He, behalte deine Hände bei dir!«

»Rücken Sie mal, damit ich mich setzen kann.«

»Ich glaube, wir sollten nacheinander im Kreis herum – sitzen wir im Kreis? – wir sollten der Reihe nach rundherum unsere Namen sagen.«

»Ich bin der Pikbube.«

»Du klingst eher nach einem kleinen Jungen als nach einer Frau.«

»Laßt uns der Reihe nach unsere Namen sagen. Wir sind ja nicht alle verrückt. Wir müßten doch in der Lage sein, die Verrückten auszusortieren.«

»Sind Sie das, Mr. Stubb?« fragte Sandy.

»Ich bin Candy – hier drüben bin ich.«

»Nein, mein Name ist Dr. Robert R. Roberts.«

»Oh, dafür kannst du ja nichts. Wir sind hier alle verrückt. Ich bin verrückt. Du bist verrückt. Er, sie, es ist verrückt.«

»Ich bin nicht verrückt!« wandte Sandy ein. »Wie kommen Sie auf die Idee, ich sei verrückt?«

»Das müssen Sie sein, sonst wären Sie nicht hier. Mii-auu!«

»Kommt schon, laßt uns unsere Namen sagen«, drängte Stubb. »Ich bin Stubb.«

»Wallace J. Willis.«

»Joan Giraud.«

»Pikbube.«

»Candy Garth.«

»Klippenspringer.«

»Nimo.«

»Maude Gonne.«

»Carlton C. Katz.«

»He, Stubb, sind wir noch nicht wieder bei Ihnen?«
»Nein.«
»Nein!«
»NEIN!«
»Nordlicht.«
»Osgood M. Barnes«, sagte Barnes energisch.
»Jake Barnes.«
»Candy Garth.«
»He, das bin ich!«
»Ich auch.«
»Candy, waren Sie das?«
»Nein!«
»Doch!«
»Stubb, so funktioniert das nicht.«
»Wer war das? Ozzie?«
»Ja.«
»Hier!« rief Klein Ozzie.
»He, ein Kind!«
»Ich bin Ozzie Barnes.«
»Klein Ozzie, komm her«, sagte Barnes. »Hier ist dein Daddy.«
»Hier drüben, Ozzie!«
»Ja, hier, Ozzie!«
»Ozzie, hast du ihn?« fragte Candy.
»Nein!«
»Nein!«
»Doch«, sagte Barnes. »Alles klar.«
»Kleiner Junge, ist das dein Dad?«
»Ich glaube schon.«
»Ein kluges Kind, das seinen Vater kennt.«
»Wer war das?«
»Pikbube, glaube ich«, sagte Sandy. »Mr. Stubb, so funktioniert das nicht. Wir haben zu viele Lügner.«
»Genau.«
»Das finde ich auch.«
»Außerdem, Mr. Stubb, angenommen, jeder von uns wäre allen anderen anhand des Etiketts bekannt, das

die Welt ihm aufgeklebt hat, was würde das schon nützen?«

»Madame Serpentina?«

»Nein«, sagte die Hexe.

»Und ob. Ihre Stimme würde ich überall erkennen.«

»Ich bin die Person, die Sie Madame Serpentina genannt haben, aber das ist nicht mein Name. Es gibt andere, die mich bei einem anderen Namen nennen, der auch nicht der meine ist. Wer kann im Dunkeln schon sagen, was wirklich ist.«

»Wie sollen wir Sie nennen?«

»Warum sollten Sie mich überhaupt irgendwie nennen?«

»Nun, Sie sind jedenfalls hier. Haben Sie die Zigeuner herausbekommen?«

(Kurzes Schweigen.)

»Sie ist fort.«

»Wir sind frei – wenn frei sein heißt, so frei sein wie ihr. Aber ein Zigeuner kann unter einem Dach nicht wirklich frei sein.«

»He, das war eine kluge Bemerkung! Mein Gott, ich wußte, daß jemand etwas Kluges sagen würde, wenn wir lange genug weitermachen.«

»Eine Hausfrau ist eine Frau, die in ihrem Leben nur einen einzigen Fehler gemacht hat.«

»Das ist auch klug.«

»Der Tod ist für das Leben das gleiche wie Kartoffeln fürs Frühstück.«

»Pleite gehen ist so gut wie verrückt werden, wenn man einer Sau das Portemonnaie ins Ohr schieben kann.«

»Hört auf, Leute!« befahl Stubb.

»Warum denn? Haben Sie eine bessere Idee?«

»Zur Philosophie greift man, wenn alle anderen Wege versperrt sind.«

»Stubb, aus diesen Verrückten bekommen Sie kein

vernünftiges Wort heraus. Und überhaupt, was wollen Sie mit denen anfangen?«

»Das sagten wir bereits. Das war doch vernünftig, oder?«

»Mein Gott, ich frage mich, wie lange das noch dauern soll. Das Licht ist doch mindestens schon eine halbe Stunde aus.«

»Da drüben über dem Schreibtisch der Schwester ist eine Wanduhr. Wenn jemand eine Armbanduhr hat, kann er sie damit vergleichen. Falls er sie sehen kann.«

»Wie ist es jetzt wohl draußen?«

»Kalt.«

»Ich meine, ob sie die Fenster von Fernsehgeschäften einschmeißen?«

»Ich habe Sirenen gehört.«

»Steck dir Wachs in die Ohren, Odysseus.«

»Ich habe schon Wachs in den Ohren.«

»Hilft nicht, was?«

»Jemand muß ihm helfen, sonst laufen wir auf Grund! Doktor! Doktor! Wo, zum Teufel, sind die Ärzte?«

»Was glauben Sie denn? Sie sind hier bei uns.«

»Wir sind die Ärzte.«

»Wir haben den Feind ...«

»Jemand sagte, er sei Dr. Bob.«

»Das war nicht Dr. Bob. Ich kenne seine Stimme.«

»Wurde er nicht in den Arm gebissen?«

»Das war Alma-Mae Jackson.«

»Ich hätte nicht gedacht, daß Alma-Mae jemand beißen könnte.«

»Höchstens ein bißchen verprügeln.«

»Das ist ja auch was anderes.«

»Hört, die Sirenen ...«

»Ich will hier raus.«

»Machst du Witze? Da draußen ist ein Irrenhaus.«

»Hier auch. Hier ist Stubb – Jim Stubb, Privatdetektiv. Wer sind Sie?«

»Gypsy Pete.«

»He, ich will Zigeuner werden.«

»Man wird nicht Zigeuner. Zigeuner sind wie eine Familie. Man muß als Zigeuner geboren werden.«

»Ich habe aber gehört, daß manche Leute sich den Zigeunern anschließen. Die Zigeuner mögen sie, und sie sagen, komm und sei einer von uns. Und das machen sie dann.«

»Das ist etwas anderes. Sicher, auf die Art kann man Zigeuner werden.«

»He, Pete, magst du den Kerl?«

»Teufel, nein!«

»Nee, bestimmt nicht!«

»Hau ab hier!«

»Keiner von euch ist Pete«, sagte Stubb. »Pete, bist du noch da?«

»Ja!«

»Nein!«

»Ich habe mal gehört, daß die Zigeuner Kinder stehlen.«

»Das ist ein Märchen!«

»So was machen wir nicht!«

»Mein Gott, hört euch die Sirenen an…«

»Yeah.«

»Ich dachte, so etwas passiert nur im Sommer. Wegen der Klimaanlagen.«

»Soll das jetzt die ganze Nacht dauern?«

»Vielleicht.«

»Wahrscheinlich nicht.«

»Es kann ohne weiteres zwei Nächte dauern. Woher sollen wir wissen, was da nicht in Ordnung ist?«

»Yeah, warum gehen wir eigentlich nicht alle auf unsere Zimmer und schlafen?«

»Das war ein Arzt! Oder ein Wärter. Ich habe ihn!«

»He, laß mich los!«

»Was soll's? Die sollen sich doch unter uns mischen.«

»Er hat aber die Schlüssel! Er muß Schlüssel für die

Treppe haben, falls es ein Feuer gibt. Hilf mir mal jemand!«

»Ich habe ihn!«

»Das bin ich – laß los!«

»Wohin ist er gegangen?«

(Trampeln und Rennen.)

»Wo seid ihr?«

»Wir haben uns wieder verloren.«

»Ist er entwischt?« fragte Barnes.

»Yeah.«

»Hören Sie, Stubb – sind Sie das, Stubb?«

»Yeah.«

»Wir könnten die Tür aufsprengen«, sagte Barnes.

»Sie ist aus Metall.«

»Das macht nichts. Ich wette, wir können sie aufsprengen. Komm mit, Klein Ozzie. Dein Dad wird jetzt eine Tür knacken.«

»Ich helfe dir.«

»Candy? Bist du das, Candy?«

»Klar bin ich das«, sagte Candy. »Sie glauben wahrscheinlich, ich sei keine Hilfe, aber hier kommt es aufs Gewicht an, und das habe ich reichlich.«

»Wo ist die Tür überhaupt?«

»Neben den Aufzügen.«

»Wo ist Madame Serpentina? Ich war gerade noch bei ihr. Und der große Bursche – Reeder.«

»Reeder! War der hier?«

»Er hat uns geholfen. Kennst du ihn?«

»Er hat was gut bei mir. Ich werde ihm den Schädel einschlagen.«

»Er ist ziemlich groß, Ozzie.«

»Der kann was erleben. Ich werde ihn windelweich prügeln!«

»Großmaul«, sagte Stubb. »Wollen Sie meinen Totschläger ausleihen?«

»Jim, könntest du und Ozzie nicht mal eine Minute den Mund halten? Hört doch, hört nur – da draußen.«

»Also gut, ich höre. Sirenen.«

»Eine Menge Sirenen. Die ganze Zeit. Da müssen alle Bullen und Feuerwehrleute und Krankenwagen der ganzen Stadt unterwegs sein.«

»Willst du lieber hierbleiben, Candy?«

»Nein, nein, bestimmt nicht. Aber wenn ich nicht halb verhungert wäre, würde ich ja sagen. Habt ihr schon mal an die ganzen Leute da draußen gedacht? Ich meine, so ein Stromausfall mitten im Winter? In den Gebäuden gehen die Heizungen aus. Hier geht es langsamer, aber das ist auch ein großes massives altes Gebäude, deshalb dauert es eine Weile, bis wir es merken. In den anderen Gebäuden wird es in Nullkommanichts kalt. Die müssen inzwischen draußen auf der Straße sein und Feuer anzünden, um sich zu wärmen. Wahrscheinlich nehmen sie als erstes den Müll und so weiter.«

»Zum Teufel damit – wo ist die Tür?«

»Ein Rätsel für Sie, Mr. Stubb. Warum ist …«

»Wer war das, Jim?«

»Nimo, glaube ich. Wo sind Sie, Nimo?«

»… die Tür, nach der Sie suchen, wie Samsons Tür?«

»Okay, es ist eine massive Tür. Niemand hat behauptet, daß es einfach wird. Reden Sie weiter, damit wir Sie finden.«

»Weil sie beide nicht verschlossen sind!«

41. KAPITEL

Seerecht

Hinter ihnen verschwand der dunkle Klotz des Belmont bald zwischen anderen, ähnlich dunklen Bauten. Der Mond und die Sterne waren jetzt hinter schneeschweren Wolken verborgen. Tanzende Flammen warfen ein fernes zuckendes Licht, und hin und wieder fuhr ein wild schlitterndes Auto vorbei, dessen Scheinwerfer die Dunkelheit auf der Straße durchstachen. Die Luft war still und bitterkalt.

»Sieht aus wie die Hölle, was?« sagte Candy. »Trotzdem würde ich gern näher an eins dieser Feuer herankommen.« Sie trug über der prall gespannten Schwesterntracht keinen Mantel.

Barnes, der nur Pantoffeln und die dünne Anstaltshose trug, war noch schlimmer dran. Er schien es aber nicht zu bemerken und stapfte tapfer weiter, während der kleine Ozzie neben ihm hertrottete. Nimo war viel zu aufgedreht, um zu leiden. Er machte Überschläge und schlug Räder auf dem Eis.

»Sandy hat es wohl nicht geschafft«, sagte Stubb. »Wir haben sie verloren.«

»War sie bei Ihnen?« fragte Candy. »Sie wird schon rauskommen. Schließlich ist sie keine Patientin.«

»Dr. Makee wird es sicher auch schaffen«, sagte Barnes. »Wohin gehen wir überhaupt?«

»Zurück zum Consort.«

»Gleich flieg ich weg! Mir fällt gerade ein, daß ich eine Verabredung mit Olivia habe. Wie spät ist es?«

Stubb sah auf seine Armbanduhr. »Achtzehn Uhr fünfundvierzig.«

»Mann!« Candy sah sich zu den dunklen Gebäuden

um. »Es kommt mir eher vor wie Mitternacht. Heute abend ist es wirklich früh spät geworden.«

Nimo lief ein Stück voraus, blieb stehen und breitete die Arme weit aus. »Lippenstift!«

»Hören Sie«, sagte Barnes zu Stubb. »Ich muß mich schick machen. Sie will mich um acht vor dem Consort abholen.«

»Okay, dann fliegen Sie schnell hin.«

Nimo fiel vor Candy auf die Knie. »Wenn ich nur einen Lippenstift hätte, könnte ich mir Streifen auf die Pyjamas malen. Ich könnte mir auch eine rote Nase malen.«

»Jim, befreien Sie mich von ihm. Als nächstes wird er wohl dieses Lied aus der *Zauberer von Oz* singen.«

»Ich mag das Lied«, sagte Klein Ozzie. »Wir fahren zum Zauberer, zum wunder-wundervollen Zauberer von Oz.«

»Nein, nein«, sagte Nimo zu ihm. »Wenn ich einen Lippenstift hätte, dann könnte ich mich in einen Rotstift verwandeln. Dann würde man mich nicht für verrückt halten. Mit einem Lippenstift könnte ich mir Streifen zeichnen, ich könnte über Reiche keifen, und niemand würde mein Gehirn erweichen.«

»Meine Fresse«, murmelte Barnes. »Ist mir vielleicht kalt.« Er blickte eine Seitenstraße hinunter, wo ein Feuer blinzelte wie ein Stern. Dunkle Gestalten liefen davor hin und her. »Die müssen sich inzwischen Kleiderläden vorgenommen haben.«

Klein Ozzie blickte zu ihm auf. »Du willst doch die Kleider nicht stehlen, oder, Dad?«

»Natürlich nicht«, sagte Barnes. »Aber es ist etwas anderes, wenn man etwas wie Strandgut findet – das heißt, wenn man etwas findet, das aufgegeben wurde, dann darf man es behalten. Wenn beispielsweise schon in ein Geschäft eingebrochen wurde, und es ist gerade niemand da, der sich darum kümmert, dann ist das Geschäft so was wie ein Geschäftswrack, und bis der Besitzer oder die Polizei kommt, können sich alle nehmen, was sie wollen. Candy, könntest du mal auf Klein Ozzie aufpassen?«

»Wenn du mir einen Mantel mitbringst.«

»Gut«, sagte Barnes. Er machte kehrt und schoß über die Straße. Auf seinen Krankenhauspantoffeln rutschte er einmal aus, aber er fiel nicht hin.

»Ich hätte nicht gedacht, daß Ozzie so rennen kann«, sagte das dicke Mädchen.

Stubb schüttelte den Kopf. »Ich hoffe nur, daß er nicht erwischt wird. Der Strom könnte jeden Augenblick wieder angestellt werden.«

Der Junge hatte es nicht weit, als er zu ihm aufschaute. »Aber wenn das Geschäft ein Wrack ist, dann ist das doch in Ordnung, oder?«

»Schau mal, Klein Ozzie«, sagte Candy, »die Lichter sind so was ähnliches wie ein Cop, der den Laden bewacht.«

»Oder die Sonne könnte aufgehen!« Nimo blickte zum dunklen Himmel hinauf und öffnete weit die Arme.

»He, du bist wirklich verrückt, was?«

»Es könnte passieren«, versicherte er ihr allen Ernstes. »*Alles* kann passieren, und etwas *muß* passieren. Ich wette eine Massage gegen einen Kuß, daß die Sonne innerhalb einer Minute aufgehen wird.«

»Bist du ein guter Masseur? Das könnte ich mir vorstellen. Okay, ich akzeptiere.«

»Komm her«, sagte Nimo zu Klein Ozzie. »Steig auf meinen Rücken. Ich trage dich eine Weile.« Er bückte sich, und der Junge kletterte auf seinen Rücken. Nimo hob ihn sich auf die Schultern und stand auf. »Siehst du! Klein Ozzie ist des großen Ozzie Sonnenschein, und er ist gerade aufgestiegen.«

»Okay, ich schulde dir ...« Candy unterbrach mitten im Satz und streckte einen Arm aus. »Jim! Siehst du das?«

»Was denn?«

»Das Schild da unten. Jim, das ist das Dilly Deli. Die haben wundervolle Corned-Beef Sandwiches, und es gibt da Wein und Bier und so weiter. Habt ihr denn keinen Hunger? Mein Gott, ich habe ein Loch im Bauch.«

»Ich habe Hunger«, verkündete Klein Ozzie auf Nimos Schultern.

»Das kann ich mir vorstellen! Und wir werden uns etwas zu essen besorgen. Vertrau nur Candy. Nimo, komm schon!«

Einen halben Block weiter lag der Feinkostladen dunkel und still. Die Fenster waren voller Brot und Flaschen und handgeschriebener Papptafeln.

»Eigentlich müßten sie doch da sein, oder?« sagte Candy. »Normalerweise haben die bis neun Uhr auf.«

»Wenn sie da sind«, bemerkte Stubb, »dann kannst du nicht einfach da rein und ein Sandwich holen. Du hast kein Geld.«

»Was meinst du mit ›ein Sandwich holen‹? Einen Super-Dilly mit Pastrami, Corned Beef, Roast Beef, Leberwurst und russischem Dressing, dazu eine Teigklößchensuppe und ein Glas Milch. Jim, kannst du uns da reinbringen?«

Stubb schielte zur Tür. »Vielleicht könnte ich das, aber ich werde es nicht tun.«

»Um Gottes willen, Jim! Soll ich das Fenster mit einem Ziegelstein einschmeißen?«

»Nein. Ihr sollt vier Blocks weitergehen. Dann werde ich dir besorgen, was du essen willst. Nun komm schon.« Der kleine Mann ging auf dem vereisten Gehweg weiter. Nimo folgte ihm einen Moment später. Er trug immer noch den Jungen.

Candy wackelte keuchend hinter ihnen her. »Jim, ich hoffe, du weißt, was du tust. Mir tun die Füße und die Lungen weh, und mir ist kalt. Und ich bin so verdammt hungrig, daß ich meinen eigenen Arm aufessen könnte.«

Nimo kratzte sich auf dem Kopf. Er hatte den Arm hoch gehoben und die Hand stark abgewinkelt, um mit übertriebenen Gesten zu zeigen, daß er angestrengt nachdachte. »Wir nähern uns meinem Clownhaus«, sagte er. »Ich kann Ihnen ein unverschlossenes Fenster zeigen, aber in meiner Kombüse ist nicht mehr viel.«

»Nein«, sagte Stubb. »Das nützt nichts. Wir wollen zum Sandwich Shop. Candy hat mich gerade daran erinnert, daß es Freitagabend ist.«

Mitten auf der Straße brannte ein Feuer. Die Geschäfte zu beiden Seiten waren aufgebrochen worden, aber die Plünderei war inzwischen praktisch vorbei. Ein paar Kinder, mit schweren Kleidern neu eingekleidet, wühlten in den Resten herum. Einige Erwachsene standen am Feuer, wärmten sich die Hände und warfen gelegentlich Trümmer hinein: Stücke einer zerbrochenen Ladentheke, Papier, Teppichreste und die Köpfe und Glieder von Schaufensterpuppen. »Ist jemand verletzt?« fragten sie, als sie Candys Uniform sahen. Sie nickte und eilte hinter Stubb und Nimo her.

Selbst der Schnapsladen nebenan war inzwischen von den Plünderern verlassen worden. Er war nur noch ein kaltes, stinkendes und dunkles Loch voller Glassplitter. Sie zögerte, wußte, daß nichts übrig war, schien aber dennoch nicht bereit, den Geruch zu verlassen, das Versprechen auf Wärme und Fröhlichkeit, das nicht gehalten werden konnte. Es schien ihr, als müßte doch noch ein Karton da sein, vielleicht ein kleiner Karton mit kleinen Flaschen Rum oder einem ekligen Likör für die Leute, die wie sie jetzt noch auf der Straße vorbeikamen. Sie begann leise zu fluchen und schnaufte weiter. Sie kannte eine Menge unflätiger Worte, und sie fluchte immer noch, als sie den Eingang des Sandwich Shops erreichten.

»Jetzt sind wir von Tür zu Tür gegangen, ohne irgendwo einzutreten«, erklärte Nimo. »Ich wünschte, die dunkle Delilah würde auch dieses Schloß aufknipsen.«

»Du bist verrückt«, sagte Candy, als sie ihn schnaufend einholte.

»Er meint Madame S.«, erklärte Stubb, während er das Schloß untersuchte. »Er glaubt, sie oder einer ihrer Leute hätte das Schloß des Notausgangs geknackt. Wahrscheinlich hat er sogar recht damit.«

»Jim, sie war doch bei uns und hat mit uns gesprochen.«

»Klar, aber wo waren wir? Wie nahe an der Tür? Sie kann das Schloß bearbeitet haben, während sie sprach. Oder sie hatte das Werkzeug dabei und gab es einem der anderen.«

»Hast du denn auch solche Werkzeuge?«

»Ich hatte mal welche, aber ich habe sie versetzt.«

»Ich habe mal einen Film gesehen, in dem ein Privatdetektiv eine Tür mit einem kleinen Streifen Plastik geöffnet hat.«

»Klar. Ich benutze dazu eine Kreditkarte. Das macht jeder. Aber das funktioniert nur bei Schnappschlössern, und auch nicht bei allen. Diese Tür hier ist verriegelt. Warte hier. Ich gehe in die Gasse.«

»Dahin traue ich mich nicht einmal, wenn das Licht funktioniert.«

»Ich komme mit«, sagte Nimo.

»Nein, nicht mit Klein Ozzie. Er bleibt hier bei mir.« Candy nahm Nimo den Jungen von den Schultern, umarmte ihn und setzte ihn ab. »Ein Glück, daß du deinen Mantel hast, Klein Ozzie. Ist dir kalt?«

»Ziemlich. Wann kommt mein Dad?«

»Ich glaube, wenn wir zum Hotel zurückgehen. Ich …«

Die Frau mußte die dunkle Straße heraufgerannt sein, aber weil sie sie nicht gesehen oder gehört hatten, tauchte sie auf, als wäre sie nicht gerannt, sondern materialisiert. Sie erschien wie ein Gespenst aus der Dunkelheit. »Eine Krankenschwester! Gott sei Dank, eine Krankenschwester! Bitte, kommen Sie mit!«

Entsetzt konnte Candy nur fragen: »Wohin?«

»Einen halben Block. Es ist nur einen halben Block weiter. Bitte! Ich konnte sie nicht tragen, deshalb bin ich gekommen – da ist zwar ein kleiner Wagen, aber ich hatte Angst, sie könnte verbluten...«

»Ich komme schon«, sagte Candy. »Ich komme schon.« Sie biß sich auf die Lippen. »Gott, meine Beine. Wenn Sie wüßten, wie weit ich heute schon gelaufen bin.«

»Bitte«, sagte die Frau. »Sie stirbt vielleicht.«

Candy begann schwankend zu laufen. »Was ist mit ihr passiert?«

»Sie ist meine Schwiegermutter. Meinen Schwiegereltern gehört das Restaurant da unten. Sam und ich wohnen bei ihnen. Ich bin keine Jüdin. Sehe ich aus wie eine Jüdin? Hier drüben. Ich habe sie im Flur gelassen.«

Im Dunkeln hätte die Frau, die zusammengesunken im Eingang hockte, ein Bündel alter Kleider sein können. Candy ließ sich keuchend neben ihr auf die Knie fallen.

»Hören Sie, das tut mir leid mit Ihren Beinen. Ihr Krankenschwestern lauft ja sowieso den ganzen Tag, und jetzt ist auch noch der Strom ausgefallen, und der Nahverkehr funktioniert nicht...«

»Vergessen Sie meine Beine. Wir brauchen Licht. Irgendwie.«

»Ich habe ein Feuerzeug.« Es klapperte, als die Frau, die keine Jüdin war, in ihrer Handtasche herumwühlte. »Als der Strom ausfiel und die Feuer angezündet wurden, ging sie zum Laden. Sie soll das eigentlich nicht machen, aber sie ging trotzdem. Sam war noch nicht daheim. Ihr zweiter Sohn auch nicht. Ich sagte ihr, ich würde gehen...«

»Womit hat man sie geschlagen? Mit einer Flasche?«

»Ich glaube, mit einem Stück Rohr. Ich glaube, sie wollten mich vergewaltigen, aber ich glaube, weil es so kalt ist… Sie müssen frieren.«

»Ich friere auch. Geben Sie mir eine Zigarette.«

»Was? Was sagten Sie?«

»Ich sagte, geben Sie mir eine Zigarette. Sie haben ein Feuerzeug, deshalb müssen Sie auch Zigaretten haben. Ich will sie anzünden, bevor Ihr Feuerzeug nicht mehr mitspielt.«

Die nichtjüdische Frau wühlte wieder in ihrer Handtasche herum. »Die haben mir mein Geld und meine Kreditkarte weggenommen, alles. Sam wird toben. Geht es ihr gut?«

»Halten Sie doch mal eine Minute das Feuerzeug ruhig, ja? Klein Ozzie, faß die Frau nicht an.« Candy nahm einen tiefen Zug von der Zigarette, bis das Ende fast so hell glühte wie die schrumpfende blaue Flamme des Feuerzeugs. »Nein, es geht ihr nicht gut. Sie hat eine schlimme Gehirnerschütterung, vielleicht sogar einen Schädelbruch. Das kann ich jetzt nicht sicher sagen. Sie muß durchleuchtet werden. Bis das möglich ist, muß sie warmgehalten werden. Hier draußen in der Kälte zu liegen, ist das Schlimmste, was ihr überhaupt passieren kann. Was ist das? Diese Zigarette hier?«

»Virginia Slim. Kann sie daran sterben?«

»Die habe ich noch nie probiert. Mir hat die Werbung nicht gefallen. Yeah, sie könnte daran sterben. Bei der letzten Gehirnerschütterung, mit der ich zu tun hatte, dachte der Arzt, der Mann würde wieder in Ordnung kommen. Ich half beim Verbinden, aber er kam nicht in Ordnung. Er ist verrückt geworden. Das war erst vor ein paar Tagen. Gottverdammich, ich wünschte, das Licht würde wieder angehen.«

»Können Sie sie nicht hier verbinden?«

Candy schüttelte den Kopf. »Die Blutung ist nicht sehr stark, und ich könnte ihr damit eher schaden als nützen. Sagten Sie nicht, daß Ihnen ein Laden hier in der Gegend gehört? Können wir sie da reinbringen? Vielleicht finden wir dort etwas, mit dem wir sie zudecken können.«

»Der Sandwich Shop, ein Stück die Straße runter. Glauben Sie, wir können sie tragen?«

»Klar, aber wir müssen vorsichtig sein, ihren Kopf nicht anzustoßen. Wenn der Schädel schon angeknackst ist, kann ihr der nächste Schlag den Rest geben.«

»Ich helfe euch«, sagte Klein Ozzie.

»Du bist ein braver Junge. Okay, du nimmst einen Fuß, und diese Dame hier nimmt den anderen Fuß. Ich nehme sie unter den Armen.«

42. KAPITEL

Besuch bei einer alten Dame

»Das Licht ging an«, sollte eine Zeitung später schreiben, »und alle außer den Feuerwehrleuten gingen nach Hause.«

Elektrische Uhren standen auf fünf Minuten vor achtzehn Uhr, Armbanduhren auf neunzehn Uhr fünfunddreißig. Dr. Makee, der im Aufenthaltsraum der Ärzte einfach gewartet hatte, ging nach Hause ins Bett. Alexandra Duck, die Sergeant Proudy im Dunkeln gefunden und während des Stromausfalls gesprochen hatte, sperrte die Bürotür von *Hidden Science/Natural Supernaturalism* auf und sah die Adresse des Flying Carpet, eines Clubs, im Telefonbuch nach, bevor sie ihren Computer einschaltete und einen Artikel über Besessenheit zu schreiben begann. Francisco Fuentes, der die Dunkelheit damit verbracht hatte, mit Hilfe einer Taschenlampe Gäste des Consort über die Feuertreppe hinauf und hinunter zu führen, setzte sich auf eine Stufe und wischte sich den Schweiß von der Stirn, während er den Jubelrufen lauschte. In den letzten einhundert Minuten war die Temperatur im Treppenhaus auf drei Grad gefallen, aber Francisco schwitzte trotzdem. Im dreizehnten Stock schaltete Monstro, der Computer, der der eigentliche Manager des Hotels war (›ihr Gastwirt‹), mit einem elektronischen Seufzen seine Notstromversorgung ab.

Mrs. Baker, die schon vor Jahren eine kleine Abhängigkeit von Duftkerzen in Form von biblischen Menschen und Tieren entwickelt hatte, hatte den Stromausfall problemlos und sogar recht angenehm verbracht. Sie war im Haus herumgeeilt (während Puff mehrmals nach ihren Hacken schnappte), und hatte voller Freude, endlich einen guten Grund gefunden zu haben, verschiedene Angehörige ihrer Sammlung angezündet und versorgt. Jetzt auf einmal war das Licht wieder da, und der kleine, mit Silber überzogene Kerzenlöscher, der zwanzig Jahre lang Staub angesetzt hatte, erlebte seine große Stunde. Im Fernseher baute sich ein Bild auf. Mrs. Baker beschloß, eine Kerze – den Pimentweihnachtsmann, den sie zu Weihnachten anzuzünden nie übers Herz gebracht hatte – brennen zu lassen, falls das Licht wieder ausging.

»Wenn Sie mich jetzt sehen können«, erklärte der Ansager gehetzt, »und wenn Sie wissen, daß ich für mehr als eine Stunde nicht zu sehen war, dann wissen Sie auch, daß soeben der schlimmste winterliche Stromausfall zu Ende gegangen ist, den eine größere amerikanische Stadt je erlebt hat. Es gab ein gewisses Maß an Unruhen und Plünderungen und mehrere Brände, darunter einen Großbrand an der 44. Straße Ecke Dennis. Wir schalten jetzt um zu Renee Falcone, der mit einer Minicam unterwegs ist.«

Flammen züngelten über den Bildschirm. Mrs. Baker, der einfiel, daß die 44. Straße Ecke Dennis nicht sehr weit weg war, gürtete ihren Hausmantel und trat vor die Haustür. Und richtig, in der entsprechenden Richtung war ein roter Schein im Himmel zu sehen. »Wer Feuer sät«, murmelte Mrs. Baker, »wird Asche ernten.«

Als sie wieder hineinging und sich vor den Fernseher setzte, stand ein ehrlich aussehender schwarzer Mann vor einem kleinen Restaurant mit einem zerbrochenen Fenster. Er sagte: »Phil, Sie wissen wie ich, daß heute abend infolge des Stromausfalls Tausende von Geschichten die Runde machen werden, aber diese hier ist eine der herzergreifendsten, die ich je gesehen habe. Mrs. Benjamin Potash wurde gerade eben an dieser Stelle in einen Krankenwagen geladen. Mrs. Potash ist Witwe, und ihr gehört dieses Restaurant. Als das Licht ausging, verließ sie mit ihrer Tochter die sechs Blocks entfernte Wohnung, weil sie ihr kleines Lokal beschützen wollte. Sie wurden angegriffen, und Mrs. Potash bekam einen Schlag auf den Kopf, doch ihre Tochter fand eine Krankenschwester, die dienstfrei hatte und die Mrs. Potash behandelte und hierher trug. Als sie hier eintrafen, fanden sie zwei Männer vor, einer von ihnen ein Stammgast in Mrs. Potashs Lokal, die bereit waren, das Lokal gegen Plünderer zu verteidigen. Nun, die Plünderer kamen tatsächlich, und die Gäste versuchten, sie zu vertreiben, indem sie behaupteten, sie hätten eine Maschinenpistole. Das funktionierte nicht, und die Plünderer zertrümmerten dieses Fenster, um in den Laden einzudringen. Eine Maschinenpistole hatten die Gäste nicht, aber sie hatten den Wasserschlauch, mit dem Mrs. Potash immer den Küchenboden abspritzt. Sie drehten das Wasser auf und richteten den Schlauch auf die Plünderer, was angesichts der Temperatur, die unter dem Gefrierpunkt liegt, nicht sehr angenehm gewesen sein muß. Bei mir ist jetzt Mr. Murray Potash, der soeben eingetroffen ist.«

Der ehrlich aussehende Schwarze hielt sein Mikrophon einem dicken, pickligen weißen jungen Mann unter die Nase. »Mr. Potash, konnten Sie noch mit Ihrer Mutter sprechen, bevor sie abtransportiert wurde?«

»Äh … nein.« Der Bursche schüttelte den Kopf. »Ich kam gerade an, als der Krankenwagen abfuhr.«

»Ist Ihre Schwester hier?«

»Meine Schwägerin. Nein, ich glaube, sie ist mit Mom im Krankenwagen mitgefahren.«

Mrs. Baker wechselte den Kanal.

Draußen knallte eine Autotür. Mrs. Baker achtete nicht weiter darauf, aber ein paar Sekunden später klopfte es an ihrer Haustür. Sie hatte sich nicht die Mühe gemacht, die Kette vorzulegen, nachdem sie das Feuer begutachtet hatte. Jetzt holte sie es nach, öffnete die Tür einen Spalt, schloß sie wieder, nahm die Kette ab und öffnete sie ganz. Als sie die Tür zum zweitenmal öffnete, kam eine gutaussehende brünette Frau herein.

»Meine Güte«, sagte Mrs. Baker. »Wie schön Sie sind! Das ist echter Leopard, was?«

Die Brünette drehte sich um sich selbst. Mit ihren pelzbesetzten Stiefeln war sie über einsachtzig groß. »Ich habe heute abend eine Verabredung, und dieser Aufzug hier ist mein ganzer Stolz. Wie gefalle ich Ihnen?«

»Sie sehen aus wie eine reiche Dame. Aber wenn Sie eine gesellschaftliche Verabredung haben, sollten Sie den jungen Mann dann nicht bei sich zu Hause erwarten?«

»Ich hole ihn ab, Mrs. Baker. Er wohnt nur ein paar Blocks von hier entfernt, und ich bin sowieso zu früh dran, deshalb dachte ich, ich komme mal bei Ihnen vorbei. Ist Ihnen noch etwas eingefallen, seit wir neulich hier waren?«

»Nun, das finde ich wundervoll. Möchten Sie eine Tasse Tee? Tee hält des Mannes Leib und Seele zusammen, wie es in der Bibel heißt, aber ich glaube, bei Frauen wirkt er sogar noch besser. Im Fernsehen reden sie jetzt dauernd über Liptonier. Sind Sie eine Liptonierin, Miz …?«

»Valor, Mrs. Baker. Robin Valor ist mein Name. Bitte, seien Sie nicht verlegen. In Ihrem langen Leben haben Sie sicher sehr viele Leute kennengelernt. Es ist kein Wunder, daß Sie da mal einen Namen vergessen.«

Mrs. Baker schüttelte den Kopf. »Vielleicht sollte ich das nicht sagen, Miz Valor, aber die Wahrheit ist, daß ich die Leute schon damals nicht auseinanderhalten konnte, als ich sie kennenlernte.«

Die Brünette lächelte. »Sagen Sie bitte Miss, Mrs. Baker, nicht Ms. Ich bin ein altmodisches Mädchen wie Sie, und ich glaube, Ms. ist eher die Bezeichnung für eine geschiedene Frau, die berufstätig ist.«

»Ich bin auch ein altmodisches Mädchen«, sagte die alte Frau, während sie ein kleines Tablett mit einer geblümten Teekanne und passenden Tassen auf einen kleinen Tisch stellte. »Deshalb sage ich auch ›Miz‹. Wir haben immer Miz gesagt, als ich noch ein Mädchen war. Miz Ledbetter, Miz Carpenter. Das weiß ich noch genau, weil Mama so oft über sie gesprochen hat. Entschuldigen Sie mich einen Augenblick. Das Wasser kocht gerade.«

Sie tatterte hinaus. Die Brünette holte unterdessen eine Drahtbrille aus ihrer Handtasche, stand auf und ging quer durchs Zimmer, um den Fernseher zu untersuchen. Er lief noch (Mrs. Baker hatte allerdings den Ton heruntergedreht). Auf dem Bildschirm war ein Schwarm ernster und ziemlich dumm dreinschauender Männer mit gelben Schutzhelmen zu sehen, die ein Umspannwerk begutachteten. Aber die Brünette achtete eher auf die Knöpfe und die Rückwand als auf das Bild.

»So, da wären wir«, sagte Mrs. Baker, als sie mit dem Kessel zurückkam. »Nur gut, daß ich einen Gasherd habe. Der war die ganze Zeit an, und so wird es nie kalt im Haus, selbst wenn die Heizung ausfällt. Ich habe zwar auch einen Kamin, aber außer Papier habe ich heute kaum noch was dafür, und das Papier brauche ich für Puffs Katzenkiste.«

»Ich möchte wetten, daß Sie in einer Kleinstadt aufgewachsen sind«, sagte die Brünette. »Habe ich recht?«

»O ja.« Mrs. Baker nickte und goß dampfendes Wasser aus dem verbeulten Kessel in die Kanne.

»Wo denn, Mrs. Baker?«

»Wo ich aufgewachsen bin? Oh, hier. Genau hier, nur, daß es damals noch eine kleine Stadt war. Mr. Baker und ich, wir haben dieses Haus zehn Jahre nach unserer Heirat gekauft. Zuerst hatten wir es nur gemietet. Zehn Jahre, das schien so eine lange Zeit. Und jetzt lebe ich fast sechzig Jahre hier und wandere immer noch zwischen dem Wohnzimmer und der Küche hin und her.«

»Ich verstehe.«

»Es hat sich natürlich alles verändert. Dies hier war damals eine wirklich nette Stadt. Die Jungs haben auf der Straße gespielt, sie waren Lausejungen und haben alles mögliche angestellt, aber sie waren nicht böse. Sie wollten niemand wehtun, nicht wirklich. Sie haben nur ihre Streiche ausgeheckt und ihren Spaß gehabt. Und die Männer sind mit Pferdegespannen gekommen und haben Sachen verkauft. Nicht nur Milch, auch Eis und Gemüse und Fisch, wenn es nicht zu heiß war. Das machen sie heute nicht mehr.«

»Ich glaube, das gibt es heute nirgends mehr.«

»Doch, in einem anderen Land, ich habe es im Fernsehen gesehen. Aber wußten Sie, daß jetzt all die großen Firmen hier sind? Genau die, die das alles hier verändert haben. Ich habe es gesehen, und im Fernsehen hieß es, daß es den Leuten gefällt, und ich glaube, das muß wohl stimmen, denn sonst würden die Leute die Sachen ja nicht kaufen. Ich wollte ihnen zuschreien, daß sie hier alles beim alten belassen sollen, sie sollten das bloß so lassen, wie es ist, aber sie konnten mich natürlich nicht hören. Ich hätte ihnen auch einen Brief schreiben können, aber den hätten sie nicht gelesen. Wenn ich fernsehe, fühle ich mich oft wie ein Gespenst.« Sie brachte den Kessel in die Küche zurück. In der Luft hingen Dampfschwaden.

Die Brünette sah sich suchend im Zimmer um, dann zuckte sie die Achseln. Dieses Mal blieb sie sitzen, und auch die Brille blieb in der Handtasche.

»Die sind genau wie wir, nur langsamer«, fuhr Mrs. Baker fort, als sie wieder hereinkam. »Manchmal glaube ich, wenn sich die ganz normalen Leute einfach hinsetzen und mit den anderen ganz normalen Leuten reden würden, dann würden die Dinge nicht so laufen, wie sie jetzt laufen. Aber sehen Sie sich die Welt nur an. Wir versuchen nicht, die Dinge zu verändern. Wenn einer dieser Jungs da unten auf der Straße ein Auto stiehlt, dann muß er vielleicht für ein paar Jahre ins Gefängnis. Aber wenn ein reicher Mann, der alles hat, was ein Mensch nur haben kann, eine Million Dollar stiehlt, dann wird er höchstens gewählt, wenn er Pech hat. In den Comics in den Zeitungen sehe ich immer diese Männer, die gegen die Verbrecher kämpfen. Wenn sie echt wären, würden sie so einen Kerl erwischen und erschießen. Wenn wir echt wären, würden wir sie vielleicht selbst erschießen.«

»Ich habe mir so meine Gedanken gemacht«, sagte die Brünette. »Sie wohnen schon so viele Jahre hier, Mrs. Baker. War Mr. Free schon Ihr Nachbar, als Sie einzogen?«

»Lassen Sie mich überlegen«, sagte Mrs. Baker, indem sie sich setzte. »Meine Güte, wie die Zeit verdreht, sie kurvt einfach weg, wenn man sie packen will.« Sie tupfte sich ein Auge mit einer Ecke ihres Mantels trocken. »Sie müssen schon entschuldigen, Miz Valor. Ich beginne immer zu weinen, wenn ich an die alten Zeiten denke.«

»Es stört mich nicht, wenn Sie weinen.«

»Es gab mal eine feine Dame«, sagte Mrs. Baker, immer noch ihre Augen betupfend, »die mir immer Kekse gegeben hat. Mindestens einmal hat sie mir welche gegeben. Wissen Sie, was man immer sagt? ›Kuchen sollst du suchen.‹ Nun, das haben wir auch gemacht. Vielleicht war es wirklich nur ein einziges mal. Es war ein großer, süßer Keks mit einer großen, großen Rosine oben drauf. Bloß, daß das gar nicht hier war. Das war Miz Carpenter unten in der Oak Street, als ich noch ein kleines Mädchen war.«

Die Brünette sah auf ihre Armbanduhr. »Ich muß gleich gehen, Mrs. Baker, aber bevor ich gehe, möchte ich, daß Sie mir etwas über die vier Leute erzählen, die bei Mr. Free gewohnt haben. Vielleicht ist das nicht so traumatisch für Sie.«

»Ich habe das bestimmt nicht geträumt, es ist nur, daß ich immer so traurig werde, wenn ich an die alten Zeiten denke. Bald bin ich auch tot, und dann werde ich nicht mehr traurig sein, also bin ich lieber jetzt traurig. Die Leute beschweren sich immer, wenn ein Kind lacht oder wenn ein alter Mensch weint, aber es dauert nicht lange, dann sind sie still, und zwar für immer. Heute sterben auch wieder viele Kinder, wenn sie noch ganz jung sind, ist Ihnen das auch schon aufgefallen?«

Die Brünette nickte ungeduldig.

»Ach, bald werden die Leute sagen: ›Lebwohl, du Pfahl der Tränen‹, wie man es früher immer sagte. Sie haben nicht zufällig einmal etwas von Dickens gelesen, Miz Valor?«

»Nein. Für welche Zeitung schreibt er? Oder ist er ein Bekannter von Mr. Free?«

Mrs. Baker nickte. »Ist es nicht seltsam, daß Sie das jetzt erwähnen! Ja, Mr. Free kannte Dickens gut, glaube ich. Wir haben ihn früher auch oft gelesen, ehe wir den Fernseher bekamen. Einmal sagte ich zu Mr. Free, er hatte mir geholfen, meine Einkäufe nach Hause zu tragen, ›Danke, Mr. Free. Sie haben mir wirklich sehr geholfen.‹ Und er meinte: ›Wir müssen einfach guten Mutes bleiben und uns gegenseitig helfen. Am Ende wird schon alles gut werden, keine Sorge!‹ Es stimmte zwar nicht ganz, weil ich gar nicht so arm war und Kartoffeln und Konserven und so weiter hatte, bloß Schnaps hatte ich nicht, aber es war von Dickens, und das wußte ich gleich. Ich sagte sofort zu ihm: ›Oh, das war doch von Dickens, Mr. Free, nicht wahr?‹ Und dann erklärte ich ihm, daß ich keinen Schnaps eingekauft hätte, aber ich würde ihn trotzdem zu einem Sherry einladen, wenn er wollte. Ich habe immer einen Sherry im Haus, weil der mir so gut tut, wenn ich eine Erkältung habe. Und er sagte, das mit dem Schnaps wäre auch eher symptomatisch zu verstehen.«

»Ich dachte immer, Mr. Free sei nicht sehr gebildet gewesen.«

»Wieso denn das? Ich glaube nicht – entschuldigen Sie, Miz Valor, da sitze ich hier herum und schwatze und biete Ihnen überhaupt keinen Tee an. Er wird inzwischen ziemlich verbittert sein.« Sie nahm die geblümte Kanne und goß hellbraune Flüssigkeit in die Tasse der brünetten Frau.

»Würden Sie sagen, daß Mr. Barnes gebildet ist? Gebildeter als Mr. Free?«

»Das sollte er doch wohl sein, oder?« fragte Mr. Baker zurück. »Die gehen doch heute viel länger zur Schule als wir. Wir haben nichts außer Lesen und Schreiben und Mathe gelernt. So haben wir es früher genannt. Ihr jungen Leute haltet euch ja heutzutage nicht mehr mit solchen Kleinigkeiten auf.«

»Wollen Sie mich auf den Arm nehmen, Mrs Baker?« fragte die brünette Frau.

»Ich Sie auf den Arm nehmen?« Mrs. Baker schüttelte den Kopf. »Aber nein! Ich bin unschuldig wie ein Damm. Nein, ich glaube wirklich, Mr. Barnes ist in heutigen Behältnissen ziemlich gebildet.«

43. KAPITEL

Ein Freund von Crowley

»Marie«, dröhnte die Stimme des King, »ich möchte dir einen ganz besonderen Freund vorstellen.«

Der besondere Freund war ein großer und sehr dürrer alter Mann mit einem breiten weißen Schnurrbart. Er trug einen lockeren grauen Tweedanzug, der entweder britischen Ursprungs oder eine bemerkenswert gute Imitation war. Als die Hexe ihm die Hand gab, verneigte er sich und berührte mit trockenen Lippen kurz ihre Fingerknöchel.

»Es freut mich sehr, Sie kennenzulernen«, sagte sie. »Ich kann Sie in diesem Haus nicht willkommen heißen, weil es das Haus des Königs und nicht das meine ist –, aber ich schließe mich ihm an und begrüße Sie im Lager der letzten freien Menschen.«

»Ich danke Ihnen«, sagte der ältere Mann. »Ich danke Ihnen sehr, Mademoiselle.«

»Als wir den Strom kurzschließen wollten, um dich und Rose und die anderen aus dem Belmont zu holen, konnte uns Mr.… äh…« Der King schnippte mit den Fingern.

»Illingworth, Mademoiselle«, sagte der alte Mann. »Cassius Illingworth, zu Ihren Diensten.«

»Konnte uns Mr. Illingworth helfen. Es stellte sich heraus, daß er von den Tunneln in der Innenstadt wußte, durch welche die Stromkabel laufen. Er zeichnete eine Karte, und Bella und ein paar junge Burschen gingen runter und spielten ein bißchen damit herum.«

»Ich bin Journalist, Mademoiselle, und im Laufe seines Lebens erfährt ein Journalist viele merkwürdige

Dinge. Im Zweiten Weltkrieg wurden diese Tunnel als Bunker gegen Luftangriffe ausgebaut. Wie übertrieben scheint heute die Vorstellung, deutsche Bomber hätten 1942 die Stadt erreichen können! Aber damals schien es nicht übertrieben. Viele ernstzunehmende Männer glaubten daran. Und später, als alle bis auf einige wenige Arbeiter der Stadtwerke die Tunnel vergessen hatten, wurden sie von gewissen… äh… Suchenden als Treffpunkte benutzt.«

Die Hexe musterte ihn nachdenklich.

»Er weiß auch darüber Bescheid, Marie.« Der King schien sich insgeheim über etwas zu amüsieren. »Als du gekommen bist und mich gebeten hast, dir bei der Suche nach diesem Ben Free zu helfen, war Mr. Illingworth einer der ersten *gadje,* auf die ich stieß. Er sagte, er sei Free nie persönlich begegnet, kenne aber Leute, die ihm begegnet seien.«

Illingworth nickte. Er stand mit dem Rücken zum Feuer und hatte die großen, altersfleckigen Hände hinter dem Rücken verschränkt. »Ich habe die Ehre und die Freude, gewisse okkultistische Zeitschriften herauszugeben und zu verlegen, Mademoiselle. Ich glaube, Sie haben eine meiner Mitarbeiterinnen, Miss Duck, bereits kennengelernt.«

»Ah!« Die Hexe nickte. »Dann sind Sie ihr Arbeitgeber.«

»Der bin ich, Mademoiselle. Ich habe die Ehre.«

»Mr. Illingworth gehörte früher dem Orden des Golden Dawn an«, erklärte der King. »Er ist schon lange im Geschäft.«

»Dann kannten Sie Aleister Crowley?«

»In der Tat, Mademoiselle. Er war trotz allem, was Sie möglicherweise über ihn gelesen haben, ein sehr charmanter Mann und ein guter Bergsteiger. Wir kletterten mehrmals zusammen im Himalaya, und wir sind bis heute nicht endgültig voneinander getrennt, auch wenn unsere Energien auf unterschiedlichen Ebenen wirken. Ich hatte das Glück, mich mehrmals mit ihm austauschen zu können.«

»Er wurde als der böseste Mann der Welt bezeichnet«, sagte die Hexe.

»Das war er, Mademoiselle. Ich hatte sogar die Ehre, diese Bezeichnung zu erfinden, auch wenn ich es nur tat, um ihm eine Freude zu machen. Trotz seiner Besessenheit war er in gewisser Weise wie ein kleiner Junge: Er liebte es, die Menschen zu schockieren. Jahre später – wenigstens scheint es mir, als sei es Jahre später gewesen, auch wenn es vielleicht doch nur eines war – saß ich mit ihm in Smyrna in einem Café. Wir hörten, wie der Majordomus einem Touristenehepaar etwas erklärte und dabei jene kleine Kopfbewegung machte, die für Griechen im Exil so typisch ist. Er sagte, Aleister sei der böseste Mann, dem Gott auf Erden zu leben je gestattet hätte. Die Touristen waren sehr beeindruckt, und ich glaube, ich sah ihn noch nie so glücklich. Mit Sicherheit habe ich ihn danach nie wieder so glücklich gesehen.«

»Marie verfügt nicht über Ihre Erfahrungen«, polterte der King, »aber sie hat die Gabe.«

Illingworth nickte höflich. »Dafür ist Ihr Volk auf der ganzen Welt berühmt.«

»Die meisten von uns tun nur so – ich selbst übrigens auch.« Plötzlich lächelte der King. »Marie manchmal auch. Aber bei ihr ist das anders, denn sie hat die Gabe wirklich.«

»Faszinierend.« Illingworth musterte die Hexe. »Was für eine Gabe ist es bei Ihnen, meine Liebe? Telekinese? Präkognition?«

Sie schüttelte den Kopf, dann nickte sie. »Telekinetisch bin ich anscheinend überhaupt nicht. Aber ich bin ausgesprochen präkognitiv. Etwas Telepathie, auch wenn ich Leute kenne, die darin viel besser sind als ich. Ich bin auch ein einigermaßen brauchbares Medium, besonders im Umgang mit nichtmenschlichen Geistern – Elementarwesen und so weiter.«

»Dämonen, Mademoiselle?«

Die Hexe zögerte, dann nickte sie vorsichtig. »Sie haben andere und bessere Namen, aber ja, manchmal schon.«

Illingworth lächelte und fletschte Zähne, die so weiß und gleichmäßig standen wie Tassen im Schrank. »Ich war in Frees Haus, müssen Sie wissen. Und ich glaubte dort eine Spur Schwefel zu riechen.«

»Dann interessieren Sie sich auch selbst für ihn.«

»Nur auf Wunsch Ihres King, meine Liebe. Wir hatten uns vorher schon unterhalten ...«

Der King nickte bestätigend.

»... und natürlich gab er mir die Adresse. Wie sich zeigte, hatten Mr. Free und ich gemeinsame Freunde, und deshalb war ich einigermaßen besorgt, als ich erfuhr, daß er vermißt wurde und vielleicht sogar gestorben sei. Ich dachte, sein Haus könnte mir einen Aufschluß über seinen jetzigen Aufenthaltsort geben.«

Er seufzte. »Gefunden habe ich nichts. Jedenfalls nichts, was man als Anhaltspunkt für seinen Aufenthaltsort ansehen könnte. Ein Gewehr, mit dem vor langer Zeit vielleicht rote Männer getötet wurden, eine Uhr mit dem Bild einer hübschen Dame, die, wie ich denke, schon mehr als ein Jahrhundert tot sein dürfte. Wunderschöne alte Dinge, die in einem verlassenen Haus zurückblieben. Ich habe sie in meine Obhut genommen. Wir, deren Interesse über das Getriebe der sichtbaren Welt hinausgeht, über die Felder hinaus, die wir bereits kennen, wie Lord Dunsany es einmal sehr treffend ausdrückte, als wir bei White's unseren Gedanken nachhingen, wir fallen immer wieder einem Unbehagen mit dem Ort zum Opfer, an dem wir uns gerade befinden ...«

»Genau wie wir Zigeuner«, warf der King hilfsbereit ein.

»Genau, Sir. Ganz genau. Ich kann wohl annehmen, daß ich im Laufe meines Lebens, das, wie ich gern einräumen will, mittlerweile bemerkenswert lang ist, in Hunderten von Betten schlief, von Hotels und anderen zeitweiligen Unterkünften einmal ganz abgesehen. Zur einen oder zur anderen Zeit ließ ich mich, abgesehen von Australien und der Antarktis, auf jedem Kontinent nieder, und auch wenn ich jetzt seit dreißig Jahren nicht mehr umgezogen und für die Antarktis vielleicht wirklich schon etwas zu betagt bin, könnte es mich noch nach Australien verschlagen. Wirklich, jenes warme, sonnige und trockene Klima, das für einen großen Teil des ›Landes des Südwindes‹ so typisch ist, scheint mir für meine alten Tage angemessener als unsere grimmigen Winter. Ich reiste auch zu vielen Inseln, unter denen Großbritannien die größte und Capri wahrscheinlich die schönste war. Wie ich weiß, ist die Insel heute durch Touristen verdorben. Tiberius Caesar äußerte sich bereits ähnlich.«

»Sie sprachen über Benjamin Free«, erinnerte ihn die Hexe.

»Ja, richtig, das tat ich. Ich wollte nur andeuten, daß eine Untersuchung seiner Notizen mich auf die Idee brachte, daß er kein – wie soll ich sagen? – kein Eingeweihter in dem Sinne war, wie ich den Begriff normalerweise verstehe. Ich glaube nicht, daß er je von anderen ins Wissen um die okkulten Mysterien, die Zermonien und Rituale der Geheimen Meister eingeweiht wurde. Aber er kann durchaus einer jener Menschen sein – viel gewöhnlicher aussehend, als wir es uns normalerweise vorstellen möchten –, die okkulte Kräfte und sogar okkulte Macht gewinnen, indem sie ihre überirdischen Fähigkeiten entwickeln.«

»Ich bin sicher, daß Sie damit recht haben«, sagte die Hexe, die sich darüber freute, daß dieser gespenstische alte Mann Free für unwichtig hielt. »Trotzdem wäre ich froh, wenn ich ihn finden könnte, und ich bin dankbar für jede Hilfe, die Sie mir geben können. Er war freundlich zu mir, und ich möchte es ihm vergelten, wenn er noch unter den Lebenden ist und Schwierigkeiten haben sollte. Und ich bin außerdem sicher, daß er mich etwas lehren könnte.«

Illingworth zwinkerte dem King zu. »Und welche Bezahlung bieten Sie mir für meine Dienste an, Mademoiselle? Ich will nicht um diese Ihre kleine Hand anhalten; ich fürchte, da könnte es königliche Einwände geben, auch wenn ich sicher bin, daß wir – um es mit den Worten des anderen Benjamin zu sagen, des alten Franklin, der früher immer den Hell Fire Club besuchte –, daß wir so glücklich wären wie zwei Wanzen im Teppich. Nein, ich will nicht einmal für einen Sohn oder einen Enkelsohn um Ihre Hand bitten, denn ich habe keinen, auch wenn sie die glücklichsten Jungen der Welt wären, wenn ich sie hätte. Aber wie wäre es mit einem Kuß, meine Liebe? Glauben Sie, Sie könnten es ertragen, um diesen Preis eine runzlige alte Wange zu küssen?«

»Sie haben ihn gefunden!« rief die Hexe.

»Mein lieber Freund«, wandte Illingworth sich an den King. »Sie sind der glücklichste Mann auf Erden, wissen Sie das? Ihre Untertanin hier ist eine derart liebliche Frau, daß sie nicht einmal mit weit aufgerissenem Mund ihren Liebreiz verliert. Ihr Könige bekommt sowieso von allem das Beste, ihr genießt das *droit du seigneur,* ihr dürft die Blüten kosten, während wir armen Teufel von Ehegatten nur die Blätter aufkehren dürfen.«

»Wo ist er?« Die Hexe zupfte Illingworth am Ärmel.

»Nun, nun«, sagte er. »Nun gut, ich glaube, ich sollte es Ihnen erzählen. Sie haben doch nichts dagegen, wenn ich rauche?«

»Keineswegs. Ich würde auch selbst gern rauchen, ich habe nur keine Zigaretten mehr.«

Er öffnete ein großes, altmodisches silbernes Zigarettenetui. »Ich fürchte, ich habe nur Players. Man behält die alten Gewohnheiten bei, die alten Extravaganzen, und sie werden mit jedem Jahr extravaganter und teurer. Unten in der Fourth Street ist ein kleiner Tabakhändler, der sie mir besorgt. Ich warne Sie, für amerikanische Verhältnisse sind sie ziemlich stark.«

Der King sagte: »Ich rauche normalerweise Zigarren, Cas. Aber ich probiere mal eine.«

Illingworth beugte sich mit dem Etui vor. »Es ist mir eine Ehre, Majestät.«

»Einfach nur King. Nennen Sie mich King.«

»Und hier haben Sie Feuer. Sie auch, Mademoiselle? Und jetzt ich selbst, wenn Sie gestatten.«

»Ist er in Sicherheit?«

Illingworth paffte einen Moment lang. Er sah aus wie ein kokelnder alter Drache. »Hmm? Oh, Mr. Free. Ja, soweit ich weiß, ist er in Sicherheit. Vollkommen sicher. Ich kenne die Leute nicht, die ihn haben, aber ...«

»Die ihn *haben?*«

»Vielleicht sollte ich das erklären. Als Ihr King sich mit mir in Verbindung setzte und die Namen gewisser, wie ich sagen möchte, gemeinsamer und geschätzter Bekannter erwähnte und mich über Mr. Frees Verschwinden und seine diesbezüglichen Sorgen informierte, fiel mir praktisch sofort auf, daß ich einen der Namen schon einmal gehört hatte. Erwähnte ich bereits, meine Liebe, daß ich die Ehre habe, der Herausgeber und Verleger der Publikationen *Hidden Science* und *Natural Supernaturalism* zu sein?«

»Das weiß ich schon«, sagte die Hexe ungeduldig. Illingworth blickte jedoch zu einer Ecke der Zimmerdecke hinauf, oder vielleicht auch in die Zukunft, und schien sie nicht zu hören.

»Es sind kleinformatige Zeitschriften, wenn Sie so wollen. Sie sind nur fünf mal siebeneinhalb Zoll groß, und selten hat eine Ausgabe eine Seitenzahl von mehr als hundert – oft freuen sich meine wenigen Mitarbeiter und ich uns schon, wenn wir sehen, daß die Anzeigen und die Spenden einiger unerschütterlicher

Freunde, die uns über die Jahre treu blieben, eine Seitenzahl von zweiundneunzig erlauben. Jeder Titel erscheint nur ein halbes Dutzendmal im Jahr, wir benutzen kein Hochglanzpapier, und wir haben keine Titelfotos von berühmten Fotografen, keine Bilder von Dirnen, die fünfhundert Dollar in der Stunde kassieren. Im Zeitschriftenständer wirken unsere Magazine neben den großen Publikumszeitschriften eher klein und schäbig.

Aber das Äußere ist nicht alles. Und auch wenn ich jetzt den Gott der Zeit verhöhne, nein, auch der Mammon ist nicht alles. Diese winzigen und doch kostbaren Stapel billigen Papiers – billig nur in den Augen der Menschen, die sie nicht kaufen –, sind die geachteten Journale jener, die versuchen, die Schleier der Illusionen zu durchdringen und die Höchste Wahrheit zu erlangen. Und was wären diese wenigen Sucher, wenn nicht die einzige Gruppe der Menschheit, die vor der Ewigkeit von Bedeutung ist? Ich leite diese Publikationen seit mehr als dreißig Jahren, und selbst ich – auch wenn ich nur äußerst rudimentäre Kräfte habe, wie sie jeder Mensch auf Erden mit ein wenig Übung entwickeln kann – selbst ich genieße einen, wollen wir sagen, einen gewissen Ruf bei vielen führenden Medien unserer Tage.«

»Sie ...«, setzte die Hexe an.

»Sagte ich bei *vielen?* Nein, ich hätte in aufrichtiger Bescheidenheit sagen können, bei *allen.* Ja, bitte, meine Liebe?«

»Hatten Sie Kontakt mit einigen dieser Leute?«

»Den hatte ich, ja. Es gibt gewisse Menschen – Personen, die ich meist die Geheimen Meister nenne. Nein, nein, ich meine nicht die Geheimen Meister dieser Welt, die angeblich auf unzugänglichen Berggipfeln leben, sondern gewisse andere Personen, die eher als Legenden gelten, und die manchmal unter äußerst bescheidenen Umständen keine zehn Meilen von uns entfernt residieren. Diese nenne ich die Geheimen Meister der Stadt.«

»Genau so hätte ich Ben Free auch bezeichnet«, sagte die Hexe. »Oder als einen, der sogar noch über ihnen steht.«

Illingworth hob einen Finger an die Lippen. »Meine Liebe, ich bitte Sie, nicht über die zu sprechen, die darüber stehen. Es soll uns reichen zu sagen, daß mich heute, als die Gefolgsleute des Königs übereinkamen, die Stromversorgung wieder in Gang zu bringen, eine gewisse Person ansprach. Ich hörte von einem Ort und bekam etwas, das ich, ohne allzu ungenau zu werden, als Schlüssel bezeichnen kann. Ich wandte mich mit dieser frohen Kunde an Ihren King und erfuhr, daß Sie, meine Liebe, in Kürze erwartet würden. Und wenn Sie nun keine Einwände haben, mit einem alten Mann in einem lauten Auto zu fahren ...«

»Wollen Sie selbst hinfahren?«

Illingworth lächelte wieder. »Meine Liebe, nur ich vermag den Sesam zu öffnen, wenn ich es so ausdrücken darf, nur ich kann die Tore der verzauberten Höhle aufstoßen. Außerdem würde ich dieses Ereignis nicht um alles Gold der Welt verpassen wollen.«

44. KAPITEL

Spinat

Wenn Stubb mehr auf die Umgebung und weniger auf Candy geachtet hätte, oder wenn Candy überhaupt auf etwas geachtet hätte, dann hätten sie, als sie die Bar des Consort betraten, Osgood Barnes vor dem Haupteingang des Hotels stehen sehen.

Aber selbst wenn sie ihn gesehen hätten, hätten sie ihn wahrscheinlich nicht erkannt. Er trug einen schweren Mantel mit einem dicken Pelzkragen wie ein Theaterimpresario, darunter ragten Hosenbeine hervor, die offenbar zu einem jener grauen Nadelstreifenanzüge gehörten, die vorzugsweise von Bankiers getragen werden. Leider liefen die Hosen über der Sorte schwarzer Kunstlederschuhe aus, die man zu erheblich billigerer Kleidung tragen würde. Auf dem Kopf saß ein schwarzer Homburg, der einem Botschafter an einem Königshof gut gestanden hätte. Die Hände steckten in geschmackvollen Handschuhen aus hauchdünnem, weichem Schweinsleder. Während er wartete, verschränkte er die Hände hinter dem Rücken und summte ein kleines Lied über das Durchhalten bis zum bitteren Ende. Wenn ihm kalt war, dann ließ er es sich nicht anmerken.

Fünf Minuten nachdem Stubb und Candy in die Bar gegangen waren, geschahen zwei Dinge gleichzeitig. Ein kleiner und leicht verschmutzter Junge kam den Gehweg herunter zu Barnes gerannt. Und ein großes, glänzendes Auto zog vor ihm an den Bordstein. Klein Ozzie rief: »Daddy!« Und Robin Valor fragte: »Osgood Barnes?« Sie fielen sich ins Wort wie ungeübte Schauspieler.

Barnes war ein Mann mit vielen Fehlern, aber Langsamkeit im Denken zählte mit Sicherheit nicht dazu. Er war reichlich mit jenem Instinkt gesegnet, den Amerika über alle Maßen schätzt – mit dem Instinkt, der einen Mann alles packen läßt, was er zu fassen bekommt. Er fing Klein Ozzie mit den Armen auf und stieg praktisch mit der gleichen Bewegung in die graue Limousine. »Ja«, sagte er. »Ich bin Osgood Barnes. Zu Diensten – sehr zu Diensten. Klein Ozzie, was machst du denn hier? Warum bist du nicht bei Candy?«

»Mama sagte, ich soll jetzt bei dir wohnen«, verkündete Klein Ozzie energisch. »Ich bin mit dem großen Bus gefahren.«

Barnes schüttelte wehmütig den Kopf. »Ich bin geschieden«, sagte er. »Habe ich Ihnen das am Telefon gesagt?«

Die graue Limousine fuhr an. Unter den Reifen knirschte das Eis. »Ich glaube schon«, murmelte Robin. »Ich meine es jedenfalls gehört zu haben.«

»Ich bin wirklich geschieden. Das hier ist mein Sohn, Osgood Myles Barnes junior.«

Robin sah sich kurz um und lächelte. »Hi, Osgood.«

»Ozzie«, sagte Klein Ozzie.

Barnes fügte hinzu: »So können Sie mich auch nennen. Klein Ozzie, wo sind die Leute, die heute abend auf dich aufpassen sollten?«

»Keine Ahnung.« Der Junge genoß die Wärme des Autos. Er war fast eingeschlafen.

»Bist du ihnen weggelaufen?«

»Ich bin dem Clown weggelaufen.«

»Warum denn das?«

»Weil ich zu dir wollte.«

Barnes lächelte ihn schief an und zauste sein Haar. Robin sagte: »Wir können ihn wohl nicht gut mitnehmen, was?«

Als die graue Limousine wieder vor dem Consort hielt, stieg sie mit den beiden Ozzies aus. Mit ihren zehn Zentimeter hohen Absätzen überragte sie beide.

Der Wagenmeister lächelte sie an. »Ein Zimmer, die Herrschaften?«

»Nein«, erwiderte Robin. »Wir wollen nur einen Augenblick bleiben. Dürfen wir das Auto hier lassen?«

Er nickte. »Ich lasse den Wagen von einem Jungen zum Parkplatz fahren, Ma'am.«

Sie drückte ihm unauffällig einen zusammengefalteten Geldschein in die Hand. »Lassen Sie ihn einfach, wo er ist. Wir sind in fünf Minuten oder so wieder da. Die Schlüssel stecken, falls Sie ihn umsetzen müssen.«

In der Lobby schien niemand auf das elegante Paar und das schlaftrunkene Kind zu achten. Ein großer, geräuschloser Aufzug, der geschmückt war wie ein erstklassiges viktorianisches Bordell, beförderte sie in den siebten Stock. Barnes klopfte an die Tür der Hexe, aber niemand öffnete. »Die müssen irgendwo hingegangen sein«, sagte er. »Wahrscheinlich haben sie ihn deshalb beim Clown gelassen.«

Robin beugte sich über den kleinen Jungen. Die duftende, kräftige Frau war beeindruckender als jede Mutter oder Lehrerin es sein konnte. Ihre Kraft ließ ihn niesen. »Wo wohnt dieser Clown, Ozzie?« fragte sie. »Wenn du von dort gekommen bist, mußt du es doch wissen.«

Er nieste wieder, schüttelte den Kopf und wischte sich die Nase am Ärmel ab.

»Dann muß er eben mitkommen«, sagte sie. »Mir macht es nichts aus. Und Ihnen, Osgood?«

»Wir können ihn in die meisten Lokale nicht mitnehmen, und wenn wir zu lange bleiben, wird es ihm im Auto zu kalt.«

»Dann bleiben wir nicht lange. Ich möchte mit Ihnen zuerst zu einem Lokal fahren, das ich sehr, sehr mag. Wir können uns unterwegs unterhalten, und Ihr Sohn wird bestimmt auf dem Rücksitz einschlafen. Wir gehen rein, und ich trinke ein oder zwei Sherry, und wir hören etwas Musik. Ehe es im Auto zu kalt wird, fahren wir wieder. Wir fahren dann zu mir. Ich habe ein Gästezimmer, und dort können Sie ihn hinlegen. In der Nähe ist ein nettes Restaurant, das uns Essen und Wein schicken kann.«

Ohne ein Wort zu sagen, und viel zu schnell, als daß sie protestieren oder ausweichen konnte, nahm Barnes sie in die Arme und küßte sie. Er mußte sich auf die Zehenspitzen stellen, um ihre Lippen zu erreichen, aber er bog sie zurück, bis er sie fast in der Waagerechten hatte, und sie halten mußte. Ihre großen, festen Brüste drückten an seine Rippen, und seine Lippen und seine Zunge bemühten sich leidenschaftlich um ihren Mund.

Zuerst war sie zu verblüfft, um zu reagieren. Klein Ozzie glaubte einen Augenblick, sie würde seinem Vater ihre langen, scharfen und hellrot lackierten Daumennägel in die Augen stoßen, aber dann legte sie die Arme um ihn und zog ihn an sich, bis es schien, als müßten sie gleich mit ausgehungerten Lippen und zuckenden Becken auf den Boden des Flurs stürzen.

Vielleicht hätten sie das auch getan, wenn nicht ein Stück entfernt ein Aufzug ein älteres Ehepaar und einen Pagen abgesetzt hätte. Mit einer kleinen Verzögerung richteten sie sich auf. Robins Lippenstift war verschmiert, ein großer Teil schmückte jetzt Barnes' Schnurrbart, und ihr winziger Hut mit der Pfauenfeder lag dicht an der Wand auf dem Teppich.

Das ältere Paar war viel zu gut erzogen, um etwas zu bemerken. Sie gingen vorbei und schwatzten über etwas, an das sich keiner der beiden nach fünf Minuten erinnern würde. Der Page verzog das Gesicht zu einem Grinsen und zwinkerte Barnes anerkennend zu.

Als das ältere Paar mit Sack und Pack im Zimmer neben dem der Hexe verschwunden war, fragte Robin atemlos: »Willst du mir nicht verraten, warum du das gemacht hast?«

»Ich weiß es nicht«, sagte Barnes.

»Es war … so anders.«

»Für mich auch.« Langsam gingen sie Arm in Arm zum Fahrstuhl zurück. »Wenn du es wirklich wissen willst, ich habe es wegen dem gemacht, was du gesagt hast. Daß wir zu dir fahren und dort essen. Ich habe eine Ewigkeit gewartet, daß du das sagen würdest, und jetzt, wo du es gesagt hast, fürchte ich, irgend etwas wird dazwischenkommen, und wir werden nicht zu dir kommen und essen.« Er drückte auf den Rufknopf.

»Du machst mir angst, Osgood, weißt du das?«

»Ozzie. Wie auch immer, ich wollte ein Stück vom Paradies, eine Art Probe, bekommen, die ich für den Rest meines Lebens mit mir herumtragen kann, bevor etwas passiert und mir alles genommen wird.«

Die Aufzugtür glitt auf.

»Du machst mir angst, aber auf eine nette Art und Weise. Ich habe das Gefühl – ich weiß nicht –, als hätte ich plötzlich einen Panther als Schoßtier. Aber Ozzie, es wird genauso kommen, wie ich es gesagt habe. Es wird wundervoll werden. Vielleicht kommen wir gar nicht mehr dazu, das Essen zu bestellen.«

Er grinste sie an, als sie in die Lobby hinaustraten. Ein Mann in einem abgetragenen karierten Anzug wartete am Empfangstisch. Als er den Anzug sah, trottete Barnes hinüber und tippte dem Mann auf die Schulter. Der drehte sich um. Er war groß und schlank, mindestens einen halben Kopf größer als Barnes.

»Hallo, Reeder«, sagte Barnes. »Die Fäuste hoch. Ich will keinen wehrlosen Mann schlagen.«

»Kumpel, he! Ich suche dich schon überall. Ich wollte dir deine Sachen zurückbringen.« Er wühlte in den Taschen der Anzugjacke herum.

»Hoch damit«, sagte Barnes noch einmal. Robin Valor und Klein Ozzie sahen zwischen den Männern hin und her.

»Brieftasche«, murmelte Reeder. »Schließfachschlüssel.«

Er hielt sie ihm hin, aber Barnes schlug gegen die Hand, und die Sachen fielen auf den Boden. Dann gab er Reeder zwei Ohrfeigen, Vorhand und Rückhand, die so schnell kamen, daß das Klatschen fast nach einem einzigen Schlag klang.

»Mach das nicht«, sagte Reeder. Er hob die Faust, und Barnes schlug ihn unter das Kinn, daß er gegen den Empfangstisch taumelte. Joe, der Page, der gerade dabei gewesen war, das Gepäck eines Gastes zu übernehmen, ließ alles fallen und ging dazwischen. Barnes traf ihn mit der Linken knapp über dem Gürtel. Seine Faust drang bis zum Handgelenk in die billige rote Uniform ein. Joe krümmte sich und ging zu Boden. Seine Beine waren butterweich.

Reeder verpaßte Barnes eine Linke auf die Wange und eine Rechte über das Auge. Seine Fäuste flogen wie Motorkolben. Barnes duckte sich und konterte mit einem harten, schnellen und klatschenden Schlag. Es klang wie ein Fleischer, der Steaks weichklopft. Reeder taumelte zurück, konnte aber wegen der Empfangstheke nicht umfallen. Jetzt prasselten Barnes' Fäuste auf ihn ein wie Regentropfen. Sein Gesicht schien unter den Schlägen zu zerfließen, es wurde weich und lief dunkelrot an, während die Haut fortgespült wurde. Dann glitt er zu Boden, und zwei kräftige Männer in dunklen Anzügen packten Barnes' Arme von hinten.

»Sicherheitsdienst«, sagte einer von ihnen. Robin Valor schlug dem Sprecher die Handkante in den breiten Nacken. Er drehte sich langsam um, als wäre er halb betäubt, und sie trat ihn zwischen die Beine. Barnes fuhr zum zweiten Mann herum, schlug ihn in den Bauch und bekam einen Schwinger aufs Ohr verpaßt, der ihn auf den Teppich schickte.

Doch er sprang auf wie ein Gummiball und fiel wie eine Motorsäge über den Hausdetektiv her. Der Detektiv machte den Fehler, an seine Hüfte zu greifen, um seinen Schlagstock zu ziehen. Bevor er ihn gelöst hatte, klappte sein Kopf zurück, und er fiel mit steifem Rücken um wie ein gefällter Baum.

Der zweite Detektiv krümmte sich noch vor Schmerzen. Barnes hielt die Fäuste oben. Sein echtes Auge war fast geschlossen. Er funkelte die männlichen Gäste und ihre Frauen, die Angestellten am Empfangstisch und die Pagen an. Francisco, einer der Pagen, salutierte ironisch. *»Buenas noches, Señor«*, sagte er.

»Gute Nacht, Freunde.« Barnes ließ die Fäuste sinken. Die Knöchel seiner Schweinslederhandschuhe glänzten vor Blut.

Robin nahm seinen Arm. »Komm, wir müssen hier verschwinden.«

Er nickte widerstrebend und blickte zum gefällten Hausdetektiv. »Gleich flieg ich weg«, sagte er. »Der hatte keinen üblen Schlag.«

»Die Polizei muß jeden Augenblick kommen.«

»Aye, aye, Captain, Sir. Wo ist der Kleine?«

»Ich bin Olivia, vergiß das nicht. Ich habe ihn an der Hand. Komm schon!«

Draußen schneite es wieder. Die weichen Flocken sanken in Robins Pelze und auf Barnes' schwarzes, glänzendes Haar. »Ich habe meinen Hut verloren«, sagte er.

Klein Ozzie hob den Homburg. »Ich habe ihn.«

Der graue Wagen stand ein paar Schritte vom hell erleuchteten Eingang entfernt am Bordstein. Als Barnes sich den gestohlenen Hut auf den Kopf setzte, ertönten in der Ferne Sirenen. »Beeil dich!« sagte Robin.

»Die sind wegen des Stromausfalls schon den ganzen Abend zu hören. Ich bezweifle, daß sie wegen einer Prügelei gleich eine Hundertschaft schicken. Klein Ozzie, als du den Hut aufgehoben hast – vielen Dank dafür –, hast du da zufällig auch die Brieftasche mitgenommen, die er mir geben wollte? Oder die Schlüssel?«

Der kleine Junge schüttelte den Kopf.

»Fahr inzwischen direkt vor die Tür«, sagte Barnes zu Robin. »Ich bin gleich wieder da.«

Bevor sie ihn aufhalten konnte, rannte er schon zum Eingang. Er sprang über einen Stapel Gepäck und stürmte durch die innere Tür, während Francisco und der Agatha Christie-Fan ihren Kollegen Joe noch mit feuchten Handtüchern versorgten. Der Hausdetektiv, den Robin getreten hatte, war nirgends zu sehen, aber der zweite Detektiv war wieder auf den Beinen. Er hatte Reeder gepackt. »Ich habe eine braune Brieftasche und einen Schlüssel fallen gelassen«, sagte Barnes zu ihm. »Ich will sie haben. Jetzt.«

Der Detektiv starrte ihn nur an. Barnes scharrte auf dem dicken Teppich herum und trat auf Dellen, unter denen seiner Meinung nach der Schlüssel verborgen sein konnte. Er fand den Gummiknüppel des Detektivs, warf ihn in die Luft und steckte ihn in die Tasche. Eine weißhaarige Frau entdeckte seine Brieftasche und gab sie ihm, während sie ihn mit einem beunruhigenden ›Du bist mein Held‹-Blick betrachtete.

Francisco rief: *»Mister Jim Stubb, bitte!«*

Die Sirenen wurden vor der Tür abgestellt, und zwei Polizisten kamen herein. Barnes ging zur ebenerdigen Bar, wo Candy und Stubb gerade einen letzten Drink bestellt hatten. Er war versucht, ebenfalls einen schnellen Drink zu nehmen, aber es konnte nur noch Sekunden dauern, bis jemand den Polizisten erzählte, was passiert war, und sie zur Bar wies.

Draußen wartete die graue Limousine, die hintere Stoßstange fast auf Tuchfühlung mit der vorderen Stoßstange des Streifenwagens. Barnes stieg ein und sah, daß Klein Ozzie schon schlief. Er lag ausgestreckt auf dem Rücksitz. »Ich dachte schon, sie hätten dich geschnappt«, sagte Robin. »Gott weiß, was ich dann gemacht hätte.« Sie steuerte die Limousine in den fließenden Verkehr hinaus.

Barnes zuckte die Achseln. »Da hättest du gar nichts machen können.«

»Ich habe Freunde in der Stadt. Ich hätte ein paar von ihnen anrufen können.«

»Klar.« Barnes klopfte seine Taschen ab. »Biete mir keine Zigarette an. Ich will's mir abgewöhnen.«

»Gut für dich. Aber warum suchst du welche in deinen eigenen Taschen?«

»Das ist kein Problem. Ich weiß, daß ich keine habe.«

Sie lachte. Es war das herzhafte, tiefe Lachen eines großen Mädchens, dachte Barnes. Man bekam Lust, sie wieder zum Lachen zu bringen. Er sagte: »Jetzt könnte ich eine Zigarre vertragen.«

Dieses Mal gab sie eher ein Kichern von sich. »Sieh in meiner Handtasche nach.«

Sie lag zwischen ihnen auf dem Sitz. »Warum hast du denn Zigarren in der Handtasche? Und noch dazu so gute.« Die Zigarren waren einzeln in Aluminiumröhren verpackt. Barnes öffnete eine, schnüffelte daran und drückte den Zigarettenanzünder im Armaturenbrett ein.

»Zünde mir auch eine an, ja?«

»Rauchst du wirklich Zigarren?«

»Was glaubst du, warum ich so dunkel und so schön bin? Ich bin zur Hälfte Spanierin, *mi amigo.* Alle Spanierinnen rauchen Zigarren – das ist eine Art Familientradition.«

Barnes zog an der Zigarre, bis sie gleichmäßig brannte, dann gab er sie ihr. »Du sagtest, du arbeitest beim Bureau of Indian Affairs. Ich dachte, du wärst vielleicht teilweise Indianerin.«

»Nein, ich hatte nur einmal eine Affäre mit einem Indianer. Häuptling Rauchfresser. Er war Feuerwehrhauptmann.«

Dieses Mal war es an Barnes zu lachen. »Wie ich sehe, hast du auch eine kleine Pistole in der Handtasche.«

45. KAPITEL

Detektive

»Miss Candy Garth, bitte!«

»Für mich?« Candy sah Stubb fragend an.

»Das sagt der Mann jedenfalls.«

»Soll ich mich melden?«

Er versuchte – recht erfolgreich sogar, weil Candy nicht in der Verfassung war, genau zu beobachten –, so zu tun, als sei es ihm egal. »Das ist deine Sache.«

»Ich glaube, ich melde mich lieber.« Sie winkte dem Pagen, als er vorbeikam. »Hier. Ich bin Cathy Garth.«

»Am Haustelefon Drei, Ma'am.« Der Page wies ihr die Richtung. »Danke schön«, sagte Candy. Stubb begleitete sie zum Telefon, und sie fragte: »Was soll ich sagen?« Sie flüsterte, als könne der Anrufer sie schon hören.

»Cathy Garth«, empfahl er ihr.

»Cathy Garth«, wiederholte sie, während sie den Hörer in die Hand nahm. »Cathy Garth hier.«

Stubb lauschte und tat so, als würde er nicht lauschen.

»Ja? ... Oh, hi! Hi, John ... ich bin hier unten in der Lobby ... na, und ob! Ich bin halb verhungert. Aber sicher doch.«

Der Page, der Candy ausgerufen hatte, kam noch einmal vorbei. *»Jim Stubb! Mr. Jimm Stubb bitte!«*

Stubb hielt ihn auf. »Ich auch?«

»Das ist jetzt jemand anders, Sir. Er gab mir einen Brief für Sie.«

Stubb nahm ihn entgegen. »Geheimnisvoll, was?«

»Ich glaube wohl, Sir. Der Mord ist noch nicht geschehen, aber wenn es passiert, werden wir sofort Scotland Yard rufen.«

»Und der Mord wird sicher von einem exzentrischen Adligen aufgeklärt, der seit dem Zweiten Weltkrieg nichts Gescheites mehr gearbeitet hat«, beendete Stubb die Phantasie für ihn.

Der Page grinste. »Wie wäre es damit, jemand im Quant zu vergiften?«

»Das passiert doch sowieso schon dauernd. Nur, daß die Gäste erst sterben, wenn sie draußen sind.« Mit dem Gefühl, daß sich sein Glück bald wenden mußte, gab Stubb dem Pagen einen Fünfer. »Das dicke Mädchen hat Ihnen kein Trinkgeld gegeben, oder?«

»Das tun Damen nur selten«, sagte der Page. »Danke, Sir.«

Als er sich umdrehte, faßte Candy Stubb am Arm. »Jim ...« Sie rülpste leise. »Jim, du muß mir helfen. Das war ein Freier, den ich heute nachmittag aufgerissen habe. Er heißt Sweet.«

Stubb nickte aufmunternd.

»Er wollte eigentlich zum Flughafen. Er wollte nach einer Tagung wieder nach Hause fahren. Ich fuhr mit ihm, aber jetzt stellt sich heraus, daß er nicht geflogen ist. Ich glaube, da draußen hat es noch mehr geschneit als hier, und ein paar Flüge wurden gestrichen. Dann fiel der Strom aus, genau wie hier, und das Chaos wurde immer schlimmer. Deshalb sagte er, zum Teufel damit, wie es alle anderen auch gemacht haben. Er meinte, er hätte zuerst kein Taxi gefunden, aber ein Geschäftsfreund, so hat er sich ausgedrückt, der hier lebt und der seinen eigenen Wagen dabei hatte, hätte ihn mitgenommen.«

»Kommst du gelegentlich mal zur Sache?« fragte Stubb. »Wenn nicht, würde ich mich gern setzen.«

»Ich bin schon dabei. Ich meine, jetzt kommt es. Ich hatte ihm gesagt, daß ich hier wohne, also ließ er sich von seinem Freund hier absetzen und nahm ein Zimmer. Er hat mich gesucht, weil er hoffte, daß ich meinen Flug auch nicht bekommen habe. Er will in fünf Minuten runterkommen. Jim, wie erkläre ich ihm nur diese Schwesterntracht?« Die Stimme des dicken Mädchens erhob sich zu einem gequälten Heulen. *»Ich habe ihm doch nicht gesagt, daß ich Krankenschwester bin!«*

»Du kannst dich verdrücken, bevor er kommt. Komm, laß uns zu Madame S.s Zimmer gehen.«

»Jim, es geht um ein Abendessen und mindestens hundert Dolar, und ich bin am Verhungern und habe keinen Dime mehr. Was soll ich ihm nur sagen? Soll ich ihm sagen, daß ich jetzt eine Krankenschwester bin? Du bist mein Freund, Jim. Was soll ich ihm sagen?«

Stubb kratzte sich nachdenklich am Kinn. Die Lobby war überheizt. Ihm war zu warm, und er war müde. Plötzlich riß er die Augen auf und stieß Candy an. »Mein Gott, schau nur!«

Sie sah es. »Das ist er, oder?«

»Und ob er das ist, aber woher hat er bloß die Sachen?«

»Gestohlen, würde ich sagen. Aber woher hat er das Mädchen?«

Sie sahen zu, bis Barnes, Robin und Ozzie in einem Aufzug verschwunden waren. »Du hast recht«, sagte Stubb. »Er muß sie sich während des Stromausfalls besorgt haben. He, jetzt kommt mir eine Idee wegen der Schwesterntracht.«

»Ich habe sie gestohlen?«

»Nein. Du warst auf einem Kostümfest. Dieser Mann dachte doch, du wolltest ein Flugzeug erreichen, oder? Warum bist du überhaupt zum Flughafen gefahren?«

»Egal. Ich war jedenfalls da. Was hast du für eine Idee?«

»Du hast dein Flugzeug verpaßt und bist zurückgekommen. Vor längerer Zeit schon. Du hast eine Freundin angerufen, und die hat dir von einer Party erzählt. Du hattest nicht mehr genug Zeit, um dir ein richtiges

Kostüm zu leihen, aber deine Freundin ist Krankenschwester, und die hat dir diese Sachen gegeben. Du warst müde, und auf der Party war nichts los, deshalb bist du nach ein paar Drinks wieder hierher zurückgekommen. Das erklärt gleichzeitig, warum du etwas angesäuselt bist.«

»Okay, das ist eine gute Idee.«

»Soll heißen: ›Und jetzt sei lieb und verschwinde.‹«

»Jim, es sieht einfach nicht gut aus, wenn er mich mit dir reden sieht.«

»Keine Sorge, ich bin für einen Zuhälter nicht gut genug gekleidet«, sagte Stubb. »Und die Farben meiner Kleidung stimmen auch nicht.« Aber er wandte sich schon ab und verschwand im Getümmel in der Lobby. Der Brief fühlte sich dünn und trocken an. Er fragte sich, warum er ihn nicht in die Jacke gesteckt hatte. In der Lobby des Consort gab es keine Statuen, keine Palmen und keine Farne, und aus alter Gewohnheit wollte er den Brief nicht an einem Ort öffnen, wo ihm jemand über die Schulter blicken und mitlesen konnte. Er wollte auch nicht nahe genug bleiben, um den Mann noch zu sehen, mit dem sich Candy traf. Mit einem Pulk anderer Leute betrat er einen Fahrstuhl.

Er stieg im siebten Stock aus. Niemand öffnete, als er an die Zimmertür der Hexe klopfte. Er blieb einen Augenblick lang stehen und lauschte. Er fürchtete, Barnes könne mit seiner Brünetten hier sein. Kein Geräusch drang durch die dünnen Wände, und auch als er noch einmal klopfte und sich direkt vor den Spion stellte, kam niemand zur Tür.

Das Zimmer war unverändert geblieben, seit er es am Morgen mit der Hexe durchsucht hatte. Das große Bett, in dem sie geschlafen hatte, war ordentlich mit der gehäkelten Tagesdecke bedeckt. Die Vorhänge, die er aufgezogen hatte, waren wieder geschlossen worden – also doch eine Veränderung. Und das zweite Bett war gegen eine Couch ausgetauscht worden.

Er schaltete alle Lampen ein und untersuchte die Unterseite des Tisches, dann den Fernseher und noch einmal alle Lampen, dann zog er seinen Mantel und die Jacke aus und warf sie aufs Bett. Es war warm im Zimmer. Er hatte den Umschlag auf den Tisch geworfen, als er hereinkam. Jetzt nahm er ihn wieder in die Hand und starrte ihn durch dicke Brillengläser an. Er befingerte ihn und schob seinen Hut zurück.

Ich hätte dem Pagen ein paar Fragen stellen sollen, dachte er. Das kommt davon, wenn man mit Candy einen trinken geht – ich bin auch schon halb besoffen. Irgend jemand wird sich köstlich über mich amüsiert haben. Die Handschrift eines Mannes, nur ein Blatt im Umschlag.

Er riß den Umschlag auf.

Jim – brauche Sie für einen Fall. Schwierige Sache, aber reichlich Geld. 200 Dollar am Tag & Spesen, könnte eine langfristige Sache sein, wenn Sie sich mit dem Klienten einigen. Rufen Sie mich hier im Hotel an, Zimmer 877.

Cliff

Stubb lächelte in sich hinein, nahm den Hörer ab und begann zu wählen. Einen Augenblick später konnte er es im Zimmer direkt über seinem klingeln hören.

»Zimmer Acht-Siebenundsiebzig.«

»Stubb hier, Cliff.«

»Jim! Das ist gut. Ich fürchtete schon, wir bekämen Sie nicht zu fassen.«

»Woher wußten Sie, daß ich im Hotel bin?«

»Ich war nicht ganz sicher, aber ich habe nach Ihnen gesucht, und ich bin Bill Kramer begegnet. Erinnern Sie sich an Bill? Er ist hier jetzt der Chef des Sicherheitsdienstes.«

»Großer Kerl, krumme Nase.«

»Ach, Jim, für Sie ist jeder groß. Meine Größe, vielleicht zweihundert Pfund schwer.«

»Also sind Sie ihm hier im Hotel begegnet. Hat Ihre Frau Sie aus dem Haus geworfen, oder was ist los?«

»Würde ich dann hier wohnen? Hören Sie, Jim, Sie werden mir etwas zu selbständig. Als Sie mich das letzte Mal anriefen, haben Sie um Arbeit gebettelt.«

»Ich bettle nicht mehr. Ich habe Arbeit.«

»Dann haben Sie mich einfach nur um der alten Zeiten willen angerufen?«

»Genau.«

»Jim, Sie haben keine Lizenz.«

»Ich sagte nicht, daß ich für einen Klienten arbeite. Es ist nur ein Job für einen alten Freund. Ich sagte es Ihnen doch. Wie wäre es, wenn Sie die Geschichte zu Ende erzählten? Sie sind also Bill Kramer begegnet.«

»Ich sagte, hast du Jim gesehen, und er sagte, yeah, Jim war heute morgen mit einem anderen Mann und zwei Weibern im Café ...«

»Sagte er ›Weiber‹?«

»Schon gut, Jim, Bill ist eben nicht besonders helle. Wäre er's, dann würde er für mich arbeiten. Ja, er sagte ›Weiber‹. Sie und zwei Frauen und noch ein Mann im Café. Er sagte, er hätte sich erkundigt, ob Sie eine Lizenz haben, und weil Sie keine haben, dachte er, vielleicht sind Sie bei einer der Frauen untergekrochen.«

»Ist das hier ein Bordell, oder was denkt der?«

»Jim, heute ist jedes Hotel ein Bordell. Niemand kümmert sich darum, solange man nicht die Laken zerreißt oder das Paar nebenan aufweckt. Wo sind Sie?«

»Im Hotel.«

»Mann, ich weiß, daß Sie in diesem verdammten Hotel sind, das sagten Sie doch schon. Wie ist die Zimmernummer?«

»Das ist vertraulich, Cliff. Das wissen Sie doch.«

»Jetzt werden Sie nicht frech. Heute nachmittag haben Sie mich noch um einen Job gebeten.«

»Yeah, und Sie wollten mir keinen geben.«

Stubb legte auf. Er erhob sich vom zierlichen Stuhl

neben dem Telefontisch, löste mit Tritten die Schuhe von seinen Füßen, ließ sich in einen größeren und bequemeren Sessel sinken und legte die Füße aufs Bett. Er glättete die Nachricht, las sie noch einmal und steckte sie in seine Hemdtasche. Ein Lächeln breitete sich in seinem wachsbleichen Gesicht aus. Er streckte sich, ging ins Bad und erleichterte sich. Er wusch sich die Hände, setzte sich wieder ans Telefon und wählte.

»Portier? Mein Name ist Jim Stubb. Werde ich gerade ausgerufen?«

»Ja, Sir.« Der Portier hielt inne. *»Wir hatten hier eine kleine Störung, aber ich glaube, Sie werden ausgerufen.«*

»Wie lautet die Nachricht?«

»Das weiß ich nicht, Sir. Das können Sie herausfinden, indem Sie den Bell Captain anrufen, Sir. Eins-neun.«

»Das könnten Sie mir auch ...«, wollte Stubb sagen, aber der Portier hatte schon aufgelegt. Wütend knallte Stubb den Hörer auf die Gabel, nahm wieder ab, drückte Eins-neun und nannte seinen Namen.

»Die Nachricht lautet: Rufen Sie Acht-Siebensieben an, Sir.«

»Das dachte ich mir. Ich weiß nicht, warum ich meine Zeit mit diesem Affen verschwende.« Stubb legte den Hörer wieder auf und grinste. Dann wählte er die Nummer.

»Hallo? Acht-Siebenundsiebzig.«

»Ich bin's, Cliff. Sie haben mir die Pagen auf den Hals gehetzt, und ich habe keine Lust, den Jungs dauernd Trinkgelder zu geben.«

»Jim, Sie hätten nicht gleich auflegen müssen.«

»Ich will mir beim Rasieren in die Augen sehen können. Sie meinen, daß ich nicht groß genug bin, um in den Spiegel zu sehen? Nur zu, sagen Sie's ruhig. Es ist nicht wahr, aber sagen Sie's.«

»Jim, Sie legen mir da etwas in den Mund. Ich habe so etwas noch nie zu Ihnen gesagt.«

»Und ob.«

»Okay, vielleicht habe ich Sie ein paarmal auf den Arm genommen. Aber Jim, das war doch nur Spaß. Ich brauche Sie jetzt. Was schrieb ich noch in der Nachricht? Hundertfünfzig am Tag? Machen Sie zweihundert daraus.«

»Sie schrieben zweihundert. Und ich mache dreihundert daraus.«

»Jetzt machen Sie Spaß. Zweihundertfünfzig.«

»Auf Wiederhören, Cliff.«

»Jim, legen Sie nicht auf. Dreihundert. Okay.«

»Plus Spesen.«

»Plus Spesen, gut.«

»Abgemacht. Worum geht es bei dem Job?«

»Kommen Sie in mein Zimmer, Jim. Mann, Sie wissen doch, daß ich am Telefon nicht reden kann.«

»Sie müssen einen großen, großen Klienten haben, und Sie sind auf eine Goldader gestoßen. Sie haben schon alle Leute darauf angesetzt, die Sie haben. Was ist es, Cliff? CIA? Saudiarabien?«

»Sie arbeiten jetzt für mich, also hören Sie auf damit. Für dreihundert am Tag können Sie Ihren Arsch in mein Zimmer bewegen.«

»Ich kann erst morgen anfangen. Muß ich mit Schwierigkeiten rechnen?«

»Sie fangen sofort an, Jim – ich bezahle die dreihundert für den Rest dieses Abends. Keine Schwierigkeiten, das schwöre ich bei Gott. Also bewegen Sie Ihren Arsch hier rauf.«

»Wie Sie wollen, Boss.«

»Das ist die richtige Einstellung.«

Stubb legte auf und nickte zufrieden. »So ist es«, flüsterte er.

Er suchte seine Schuhe, quetschte die Füße hinein und zog seine Jacke und den Mantel an. Er hob die Matratze, schob den Arm darunter und holte Proudys Revolver heraus. Im Bad stellte er sich auf die Toilette und angelte sich die Patronen, die er auf dem Spiegelschrank deponiert hatte.

46. KAPITEL

Etwas schicksig

»Mein Mantel«, murmelte Candy. »Mein Gott, ich habe keinen Mantel.«

Eine Frau in der Nähe drehte sich zu ihr um. »Wie bitte?«

»Ich sagte, ich habe keinen Mantel«, erklärte Candy. »Ich habe nur mit mir selbst gesprochen.« Nach einem Augenblick fügte sie hinzu: »Ich war in der Bar, ich muß ihn da vergessen haben.«

Die Frau nickte. Es war nicht klar, ob sie zustimmte, daß dies die wahrscheinlichste Erklärung war, oder ob sie Candy glaubte, daß sie wirklich in der Bar gewesen war. Vermutlich beides.

Candy wandte sich ab und bemühte sich angestrengt, geradeaus zu laufen. Es gelang ihr recht gut. In einem schmalen Raum, der eine Art Pufferzone zwischen der Lobby und der Bar bildete, hingen Mäntel auf einer langen Reihe von Haken. Darüber war ein Brett für Hüte. Eine müde rothaarige Frau stand hinter einer kleinen Theke, die den Eingang zu dem Raum versperrte.

Candy lächelte sie so charmant an, wie sie konnte. »Kann ich meinen Mantel haben? Mein Freund hat die Zettel.«

Die müde Frau schüttelte den Kopf. »Sie müssen sie schon von ihm holen.«

Candy biß sich auf die Lippe. »Bitte. Ich will nach Hause.«

»So, wie Sie sind, was?«

Candy nickte.

»Welcher ist es denn?«

Candy lugte in den schmalen Raum und versuchte sich vorzustellen, welche Art Mantel eine Krankenschwester tragen könnte. »Ich kann ihn nicht sehen«, sagte sie. »Er ist dunkelblau und, nun ja, groß.«

Die müde Frau nickte. »Ich glaube, ich kann mich daran erinnern. Sie waren eine ganze Weile hier, was?«

»Ich glaube schon. Der Stromausfall und so weiter. Er ist wirklich nett, außer wenn er zuviel getrunken hat.«

»Und Sie haben keine große Auswahl. Süße, ich weiß, wie das ist. Warten Sie.«

Auf einer Seite der Theke stand eine Schale mit Trinkgeld. Während die müde Frau ihr den Rücken zuwandte, nahm Candy drei Dollar heraus.

»So, das hätten wir. Ist der richtig? Die Kapuze hat einen schönen Saum.«

Candy nickte. »Vielen Dank.« Der Mantel sah groß und warm aus, eine seidenweiche Mischung aus Wolle und einer weicheren Faser.

»Haben Sie Geld für den Bus?«

Sie hatte Angst, die müde Frau könnte das Geld aus der Trinkgeldschale nehmen und schüttelte den Kopf. »Kein Problem. Ich fahre mit dem Taxi.«

»Yeah, das ist sicher besser. Im Bus könnte sich so ein Halunke an Sie ranmachen.«

»Mir geht's gut«, sagte Candy zu ihr. »Nur der letzte war einer zuviel.«

»Sie können noch ganz gut reden, aber ich fürchte, Sie könnten stürzen. Vielleicht sollten Sie sich eine Weile in der Lobby hinsetzen.«

»Okay, das mache ich.« Aber als sie die Garderobe verlassen hatte, fiel ihr ein, daß sie den gestohlenen Mantel vergessen würde, wenn sie aufstand, und so bemühte sie sich, die Arme in die Ärmel zu stecken, ehe sie sich auf einen leeren Sessel fallen ließ.

Sie dachte, sie könnte sich an Sweets Gesicht erinnern, aber er war nirgends zu sehen. Nach ein paar Minuten glaubte sie, er könnte an einer der rechteckigen Säulen aus Marmorimitat stehen und sie von dort aus suchen. Sie wollte aufstehen, doch als sie hätte stehen sollen, stellte sie fest, daß sie immer noch auf dem Sessel saß. Etwas funktionierte nicht richtig, dachte sie. Sie würde etwas ausruhen und es später noch einmal versuchen.

Eine Fahrstuhltür öffnete sich, und die große Brünette, die mit Ozzie Barnes hochgefahren war, kam heraus, gefolgt von Barnes selbst und Klein Ozzie. Barnes ging zum Empfangstisch und schlug einen großen Mann in einem karierten Anzug nieder. Jetzt bin ich im Eimer, dachte Candy. Ich habe Halluzinationen. Sie legte die Hände vors Gesicht, um zu sehen, ob kleine Tiere herumkrabbelten. Eine Menschenmenge hatte sich um Ozzie und den großen Mann gesammelt; hin und wieder hörte sie im Lärm das wuchtige Klatschen von Schlägen. Aber der Schnaps hatte zwischen sie und die Realität einen fast undurchdringlichen, weichen Vorhang gezogen. Ihr war warm, sie wurde schläfrig, und sie war glücklich.

Die Menge verschwand, und Ozzie war auch verschwunden, obwohl sie nicht gesehen hatte, wohin er gegangen war. Als hätte sie die ganze Zeit gewußt, daß sie da waren, nahm sie eine Puderdose und einen Lippenstift aus der rechten Tasche des blauen Mantels. Sie hatte ihr Gesicht gepudert und die erste Lage Lippenstift aufgebracht, als Sweet sich neben sie setzte.

»*Hallo*«, sagte sie. »Schön, Sie zu sehen!« Sie kam sich vor wie Mae West in einem alten, alten, späten, späten Film im Fernsehen. Sie mußte kichern.

Er mißverstand sie. »Ich weiß, es hat eine Weile gedauert. Ich wollte mich noch frischmachen und meine Sachen wechseln.«

»Ich hätte das auch machen sollen, aber ich habe es nicht gemacht. John, ist der Lippenstift gerade?«

Er sah sie prüfend an. »Ziemlich.«

»Ich sage es Ihnen lieber gleich, weil Sie es sowieso bald genug herausfinden, wenn Sie es nicht sowieso schon gemerkt haben. Ich bin etwas schicksig.« Weil sie fürchtete, daß er sie nicht verstand, fügte sie noch hinzu: »Ich habe einen im Kahn.«

»Ich dachte mir schon am Telefon, daß Sie zwei oder drei Drinks Vorsprung hätten.« Er lächelte.

»Sie sind süß.« Sie küßte ihn, dann kicherte sie wieder.

»Wollen Sie mir eine Chance geben, Sie beim Dinner einzuholen?«

»Na, und ob! Ich glaube, ich habe nichts mehr gegessen, seit Sie mir im Taxi die Süßigkeiten gaben. Ich bin einfach absolut schrecklich ausgehungert. Ich könnte einen ganzen ausgestopften Ziegenbock verdrücken.«

»Sie sollten nicht auf leeren Magen trinken.«

»Das merke ich auch gerade. Wollen Sie nicht hören, was ich heute alles erlebt habe?« Sie war nicht sicher, ob sie schon aufstehen konnte.

»Gern, und dann erzähle ich Ihnen auch meine Geschichte, aber lassen Sie uns das beim Abendessen machen. Ich habe inzwischen mein Auto holen lassen.«

Er stand auf, und sie hob die Hände. »Ich wußte – *hrmpf!* – ich wußte gar nicht, daß Sie ein Auto hier haben.« Ein Rülpser entfuhr ihr gegen ihren Willen.

»Ich habe einen Wagen gemietet. Der Verleih hat hier im Hotel ein Büro.« Er gab ihr die Hände, um sie auf die Beine zu ziehen und sie zu stabilisieren, und mit seiner Hilfe kam sie leichter vom Sessel hoch, als sie angenommen hatte. »Sie haben mir noch gar nicht verraten, daß Sie Krankenschwester sind.«

»Muß ich vergessen haben.« Sie und Stubb hatten sich eine Geschichte ausgedacht, das wußte sie noch, aber die Geschichte war im warmen, bernsteinfarbenen Nebel untergegangen. »Sie haben mir noch gar nicht verraten, daß Sie so stark sind«, sagte sie. Es schien ihr die passende Bemerkung zu sein.

»Ob Sie's glauben oder nicht, ich habe früher mal Football gespielt. Iowa State University. Hier entlang.«

Er hielt sie am Arm fest, und sie war ihm dankbar. Sie lehnte sich mit unkontrollierbarer Schwere gegen ihn. »Ich komme schnell wieder zu mir, wenn wir ein Stück laufen.«

»O ja, sicherlich. Hat man Sie zurückgerufen? Zu dem Krankenhaus, in dem Sie arbeiten?«

»Genau. Es war eigentlich kein Notfall. Habe ich das richtig ausgesprochen? Notfall. Es war ein Notfall, aber zuerst dachten wir das nicht. Also, ich bin hingefahren. Mit dem Taxi, direkt nachdem wir uns getrennt hatten.« Sie entschloß sich zu einer Lüge. »Um Ihnen die Wahrheit zu sagen, nachdem wir uns getroffen und uns so schnell wieder getrennt hatten, John, hatte ich überhaupt keine Lust mehr, die Reise zu machen. Das ganze Feriengefühl war weg. Meine Güte, ich hatte mich schon seit Weihnachten mies gefühlt. Sie mochten mich wirklich, was, auch wenn ich so dick bin?« Sie steigerte sich in ihre Geschichte hinein.

»Sogar sehr.«

»Also, ich bin ins Krankenhaus gefahren. Da war alles durcheinander, und ich hatte deshalb auch noch Krach mit einem Arzt. Und dann gingen die Lichter aus, und ich mußte länger bleiben, aber nach einer Weile ging ich trotzdem, und da war ein Mann – ein Besucher –, den ich kannte. Ich war ihm schon mehrmals begegnet, und er ist wirklich sehr nett, auch wenn er manchmal ziemlich gemein werden kann. Es war dunkel, und wir konnten kein Taxi kriegen. Ich war so müde, und mir war so schrecklich kalt.«

»Sicher.«

»Haben Sie vielleicht eine Zigarette? Meine sind schon seit einer Ewigkeit alle.«

»Hier, bitte.« Er zündete sie für sie mit dem Anzünder aus dem Armaturenbrett an. Sie saßen vorne in einem großen Wagen, aber sie wußte nicht mehr, wie sie hineingekommen waren. Sie hielt die Zigarette wie einen Joint, zog den Rauch ein und hielt ihn verzückt in den Lungen.

Dann atmete sie keuchend aus. »Und überall waren Plünderer. Dieser Mann ist nett, aber er ist ziemlich klein, und ich hatte Angst. Wissen Sie, was ich immer dachte? Ich dachte immer an diese alten Western, wo die Indianer versuchen, alle Leute im Wagenzug umzubringen. Das ist heute nicht anders, nur, daß die Indianer bei uns drinnen sind, so daß es keinen Zweck hat, die Wagen im Kreis aufzustellen. Das ist komisch, was?«

»Deshalb brauchen wir auch eine starke Regierung«, sagte Sweet. »Die Wilden in der Gesellschaft warten nur darauf, daß das Licht ausgeht.«

Candy nickte. »Dann wurde es kompliziert. Ich fand eine Frau, die jemand auf den Kopf geschlagen hatte. Ihre Schwiegertochter war bei ihr. Ich flickte sie zusammen, so gut ich das im Dunkeln konnte, und stillte die Blutung und versuchte, sie warm zu halten und so weiter. Ich fürchte, ich habe etwas Blut auf die Uniform bekommen.«

»Das ist aber schade«, sagte Sweet.

»Und dann gingen die Lichter wieder an, und ich hatte das Gefühl, die Kavallerie wäre gekommen. Wir holten einen Krankenwagen für die Frau, und dieser Mann und ich – wir hatten uns inzwischen wieder getroffen – sind in eine Bar gegangen, und ich habe drei oder vier Drinks gekippt, um mich abzuregen. Dann ging ich ins Hotel und wollte einen Schlummertrunk nehmen. Das dachte ich jedenfalls. Und dann ging ich in die Lobby raus, und der Page rief mich aus. Das war der beste Teil des ganzen Abends, was nach dem Abend eigentlich nicht viel heißt, aber es war trotzdem schön.« Sie kuschelte sich an ihn. »Es ist einfach verdammt schrecklich nett, das ist es.«

Sweet nickte. »Ich bin froh, daß wir zusammen im Taxi gefahren sind.«

»Ich bin froh, daß Sie Ihr Flugzeug nicht erreicht haben. Und ich auch nicht. Sie sind doch sicher verheiratet, oder?«

»Ich lebe von meiner Frau getrennt.«

»Ach so.«

»Also, praktisch getrennt.«

Candy seufzte. »Das ist gut.«

»Daß wir uns fast getrennt haben?«

»Daß sie noch verheiratet sind. Ich meine, nach all den Jahren …«

»Zweiundzwanzig.«

»Sehen Sie? Ich bin ein Mädchen …« Ihr Magen hüpfte. »Mein Gott, hoffentlich bekomme ich keinen Schluckauf. Ich bin ein Mädchen, das manchmal schlimme Sachen mitgemacht hat, wenn Sie wissen, was ich meine.«

Sweet nickte.

»Und eine Sache, die *hick* ich bemerkt ha … *hick* O mein Gott! Ist, daß Männer, die über dreißig sind, lieber heiraten *hick* sollten. Wissen Sie, John«, sie legte eine Hand auf seinen Arm, »Männer, die nicht verheiratet sind, die sind es meist nicht, weil sie so verdammt selbstsüchtig sind. *Hick*. Entschuldigen Sie. Entschuldigen Sie, bitte.«

»Schon gut.«

»Sie wollen immer nur nehmen und nichts geben. Sie wissen nicht, wie man ein *hick* Mädchen behandeln muß, und deshalb haben sie keins. So was wie Sie, wenn Sie mich heute zum Dinner ausführen. Ein Mann, der nicht verheiratet war, würde so was nicht machen, oder er führt mich in ein billiges Lokal. Das ist *hick* doch kein billiger Laden, in den wir jetzt fahren, John? Ich bin am Verhungern. Ich könnte *hick* fressen, bis …«

»Es ist wahrscheinlich das beste Restaurant auf der Welt«, erklärte Sweet ihr.

»Wundervoll.« Sie kuschelte sich näher an ihn. Eine

große Brust drückte fest gegen seinen rechten Arm, und ihr Bauch lag fast auf seinem Schoß. »Und jetzt erzählen Sie mir *hick* von dem Restaurant oder von Ihrer Frau oder sonst etwas. Ich will jetzt die Luft anhalten.«

47. KAPITEL

Rabenschwarze Dunkelheit

Sie hätten eine Prinzessin und ein Zauberer sein können, die von den weißen Trollen des tödlichen Winters gehetzt wurden. Und wirklich wirkte der alte Packard mit seinen hohen Rädern eher wie eine verwunschene Karosse – vielleicht eine Beerdigungskutsche – denn wie ein Auto, als er zwischen den Schneewehen seinen Weg suchte und die Stadt mit ihren wie zum Sprung geduckten, weißen Gebäuden und den schwarzen Fenstern abschüttelte.

Die größten Gebäude schienen bei der Verfolgung die langsamsten zu sein. Die Türme waren vor dem nächtlichen Himmel inzwischen kaum noch auszumachen. Kleinere Gebäude warfen sich dem Packard entgegen und drohten ihm mit halb vom Schnee verwehten Schildern. Voraus lagen leere Felder. Nur ein paar Farmhäuser wachten dort noch über die Straße. Über ihnen dröhnte eine 747 durch die niedrigen Wolken. Die Landelichter flackerten wie ein Feuerwerk.

Illingworth nahm es mit Befriedigung zur Kenntnis. »Sie fliegen wieder«, sagte er. »Ich fürchtete schon, wegen des Schnees und so weiter würde alles ruhen.«

»Wollen wir dorthin?« fragte die Hexe. »Zum Flughafen?« Sie hatte sich eine Reisedecke über die Beine gelegt und rauchte eine seiner Zigaretten.

Er nickte.

»Nach dem, was Sie gesagt haben, nahm ich an, es seien Leute aus dem Ort.«

»Sie müssen vor allem lernen – soll ich Sie Madame Serpentina nennen? Ihr King hat Sie Marie genannt.«

»Ersteres, bitte.«

»Wie Sie wünschen. Wie ich schon sagte, Madame Serpentina, Sie müssen vor allem lernen, keine Fragen zu stellen. Zusehen. Zuhören. Beobachten. Vielleicht bei seltenen Gelegenheiten um eine Gunst bitten. Aber man stellt niemals Fragen.«

»Ich weiß es. Ich habe Sie gefragt, nicht die.«

Rechts tauchte ein Maschendrahtzaun auf, der mehrere Meilen leeren Geländes zu schützen schien.

»Aber es ist eine Gewohnheit, mit der man brechen muß«, erklärte Illingworth. »Wer kann sagen, was nah ist und was fern? Vielleicht fliegen wir beide, vielleicht nur Sie, vielleicht keiner von uns. Passen Sie auf. Beobachten Sie und lernen Sie. Überlassen Sie das Fragen der Eule, dem weisen Vogel der Minerva, der die einzig wichtige Frage stellt.«

»Nun gut, dann werde ich nicht fragen. Ich werde kommentieren. Wenn der Flughafen Ihr Ziel ist, dann hätten wir ihn auf dem Interstate Highway viel einfacher erreichen können.«

»Das hätten wir.« Illingworth kicherte. »Sie sind klug. Jedenfalls besitzen Sie den Scharfsinn der Stadt, Mademoiselle. Aber ist der kürzeste Weg immer der beste? Besonders, wenn es auch der offensichtlichste ist? Das ist jetzt eine eher rhetorische Frage.«

Die Hexe schwieg. Sie drückte ihre Zigarette im rostigen, schmalen Aschenbecher des Packard aus. Im Zaun tauchte ein Tor auf, neben dem ein kleines Metallschild hing:

MILITÄRISCHER SPERRBEZIRK
ZUTRITT VERBOTEN

Illingworth drehte das Lenkrad des Packard herum. Der große Wagen rutschte ein Stück, dann bog er in Richtung des Tors ab und kam vor dem Tor knirschend zum Halten.

»Eigentlich sollte ich es tun, Mademoiselle, und nicht

Sie. Aber vielleicht haben Sie etwas Nachsicht mit einem alten Mann?« Er hielt ihr einen kompliziert aussehenden Schlüssel hin.

Die Hexe nahm ihn und stieg auf den Tritt und danach auf den Boden. Illingworth hatte die Scheinwerfer des Packard ausgeschaltet, aber das spärliche Mondlicht, das durch die Wolken drang, wurde vom allgegenwärtigen Schnee reflektiert. Von einem Ort, den sie nicht benennen konnte, kamen ihr die Worte *sichtbar gemachte Dunkelheit* in den Sinn.

Sie zog den Mantel enger um sich und wünschte, sie hätte ihre Handschuhe angezogen. Der Schnee knirschte unter ihren hochhackigen Stiefeln, aber sie sank nicht ein. Demnach war er bereits von anderen Besuchern zusammengepreßt worden, denn er war schon früher am Tag gefallen. Militärangehörige, wie das Schild nahelegte? Die Leute, die angeblich Ben Free festhielten? Es gab keine Möglichkeit, es herauszufinden.

Das Tor war mit einer schweren Kette gesichert. Sie zog das Schloß zu sich. Plötzlich stand sie außerhalb von sich selbst und sah alles (das altmodische Auto, das hohe Tor mit der finsteren Krone aus Stacheldraht, den endlosen Schnee und ihre eigene dunkle Gestalt) wie ein Gemälde von Edward Gorey. Die Leute auf diesen Bildern schienen immer mit entsetzlichen Aufträgen beschäftigt, die nur ein schlimmes Ende nehmen konnten. Drohte ihr das gleiche Schicksal? Die Wahrheit nicht aus einem Brunnen schöpfen, sondern in einem schwarzen Tunnel suchen, der kein Ende nahm?

Der Schlüssel ließ sich leicht drehen, oder sie hatte fester zugepackt, als ihr selbst bewußt geworden war. Das Schloß und die schwere Kette waren eisig kalt. Sie ließ sie los und stieß eine Hälfte des Tors auf. In diesem Augenblick ging hinter einem dunklen Fenster eines dunklen Gebäudes ein kleines blaues Licht an. Es hätte sie aufmuntern sollen, aber das tat es nicht.

Illingworths alter Packard kroch weiter. Unter den Rädern brach der Schnee wie die Knochen von Kaninchen. Das Auto war der Hexe kalt vorgekommen, als sie darin gesessen hatte. Jetzt, in der Erinnerung, war es ein Hort der Wärme und Behaglichkeit, wahrscheinlich sogar der Sicherheit. Sie wollte sofort wieder einsteigen, aber sie wußte, daß der Eingang eines solchen Ortes nicht unverschlossen bleiben durfte. Mühsam zog sie das Tor zu und ließ das eiskalte Schloß einschnappen. Als sie sich wieder zum blauen Licht umdrehen wollte, war es erloschen.

Trotz der Größe des Packard war der Vordersitz schmal. Illingworth konnte sich mühelos herüberbeugen und die Tür für sie öffnen. Dann streckte er ihr eine altersfleckige, ungeheuer lange Hand entgegen. »Vielen Dank, Mademoiselle«, sagte er.

Sie spürte einen Impuls, den Schlüssel zu behalten, aber sie gab ihn zurück, als wäre ihr nie eine solche Idee gekommen. Doch sie merkte sich die Tasche – die rechte Außentasche seines Mantels –, in die er den Schlüssel steckte.

Sein spitzes Knie kam hoch und senkte sich wieder, als er das Kupplungspedal niederdrückte. Die Hand, die den Schlüssel genommen hatte, faßte den rissigen weißen Kopf der Gangschaltung und zog ihn mit einem vernehmlichen *klonk* zurück.

»Wie ein Trecker!« sagte sie. Sie war über sich selbst überrascht. Sie hatte so leise gesprochen, daß er sie nicht gehört hatte, oder er war zu sehr damit beschäftigt, den großen Wagen in die schmale Lücke zwischen zwei dunklen Gebäuden zu steuern. Vielleicht war er früher einmal Farmer, dachte sie. Das ist das Gesicht eines Farmers, und das sind die Hände eines Farmers. Er müßte jetzt Söhne und Enkelsöhne haben, rotbuntes Vieh auf weiten grünen Weiden, Felder mit gelbem Mais. Irgendwann, vor vielen Jahren, muß in seinem Leben etwas passiert sein.

Dann erinnerte sie sich, daß sie über Ben Free etwas ähnliches gedacht hatte – ein alter Mann, der wie ein Bauer aussah und doch in einem verfallenen Haus in einem Slum der Stadt festsaß. Sie versuchte, sich zu erinnern, wie Free an jenem regnerischen Abend ausgesehen hatte, als sie vor seinem flackernden Fernseher gesessen hatten, aber das Gesicht, das sie vor ihrem inneren Auge sah, war nicht Frees Gesicht, sondern das des King. Ihr wurde klar, daß auch in dessen Leben vor vielen Jahren etwas passiert sein mußte. Ihm und seinem dunklen, singenden, schwindelnden Volk.

Der Packard hielt knirschend an. »Warten Sie einen Moment, Mademoiselle«, sagte Illingworth. »Ich hole Sie gleich. Ich habe Ihnen unterwegs sehr wenig verraten, aber nur, weil ich so wenig zu sagen habe. Ich weiß …« Er hielt lange inne. »Ich weiß über das, was Ihnen heute abend bevorsteht, kaum mehr als Sie.«

»Sie haben mir geraten, keine Fragen zu stellen«, erinnerte sie.

»Ja, das habe ich, und das war ein guter Rat, der immer noch gilt. Stellen Sie keine Fragen – beobachten Sie. Akzeptieren Sie, was Sie sehen, und versuchen Sie daraus zu lernen. Ich hoffe, Sie sind sich der Tatsache bewußt, daß vor den Menschen andere Wesen auf der Erde lebten.«

»Gewiß.«

»Gut. Es gibt so viele physikalischer Beweise. So sehr sie auch unterdrückt wurden, bin ich doch der Meinung, wie ich es viele Male auf den Seiten von *Hidden Science* und *Natural Supernaturalism* sagte, daß sie nicht länger unterdrückt werden können, und sei es nur, weil die Regierung die Kohleförderung ankurbeln will. Ich hoffe, Sie sind sich der Tatsache bewußt, daß ein großer Teil der Beweise in Kohle aus dem Devon gefunden wurde, unserem besten Souvenir – sprechen Sie eigentlich Französisch? – aus dem Karbon. Wo war ich stehengeblieben?«

»Sie sprachen über physikalische Beweise.«

»Oh, natürlich. Nägel, Messer, Juwelen, lauter Dinge, von denen wir annehmen, sie könnten nur von Menschen hergestellt werden – was natürlich eine Dummheit ist. Die Welt ist viel älter, als wir annehmen, und seit den Tagen der Ältesten versuchen gewisse Mächte mit unendlicher Geduld, die menschliche Rasse, unsere kleine Schar, zu erleuchten – ich will nicht sagen, unsere Schar von Brüdern, wie Kain und Abel Brüder waren. Wir sind kaum mehr als eine Horde geschickter Affen.«

Die Hexe nickte. Sie war fast sicher, daß die plötzliche Gesprächigkeit des alten Mannes denen, die in den dunklen Gebäuden warteten, Zeit geben sollte, sich vorzubereiten. Sie hörte deshalb nur mit halbem Ohr zu.

»Sie erschienen uns in vielen Gestalten. Wenn es eine Gemeinsamkeit zwischen ihnen gibt, dann die, daß wir sie meist für grausam hielten. Moloch verlangte die Verstümmelung von Kindern, und auch Jehova war ein Gott des Zorns. Die Riten der Isis galten als unbeschreiblich, und dies vielleicht nicht nur, weil sie nirgends beschrieben wurden. Dennoch bieten diese Mächte uns alles, was wir uns nur wünschen – Reichtum, Macht, ein langes Leben. Vor allem aber Heilung und Heiterkeit des Geistes. Vielleicht kommen sie uns nur so schrecklich vor, weil sie in Wirklichkeit gut sind.«

»Ich weiß das alles, Mr. Illingworth«, sagte die Hexe. »Ich könnte sogar Ihren Vortrag an Ihrer Stelle halten. Aber die Mächte, über die Sie sprechen, sind nicht hier. Ich würde sie spüren, wenn sie anwesend wären. Diese hier können nicht mehr als die Akolyten der Akolyten sein. Auch wenn sie Free festhalten, sind sie erheblich weiter von der Wahrheit, vom Zentrum der Macht entfernt als er.«

»Meine Liebe …«

»Was die Dinge angeht, die sie uns bieten können, so sind Sie noch nicht auf den entscheidenden Punkt gekommen. Reichtum und Macht haben wir bereits im Überfluß. Wir ersticken beinahe daran. Ein längeres Leben? Wir leben länger als Löwen und Elefanten. Kaum ein Tag vergeht, an dem wir nicht Männer oder Frauen sehen, die schon lange tot sein sollten, die aber ihre Zeit um Jahrzehnte überlebt haben. Sie sind selbst ein solcher Mensch, Mr. Illingworth. Was die Heilung angeht, so brauchen nicht wir die Heilung, sondern die ganze Welt, die von uns geheilt werden muß. Heiterkeit wäre ein schönes Geschenk, aber wir streben sie nicht an. Wenn wir sie anstrebten, könnten wir in die Verlegenheit kommen, ihretwegen Reichtum und Macht aufzugeben, und diese lieben wir viel zu sehr. Nein, was wir wirklich wollen von den Mächten, die ihn uns geben können, ist der Hinweis, wie weit wir gehen dürfen. Wie Tiger müssen wir töten, um zu leben, und wie Ratten müssen wir alles zerstören; aber wir wissen nicht, was uns erlaubt ist, und diese Unwissenheit lähmt jene, die sich noch zügeln könnten, während die schlimmsten unter uns bereits alles töten und zerstören, was in ihrer Reichweite ist.« Das war eine Offenbarung, dachte sie. Ich habe selbst diese Macht gesucht und es nie bemerkt.

»Mademoiselle«, sagte Illingworth leise, »sehen Sie sich um.«

Große Gestalten standen rechts neben dem Packard, einige fast neben ihrem Ellbogen. Sie trugen fast bodenlange Umhänge, und ihre Köpfe waren die Köpfe von Schakalen.

»Leben Sie wohl«, sagte Illingworth. »Ich muß wohl nicht eigens betonen, daß ich Ihnen alles Gute wünsche.«

Die Hexe hätte beinahe ihrem Impuls nachgegeben, das Auto von innen zu verriegeln. »Kommen Sie nicht mit? Sagten Sie nicht, daß Sie dieses Ereignis nicht um alles Gold der Welt verpassen wollten?«

»Vielleicht sehen wir uns später am Abend noch einmal.«

Eine der schakalköpfigen Gestalten öffnete die Tür des Packard.

»Ich kenne euch«, sagte die Hexe. »Seid ihr nicht die Diener von Upuaut dem Wegfinder? Oder soll ich ihn hier lieber Khenti Amenti nennen, den Herrscher des Westens?«

Die schakalköpfigen Gestalten sagten nichts. Mit hellen Augen erwiderten sie unverwandt ihren Blick, dann wandten sie die Augen ab. Ihre Kiefer bewegten sich, und trotz des schwachen Lichts, das vom Schnee reflektiert wurde, glaubte sie einen Augenblick lang deutlich zu sehen, daß rosa Zungen über weiße Zähne und behaarte Lippen leckten. Sie war inzwischen nicht mehr sicher, daß die Schakalköpfe wirklich Masken waren. Sie fragte sich, ob man sie unter Drogen gesetzt hatte. Sie hatte nichts gegessen und nichts getrunken, aber vielleicht war im Packard ein geruchloses Gas freigesetzt worden. Vielleicht hatte die Zigarette, die Illingworth ihr gegeben hatte, ein Halluzinogen enthalten.

»Ihr seid ein gutes Omen, ich weiß«, sagte sie. »Ihr führt die Prozession der Osiris an.«

Darauf wandten sich die schakalköpfigen Gestalten von ihr ab und marschierten im Gänsemarsch zu den dunklen Gebäuden. Sie waren sehr groß, und ihre Fußabdrücke im Schnee sahen tatsächlich aus wie die Spuren von Tieren. Die Hexe zögerte einen Augenblick, dann stieg sie ganz aus dem Auto und folgte der letzten Gestalt.

Illingworth stand reglos neben seinem Auto und sah ihr nach. Ich könnte ihn nie aufgeben, dachte er müßig, diesen alten Packard. Aber bald wird ihn mir niemand mehr reparieren können. Ich könnte mir dann einen Ford kaufen. (Autos von Ford waren für ihn immer noch kleine, billige Wagen. Er dachte an die Cabrios und kleinen Limousinen seiner Jugend.) Ford sei verdammt! Ich kaufe mir einen Buick.

Er holte wieder sein altmodisches silbernes Zigarettenetui heraus und zündete sich mit dem Feuerzeug, das in eine Ecke eingebaut war, eine Players an. Irgend jemand hatte ihm dieses Etui geschenkt. Er versuchte, sich daran zu erinnern. Dion Fortune? Als die Flamme erlosch, war die Nacht zu dunkel, um die Art Deco-Verzierungen zu betrachten. Es war sehr modern, dachte er. Viel moderner als die Sachen, die sie heute herstellen. In der Kälte zu rauchen, war nicht gut fürs Herz; er hatte das irgendwo einmal gelesen.

Er warf die gerade angerauchte Zigarette in den Schnee und betrat eins der Gebäude. Ein junger Mann, der an einem Schreibtisch saß, nickte ihm zu. Er erwiderte den wortlosen Gruß und ging an ihm vorbei ins hintere Büro, in dem ein Dufflecoat am Garderobehaken hing. Ein älterer Mann (der in Illingworths Augen ein jüngerer Mann war) saß an einem größeren Schreibtisch.

Illingworth warf die Schlüssel auf den Tisch. »So, Sir«, sagte er. »Ich habe es getan.«

48. KAPITEL

Ozzies große Nummer

Die graue Limousine verließ den Interstate und bog in eine Seitenstraße ein. Von dort aus fuhr sie auf einen geräumten Parkplatz, der von Schneewällen umgeben war. Wie Robin vorausgesagt hatte, war Klein Ozzie auf dem Rücksitz fest eingeschlafen, und wie sie vorgeschlagen hatte, hatte Barnes ihn mit seinem pelzbesetzten Mantel zugedeckt.

»Glaubst du, daß er hier gut aufgehoben ist?« Barnes verriegelte das Auto. Er hatte versucht, die Tür leise zuzudrücken, aber Klein Ozzie hatte sich bewegt.

»Natürlich. Er hat es unter dem Mantel warm, und wir werden ja nicht lange bleiben. Wenn du dir Sorgen machst, kannst du jederzeit rausgehen und nach ihm sehen. Ich gebe dir dann die Schlüssel, damit du den Motor eine Weile laufen lassen kannst.«

Über ihnen blinkte eine blaue Neonreklame: FLYING CARPET. Dreihundert Meter darüber brummte ein großes Flugzeug mit blinkenden Landelichtern und leuchtenden Fenstern vorbei.

Das sieht aus wie eine Stadt, dachte Barnes. Wie die fliegende Untertasse in diesem Film.

Er half Robin heraus und schloß ihre Tür so leise, wie er seine geschlossen hatte. Auf dem Parkplatz standen einige Autos. Die Geschäfte des Flying Carpet liefen demnach nicht schlecht. Sie gingen Arm in Arm über das Eis und den harten, schwarzen Asphalt.

Drinnen schien es eine Bar wie jede andere zu sein. Robin suchte für sie einen Tisch neben der kleinen Bühne aus. Auf dem Tisch stand ein *Reserviert*-Schild, aber sie gab es einem Kellner, der es ohne Protest entgegennahm. Die Bühne war dunkel. Es war in der ganzen Bar ziemlich dunkel.

»Hast du telefonisch reserviert?« fragte Barnes.

Robin schüttelte den Kopf. »Hier werden keine Reservierungen angenommen. Ich komme oft her.«

»Auf dem Schild stand ›Reserviert‹.«

»Für den Besitzer und seine Freunde. Ich bin mit ihm befreundet.«

»Ich verstehe.« Barnes stellte mit einiger Überraschung fest, daß er eifersüchtig war.

»Nein, du verstehst es nicht. Buck kennt Hunderte von Frauen. Ich bin eine davon. Wenn er vorbeikommt, massiere ich ihm den Nacken und reibe ihm die Schultern ein, das ist alles.«

»Gequirlte Scheiße!«

Der Kellner war unauffällig aufgetaucht. Er sagte: »Jawohl, Sir, einen Daiquiri. Für Sie eine Pink Lady, Miss Valor?«

»Wie heißt noch der neue Drink, von dem Sie mir erzählt haben, Jack? Picadilly? Ich nehme einen. Ozzie, nun werde nicht wütend. Laß mich dir etwas Lustiges erzählen, das ich von Jack gehört habe. In einer Bar – nicht hier, in irgendeiner anderen Bar – sitzen eine Menge Leute herum und hören einem Burschen zu, der Gitarre spielt. Nach einer Weile steht eine Frau auf, taumelt mehr, als daß sie geht, zum Barkeeper und sagt: ›Haben Sie einen dicken Willi?‹«

Drei weiße und zwei schwarze Musiker setzten sich auf der Bühne auf ihre Positionen: Klavier, Schlagzeug, Bass, Saxophon und Vibraphon. Die Weißen sahen zu jung aus, um gut zu sein.

»Der Barkeeper zeigte ihr also seinen dicken Willi«, sagte Robin.

Die Band spielte ›Sophisticated Lady‹, laut und dröhnend. Irgendwie war der Raum von blaßgrüner Musik erfüllt. Die Musik wehte umher wie ein parfümiertes grünes Chiffontuch oder ein wirbelndes grünes Chiffonkleid. Der Kellner brachte ihre Drinks. Barnes nahm einen Schluck und hörte zu.

Als es vorbei war, sagte Robin: »Gut, was?«

»Keine Mikrophone? Keine Lautsprecher?«

Sie zuckte die Achseln. »Das ist hier nicht die Symphony Hall, und die zeichnen es ja nicht auf.«

Barnes nickte.

»Weißt du, woran ich dabei denken muß?« fragte Robin. »An Delaguerra. Hat du das mal gelesen?«

Barnes schüttelte den Kopf. »Wer ist Delaguerra?«

»Ein harter Bulle in einer alten Geschichte mit dem Namen ›Spanish Blood‹. Eine Geschichte aus den dreißiger Jahren. Delaguerra sagte: ›Ich habe noch nie im Leben ein Reh geschossen. So hart bin ich durch die Polizeiarbeit nun doch nicht geworden.‹« Robin grinste ihn an. »Ich mußte daran denken, weil ich dir ja vorhin im Auto gesagt habe, daß ich zur Hälfte Spanierin bin. Deshalb las ich die Geschichte, als ich noch ein Kind war – wegen des Titels.«

Barnes erwiderte ihr Grinsen. »Dann wundert es mich, daß du keinen Margarita bestellt hast.«

»Ich bin Spanierin, keine Mexikanerin. Halb Spanierin und halb Teufelin. Weißt du, was man über spanische Frauen sagt? ›Eine Dame auf der Straße, ein Engel in der Kirche und ein Teufel im Bett.‹ Ich gehe nicht in die Kirche.«

»Ich auch nicht, aber ich wünschte, du gingest hin, damit ich dich mitnehmen kann.«

»Unsere Familie hat geschworen, nie wieder hinzugehen, bis eine Borgia Päpstin wird. Was denkst du über Stripperinnen, Ozzie?«

»Sie stehen mir nicht so nahe wie ich manchmal ihnen.«

»Das kann sich ändern.«

»Was?«

»Ich sagte, das kann sich ändern. Ich sagte ja schon,

daß ich ein Freund von Buck bin. Paß auf meine Handtasche auf.«

Sie schob die Handtasche über den glänzenden Tisch, trank ihren Picadilly aus und verschwand in der Dunkelheit. Die Band begann mit einer neuen Nummer: »Now's the Time.« Barnes öffnete ihre Handtasche und holte eine frische Zigarre und ein Streichholzbriefchen heraus. Er ließ die Handtasche offen liegen, während er die Zigarre anzündete. Im Flackern des Streichholzes konnte er sehen, daß die kleine Automatik verschwunden war. Er erinnerte sich an den hellen Chrom und die schwarzen Griffe, auf denen ein Pferd mit einem Pfeil im Maul abgebildet war. Ein Zigarettenanzünder wie der, mit dem er Proudy hereingelegt hatte? Sie hatte im Auto einen Scherz darüber gemacht, und es schien zu früh, sie deshalb zu fragen.

Sie ist auf dem Klo, dachte er. Mein Gott, was bin ich nur für ein Trottel! Sie muß pinkeln, und sie hat Angst, daß jemand sie da drin anspringt. Das passiert Frauen doch dauernd, und in einem Laden wie diesem hier ...

Dann erinnerte er sich, daß er ihre Puderdose in der Handtasche gesehen hatte. Wenn Frauen zum Klo gingen, nahmen sie seiner Erfahrung nach immer ihre Puderdosen mit.

›Now's the Time‹ war zu Ende. Der Saxophonspieler lehnte sein Instrument an das Klavier, nahm ein Mikrophon, das am Rand der Bühne auf einem Stativ befestigt war, schaltete es ein, tippte halb zum Spaß mit einem Fingernagel darauf und sagte: »So, meine Damen und Herren und ihr dazwischen, seid so nett und gönnt mir und meinen Jungs eine Pause, damit wir uns einen Drink besorgen können, während sich die Mädchen da hinten gerade zu eurem Vergnügen ausziehen. Wir werden zurück sein, bevor Sie uns überhaupt vermissen. Trinken Sie sich einfach einen an, dann sehen Sie das Doppelte fürs gleiche Geld.«

Es gab Gelächter und ein wenig Applaus. Der Saxophonspieler grinste, schaltete das Mikrophon aus, kam an Barnes' Tisch und setzte sich. »Sind Sie Mr. Barnes?«

Barnes nickte und gab ihm die Hand. »Sagen Sie Ozzie zu mir.«

Der Saxphonspieler schüttelte feierlich seine Hand. »Sagen Sie Binko, weil ich so heiße. Das ist mein Nachname. Meinen Vornamen verrate ich Ihnen nicht, weil der so ähnlich klingt wie Fountleroy. Niemand benutzt ihn. Ich heiße überall nur Binko. Ozzie, das ist ein schöner Name. Ich muß dabei an die fliegenden Affen denken und so weiter. Haben Sie den *Zauberer von Oz* gesehen?«

»Im Fernsehen.«

»Sie hätten den Film im Kino sehen sollen, Mann. Ich bin um sieben rein und ungefähr um Mitternacht wieder rausgekommen. Bin bis zur letzten Vorstellung geblieben und habe drei Eimer Popcorn gegessen. Ich dachte schon daß Sie Barnes sind, weil man mir sagte, such nach einem gutaussehenden, cleveren Burschen mit einem Schnurrbart. Also, wir haben keinen Ansager für unsere kleine Show heute abend. Das mit dem Auge fällt kaum auf, und da Sie Erfahrungen mit dieser Art von Arbeit haben, würden Sie es tun?«

»Binko, kennen Sie zufällig ein Mädchen namens Robin Valor?«

»Natürlich. Alle hier kennen Robin. Sie saß gerade noch bei Ihnen, und Sie rauchen eine von ihren Zigarren. Robin raucht die gemeinsten Zigarren, die ich je bei einer Frau gesehen habe, ob weiß oder schwarz, und das ist die Wahrheit, Mann. Wenn ich eine Gelegenheit habe, bitte ich sie immer um eine, und es macht ihr überhaupt nichts aus. Sie ist wirklich nett und verschenkt sie gern.«

Barnes nahm eine Aluminiumröhre aus Robins Handtasche und gab sie Binko. »Hat sie Sie auf mich angesetzt?«

»Was bilden Sie sich ein, Mann? Robin ist ein scharfes Mädchen, aber ich nehme keine Befehle von ihr entgegen. Buck hat es mir gesagt. Buck bezahlt mich und meine kleine Band, und er bestellt die Musik.«

»Ich habe nicht gesehen, daß jemand mit Ihnen gesprochen hat.«

»He, was soll das, Mann? Glauben Sie, wir wollen Sie reinlegen? Sie sollen nur kurz einspringen. Man hat mir einen Zettel zugesteckt – vielleicht haben Sie nicht bemerkt, daß ich eine lange Pause hatte, während Sunky sein Vibe bearbeitet hat? Ich habe meine Axt aufgehängt und bin zur Seite gegangen und habe mich umgedreht, und da habe ich es gelesen. Wollen Sie es machen? Oder wollen Sie rumsitzen wie eine königliche Hoheit und Gesichter schneiden wie ein Clown, während ich mir einen dabei abbreche, zugleich meine Band zu leiten und den Ansager zu machen?«

»Ich mache es«, sagte Barnes. »Ich wüßte nur gern, was Robin treibt.«

Für einen Augenblick senkte sich eine Maske über das Gesicht des Mannes, oder eine Maske wurde fortgenommen. Das freundliche, liebenswürdige Lächeln verschwand, und es schien Barnes, als sähe er das Gesicht eines ganz anderen Mannes. Eines Mannes, den er nicht wiedersehen wollte. Dann war das Lächeln wieder da, breiter denn je, und weiße Zähne blitzten in der Dunkelheit. »Das ist mein Mann! Sie sind mein Mann!« Ein Streichholz wurde unter dem Tisch angerissen, und Binko ließ Robin Valors Zigarre in der Flamme kreisen. Er paffte gewissenhaft und mit sichtlichem Vergnügen. Dann blies er das Streichholz mit einer langen Rauchfahne aus. »Sie werden sehen, daß es überhaupt nicht schwer ist. Wenn wir wieder auf die Bühne kommen, dann kommen Sie mit rauf und erzählen den Leuten ein paar Witze. Sie kennen doch ein paar Witze? Können Sie Witze erzählen?«

»Ja, ich kenne ein paar Witze.«

»Das ist gut. Sie sollten nicht *zu* versaut sein. Sie wissen schon, was ich meine. Sonst gehen ein paar von diesen Ärschen einfach raus. Aber es sollten auch keine Witze aus der Sonntagsschule sein. Verstehen Sie, was ich meine?«

Barnes nickte.

»Sie sind mein Mann. Und dann sagen Sie ihnen, daß die Dixie Dukes – das sind wir – ›Basin Street‹ spielen. Und dann verschwinden Sie von der Bühne und lassen uns spielen, aber Sie gehen nicht an diesen Tisch hier zurück. Sie gehen da runter…« – Binko zeigte ihm die Richtung – »und während Sie da an der Seite warten, wird man Ihnen die nächste Nummer sagen, die Sie ankündigen sollen. Alles klar? So, da kommen mein Drummer und der alte Sunky, also machen Sie sich bereit.«

Im Kegel eines Scheinwerfers sagte Barnes: »Guten Abend und Willkommen im Flying Carpet. Wenn Sie gehen, dann sehen wir Sie ungern gehen, aber wir sind froh, daß Sie vorher hier Halt gemacht haben. Die Damen dürfen nicht nur gehen, sondern sogar fliegen, am besten auf mich, aber nur, nachdem ich vorher ihr Fahrgestell überprüft habe.«

Niemand lachte. Soweit er sehen konnte, hörte ihm nicht einmal jemand zu. Er versuchte, die Asche von seiner Zigarre zu schnippen, wie es Groucho gemacht hatte. »Sie sind hart im Nehmen, was? Aber wenn Sie glauben, daß Sie hart sind, dann warten Sie, bis Sie das Hühnchen über Denver serviert kriegen.

Oh, kennen Sie schon den Witz mit der Stewardess und dem gutaussehenden Piloten? Der Pilot sah wirklich gut aus und verdiente schrecklich viel Geld, und die Stewardess war hin und weg, als sie ihm den Drink ins Cockpit brachte…«

Einige Leute kicherten.

»Lachen Sie nicht, das kann jedem passieren. Sie brachte ihm seinen Drink und bat ihn, sie zu heiraten. Er sagte natürlich ja. Dann sagte er: ›Da wir nun Mann und Frau werden, müssen wir jetzt auch gleich dieses und jenes machen.‹ Nun, ihre Mutter hatte ihr immer gesagt, sie dürfte dieses und jenes nicht machen. Wissen Sie, was ich meine? Dieser Witz hier ist nicht von der Sorte, mit der Sie warten, bis die Kinder im Bett sind. Bei diesem hier müssen Sie warten, bis sie im Ferienlager sind. Also, sie war so verlegen, daß sie hinauslief und bis ins Heck rannte – Flugzeuge haben schöne Namen für ihre Teile –, und da versuchte sie, sich wieder zu fassen. Der Pilot hatte sich schon gefaßt. Da hinten sah sie dann Vater Rooney, der in einem Gangsitz saß und in seinem Brevier las. Sie fragte ihn um Rat, obwohl sie rot wurde wie eine Tomate – ich liebe diese Geschichte –, als sie ihm beschreiben mußte, was der Pilot von ihr verlangt hatte. Und er sagte: ›Nie im Leben! Sage diesem Satansbraten, daß du lieber sterben würdest! Meine Tochter, du mußt diesen schrecklichen Beruf aufgeben, damit du diesen Perversen nie wiedersiehst!‹ Den Job aufgeben, das ging nicht so ohne weiteres, und außerdem sah der Pilot wirklich gut aus und verdiente einen Haufen Geld. Sie ging also ein Stück weiter den Gang hinauf, und da saß Bruder Philbert und betete seinen Rosenkranz. Die Stewardess erzählte ihm von dem Piloten, aber er sprang nur auf und ging nach hinten, um Vater Rooney zu fragen. So ging sie wieder ein Stück weiter, und da saß Schwester Mary Elephant und las in der Bibel. Sie erzählte ihr davon – so langsam machte ihr das Erzählen sogar Spaß –, und Schwester Mary Elephant verlor das Bewußtsein.

Sie ging noch weiter nach vorn, bis sie fast hinter dem Cockpit war, und da saß Kardinal Cogan höchstpersönlich mit gefalteten Händen. Er sah aus dem Fenster und lächelte leicht. Sie erzählte es ihm. Und er sagte: ›Gott segne dich, mein Kind, mache es erst, wenn du verheiratet bist, und möget ihr beide glücklich werden.‹ Sie sagte: ›Das ist ja wundervoll, Kardinal, aber wie kommt es, daß Ihr mir so etwas sagt, während Vater Rooney mir sagte, ich solle den Beruf wechseln und Schwester Mary Elephant sogar das Bewußtsein verlor?‹ Und der Kardinal sagte: ›Mein Kind, was wissen die schon über guten Sex? Die fliegen alle Touristenklasse.‹«

Dieses Mal lachten einige der Gäste laut, und auch der Saxophonist hinter ihm fiel pflichtschuldigst ein. Das Lachen erstarb rasch wieder, bis nur noch murmelnde Gespräche und gelegentliches Gläserklingen zu hören waren. Barnes versuchte, sein Publikum anzusehen, aber wegen des Scheinwerfers konnte er nichts erkennen. »Und nun«, sagte er, »hören Sie ›Basin Street‹, wie nur die Dixie Dukes es spielen können!«

Der Spot erlosch. Beim ersten Ton der Band wandte er sich nach links. Als er ein paar Schritte gegangen war, konnte er eine nackte Rothaarige sehen, die ihn von den Garderoben aus anlächelte. Sie hatte Sommersprossen.

Auf die unverputzte Ziegelwand hinter ihr hatte jemand den Spruch gesprüht: KILROY WAS HERE.

Als Sandy Ducks Auto auf den Parkplatz einbog, erfaßten die Scheinwerfer einen kleinen Jungen, der weinend im Schnee stand. Bewegt von einem mütterlichen Instinkt, dessen Existenz sie erbittert bestritten hätte, stieg Sandy aus, nahm ihn in die Arme und versuchte, ihn zu trösten. »Na, na«, sagte sie. »Na, na, na.« Es kam ihr sogar selbst dumm vor, aber ihr fiel nichts Besseres ein.

»Mein ... mein Daddy.«

»Ist er weg? Und du bist verlorengegangen, du armer Kerl. Wo ist er denn?«

Der Junge deutete stumm zum blinkenden Neonschild über dem flachen Ziegelbau am Ende des Parkplatzes.

»Ins Flying Carpet?« fragte Sandy. »Ich will da auch

rein. Ich kann dich ja mitnehmen, und dann können wir deinen Daddy suchen.«

Als sie sprach, wurde eine Seitentür geöffnet. Einen Moment lang sah sie den nackten Ozzie Barnes auftauchen wie einen roten Teufel aus der Kiste eines Zauberers. Zwei nackte Frauen zogen ihn zurück, dann wurde die Tür wieder geschlossen.

»Wenn ich's mir recht überlege«, sagte Sandy, »gehen wir lieber doch nicht da rein. Nicht heute abend. Vielleicht solltest du einfach mit mir kommen.«

49. KAPITEL

Im Dienste des Vaterlandes

Der Gürtel der Schwesterntracht war schon vor einer Stunde geöffnet worden. Einer der unteren Knöpfe ihrer Bluse war ausgerissen und unbemerkt auf den Teppich gefallen. Drei weitere waren durch die Knopflöcher geschlüpft. Ihr Bauch, rund wie eine Trommel und voller Wein, quoll aus dem dreieckigen Loch, brandete gegen den Tisch und schwappte zehn Zentimeter weit auf das schneeweiße Tischtuch.

Auf dem Tisch standen eine große Platte mit französischem Gebäck und Bonbons und ein großes Glas Champagner. Sie griff langsam nach einem Bonbon und hob es hoch, als wollte sie es im Licht der Kerze untersuchen. Himbeere. »Das ist... das letzte«, sagte sie.

»Natürlich.«

Sie schob sich das Bonbon langsam in den Mund, als sei es eine lästige Pflicht, und obwohl sie sich auf dem hohen Stuhl schon so weit zurückgelehnt hatte, wie dieser es erlaubte, schaffte sie es, sich noch weiter zurückzulehnen, bis ihr Kopf auf dem Lederpolster der Lehne lag. Vorsichtig und mit zitternder Hand hob sie ihr Glas an die Lippen und spülte das Himbeerbonbon mit Champagner hinunter. Als sie das leere Glas auf den Tisch stellte, wurde es von einem aufmerksamen Kellner sofort wieder aufgefüllt.

Ein weiterer, größerer Kellner kam mit einem weißen Telefon. Er steckte die Schnur in eine Buchse auf dem Boden. Sweet meldete sich und hörte etwa eine halbe Minute schweigend zu. »Natürlich brauche ich Hilfe«, sagte er. »Ich brauche alle Hilfe, die ich bekommen kann.«

Sie sagte nichts. Ihre Augen waren halb geschlossen. Ihr knallrotes Gesicht, gestützt und gepolstert durch drei Kinne, wirkte schläfrig, auch wenn ihre linke Hand immer noch unsicher über das Tablett tastete.

Sweet winkte den größeren Kellner heran. Als dieser sich bückte, um das Telefon auszustöpseln, tippte Sweet ihm auf die Schulter. »Es ist für Sie.«

»Ja, Sir«, sagte der Kellner. Er nannte seinen Namen, und auch er hörte lange schweigend zu. »Ich muß erst mit dem Manager sprechen, Sir.« Er gab den Hörer an Sweet zurück. »Legen Sie bitte nicht auf, Sir. Ich hole den Manager. Einen Moment, bitte.«

Sweet nickte etwas ungehalten, und der Kellner eilte davon.

Sie betastete einen kleinen Kuchen, ein kleines Gebirge aus farbiger Sahne und Baiser. Einen Augenblick schien es fast, als wollte sie den Kuchen wieder weglegen, aber dann knabberte sie den Rand an und leckte sich die Lippen.

Der weiße Hörer lag vor Sweet auf dem Tisch. Er nahm ihn und legte eine Hand auf die Sprechmuschel. »Ich bin wirklich der Vizepräsident von Mickey's Jawbreakers«, sagte er.

Wenn sie ihn hörte, dann gab sie es nicht zu erkennen.

»Ich wollte nur, daß Sie das wissen. Sie haben mich gezwungen. Man nahm am Flughafen Kontakt mit mir auf. Sie haben mich aus dem Flugzeug geworfen.«

Der Kuchen war beinahe verspeist. Sie öffnete den Mund etwas weiter, schob den letzten Happen hinein und nahm einen Schluck Champagner. Als sie das Glas absetzte, hatte es einen rosafarbenen Sahnerand. Benommen suchte sie nach ihrer Serviette. Sie war neben ihrem Stuhl auf den Boden gefallen. Sie benutzte stattdessen den Rand des Tischtuchs.

»Es tut mir so leid«, sagte Sweet.

Ein schlanker, fremdländisch aussehender Mann in einem Geschäftsanzug kam zwei Schritte vor dem Kellner an ihren Tisch geeilt und nahm den Telefonhörer.

»Ich bin Paul de Vaux, der Manager«, sagte er atemlos. »Ja, ja, wir wurden informiert... ich werde die entsprechenden Anweisungen geben.« Er lauschte einen Moment lang, dann sagte er noch einmal: »Ja, ja.« Er legte auf und wandte sich an Sweet. »Sie werden Hilfe brauchen, Monsieur. Walter« – er deutete mit einer Kopfbewegung zum größeren Kellner – »wird Ihnen helfen. Wir werden für das Essen nichts berechnen.«

»Man hat schon vorher Kontakt mit Ihnen aufgenommen«, sagte Sweet. Es war keine Frage.

»Ja, richtig. Wegen des Essens, nicht wegen der Hilfe. Jetzt haben wir erfahren, daß wir helfen sollen, und wir kooperieren gern. Walter, am Telefon wurde Ihnen sicher gerade der Bestimmungsort genannt. Ist Ihnen das recht so, Monsieur?«

Sweet nickte.

»Walter, Sie müssen sich an seine Anweisungen halten. Es ist schon spät; sie brauchen nicht hierher zurückzukommen. Ich werde für Sie stempeln, und ich erwarte Sie morgen zur üblichen Zeit.«

Der Manager machte auf dem Absatz kehrt und schritt davon. Der kleinere Kellner war schon verschwunden. Der größere Kellner sah einen Augenblick zwischen Candy und Sweet hin und her. »Soll ich das Telefon wegbringen, Sir?«

»Tun Sie das nur. Holen Sie auch Ihren Mantel, es ist draußen kälter als am Nordpol. Kommen Sie dann wieder her.«

»Ja, Sir.«

»Und, Walter – Sie können mit einem guten Trinkgeld rechnen, wenn wir fertig sind. Nicht von denen.« Er deutete mit einem Nicken in Richtung des Telefons. »Von mir.«

»Das ist nicht nötig, Sir«, sagte der Kellner. »Ich bin immer gern bereit, meinem Vaterland zu dienen.«

Als er zurückkehrte, trug er eine rot karierte Holzfällerjacke über seiner Kelleruniform. Er und Sweet schoben den Tisch zur Seite und hievten Candy auf die Beine. Sie hatte einen ihrer hochhackigen Schuhe abgestreift. Sie setzten sie wieder hin. Der Kellner fand den Schuh. Er zog ihr auch den zweiten Schuh vom Fuß und steckte beide in die Seitentaschen seiner Jacke. »Es wird dadurch leichter, Sir, glauben Sie mir. Sie kann so besser das Gleichgewicht halten und uns etwas unterstützen.«

Das Restaurant war fast leer, aber Sweet hatte das Gefühl, als würden ihn hundert Augen beobachten. Er murmelte. »Haben Sie das schon einmal gemacht, Walter?«

»Einige Male, Sir.« Er musterte prüfend ihre Fracht. »Normalerweise trinken die Damen… Sie wissen schon. Zwei oder drei mehr, als eine Dame trinken sollte. Ich weiß nicht, ob es dieses Mal schwieriger oder leichter wird. Schwieriger, vermute ich.«

»Ich glaube, da haben Sie recht«, stimmte Sweet zu.

»Es hat doch keinen Zweck, länger zu warten, Sir, oder? Lassen Sie uns sie wieder auf die Beine bringen.«

Candy sagte: »Ich kann…« Ihre Hüften rutschten nach vorn. Sie begann, vom Stuhl zu gleiten.

»Fassen Sie sie, Sir!«

Beide Männer packten ihre Arme.

»Hoch, Sir! Ziehen Sie sie hoch!«

»Hinlegen«, sagte sie laut. »Und ein Pfefferminz. Ich will ein Nachtischpfefferminz.«

»Es wird alles gut werden«, sagte Sweet verzweifelt. »Ihnen wird schon nicht schlecht werden. Stehen Sie einfach auf und kommen Sie mit. Sie können sich in meinem Auto hinlegen.«

Sie versuchte, ihren prall gespannten Bauch zu umfassen und zu stützen, aber die Männer, die ihre Arme hielten, hinderten sie daran. Sie schoben sie weiter, als wollten sie ein Faß Wein vor sich herrollen, ein riesiges Faß, das schwer in Bewegung zu bringen ist, das schwankt und das noch schwerer zu steuern oder anzuhalten ist, wenn es einmal rollt. Als sie sich bewegte, rutschte der aufgeplatzte Rock herunter. Er glitt langsam über ihre gewaltigen Hüften und blieb ein oder zwei Schritte lang dort hängen. Sweet wollte ihn festhalten, aber als seine Hände sie nicht mehr stützten, verlor sie sofort das Gleichgewicht und begann zu kippen. Er mußte sie wieder stützen. Der Rock rutschte weiter hinab, über ihre Knie und dann auf den Boden. Natürlich stolperte sie darüber, aber ihr eigener Beitrag zu ihrem Gleichgewicht war so geringfügig, daß es kaum eine Rolle spielte.

»Ihr Mantel ist in der Garderobe«, sagte er zum Kellner.

»Zum Teufel mit ihrem Mantel«, sagte der Kellner knapp.

»Meiner ist auch dort. Wir bringen sie zum Auto. Dann komme ich wieder rein und hole unsere Mäntel.«

»Kalt da draußen.«

»Ich halte das schon aus.«

»Heiß«, sagte sie. »Mir ist heiß. Warm. Wirklich.«

»Es wird nicht lange dauern«, sagte der Kellner zu ihr.

Sweet fragte: »Es hat doch nicht wieder zu schneien begonnen, oder?«

Der Kellner schüttelte den Kopf, aber Sweet, der auf der anderen Seite schleppte, konnte es nicht sehen.

Ein großer Mann und eine schlanke Frau mit einem Zobel kamen gerade zur Tür herein, als sie den Vorraum erreichten. Einen Augenblick starrten die Neuankömmlinge sie erstaunt an, dann begann die Frau haltlos zu lachen.

»Seien Sie still«, sagte Sweet zu ihr. »Sie haben ja keine Ahnung, was hier los ist.«

»Ich auch nicht«, sagte Candy. Sie rülpste, atmete die kühle Luft des Vorraums ein und fühlte sich sofort besser. »Warum sind Sie so nett zu mir?«

»Ich mag Sie«, sagte Sweet.

»Ich mag Sie auch.«

Der Kellner drückte die Tür mit dem Fuß auf. Ein wenig Neuschnee war gefallen. Die letzten Autos hatten gewundene, schimmernde Spuren gezogen, die aussahen wie arktische Pythons. Die kalte Luft fühlte sich wundervoll an. Ihr Gesicht glühte, ihr Bauch war warm und voll. (Endlich! Endlich! Zum Platzen vollgestopft, abgefüllt, kugelrund, und jede Erinnerung an den Hunger war vertrieben.) Als sie auf den Schnee trat, fand sie ihn eher kühl als wirklich kalt.

»Ihr braucht mich nicht mehr zu halten«, sagte sie. »Ich kann jetzt selbst gehen.«

Sweet sagte zu ihr: »Ich würde Sie aber lieber halten.«

»Sie sind süß.« Sie entzog dem Kellner ihren Arm, drehte sich herum, umschlang Sweet und küßte ihn.

»Danke«, sagte er, als er wieder sprechen konnte. »Aber wir müssen jetzt zum Auto.«

»Na gut.« Candy rutschte aus und wäre beinahe gestürzt. Der Kellner fing sie auf. »Schon gut«, beharrte sie.

»Sicher doch«, sagte der Kellner.

»He, Sie erinnern mich an jemand. An meinen Freund.«

»Ich dachte, er wäre Ihr Freund.«

»Nein, er ist mein ...« Ihr fiel kein höfliches Wort ein. Sie war nicht einmal sicher, ob es überhaupt eins gab. »Mein Freund, müssen Sie wissen, der hat ...« Sie rülpste wieder. »Der hat kein Geld mehr. Dieser Champagner. Wieviel habe ich getrunken?«

»Ein paar Flaschen«, erklärte der Kellner. »Wo ist Ihr Wagen, Sir?«

»Schwarzer Caddy«, brummte Sweet. »Hinter dem

Lieferwagen.« Candy lehnte fast ihr volles Gewicht gegen ihn.

»Schöner Wagen.«

»Mietwagen.«

»Wir müssen sie auf den Rücksitz setzen.«

Sweet nickte. »Es ist nicht abgeschlossen.«

»Okay, Sir. Halten Sie sie einen Augenblick, während ich die Tür öffne.«

Sweet versuchte es, aber Candy machte zwei taumelnde Schritte zum Wagen. Ein nackter Fuß rutschte im Schnee aus, und sie stürzte.

Sie fiel langsam und doch unweigerlich, wie ein morsches Lagerhaus unter einem Übermaß an schweren Gütern einstürzt, oder wie ein hoher, großer Ahornbaum (mit ihrem rotgoldenen Haar und dem runden, geröteten Gesicht hätte sie beinahe einer sein können) unter der erdrückenden Last von Tausenden Schlingpflanzen zusammenbricht.

Sweet versuchte, sie zu stützen, aber er wäre beinahe mit ihr gestürzt. Sie wollte sich aufrecht halten oder wenigstens ihren Sturz bremsen, indem sie den Arm zu Hilfe nahm, den der Kellner freigegeben hatte. Auch das mißlang. Ihre Hand rutschte im Schnee weg, der hier noch nicht festgefahren war. Ihr Bauch und ihr Gesicht versanken im lockeren Schnee.

»Mein Gott!« sagte Sweet. Er riß ein Taschentuch aus der Tasche und wischte sich das verschwitzte Gesicht ab.

»Warten Sie, ich helfe Ihnen gleich, Sir.«

»Wenn Sie nicht losgelassen hätten, wäre das nicht passiert.«

»Schon gut, Sir, schon gut«, sagte der Kellner.

Eine Düsenmaschine röhrte mit blinkenden Lichtern dreihundert Meter über ihnen vorbei. Candy versuchte vergeblich, wieder auf die Beine zu kommen.

50. KAPITEL

Wie im Krimi

Das Zimmer über dem der Hexe war kein Zimmer, es war eine Suite. Stubb betrachtete anerkennend die weiß und golden gerahmten Spiegel und den Louis Quatorze-Teppich, bevor er sich auf das Samtpolster eines zierlichen, golden lackierten Holzstuhls setzte. Er mochte kleine Stühle, und dieser hier roch nach Geld.

»Einen Drink?« fragte Cliff.

»Ich hatte schon zuviel Bier«, sagte Stubb. »Auf leeren Magen auch noch. Könnten Sie Ihrem Stardetektiv beim Zimmerservice vielleicht ein Sandwich bestellen? Ich habe seit dem Mittagessen nichts mehr gehabt.«

»Was immer Sie wollen.« Cliff griff zum Telefon.

»Dann lieber ein warmes Sandwich mit Roast Beef, medium. Und Kaffee. Wie kommt es, daß ich auf einmal wieder an Bord bin?«

»Sie wissen nicht zufällig ...?« Cliff schielte zum Etikett über der Gabel.

»Zwei-elf.«

»Danke.« Er wählte. »Ein warmes Sandwich mit Roast Beef *au jus.* Geben Sie reichlich Fleisch darauf. Zwei Kaffee, und sie sollten heiß sein, wenn sie hier ankommen. Zimmer Acht-Siebenundsiebzig in fünf Minuten, klar?«

Als er auflegte, sagte Stubb: »Ich habe gefragt, warum ich auf einmal wieder an Bord bin, Cliff.«

»Wer sagt, daß Sie an Bord sind?«

»Sie.«

»Den Teufel habe ich.«

»Sie sagten: dreihundert am Tag.«

»Das meinte ich auch, Jim. Das gilt.«

»Genug, um mich von dem Fall loszueisen, mit dem ich beschäftigt war. Heute nachmittag wollten Sie mich nicht einmal für fünfzig haben.«

»Um Gottes willen, Jim, Sie kennen das Geschäft doch! Als Sie anriefen, hatte ich diesen Auftrag noch nicht.«

Stubb stand auf. »Wenn ich den Zimmerkellner im Flur treffe, sage ich ihm, daß das Sandwich nicht mehr gebraucht wird.«

»Okay.« Cliff hob beschwichtigend die Hände. »Sie waren schon immer ein gerissener Hund. Ist Ihnen schon einmal gedämmert, daß Sie besser dran wären, wenn Sie nicht so gottverdammt gerissen wären?«

»Und dreißig Zentimeter größer.« Stubb setzte sich wieder.

»Yeah, ich weiß, was Sie meinen. Also gut. Es gab einen Mord, und Sie kennen den Toten. Das ist alles, Jim. Das ist alles – ich schwöre es bei Gott.«

»So, so. Keine harten Nummern. Das sagten Sie doch. Ben Free?«

»Wußten Sie etwa schon, daß jemand ihn ausgeknipst hat?«

»Also ist er es.«

»Das ist der Name, den man uns genannt hat, yeah.« Cliff holte ein Foto aus der Jackentasche und gab es Stubb.

Der alte Mann lag auf einem schmutzigen Untergrund, der Beton sein konnte. Sein Hinterkopf war blutüberströmt, unter seiner Brust hatte sich eine Lache gebildet. Nur die Seite seines Gesichts war zu sehen, aber es war Free.

»Zweimal in den Rücken geschossen«, sagte Cliff. »Große Kugeln. Wir haben einen Draht zum ballistischen Labor, aber sie sind noch nicht fertig. Wahrscheinlich Fünfundvierziger oder Dreifünfundsiebziger. Er ging sofort zu Boden. Wahrscheinlich hat er nicht einmal gemerkt, was ihn getroffen hat.«

»Er ist immerhin so lange auf den Beinen geblieben, daß der Täter zweimal schießen konnte.«

»Das ist wahr, ja.«

»Wo ist es passiert?«

»Warten Sie, Jim. Ich werde Sie einweisen, aber ich will Ihnen zuerst ein paar Fragen stellen. Und lassen Sie Ihre Mätzchen. Sie arbeiten jetzt für mich. Woher wußten Sie, daß er es war?«

»Geraten.«

»Na gut. Und wie haben Sie es erraten?«

»Sie sagten, daß ich ihn kenne. Ich kenne eine Menge Leute in der Stadt, aber die meisten von denen kennen Sie selbst, und es gibt genug Leute außer mir, die sie auch kennen. Es konnte also keiner von denen sein. Damit blieben noch Leute, die ich von früher kenne und Leute, die ich privat kenne. Jemand, der das Opfer von früher kannte, ist keine dreihundert am Tag wert – es ist kaum anzunehmen, daß da noch etwas Sinnvolles zu holen wäre. Die meisten Leute, die ich privat gut kenne, sind Frauen. Aber Sie sagten, daß es ein Mann sei. Sie sagten, ich kenne *den Toten.* Und Sie sind, wie Sie selbst sagten, schon eine Weile hier im Hotel und versuchen, mich zu erreichen. Aber ich habe noch nichts in den Zeitungen gesehen. Deshalb ist es wahrscheinlich erst heute passiert. Ich fragte mich also, welche Männer ich privat kenne, die ich seit acht oder zehn Stunden nicht mehr gesehen habe.«

Cliff schnaubte. »Und er war der einzige? Blödsinn.«

»Nein, er war nicht der einzige. Er war nur der, der mir am wahrscheinlichsten erschien. Ich glaube nicht, daß sich jemand mit einem Haufen Geld für einen anderen Bekannten von mir interessieren würde, also ...«

Die Tür zu einem Schlafzimmer wurde geöffnet, und eine zierliche Blondine kam heraus. Soweit Stubb es sehen konnte, war sie auch mit Absätzen höchstens einen Meter sechzig groß. Sie hatte eine Handtasche, die fast so groß war wie eine Hutschachtel, und sie war angezogen wie eine Frau, die für eine hübsche kleine Bluse, die sie beim Einkaufen tragen will, tausend Dollar ausgeben kann.

»Entschuldigen Sie bitte, Mr. Rebic«, sagte sie. »Aber ich glaube, es ist Zeit, daß Sie mich vorstellen.«

»Sie sind der Boss, Ms. Whitten. Jim, dies ist...«

Sie ließ ihm nicht die Zeit, zu Ende zu sprechen. »Mein Name ist Standbridge Whitten, Mr. Stubb. Da Standbridge ein unmöglicher Name ist, nennen mich alle Kip. Ich weiß auch nicht warum, aber es gefällt mir.«

Sie gab ihm die Hand, und Stubb stand auf und begrüßte sie.

»Ich bin Mr. Rebics Klientin. Nennt man das so? Klientin?«

»Sicher«, sagte Stubb. »Der glückliche Mr. Rebic.«

»Sie haben vorhin darum gebeten... eingewiesen zu werden? Ich habe schamlos gelauscht. Mr. Rebic bringt mich auf solche Ideen. Er weigerte sich, Sie einzuweisen, weil ich ihm gesagt hatte, daß ich mit jedem Mitarbeiter, der mir hilft, meinen Onkel zu suchen, vorher persönlich sprechen...«

»Ben war Ihr Onkel?«

»Ja. Ich erkläre es gleich. Wissen Sie, ich glaube, daß es selbst unter Männern – oder Frauen –, die Profis sind, so etwas wie aufrichtige Loyalität geben kann. Wenn schon nicht dem Arbeitgeber, dann wenigstens der Sache der Gerechtigkeit gegenüber. Gegenüber dem, was Recht ist, um es einmal so auszudrücken. Glauben Sie das nicht auch, Mr. Stubb?«

»Sagen Sie Jim, Ms. Whitten.«

»Nur wenn Sie versprechen, mich Kip zu nennen. Mein Vater, der verstorbene General Samuel Whitten, sagte immer, die treuesten Soldaten waren die Karrieresoldaten, die praktisch wie Söldner waren. Seine Männer nannten ihn ›Buck‹ Whitten, aber natürlich nicht, wenn er in Hörweite war. Er stellte sich gern vor, daß sie ihn so nannten, weil er nie den Kontakt zu den niedrigen Rängen verlor. Halten Sie sich auch für einen Söldner, Mr. Stubb?«

»Ich betrachte mich als einen Handlanger, Kip. Hatte Ben Geld?«

Cliff hob eine Hand. »Warten Sie, Jim. Sie sollen Ihre Einweisung bekommen, aber Sie müssen auch selbst ein paar Fragen beantworten. Hatten Sie den Eindruck, daß er Geld hatte?«

Stubb schüttelte den Kopf. »Keinen Cent.«

Das blonde Mädchen berührte seine Hand. »Sind Sie wirklich sicher, Jim?«

»Sein Haus ging aus den Fugen, und er liebte das Haus. Ich versuchte ein paarmal, seinen Kühlschrank zu plündern, aber es war nichts zu essen darin. Er tat uns leid, und wir kauften hin und wieder etwas zu essen für ihn.«

»Sie haben bei meinem Onkel gewohnt?«

»Ein paar Tage«, sagte Stubb. »Yeah.«

»Hat er mit Ihnen jemals darüber gesprochen, daß er etwas hatte – ich weiß nicht, es könnte alles gewesen sein. Etwas Wertvolles, das verborgen ist.« Sie drückte seine Hand.

»Er war Ihr Onkel, und Sie wissen nicht, was er hatte?«

Cliff sagte: »Hüten Sie Ihre Zunge, Jim.«

»Schon gut, Mr. Rebic – das ist schon in Ordnung. Er hat jedes Recht, diese Fragen zu stellen. Er hat das Recht zu verstehen, worum es geht. Nein, Mr. Stubb – Jim –, ich weiß es nicht. Nur Daddy wußte es, und der ist nicht mehr unter uns.«

»Ich glaube, das sollten Sie erklären«, forderte Stubb sie auf.

»Ich will es versuchen. Vor vielen Jahren, als sie noch junge Männer waren, entschied sich mein Onkel, unsere Familie zu verlassen. Er wollte seiner eigenen Wege gehen, wie es schien. Er war etwas verwirrt, wenn Sie verstehen, was ich meine.«

»Die Familie mochte ihn nicht.«

»Er war wohl etwas wild, nehme ich an. Er und mein Vater waren Zwillinge, Mr. Stubb. Wie so oft, versuchte einer der Zwillinge, aufgrund seiner Leistungen Anerkennung zu finden, während der andere rebellierte. Mein Urgroßvater war ein Partner von Rockefeller, und unsere Familie ist immer noch sehr wohlhabend.«

Stubb nickte. »Yeah, ich dachte mir schon so etwas.«

»Mein Onkel Benjamin – das war sein richtiger Name, Benjamin Whitten – erklärte anscheinend, daß er auf eigene Faust ein Vermögen machen wollte, und der Rest seiner Familie könne zur Hölle fahren.«

»So, so.«

»Aber als er fort war, entdeckte man, daß ein gewisser, sehr wertvoller Gegenstand verschwunden war. Bitte fragen Sie mich nicht, was es war. Ich weiß es nicht. Ich war noch nicht einmal geboren, als dies geschah, und als ich groß genug war, um mir meine Gedanken zu machen, war niemand mehr da außer meinem Daddy, und der wollte mir nichts verraten.«

»Was es auch war«, sagte Stubb, »es ist wahrscheinlich spurlos verschwunden.«

Das Mädchen schürzte die Lippen. »Das glaube ich nicht. Bevor mein Daddy starb, stellte er selbst gewisse Untersuchungen an. Er sagte, wenn Onkel Ben das verkauft hätte, was er mitgenommen hatte, dann würde er es erfahren. Und er hätte es in all den Jahren nicht verkauft.«

Cliff beugte sich vor und rieb sich die Hände. »Das bedeutet, daß es etwas wie ein Kunstwerk oder ein Stein sein muß, Jim.«

»Wenn er klug genug war und vielleicht bereit, einen Partner dazuzunehmen, dann konnte er in Amsterdam einen Stein zerlegen lassen, ohne daß es jemand erfuhr.«

»Okay, das hätte er tun können, aber es wäre nicht leicht gewesen. Aber ich denke auch eher an ein Kunstwerk. Wäre es ein Stein gewesen, dann hätte er wahrscheinlich irgendwo in einem Safe oder in einer Schmuckkassette gelegen, und ein wilder Junge wäre gar nicht erst drangekommen. Kunstwerke hängen an den Wänden, selbst wenn sie hoch versichert sind. Ein Bild konnte er einfach abnehmen und unter dem Mantel verstecken. Vielleicht ein schöner kleiner Rembrandt.«

Stubb sah mit gehobener Augenbraue zu dem Mädchen. »Wie sieht es mit den Versicherungen aus, Kip? Hat Ihre Familie damals etwas von der Versicherung bekommen?«

Sie schüttelte den Kopf. »Wir... ich – nachdem Daddy gestorben ist – ich besitze einige wertvolle Gemälde, Mr. Jim. Sie sind, seit ich mich zurückerinnern kann, immer bei der gleichen Firma versichert gewesen, und ich habe auf Mr. Rebics Drängen dort angerufen. Wir hatten nie eine große Forderung. Niemals.«

»Dann ist es doch offensichtlich, oder?« sagte Cliff. »Wenn die Familie die Versicherungssumme kassieren wollte, hätte man sagen müssen, daß Ben es gestohlen hat, und das wollten sie nicht tun. Er war ja immerhin der Bruder des alten General Buck. Sie hielten den Mund und hofften, er würde wieder nach Hause kommen. Dann sind die anderen gestorben, und Buck begann ihn zu suchen. Aber er hat ihn nicht gefunden.«

»Und dann ist der General selbst gestorben«, beendete Stubb den Satz für ihn. »Und Kip erfuhr irgendwie, daß Onkel Ben ermordet worden war. Ich würde gern mehr darüber hören, Kip.«

Das blonde Mädchen wirkte plötzlich etwas müde, auch wenn sie den Rücken tapfer gerade hielt. »Ich erfuhr nicht, daß Onkel Benjamin ermordet worden war, Mr. Stubb. Ich sah ihn im Fernsehen und begann ihn zu suchen.«

»Klar. Sie haben ihn sofort erkannt, obwohl er die Familie verlassen hatte, bevor Sie überhaupt geboren wurden.«

»Ich habe ihn wirklich erkannt. Verstehen Sie das nicht, Mr. Stubb? Er und mein Daddy waren Zwillinge. Dad ist erst im letzten September gestorben. Dieser Mann hatte einen Bart, aber sonst sah er genauso aus wie Daddy.«

Stubb nickte nachdenklich. »Gestern abend kamen zwei Frauen zu einer Frau namens Mrs. Baker. Sie suchten nach Ben Free. Waren Sie eine der beiden Frauen?«

»Ich habe doch das Recht, meinen Onkel zu suchen!«

»Natürlich. Waren Sie es? Waren Sie eine der Frauen?«

Kip nickte.

»Wer war die zweite? Ein Mädchen, das für Cliff arbeitet?«

»Nein. Ich … ich hatte ihn da noch nicht engagiert. Es war eine Freundin.«

»Keine Ermittlerin?«

»Nein.«

»Dann heuerte sie uns an«, sagte Cliff, »und wir machten uns sofort an die Arbeit.«

»Nicht schnell genug, um ihn zu retten«, sagte Stubb leise.

»Zum Teufel, Jim, das wäre unmöglich gewesen. Er war zu diesem Zeitpunkt bereits tot. Aber wir fanden ihn und machten das Foto, das Sie gesehen haben.«

»Yeah. Haben Sie auch die Cops gerufen?«

»Das mußten wir wohl. Ms. Whitten wollte ihn jedenfalls nicht einfach dort liegen lassen. Schließlich war er ihr Onkel, um Himmels willen.«

»Um Himmels willen, ich hoffe, daß er es war. Wann war das?«

Es klopfte diskret an der Tür.

Stubb öffnete, und der Agatha Christie-Fan schob einen Wagen herein, der nach Rindfleisch duftete.

»Teufel«, sagte Cliff, »Ihr Sandwich. Ich hatte es schon vergessen.«

»Ich nicht.«

»Ms. Whitten, wollen Sie den zweiten Kaffee haben?«

»Nein, bestimmt nicht. Ich trinke lieber Tee.«

Cliff gab dem Pagen einen Zehner. »Kumpel, glauben Sie, Sie können der Dame noch eine Kanne Tee besorgen?«

»Sicherlich«, sagte der Christie-Fan, indem er den Zehner nahm. »Es ist mir ein Vergnügen.«

Stubb kaute schon an seinem Sandwich. Als die Tür geschlossen wurde, schluckte er den ersten Bissen. »Wann war es, Cliff? Wann haben Sie ihn gefunden?«

»Heute nachmittag gegen zwei.«

»Wo?«

»Im Keller seines Hauses an der Treppe. Sie kennen sich da ja aus, weil Sie bis gestern abend bei ihm gewohnt haben.«

»Ich bin heute morgen auch zum Haus zurückgegangen und habe mich umgesehen. Er war nicht dort.«

»Waren Sie auch im Keller?«

»Ich war auch im Keller.«

»Das ist interessant. Waren Sie im Auftrag eines anderen Klienten dort, Jim?«

»Sagen wir, aus eigenem Antrieb. Ich machte mir Sorgen um Ben. Er war ein alter Mann und wir mochten ihn, und wir dachten, daß niemand wußte, wo er ist.«

»Dachten Sie?«

»Jemand wußte es anscheinend. Jemand brachte ihn dorthin und ermordete ihn, als ich wieder weg war. Wollen Sie hören, was ich vermute?«

»Klar, wenn Sie was zu vermuten haben.«

»Jemand suchte das, was Free hatte. Nennen wir das Ding den McGuffin. Sie haben Free irgendwann gestern erwischt und ihn etwas weichgeklopft. Er sagte, na gut, dann bringt mich zu meinem Haus zurück, und ich zeige euch, wo es ist. Der Keller ist stockdunkel – ich mußte Streichhölzer anzünden, und diese Leute hatten wahrscheinlich nicht daran gedacht, eine Taschenlampe mitzunehmen. Free entkam. Auf der Treppe war dann wieder etwas Licht, jemand sah ihn, geriet in Panik und erschoß ihn.«

Cliff schien nicht überzeugt. »Ein alter Mann wie er?«

»Yeah, ein alter Mann wie er.«

»Jim, das glaube ich nicht.« Cliff blickte zu Kip, aber sie erwiderte den Blick nicht. Sie beobachtete Stubb. Ihr apartes Gesicht war ausdruckslos.

»Klar, Amateure geraten manchmal in Panik«, sagte Cliff, »aber trotzdem.«

»Ich sagte nicht, daß es Amateure waren. Ich glaube es nicht. Sie sagten, es sei vielleicht ein Fünfundvierziger gewesen, und das ist nicht die Art Waffe, die ein Amateur benutzt. Ihr Fehler ist, daß Sie glauben, es muß jemand gewesen sein wie Sie.«

»Machen Sie weiter.«

»Free muß fast achtzig gewesen sein.« Stubb sprach jetzt nicht mehr zu Cliff, sondern nur noch zu Kip. »Demnach wäre Ihr Daddy beinahe sechzig gewesen, als Sie geboren wurden, Ms. Whitten – das ist nicht völlig unmöglich, aber auch nicht sehr wahrscheinlich. Wie auch immer, er war etwa achtzig, aber ein großer Mann, und ich würde sagen, daß er für einen alten Mann immer noch ziemlich kräftig war. Cliff hier hätte ihn fesseln und auf ein Regal legen können. Im Notfall wäre ich vermutlich auch mit ihm fertiggeworden, und ich bin kein Riese. Aber ich glaube nicht, daß Sie es geschafft hätten.«

Kips Hand zuckte zur Handtasche.

Stubb stand auf, warf seinen Stuhl um, und plötzlich hatte er Sergeant Proudys Waffe in der Hand. »Hände weg!« sagte er.

Die Hand entspannte sich.

»Schon besser. Und jetzt nehmen Sie die Tasche am Riemen und werfen Sie sie vorsichtig direkt vor meine Füße. Ich habe noch nie eine Frau erschossen, und ich will jetzt nicht unbedingt damit anfangen.«

Die Handtasche fiel schwer auf den Boden.

»Schon besser. Ich sage es ungern, aber das war das erste, was Sie verraten hat. Diese große Handtasche paßte nicht zu Ihrer übrigen Aufmachung, und deshalb fragte ich mich, was Sie wohl darin hätten. Gestern abend sprach ich mit Mrs. Baker, nachdem Sie und Ihre Freundin dort waren. Sie ist von Profis befragt worden, nicht von zwei Mädchen aus der feinen Gesellschaft.«

»Jim, ich kann das erklären«, sagte Kip.

Stubb bückte sich und hob die Handtasche auf. Er öffnete sie mit einer Hand und pfiff. »Sie müssen Opas Büro geplündert haben. Ein Colt New Service. Sieht aus, als wäre er vom Deck eines Schlachtschiffs gefallen. Cliff?«

Cliff schüttelte den Kopf und breitete die Arme aus, so daß sich seine Jacke öffnete.

»Schön. Kip, ich werde Sie nicht fragen, was in dem Keller passierte. Vielleicht schlug er Sie nieder, bevor er fortlief. Vielleicht versuchte er, Sie anzugreifen und verlor Sie in der Dunkelheit. Aber wer sind Sie wirklich?«

Es klopfte an der Tür. Stubb drehte sich kurz um und blickte in die entsprechende Richtung. Der Teppich flog seinem Gesicht entgegen. Den Aufprall spürte er schon nicht mehr.

51. KAPITEL

Blutgeld

Der ältere Mann hinter dem Schreibtisch nickte. »Das haben Sie. Das ist wahr.«

Illingworth fragte: »Wollen Sie sonst noch etwas von mir?«

»Sie meinen, Sie wollen ausgezahlt werden.«

»So unhöflich hätte ich es nicht formuliert.«

Der ältere Mann kicherte. »Haben Sie auch nicht.«

»Aber da Sie von sich aus darauf zu sprechen kommen...«

»Hat sie etwas gesagt?«

»Nicht viel.« Illingworth zog ein schmales Diktiergerät aus der Manteltasche und gab es dem anderen Mann.

»Netter Apparat«, sagte der ältere Mann. »Einfach erstaunlich. Haben Sie nicht versucht, sie auszuhorchen?«

»Ich hatte Anweisung, es nicht zu tun.«

»Ach so.« Der ältere Mann lehnte sich zurück. Auf der Weste legte er die Finger zu einem Spitzdach zusammen. (Illingworth stellte anerkennend fest, daß er eine Uhrkette trug.) »Ich fürchte, ich werde es mir anhören müssen, bevor Sie gehen. Aber zuerst sollen Sie Ihren Lohn bekommen. Wenn Sie wollen, können wir das Geld auf ein Konto Ihrer Wahl überweisen. Nennen Sie mir einfach die Nummer.«

»Wenn es Ihnen egal ist, Sir«, sagte Illingworth, »dann hätte ich es gern in bar.«

Der ältere Mann lächelte leicht. »Jaja, die Einkommensteuer.«

»Wäre Ihnen Bargeld recht?«

»Sehr recht.« Der ältere Mann öffnete eine Schreibtischschublade und warf ein Bündel Geldscheine auf den Tisch. »Zählen Sie«, sagte er. »Es müßten alte Scheine sein, keine fortlaufenden Nummern.«

»Das ist nicht nötig. Ich habe Vertrauen zu Ihnen, Sir.«

»Das freut mich zu hören. Dann kann ich Ihnen, wenn Sie wollen, einen noch besseren Vorschlag machen. Das da müßten fünftausend sein, oder?«

»Das ist die verabredete Summe, ja.«

»Sagen Sie ein Wort, und Sie bekommen mehr als das Doppelte. Ihnen gehören doch zwei kleine Zeitschriften. Nun stellt sich heraus, daß ein verschrobener Millionär schon vor langer Zeit fünftausend Dollar treuhänderisch und verzinslich angelegt hat. Die Summe soll dieses Jahr ausbezahlt werden, falls ihre Zeitschriften noch erscheinen. Ein Geschenk, damit Ihre Art von Wissenschaft gefördert wird. Natürlich steuerfrei. Sie müssen das Geld nur in Ihre Unternehmen stecken, und dann können Sie das Geld, das Sie dadurch sparen, in die eigene Tasche stecken.«

»Ich verstehe.«

»Das wäre uns auch egal.«

»Ich verstehe«, sagte Illingworth noch einmal. »Dann also die Schenkung.« Er seufzte. »Ich nehme an, daß mit dieser Schenkung auch ein gewisses Prestige verbunden ist.«

»Sie haben wirklich Vertrauen zu uns. Das freut mich zu sehen.«

»Nicht wirklich. Es ist nur so, daß ich mich mein Leben lang gerühmt habe, ein zivilisierter Mensch zu sein, und dies hier wäre eine Art Prüfung.«

Der ältere Mann (der doch soviel jünger war als Illingworth) kicherte. »Sie haben recht. Wenn wir Ihnen an den Kragen wollen, dann können wir das auf ein Dutzend verschiedene Arten tun, ob wir Ihnen Geld geben oder nicht. Wir könnten zum Beispiel dafür sorgen, daß Sie daheim von einem Einbrecher überrascht werden.«

»Ich würde es vorziehen, wenn Sie darauf verzichten könnten.«

»Nun ja, *chacun à son goût*, Mr. Illingworth. Und jetzt warten Sie bitte draußen, während ich den Apparat hier in Gang setze. Ich muß telefonieren und einigen Leuten Bescheid sagen, ehe Sie gehen können.«

Illingworth ging hinaus. Der jüngere Mann saß nicht mehr an seinem Schreibtisch. Draußen waren Geräusche zu hören. Die Fenster waren weiß vom Reif, aber die Lichter, die draußen aufblinkten, erloschen und wieder aufblitzten, schienen von Autoscheinwerfern zu stammen.

Die Tür zum inneren Büro wurde geöffnet, und der ältere Mann kam heraus. Er zog sich im Gehen einen Dufflecoat an. Ohne Illingworth zuzunicken, ja ohne überhaupt in seine Richtung zu blicken, eilte er in die Kälte hinaus. Illingworth war einen Augenblick lang versucht, in das Büro zurückzukehren und das Bündel Geldscheine vom Schreibtisch zu nehmen. Aber seine Vorsicht und seine mehr als dreißigjährige journalistische Erfahrung hielten ihn zurück. Statt dessen ging er zu einem Fenster und schmolz mit dem Handrücken ein Guckloch in die Eisblumen.

Draußen standen mehrere Autos, und einige Männer waren mit Taschenlampen unterwegs. Er versuchte, den älteren Mann anhand des Dufflecoats wiederzuerkennen, aber es hätte fast jede der Gestalten draußen sein können.

Eine Autotür wurde geöffnet. Zu Illingworths Überraschung ging die Innenbeleuchtung an. Ein kleiner Mann in einem Trenchcoat wurde herausgestoßen. Er fiel in den Schnee. Seine Hände waren, wie es schien, hinter dem Rücken gefesselt. Zwei Männer hoben ihn auf die Beine. Vielleicht sagte er etwas – Illingworth konnte es nicht genau sehen. Einer der Männer schlug ihn so hart, daß sein Kopf herumflog. Das Geräusch des Schlages war durch das überfrorene Fensterglas zu hören. Im Gebäude gegenüber wurde eine Tür geöffnet, und ein Mann führte den kleinen Mann nach drinnen.

Illingworth hörte das Rütteln der Tür gerade noch rechtzeitig, um Platz zu machen. Der Mann im Dufflecoat kam wieder herein, gefolgt von einem großen Mann, der einen schwarzen Regenmantel trug, und einer zierlichen Blondine in einem blauen Nerz. Alle drei gingen ins innere Büro. Einer von ihnen schloß die Tür.

Der Mann im Dufflecoat – wer er auch war – hörte offensichtlich nicht das Band ab. Illingworth spekulierte müßig, was passieren mochte, wenn er versuchte, das Gelände zu verlassen. Er blickte wieder durch sein Guckloch hinaus. Die Autos, die den kleinen Mann hergebracht hatten, waren verschwunden. Vielleicht konnte er jetzt zu seinem eigenen Auto zurückkehren und es aus dem Durchgang zwischen den Gebäuden holen.

Vielleicht auch nicht. Vielleicht würde man ihn umbringen, wenn er es versuchte, dachte er. Mit ziemlicher Sicherheit wäre die Schenkung damit zum Teufel. Ihm wurde klar, daß er an diese Schenkung ohnehin nicht glaubte. Er glaubte an Poltergeister und Gestaltwandler und alle möglichen unmöglichen Dinge, aber er glaubte nicht an eine Schenkung. Er würde keinen Penny davon zu sehen bekommen. Er dachte daran, wieder hineinzugehen und den alten Mann lieber um das Bargeld zu bitten, aber die Demütigung wäre zu groß. Wenn er nur entkommen könnte, wenn er hier herauskäme, ohne dabei ruiniert zu werden …

Als junger Mann hatte er ein gutes Zeitgefühl gehabt. Es war so gut gewesen, daß er damals, als seine Uhr, seine wundervolle goldene Uhr mit dem schönen Ziffernblatt aus Porzellan und dem doppelten Glasdeckel, einmal kaputt war, keinen Ersatz gebraucht hatte, während sie repariert wurde. Jetzt aber schien ihm die Zeit zu entgleiten. Die Zeit verlief schneller. »Zeit ist, Zeit war, Zeit ist vergangen.« Er erinnerte sich an viele Nachmittage, als er zwanzig war, die länger waren als die längsten Tage heute. Er dachte einen Augenblick an Dr. Coopers Bulldogge, an die sie einmal einen Airedale gebunden hatten, um die Hunde zum Kämpfen zu bringen. Sie hatten von der weißen Bank unter der Ulme aus zugesehen.

Draußen gab es neuen Lärm. Er stand auf und sah hinaus. Er zog sich den Mantel enger um die Schultern. Hier im Vorraum war es kalt; so kalt, daß das Guckloch schon wieder gefroren war.

Autos, eines schwarz und eines grau oder vielleicht auch grün – im Licht der Scheinwerfer und der tanzenden Taschenlampen war es kaum zu erkennen. Der Gefangene war dieses Mal ein etwas größerer Mann. Er war, bemerkte Illingworth, unter einer umgehängten Decke nackt. Seine Hände waren vorn gefesselt, so daß er die Decke festhalten konnte, aber er trug eine Augenbinde wie der andere. Illingworth fragte sich, ob sie auch die Zigeunerprinzessin geblendet hatten, nachdem man sie fortgeführt hatte.

Eine große, hübsche Frau folgte dem Mann mit der Augenbinde. Sie trug seine Kleider, oder besser, ein Bündel von Kleidern, die seine sein konnten. Sie sprach einen Moment mit einem der Männer mit den Taschenlampen, während ihr Gefangener im Schnee einen kleinen Tanz aufführte und abwechselnd die kalten Füße hob. Der Mann mit der Taschenlampe nahm ihr die Kleider ab, und sie näherte sich dem Gebäude, in dem Illingworth war.

Er wich von seinem Guckloch zurück und zündete sich eine Zigarette an, aber sie schien nicht auf ihn zu achten, als sie eintrat. Sie hielt kurz inne, um sich den Schnee von den Stiefeln zu stampfen. Für eine Frau von ihrer Größe kam sie ihm außerordentlich attraktiv vor – sie war beinahe einen Meter achtzig groß. Ihre Haut war fast so dunkel wie die der Zigeunerin. Auf ihrem glänzenden schwarzen Haar saß ein kleiner Pelzhut mit einer Pfauenfeder. Der Hut paßte zu ihrem weiten Mantel. Selbst die Ränder ihrer Stiefel waren mit dem gleichen gescheckten Pelz besetzt. Die Absätze knallten wie Musketen, als sie ins Büro des älteren Mannes stiefelte.

Als sie fort war, kehrte Illingworth zu seinem Guckloch zurück. Praktisch im gleichen Augenblick hörte er hinter sich das Klicken des Türriegels. Der Mann mit dem schwarzen Regenmantel kam wieder heraus. Illingworth nickte ihm zu und hoffte, es wirkte zugleich reserviert und freundlich.

Der große Mann schob die Hand in seine Hemdtasche und zog sie leer wieder heraus. »Haben Sie für mich vielleicht auch eine Zigarette?«

»Natürlich.« Illingworth bot ihm sein Silberetui an.

»Vielen Dank. Ich habe meine auf der Fahrt hier heraus aufgeraucht.« Er nahm eine Zigarette und zündete sie mit seinem eigenen Feuerzeug an. Dann streckte er die Hand aus. »Ich bin Cliff Rebic.«

»Cassius Illingworth.«

»Angenehm, Sir. Sind Sie von der Regierung?«

»Nein«, erklärte Illingworth. »Ich bin Verleger.«

»Aha. Zeitung?«

»Zeitschriften.«

»Ah«, sagte Cliff noch einmal. »Ich bin Privatdetektiv, ich habe eine Agentur.« Er suchte unter dem schwarzen Regenmantel herum und zückte eine Karte. »Man weiß ja nie, wann man mal ein kompetentes Team von Ermittlern braucht, Mr. Illingworth, und wenn Doyle & Rebic's gut genug ist für General Whittens Haufen«, Cliff deutete mit dem Daumen zum hinteren Büro, »dann sind wir auch für alle anderen gut genug.«

»Ich verstehe. Man hat Sie angeheuert.«

»Ja, Sir, hat man.«

»Sie haben mich auch angeheuert.« Illingworth hielt inne und musterte die Decke. »Man könnte sagen, daß sie sich der Dienste der besten Reporter meiner Zeitschriften versichert haben.«

»So etwas. Was zahlen die Ihnen denn?«

»Ich fürchte, das muß vertraulich bleiben.«

»Yeah, sicher. Ich weiß, wie das ist. Ich dachte nur, daß diese Information für mich aus beruflichen Gründen wichtig sein könnte, verstehen Sie? Vielleicht will bald wieder jemand Doyle & Rebic anheuern, und dann möchte ich eben wissen, was der Markt hergibt. Doyle ist übrigens tot. Ich bin der Präsident.«

»Und aus dem gleichen Grund möchte ich wissen«, erwiderte Illingworth, »was man Ihnen gezahlt hat. Nicht, um es zu veröffentlichen.«

»Dann haben wir ja kein Problem. Sie sagen es mir, und ich sage es Ihnen.«

»Sie müßten sich auf meine Glaubwürdigkeit verlassen.«

»Sicher.«

»Und Sie würden, nachdem Sie meine Antwort kennen, nicht etwa Ihre Antwort modifizieren?«

»Teufel, nein.«

»Dann hören Sie meinen Vorschlag.« Illingworth zog ein Notizbuch und einen Stift aus der Tasche. »Wir werden jeder die Summe aufschreiben, unsere Zettel zusammenfalten und sie dann austauschen.«

»Gut. Hier, ich nehme mein eigenes Notizbuch.«

Eine Zeitlang war nichts zu hören außer dem Kratzen der Stifte auf dem Papier und den schwachen Geräuschen eines Autos auf der Straße jenseits der Tore. Kälte drang in den öden Raum ein wie Sternenlicht.

»Okay, sind Sie bereit?«

Illingworth nickte, und Cliff gab ihm seinen gefalteten Zettel. Er knüllte ihn zusammen, ohne ihn zu lesen, und ließ ihn auf den schmutzigen Boden fallen, während er Cliff seinen eigenen gab.

»Was, zum Teufel, ist das? ›Dreißig Silberlinge‹?«

»Sie werden das Wort vielleicht nicht kennen«, sagte Illingworth, »aber *quod scripsi, scripsi.*«

Er wandte sich ab, und während er sich umdrehte, veränderte sich das Geräusch des Autos. Schnee knirschte und krachte unter Gummireifen. John B. Sweets gemieteter Cadillac fuhr auf das Gelände. In der Nähe erwachten nacheinander die Motoren eines Propellerflugzeuges zum Leben.

52. KAPITEL

Das Gelächter der Götter

»Wie geht es Ihnen?« fragte die Hexe Stubb.

»Ich bin fast blind, und mein Kopf tut weh.«

»Blind?«

»Die haben mir meine Brille weggenommen.« Der kleine Detektiv mit dem wächsernen Gesicht rieb sich die Augen, dann die Schläfen. »Vielleicht ist sie auch nur runtergefallen, als Cliff mich niederschlug. Warten Sie, den Hundesohn werde ich mir kaufen.«

»Sie müssen mir erklären, was mit Ihnen passiert ist.«

»Madame S., ich muß gleich kotzen. Im Augenblick habe ich nichts Wichtigeres zu tun.«

»Es ist wichtig, oder es könnte wichtig sein. Erzählen Sie!«

»Warten Sie.« Stubb kam zitternd auf die Beine, eine Hand an seinen Hals gelegt. »Geschieht mir recht.«

»Was geschieht Ihnen recht, Sie Narr?«

»Die goldene Uhr, das Händeschütteln, der Leichenschmaus, die Urkunde, die vom Vorsitzenden unterzeichnet wurde, die stuckverzierte Villa in Florida, alles, was dazugehört. Wo ist die Toilette?«

»Es gibt keine. Wenn Ihnen übel wird, müssen Sie es hinunterschlucken.«

»Ich sprach von mir selbst. Reinsteigen und die Spülung ziehen. He, was zum Teufel!« Sein Unterarm war über die Brustpartie seines Trenchcoats gestreift. Er griff in den Mantel und zog seine Brille heraus. »So ein Hundesohn.« Er wischte sich die dicken Gläser am Ärmel ab. »Cliff muß sie hier reingesteckt haben. Oder das Mädchen. Klar, ich möchte wetten, daß sie es war.«

Befriedigt setzte er die Brille auf und sah sich in dem kahlen Raum um. Er sah rostige Metallstühle und die Hexe. »Sagen Sie, was ist mit Ihren Augen passiert? Haben Sie geweint?«

»Mr. Stubb, Sie sind der nervigste Mann, der mir je begegnet ist, und ich habe eine Menge nervige Männer kennengelernt. Vergessen Sie meine Augen – sie sind Pflanzen, die gewässert werden müssen, wenn sie wachsen sollen. Würden Sie mir nun bitte erzählen, was Ihnen passiert ist? Ich wiederhole, daß es sehr wichtig sein kann, und ich erinnere Sie, daß Sie mein Angestellter sind.«

»Madame S., abgesehen von den Spesen haben Sie mir bisher keinen Cent gegeben.«

»Ich habe zur Zeit nicht viel Geld, aber ich versichere Ihnen, daß Sie bezahlt werden. Auch wenn es im Augenblick sehr, sehr fraglich ist, ob Sie überhaupt einmal in der Lage sein werden, mir auch nur den kleinsten Dienst zu erweisen.«

»Das werden wir noch sehen.«

»Dann will ich keine Klagen mehr hören. Erzählen Sie!«

»Das habe ich schon getan. Ich bekam die goldene Uhr – klassische Falle. Ich wurde gekidnappt. Ich wurde ...«

»Ja?«

Stubb zog einen Klappstuhl über den grauen, rissigen Boden heran und setzte sich. »Ich bekam den Fall angeboten, auf den ich mein Leben lang gewartet hatte. Ein großes Ding. Ein reiches, hübsches Mädchen, und sogar noch kleiner als ich.« Plötzlich verzog er sein Gesicht zu einer Grimasse, die ihn beinahe in ein wildes kleines Tier verwandelte. »Lachen Sie mich nicht aus, Schwester. Das war sie wirklich!«

»Ich lache nicht über Sie«, erwiderte die Hexe. »Ich sah Sie gerade eben nicht anders an als jetzt.«

»Okay.« Er entspannte sich, nahm seine Brille ab und

polierte abwesend die Gläser am Ärmel. »Nur, daß sie wahrscheinlich überhaupt nicht reich war. Vielleicht hat jemand ihr was zugesteckt, damit sie sich herausputzen konnte. Sie hat aber mit Sicherheit ein paar gute Schulen besucht. Sie hat jedenfalls so geredet.«

»Sie hat Ihnen gefallen.«

»Ich wollte sie haben«, sagte Stubb. »Aber es war … ach, das würden Sie doch nicht verstehen, Madame S.«

»Ich würde es gern versuchen.«

»Es war wie … ich weiß nicht. Wie ein Spätfilm, wenn Sie aufstehen und gähnen und die Aschenbecher leeren, weil Sie wissen, daß es in einer Minute vorbei ist. Alles war perfekt, wirklich perfekt, nur, daß ich wußte – oh, verdammt!«

»Was ist?«

»Ich hätte es Ihnen gleich sagen sollen. Free ist tot.«

»Sind Sie sicher?« Die Hexe riß die Augen so weit auf, daß Stubb für einen Moment das Feuer hinter ihnen sehen konnte.

»Ziemlich sicher. Sie haben es gesagt, und er hat mir ein Foto gezeigt. Free lag auf einem Betonboden, und ich sah eine Menge Blut.«

»Aber Sie haben ihn nicht selbst gesehen.«

»Nein, die Leiche habe ich nicht mit eigenen Augen gesehen. Also gut, es kann gefälscht sein. Aber im Grunde glaube ich das nicht.«

»Mag sein. Doch Leute wie Free tauchen oft lange, nachdem man sie für tot erklärt hat, wieder auf. Jemand hat Sie niedergeschlagen?«

»Cliff Rebic. Sie kennen ihn nicht. Ich habe früher hin und wieder für ihn gearbeitet. Er hat mich niedergeschlagen. Er hatte den Jungen, den Pagen, gebeten, dem Mädchen einen Tee zu bringen. Das hatte ich vergessen. Ich drehte mich um, und Cliff schlug mich nieder.«

»So ein Unglück.«

»Allerdings. Als ich wieder zu mir kam, trug ich

Handschellen und eine Augenbinde und saß neben ihm auf dem Rücksitz eines Autos. Ich konnte sein Rasierwasser riechen. Das Mädchen fuhr. Sie hatte ein wundervolles Parfüm, und ab und zu sagte sie etwas. Er arbeitete für sie, oder für die Leute, für die sie auch arbeitete. Okay, so haben sie mich also erwischt. Wie ist Ihre Geschichte?«

»Sie unterscheidet sich nicht sehr von Ihrer. Ich betrog heute einen bestimmten Menschen, dessen Namensvetter drunten große Autorität genießt. Ich tat dies in Kenntnis seines Namens, ohne mir etwas dabei zu denken. Er schickte ...«

Die Tür ging auf, und Barnes, abgesehen von einer Augenbinde völlig nackt, taumelte blind herein. Der Mann, der ihn hereingestoßen hatte, warf ein Bündel Kleider hinterher. Barnes stolperte über einen Blechstuhl und fiel hin.

»Was, zum Teufel«, sagte Stubb. »Was hat man denn mit Ihnen gemacht?«

»Sind Sie das, Stubb?«

»Natürlich bin ich es. Halten Sie mal einen Augenblick still.« Stubb knibbelte mit kurzen, schmutzigen Fingernägeln am Klebeband herum und riß es dann zusammen mit einem großen Teil von Barnes' Augenbrauen ab.

Barnes schrie auf vor Schmerzen.

»So geht das am besten. Dann ist es am schnellsten vorbei. Warten Sie, ich habe ein Taschenmesser. Ich löse Ihre Fesseln.«

»Die haben Ihnen erlaubt, Ihr Taschenmesser zu behalten?« fragte die Hexe.

»Natürlich. Was hätte ich damit schon anfangen sollen? Die Handschellen konnte ich damit nicht durchschneiden, und ich kam ja sowieso nicht heran.«

»Und sie haben mir erlaubt, meine Handtasche mitzunehmen. Nur der arme Ozzie wurde splitternackt ausgezogen.«

»Sie haben die Sachen da hereingeworfen«, widersprach Stubb.

»Ich habe es selbst gemacht«, sagte Barnes. »Ich meine, ich habe den größten Teil meiner Sachen selbst ausgezogen.« Er rieb sich die Handgelenke.

Die Hexe bemerkte: »Sie haben einiges zu erzählen.«

»Also gut, aber zuerst will ich mich anziehen. Jesus, können Sie nicht wenigstens die Augen schließen?«

»Wie Sie wünschen. Sehen Sie, ich halte meine Handtasche vor die Augen.«

Barnes nahm eine karierte Hose in die Hand und fluchte.

»Hat man Sie beraubt?«

»Das kann man wohl sagen. Das hier ist meine alte Hose.«

»He, Sie haben recht. Ihr alter Anzug. Haben Sie den nicht im Krankenhaus verloren?«

Barnes nickte. »Ein Seemann namens Reeder nahm ihn mir ab.«

»Und Sie sind während des Stromausfalls rausgegangen und haben einem anderen Mann seine Sachen abgenommen.«

»Nein. Ich habe die Sachen aus einem Geschäft geholt. He, sehen Sie mal – Fruit of the Loom! Die haben sogar meine alte Unterwäsche gefunden.«

»Wie schön. Hoffentlich haben sie sie auch gewaschen. Ziehen Sie sich an.« Stubb massierte sein Kinn. »Wissen Sie, Ozzie, diese Leute sind nicht so klug wie sie selbst glauben, denn sonst hätten die bei Ihnen nur ein Auge verklebt.«

Barnes tastete die Taschen seines Anzugs ab. »Yeah, ich habe mein Glasauge verloren, und es ist nicht hier. Sie haben es gesehen, was? Als ich das Etikett las?«

»Ich konnte es sehen, ob Sie das Etikett nun ansahen oder nicht. Ziehen Sie sich jetzt die verdammten Sachen an. Madame S. wird es langsam leid, ihre Tasche hochzuhalten. Die müssen diesen Reeder erwischt haben. Das, oder er hat von Anfang an für sie gearbeitet. Haben Sie ihn noch einmal gesehen, nachdem wir aus dem Krankenhaus verschwunden sind?«

»Und ob ich ihn gesehen habe. Ich habe ihm in der Lobby des Consort was verpaßt, weil er meine Sachen geklaut hatte.«

»Dann wäre das geklärt. Diese Leute wußten, daß wir im Consort waren. Ein Hausdetektiv hat mich heute morgen beim Frühstück wiedererkannt. Er hat es Cliff Rebic gesteckt, und Cliff hat es ihnen gesagt. Vielleicht wußten sie es sogar schon vorher ...«

»Natürlich wußten sie es!« unterbrach die Hexe, die immer noch ihre Handtasche vors Gesicht hielt. »Das Mädchen – sie hat für Illingworth gearbeitet. Er hat mich hergebracht.«

»Meinen Sie Sandy?«

»Ja. Diese Alexandra Duck.« Die Hexe zögerte. »Vielleicht war sie nicht eingeweiht. Ich glaube, das hätte ich gespürt, aber ich habe nichts gespürt.«

»Illingworth ist doch der Herausgeber der Zeitschriften, oder?«

»Das sagte er jedenfalls.«

»Ich glaube, bis heute morgen hat er selbst noch nicht für sie gearbeitet«, sagte Stubb. »Sie sagte, sie hätten ihn heute morgen angerufen. Aber woher sie wußten, daß sie ihn anrufen mußten, das ... Teufel!«

»Ist Ihnen etwas eingefallen?«

»Nur Mrs. Baker. Die haben Mrs. Baker überwacht. Vielleicht war es sogar einer von Cliffs eigenen Leuten. Die beiden Mädchen haben Mrs. Baker ausgequetscht, und er wollte sehen, wohin sie danach gingen. Oder sie sind Mrs. Baker selbst gefolgt. Sie kam zum Consort, um mit uns zu reden. Sie können die Tasche herunternehmen. Ozzie hat wieder die Hosen an.«

Die Hexe ließ die Tasche sinken. »Und jetzt Sie, Ozzie. Warum brachte man Sie nackt herein?«

»Ich glaube, das werde ich Ihnen lieber nicht erzählen.«

»Oh, tatsächlich?« Die Hexe verzog das Gesicht zur Andeutung eines Lächelns. »Mr. Stubb hat seine Geschichte auch erzählt.«

»Ich habe sie nicht gehört.«

»Sie werden sie hören, wenn Sie wollen – wenn nicht von Mr. Stubb selbst, dann von mir. Aber Mr. Stubb wird es wohl selbst tun.«

»Ich werde Ihnen trotzdem nicht sagen, was mir passiert ist. Das ist meine Sache!«

»Wenn Sie mir nur eine Frage beantworten, dann will ich es für den Augenblick dabei bewenden lassen. War es etwas, das Ihnen jetzt peinlich ist?«

Barnes nickte.

»Es war bei Mr. Stubb genau das gleiche. Er bekam – wie soll ich es nennen? Die Chance seines Lebens?«

Stubb schwieg.

»Und er wurde hereingelegt. Er ist tapfer, und er ist intelligent. Er selbst würde vielleicht sagen, er kennt alle Tricks. Aber im entscheidenden Augenblick war er abgelenkt. Ich übrigens auch …«

»Haben Sie auch in die falsche Richtung geblickt?« Stubb klopfte seine Taschen ab. »Hat jemand mal eine Zigarette für mich?«

»Nein. Aber ich wurde getäuscht. Mir wurden Gottheiten gezeigt – die höchsten Gottheiten, wie man mir sagte. Und sie waren genau so, wie ich immer geglaubt hatte. Phra die Sonne, Khepri das Leben, Ked, der Gott der Erde, Nu, der Gott der Gewässer, der Wasser des Chaos. Aber es war alles Lug und Trug.«

»Ich habe nie an Religion geglaubt«, sagte Barnes. »Aber es tut mir leid, wenn man Sie verletzt hat.«

»Sie opfern Kuvera, dem Herrn der Schätze«, sagte die Hexe. »Und Iris von Erech. Und weil Sie nichts über sie wissen, kann man Sie mit der Peitsche treiben.«

Stubb sagte. »Das klingt, als wäre es Ihnen nicht besonders gut ergangen.«

»Ist es auch nicht. Das Schlimmste ist nicht, nichts über die Götter zu wissen. Das Schlimmste ist, jene, die keine Götter sind, mit Göttern zu verwechseln. Genau in dem Augenblick, in dem ich hoffte, erhöht zu werden, sah ich mich verspottet und verlacht. Wenn es nur das Gelächter von Männern und Frauen gewesen wäre, dann hätte es mich nicht gestört. Diese Art Gelächter habe ich viele Male gehört, und es gilt mir nicht mehr als das Klappern von Kieselsteinen in einer leeren Dose. Aber ich hörte die Stimmen der Götter – von Mana und Skarl und Kib und Sish, dem Zerstörer der Stunden. Das Lachen derer, die die wahren Götter sind.«

Barnes legte einen Finger an die Lippen. »Es kommt jemand.«

Die drei verstummten und lauschten den Schritten. Die Tür wurde geöffnet, und ein Mann in mittleren Jahren, der einen Dufflecoat trug, kam herein. Er sah aus, als wäre ihm kalt – auf seinen Schuhen klebte Schnee, und auf seinen Wangen lag der weiße Hauch des Winters. Sogar auf dem Lauf der Thompson-Maschinenpistole hatte sich etwas Reif angesetzt.

»Guten Abend«, sagte er. »Ich dachte, Sie würden vielleicht gern erfahren, was mit Ihnen passiert ist und wohin die Reise geht.«

53. KAPITEL

Nichts Genaues weiß man nicht

»Das wird aber auch Zeit«, sagte Stubb. »Wer war Free?«

»Wo ist mein Junge?« knurrte Barnes.

»Ich sagte, daß ich es Ihnen erklären will«, sagte der Mann im Dufflecoat. »Ich sagte nicht, daß ich mir von Ihnen Löcher in den Bauch fragen lasse.« Der Zeigefinger seiner rechten Hand fand den Abzug der Thompson.

Die Hexe ignorierte seine Worte und fragte: »Wollen Sie uns umbringen?«

»Wir werden mit Ihnen tun, was man uns aufträgt«, erwiderte der Mann im Dufflecoat etwas müde.

Stubb polierte seine Brille und setzte sie wieder auf. Er beugte sich etwas vor.

»Wenn unsere Befehle lauten, Sie umzubringen, dann werden Sie umgebracht. Wenn man uns beauftragt, etwas anderes mit Ihnen zu tun, dann tun wir etwas anderes.« Er räusperte sich und spuckte in eine Ecke. »Das Problem mit euch ist, daß ihr nie macht, was man euch befiehlt. Ihr könnt einfach nicht einsehen, daß alles in Butter ist, solange ihr macht, was der Anführer sagt, und daß alles zum Teufel geht, wenn ihr es nicht tut. Alles geht dann zum Teufel.«

»Sie sind verrückt!« sagte die Hexe.

»Ich bin der Anführer«, sagte der Mann im Dufflecoat.

»Er ist ein bißchen besoffen«, sagte Stubb. »Riechen Sie nicht den Schnaps?« Zum Mann im Dufflecoat sagte er: »Ich könnte auch einen gebrauchen, Sir. Wie wäre es damit?«

»Sie wollen mir nur das Zeug in die Augen schütten und meine Kanone wegnehmen, Kurzer.« Der Mann im Dufflecoat schüttelte die Thompson. Die Patronen klapperten im Magazin.

»Mann, ich will das Zeug nicht schmeißen, ich will es trinken.«

Barnes wand sich achselzuckend in seine karierte Jacke. »Sie sagten, Sie wollten uns etwas erklären. Also erklären Sie. Ich würde es gern hören.«

Der Mann im Dufflecoat kicherte. »Ich auch. Ich kann gar nicht erwarten zu hören, was ich gleich sagen werde. Das ist glaube ich, von Groucho. Groucho Marx.«

»Ich weiß. Ich war früher selbst mal Bühnenkomiker.«

»So, so. Na gut, dann fange ich mit Ihnen an.« Der Mann im Dufflecoat sah zu Barnes und dann zur Hexe und von ihr zu Stubb. Die Mündung der Thompson folgte seinen Augen. »Aber ich glaube, Sie drei sollten sich vorher setzen.«

Barnes ließ sich auf einen Stuhl fallen.

»Gut. Ich will mit der Gründung unserer großen Nation beginnen …«

»Sind Sie vielleicht doch verrückt?« Stubb starrte ihn an.

»Nein, ich bin der Anführer, wie ich Ihnen schon sagte. Unser Land gründet sich auf das Prinzip der Zerstörung des Wilden durch das Zivilisierte. Lassen Sie mich – nur für einen Moment, wenn Mr. Stubb es erlaubt – dreißigtausend Jahre vor die Geburt Christi zurückgehen. In jener Zeit überquerten die Vorfahren der Indianer das, was wir heute die Beringstraße nennen, und besetzten ein Land, das sie für leer hielten. Diese Indianer repräsentierten die Zivilisation. Die Biber fällten Bäume und bauten Häuser, aber die Indianer töteten die Biber und häuteten sie.«

Barnes sagte: »Dann kamen die Weißen und häuteten die Indianer.«

»Exakt. Aber die Pioniere, die die Indianer und deren Kultur auslöschten, wurden ihrerseits von den Siedlern ausgelöscht, die ihnen folgten. Diese Siedler verloren ihre Farmen an die Banken, und die Banken verkauften sie an Firmen, die der Landwirtschaft die Segnungen der Industrialisierung brachten – Unsterblichkeit und Amoralität. In den Städten ging es nicht anders. Die frühen Städte, in denen es unabhängige Geschäfte und Restaurants gab, veränderten sich zu Städten voller Kettenrestaurants, so daß die Kontrolle immer stärker wurde. Vielleicht hat niemand von Ihnen wirklich verstanden, warum das Wort ›Kette‹ in diesem Zusammenhang so wichtig ist.«

Keiner der drei sagte etwas.

»Sehen Sie den Fortschritt? Die alten Geschäfte mußten Dinge verkaufen, die ihre Kunden haben wollten. Als sie verschwanden, verschwand auch das Bedürfnis für diese Art von Sklaverei, und die Kettenläden können verkaufen, was sie selbst wollen. Ihre Kunden müssen es kaufen, weil es nichts anderes zu kaufen gibt. Ich frage Sie, ich frage Sie alle – wie oft waren Sie schon in einem Kaufhaus und haben festgestellt, daß Sie nichts von dem wollen, was es dort gibt?«

Sie starrte ihn an. Stubb sagte leise: »Ich habe so langsam das Gefühl, ich bin im falschen Film. Sie sind Wolfe Barzell und Sie werden uns gleich an Mike Mazurki übergeben.«

»Und Sie sind Elisha Cook Junior mit Brille«, erwiderte der Mann im Dufflecoat. »Sie brauchen mich nicht so anzusehen, ich bin sicher, daß Sie von selbst schon darauf gekommen sind. Wo war ich?«

Die Hexe sagte: »Sie wollten uns erzählen, was wir mit all dem zu tun haben.«

Er lachte, warf den Kopf zurück und ging unsicher

zwei Schritte rückwärts, bis er sich an den Türrahmen lehnen konnte. »Was Sie damit zu tun haben? Meine liebe, dämonische, dumme Hexe, ich kann Ihnen wirklich nicht sagen, was Sie damit zu tun haben. Weil Sie nichts damit zu tun haben. Wie der Kleine hier sagte, Sie sind im falschen Film. Sie haben nichts damit zu tun. Es ist die Wahrheit. Sie alle, Sie waren Ihr Leben lang Nebendarsteller oder Kulissen. Jetzt sind Sie nicht einmal mehr dazu zu gebrauchen.«

Eine Hand hielt nach wie vor die Thompson, während die andere in die Seitentasche seines Dufflecoat fuhr. Einen Augenblick später kam sie mit einem silbernen Flakon wieder heraus. Er klemmte sich die Thompson unter den Arm, schraubte den Verschluß ab und trank. »Wer wollte was haben?«

»Ich, Sir«, erwiderte Stubb. »Der Kurze.«

»Fang auf!« Er warf Stubb die offene Flasche zu, die einen schmalen Streifen Whisky auf dem Boden hinterließ.

Stubb trank und gab die Flasche an Barnes weiter, der sie der Hexe anbot. Als sie ablehnte, trank er selbst.

»Ich will es so ausdrücken«, sagte der Mann im Dufflecoat. »Die Indianer waren früher die Amerikaner – die einzigen Amerikaner. Dann waren die Trapper die Amerikaner. Dann kamen die Farmer mit ihren Pferdewagen und den Pferden und den Pflügen und den weißen Bretterhäusern. Wenn Sie sich ein Bild von Uncle Sam ansehen, dann sehen Sie, wie die Farmer damals aussahen, wenn sie zum Jahrmarkt gingen. Nur, daß die Farmer heute nicht mehr die richtigen Amerikaner sind. Auch die Indianer sind es nicht mehr. Die Indianer, diese armen Hunde, sind nicht einmal Ausländer. Wir lieben Ausländer mehr als Amerikaner, weil die Ausländer die Amerikaner der Zukunft sind. Die Trapper sind weg, und bald seid auch ihr weg.«

Er tastete in seiner Tasche nach dem Flakon, dann

schien er sich zu erinnern, daß er ihn Stubb zugeworfen hatte.

»Ihr seid auch keine Amerikaner.« Seine Stimme klang wütend und etwas tiefer. »Kein einziger von euch, kein einziger besitzt ein Designerhemd. Oder einen Set gleicher Handtücher. Ihr tragt keine Jeans, und ihr geht nicht joggen. Ihr seid Scheiße. Ihr seid nichts als Stücke Scheiße.«

»Ich würde lieber sterben!« Die heftige Antwort der Hexe ließ die Männer zusammenzucken. »Ich würde lieber sterben, als Ihre Bluejeans tragen und mich damit sehen lassen!«

»Sie sind keine Amerikanerin«, sagte der Mann im Dufflecoat. »Das sagte ich doch.«

»Ich habe es auch nie behauptet. Und nie gewünscht. Ich bin eine Zigeunerin und eine Prinzessin. Und ich bin eine Närrin, weil Sie mich dazu gemacht haben. Aber ich will jetzt auch für die Indianer sprechen, weil sie Nomaden waren, als sie noch nach ihren eigenen Vorstellungen und nicht nach Ihren lebten. Wir sind heute noch Nomaden, und das werden wir bleiben, auch wenn ihr uns erschlagt.« Sie schnappte keuchend nach Luft. Es war fast ein Schluchzen.

»Ihr habt uns bezwungen, aber ihr habt uns nicht erobert. Um uns zu erobern, müßtet ihr uns im fairen Kampf schlagen, und ihr habt uns nicht im fairen Kampf geschlagen. Ihr habt uns zu Boden geschlagen, aber ihr habt nicht gesiegt. Um uns zu erobern, müßtet ihr Würde haben, und aus diesem Grund habt ihr uns nicht erobert. Ein Mann mag vor einer Wespe fliehen und von der Wespe gestochen werden, aber er kann nicht von der Wespe erobert werden. Sie bleibt ein Insekt, und er bleibt ein Mann. Ihr verkleidet euch wie Narren und schnattert und springt wie die Affen herum, und eure Prinzen heiraten Huren. Deshalb werden euch selbst die, die ihr zerquetscht habt, nicht als Herren bezeichnen. Niemand wird euch Herren nennen, bis ihr eine Nation trefft, die dümmer ist als ihr.«

Stubb grinste den Mann im Dufflecoat an und applaudierte. Barnes fiel ein.

Ein paar Sekunden lang schwieg der Mann im Dufflecoat und ließ die Mündung der Thompson zwischen Stubb und Barnes hin und herwandern. Dann sagte er: »Nun gut, ich wollte es erklären. Ich dachte, es könnte etwas nützen. Wir haben den Auftrag, euch nach oben zu schicken, und genau das tun wir.«

»Das klingt interessanter als der philosophische Quatsch«, sagte Stubb. »Den mochte ich nicht besonders. Wir fliegen nach Washington?«

Der Mann im Dufflecoat schüttelte den Kopf. »Ich sagte nach *oben*. Zu den Leuten, die wirklich am Drücker sind und die ganze Welt regieren. Sie wollen euch vier sehen. Verdammt will ich sein, wenn ich einen Grund dafür wüßte. Ihr werdet starten, sobald die letzte da ist.« Er kicherte. »Ihr wißt es nicht, aber ihr habt Glück. Noch ein paar Jahre, und ihr würdet nicht so einfach mit dem Flugzeug hinfliegen können. Ihr müßtet über die Stratosphäre hinaus in den Weltraum. Das ist die Wahrheit.«

»Das High Country«, sagte Stubb.

»Genau, das *High Country*. Es begann direkt nach Pearl Harbor, als alle Angst hatten, die Nazis könnten in der Chesapeake Bay landen. Die Regierung war leicht angreifbar, aber es wäre nicht gut für die Moral gewesen, wenn sie einfach nach Kansas City umgezogen wäre, auch wenn Senator Truman und ein paar andere das wollten. Deshalb beschlossen sie, die wichtigsten Leute in ein Flugzeug zu setzen und herumzufliegen.«

»Meinen Sie Präsident Roosevelt?« fragte Barnes. »Mein Dad hat oft über ihn gesprochen.«

Der Mann im Dufflecoat schüttelte den Kopf. »Der Präsident gehörte nie zu den wichtigen Leuten. Nie.

Im Grunde war er nur ein Pappkamerad. Ich rede von denen, die die Entscheidungen getroffen haben. *High Country* ist der Deckname für das Flugzeug. Es bestand zu einem großen Teil aus Holz, um strategisch wichtige Metalle für die Bomber und Jäger zu sparen. Man hat seit damals ständig daran gearbeitet und es im Flug immer größer gemacht. Harry Hopkins machte, glaube ich, einmal einen Witz über Fichten, die in zehntausend Fuß Höhe wachsen. Haben Sie's jetzt kapiert?«

Stubb nickte. »Klar. Muß ich jetzt lachen?«

»Damals mußten sie etwa alle acht Stunden landen und dann wieder starten. Aber solange sie in der Luft waren, konnte nichts und niemand sie kriegen, es sei denn, Göring hätte einen Weg gefunden, seine Jäger herüberzuschicken. Sie haben also unter anderem daran gearbeitet, das Flugzeug länger in der Luft zu halten. Haben Sie mal von Howard Hughes' *Spruce Goose* gehört? Von dem großen Wasserflugzeug? Das war eine Idee, die leider nicht funktionierte. Jetzt brauchen sie überhaupt nicht mehr zu landen, und in einiger Zeit werden sie zu hoch sein, um ...«

Ein jüngerer Mann öffnete die Tür und lugte herein. »Wir brauchen Sie hier draußen, General.«

Der Mann im Dufflecoat sah ihn an. »Probleme?«

»Nichts Schwerwiegendes, Sir.« Der jüngere Mann zuckte die Achseln. »Aber vielleicht fällt Ihnen etwas ein.«

»Ihr bleibt, wo ihr seid«, sagte der Mann im Dufflecoat zu den Gefangenen. »Ich will euch nicht verlieren, und wenn ihr diesen Raum verlaßt, könnte euch ein Wächter erschießen.« Er schloß hinter sich die Tür. Sie hörten das Schloß klicken.

Barnes faßte sich als erster. »Was haltet ihr davon?«

Stubb strich über die Prellung an der Seite seines Kopfes. »Was halten *Sie* davon?« fragte er zurück. »Ich bin es müde, den Klugen zu spielen. Ich dachte, ich höre vorübergehend mal zu, welche Ideen andere haben.«

Barnes zögerte. »Zuerst einmal kam Mr. Free vom Flugzeug. Er sprach ja vom ›High Country‹, oder?«

»Oder wir sollen glauben, daß er von dort kam. Oder *sie* wollen uns glauben machen, daß er von dort kam. Aber gut, vielleicht kam er von dort. Ist noch Scotch da?«

»Hier drin?« Barnes hob den Flakon, der mit verflochtenen Dreiecken geschluckt war. »Ein guter Schluck, denke ich.«

»Wollen Sie, Madame S.?«

Die Hexe schüttelte den Kopf.

»Dann ich.« Stubb fegte mit der Handfläche den Deckel vom Flakon. »Ich will Sie beide etwas fragen, und ich frage nicht zum Spaß – obwohl Gott weiß, daß ich das oft genug getan habe. Dieses Mal will ich es wirklich wissen. Warum wir?«

Keiner antwortete.

Stubb setzte die Flasche an, schluckte und schüttelte sich. »Nicht übel. Nehmen wir an, dieser General hat die Wahrheit gesagt. Warum sind wir so verdammt wichtig, daß diese Leute, die die ganze Zeit da oben herumfliegen, uns sehen wollen? Und wenn er lügt, wird alles nur schlimmer. Warum will er uns einreden, daß Free von einem Flugzeug gekommen wäre?«

»Ich habe eine bessere Frage«, sagte die Hexe. »Sie ist besser, weil Sie die Antwort wissen. Noch bevor Sie hörten, daß der junge Mann den älteren als General anredete, benutzten Sie einen Ehrentitel. Sie wußten, daß er Offizier war, oder Sie vermuteten es zumindest. Warum?«

»Das war nichts Besonderes, Madame S. Er hatte glatte Schuhe an, die glänzten. Das Mädchen, das ich erwähnte, sagte, ihr Vater sei General gewesen. Vielleicht ist er nicht wirklich ihr Vater, aber sie hält ihn für ihren Vater oder einen Onkel. Sie sagte, sein Name sei

Samuel, und damit ist er Uncle Sam – und die meisten Leute benutzen, wenn sie lügen müssen, das Erstbeste, das sie zur Hand haben.«

Barnes fragte: »Dann glauben Sie ihm nicht?«

Stubb zuckte die Achseln und trank die letzten Tropfen aus dem Flakon. Er starrte die silbernen Seitenflächen an. »Es kam mir so vor, als wäre er der Boss. Aber würde man einen Mann, der zittert und an der Flasche hängt, als Leiter aussuchen? Vielleicht würde man das sogar tun, wer weiß. Vielleicht hat er sie in der Tasche, und ihnen blieb nichts anderes übrig, als ihn zu nehmen. Aber wenn er wirklich klug wäre, so klug wie jemand, der die Verantwortung trägt, und wenn er uns hereinlegen will, dann wäre dies eine verdammt gute Art, es zu tun. Er weiß, daß wir uns fragen werden, warum er uns das alles erzählt hat. Er hat uns die Antwort gleich mitgeliefert: Weil er besoffen ist.«

»Das ist sehr klug«, sagte die Hexe. »Aber warum will er, daß wir das alles glauben?«

54. KAPITEL

Alles an Bord

»Also gut, Lieutenant, was ist los?« fragte der Mann im Dufflecoat.

»Sie ist da, Sir. Die Zubringermaschine läßt schon die Motoren warmlaufen.«

»Ich weiß, ich höre es.«

»Aber wir kriegen sie nicht aus dem Auto, Sir.«

»Meinen Sie, daß Sie eine Waffe hat? Setzen Sie Gas ein.«

»Sie ist schon bewußtlos, Sir. Oder jedenfalls beinahe. Wir kriegen sie einfach nicht heraus.« Während sie in die kalte Nacht hinaustraten, zog der jüngere Mann ein Taschentuch aus der Tasche und wischte sich die Stirn.

Der schwarze Cadillac stand dunkel und schweigend im Schnee. Zwei Männer und zwei Frauen lugten durch die Fenster hinein. Der jüngere Mann deutete auf die Männer. »Die beiden haben sie hergebracht, Sir.«

Einer kam ihnen mit ausgestreckter Hand entgegen. »Ich bin John B. Sweet, General Whitten. Vizepräsident, Verkauf, Mickey's Jawbreakers Corporation.«

Der Mann im Dufflecoat schüttelte seine Hand. Die Thompson hielt er lässig in der Linken, die Mündung zielte auf den plattgetretenen Schnee. »Wir haben uns am Telefon unterhalten«, sagte der Mann im Dufflecoat.

»Ja, das haben wir«, erwiderte Sweet. »Ich wollte Ihnen nur persönlich sagen, daß wir von Mickey's immer bereit sind, Ihnen zu helfen.«

»Wir werden ein gutes Wort für Sie einlegen. Ich

nehme an, der andere Mann kommt von dem Restaurant, das Sie empfohlen haben?«

Der zweite Mann trat vor, bot Whitten aber nicht die Hand. »Ich bin Walter Pearson«, stellte er sich vor.

»Sind Sie gefahren?«

»Ja, Sir. Ich habe außerdem das Essen serviert und Mr. Sweet geholfen, sie ins Auto zu bekommen.«

Der jüngere Mann unterbrach ihn. »Wie haben Sie sie denn hineinbekommen? Das würde ich wirklich gern erfahren.«

»Wie Sie und jeder andere es auch getan hätten, Sir. Mr. Sweet hielt sie mehr oder weniger gerade, ich öffnete die Tür und gab ihr einen kleinen Stoß.«

»Sie haben sich eine Belohnung verdient«, sagte der Mann im Dufflecoat. »Was hätten Sie gern?«

»Ich möchte einfach nur nach Hause gebracht werden, Sir.«

»Sie sind ein wahrer Patriot, Pearson. Ich wünschte, wir hätten mehr wie Sie. Mr. Sweet hier muß das Auto zurückbringen. Ich glaube, es ist ein Mietwagen, oder?«

Sweet nickte. »Von Avis. Die nehmen wir immer.«

»Aber Sie werden erst morgen irgendwann nach Hause fliegen. Bringen Sie Pearson dorthin, wo er hinwill.« Der Mann im Dufflecoat wandte sich an den jungen Mann. »Wo liegt jetzt das Problem?«

»Wir bekommen sie nicht heraus, Sir. Das ist alles. Die Tür ist zu klein, und sie muß mehr als dreihundert Pfund wiegen.«

»Das bezweifle ich«, sagte Sweet.

»Ich auch«, erklärte der Mann im Dufflecoat hinter ihm. »In ihrer Akte steht, daß sie zweihundertfünfzig wiegt.«

»Sie müßten sie sehen, Sir«, sagte der junge Mann.

»Sie haben recht, Lieutenant.« Der Mann im Dufflecoat schritt durch den Schnee. »Hat jemand eine Taschenlampe?«

Robin Valor murmelte: »Was Besseres.« Sie öffnete die rechte hintere Tür des Cadillac, und die Innenbeleuchtung ging an.

Candy lag auf dem Rücksitz. Sie öffnete kurz die Augen, als das Licht aufflammte, dann schloß sie sie wieder. Auf dem Boden lagen herzförmige Bonbonschachteln und geriffelte Papierschälchen herum.

»Haben Sie sie hier gefüttert?« fragte der Mann in dem Dufflecoat.

»Ich hatte einige Proben dabei. Unser Sortiment für den Valentinstag und unsere Viersternekollektion mit Likörpralinen. Sie hat sie entdeckt.«

»Ähm ...«, machte der Mann im Dufflecoat.

»Ich glaube nicht, daß sie sie alle auf der Fahrt hier heraus gegessen hat.«

»Ich glaube, das würde sowieso keinen Unterschied machen.« Er blickte zwischen Sweet und dem Kellner hin und her. »Damit ich es recht verstehe – Sie, Sweet, sind mit ihr mit diesem Wagen zum Restaurant gefahren. Saß sie vorne bei Ihnen?«

Sweet nickte.

»Sie haben gegessen. Pearson half Ihnen, Sie aus dem Restaurant zu holen und auf den Rücksitz zu setzen. Korrekt?«

Jetzt nickten Sweet und der Kellner gleichzeitig.

»Sie haben hinten bei ihr gesessen und sie mit Bonbons gefüttert, um sie ruhig zu halten. Ich habe dagegen übrigens nicht das mindeste einzuwenden. Pearson ist gefahren. Ist das auch richtig?«

Der Kellner nickte, und Sweet sagte: »Ja, Sir.«

Der Mann im Dufflecoat sah das schwarze Auto lange an und schüttelte den Kopf. »Caddies waren früher mal schöne, große Autos. Ich habe selbst einen. Wissen Sie noch, wie die früher waren, Sweet?«

»Aber gewiß, General. Mit den kleineren kann man allerdings leichter einparken.«

»Da haben Sie wohl recht. Heute abend kam ein älterer Herr in einem alten Packard. Ein wundervolles Auto. Haben Sie den Wagen gesehen?«

»Ja, Sir«, sagte Sweet. »Ich glaube schon.« Er deutete in die entsprechende Richtung. »Da zwischen den beiden Gebäuden.«

»Sie haben nicht zufällig auch das Nummernschild gesehen?«

Sweet schüttelte den Kopf. Der Kellner schloß sich ihm an.

»Gut. Beobachtungsgabe ist etwas sehr Nützliches, aber es ist wie mit der Höflichkeit – oder mit dem Durst auf einen guten Drink oder mit allen anderen Gelüsten. Man muß wissen, wann man aufhören muß.«

Er gab dem jüngeren Mann seine Thompson, ging vorn um das Auto herum, öffnete die Fahrertür, stieg ein und schloß die Tür. Dann ruckten sein Kopf und seine Schultern nach vorn, und er stieg wieder aus.

»Versuchen Sie es noch einmal«, sagte er.

Der junge Mann gab die Thompson an Sweet weiter und öffnete wieder die hintere Tür.

Von der anderen Seite rief Robin Valor: »Ich habe eine Idee. Ich steige zu ihr ein, und Sie fangen sie auf, wenn sie herauskommt.«

Der jüngere Mann murmelte: »Ich wäre lieber mit Patton in Nordafrika. Halten Sie sich bereit, Pearson.«

Im Innern des Cadillac wühlte Robin in ihrer Handtasche herum. Einen Moment lang funkelte das schwache Licht auf einem stählernen Gegenstand. Ihre rechte Faust ging sehr plötzlich auf Candys gewaltige Schenkel nieder. Candy ruckte erheblich beeindruckender als der Mann im Dufflecoat und riß die blauen Augen weit auf. Robin stach sie noch einmal.

Mit einem gedämpften Röhren drehte Candy sich zu ihr um. Ihre dicken Arme umfingen die dunkle Frau, die aufschrie. Der junge Mann zog eine Fünfundvierziger Automatik unter dem Mantel hervor und fuchtelte hilflos damit herum.

»He, jetzt reicht's aber!« Der Mann im Dufflecoat beugte sich in den Cadillac und versuchte, die kämpfenden Frauen zu trennen. Dann zog er eine blutende Hand wieder zurück.

Als hätte das Auto sie ausgespuckt, fielen die beiden durch die offene Tür in den Schnee. Robin war unter Candy begraben, die ihr Haar gefaßt hatte. Kip nahm ihren riesigen Revolver aus der Handtasche und schlug Candy zweimal rasch nacheinander den Griff auf den Kopf. Stahl knallte auf Knochen wie die Rechts-links-Kombination eines guten Weltergewichts am Punchingball. Der junge Mann und der Kellner rollten Candy von Robin herunter und halfen Robin auf die Beine.

»Allmächtiger«, keuchte sie, »ich dachte, sie würde mich umbringen.« Sie wedelte mit den Armen und versuchte, den Schnee vom Mantel abzuklopfen.

Der Kellner holte ihre Handtasche vom Rücksitz des Cadillac und gab sie ihr.

»Du hast es geschafft!« rief Kip. »Womit hast du sie gestochen, Robbie? Mit einem Messer?«

»Mit einer Nagelfeile.« Robin keuchte immer noch. Ihre dunklen Wangen waren unter dem Make-up gerötet. »Sie legte sich über mich und schlug mich. Ich war platt wie eine Flunder.«

Der Mann im Dufflecoat sah zu Candy. »Vielleicht auch zweihundertachtzig«, sagte er. »Geteilt durch vier macht das immer noch knapp hundert Pfund pro Mann. Ihr könnt froh sein, daß ihr sie nicht aus dem Restaurant tragen mußtet.«

Sweet kniete neben Candy. »Ist sie verletzt?«

»Wahrscheinlich. Kip hat eine gute Vorhand, und das ist eine große Kanone. Wenn sie ihre Schläfe getroffen hat, dann hat sie möglicherweise echten Schaden angerichtet.«

»Hinter das Ohr, Daddy«, sagte Kip. Sie hatte den Revolver wieder in die Handtasche gesteckt.

»Lieutenant, nehmen Sie ein Bein, ich nehme das andere. Sweet, Sie nehmen einen Arm und versuchen, eine Hand unter ihre Schulter zu bekommen. Pearson, Sie nehmen die andere Schulter.«

Die vier Männer faßten zu, und Candys Kopf und Füße kamen hoch.

»Ihr Hintern ist noch auf dem Boden«, sagte Kip.

»Den schaffen wir nicht«, grunzte der junge Mann.

Der Mann im Dufflecoat bückte sich, als wollte er nachsehen, ob Schalldämpfer und Auspuff eines Autos auf dem Boden schleiften. »Versuchen Sie, sie zu ziehen. Sie müßte auf dem Schnee gut rutschen.«

Sie rutschte.

»Wohin bringen wir sie?«

»Auf die andere Seite des Gebäudes, zum Flugzeug.«

Nach dem Probelauf der Motoren hatte der Pilot die Maschinen wieder abgestellt. Das Flugzeug stand schräg am Anfang einer schneebestäubten Landebahn. Die Propeller bewegten sich nicht mehr. Die langbeinige Blondine, die auf die dunkle Außenhülle gemalt war, schien wegen der fahrbaren Treppe, die dagegen gestellt war, in gewisser Verlegenheit.

Der Mann im Dufflecoat hieß den Trupp anhalten. »Sweet, Pearson, noch einmal vielen Dank im Namen dieses Landes. Auf Wiedersehen, und vergessen Sie nicht, daß ein falsches Wort zur falschen Zeit großen Schaden anrichten kann.«

Sie nickten und eilten davon.

Kip und Robin bewachten Candy, während der Mann im Dufflecoat und der junge Mann das Gebäude betraten, um Stubb, Barnes und die Hexe zu holen.

»Sie müssen Sie ins Flugzeug tragen«, erklärte er ihnen.

»Das schaffen wir nicht«, protestierte Barnes und blickte auf sie hinunter.

»Wenn Sie es nicht schaffen«, sagte der Mann im

Dufflecoat, »erschießen wir Sie an Ort und Stelle.« Er hob die Thompson. »Aber wenn Sie es schaffen, erzähle ich Ihnen, was aus Ihrem Sohn geworden ist.«

Ohne ein weiteres Wort bückte Barnes sich und faßte Candys Fußgelenke.

Stubb hatte sich neben ihn in den Schnee gehockt. »Wir brauchen sie nicht zu tragen«, sagte er. »Sie ist wach.«

Ihre Augen waren noch geschlossen, aber in den Augenwinkeln waren Tränen. Langsam kam eine kleine, dicke Hand hoch und berührte die Seite ihres Kopfes.

»Wo ist Klein Ozzie?« fragte Barnes.

»Vor ein paar Stunden haben Sie sich noch nicht so große Sorgen um ihn gemacht«, sagte Robin.

»Und Sie haben sich nicht so große Sorgen um sie gemacht«, meinte Kip an Stubb gewandt. »Ich habe gesehen, wie Sie mich angestarrt haben. Wenn ich mit dem kleinen Finger gewinkt hätte, dann hätten sie sie sofort für mich fallen gelassen.«

Der Mann im Dufflecoat murmelte: »Wissen Sie, Sie sind alle Verräter – und das sind auch wir, die wir uns selbst betrügen.« Er verzog den Mund zu einem Lächeln. »Das ist die Wahrheit. Es ist die einfache Wahrheit.«

»Und ich?« fragte die Hexe. »Habe ich auch meine Ziele verraten oder ein Versprechen gebrochen? Ich habe diesen drei niemals etwas versprochen, und ich habe keinen von ihnen betrogen. Sie brauchen uns keine Vorträge über das arme Mädchen dort zu halten. Wir wissen, daß sie jederzeit Mr. Stubb oder jemand anders aufgeben würde, um ihrem Bauch zu gehorchen. Aber was ist mit mir?«

Der Mann im Dufflecoat lächelte immer noch. »Sie sind treu geblieben, sagen Sie? Was oder wem?«

»Dem Wissen! Dem Ideal der letzten Wahrheit.«

»Sie sind jedem verlogenen Geist gefolgt, egal, wie willfährig oder schwach. Als Sie das Ende Ihrer Suche nach der höchsten Wahrheit erreicht hatten, wurden Sie getäuscht von einem albernen alten Mann, den wir zu Ihrem King geschickt hatten, von ein paar Schauspielern in Kostümen und einigen bunten Lichtern in einem Hangar.« Er hielt inne. »Wir versuchten, Sie alle so weit wie möglich zu demütigen. Sie, Marie, erreichten als einzige nie einen Punkt, an dem Sie nicht noch weiter gegangen wären.«

»Warum?« fragte Stubb. Candy saß aufrecht im Schnee. Sie hatte die Beine ausgestreckt und gespreizt. Ihr Bauch ruhte in ihrem Schoß. Er hockte sich wie ein Affe neben sie und legte ihr einen Arm um die Schultern.

»Weil wir von oben entsprechende Anweisungen erhalten hatten. Wir sollten Sie prüfen und hochschicken. Ich glaube, Sie haben allesamt versagt. Aber wir haben schon zuviel Zeit verloren. Bringen Sie sie auf die Beine.«

»Moment.« Barnes hatte Candys Hand genommen. »Sie sagten, wenn wir es tun, erzählen Sie mir etwas über meinen Sohn.«

Der Mann im Dufflecoat nickte. »Wenn Sie sie die Stufen hinauf und ins Flugzeug geschafft haben.«

Barnes und Stubb zogen. Die Hexe half ihnen und hob mit aller Kraft. Candy kam hoch und taumelte, zweimal wäre sie fast wieder hingefallen, aber schließlich schlurfte sie die kleine Rampe hoch, wie sie einst die Stufen vor Frees Haus hochgeschlurft war. Ein junger Mann in einer Fliegerjacke stand mit einer Pistole in der Hand oben auf der Treppe.

»Er ist uns entwischt«, rief der Mann im Dufflecoat Barnes hinterher.

55. KAPITEL

Bei der Fliegerstaffel der Army

Stubb bugsierte Candy auf einen Sitz. Sie wiegte sich hin und her und rieb sich die Schläfen. Die Sitze bestanden aus durchlöcherten Metallplatten. Zwischen ihnen und dem vorderen Teil des Flugzeuges war eine Trennwand. Die Tür stand offen, aber der junge Mann hatte sich dort mit seiner Pistole postiert. Stubb hielt ihn für den Copiloten; einer der Sitze im Cockpit war frei. Ein rechteckiges Abzeichen auf dem linken Ärmel seiner Fliegerjacke schien einen geflügelten Propeller zu zeigen, aber es war zu dunkel, um sicher zu sein. Es war kalt, und die Maschinen draußen brüllten mit ohrenbetäubendem Lärm.

Langsam und fast unbeholfen ging die Maschine in Schräglage. Die Lichter des aktiven, kommerziellen Teils des Flughafens waren hinter den Fenstern der tieferen Seite zu sehen. Sie schienen sehr weit entfernt. Hinter ihnen war nur verschneite Dunkelheit. Ein schwaches blaues Licht brannte im Heck der Maschine, und in der Instrumententafel im Cockpit brannte ein ähnliches, noch schwächeres Licht.

»Hat jemand mal eine Zigarette? Bitte«, krächzte Candy.

Stubb schüttelte den Kopf.

»Ozzie, bitte? Zigarette?« Sie machte Bewegungen, als rauchte sie schon. »Ich habe keine mehr«, sagte Barnes.

Die Hexe öffnete ihre Handtasche, dann ließ sie sie wieder zuschnappen. »Ich habe auch keine mehr. Ich erinnere mich jetzt, daß ich meine letzte von Mr. Illingworth bekam. Sie kennen ihn nicht.«

»Der Herausgeber von *Natural Supernaturalism* und der anderen Zeitschrift«, sagte Stubb. »Sandys Boss.«

»Schaut nur!« Candy deutete aus einem Fenster. Die Stadt schien den ganzen Himmel auszufüllen, ein schmutziges Sternbild. »Das ist wunderschön! Mein Gott, ist das nicht wunderschön?« Ihre Stimme klang belegt.

»Sicher«, sagte Stubb. Er drückte ihre Hand.

»Mr. Illingworth hat englische Zigaretten geraucht«, fuhr die Hexe fort. »Players. Man kann sie heute überall in diesem Land kaufen, aber das wußte er nicht. Ich habe immer am liebsten die sogenannten russischen Zigaretten geraucht. Meine kamen allerdings aus der Türkei. Aber jetzt habe ich keine mehr. Ich frage mich, ob meine Vorliebe nicht eine Marotte war, wie es seine sicherlich auch war. Ich glaube aber, er hätte nie im Leben, nicht einmal vor sich selbst, zugeben wollen, daß er solche Marotten hatte.«

Candy fragte: »Hat jemand Schnaps?«

Niemand antwortete ihr.

»Oder Aspirin. Alka-Seltzer. Mir tut der Kopf weh.«

»Mir auch«, sagte Stubb zu ihr. »Und ich habe meine Brillenputztücher vergessen.«

Barnes, der den Kopf in die Hände gestützt hatte, tippte ihr auf die Schulter und deutete zum jungen Mann, der etwas in seiner Fliegerjacke suchte.

»Oh, Gott sei Dank!«

Der junge Mann hielt ihr die Packung hin. Er mußte schreien, um sich verständlich zu machen. »Sind Camel in Ordnung, Ma'am?«

»Wundervoll!« Candy kämpfte sich hoch. Stubb fing sie auf und half ihr, als sie sich vorbeugte, um eine Zigarette aus der Packung zu nehmen.

»Ich habe zum Essen etwas zuviel Wein getrunken«, sagte Candy. »Tschuldigung.«

Der junge Mann nickte. »Ich weiß, wie das ist,

Ma'am. Sir, wenn Sie auch eine wollen, dann bedienen Sie sich.«

»Ich will«, sagte Stubb. »Danke.«

Als sie sich wieder gesetzt hatten, klopfte Stubb seine Taschen ab. Barnes sagte: »Hier.« Er gab ihm ein Streichholzbriefchen.

Stubb zündete beide Zigaretten an. Candy sagte: »Wollen Sie mal ziehen, Madame Serpentina?«

»Nein, danke. Ich werde warten.« Sie saß dem jungen Mann mit der Fliegerjacke am nächsten, und sie sprach so laut, daß er sie hören konnte. »Es sei denn...«

»Natürlich«, sagte er und holte abermals die Packung aus der Tasche.

Madame Serpentina nahm eine Zigarette. »Machen Sie sich keine Mühe, Mr. Stubb. Mein Feuerzeug habe ich noch.«

Stubb starrte die Streichhölzer an. »Kann ich die behalten, Ozzie? Woher haben Sie die?«

Barnes überlegte. »Ich glaube, die sind von Robin. Als sie mir meine alten Sachen zurückgaben, vertauschten sie wohl den Inhalt der Taschen.«

Stubb starrte die Streichhölzer an. Sein Gehirn arbeitete, aber er wollte lieber sterben als etwas Verrücktes sagen. Wieder und mit unerwarteter Heftigkeit dachte er an seine Bemerkung, daß sie im falschen Film wären. Aber jetzt schien es ihm, als seien sie keine Schauspieler, sondern gehörten zum Publikum. Er war einmal nach Kalifornien und wieder zurück geflogen, und auf beiden Strecken hatte er im Flugzeug einen miesen Film gesehen. Er fragte sich, wer jetzt auf dieser Linie flog. Reagan, dachte er. Ronald Reagan in *Hellcats of the Navy.* Aber nein, das war in Ben Frees altem Fernseher gewesen. Free kam aus der Küche und schaltete den Fernseher ein, und in den Händen hatte er die schwere, altmodische Maschinenpistole.

Vielleicht war das das Drehbuch, das zu ihm paßte.

Es war der falsche Film, und obwohl er das Ticket erst vor einer Minute gekauft hatte, war der Film schon fast zu Ende. Die Lichter würden eingeschaltet werden, und er würde mit den anderen Zuschauern das Kino verlassen. Und – auf welche Straße hinaustreten?

Dann war ihm klar, daß er über den Tod nachdachte, über seinen eigenen Tod, daß er seinen Tod umkreiste, wie das röhrende alte Flugzeug die Stadt umkreiste, während es stieg und stieg und nie genau zu erkennen gab, wo es eigentlich war. Warum nur hatte er immer geglaubt, der Tod sei mit Dunkelheit verbunden? Warum sollte der Tod nicht als ein Lichtblitz kommen, in dem die Bilder auf dem schmutzigen, verschwommenen Schirm seiner Augen vergingen? Als Cliff, dieser Hundesohn, ihn niedergeschlagen hatte, da hatte er auch Lichtblitze und Sterne gesehen. Es war nicht dunkel gewesen.

Ich stehe jetzt auf, dachte er. Ich gehe raus, als wollte ich einen Schokoriegel kaufen, und verstecke mich auf dem Klo. Ich frage mich, ob die Notausgänge verriegelt sind. Vielleicht führen die hier direkt zu den Sternen hinaus, ohne daß man die anderen Sachen über sich ergehen lassen muß. Der Vorraum. Die dürfen die Notausgänge nicht versperren, aber manchmal machen sie es trotzdem. Sie wickeln Ketten um die Handgriffe oder verschließen sie mit Vorhängeschlössern.

Mein Gott, sieh mich an. Ich sollte eigentlich ein harter Bursche sein. Und jetzt sieh mich an. Ich mache mir vor Angst in die Hosen, meine Handflächen sind feucht. Aber außer mir selbst hat sowieso noch niemand geglaubt, daß ich ein harter Bursche bin. Höchstens Candy. Ich bin so gottverdammt klein, aber klein sein hat nichts mit Härte zu tun. Ich frage mich, was Cliff sich dabei dachte, dieser Hundesohn. Warte, bis ich den erwische. Dem werde ich's zeigen.

Ich frage mich, was mit dem Clown passiert ist. Ob er schwul war? Ich glaube schon. Vielleicht war er schwul. Er war einer von der Sorte, die von Frauen, wenn sie noch jung sind, so sehr verletzt werden, daß etwas in ihnen zerbricht, und daß sie von da an schwul sind. Coming Out, so nennt man das wohl. Er hat sein Coming Out und befreit sich ein für allemal von den Frauen – kein Wunder, daß er schwul ist. Ich wäre auch schwul. AIDS kriegen und sterben.

Warte, bis ich Kip in die Finger bekomme, dieses reiche Miststück. Ich werde sie umbringen. Weißt du, was das mit mir gemacht hat? Zuerst Candy. Sie war eine Herumtreiberin, sicher. Das wußte ich sofort, als ich sie im Flur von Frees Haus zum erstenmal traf. Aber sie mochte mich, und irgendwie stand sie auf mich, das wußte ich.

Ich stand auch irgendwie auf sie.

Und deshalb dachte ich, was soll's, ich werde ja nicht mein ganzes Leben dafür bezahlen müssen, und selbst wenn ich sie jetzt dafür bezahle, dann bezahle ich lieber jemand, der mich mag. Da bleibt die Sache sozusagen in der Familie, wie man in meiner Familie immer gesagt hat.

Dann lernte ich Sandy kennen, und die mochte mich auch, und die war sogar noch ein paar Zentimeter kleiner als ich. Zwei Zentimeter, wenn wir die Schuhe ausgezogen hätten. Und sie stand auch auf mich. Sie wollte es nicht zeigen, weil sie auf einem Karrieretrip war, aber sie mochte mich. Mann, wir hätten zusammen tanzen können, und vielleicht werden wir das sogar machen, wenn wir jemals lebend runterkommen. Sie war süß.

Und dann kam Kip. Mein Gott, das war wie ein Happy End im Film. Genau wie in dem Film, in dem Linda Loring ganz am Schluß, direkt vor dem Nachspann, Robert Mitchum von Paris aus anruft. Reich und berühmt werden. Mein Gott, warte, bis ich sie in die Finger bekomme. Ich werde sie schlagen, ich werde ihr die Kleider vom Leib reißen. Aber, mein Gott, wenn sie mich dann küßt und sagt: »Jim, es tut mir leid, es tut mir so leid«, dann würde ich sie in die Arme nehmen und sie drücken und küssen, und wir würden rausgehen und ...

Etwas tun. Etwas Wundervolles zusammen tun. Etwas trinken oder uns auf die Brücke stellen und zum Fluß hinuntersehen, mit meinem Cabrio in die Berge fahren und zur Stadt hinuntersehen. Denn wenn Kip jemals sagt, daß es ihr leid tut, dann habe ich ein Cabrio.

»Hoffentlich geht es ihr gut«, sagte Barnes.

»Sicher geht es ihr gut«, sagte Stubb zu ihm, während er die Hände zusammenpreßte, damit Barnes nicht sah, daß sie zitterten. »Warum sollte es ihr nicht gutgehen? Wir sind die, denen es nicht gutgeht.«

»Ich dachte, vielleicht hat sie wieder das Bewußtsein verloren. Vielleicht sollten Sie ihr die Zigarette wegnehmen«, sagte Barnes.

»Oh, Sie meinen Candy.« Stubb nahm Candy die Zigarette aus den Fingern. Er hatte seine eigene Zigarette zu Ende geraucht und drückte sie auf dem Metallboden aus. An ihrer waren noch ein paar Züge.

Der junge Mann in der Fliegerjacke sagte: »Kann ich auch Feuer haben, Sir?« Er hatte wieder seine Packung Camel herausgeholt.

Stubb hatte immer noch das Gefühl, daß etwas nicht stimmte. Er gab ihm den Stummel. »Ich muß raus«, sagte er.

»Da hinten im Heck«, sagte der junge Mann.

Er ging nach hinten zum blauen Licht. Seine Ohren knackten, und der schiefe, zitternde Boden machte das Gehen schwer. Es dauerte einen Augenblick, bis er erkannte, wozu der Gummitrichter und der Schlauch dienen sollten. Er schnüffelte und roch Öl und dünne, kalte Luft.

Er stellte sich vor den Trichter mit dem Rücken zum vorderen Teil des Flugzeugs und betrachtete das

Streichholzbriefchen. Es war schwarz und trug eine weiße Zeichnung: Auf beiden Seiten waren weiße Störche mit Zylindern abgebildet. Ein Bein stand jeweils zwischen den Worten STORK CLUB. In viel kleineren Buchstaben stand auf dem Falz die Adresse: 3 East 53rd Street, NYC. Keine Postleitzahl.

Er bemerkte Candy erst, als sie ihm auf die Schulter tippte. »Gibt's da hinten Wasser, Jim?«

Er steckte das Streichholzbriefchen in die Jackentasche. »Ich habe nichts gesehen.«

»Der Mann sagte, hier wäre was.«

»Vielleicht hat er dich nur angeführt. Wahrscheinlich ist er inzwischen sowieso schon tot. Was, zum Teufel, weiß der schon über Wasser?« Er konnte sich die Bemerkung nicht verkneifen.

»Also, ich ... da ist es doch.«

Es war ein Blechkanister mit einem Zapfhahn. In einer Klammer daneben steckte ein Aluminiumbecher mit einem einklappbaren Henkel. Er füllte den Becher für sie, und sie leerte ihn in einem Zug. Ein paar Tropfen rannen über ihre Wangen durch die Reste ihrer Schminke. »Ich bin wahnsinnig durstig«, sagte sie. »Ich glaube, das Zeug war viel zu stark gesalzen.«

Er deutete zum Wasserkanister und sah sie fragend an.

»Ja, gib mir noch mehr. Ich sag's nicht gern, aber mir ist auch etwas übel. Ich kann auch wieder nach vorn gehen, wenn ich störe.« Sie trank noch einen Becher.

»Schon gut«, sagte er.

»Halte meine Hand, Jim, ja? Weißt du, das war das beste Essen, das ich im ganzen Leben bekommen habe. Ich will es drin behalten.«

»Das ist der Schlag auf den Kopf. Ich habe auch einen Schlag auf den Kopf bekommen, und ich hätte auch fast gekotzt.«

»Und mein Arsch ist wund. Warum ist bloß mein Arsch wundgerieben?«

»Keine Ahnung.«

»Ich würde gern kotzen, aber wenn ich kotze, dann bin ich in zwanzig Minuten so hungrig, daß ich mir an den Fingern sauge.«

»Die haben uns betrogen«, erklärte Stubb ihr.

»Was heißt das, Jim?«

»Wir haben alles bekommen, was wir wollten, und wir konnten nicht damit umgehen. Bis auf dich – du hättest damit umgehen können, wenn man dich nicht niedergeschlagen hätte. Es macht wirklich keinen Spaß, was auf den Kopf zu kriegen.«

»Jeder hat bekommen, was er wollte?«

»Yeah.«

»Madame Serpentina auch?«

»Sie redet kaum darüber, aber ich glaube, es war ein Schwätzchen mit Gott. Nur, daß es nicht der richtige Gott war, und sie ist darauf reingefallen.«

»O Mann!«

Stubb lehnte sich gegen die Wand, um die Bewegungen des Flugzeugs abzufangen. »Du hast mich oft gefragt, was ich meinte. Jetzt frage ich dich – was meinst du damit?«

»Die meisten Leute würden das nicht wollen. Ich dachte auch immer, daß ich mit Ihm reden müßte, wenn ich, nun ja, wenn ich nach oben befördert würde. Ich habe mich nicht besonders auf diese Aussicht gefreut.«

»Mit deinem Charme könntest du Gott aus seinen Hosen schwatzen.«

»Jim, ich glaube, er trägt überhaupt keine.«

»Dann eben ohne Hosen. Was ist mit Maria Magdalena? Er war ziemlich scharf auf sie. Ich wette, du bist netter als sie.«

»Wer ist das?«

»Ein Mädchen wie du.«

»Du willst mich nur veräppeln.«

»Nein, wirklich nicht.«

»Woher weißt du das überhaupt? Gehst du in die Kirche?«

»Als ich noch ein Kind war, haben meine Eltern mich in die Pfarrschule geschickt. Wir Kinder haben oft darüber gesprochen. Wir fanden das aufregend, weil es damals noch nicht so viele Pornofilme gab.«

»Wann war das denn, Jim?«

»Warte mal – vor zwanzig oder fünfundzwanzig Jahren, würde ich sagen.«

»Nicht deine Kindheit. Ich meine Gott und Maria ... wie hieß sie noch?«

»Oh, die. Zweitausend Jahre.«

»So lange her, und die Leute reden immer noch darüber.«

»Gott ist ein Medienstar.«

»Ach so. Und was ist mit Ozzie? Hat er auch bekommen, was er wollte?«

»Frauen. Showgirls, wie er sie nannte. Er war in einer Bar, und sie brachten ihn dazu, auf die Bühne zu gehen und ein paar Witze zu erzählen. Dann ging er hinter die Bühne, und die Mädchen fielen über ihn her. Er tat so, als wäre es eine Hundertschaft gewesen, aber das bezweifle ich. Sie zogen ihn aus. Ich glaube nicht, daß er überhaupt einen hochkriegte.«

»Warum nicht?«

»Er hat sich nicht sehr klar geäußert, aber ich glaube, er ist weggerannt. Wieder raus auf die Bühne.«

»Klingt lustig. Ich wünschte, ich hätte es gesehen.«

»Ich auch.«

»Ich will nicht fragen, was dir passiert ist.«

»Danke.«

Candy rülpste und kicherte. »Ich glaube, ich fühle mich allmählich etwas besser. Aber mir ist immer noch so, als wäre der Boden schief.«

»Ist er auch«, erklärte Stubb ihr. »Wir steigen noch.«

56. KAPITEL

April ist der schlimmste Monat

Über den Wolken wartete ein neues Universum auf sie. Der Mond schien hell dort oben, und die Sterne waren zu sehen. Die Wolken waren nun zur Erdoberfläche geworden, wie wir von der Erde aus die Wolken der Venus für Venus selbst halten. Sie formten eine unendliche Gebirgskette, silberne und weiße Gipfel, zwischen denen verzauberte Täler lagen. Die Luft tat so, als hätte sie nie den Qualm und Dreck des menschlichen Lebens gekannt.

Ein einsamer Stift schrieb dort, als arbeitete Gott noch am Ersten Buch Mose. Er zog eine schmale Linie über den Himmel, und auch diese Linie schien im Mondlicht silbern und weiß zu schimmern, rein und vor dem Nachthimmel leicht gekrümmt, unberührt noch von jedem Wort, das einmal eine Welt hervorbringen sollte.

Vielleicht fuhr der Stift weiter und zog einen Kreis. Einen gewaltigen Kreis.

Sie stiegen. Ein paarmal sah die Hexe diese Linie, aber weder sie noch einer der anderen sah den Stift selbst, obwohl er viel größer war als eine Boeing 747. Selbst eine 767 hätte auf einem seiner Flügel landen können, und eine DC 10 auf dem anderen.

Das Motorengeräusch änderten sich abrupt. Es dröhnte lauter, dann leiser, dann hämmerte es. Turbulenzen ließen das Flugzeug schlingern. Candy faßte ihren Bauch mit beiden Händen, als hätte sie Angst, ihr könnte doch noch schlecht werden. Stubb fummelte ohnmächtig mit dem Sitzgurt herum, den er nie im Leben ganz um sie herumbekommen würde. Mit weißen Knöcheln hielt sich die Hexe an den Rändern ihres Sitzplatzes fest. Barnes fluchte und murmelte. Er kratzte sein Kinn und zupfte sich am Ohr.

Es klapperte und knallte, als wollte die Maschine in der Luft zerbrechen. Das Brüllen der Motoren wurde zu einem Flüstern gedämpft. Draußen vor den Fenstern war nur dunkle Nacht ohne Mond oder Sterne.

Der junge Mann in der Fliegerjacke holte tief Luft und sage: »So, da wären wir.«

Die vier sahen ihn an. Niemand sprach.

»Ich hoffe, Sie hatten keine Angst.«

»Ich habe schon so lange Angst…«, sagte Candy. Ihre Stimme brach.

Stubb sagte zu ihr: »Das sieht man dir überhaupt nicht an, meine Liebe.«

»Was soll man mir auch ansehen? Mir ist übel, und ich bin besoffen. Das konnte man mir ansehen. Aber ich hatte die ganze Zeit Angst, seit ich in der Klapsmühle war. Ich hatte sogar noch Angst, als die mich mit Drogen vollgepumpt hatten.«

Der junge Mann in der Fliegerjacke räusperte sich. »Leute, ich möchte keine vertraulichen Informationen hören.«

»Seien Sie nachsichtig«, sagte die Hexe. »Wir stehen alle etwas unter Stress.«

»Ich auch«, sagte der junge Mann. »Aber das ist jetzt vorbei.« Er steckte einen Schlüssel in ein Loch in der Deckenverkleidung. Ein Segment klappte herunter, und eine dünne Treppe aus weißem Metall entfaltete sich. Irgendwo über dem Flugzeug leuchtete ein schwaches Licht.

Der junge Mann grinste. »Dies ist eine Fortress, C-Klasse. Die Briten wollten sie nicht, deshalb bauten wir den oberen Geschützturm aus und bauten das hier ein. Wir sind magnetisch angekoppelt, und wenn Sie die Treppe hinaufgehen, gehen Sie mitten durch das Feld. Ich sollte Sie warnen, daß dabei Uhren durcheinanderkommen. Wenn Sie eine Uhr dabeihaben, an denen Ihnen etwas liegt, sollten Sie sie bei mir lassen. Ich gebe sie Ihnen dann zurück, wenn wir Sie abholen.«

»Ich glaube nicht...«, sagte Stubb.

»Ich habe eine«, sagte die Hexe und löste eine zierliche, mit Diamanten besetzte Uhr vom Handgelenk. Sie lächelte den jungen Mann mit der Fliegerjacke an. »Sie geht meistens nicht richtig, und vielleicht sollte ich sie anbehalten, was? Vielleicht könnte Ihr Magnetismus sie reparieren?«

Er erwiderte ihr Lächeln und berührte ihre Hand, als er die Uhr nahm. »Ich glaube nicht, Ma'am. Es ist sicher besser, wenn Sie sie bei mir lassen.« Er blickte kurz auf das winzige Ziffernblatt der Uhr, dann auf den Zeitmesser an seinem Handgelenk. »Vierundzwanzig Uhr. So falsch geht sie gar nicht, Ma'am.«

»Und wann kommen Sie zurück und bringen uns wieder auf soliden Boden, Captain?« Die Hexe stand inzwischen.

»Colonel, Ma'am«, erklärte der junge Mann. »Ich bin Offizier der Army Air Force, Lieutenant Colonel, und kein Flugkapitän von Pan Am. Wir kommen Sie holen, wenn man es uns sagt.«

»Bleiben die meisten Leute lange oben?« fragte Candy.

»Nein, die meisten bleiben nicht lange. Normalerweise nur ein paar Stunden. Aber hier kommen nicht viele herauf, und manche holen wir nicht mehr herunter.«

»Aaah!« Die Hexe hauchte das Wort, als hätte der Wind geseufzt. »Vielleicht kommen sie ohne Ihre Hilfe wieder herunter?« Sie machte eine Geste, als wollte sie jemand stoßen.

»Das glaube ich nicht, Ma'am. Wenn Sie jetzt bitte hinaufgehen wollen. Wir haben schon mehr Zeit verloren als nötig.«

Barnes und Stubb sahen einander an, dann blickten sie zur dünnen Metalltreppe. »Ich werde Candy raufhelfen«, sagte Stubb.

Barnes nickte, lächelte die beiden Frauen an und ging rasch als erster hinauf.

»Ich gehe als nächste«, sagte die Hexe. »Oh, ich bin nicht tapfer! Ich fürchte nur, daß ich überhaupt nicht mehr gehen werde, wenn ich mich jetzt nicht entschließe. Candy, können Sie die Treppe hinaufklettern? Wenn ich vor Ihnen gehe und Mr. Stubb hinter Ihnen geht?«

»Ich bin stocknüchtern. Natürlich komme ich da hoch.«

»Ich wünsche mir aber zuerst einen Kuß von Ihnen, Colonel«, sagte die Hexe plötzlich. »Vielleicht ist es mein letzter. Und weil ich Ihren Rang nicht wußte.«

Sie lächelte, und in ihrem Lächeln lag etwas so Verzauberndes, daß man sich fragte, warum sie nicht öfter lächelte. Sie hätte, dachte der junge Mann, mit diesem Lächeln die ganze Welt erobern können. Er dachte gern in so großen Begriffen.

Sie legte die Arme um ihn und küßte ihn. »Sie haben doch nichts dagegen?« fragte sie, indem sie sich an ihn drängte.

»Warum sollte ich, Ma'am?«

»Mein Atem ist vielleicht nicht süß. Es ist spät, und ich habe lange nichts mehr gegessen. Ich kann mich überhaupt nicht mehr an meine letzte Mahlzeit erinnern. Ich bin sehr müde, der Tag ist noch lange nicht zu Ende, und ich weiß nicht einmal, was noch alles auf mich zukommt.«

Der junge Mann sagte: »Ihr Atem ist süß wie – wie eine Brise im April.«

»Gut.« Sie küßte ihn wieder. »Ich sehe, daß Sie es so sehr mögen wie ich, aber ich muß jetzt gehen. Sie waren sehr freundlich. Ich möchte nicht, daß Sie Schwierigkeiten mit Ihren Vorgesetzten bekommen.«

Sie sah sich um. Stubb ging gerade die Treppe hinauf und hatte die Hand hinter sich ausgestreckt, um Candy zu helfen. Da er zwei Stufen höher stand als sie, waren ihre Augen auf gleicher Höhe.

Der junge Mann sagte: »Äh… Ma'am, möchten Sie ein Sandwich? Ich habe eins vorn.«

»Oh, sehr gern!«

»Moment.« Er duckte sich durch den Durchgang. Das in Wachspapier gewickelte Sandwich entpuppte sich als Vollkorntoast mit Rindfleisch. Er gab es der Hexe, die ihn noch einmal küßte und der stöhnenden Candy folgte. Als die Hexe halb die Treppe hinauf war, drehte sie sich um, biß einen herzhaften Happen Brot und Fleisch ab und hauchte ihm einen Kuß zu.

Er hauchte einen Kuß zurück und sah ihr nach, bis die schlanke Gestalt in dunklem Pelz und schwarzer Spitze in der Dunkelheit des gewaltigen Flugzeugs über ihnen verschwunden war. Dann schob er die Falttreppe wieder hoch, verschloß die Luke und ging, nachdem er sich eine Minute müßig in der jetzt leeren Kabine umgesehen hatte, ins Cockpit.

Im Pilotensitz wartete ein Offizier der Navy auf ihn. Er hatte die Hände hinter dem Kopf verschränkt. Er fragte: »Alles klar, Bob?«

»Ja.« Der junge Mann setzte sich auf den Platz des Copiloten.

»Hat ja lange genug gedauert.«

»Ja.«

Der Offizier der Navy legte einen Schalter in der Instrumententafel um. Sofort begannen sie zu fallen, dann schwenkten sie in eine weite Kurve ein.

»Wo sind wir?«

»Achtziger. Ziemlich weit oben. Vier Stück?«

»Ja. Zwei Männer, zwei Frauen.«

Die alte Fortress begann eine weite, sanfte Kurve. »Wie waren sie?«

Der junge Mann dachte nach. »Spione«, sagte er.

»Spione?«

»Würde ich sagen. Manchmal sehen sie aus wie Diplomaten, manchmal wie Millionäre oder Politiker oder was auch immer. Stimmt's, *compadre?* Diese hier waren Spione. Nicht vom Geheimdienst der Army. OSS, würde ich sagen.«

»So etwas auch. Falsche Schnurrbärte?«

»Ich weiß nicht. Vielleicht. Einer hatte einen Schnurrbart.«

»Kommen Sie, wie waren sie?«

»Okay. Ein schäbiger Kerl mit nur einem Auge. Das Gesicht zermatscht, als hätte er sich geprügelt. Durchschnittlich groß, vielleicht etwas kleiner. Zu alt, um eingezogen zu werden. Sah aus, als könnte er alles tun, solange es keine ehrliche Arbeit ist. Buchmacher oder so.«

»Zuhälter.«

»Vielleicht, wenn er mehr Muskeln gehabt hätte. Er sah ganz gut aus, glänzendes schwarzes Haar, Schnurrbart wie Clark Gable. Er ging als erster die Treppe rauf, und wenn er Angst hatte, dann ließ er es sich nicht anmerken.«

»Der zweite Mann?«

»Klein wie ein Jockey. Dicke Brille, Trenchcoat.«

»Was war mit seinem Gesicht?«

»Das weiß ich nicht mehr. Ich erinnere mich nur an die Brille. Das war das Auffälligste an ihm. Er war einer dieser Burschen, die man immer übersieht. Verstehen Sie, was ich meine?«

»Ich glaube schon. Ich habe ihn nicht gesehen.«

»Ich auch nicht. Das meinte ich ja.«

»Okay. Jetzt der angenehme Teil. Wie waren die Frauen? Sie sagten, es waren zwei?«

»Ja. Eine war sehr auffällig. Wenn man über einen Jahrmarkt fliegt und ein Foto vom Getümmel macht und sie ist da, dann fällt sie als erste auf.«

»Sah sie gut aus?«

»Sie könnte, wenn sie ein paar hundert Pfund verlieren würde. Blond, wahrscheinlich fast einsachtzig groß.«

»Haben Sie den Lippenstift von ihr, Bob?«

»Was?« Der junge Mann wischte sich den Mund mit dem Handrücken ab. »Wollen Sie mich verkohlen?«

»Wie könnte ich? Sie sind über und über mit Lippenstift beschmiert. Wollen Sie mein Taschentuch benutzen?«

»Ich habe selbst eins.«

»Glauben Sie wirklich, dieses dicke Mädchen hat sich hinter Türen versteckt und sich mit Generälen verabredet? Durch die Colonels und an ihnen vorbei, meine ich?«

»Es war gar nicht sie, es war die andere. Die Dicke war Krankenschwester, und sie sah aus, als wäre sie in der Hölle gewesen, bevor sie herkam. Ihr Mantel hat das meiste verdeckt, aber der obere Teil ihrer Uniform war zerrissen, und der Rock fehlte ganz. Ich habe noch vergessen zu sagen, daß der kleine Mann als zweiter die Treppe hinaufging. Das wäre einer, der sich prima hinter Türen oder sonstwo verstecken kann. Den würde man nie entdecken. Er machte sich Sorgen um die dicke Krankenschwester und versuchte, ihr zu helfen.«

»Hören Sie auf mit dem Geplänkel, Bob. Erzählen Sie mir etwas über die andere.«

»Sie wollen doch die ausführliche Version, oder? Na gut. Sie war dunkel und hübsch. Nein, eigentlich nicht hübsch, aber neben ihr hätte jedes hübsche Mädchen billig ausgesehen. Schön. Wie eine Prinzessin aus dem Orient – fremdländisch, mit einem kleinen, süßen Akzent. Etwa einssiebenundsechzig groß. Viele schöne kleine Kurven.«

»Russin?«

»Für eine Russin war sie zu dunkel. Vielleicht Rumänin oder so.«

Der Navy-Pilot sah auf seinen Höhenmesser. »Bob, was, zum Teufel, wissen Sie über Rumänien?«

»Nichts, fürchte ich. Graf Dracula – war der nicht Rumäne?«

»Ungar, glaube ich. Hat sie Sie in den Hals gebissen?«

»Nein, aber sie hat geredet, als könnte sie es tun. Sie hat mir ihre Uhr gegeben, damit ich sie aufbewahre.« Der junge Mann steckte die Hand in die Kartentasche seiner Fliegerjacke aus Schafsleder. »He! Sie ist weg!«

57. KAPITEL

Einsam wie eine Wolke

Der Raum war groß und in dem schweren, maskulinen Stil möbliert, den Barnes sich gut als Einrichtung des Harvard Club vorstellen konnte. Es gab Ledersessel, einen massiven Walnußholztisch und einen Globus. Die Wände waren mit Walnußholz verkleidet und mit Schwarzweißfotos von Schlachtschiffen und Truppenparaden geschmückt. Abgesehen von einem leichten Vibrieren, so unveränderlich wie die abgestandene Luft, das den schweren Tisch leise beben ließ, war kein Motorengeräusch zu hören. Nur ein paar schwache gelbe Lichter brannten im zitternden Lüster im Kreise ihrer toten Gefährten.

Barnes ging zum Globus und drehte ihn. Indien war rosa eingezeichnet, eine Seite Afrikas und die Südspitze hatten die gleiche Farbe bekommen. Hatte es ein Land wie dieses grüne Französisch-Westafrika wirklich einmal gegeben? Er hatte noch nie davon gehört, aber es schien den halben Kontinent einzunehmen.

In der Luke tauchte Stubbs Kopf auf, dann seine Stirn und die dicke Brille, die, obwohl nicht gefärbt, undurchsichtig war wie eine Sonnenbrille.

Dann kam Candys rotes, angestrengtes Gesicht herauf, in dem trotz der Kälte Schweißtropfen funkelten, danach die Schulterstücke ihres dunkelblauen Mantels. Es war unfair, dachte Barnes, daß sie ihm die neuen Sachen weggenommen und die alten zurückgegeben hatten, während Candy ihren gestohlenen Mantel und die gestohlene Schwesterntracht hatte behalten dürfen.

Er wollte sich in einen großen Ledersessel setzen und

Stubb und Candy mit einigen gewählten Bemerkungen empfangen, aber er wollte auch Klein Ozzie suchen, obwohl er natürlich genau wußte, daß sein Sohn nicht hier sein konnte. Zwischen den beiden Impulsen zerrissen, ging er zur Luke und half Candy die letzten beiden Stufen herauf. Dann half er der Hexe, die gerade jemand einen Kuß zugehaucht hatte, auf die gleiche Weise.

»Danke, Ozzie«, sagte sie. »Mit meinen hohen Absätzen war die Treppe gar nicht so einfach zu nehmen.«

Sie hatte ein Sandwich in der Hand, und sie hielt es, als wäre es ein Zauberstab. Sie winkte damit, und die Luke wurde geschlossen. Nun war nur noch der glatte Parkettboden zu sehen.

»Wo sind wir hier? Ist das ein Club für Männer? Aber wo ist die Bar?«

Stubb hatte sich schon umgesehen. »Hinter der Tür dort, würde ich wetten. Wer hier lebt, wird sich sicher nicht seine Drinks selbst mixen, und er wird nicht wollen, daß der Barkeeper hört, was es zu besprechen gibt. Der Barkeeper kommt mit den Drinks, serviert sie und verschwindet wieder.«

Candy war in einen Sessel gesackt, der beinahe groß genug war, um sie aufzunehmen. »Keiner da«, schnaufte sie.

Barnes sagte: »Ich habe auch niemand gesehen. Sie müssen irgendwoanders sein.«

Candy schüttelte den Kopf. Sie fächelte sich mit einer Hand Luft zu. »Überhaupt. Keiner. Da.«

Die Hexe starrte sie kurz an, dann preßte sie die Hände gegen die Schläfen.

Als sie sie wieder sinken ließ, fragte Stubb: »Madame S.?«

»Ich weiß nicht. Es ist schwierig, weil Sie drei auch hier sind. Geister, ja. Vielleicht auch jemand, der kein Geist ist, der aber viel, sehr viel mit der Nachwelt zu tun hat.«

Barnes wandte ein: »Jemand hat den Leuten am Boden befohlen, uns hochzuschaffen.«

Die Hexe nickte. »Das haben sie gesagt. Aber viele Leute haben Anrufe von Toten bekommen. Wer kann da sicher sein?«

»Ich.« Candy hörte mit Fächeln auf und winkte schwach in Richtung der anderen Stühle, des Tisches und des Globus.

»Das kann unmöglich alles sein«, sagte Stubb. »Das kann nicht sein.«

»Aber das hier ist der Ort, an dem sie sich treffen«, schnaufte Candy. »Wer kommt hier rauf? Große Leute. Präsidenten, Senatoren. Sie treffen sie hier. Jetzt wollen sie uns treffen. Es müßte jemand mit einer Waffe da sein wie unten im Flugzeug. Keiner da, also ist keiner da.«

Barnes wandte ein: »Jemand muß doch dieses ... was immer es ist ... dieses Ding fliegen.«

»Die fliegen weitgehend von selbst, wenn man das will. Computer oder so.«

Stubb lugte durch eine Tür. »Nicht abgeschlossen«, sagte er. »Ein kleiner Flur mit vielen schmalen Türen.«

Barnes folgte Stubb, als dieser eine Tür öffnete. Das flackernde Licht eines Streichholzes beleuchtete einen Schreibtisch, einen Stuhl und eine Karte von Europa, die an eine unbehandelte Sperrholzwand geheftet war. Als beide im winzigen Raum standen, hatten sie kaum noch Platz, sich umzudrehen.

Barnes sagte: »Mein Dad hat mich einmal mitgenommen, als er zu seinem Anwalt ging. Der Anwalt hatte auch so einen Stuhl.«

Stubb blies das Streichholz aus, riß ein zweites an und nahm einen Brief vom Schreibtisch. »Amt für Kriegsmobilisierung«, las er. »Schon mal davon gehört?«

Barnes schüttelte den Kopf.

»Ich auch nicht. Das Datum ist der siebzehnte Juni neunzehnhundertdreiundvierzig.«

»Das ist verrückt«, sagte Barnes.

»Ich weiß.« Stubb blies das Streichholz aus. »Das sage ich mir schon seit ein paar Stunden.«

Candy schaute herein, blockierte die Tür und versperrte die wenigen Lichtstrahlen, die aus dem getäfelten Raum hereindrangen. »Habt ihr schon die Bar gefunden?«

»Noch nicht«, erklärte Stubb.

»Sagt mir Bescheid, ja? Ich habe immer noch Kopfschmerzen. Ein paar Drinks würden mit guttun.«

Vom Ende des Flurs rief die Hexe: »Ich habe etwas gefunden. Zwei Etwasse. Kommt und seht es euch an!«

Das erste war eine Wendeltreppe, an deren oberen Ende eine der schwachen Lampen brannte. Die enge Treppe wand sich auf Pfeilern zur Decke hinauf und endete vor einer Tür, die so schmal war wie die des Verschlages, aber beträchtlich niedriger. Das zweite war ein etwa einen Fuß großes Fenster. Die Hexe starrte hindurch, als sie kamen. Sie trat zur Seite und ließ Stubb durchsehen.

Er blieb nur kurz stehen und flüsterte: »Mein Gott.« Dann wandte er sich ab. Dann war Barnes an der Reihe.

Mond oder Sterne waren nicht zu sehen, nur von unten kam Licht. Sie flogen, wie es schien, über einem endlosen, milchigen Meer. Über ihnen verdunkelte ein riesiges dunkles Gebilde den Himmel. Verkleidete Maschinen hingen an Auslegern, die wie Stalaktiten aus dem dunklen Gebilde wuchsen.

Barnes hörte hinter sich Candy sagen: »Da gehe ich nicht rauf. Vergeßt es.«

Er wußte, daß sie die Treppe meinte, aber er drehte sich nicht um. Er sagte: »Das Ding fliegt jetzt ununterbrochen seit beinahe fünfzig Jahren.« Erst als Stubb ihm antwortete, merkte er, daß er laut gesprochen hatte.

»Sehen Sie sich die Propeller an.«

»Tu ich ja«, sagte Barnes. »Die meisten stehen still.«

Stubb ging nicht darauf ein. »Die müssen doch tanken. Das müssen sie doch ab und zu. Wahrscheinlich machen sie es auf die gleiche Weise, wie sie uns hochgebracht haben. Sie machen es, weil sie immer noch Befehle von hier oben annehmen. Habt ihr schon einmal etwas vom Jetstrom gehört?«

Barnes nickte, dann bemerkte er, daß Stubb mit Candy sprach.

»Er weht von West nach Ost und sorgt dafür, daß der Flug von L.A. nach New York kürzer ist als umgekehrt. Sogar mit einem Düsenflugzeug. Ich glaube, er weht mit zweihundert oder dreihundert Meilen in der Stunde. In einem zweihundert Meilen schnellen Luftstrom kann man lange gleiten. Wenn man nur ein paar Motoren hat, die im Notfall anspringen, kann man ewig gleiten.«

Barnes sagte: »Radar ...«, und fast gleichzeitig sagte Candy: »Piloten ...«

»Das Ding besteht völlig aus Holz. Habt ihr nicht gehört, was der Mann unten über die *Spruce Goose* sagte? So ein Flugzeug hinterläßt auf einem Radar kaum mehr Spuren als ein Schwarm Gänse. Was die Piloten angeht – keine Ahnung. Yeah, ich denke schon, daß dieses Ding hier ab und zu mal gesehen wird.«

Die Hexe sagte: »Die Piloten von Flugzeugen sehen viele seltsame Dinge. Sie haben gelernt, nicht darüber zu sprechen, wenn sie Piloten bleiben wollen.«

»Das hier ist keine fliegende Untertasse«, wandte Barnes ein.

»Davon war auch nicht die Rede. Nennen wir sie unidentifizierte Flugobjekte. Manche sind linsenförmig, ja. Manche nicht. Wir wissen nicht, was sie sind, und genau das sagt das Wort *›unidentifiziert‹*.«

Barnes nickte und wandte sich ab. Er sah wieder zum Bullauge hinaus und erwartete schon, daß gleich alles kippen würde, wie es im Traum so oft geschieht. Weit drunten, winzig aber doch unverkennbar riesig, sah er ihren Schatten wie einen Adler, wie ein sich wellendes Kreuz, über die Wolken rasen.

»Früher, zur Zeit der Segelschiffe«, fuhr die Hexe fort, »sagte man, es brächte Unglück, eine Seeschlange zu sehen. Kapitäne, die eine gesehen hatten, bekamen kein neues Kommando. Damals waren die Kapitäne dem Wasser näher und beobachteten ständig das Meer und den Himmel. Heute beobachten sie ihre Instrumente und sind glücklicher.«

»Ich weiß nicht, was ihr denkt«, sagte Stubb, »aber ich werde diese Treppe hinaufgehen. Die Tür muß in die Tragfläche führen, und das will ich mir ansehen.«

Sie sahen ihm zu, wie er die enge Treppe hinaufkletterte. Seine Schuhspitzen machten auf jeder Stufe ein dumpf hallendes Geräusch. Die Tür war so niedrig, daß ein Mann von durchschnittlicher Größe nur geduckt hindurchgehen konnte. Stubb brauchte sich nicht zu bücken, aber er tat es trotzdem. Er duckt sich, um nicht gesehen zu werden, dachte Barnes. Die kleine Tür schloß sich hinter ihm.

»Nun?« fragte die Hexe. »Sollen wir auf ihn warten? Oder uns weiter umsehen?«

»Die Leute müssen hier auch gegessen haben«, sagte Candy. »Vielleicht ist noch was da.«

»Eine Etage über uns, denke ich. Wie wir sahen, wurden hier die Besucher empfangen. Hier waren auch die Schreibtische und die Akten, falls sie während der Unterhaltung etwas nachsehen mußten oder ein Dokument brauchten. Aber über uns sind mindestens noch zwei Etagen, vielleicht sogar drei. Über dieser hier sind die Speise- und Schlafräume, würde ich sagen.«

»Sie meinen, ich muß diese Treppe da hinaufklettern?«

»Nein. Sie können hierbleiben, wenn Sie wollen. Mr. Stubb wird sich freuen, wenn Sie auf ihn warten. Vielleicht können Ozzie und ich Ihnen das Essen bringen, nach dem Sie sich so sehnen, und vielleicht sogar etwas Whisky, wenn wir daran denken.«

»Ich will an diesem gespenstischen Ort nicht allein bleiben.«

»Wie Sie wollen. Ozzie, gehen Sie bitte zuerst. Die Treppe ist steil, und ich will nicht, daß Sie mir unter den Rock sehen.«

Etwas in ihrem Ton machte Barnes klar, daß sie von dem Loch gewußt hatte, das er in die Wand von Frees Haus gebohrt hatte – daß sie es gewußt und für ihn posiert hatte, daß sie sich angezogen oder das Licht gelöscht hatte, wenn sie nicht mehr wollte, daß er sie sah. Er starrte sie an.

»Wenn wir allein wären, dann wäre es vielleicht etwas anderes. Nun gehen Sie schon.«

Er schüttelte den Kopf und stieg die schmale Treppe hinauf. In der dünnen Luft fiel es ihm schwerer, als er gedacht hätte. Hinter sich hörte er das leise Lachen der Hexe und das Klicken ihrer Absätze.

Vor der Tür, durch die Stubb verschwunden war, blieben sie auf einem kleinen Absatz stehen. Daneben war eine zweite, größere Tür, die sie von unten nicht hatten sehen können.

Hinter dieser Tür lag ein großer Raum, der ebenfalls mit etwa einem Dutzend Sesseln und Sofas ausgestattet war. Es gab einen trockenen Springbrunnen, Bassins und Kästen, die mit toter, trockener Erde gefüllt waren. Über ihnen breitete sich eine Kuppel aus gefärbtem Glas aus, durch die das Mondlicht schien.

»Hier verbrachten sie ihre Freizeit«, sagte die Hexe, »umgeben von kostbaren Dingen. Sie waren sehr klug, diese Männer, sehr scharfsinnig, wenn auch nicht weise.«

Barnes untersuchte einen der Stühle. Der Stoff hatte

sich unter dem Druck der Polsterung gelöst. Als er ihn berührte, riß er weiter auf. Er alt und morsch. »Dieser Raum hier ist in viel schlechterem Zustand als der andere«, sagte er. »Etwas Kostbares kann ich hier aber nicht entdecken.«

»Es ist weg«, erklärte die Hexe. »Und das Sonnenlicht vieler Jahre hat den Schaden angerichtet, den Sie dort sehen. Aber in diesem Springbrunnen spielte einmal Wasser. Es kam aus dem Horn, das dort von der Nixe gehalten wird. Ich werde Ihnen jetzt nicht die Symbolik von Nixen und Hörnern erklären, aber hier, so weit über den Seen und Meeren der Erde, war Wasser etwas Kostbares. Narren hätten gesagt: ›Wir müssen es trinken und benutzen, um atembare Luft herzustellen, und deshalb müssen wir es in Tanks verbergen.‹ Diese Männer sagten: ›Wir wollen es in einen Springbrunnen leiten und uns daran erfreuen. Dann macht es unsere Luft atembar, und wenn wir wollen, können wir es auch trinken.‹ Es gab auch Blumen hier, und auch Blumen sind kostbare Dinge.« Sie lachte. »Die Besucher sahen den Empfangsraum, die kleinen Büros, und dachten, die hier oben lebten spartanisch. Sie wußten, wenn der ganze Apparat so groß ist, dann kostet der bloße Raum nicht viel. Es ist das Gewicht, nicht der leere Raum, der ein Flugzeug herunterzieht, nicht wahr?«

Candy kam keuchend hinter ihnen herauf. »Ich dachte, die Treppe hält mein Gewicht nicht aus. Ihr hättet sie krachen hören sollen! Ich habe ... jeder Stufe ... Minute gewartet.«

»Das hier ist die lebende Illustration«, sagte die Hexe.

Sie gingen durch den trockenen, verfallenen Garten. Die Hexe führte sie, die gelbe, rosafarbene und purpurne Hexe, die im Mondlicht unter den bunten Scheiben von Schritt zu Schritt die Farbe wechselte.

»Es ist wie im *Zauberer von Oz*«, schnaufte Candy. Sie

hob die Hand, um das Licht zu prüfen. »Verschiedenfarbene Huren, erinnert ihr euch?« Die Hexe gab nicht zu erkennen, ob sie sie gehört und verstanden hatte.

Hinter dem Garten folgten ein halbes Dutzend schattiger Räume voller Instrumente und blitzender Gläser. Ein paar gelbe Lichter brannten noch, und wo ihr Licht nicht ausreichte, hob die Hexe ihr brennendes Feuerzeug wie eine Fackel.

Hinter den Labors kam ein weiterer Flur, und an dessen Ende sahen sie Stubbs Rücken. Sie sahen, wie er am Ende des Gangs eine Tür öffnete. Durch die offene Tür erkannten sie das vertraute, bärtige Gesicht von Ben Free, der sich im Pilotensitz umdrehte, um Stubb zu begrüßen.

Stubbs Stimme war über dem dünnen Pfeifen des Windes gerade noch zu verstehen. »Guten Morgen, General Whitten«, sagte Stubb. »Oder war auch Whitten eine Lüge?« Dann wurde die Tür geschlossen.

58. KAPITEL

General Buck Whitten

Die Hexe sprang wie ein Panther ins Cockpit. »Was fällt Ihnen ein? Sie haben mich und uns alle hinters Licht geführt!« fauchte sie Stubb an. Sie drehte sich zu Free herum und fiel vor ihm auf die Knie. »Und Ihr, Meister, Ihr lebt! Der Verräter sagte mir, Ihr wärt tot.« Barnes folgte ihr ins Cockpit, Candy schleppte sich hinterdrein.

Free sagte: »Setzt euch, soweit ihr Sitze findet.«

Stubb hatte sich auf den Platz des Copiloten gesetzt. Weiter hinten im Cockpit waren noch zwei Sitze, wahrscheinlich für den Navigator und den Ingenieur. Die Hexe und Candy ließen sich dort nieder.

Die Hexe zischte: »Das Innere des Flügels, sagten Sie, und jetzt finde ich Sie hier. Sie sprechen hinter meinem Rücken mit dem Meister!«

»Ich habe noch nie einen Klienten hintergangen«, erwiderte Stubb. »Als wir nach Mr. Free hier suchten, sagten Sie nicht, daß ich nicht mit ihm reden dürfte, bevor Sie eingetroffen seien. Und wenn Sie es verlangt hätten, dann hätte ich mich geweigert.«

»Sie sagten, Sie wollten in die Tragfläche!«

»Da war ich auch. Es war stockdunkel da drinnen, aber ich kam weit genug um zu sehen, daß in den Auslegern, an denen die Motoren hängen, Treppen sind, damit die Mechaniker hinunterkommen und im Flug daran arbeiten können. Dann gingen mir die Streichhölzer aus, die ich von Ozzie bekommen hatte, und ich kehrte zurück.«

»Und wir waren fort«, sagte Barnes. Er stand hinter dem Sitz der Hexe.

»Genau. Ich dachte mir, daß Sie vermutlich nach vorn gegangen seien, und deshalb ging ich in die gleiche Richtung. Inzwischen ist mir fast alles klar geworden, denke ich.«

»Sie haben mich erkannt, als Sie mich hier sahen, aber Sie haben mich unten auf dem Boden nicht erkannt«, sagte Free. »Ich glaube, das ist höchstens ein paar Stunden her.«

Stubb nickte. »Yeah, ich hätte Sie erkennen müssen, aber Sie waren jünger und glattrasiert, und ich war viel zu verwirrt. Diese Kip hat mir natürlich mit der Geschichte über die Zwillinge Rauch in die Augen geblasen. Ist sie wirklich Ihre Tochter? Sie sieht Ihnen etwas ähnlich.«

»Ja, sie ist mein einziges Kind. Ich glaube, eines Tages wird sie mich umbringen.«

Stubb starrte ihn an.

»Sie hat mir Bericht erstattet, das müssen Sie bemerkt haben. Ich begann da bereits zu vermuten, daß ich selbst Benjamin Free war.«

»Moment mal«, sagte Barnes. »Sie waren der Mann im Dufflecoat?«

Die Hexe murmelte: »Der Meister wird uns alles sagen, was er will. Vielleicht als erstes seinen Namen.«

»Nein«, sagte Free. »Nicht als erstes. Zuerst will ich hören, aufgrund welcher Schlußfolgerungen Stubb meine Identität herausgefunden hat. Ich entschuldige mich, daß ich Sie ›Kurzer‹ genannt habe. Ich spielte ja den Betrunkenen.«

»Ich wußte es«, erwiderte Stubb. »Deshalb machte es mir nichts aus.«

»Und Ihre Schlußfolgerungen?«

»Ach, so was Besonderes war das gar nicht. Ich konnte es lange Zeit nicht glauben, aber es schien alles in die gleiche Richtung zu deuten. Da war zuerst einmal Kips Waffe.« Er verstummte.

»Weiter«, sagte Free. »Es schmerzt weniger, darüber

zu reden, als darüber zu sprechen, und ich habe oft darüber nachgedacht.«

»Es war eine Colt New Service, einer der größten, schwersten Revolver, die je hergestellt wurden. Colt baute ihn im Ersten Weltkrieg für die Army, weil sie nicht genug fünfundvierziger Automatik liefern konnten. Es gibt heute noch ein paar davon. Ich glaube, die Dinger sind für die Ewigkeit gebaut. Man kann sie nicht einmal mit dem Vorschlaghammer zertrümmern. Aber warum sollte ein so kleines Mädchen wie Kip eine so schwere, altmodische Kanone herumschleppen?«

»Ich lehrte sie mit so einer Waffe das Schießen«, erklärte Free. »Ich hatte auch eine Woodsman, aber für Anfänger ist ein Revolver besser.«

»Als wir Sie dann wiedersahen, hatten Sie eine Thompson. Die mit dem runden Magazin, als wären Sie Al Capone. Die Waffe gibt es nur noch im Museum. Dann ließen Sie mich aus Ihrem Flakon trinken. Sie dachten wohl, wenn wir jeder einen Schluck nehmen, sind wir etwas gelöster, wenn wir die Treppe raufgehen. Die Flasche hatte eine Art Deco-Verzierung, und auf dem Boden stand ›Tiffany and Company, Fifth Avenue, New York‹. Weiter nichts. Heute steht überall der Staat und die Postleitzahl dabei. Vielleicht nur ein Sammlerstück, aber die Flasche deutete in die gleiche Richtung wie die Waffen.«

»Und welche Richtung war das?« wollte die Hexe wissen. »Ihr Männer, ihr bringt mich noch um den Verstand.«

»Allerdings!« pflichtete Candy ihr bei.

»Dann wußten Sie es schon, als wir Sie ins Flugzeug setzten?« fragte Free.

Stubb schüttelte den Kopf. »Ich dachte daran, aber ich konnte es nicht akzeptieren, weil es zu verrückt war. Dann kam mir das Flugzeug komisch vor, aber ich verstehe nichts von Flugzeugen.«

»Und im Flugzeug?«

»Ich glaube, das erste waren die Zigaretten. Der Copilot holte sie heraus und gab jedem, der wollte, eine ab. Das war nett von ihm. Es waren Camel, die Sorte, die ich normalerweise rauche, und die Packung war fast genauso, wie ich sie immer gesehen habe. Aber eben nicht ganz genauso. Dann bekam ich die Streichhölzer von Ozzie. Streichhölzer sind die ältesten, sichersten Hinweise, wußten Sie das? Der große Detektiv untersucht im letzten Teil des Films die Streichhölzer, die aus dem Club Bumm-Bumm stammen. Deshalb geht er hin, und es stellt sich heraus, daß der, den er sucht, ein Stammgast ist. Wer wirklich als Detektiv arbeitet, weiß, daß man den Dingern nicht trauen kann. Jemand geht rein, kauft Zigaretten und nimmt Streichhölzer mit. Er ist drei Minuten in der Bar, und niemand erinnert sich später an ihn. Dann gibt er die Streichhölzer seinem Kumpel, der sie in einer anderen Bar liegen läßt, und jemand anders nimmt sie. Klar, man kann das zurückverfolgen, man verfolgt jede Spur, aber in neun von zehn Fällen verläuft es im Sande.«

»Ich verstehe«, sagte Free.

»Aber sehen Sie sich die hier an.« Stubb langte in seine Tasche und holte die Streichhölzer heraus. »Die sind vom Stork Club. Er hat schon in den sechziger Jahren geschlossen, aber das Papier ist nicht vergilbt, und die Streichhölzer sind wie neu.«

Free nickte.

»Da wußten Sie es.«

»Ich sehe zum Spaß gern diese alten Sherlock Holmes-Filme«, erwiderte Stubb. »Wissen Sie, die mit Basil Rathbone und dem anderen, ich habe den Namen vergessen.«

Free lächelte. »Die habe ich auch immer gern gesehen.«

»In einem Film sagt Sherlock, man müsse das Unmögliche eliminieren, und was dann bleibt, das muß es sein. Das Problem ist natürlich die Frage, was unmöglich ist. Leute aus einer Zeit, in der der Stork Club noch geöffnet war, in der die Flasche neu war und in der Leute, die ernste Absichten hatten, solche Kanonen benutzten – war das unmöglich? Oder war es unmöglich, daß alles in diese Richtung wies, aber etwas anderes bedeutete?«

Candy fragte: »Wird er jetzt gleich das sagen, was ich glaube, Mr. Free?«

Free nickte noch einmal, und Barnes sagte: »Gleich flieg ich weg!«

»Ich hätte es erraten sollen«, sagte die Hexe. »Wir wissen ja, daß solche Dinge nicht unmöglich sind.«

»So fing es für uns auch an«, sagte Free zu ihr. »Bitte verstehen Sie, Sie alle, daß ich es aus meiner Sicht erklären muß. Ich könnte es nicht aus Ihrer Sicht erklären, selbst wenn ich wollte.«

»Nur zu«, sagte Stubb.

»Lassen Sie mich mit Bill Donovan beginnen. Sagt Ihnen der Name etwas?«

Stubb schüttelte den Kopf.

»Ich lernte Bill Donovan kennen, als wir beide kaum mehr als Jungen waren. Wir lebten in einer Stadt, in der es eine Kavallerieabteilung der Nationalgarde gab. Ich meine echte Kavallerie mit echten Pferden. Das ist die schlichte Wahrheit.«

Free hielt inne und streichelte seinen Bart. »Bill war Anwalt, von irisch-katholischer Herkunft. Seine Mutter hatte ihn gedrängt, zum College zu gehen und etwas aus sich zu machen. Ich war ein wohlhabender junger Lebemann. So hießen diese Menschen damals. Die Stadt war Buffalo, New York, und wohlhabend sein, das bedeutete für uns im Jahre neunzehnhundertvierzehn in Buffalo soviel wie reich zu sein.«

Stubb warf der Hexe einen »Ich hab's ja gleich gesagt«-Blick zu.

»Ich hatte als Kind eine Gouvernante, eine freundliche, vollkommen verrückte kleine Französin, die ich Madame des Bêtes nannte. Sie hatte mich Französisch und Deutsch gelehrt, und ich habe in Restaurants immer damit angegeben. Wie sich herausstellen sollte, hat Bill sich das gemerkt.

Dann kam der große Krieg, und wir dienten beide als Offiziere. Bill wählten wir wegen seines irischen Charmes zum Captain unserer Truppe, und ich wurde Offizier, weil damals praktisch jeder mit einem Abschluß von Princeton das Patent bekommen konnte. Nach dem Krieg verließ Bill die Army mit einem Sack voller Orden und kehrte in seine Anwaltskanzlei zurück. Ich blieb dabei, weil ich nichts Besseres zu tun hatte, und weil ich klug genug war zu erkennen, daß das die einzige Möglichkeit war, weiter zu fliegen. Neunzehnhundertsiebenunddreißig nahm ich als Brigadegeneral meinen Abschied. Mein Vater war gestorben, und ich wollte das Familiengeschäft übernehmen. Wir machen übrigens Glas; unser Kristall gehört zum besten der Welt.«

Stubb fragte: »Wie alt waren Sie da?«

»Achtundvierzig. Fragen Sie mich nicht, wie alt ich heute bin. Ich weiß es nicht. Irgendwo zwischen sechzig und siebzig, würde ich sagen.

Nun will ich Ihnen noch einige Dinge erklären, die ich erst später erfuhr. Bill hatte einen Partner, der Präsident Wilson kannte, und der für den Präsidenten Reisen unternahm und Dinge herausfand. Schließlich begann auch Bill damit. Ich glaube, Bill lernte damals Roosevelt persönlich kennen; vergessen Sie nicht, daß er Anwalt in Buffalo war. Er muß oft nach Albany gefahren sein, und Roosevelt war ja sein ganzes Leben lang in der Politik des Staates aktiv. Als Roosevelt dann beschloß, daß Amerika ein Gegenstück zum britischen Secret Intelligence Service bekommen müßte, wer wurde da wohl zum Leiter ernannt?«

Die Hexe nickte. Barnes war zu fasziniert, um zu

nicken. Candy starrte die rechteckigen Scheiben an, die das große Cockpit beinahe in ein Gewächshaus verwandelten. Sie war fast eingeschlafen. Stubb sagte: »Und Donovan rief Sie dazu.«

Free nickte. »Als einen unter vielen natürlich nur. Unsere Geschäfte waren wegen des Krieges stark zurückgegangen, und ich hatte einen Manager, der sich um das bißchen, das noch da war, genauso gut kümmern konnte wie ich selbst. Die Army setzte mich stark unter Druck, wieder einzutreten, und ich wußte, wenn ich das machte, würde ich wahrscheinlich die Leitung eines Ausbildungscamps in Texas übertragen bekommen – nicht gerade meine Idealvorstellung.

Das *High Country* war schon gebaut, und die führenden Leute der Nation saßen schon drin. Donovan meinte, das Office of Strategic Services sollte auch einen Vertreter hier oben haben, und so bekam ich den Job. Hauptsächlich bekam ich ihn wohl, weil ich General Mitchell unterstützt hatte. Angeblich sollte ich nur vorübergehend ins *High Country* abkommandiert werden, aber meine vertraulichen Befehle besagten, daß ich so lange bleiben sollte wie möglich.«

Barnes sagte leise: »Ich hätte nie gedacht, daß etwas so Großes fliegen kann.«

»Ich auch nicht«, erwiderte Free. »Und wenn es aus Aluminium und Stahl bestünde, dann würde es auch nicht fliegen. Es ist eine Frage des Gewichts – des Verhältnisses zwischen Auftrieb und Gewicht. Das Sperrholz ist außen mit einer Schicht Zedernholz überzogen, damit es nicht so schnell verrottet, und darüber wurden mehrere Schichten aus Balsaholz und Fichte gelegt. Als man wußte, daß es funktionierte, ließ man bei Hughes Aircraft ein zweites bauen, das ganz aus Fichte bestand, weil man aus Südafrika kein Balsaholz mehr bekommen konnte. Aber das zweite flog nicht. Es war zu schwer.«

»Sie erwähnten dieses Flugzeug, als wir noch unten waren«, sagte Stubb.

»Wirklich? Entschuldigen Sie, aber Sie dürfen nicht vergessen, daß für mich ein paar Jahre vergangen sind.«

Die Hexe unterbrach ihn. »Sie sagten, das Okkulte habe Sie zu dem geführt, das Sie gefunden haben. Ich warte schon die ganze Zeit darauf, endlich zu hören, wie es dazu kam.«

»Hitler glaubte daran«, erklärte Free. »Und Hitler war äußerst erfolgreich gewesen. Als er bei den Nationalsozialisten eintrat, bekam er die Mitgliedsnummer sieben – die Nazis hatten da tatsächlich erst ein halbes Dutzend Mitglieder. Ein paar Jahre später war er Reichskanzler. Noch ein paar Jahre später überrollte er die französische Armee, die angeblich die beste Europas war. Niemand wußte da, daß sein Glück ihn in Rußland und Afrika im Stich lassen würde.«

»Die, mit denen er sich verbündet hatte, vernichteten ihn, als er seinen Zweck erfüllt hatte«, sagte die Hexe. »Das tun sie immer – sie zerstören ihre Werkzeuge.« Fast flüsternd fuhr sie fort: »Wir waren auch in den Todeslagern, aber nur wir erinnern uns.«

»Sie dachten, Hitler könne in die Zukunft blicken«, sagte Free, »und sie dachten, vielleicht gäbe es eine Möglichkeit, diesen Vorgang mechanisch und zuverlässig zu duplizieren. Sie fanden heraus – nun, Sie wissen, was sie herausfanden. Damals steckte man ungeheure Energien in die Entwicklung von Waffen, und so war es naheliegend, die Resultate vorwegzunehmen. Das war mein erster richtiger Job – zehn Jahre in die Zukunft springen, mir das beste schnappen, das ich finden konnte, und es mit zurücknehmen. Ich glaube, Sie können sich vorstellen, was ich erwischte.«

Barnes flüsterte: »Atombomben.«

»Ich bekam nicht alles, aber eine ganze Menge. Es reichte, um die Entwicklung so weit zu beschleunigen, daß wir in weniger als drei Jahren die Atombombe hatten. Aber als ich wieder hierher zurückkam, ins *High Country,* bemerkte ich, daß in der Zwischenzeit viele Leute verschwunden waren. Sie müssen wissen, daß ich nicht einfach nach ihnen fragen konnte. Die Leute hätten sonst Bill Donovan zerquetscht wie eine Fliege. Ich hielt also den Mund geschlossen und die Augen offen und kehrte in meine eigene Periode zurück.«

59. KAPITEL

Zwei Türen

»Nachdem ich wieder auf dem Boden war und die Nachbesprechung erledigt hatte«, fuhr Free fort, »flog ich wieder rauf und machte den ganzen Ablauf noch einmal durch. Beim erstenmal war ich praktisch allein gewesen – ich hatte nur das Flugzeug und die Crew, die ich brauchte, um wieder zum *High Country* hochzukommen und ins Jahr Zweiundvierzig zurückzukehren. Das war ja der einzige Apparat, den es gab, und wenn er im Jahre Zweiundfünfzig nicht existierte, dann hätte ich einen anderen finden müssen oder bleiben, wo ich war, bis mir jemand einen schickte.

Dieses Mal sollte es aber anders ablaufen. Außer der Mannschaft im Flugzeug konnte ich einige Leute selbst auswählen. Ich nahm meine Tochter Kip und eine ihrer Freundinnen und ein halbes Dutzend andere mit. Kip hatte für Donovan gearbeitet, seit sie wußte, daß ich für ihn arbeitete, und wenn ich sie nicht mitgenommen hätte, dann hätte man sie möglicherweise nach Deutschland oder ins besetzte Frankreich geschickt.

Ich hatte eine kleinere Version des Apparats dabei, eine tragbare Einmannversion. Falls das *High Country* verschwunden sein sollte, konnten wir das Flugzeug stehen lassen und damit zurückkommen. Wenn andererseits das *High Country* oder ein Nachfolger noch flog – damals glaubten wir noch, es könnte einen Nachfolger geben –, und wir wollten etwas Großes mit nach Hause nehmen, dann konnten wir das mit Hilfe des Flugzeugs machen. Und das Flugzeug war natürlich die Reserve, falls der tragbare Apparat nicht funktionierte.

Dieses Mal hatte ich den Befehl erhalten, besonders nach Dingen zu suchen, die unsere Ausrüstung verbesserten. Wir trieben uns in Elektrogeschäften herum und besorgen Diktiergeräte und so weiter. Habe ich Ihnen schon vom Geld erzählt?«

Stubb schüttelte den Kopf.

»Nun, nach dem ersten Mal war mir klar, daß ich mir mühelos das für die Operationen notwendige Kapital beschaffen konnte. Ich brauchte im Jahre Zweiundvierzig nur ein ordentliches Guthaben auf einem Konto zu haben, an das niemand außer Kip oder mir herankam. Ich konnte mich des FBI oder des OSS oder einer Nachfolgeorganisation bedienen und die Anweisung hinterlassen, daß jeder, der gewisse Codeworte benutzte, das Geld bekommen solle.«

Candy öffnete die Augen. »So habt ihr meinen Kerl aus dem Flugzeug geholt. Ich habe mich schon darüber gewundert.«

»Richtig. Wir konnten dem FBI oder der CIA – das war eine neue Organisation – nichts von dem Gerät erzählen, wir konnten ihnen also auch nicht sagen, woher wir kamen. Aber wir brauchten sie, weil es nicht lange dauerte, bis wir merkten, daß außer uns noch andere unterwegs waren. Ich hatte schon lange vermutet, daß die Leute im *High Country* den Apparat auf eigene Faust benutzten. Viele von ihnen gingen in Perioden, aus denen sie nicht zurückkehren konnten, weil in ihnen das *High Country* nicht existierte. Zuerst dachte ich, ich wäre auch einer von ihnen.«

»Wann wurde Ihnen das klar?« fragte Stubb.

Free starrte fast eine halbe Minute lang in die Dunkelheit hinaus. Die Wolken lösten sich auf, und zwischen ihnen war das dunkle, kabbelige Wasser des Atlantik zu sehen. »Ich kann den Zeitpunkt nicht genau bestimmen«, sagte er schließlich. »Ich spürte wie alle anderen eine Art Sehnsucht. Wir wußten, daß die Alliierten siegen würden – es stand ja in den Geschichtsbüchern –, und so war der Ruf der Pflicht vielleicht nicht so stark, wie er hätte sein müssen. Und ich sah die Zukunft, die wir uns aufgebaut hatten.« Er hielt wieder inne.

»Wissen Sie, wohin ich wollte? In die Pionierzeit. Ich wollte dieses Land so sehen, wie es war, bevor die Bäume abgeschlagen wurden und alles gepflastert wurde. Das Verlangen wurde manchmal so stark, daß ich wußte, ich würde früher oder später gehen, und je mehr wir über den Mann erfuhren, der sich Free nannte, desto deutlicher wurde, wie ähnlich er mir war. Mein voller Name lautet übrigens Samuel Benjamin Whitten. Buck ist nur ein Spitzname.«

»Sie sind Buck«, sagte Barnes. »Der Besitzer des Flying Carpet.«

Free nickte. »Wir brauchten einen Ort, an dem wir Leute treffen konnten, ohne sie zum alten Militärgelände am Flughafen zu führen, wo wir unsere Akten und ein paar empfindliche Geräte wie den tragbaren Apparat aufbewahrten. Ich kaufte das Flying Carpet und stellte Leute ein, bei denen ich darauf vertrauen konnte, daß sie wegsehen würden, wenn etwas Seltsames passierte.«

»Darf ich Sie etwas fragen, Sir?« sagte Barnes. »Ich lernte im Flying Carpet einen Musiker namens Binko kennen. War er einer der Leute, die Sie aus der Vergangenheit mitgebracht hatten?«

Free schüttelte den Kopf.

»Ozzie erwähnte ihn, als er Madame S. und mir erzählte, was ihm zugestoßen war«, sagte Stubb. »Ich fragte ihn nach der Musik. Das schien ein weiterer Hinweis zu sein.«

»Das war es wohl«, räumte Free ein. »Ich wußte, daß ich die Band, die ich anheuerte, ständig hören mußte. Also suchte ich mir eine aus, deren Musik ich mochte.«

Candy öffnete wieder die Augen. »Sie sind immer

noch nicht zum springenden Punkt gekommen. Schaffen Sie das heute noch?«

Die Hexe funkelte sie an. »Was fällt Ihnen ein? So redet man nicht mit dem Meister!«

»Ach, wirklich? Hören Sie, er hat uns nicht hier raufgebracht, um uns von Hitler zu erzählen oder um mit Jim über Streichhölzer oder mit Ozzie über Musik zu reden. Also, warum hat er uns hergebracht? Und warum hat er die Leute unten – das war er ja auch, vergessen Sie das nicht – veranlaßt, diese Dinge mit uns zu machen? Als wir im kleinen Flugzeug waren, erzählte Jim mir, man hätte versucht, uns allen mehr zu geben, als wir vertragen konnten, und ich wäre die einzige gewesen, die damit umgehen konnte. Warum hat man das gemacht und uns danach hierher gebracht?«

»Ich wollte zuerst Ihre Fragen beantworten, Miss Garth«, sagte Free. »Ich dachte, das sei ich Ihnen schuldig. Nun zielen Ihre Fragen auf den Punkt, den ich sowieso mit Ihnen besprechen wollte, und dafür danke ich Ihnen.«

Er hielt inne. »Ich sagte ja gerade, daß ich ins Jahr neunzehnhundertzweiundvierzig zurückkehrte und die Nachbesprechung durchführte. Ich war zehn Jahre in die Zukunft gesprungen und hatte alle Informationen über Atomspaltung gesammelt, die ich finden konnte, und dann war ich zurückgekehrt.«

Alle vier nickten.

»Der Apparat – die Männer, die ihn entwickelten, bezeichneten ihn als Raum-Zeit-Singularitäts-Induktionsspule, und jetzt verstehen Sie, warum ich immer Apparat sage – konnte damals nicht mit absoluter Genauigkeit gesteuert werden. Ich war am achtzehnten August neunzehnhundertzweiundvierzig ins Jahr zweiundfünfzig aufgebrochen, aber ich kehrte am dreißigsten Mai zurück.«

Candy setzte sich kerzengerade und riß die Augen auf. »Mein Gott! Dann gab es zwei von Ihnen!«

Free schüttelte den Kopf. »Nein, aber es dauerte eine Weile, bis ich alles begriff. Ich führte natürlich mit den Leuten im *High Country* die Nachbesprechung durch, bevor ich zum Boden zurückkehrte. Sie sagten es mir nach der Besprechung.« Free hielt wieder inne. »Und sie sagten mir – sie befahlen mir –, mit niemand unten darüber zu sprechen.

Ich wurde nicht nach Washington gebracht, um an einer weiteren Nachbesprechung teilzunehmen, wie ich es erwartet hatte, sondern zum Langley Field geflogen und dort abgesetzt. Ich überlegte den ganzen Tag, ob ich in Buffalo anrufen sollte.«

»Und?« fragte Candy. »Haben Sie angerufen?«

»Ja. Ich rief unsere Fabrik an und bat darum, den Präsidenten der Firma zu sprechen, nachdem ich mir geschworen hatte, sofort aufzulegen, wenn ich mich selbst meldete. Kip meldete sich und fragte sehr geschäftsmäßig, was ich wollte. Ich sagte etwas wie: ›Leiten Sie die Firma, Miss?‹ Sie erkannte meine Stimme und sagte – ich weiß noch die genauen Worte, ich werde sie nie vergessen – ›Du bist es, Daddy! Wir haben uns solche Sorgen gemacht.‹«

»Mein Gott«, sagte Candy leise.

»Ich fragte sie aus und erfuhr, daß ich etwa eine Stunde, bevor unser Flugzeug im Himmel von neunzehnhundertzweiundvierzig erschienen war, ins Büro gegangen war. Seitdem hatte mich niemand mehr gesehen. Ich erzählte Kip, wo ich war, und daß ich in dringenden Regierungsangelegenheiten fortgerufen worden sei. Ich würde bald zurückkommen, aber ich würde im Laufe des kommenden Monats beginnen, ganz für die Regierung zu arbeiten.«

»Und als dieser Donovan Sie bat, waren Sie bereit, für ihn zu arbeiten.« Stubb beschrieb mit der Hand einen Kreis. »Es scheint mir, daß Sie in eine Art Kreislauf gerieten, wenn Sie wieder ins Jahr zweiundfünfzig kamen und abermals zu früh zurückkehrten.«

»Das dachten wir auch«, erklärte Free. »Deshalb ging ich nicht. Es war ja auch sinnlos. Die Leute im *High Country* wußten ja schon alles, was ich über die Bombe erfahren hatte. Als dann der achtzehnte August kam, flog ich mit dem Zubringerflugzeug zur Nachbesprechung mit Roosevelt, Hopkins und Donovan hinunter. Ich erzählte ihnen, ich sei gerade erst zurückgekehrt, was in gewisser Weise ja auch stimmte.«

»Hat Kip nie Verdacht geschöpft?«

»Sie wußte, daß etwas passiert war«, sagte Free. »Als ich aus Virginia zurückkam, das war am zweiten Juni neunzehnhundertzweiundvierzig, sagte sie mir, wie gut ich aussähe. Ich war damals in Buffalo schon so bekannt, daß es in den Zeitungsarchiven einige Fotos von mir gab. Ich besorgte sie und sah sie mir an.«

Candy fragte: »Sahen Sie ein paar Jahre jünger aus?«

»Sie sind eine sehr kluge Frau, Miss Garth. Nein. Das hatte ich erwartet, aber es war nicht das, was mir auffiel. Ich war jünger, aber ich war auch verändert. Irgendwie stärker. Ich kann es nicht genau beschreiben.« Er zögerte. »Besser. Mehr kann ich nicht sagen. Als ich wieder in die Fabrik ging, schienen sich einige Probleme, die wir gehabt hatten, Dinge, die mich seit Monaten belastet hatten, einfach aufzulösen. Ich erkannte beispielsweise, daß wir aus der Nähe einen Ersatzstoff für den stark silikonhaltigen Sand bekommen konnten, den wir vor Pearl Harbor von den Philippinen importiert hatten. Ich glaube inzwischen, daß meine beiden Persönlichkeiten irgendwie miteinander verschmolzen sind, so daß ein einziges Selbst entstand, das stärker war als die beiden allein.« Er stampfte mit dem Fuß auf, und der Boden bebte unter ihren Füßen. »Sperrholz«, sagte er. »Jeder Ring in einem Baum steht für ein Jahr. Wenn man Sperrholz herstellt, schält man diese Ringe ab und klebt sie so wieder zusammen, daß die Fasern über Kreuz laufen. Das Ergebnis ist ein Stück Holz, das stärker ist als die Schichten vorher im Stamm.«

Stubb sagte: »Was ist, wenn eine der Schichten verfault war, General? Ist dann nicht auch das Sperrholz morsch?«

Free nickte.

»General, ich will Ihnen etwas erzählen, das Sie wahrscheinlich nicht gern hören werden. Als ich in Ihrem Haus wohnte, erzählten Sie mir, Sie hätten ein Ticket, das Sie zum *High Country* zurückbringen könnte. Aber Sie sagten mir, es sei für Sie zu spät, um es noch zu benutzen. Sie waren nicht senil, oder ich hielt Sie nicht für senil, aber Sie waren ein sehr alter Mann.«

Free nickte. »Sie sagen mir, daß ich sterben werde, Mr. Stubb. Jeder Mensch muß sterben. Aber im Gegensatz zu den anderen Menschen weiß ich, *wie* ich sterben werde. Das ist die schlichte Wahrheit.«

»Warten Sie mal«, rief Candy. »Sie sagten, Kip habe Ihnen Bericht erstattet. Ich habe es gehört. Das heißt, daß es da zwei von Ihnen gab.«

Free antwortete nicht. Es gab eine lange Pause. Schließlich sagte Stubb: »Nein, das heißt es nicht. Sie erstattete ihm Bericht, nachdem der Ben Free, den wir kannten, tot war. Miss Garth, als ich in Ihre Zeit ging, in diese heutige Zeit, war Ben Free, glaube ich, schon nicht mehr da. Wie lange haben Sie – Sie vier – bei ihm gewohnt?«

»Drei Nächte, Meister«, sagte die Hexe. »Nach der dritten Nacht wurde das Haus teilweise abgerissen.«

»Ich glaube, er ist in eine andere Zeit gegangen, auch wenn ich nicht sicher sein kann, welche es ist. Ich hoffe, zur Expedition von Lewis und Clark. Jahrzehnte später, alt und krank, kehrte er dann zurück und entdeckte, was er Mr. Stubb sagte: daß es zu spät war.

Als er zurückkam, verschwand ich, soweit es Kip und die anderen betraf. Kip dachte, Free steckte dahinter, und sie muß getobt haben. Wir ließen rund um die Uhr alle Zeitungen und Fernsehsender überwachen, wie Sie sich denken können. Als einer unserer Leute Free erkannte, schlug Kip alle Vorsichtsmaßnahmen in den Wind. Sie wies einen Agenten an, das Haus zu überwachen, und sie und Robin befragten eine Frau aus der Nachbarschaft, von der wir eure Namen bekamen. Kip ließ eure Post vom FBI überwachen, und als man sah, daß Mr. Barnes auf Kontaktanzeigen schrieb, ließ sie Robin antworten. Schließlich hatte sie euch alle vier unter Beobachtung. Dann kehrte Free in sein Haus zurück, und sie erwischte ihn.«

Es gab wieder eine Pause. »Und sie tötete ihn«, sagte Stubb leise.

Free nickte. »Ich will euch nicht verraten, was sie mir darüber erzählt hat. Sie hat gelogen, und ich wußte es. Mann, ich habe sie erzogen, das ist die Wahrheit. Ich glaube, sie brachte ihn ins Haus, weil er – ich – ihr gesagt hatte, daß der transportable Apparat noch dort sei. Er sei in eine Wand eingebaut. Als sie allein waren, erklärte ich ihr alles. Danach muß sie erkannt haben, daß sie nie ihren Vater zurückbekommen würde, solange ich – Free – sich weigerte zurückzugehen.

Falls ihr euch fragt, wo der General jetzt ist, dann kann ich euch sagen, daß er verschwunden ist. Nicht verschwunden, weil ich jetzt hier bin, sondern verschwunden in eine bessere Zeit. Er hat den transportablen Apparat mitgenommen. Er dachte nach und fand das Versteck von Frees ›Ticket‹ und nahm das, was er aus dem Jahre neunzehnhundertzweiundvierzig mitgebracht hatte, mit auf die Reise.

Und nun kommen wir zu dem, was Miss Garth den springenden Punkt nannte. Ich weiß nicht, wer Sie vier sind, aber ich weiß, daß ich Sie bei mir werde wohnen lassen, wenn die Zeit gekommen ist. Ich weiß, daß Sie kämpfen werden, um mein Haus zu retten, das Haus, das so viele Jahre lang mein Stützpunkt war. Nach allem, was Kip mir erzählte, haben Sie sogar gut gekämpft. Und ich weiß, daß Sie versuchen werden, mich zu finden, wenn Sie glauben, daß ich in Schwierigkeiten bin, obwohl Sie alle genug eigene Schwierigkeiten haben. Die Nachricht, die ich dem General hinterließ, der ich einmal war – ich benutzte übrigens eine Weckuhr, die gleichzeitig das Radio und einen Ihrer hübschen kleinen Kassettenrekorder einschaltete –, lautete, daß man Ihnen Ihre größten Wünsche erfüllen müsse. Ich tat es, weil ich gelernt habe, daß unsere alten Wünsche erfüllt sein müssen, ehe wir Raum für bessere Wünsche haben.«

Stubb sagte: »Ich glaube nicht, daß sie erfüllt wurden. Meine wurden jedenfalls nicht erfüllt.«

Free nickte. »Dazu wird es hoffentlich noch kommen. Es gibt zwei Ausgänge aus dem *High Country.* Einer ist der, durch den Sie gekommen sind. Der zweite ist der Apparat. Ich biete Ihnen allen die Chance, zurückzugehen, sich in Ihr früheres Selbst zurückzuversetzen und ein neues Leben zu beginnen, wenn Sie das wollen.«

»Ja!« rief Candy. Die Hexe warf sich vor Frees Füße. Stubb nickte und stand auf.

Barnes sagte: »Na denn, Olivia …«

Wohnen Sie umsonst bei Free

Der zerlumpte Mann und der zerlumpte Junge kamen langsam die Gasse herunter. Sie mußten sich zwischen Wasserlachen und Schneematsch ihren Weg suchen. Die Luft war kalt, aber die Sonne schien hell. »Da ist es«, sagte der Mann und streckte den Arm aus. »Siehst du, ich sagte dir doch, daß sie sich nicht die Mühe machen, den Hintereingang mit einem Zaun abzusperren. Glaubst du, du kannst über den Müllhaufen da klettern?«

Der Junge war schon unterwegs. Er krabbelte über einen alten Herd und kroch geduckt durch ein ausgeschlachtetes Autowrack. Der Mann kletterte noch, als der Junge schon auf der Veranda stand.

»Sollen wir reingehen?« fragte der Junge. »Da hängt ein Schild.«

Der Mann nickte, mehr zu sich selbst als zum Jungen. Das Schild, ungeschickt in schwarzer Farbe von Hand beschriftet, trug die Aufschrift: WOHNEN SIE UMSONST BEI FREE. Es war schon etwas verwittert.

Durch ein geborstenes Fenster sah er die leergeräumte Küche und das kaputte Wohnzimmer dahinter. Es war, als blickte er in ein Puppenhaus.

Der Türknopf ließ sich drehen. Er nahm den Jungen an der Hand und trat über die Schwelle.

Auf dem Herd blubberte Kaffee. Ein größerer Stubb und eine schlankere Candy standen davor. Sie trug Kleidung aus einem schimmernden Stoff, den er noch nie gesehen hatte – ein Gewand aus silbernem Licht.

In einer Wand, dachte der zerlumpte Mann. Der alte Fuchs. Free hat mir gesagt, daß er es in einer Wand versteckt hätte. Er bebte vor Furcht, vor Entdeckerfreude und vor Wonne, ein Gefühl, dessen Namen er nicht einmal kannte.

»Glinda!« rief Candy. »Schauen Sie, wer gekommen ist – es ist Popeye!«

Die vertraute Stimme der Zauberin drang aus dem Wohnzimmer herüber.

»Ah, Mr. Barnes!« sagte sie. »Damit wäre das Quadrumvirat komplett.«

Eine Chronologie des Lebens von Samuel Benjamin Whitten, Brigadegeneral der United States Army im Ruhestand

geb. 1889, gest. 1983, Alter etwa 82

1803 – ›Ben Free‹ schließt sich der Expedition von Lewis und Clark den Ohio River stromabwärts an. Physiologisch ist Whitten sechzig Jahre alt, doch er wirkt jünger.

1807–1818 – ›Free‹ besucht regelmäßig das Haus 808 South 38th Street. Zur Hinreise aus der Pionierzeit benutzt er den transportablen Apparat, den er mitbrachte, zur Rückreise den Apparat, der in die Hintertür des Hauses 808 South 38th Street eingebaut ist.

1819 – ›Free‹ verläßt die Pionierzeit für immer und bringt gewisse wertvolle Pelze, sein Gewehr und andere Erinnerungsstücke mit. Er holt den tragbaren Apparat aus einer Höhle im mittleren Kentucky und verbirgt ihn hinter Putz und Tapeten in der hinteren Wand des Hauses 808 South 38th Street.

1889 – Samuel Benjamin Whitten wird in Buffalo, New York, als einziger Sohn des John B. Whitten, dem Gründer von Whitten Crystal Works, und Mary Standbridge Whitten geboren.

1917 – Whitten, inzwischen Mitglied der New York National Guard, tritt in die U.S. Army ein. Er erhält sein Offizierspatent und meldet sich für die Pilotenausbildung.

März 1918 – Lt. S. B. Whitten landet mit dem United States Army Air Service in Frankreich.

11. November 1918, 11.00 Uhr – Die Kampfhandlungen an der Westfront werden eingestellt. Capt. S. B. Whitten vom 135th Aero Squadron ist Pilot eines DH-4 Tagbombers.

1924 – Standbridge ›Kip‹ Whitten wird in Manila auf den Philippinen geboren.

1937 Brigadegeneral S. B. ›Buck‹ Whitten nimmt im Alter von achtundvierzig Jahren seinen Abschied, da seine Karriereaussichten getrübt waren, nachdem er Brigadegeneral William ›Billy‹ Mitchells Theorien über strategische Bombardements aus großer Höhe unterstützt hatte.

30. Mai 1942 – Whitten verschwindet aus seinem Büro bei der Whitten Crystal Corporation und kehrt aus dem Jahre 1952 zum *High Country* zurück. Er bringt Informationen über die Atomspaltung mit.

2. Juni 1942 – Whitten kehrt von Langley Field, Virginia, nach Buffalo zurück.

Juli 1942 – Whitten schließt sich auf Bitten von William ›Wild Bill‹ Donovan dem Office of Strategic Services (OSS) an.

18. August 1942 – Whitten fliegt zum *High Country*. Er geht durch die Raum-Zeit-Singularitäts-Induktionsspule und reist ins Jahr 1952. Er kehrt nach Washington zurück, wo er mit Präsident Franklin D. Roosevelt, Harry Hopkins und Donovan eine Nachbesprechung durchführt.

20. August 1942 – Whitten geht abermals durch die Raum-Zeit-Singularitäts-Induktionsspule, dieses Mal in Begleitung von Robin Valor, seiner Tochter (Kip) und anderen. Er nimmt das zerlegte tragbare Gerät mit.

17. September 1942 – Die gesamte amerikanische Atomforschung wird der Leitung von Brigadegeneral Leslie R. Groves unterstellt und bekommt den Codenamen ›Manhattan Project‹.

2. Dezember 1942 – In der Universität von Chicago findet die erste spontane Kettenreaktion statt.

16. Juli 1945 – Auf einem Stahlgerüst wird in Alamogordo, New Mexico, die erste Atombombe gezündet.

6. August 1945 – Der B-29-Bomber *Enola Gay* wirft eine

Uranbombe ab, die den Codenamen ›Little Boy‹ trägt. Die Stadt Hiroshima in Japan wird zerstört.

5. November 1982 – In den Fünfuhrnachrichten berichtet der Sprecher Bryan O'Flynn, eine B-17 sei gesichtet worden. Er spekuliert, daß die Maschine zu einer Flugveranstaltung unterwegs sei. (Später weisen Zeitungsberichte darauf hin, daß Flugtage normalerweise nicht im Winter stattfinden.)

9. November 1982 – Buck Whitten kauft das Flying Carpet.

Freitag, 14. Januar 1983 – ›Free‹ kehrt in das Haus 808 South 38th Street zurück und stellt fest, daß das Haus abgerissen werden soll. Whitten verschwindet aus seinem Wohnquartier am Flughafen.

Sonntag, 16. Januar 1983 – Die Anzeige, die ›Free‹ aufgegeben hat, erscheint in der Zeitung. Er erlaubt der Hexe, bei ihm einzuziehen.

Montag, 17. Januar 1983 – Die Hexe, Osgood M. Barnes, Jim Stubb und Candy Garth ziehen ein.

Mittwoch, 19. Januar 1983 – Stubb zündet Candys Zigarette im Regen an. ›Free‹ sitzt im Wohnzimmer vor dem Fernseher.

Donnerstag, 20. Januar 1983 – Kip nimmt ›Free‹ gefangen. Das Haus wird teilweise zerstört.

Freitag, 21. Januar 1983 – Stubb durchsucht das Haus. Kip und ›Free‹ kehren zum Haus zuruck, und ›Free‹ stirbt im Keller. Whitten (der Mann im Dufflecoat) taucht wieder in seinem Hauptquartier auf.

Samstag, 22. Januar 1983 (vor dem Morgengrauen) – Der Mann im Dufflecoat verschwindet abermals. Die Hexe, Stubb, Candy und Barnes sprechen mit Whitten (›Free‹) im Cockpit des *High Country.*

Montag, 24. Januar 1983 – Der Mann im Dufflecoat desertiert. Er benutzt den Apparat in der Wand des Hauses und nimmt den Apparat mit, den er aus dem Jahre 1942 mitgebracht hatte.

Anmerkung: Diese Chronologie wurde auf Bitten der Herausgeber der amerikanischen Hardcover-Ausgabe zusammengestellt. Sie erschien nicht in der Taschenbuchausgabe, und sie darf nicht in der britischen Ausgabe veröffentlicht werden. Sie beschränkt sich darauf, nur die Teile von Whittens Leben nachzuzeichnen, die in diesem Buch erwähnt werden oder auf die Bezug genommen wird.

– Gene Wolfe

Einige Hintergrundinformationen zu den im letzten Teil des Romans und im Anhang genannten Personen:

OFFICE OF STRATEGIC SERVICES (OSS): amerikanischer Geheimdienst, gegründet am 13. Juni 1942. Leiter war WILLIAM J. ›WILD BILL‹ DONOVAN (1883–1959).

BRIGADEGENERAL WILLIAM ›BILLY‹ MITCHELL ist eine historische Person. Er hat tatsächlich Theorien über Bombardements aus großer Höhe entwickelt.

HARRY LLOYD HOPKINS wurde 1933 von Präsident Roosevelt zum Leiter der Federal Emergency Relief Administration ernannt. Später wurde er Leiter der Works Progress Administration (1935–38). Er wirkte wesentlich bei der Umsetzung des ›New Deal‹ mit. Nach Beginn des Zweiten Weltkriegs wurde er als diplomatischer Gesandter zu Winston Churchill und Joseph Stalin geschickt.

BRIGADEGENERAL LESLIE R. GROVES, Leiter der gesamten amerikanischen Atomforschung, die unter der Codebezeichnung ›Manhattan Project‹ durchgeführt wurde.